OETINGER TASCHENBUCH

Peer Martin
Antonia Michaelis

grenzlandtage

oder

Das Glück der Wanderfalter

Oetinger Taschenbuch

Außerdem von Antonia Michaelis
bei Oetinger Taschenbuch erschienen (Auswahl):

Der Märchenerzähler

Nashville oder Das Wolfsspiel

Solange die Nachtigall singt

Die Worte der weißen Königin

MIX
Papier aus verantwortungsvollen Quellen
FSC® C083411
FSC
www.fsc.org

1. Auflage 2016
Originalausgabe

Umschlaggestaltung: Kathrin Schüler
Umschlagmotiv: © Shutterstock, Nuk2013
Druck: CPI books GmbH, Leck
ISBN: 978-3-8415-0469-2

www.oetinger-taschenbuch.de

Für Asman,
dessen Namen wir geliehen haben,
Flüchtling aus Syrien,
einquartiert in einem Hotelzimmer
in Berlin-Marzahn,
sehr allein,
ohne Deutschkenntnisse,
wenige Tage nach seiner Ankunft
verstorben an Herzversagen

Mondlicht auf dem Wasser.

Damit beginnt es.

Mondlicht und die See, Mondlicht und tausend Sterne, und in der Ferne ein Streifen Land hinter den silbrigen Wellen:

Europa.

Das dort, das muss die Küste Italiens sein. Die Freude, die ihn durchzuckt, ist beinahe schmerzhaft.

Siebzehn Tage auf See. Es gibt kein Wasser mehr an Bord, schon lange nichts mehr zu essen. Jedes Stück Stoff ist starr vom Salz. Die schwarzen Körper der Menschen an Deck sind hilflose Flecken in der Nacht, Bündel von Träumen. Das Deck glänzt im Mondschein, glitschig von Erbrochenem.

Er krallt die Hände um das Steuerrad des alten Kutters.

An Bord ist Platz für fünfundzwanzig Menschen. Hundertvier sind auf dem Schiff.

Hundertvier Hoffnungen, hundertvier atmende Lebewesen, reduziert darauf, zu warten, hundertvier mal die Zukunft in seiner Hand.

Er sieht hinüber zu Hassan, und Hassan lächelt.

»Wir sind da«, sagt er.

Und das ist der Augenblick, in dem der Motor stockt.

Er spürt die Bewegungen des Schiffes in der Brandung mit jeder Faser seines Körpers, spürt das Ächzen und Stöhnen des alten Kutters. Und er steigt über Menschen, tastet sich Stufen hinab. Das Licht einer Taschenlampe flattert in der Dunkelheit wie ein gefangener Schmetterling. Zu Hause flogen die Schmetterlinge durch das Licht- und Schattenspiel der Feigenbäume hinter dem Haus, er sieht sie noch, sieht eine schlanke Mädchenhand nach ihnen greifen …

Einer hat sich damals auf ihrer Hand niedergelassen, das weiß er noch.

Ibrahim hockt neben der Maschine, hier unten in den Eingeweiden des Schiffs, wo Schläuche laufen wie Gedärme, sein Gesicht ist schwarz von Schmieröl.

»Der Treibstoff ist alle«, sagt er. »Sie haben gesagt, es reicht bis Italien. Sie haben gelogen.«

»Sie haben immer gelogen.«

Aber da ist noch etwas. »Sie legt sich schräg«, sagt Ibrahim. »Etwas stimmt nicht.«

Und sie finden die Stelle, an der das Wasser offenbar schon eine ganze Zeit lang eindringt, und jetzt geht alles zu schnell.

Er setzt den Notruf über Funk zwanzig Minuten später ab, vielleicht zwanzig Minuten zu spät. Das Bangen und Warten dauert eine Ewigkeit, in der der Kutter hilflos in der Dünung rollt.

Er hält eine Hand in seiner, die schmale Hand, auf der damals ein Schmetterling gelandet ist. *Sorge dich nicht. Sie kommen.*

Und dann nähert sich ein Schiff, rast über die Wellen heran. Sie hören den Motor.

Die Küstenwache.

Uniformen. Die Gesichter der beiden Männer darüber liegen im Dunkeln, als hätten sie keine.

Das Schiff liegt längsseits, schlägt mit jeder Welle gefährlich gegen die Flanke des Kutters. Leinen werden geworfen. Er lässt die zitternde Hand los, um ein Seil zu vertäuen.

Niemand versteht die Worte, die gerufen werden.

»Das ist Griechisch«, sagt jemand. »Wir sind nicht vor der italienischen Küste. Das ist Griechenland.«

Es geht wie ein Lauffeuer durch die Menge der zusammengekauerten, erschöpften Menschen an Deck. Griechenland, ein Land, in das keiner von ihnen wollte. Die Griechen haben selbst nichts, jeder weiß das, die Griechen können nicht helfen.

»Italien!«, rufen sie der Küstenwache zu. »Wir sind auf dem Weg nach Italien! Aber wir haben keinen Treibstoff mehr. Und das Schiff ist leck!«

Die Männer der Küstenwache sprechen jetzt Englisch, hart, gebrochen. Offenbar sind sie irgendwo westlich von Kreta.

»You want go Italy, you go Italy! Wir helfen euch, das Leck zu flicken. Wir geben euch Treibstoff. Aber Treibstoff kostet Geld.«

»Ja, ja. Wir sammeln Geld ein!« Es ist einer der Alten, der das sagt, sie nennen ihn nur den Professor.

Er packt den Alten an der Schulter. »Das ist zu weit! Wir schaffen das nicht! Nicht mit dem Leck!«

Eine Diskussion entsteht, die meisten sind dafür, das Geld einzusammeln, die Wellen lassen die Bordwände der beiden Schiffe aneinanderreiben, er hört das Holz des Kutters ächzen. Einer der Küstenwachleute kommt herüber, folgt Ibrahim unter Deck, will helfen, das Leck notdürftig zu flicken. Er sieht sein Gesicht noch immer nicht, nur seine Hand. Er hat ein Feuermal dort, einen tiefroten Fleck, als wäre Blut auf die Hand gespritzt.

»Das ist Wahnsinn!« Er schreit die anderen jetzt an. »Vergesst das mit dem Geld! Das ist Selbstmord!«

»Du!«, brüllt der vom Küstenwachschiff. »Hast du hier was zu sagen? Komm rüber, wir verhandeln in Ruhe.«

Und dann ist er auf dem Schiff der Küstenwache, wird unsanft in die Kajüte gestoßen, fällt. Der Uniformierte spricht von oben zu ihm, sein Gesicht ist weit weg. Er hat ein Halstuch über Mund und Nase gezogen, vielleicht gegen die Kälte.

»Was bist du? Der Kapitän? The trafficker? One of those fucking traffickers? Bringing all the people, making all the money? Bist du einer von diesen verdammten Schleusern, die all die Leute herbringen und daran verdienen?«

»No!« Er versucht, hochzukommen. »Es sind keine Schleuser an Bord!«

»Ganz ruhig.« Der andere stellt den Stiefel auf seine Stirn, drückt sein Gesicht zu Boden.

»Natürlich bist du ein Schleuser. Wenn ihr hier an Land geht, Griechenland, da kriegst du als Schleuser zehn, fünfzehn Jahre. Die anderen kommen in Lager. Sind ja alle illegal. Nicht schön da. Zaun, Wachen, da kommt keiner raus. Unser Deal ist besser. Wir verkaufen euch den Diesel, ihr fahrt nach Italien. Everyone happy, you see?«

Der mit dem Feuermal ist zurück, steht da, sieht zu, tut nichts. Der andere nimmt seinen Fuß weg, stattdessen spürt er jetzt das kalte Metall einer Waffe im Nacken. Sie lachen, beide.

Es ist ein Spiel, er begreift es, ein grausames Spiel, sie wollen ihn nicht erschießen, sie genießen nur ihre Macht. Er spürt eine Hand, die ihn abtastet, sie suchen nach etwas, das sie stehlen können.

Und die Wut packt ihn, er bäumt sich auf: keine gute Idee, von oben hagelt es jetzt Schläge und Tritte, er krümmt sich zusammen, versucht, seinen Kopf zu schützen. Und plötzlich haben sie genug. Zerren ihn auf die Beine, stoßen ihn zurück, hinüber zum Kutter. *Gute Fahrt, Kapitän.*

Er strauchelt, rutscht ab, gerät mit dem Arm zwischen die Bordwände der Schiffe.

Ein jäher Schmerz schießt durch seine linke Hand, die gequetscht wird.

Dann dreht das andere Boot bei und verschwindet in der Nacht.

Und sie ist da, schlingt ihre Arme um seinen Hals, klammert sich an ihn. Sie hat Angst um ihn gehabt.

»Wie geht es dem Kleinen?«, fragt er, halb atemlos noch vom Schmerz der zerquetschten Hand.

»Alles in Ordnung«, flüstert sie. »Wir fahren also weiter? Nach Italien?« Und sie lächelt.

Er schiebt sie behutsam von sich, er muss sich um den Kurs kümmern. Ibrahim und Hassan warten. Drei Skipper für ein Boot, siebzehn Tage.

Wann haben wir zuletzt geschlafen? Ein lachendes Schulterzucken. *Geschlafen? Wer weiß das schon.*

Der Professor hockt an der Reling, in seinem Gesicht steht etwas wie Triumph, der Professor hat erreicht, dass sie das Geld einsammeln und weiterfahren.

Er verspürt das unbedingte Bedürfnis, den alten Mann zu schlagen.

Die Bordwand ist zermürbt vom Aneinanderreiben der beiden Schiffe. Das Holz ist an mehreren Stellen gesplittert. Und der Kurs, den sie jetzt fahren, ist härter am Wind. Noch mehr Wellen. Früher sind sie hier gesegelt, es ist kaum vorstellbar. Aber mit einer richtigen Crew. Und auf Schiffen, die für das offene Meer gemacht waren.

Wie sehr er sich danach sehnt, unter weißen Segeln über die Wogen zu gleiten! Leicht und frei!

Eine Stunde später dringt unter Deck wieder Wasser ein, rascher jetzt. Der Wind hat aufgefrischt, das ist Windstärke acht, mindestens. Und es kommt der eine Brecher, der zu viel ist. Das zerriebene Holz der Steuerbordwand hält nicht länger stand. Die Reling bricht als Erstes, dann die Planken, das ganze Schiff bricht auseinander. Wie ein Spielzeug.

Wasser dringt in die Schläuche unter Decke, der Motor stottert. Ibrahim hat ihn auf der Fahrt neun Mal repariert. Diesmal schüttelt er den Kopf.

Und dann, endlich, ist klar, dass sie es nicht schaffen werden.

Fünfzehn Schwimmwesten und ein Rettungsboot.

Es dauert zu lange, das Boot zu Wasser zu lassen, Panik breitet sich aus, wie viele Menschen passen in dieses Boot? Zwanzig? Dreißig? Frauen weinen. Kinder schreien. Männer beten. Noch ein Notruf, aber diesmal, er ahnt es, bleibt er ungehört.

Er sieht *sie* einen Moment lang an der Reling stehen, sie hält sich mit einer Hand fest und streckt die andere aus, eine schlanke weiße Hand in der Nacht. Als ließe sie die Schmetterlinge frei.

Die Schmetterlinge der Heimat.

Zuletzt dürfen sie fliegen, mit all ihren Träumen, hinaus in die weiche, samtene Nacht.

Es ist ein Chaos, das er später nicht beschreiben kann.

Menschen im Wasser, Menschen, die sich außen an das Rettungsboot klammern, das Wasser ist voller Köpfe, voller Körper. Er hat über solche Dinge gelesen, Bilder gesehen, er hat nie geglaubt, dass es ihnen passieren wird. Niemand glaubt, dass es ihm selbst passiert. Sie ist im Boot, er sieht sie, sie ist sicher. Sie hält etwas, er schüttelt den Kopf. Sie hat die Oud mitgenommen, tatsächlich, hält das Instrument in den Armen wie ein zweites Kind. Als könnte sie die Töne von früher retten. Die Melodien, die er für sie gespielt hat, im späten Sonnenlicht auf einer Türschwelle, in der staubigen Mittagsluft und im blauen Abend.

Nur Ibrahim steht noch an Bord, neben ihm.

»Geh jetzt«, sagt er.

»Nein! Ich bleibe bei dir! Ein Kapitän geht mit seinem Schiff unter.«

Er spürt die Hand des Älteren auf seinem Kopf. »Du bist kein Kapitän. Du bist nie ein Kapitän gewesen. Das sind Träume. *Sie* braucht dich. Du musst es versuchen. Schwimm. Ich kann es nicht.«

Und dann umfängt das Wasser ihn.

Vor ihm tanzt das Rettungsboot zwischen den schwarzen Wogen der Nacht. Die nächste Küste ist viele Meilen weit entfernt. Das Meer wartet darauf, die Menschen auf dem Boot zu verschlingen, wie es andere verschlungen hat, Hunderte, Tausende. Tief unten liegen sie in der samtenen Schwärze und schlafen.

Europa. Nein, hier herrscht kein Krieg, hier gibt es keine Folter, keinen Hunger und keine Gewalt.

Europa ist ein stilles, friedliches Grab.

Er schwimmt auf das Rettungsboot zu, das zu voll ist.

Auf die weißen Mädchenarme zu, die die Oud halten. Auf ihren Körper zu, der eine Zukunft hält, ein ungeborenes Leben.

Du musst es versuchen, hat Ibrahim gesagt.

Er schwimmt.

1

Sonnenlicht auf dem Wasser.

Damit begann es.

Sonnenlicht und die See, Sonnenlicht und tausend funkelnde Tropfen, und in der Ferne ein Streifen Land. Ein grüner Strich hinter den türkisblauen Wellen:

Die Insel.

Jule presste die Stirn ans Fensterglas, versuchte, die Weite der See zu fühlen. Okay, sie hatte sich die Fähre romantischer vorgestellt. Einen kleinen, heruntergekommenen Dampfer. Nicht dieses abgeschlossene Gefängnis von einem Speedboat.

Und natürlich sprangen da draußen keine Delfine herum, und die Schwärme der Fliegenden Fische hatten offenbar einen Pilotenstreik, jedenfalls waren keine da. Aber das Meer war so blau, wie sie es haben wollte, und der Morgen so sonnig und das Englisch der Lautsprecheransagen unverständlich. Sand rieselte aus den Kunststoffbezügen der Sitze.

Griechenland.

Jule warf ein Blick auf ihr Handy. *Gut angekommen?*, schrieb Evelyn.

Ja, schrieb Jule. *Fähre auf Kreta erwischt. Taxi zum Hafen war ziemlich Formel 1. Jetzt auf dem Meer.*

Neid, Neid, Neid, schrieb Evelyn.

Jule lächelte. *Ich bring dir ein bisschen Blau mit.*

Sie steckte das Handy weg und sah wieder durch die verdreckte

Scheibe. Evelyn hätte hier sein sollen. Jule hatte in dieser Nacht lange, lange am Flughafen auf sie gewartet, und dann war der Anruf gekommen: Evelyn lag im Krankenhaus. Blinddarmdurchbruch.

»Ist das nicht was, was man eher mit zehn oder elf hat?«, hatte Jule gefragt.

Evelyn hatte fast geweint am Telefon, sie hatten diese Reise so lange geplant, zwei Wochen Griechenland, zwei Wochen Mittelmeer und Strand, und zwar im Frühling, vor dem Ansturm der Touristen. Eine Woche Osterferien und eine Woche versäumte Schulzeit, was nicht erlaubt und nicht ganz verboten war: Sie hatten beide die letzten Klausuren vor den Osterferien geschrieben. Die Pflichtstunden zur Vorbereitung auf die Abiturprüfungen würden erst stattfinden, nachdem sie wieder da waren.

»Wir werden in der Sonne liegen«, hatte Evelyn träumerisch gesagt, »an einem einsamen Strand, den wir ganz für uns alleine entdecken, und uns ab und zu ein bisschen abfragen …«

»Ja. Ein bisschen. Und für den Rest lesen und schwimmen.«

Jetzt! Jetzt war die Insel ganz nah, man konnte Felsen und einzelne Bäume ausmachen, Dächer von Häusern unter dunkelgrünen Kiefern, rote Dächer, gedeckt mit ineinandergreifenden, halbrunden Schindeln, Mönch und Nonne, so hießen sie doch, oder? Es war ihr schon auf Kreta aufgefallen, die Landschaft war beinahe die der Toskana, dunkelgrüne Zypressen, Pinien, Kiefern. Es gab auch die typischen weißen griechischen Quaderhäuser mit den blauen Türen, doch sie waren seltener als auf den Inseln, die Jule aus den Ferien ihrer Kindheit kannte, auf anderen griechischen Inseln.

Eine schnarrende Lautsprecherstimme scheuchte die halb schlafenden griechischen Familien und ein paar verstreute vorsaisonale Touristen auf, und Jule sah sich dem Problem gegenüber, ihren Trekkingrucksack aus dem Gewirr von Taschen und Koffern zu bergen. Im ersten Moment fand sie ihn nicht und stellte sich vor, wie es wäre, ohne Gepäck anzukommen, weil der Rucksack gestohlen worden war. Nur mit den Kleidern, die man am Leib hatte. Und ohne Pass.

Denn der Pass befand sich klugerweise, genau wie die Geldkarte, im Rucksack.

Das Leben würde auf merkwürdige Weise ganz neu beginnen, man wäre jemand anders …

Aber da war er, der Rucksack, der hellgrüne Kunststoff leuchtete ihr entgegen. Und im Deckelfach steckte ihr Pass. Sie betrachtete das biometrische Foto eines jungen Mädchens mit den halblangen braunen Korkenzieherlocken und den grünen Augen. Das Foto eines Gesichts, in dem die dunklen Sommersprossen ineinanderflossen wie Kontinente auf einer Landkarte.

Der goldene Adler auf dem roten Einband des Passes bewachte ihre Identität und ließ keinen Zweifel daran aufkommen, wer sie war und wohin sie gehörte.

Das Schnellboot öffnete seine Türen wie ein Raumschiff und entließ seine Gefangenen in die Freiheit echter Luft und echten Sauerstoffs. Eine Woge aus neuen Gerüchen schlug Jule ins Gesicht: gebratener Fisch, Meersalz, Diesel, Rauch, das Harz von Kiefern oder Pinien. Es war kühl, aber auf dem Wind schwamm das Sonnenlicht, und sie blinzelte. Dann stolperte sie über die Gangway an Land, blieb einen Moment stehen und sah sich um.

Der Hafen bestand aus einer Menge Beton und Asphalt, einem langen, leeren Kai und einem kleinen Café mit gelben Plastikschalenstühlen davor und einem Postkartenständer. Einer alten, offenbar nicht mehr genutzten Lagerhalle. Einem Ticketbüro.

Eine träge Katze döste im Halbschatten.

Umarmungen und Küsse wurden am Kai ausgetauscht, Taschen überreicht, Kisten in Autos geladen, auf Mopeds, auf Schultern, und dann verließen die Heimgekehrten mit ihren Familien den Platz, lachend, fröhlich, guter Dinge.

Neben Jule stand ein älteres Paar mit geröteten Gesichtern, halblangen kakifarbenen Stoffhosen, praktischen faltbaren Sonnenhüten und zwei kleinen Rollkoffern: die einzigen anderen Touristen.

Eine ausladende, mütterliche Person winkte mit einem Schild »MR. + MS. Smith-Fortescue – HOTEL«, und die beiden zogen ihre Rollkoffer auf sie zu wie auf einen rettenden Hafen.

Und dann sah Jule, dass da noch jemand mit einem Schild war, er hatte es bisher nicht richtig hochgehalten: ein alter Herr in einem Anzug. Auf seinem Schild stand, mit ordentlich geschwungenen Buchstaben handgemalt:

JULIE LANGENBEEK + EVELYNE HARFNER. Sie hatten die Unterkunft übers Netz gemietet und bezahlt, die einzige der wenigen Pensionen, die bereits Ende April öffneten. Jule lächelte und ging auf den alten Herrn zu. Ihr Schatten hing an ihren Füßen und schleifte über den rauen Boden, als leiste er einen gewissen Widerstand.

Noch kannst du umdrehen und mit demselben Schiff wieder zurück nach Kreta fahren, flüsterte der Wind.

Warum sollte ich?, fragte Jule ihn, lautlos. *Was soll schon passieren, auf einer kleinen Insel wie dieser? Gut, ich mache zum ersten Mal ganz alleine Urlaub. Na und? Zwei Wochen Urlaub werden kaum mein Leben verändern.*

Sie war jetzt bei dem älteren Herrn in seinem merkwürdig formellen Anzug angekommen, und er deutete eine Verbeugung an.

»Jule«, sagte Jule. »No Evelyn. Only Jule. Evelyn ist in der Klinik.«

Sie zeigte auf ihren Bauch, versuchte, ein leidendes Gesicht zu machen, und merkte im gleichen Moment, dass man das missverstehen konnte. »Nein, nein, ich bin *nicht* schwanger«, sagte sie, doch das verstand der Herr im Anzug noch viel weniger, er nickte freundlich und sagte auf Deutsch »Sehr schön, sehr schön«, dann versuchte er, ihr den grünen Trekkingrucksack abzunehmen, doch sie bestand darauf, ihn selbst zum Auto zu tragen. Das Auto war ein weißer Kleinlieferwagen, hinten gab es keine Sitze, dafür eine Menge Kisten. Jule kletterte auf den Beifahrersitz, kurbelte das Fenster herunter und sog wieder den Geruch der Insel ein.

»Unsere rooms. Sehr schön«, sagte der alte Herr und ließ den Motor aufheulen, ehe der Lieferwagen einen Satz nach vorn machte. Jule hielt sich vorsichtshalber am Türgriff fest. »Rooms mit Meerblick«, sagte der alte Herr. »Meerblick sehr schön. Erste Mal hier?«

»Ja.« Jule sah aus dem Fenster, sah zu, wie der Lieferwagen sich die Serpentinen vom Hafen hinaufarbeitete, und ließ ihren Blick durch das sachte Hellgrün unter den Olivenbäumen gleiten, wo Gras und kleine lila Blüten sich im Märzwind wiegten.

»Sehr schön, sehr schön. Du gefällst Griechenland?«

Jule lehnte sich im Sitzpolster zurück und seufzte. »Sehr schön«, antwortete sie. »Polí kalá.«

»Oh, sprech griechisch?«

»Hm«, murmelte Jule, »zwar nur zehn Worte, aber die spreche ich fließend.«

Sie wünschte mehr denn je, Evelyn wäre bei ihr gewesen, damit sie ihr zugrinsen konnte.

Am Ende der Serpentinen lag ein kleiner Ort zwischen dem Grün von Kiefern und Esskastanienbäumen. An den Natursteinmauern der alten Häuser wucherten die ersten Frühlingstriebe von Bougainvilleen und Passiflora, im Sommer würden sie zyklamfarben und lila blühen. Der Anblick musste unglaublich sein, ein Dorf auf violetten Wolken. Jule versuchte, mit dem Handy ein Bild aus dem Fenster zu machen, für Evelyn, aber genau in diesem Moment fuhr ein Moped zu dicht an dem Lieferwagen vorbei, und sie zog die Hand mit dem Handy gerade noch weg. Der alte Herr bremste und schimpfte, und auch das Moped hielt.

»Meine Sohn«, sagte der Alte kopfschüttelnd. Ein Mädchen mit einer Einkaufstasche kletterte vom Moped, umarmte den Fahrer und ging eine der Gassen entlang davon. Der junge Mann blickte ihr einen Moment nach, nahm dann den Helm ab und fuhr sich mit einer Hand durchs Haar. Er sah unglaublich gut aus, und es war vollkommen klar, dass er das wusste. Er lächelte Jule an, er stand genau neben ihrem Fenster. Sehr nah.

»Du hast Zimmer unsere gemieten?«, fragte er. »Welcome. Erste Mal hier?«

Jule nickte, warf einen kurzen Blick in den Außenspiegel und betrachtete sich für Sekunden: diese verdammten Locken, die sie vor einer Woche wieder abgeschnitten hatte, allerdings nicht kurz genug, um sie zu entkringeln. Die grünen Augen. Die dunklen Sommersprossen. Die Ohrringe, die sie selbst gemacht hatte: große, grüne Kreise mit kleinen silbernen Spiralen darin. Die Ohrringe, beschloss sie, waren schön. Über den Rest ließ sich streiten.

»Ich bin Kostas.« Der Mopedfahrer streckte eine Hand durchs Fenster, um ihre zu schütteln.

»Jule. Sie sprechen … sehr gut Deutsch.«

Er machte eine ausladende Geste mit dem Arm. »Viele Tourist! Gut Deutsch, Englisch bisschen, Japanisch bisschen. Ich spreche alles.« Er lachte. »Wie lange du bist hier? Auf Insel?«

»Zwei Wochen«, sagte Jule.

Kostas nickte. »Wenn Problem ist mit Zimmer, ja, da ist für mich. Du rufst mich an. Elektrik, Wasser, irgendwas, ich mach alles.« Er zog eine Visitenkarte hervor, strich die Nummer darauf durch und kritzelte eine andere daneben. »Kostas Nikopolidis.«

Dann setzte er den Helm wieder auf, stieg auf das Moped, ließ den Motor aufheulen und verschwand in einer der kleinen, engen Gassen. Sein Vater knurrte irgendetwas und startete den Lieferwagen wieder. Jule hielt die Visitenkarte mit dem Namen »Kostas Nikopolidis« in der Hand und stellte sich vor, wie sie ihn anrufen würde, um mit hingehauchter Schlafzimmerstimme zu sagen: »Meine Klospülung ist kaputt. Kannst du mal nachgucken?«

»Aber sicher«, würde er sagen. »Ich komme.«

Als sie wieder aus dem Fenster sah, hatte der alte Nikopolidis das Dorf hinter sich gelassen und fuhr weiter die Straße entlang. Es ging wieder ein wenig abwärts, fort von den hübschen Gassen, den bunten Farben, den Menschen. Und endlich hielt der Lieferwagen.

»Hier«, sagte der alte Nikopolidis und stieg aus.

Er führte sie einen schmalen, unbefestigten Weg entlang, durch hohes hellgrünes Gras und junge Disteln, bis zu einer Gruppe von ein paar weißen Häusern, hinter denen das Land zum Meer hin in Terrassen abfiel. Diese Häuser waren würfelförmig, ein wenig ineinander verschachtelt, wie von Escher gemalt, und über ihnen schwebte eine unwirkliche Stille. Nur der Wind räusperte sich in den Ästen eines alten Olivenbaums. Der alte Herr bürstete ein Stückchen Rinde von seiner Anzugjacke und führte Jule eine steile kleine Treppe hinauf, die seitlich an einem der Häuser klebte.

Die Stufen führten auf eine winzige Terrasse, auf der ein wackeliger Plastikstuhl stand, und daneben gab es eine Tür, die erst nach längerem Rütteln aufging.

»Tür immer kaputt«, sagte der alte Nikopolidis mit einem Seufzen. »Room aber sehr schön.«

Jule trat ein, bückte sich nicht weit genug und stieß sich prompt den Kopf. Die Tür war niedrig, das Haus alt. »Besser für kleine Mensch«, sagte der alte Nikopolidis mit einem Lächeln.

Sie setzte ihren Rucksack ab, sah sich um und spürte, dass sie angekommen war. Dass dieses Zimmer auf sie gewartet hatte, schon seit Anbeginn der Zeit. Sie atmete tief ein, roch die Kühle der alten Mauern und die See draußen, wo in der Ferne ein Fischerboot über unwirklich blaue Wellen gaukelte. Sie sah es durchs Fenster, dessen Holzläden offen standen und so blau waren wie das Wasser.

Darunter stand ein Tisch mit einem weiteren wackeligen Plastikstuhl und an der Wand ein großes, altmodisches Bett. Das Zimmer war perfekt: die kahle Glühbirne an der Decke, das winzige Bad, die Kochnische mit dem Gasofen in Toastergröße. Die Wände, in deren Farbe jemand beim Streichen ein paar kleine Schneckenhäuser gedrückt hatte.

Ja, es war perfekt, aber es wäre perfekter gewesen, das alles mit jemandem zu teilen. Sie dachte an Evelyn und schluckte. Und lächelte den alten Nikopolidis an. »Polí kalá. Sehr schön hier.«

»Ja. Wir machen viel Mühe für Touristen. Alles schön.«

Er nickte, legte den Schlüssel auf den Tisch und wandte sich zum Gehen. »Viel Platz auch«, sagte er noch. »Dieses Häuser leer. Season starts, Menschen kommen. Winter, sie wohnen Kreta.

Oder Athen. Jetzt viel Platz ist für Sie allein.« Er lächelte und stieg, vorsichtig, die steilen Stufen hinunter.

Jule sah hinunter auf die weiten Wiesen, wo noch mehr Olivenbäume standen, sah die violetten und weißen Köpfe von Frühlingsblumen im Wind wippen, sah die kleinen Steinwälle dazwischen. Auf der weißen Terrassenmauer lag eine Reihe von Jakobsmuscheln, alle mit einem Loch an der Spitze, alle nach Westen ausgerichtet, als wären sie auf einer Wanderung.

Vielleicht hatte der letzte Tourist sie hiergelassen, vor dem Winter.

Die Tür zu Jules Zimmer klappte im Wind hin und her. Drinnen stand der grüne Rucksack unausgepackt auf dem Boden. Seltsam, dachte sie, sie hatte das Gefühl, das Zimmer hätte auf sie gewartet. Und zwar nur auf sie. Nicht auf Evelyn. Als hätte es immer gewusst, dass sie käme und dass etwas ganz Bestimmtes, Bedeutungsvolles hier geschehen würde. Es machte ihr ein wenig Angst.

hi
muss gr. karte fuer handy kaufen
sonst zu teuer
wohne sehr windig
jule

Sie legte ihre T-Shirts und die beiden Hosen in das Einbauregal, das so weiß gestrichen war wie die Wand und dessen Farbe abblätterte. Auf die Hosen. Sie lachte darüber.

Dann stellte sie die Romane, die sie mitgenommen hatte, alle auf den kleinen Tisch, eine hübsche Bücherreihe direkt unter dem Fenster. Die Vorhangstange war vorhanglos. Sie hängte ihren breiten grünen Baumwollschal mit den kleinen aufgestickten hellen Spiralen darüber, den ihre Mutter ihr vor Urzeiten geschenkt hatte. Schließlich stellte sie die flache Holzkiste auf den Tisch, die ganz unten im Rucksack gewesen war, strich mit dem Zeigefinger darüber und lächelte.

Die Kiste enthielt eine Handvoll bunter Glasperlen, Silberdraht, eine Zange und ein paar andere Dinge. Jule würde eine Menge Muscheln und schöne Steine finden, Holzstücke vielleicht, vom Wasser abgeschliffenes Glas … lauter Dinge, die man mit etwas Phantasie zu etwas Neuem verarbeiten konnte: einer Kette, einem Anhänger, einem Mobile. Sie schuf oft solche neuen Dinge, wenn sie nachdenken musste, solange ihre Hände arbeiteten, ging es besser.

Zwischen den Glasperlen lagen in der Kiste verschieden große Metallglöckchen, die Evelyn ihr geschenkt hatte. Jule legte sie auf den Tisch. Dann holte sie die Muscheln von draußen und ließ ihre Finger arbeiten, während sie den Wind im Gesicht spürte, der vom offenen Meer her kam. Und sie merkte, wie sie ruhig wurde, ganz ruhig.

Muschel. Glocke. Glocke. Muschel.

Und dazwischen die winzigen silbernen Quetschperlen, die man mit der Zange zudrücken musste und die die Objekte an ihrem Platz hielten. Eine einfache Weltenordnung.

Schließlich legte Jule sich die Muschel-Glocken-Kette in drei großen Schlaufen um den Hals wie einen Talisman und zog ihre Windjacke über. Sie war jetzt ruhig genug. Sie konnte damit beginnen, die Insel kennenzulernen.

Die Wiesen waren wie Terrassen angelegt, umgeben von jenen Wällen oder niedrigen Mäuerchen aus Feldsteinen. Der Pfad, der hinunter in Richtung Meer führte, war tief eingeschnitten wie ein Bach, auch er links und rechts begrenzt durch kleine Mauern. Niedrige Steineichen mit dunkelgrünen Blättern breiteten ihre gekrümmten Äste hie und da über den Weg, sodass er wirkte wie ein Gang. Eidechsen saßen auf den Steinen und huschten lautlos fort, wenn Jule sich näherte.

Es roch nach Kräutern. Majoran, Thymian, Basilikum.

In den Wiesen standen die Farbflecken des Frühlings. In der Ferne grasten irgendwo Schafe, Jule hörte ihre Glocken. Ferner, stiller, lag das Meer.

Und dann war da eine Bewegung, direkt vor Jule, und sie zuckte zusammen. Blieb stehen. Es war nicht die Bewegung des Windes in den Ästen gewesen, auch kein auffliegender Vogel. Etwas Größeres. Gab es hier Ziegen? Hasen?

Das hohe Gras bewegte sich wieder, und etwas tauchte darauf aus, tauchte auf wie aus einem grünen Meer, ungefähr fünfzig Meter von Jule entfernt. Es war ein Mensch.

Ein junger Mann.

Und er war genauso erschrocken wie sie. Sie sahen einander an – es dauerte nur eine oder zwei Sekunden. Seine Augen waren dunkel und leicht zusammengekniffen, konzentriert, sein schwarzes Haar zerzaust, sein Gesicht schmutzig, bärtig, zerschrammt. Und jetzt war er fort. Untergetaucht im Grasfrühlingsmeer.

Jule blieb einen Moment stehen und schüttelte den Kopf, unsicher, was sie eigentlich gesehen hatte. Er hatte etwas in der Hand gehalten, einen Stock, an dessen Ende etwas gehangen hatte. Fische, dachte Jule, braune, getrocknete Fische. Sie hatte die Schrift auf seinem verwaschenen T-Shirt nicht lesen können, es war braungrau gewesen oder eigentlich farblos, am Hals ausgerissen. Der ganze Mensch war eine ziemlich abgerissene Erscheinung gewesen. Nichts, das man in der Schönheit einer griechischen Insel im Frühjahr erwartet. Vielleicht, dachte Jule mit leisem Unbehagen, war er nicht ganz normal. Leute, die krank im Kopf waren, lebten manchmal auf der Straße, in abgelegenen Orten wie Inseln, wo es keine Heime für sie gab – war es nicht so? Oder sie streunten herum wie Tiere. Sie schluckte. Sie wollte keinem Verrückten begegnen, der vielleicht gewalttätig wurde, wenn man ihm zu nahe kam.

Obwohl es, wenn sie näher darüber nachdachte, abgesehen von dem schmutzigen T-Shirt und dem Zustand seines Haars ein ziemlich hübscher Verrückter gewesen war.

Etwas hatte nicht gestimmt mit seiner Hand. Ein Streifen Stoff war um seine linke Hand gewickelt gewesen wie ein Verband. Ein nicht sehr sauberer Verband.

Sie ging ganz langsam um die nächste Kurve und kletterte dann auf die kleine Mauer. Sie sah jetzt die Schafe, deren Glocken sie gehört hatte. Das Gras wiegte sich so hoch und melodisch wie zuvor.

Als wäre nichts gewesen. Als wäre nie jemand aus diesem Gras aufgetaucht mit einem ausgerissenen T-Shirt, einer verbundenen Hand und einem zu Tode erschrockenen Blick in den Augen.

Auf dem sich nach unten windenden Weg, zwischen den Olivenbäumen, auf den Wiesen … war niemand zu sehen. Nichts und niemand außer den Schafen.

Jule balancierte ein ganzes Stück auf der Mauer.

Vor ihr gaukelte ein kleiner Falter mit plumpem, pelzigem Körper durch die Luft. Die Glocken an der Kette klingelten manchmal leise, sie spürte die Muscheln auf ihrer Haut, und sie schlüpfte aus der Regenjacke und band sie um; ihr war jetzt warm von der Bewegung. Sie wollte den Wind spüren. Es war, als könnte man die Ferne berühren.

Evelyn hatte immer darüber gelacht, dass Jule so gerne auf Mauern balancierte. Wie ein Kind.

Sie fotografierte die Felder und die Farbtupfen für sie.

Evelyn, es ist komisch, würde sie ihr schreiben, später. *Da war ein Junge, ganz plötzlich. Aber vielleicht habe ich ihn mir nur eingebildet. Trotzdem. Ich komme mir jetzt so … beobachtet vor.*

Der Schmetterling wurde von einer Bö mitgenommen und war fort.

An einem Olivenbaum, der halb in der Mauer verwurzelt war, blieb Jule schließlich stehen. Sie legte die Hand an die zerklüftete Rinde und spürte das Leben in dem Baum. Dann nahm sie die Kette aus Muscheln und Glöckchen ab, streckte sich und hängte die drei Schlaufen an einen der knorrigen, knotigen Äste. Nur so.

Einen Moment stand sie da und lauschte dem Klingen, das entstand, wenn der Wind die Muscheln und Glocken aneinanderstoßen ließ. Ein Dreiklang.

Als sie weiterbalancierte, klangen die Glöckchen noch immer hinter ihr her. *Als hinge eine Herde Schafe im Baum.* Jule lachte. Und sicher war es besser, zu lachen, als sich beobachtet vorzukommen und Angst zu haben. Auf einer der Wiesen fand sie einen flachen Felsen, auf dem man liegen und sich sonnen konnte wie die Eidechsen auf den Mauern, und das tat sie. Sie merkte nicht, wie sie einschlief. Sie träumte vom Klang der Glocken.

Und von einem Schatten, der auf sie fiel und wieder fort war.

Als sie aufwachte, war die Sonne ein gutes Stück weitergewandert am Himmel, das Meer war nicht mehr türkisblau, sondern ultramarin, und vom Horizont fegte die Brise den Abend heran.

Jule streifte die Regenjacke wieder über. Der Geruch nach Salz und Fisch war strenger geworden. Nein, dachte sie dann, er war zu streng. Er war ganz nah.

Verdammt. Neben ihr, in einer der Spalten des Felsens, lag ein flaches braunes Ding, das sie bisher übersehen hatte. Es war ein Fisch. Ein aufgeschnittener, entgräteter Trockenfisch. Jetzt sah sie auch sein totes Auge.

Der Junge mit der verbundenen Hand hatte Fische getragen, auf einen Ast aufgespießt. Er hatte sie von irgendwo geholt, wo sie in der Sonne gelegen hatten. Einen hatte er vergessen.

Jule sprang schneller auf die Beine, als sie geplant hatte, stolperte, schrammte sich auf dem Felsen auf und fluchte. Dann machte sie sich auf den Rückweg zu ihrem Ferienzimmer. Und kam sich schon wieder beobachtet vor. Beobachtet von einem toten Fisch. Sie versuchte, eine Abkürzung über die Wiesen zu nehmen, strandete an einer Dornenhecke, musste einen Umweg machen und erreichte die winzige Terrasse erst, als es beinahe dunkel war. Die Dunkelheit kam schneller hier als zu Hause.

OP ist gelaufen, Blinddarm raus!, schrieb Evelyn.

Schön, schrieb Jule, *und ich habe eine Leiche gefunden.*

Wie bitte?

Es ist nur ein Fisch.

Aber sie kam sich trotzdem komisch vor, und sie machte das Handy aus, um keine Fragen beantworten zu müssen.

An diesem Abend versuchte Jule, warm zu duschen. Der Boiler an der Wand funktionierte tatsächlich, das Wasser wurde lauwarm. Aber als sie den Hebel berührte, bekam sie einen elektrischen Schlag. Und als sie den Duschkopf aus seiner Halterung nahm, lief ein unangenehmes Kribbeln durch ihre Hand. Irgendwo fehlte in diesem Stromkreislauf eine Erdung.

Sie stellte die Dusche aus, legte sich nackt aufs Bett und lauschte eine Weile dem Wind.

Schließlich zog sie sich an, weil sie fror, und klebte eine Kerze draußen auf den kleinen Tisch auf der Terrasse. Dort aß sie zu Abend, alleine, im Kerzenflackerlicht, in den Wollpullover ihres Vaters gekuschelt, den sie zu diesem Zweck mitgenommen hatte.

Das Abendessen bestand aus abgepacktem deutschem Flugzeugschwarzbrot und einem halben Liter griechischen Ananassaft vom Flugplatz Heraklion. Und die Einsamkeit packte sie plötzlich mit aller Macht, groß und schwarz und kühl wie die Nacht.

Evelyn, ich wünschte, du wärst hier. Du hättest auch daran gedacht, eine Flasche Wein zu kaufen. Die Dusche verteilt elektrische Schläge, da draußen rennt vielleicht ein Verrückter rum, und ich bin ganz allein.

Und da geschah etwas Seltsames. Sie hörte den Dreiklang ihrer Kette im Baum. Es war unmöglich, der Olivenbaum mit der Kette stand viel zu weit weg, so weit konnte der Wind die Töne nicht tragen. Dann begriff sie: Es war nicht der Klang der Glöckchen. Es war nur der gleiche Dreiklang. Der gleiche Dreiklang, gespielt von einem anderen Instrument, vielleicht einer Gitarre; verpackt in eine Melodie.

Jemand war hier, ganz in der Nähe, und spielte, obwohl sie ihn nicht sah. Und auf einmal hatte sie Angst. Sie war ganz allein, und jemand, der Gitarre spielte, konnte durchaus auch andere Dinge tun als Gitarre zu spielen.

Sie floh nach drinnen und schloss die Tür zweimal ab. Doch dann lag sie auf dem Bett und lauschte der Melodie. Und obwohl sie noch immer Angst hatte, fühlte sie sich gleichzeitig seltsam getröstet. Die Töne waren schön und ein wenig melancholisch.

Der dort draußen hatte ihren Dreiklang gefunden und mochte ihn, aber er spielte nicht für sie. Er spielte für sich selbst und für den Wind.

Und dann liegst du da in der Nacht, die Töne noch im Ohr, und draußen geht der Wind. Ruhelos.

Es ist zu kalt, auch mit dem Stroh, es ist immer zu kalt.

Du hörst die anderen atmen. Keiner von ihnen weiß, was du an diesem Tag gesehen hast. Zufällig. Wenn du den Fisch nicht geholt hättest, hättest du nichts gesehen, der verfluchte Fisch.

Sie war ganz plötzlich da. Da, wo nie jemand ist, wo bisher alles sicher war. Sie stand einfach auf der Mauer. Und du hast zugesehen, wie sie ihre Arme nach dem Ast des Olivenbaums ausstreckte und ihre Kette in den Baum hängte – eine Kette aus Glöckchen und Muscheln.

Deinen Muscheln.

Du wusstest es gleich, wusstest, wo sie wohnt. Und dass du nie mehr alleine dort auf der verlassenen Terrasse sitzen würdest und dir vorstellen, das Haus wäre deines.

Du hättest nicht zulassen dürfen, dass sie dich sieht. Sie hat dich verhext, mit ihrem Blick, wirklich.

Sie hat Augen wie grünes Glas. Blank und klar. Und irgendwie … suchend. Ganz anders als die Menschen, die du kennst.

Sie sieht die Welt mit diesen Augen an, als wäre sie neu. Wie ein Kind. Sie tut überhaupt alles wie ein Kind: ihre Locken um einen Finger wickeln, auf Mauern balancieren, Ketten in Bäume hängen … Vielleicht ist es das, was dich fasziniert. Du hast den Dreiklang der Glöckchen eingefangen und in der Oud wiedergefunden, und du hast da oben bei den leeren Häusern gesessen und gespielt, aber eines der Häuser ist nicht mehr leer. Dort war sie. Hat sie zugehört?

Wenn die anderen wüssten. Sie würden dich auslachen. Spiel ruhig, würde Hassan sagen, träum ruhig, aber lass sie dich nicht noch einmal sehen, verstehst du? Hexen sind gefährlich. Morgen früh müssen wir wieder rüber zur anderen Bucht, da wartet eine Menge harter Arbeit auf uns. Vergiss das nicht, wir gehören zusammen, keiner bleibt allein.

Lass dich nicht weghexen.

2

Was du in der ersten Nacht unter einem neuen Dach träumst, wird wahr.

Jule lag mit weit geöffneten Augen da und versuchte, sich zu erinnern, was sie geträumt hatte. Da waren nur vage Schemen, Schatten, verschwommene Gesichter. Das Geräusch von Wellen, Kälte, das Weinen eines Babys. Und ein Gefühl von panischer Angst.

Ihre Hände fühlten sich klebrig an und feucht, verschwitzt.

»Träume bedeuten gar nichts«, flüsterte sie und setzte sich auf. »Gar nichts.«

Durchs Fenster fiel das Licht eines späten Vormittags, und als sie das grüne Tuch beiseitezog, lag draußen die Landschaft wie eine Postkarte. Unsichtbare Singvögel saßen in den Bäumen und balzten, und der Duft von Thymian und Oregano mischte sich mit dem schwachen Geruch nach Autoabgasen und der Allgegenwart des Windes.

Morgen, Evelyn! Schlafmütze. Gehe Handykarte und Brot holen, dann auf zur Kirche Agios Nikolaos! Kultur und so. Komisch geträumt. Miss U.

Evelyn antwortete nicht, sie schlief wohl wirklich noch, Meilen und Meilen entfernt, in einem weißen Krankenhausbett, keimlos, traumlos, sicher. Sie hatten gemeinsam diesen Berg hinaufsteigen wollen, den höchsten Berg der Insel. Der Weg sollte ganz in der Nähe beginnen, direkt hinter der Chóra, dem Dorf.

Jule schrieb eine SMS an ihre Eltern und eine an ihren Bruder: Marc, der fünf Jahre älter war als sie und ungefähr das geradlinigste Leben lebte, das man sich vorstellen konnte. Er war nach der Schule in Amerika gewesen, so wie Jule es vorhatte, und studierte jetzt in Heidelberg Jura.

Jule putzte ihre Zähne in dem winzigen Bad. Ihr Gesicht im Spiegel war blass, die verlaufenen Sommersprossen wirkten wie Dreckspritzer auf Papier. Dieses Gesicht brauchte dringend Sonne. Luft. Eine Pause von Büchern und Fakten – und von beunruhigenden Träumen. Sie verteilte Sonnencreme auf Wangen und Stirn und dachte dann, dass es eigentlich besser war, einen Sonnenbrand zu bekommen. Ferienhafter.

Na, vielleicht auf der Nase.

Ein sandfarbener Hund begleitete sie die weite Kurve der leeren Asphaltstraße hinauf zur Chóra, dem Dorf. Der Duft nach Kräutern lag noch immer im Wind.

In der kleinen Bäckerei im Ort standen die Leute Schlange, redend, lachend, unbeschwert. Es roch nach frischem Brot. Der Hund legte sich vor die Tür, um auf sie zu warten, und Jule bückte sich und kraulte ihn hinter den Ohren, ehe sie die Bäckerei betrat. Er roch nicht nur nach Hund, er roch nach Fisch. Ein streunender Hund, der von Fischabfällen lebte. *Trockenfisch*, dachte Jule.

Dann stand sie in der Schlange, stand schließlich vor der Auslage mit den hellbraunen Brotlaiben und Blätterteiggebäck, das in kleinen Fettpfützen auf Papier lag.

Sie holte tief Luft und lächelte den Mann hinter der Theke an.

»Ena psomí paracaló. Ein Brot bitte.«

Wie oft hatte sie diesen Satz als Kind gesagt! Damals war sie mit ihren Eltern in Griechenland gewesen, ein paar wunderbare

Ferienwochen lang. Auf einmal fühlte sie sich wieder wie damals. Als wäre sie sieben Jahre alt. Glücklich und stolz über ihre griechischen Wörter, aber auch ein wenig ängstlich.

Das Gesicht des Mannes hinter der Theke zerbrach zu einem breiten Lächeln.

»Ena psomí«, wiederholte er, und dann sagte er etwas, das Jule natürlich nicht verstand und gab ihr ein Brot in einer dünnen Plastiktüte.

»Du sprichst griechisch, ja«, sagte jemand hinter ihr. Sie drehte sich um und blickte in das Gesicht von Kostas Nikopolidis. Er stand hinter ihr in der Schlange, ohne Motorradhelm und ohne Mädchen, und grinste.

»Ich … nur … diesen einen Satz. Und danke und bitte«, sagte Jule.

»Gut für Anfang«, sagte Kostas. »Wohnung gut?«

»Polí kalá«, sagte Jule und lächelte. »Nur die Dusche steht unter Strom.«

»Die Dusche …?«

»Nicht so schlimm«, meinte Jule. Und dann fiel ihr etwas ein. »Ist Trockenfisch eine Spezialität hier?«

»Trocken. Fisch«, wiederholte Kostas. »Fische sind nass, nein?«

Jule lachte. »Aber man kann sie in die Sonne legen, zum Trocknen. Damit sie länger halten. Tun die Leute das hier?«

Er schüttelte den Kopf. »Nein. Es gibt viele Fisch. Frische Fisch. Niemand macht Trockenfisch. Früher nur Fischer hier, jetzt wir haben Tourismus. Tourismus ist am meisten wichtig für Geld.«

»Ich habe gestern jemanden gesehen, der Fische getrocknet hatte. Auf einem Felsen, unterhalb von meiner Wohnung. Einen jungen Mann. Er hatte die Fische auf einen Stock gespießt.«

»Bei dem Haus, wo du wohnst? In April niemand geht dort.«

Er legte den Kopf leicht schief, schien zu überlegen. »Oder auch ein Tourist? Von andere Haus gekommen?«

»Vielleicht«, sagte Jule. »Ich … gehe jetzt mal los. Ich will auf den Berg. Zu dieser Kirche. Agios Nikolaos.«

Kostas sah in den Himmel. »Die Sonne ist zu hoch«, sagte er, sammelte sein Brot ein und zahlte. »Du hast Hut?«

Sie nickte.

»Pass auf, dass du nicht verläufst«, sagte Kostas. Dann rief jemand von draußen nach ihm, und sie betraten die Gasse zusammen. Dort lag noch immer der sandfarbene Hund im Schatten. Ein älterer Mann in dunkelblauer Uniform hatte sich gebückt, um ihn zu streicheln.

Er sah auf, als Jule hinaustrat, nickte kurz und winkte Kostas, er sollte kommen. Als Jule ihren Leihhund mit einem Stück Brot fütterte, verschwanden die beiden in einer Gasse, der Ältere ungeduldig, der Jüngere zögernd. Ihr fiel erst jetzt auf, dass auch Kostas eine Uniform getragen hatte, er war im Dienst. Was war er? Polizist? In jedem Fall stand er lieber in Bäckereien herum und redete mit Mädchen.

Der Hund begleitete sie durch die kleinen Gassen, deren sorgfältig platzierten Pflastersteine hier und da Muster bildeten: eine Schnecke, einen Fisch, zwei Vögel, deren Schnäbel sich berührten. Handyfotos für Evelyn.

Die zweistöckigen Häuser standen eng und machten die Gassen zu einem Labyrinth. Natürlich, das war beabsichtigt, damit sich Feinde und Seeräuber darin verliefen. Jule verlief sich drei Mal, ganz ohne ein Seeräuber zu sein, erst dann fand sie den Weg zur orthodoxen Kirche, hinter der der Wanderpfad beginnen sollte. Der Hund wich nicht von ihrer Seite. Neben der Kirche erhoben sich die schlanken, dunklen Körper von zwei Zypressen, deren scharfe Schatten auf den Platz fielen wie Messerschnitte durch die Wirklichkeit.

Auf einer Bank vor der Kirche saß eine Reihe schwarz gekleideter alter Frauen wie Krähen. Krähen mit Stützstrümpfen und angeschwollenen Fußgelenken. Sie sahen aus, als warteten sie darauf, dass etwas geschah. Schon seit Jahren.

Als Jule vorüberging, grüßten sie sie in dem lang gezogenen Singsang, an den sie sich aus ihrer Kindheit erinnerte: »Kalimeeera!« *Guten Morgen.*

Und Jule erwiderte das höflichere »Kalimerasass«. *Ihnen auch einen Guten Morgen.* Dann ging sie weiter, den Blick der Krähen im Rücken. Die zugehörigen alten Männer saßen übrigens weiter unten im Kafénion Markos, rauchten, tranken starken schwarzen Kaffee und spielten Tavli. Jule war auch an ihnen vorübergekommen, peinlicherweise wegen des Labyrinths sogar zweimal.

Sie war keinem einzigen anderen Touristen begegnet.

Hinter der Kirche entdeckte sie ein Schild mit der Aufschrift *Agios Nikolaos. Way to mountain.*

Der Weg auf den Kalamos, den Inselberg, schlängelte sich in schmalen Serpentinen in die Höhe, manchmal verlor er sich fast zwischen der Macchia, den niedrigen, dornigen Büschen, die auch im Frühling graugrün wirkten. Doch die winzigen weißen Blüten, die dazwischen in Felsspalten und Bodennischen schäumten, waren zart und schön, zerbrechliche Kunstwerke des Monats April.

Der Hund begleitete Jule nur bis zur ersten Gabelung des Pfades. Dann lief er nach links, obwohl Jule ihm sagte, dass sie nach rechts mussten. Der Reiseführer schien sich sicher zu sein, doch der Hund ließ sich nicht überzeugen.

Der Weg wurde steiler, die Sonne stand wirklich ziemlich hoch, aber der Ausblick auf die Insel und auf das Meer lohnte die Mühe. Evelyn hätte auf der Hälfte aufgegeben, Evelyn hatte es nicht so mit dem Wandern. Es sei denn, die Wanderung erstreckte sich zwischen Geschäften in einer ebenen Einkaufsstraße.

Jule dachte daran, wie ihr Vater sie als Kind auf den Schultern die Berge hinaufgetragen hatte und wie sie sich verlaufen hatten. Jedes Mal. Jetzt lag es einzig und allein an ihr selbst, sich zu verlaufen.

Zwischen den Dornen der Macchia graste eine Herde Schafe. Jule suchte im Gebimmel ihrer Glocken den Dreiklang, konnte ihn aber nirgends entdecken. Der Dreiklang, dachte sie, gehörte nur ihr. Und vielleicht dem, der die Melodie gespielt hatte.

Sie besaßen ihn zusammen, ohne einander zu kennen.

Ein Teil der Schafe drängte sich im Schatten eines halb in den Hang gebauten Stalles, eher noch einer Höhle, die zum Stall umfunktioniert worden war. Jule fand weitere Höhlen am Hang, schwarze Augen im Fels des Kalamos. Im Reiseführer stand etwas über die Zeit der venezianischen Eroberungskriege, zu der sich Menschen in diesen Höhlen versteckt hatten.

Jetzt gab es nur noch versteckte Schafe.

Auf halber Höhe machte Jule Rast, setzte sich auf einen Felsen, trank aus ihrer Wasserflasche und aß etwas von dem frischen Brot. Es schmeckte nach Ferien. Nach Freiheit. Neben dem Felsen entrollten sich die ersten Blätter des wilden Salbeis.

Die Häuser der Chóra mit ihren roten Ziegeldächern waren von hier aus nur noch eine Spielzeuglandschaft. Sie fand auch die kleine Siedlung hinter der Chóra, fand ihre eigene, winzige Terrasse.

Dort war jemand. Auf der Terrasse.

Ein Mensch, nicht genau zu erkennen. Er stand eine ganze

Weile dort, lief schließlich die Treppe hinunter und verschwand zwischen den Mauern.

Wahrscheinlich, sagte Jule sich, war es der alte Nikopolidis gewesen, oder Kostas, der beschlossen hatte, doch nach der Sache mit der Dusche zu sehen. Aber da stand kein Auto.

Sie dachte plötzlich an die Muscheln, die sie von der Mauer genommen hatte. Die alle nach Westen marschiert waren. Vielleicht war das dort unten der Mensch, der die Muscheln auf die Mauer gelegt hatte. Und nun fragte er sich, ob sie tatsächlich fortgewandert waren. Ganz von selbst.

Als Jule ihren Aufstieg fortsetzte, gaukelte ein Schmetterling vor ihr her, ein kleiner, plumper, irgendwie pelziger Schmetterling. Sie fotografierte ihn für Evelyn, und als sie das Bild abschickte, war er verschwunden. Als ließe er sich nicht gern in digitale Form bannen, als wäre sein Dasein ein Geheimnis.

Und endlich stand Jule vor der Kirche. Agios Nikolaos. Sie hatte ihr Ziel erreicht.

Die Spitze des Kalamos erhob sich hinter der Kirche noch ein Stück, aber dort hinauf führte kein Weg.

Die Kirche war weiß und kleiner als die Kirche unten in der Chóra. Die unten hatte ein Längs- und ein Querschiff, diese hier bestand aus einem einzigen Raum mit einem Dach aus roten Schindeln.

Hinter der Kirche gab es ein kleines Kloster, lange nicht mehr benutzt, es bestand nur aus ein paar Zellen für die Mönche, und das Einzige, das davon noch übrig war, war ein kleiner, ummauerter Garten.

Das hölzerne Tor hing schief in den Angeln. Zwischen den ordentlich umgegrabenen Beeten träumte ein einsames Schaf. Wer grub den Garten um? Wer goss im Sommer die Büsche an der Mauer, deren rosa Blüten so üppig im Wind wippten?

Jule drückte gegen die Tür der Kirche. Sie schwang langsam nach innen auf, hitzeträge. Das Zwielicht drinnen umfing sie wie kühles goldenes Wasser; die Fenster waren aus gelbem Glas. Der Geruch von Weihrauch und Myrrhe lag über allem wie ein schwerer Mantel.

Ganz vorne brannte unter dem Bild des heiligen Nikolaus eine Reihe Kerzen in einem alten Metallgestell, dünne weiße Kerzen. Vor den Kerzen stand eine ältere Frau mit einem grauen Schultertuch, das sie halb über ihr Haar gezogen hatte, vertieft in ein gemurmeltes Gebet.

Jule setzte sich still in eine der Kirchenbänke, um die Frau nicht zu stören.

Und dann merkte sie, dass sie die gemurmelten Worte verstand. Die Frau sprach Deutsch. Akzentfrei. Aber sie wirkte nicht wie eine Touristin.

»… dass der Herr seinen Grund für alles hat«, hörte Jule sie sagen. »Dennoch … hilf Faní über die nächste Woche, hörst du, diese Erkältung macht sie fertig, der Husten, sie schläft so schlecht, ich will nicht schon wieder mit ihr in die Klinik …« Eine Weile schwieg sie und sagte dann, zusammenhanglos: »Es sind jetzt sechs. Vorgestern haben wir noch zwei gefunden. Ist es richtig, was wir getan haben? Irgendjemand musste sie doch begraben.«

Sie schien auf eine Antwort zu lauschen, die niemand außer ihr selbst hörte. Jule dachte an tote Vögel, die aus dem Nest gefallen waren. Sie sah vor sich, wie die sanften Hände dieser Frau einen winzigen toten Federkörper in ein kleines Grab legten.

»Die letzten beiden waren so jung«, sagte die Frau. »Wir haben sie neben die anderen in die Erde gelegt. Die Erde im Wald ist zu hart, Stavros hat geflucht beim Graben. Sag dem Herrn, er muss ihm das vergeben. Stavros ist ein guter Mann.«

Jule sah noch immer das Bild der Frau vor sich, die einen kleinen toten Vogel in die Erde legte. Aber der Vogel in ihren Händen verwandelte sich in einen Menschen. Es war auf einmal kälter geworden in der Kirche.

»Es war doch richtig, es nicht zu melden, oder? Wenn wir es gemeldet hätten, hätten sie sie in Plastiksäcke gesteckt und irgendwohin abtransportiert. Ich habe das mal in der Zeitung gesehen, Plastiksäcke in einem Kühlhaus, gestapelt. Wie Abfall. Wir haben sie alle mit dem Kopf nach Osten begraben. Mekka. Stavros hat bloß gesagt, das auch noch, ist doch egal, wie sie liegen, aber dann hat er nicht mehr widersprochen. Die beiden ganz jungen … sie liegen unter einer Kastanie, da im Wald. Der Junge hatte eine verbundene Hand. Lass sie mich vergessen, Agios Nikolaos. Sie verfolgen mich bis in meine Träume, als könnten ihre Seelen keine Ruhe finden. Bitte für sie bei unserem Herrn. Er soll sie bei sich aufnehmen. Aber lass mir meine Faní noch ein wenig hier.«

Dann entzündete sie noch eine Kerze und blieb stehen, den Kopf gesenkt.

Jule stand leise auf und verließ die Kirche. Nach der Kühle der Schatten traf die Sonne draußen sie mit ungeahnter Macht, und sie stand einen Moment nur da und versuchte, zu begreifen, was sie gehört hatte.

Hinter dem offenen Tor des Gartens wippten grüne Zweige und rosa Blüten im Wind. Der Duft von frischer Minze lag in der Luft, und vom Meer her strahlte das Blau der Unendlichkeit hinter allem. All das war schön, wunderschön. Postkartenschön. Fotos-für-Evelyn-schön. Aber da drinnen in der Kirche betete eine Frau, die sechs Menschen begraben hatte. Woran waren diese sechs gestorben? Vielleicht, sagte Jule sich, war es gar nicht wahr. Vielleicht war diese Frau nicht ganz richtig im Kopf. Oder einfach sehr seltsam. Eine extravagante Person, eine Aussteigerin.

Sie setzte sich auf einen Stein neben der Gartenmauer und packte den Rest ihres Proviants aus. Ein Blätterteigstück, süß und klebrig. Es beruhigte, den Zucker im Mund zu spüren.

Der Junge hatte eine verbundene Hand. Sie waren so jung.

Und wer war auf ihrer Terrasse gewesen?

Bei dem Haus, wo du wohnst? In April niemand geht dort. Niemand macht Trockenfisch.

Sie klopfte sich die Blätterteigkrümel von der Hose und betrat den kleinen Garten.

Das Schaf war nicht mehr da. Als hätte es sich verwandelt, stand jetzt auf dem kleinen Weg zwischen den Beeten ein Rollstuhl. Darin saß ein blasses, feingliedriges Mädchen mit langem, glattem schwarzem Haar. Es rührte sich nicht, es bestand ganz aus Schauen, und es schaute Jule an. Seine Schultern waren hochgezogen, der Rücken krumm, die Ellenbogen ruhten in seltsam verkrampfter Stellung auf den schwarzen Polstern des altmodischen Rollstuhls.

Der Mund des Mädchens stand leicht offen, und ein Speichelfaden rann an seinem Kinn hinunter. Direkt neben ihrem Gesicht schwebte ein kleiner pelziger Falter in der Luft und saugte Nektar aus einer Blüte, im Fliegen, wie ein Kolibri. Er schien das stille Mädchen für eine Blume zu halten, sonst wäre er ihm sicher nicht so nahe gekommen.

Jule schluckte. Dann versuchte sie zu lächeln.

»Kalimera.«

Das Mädchen öffnete den Mund, der etwas zu groß wirkte, sagte etwas Unverständliches und begann zu husten: ein schreckliches, rasselndes Geräusch, das ihren ganzen schmalen Körper schüttelte und den Schmetterling verscheuchte. Jule ging hinüber und legte ihre Hand auf die schmale Schultern, hilflos. Natürlich nützte es nichts.

Und dann war die Frau aus der Kirche da, sie war einfach plötzlich da und nahm das hustende Mädchen in die Arme, streichelte seinen Rücken, leise murmelnd, bis der Hustenanfall vorüber war.

»Thank you«, sagte sie. »Okay now.« *Jetzt ist es okay.* »You from?« *Wo kommst du her?*

Und Jule wusste, wenn sie jetzt »Germany« sagte, konnte sie mit der Frau deutsch sprechen. Doch vielleicht würde die Frau dann ahnen, dass sie ihr Gespräch mit dem heiligen Nikolaos belauscht hatte. Sie tat so, als hätte sie die Frage überhört.

»I'm on holidays here«, sagte sie. *Ich mache hier Ferien.*

Die Frau nickte. »Nikoletta«, sagte sie, zeigte auf sich und lächelte wieder – und ihr Gesicht war voller Sorgenfalten beim Lächeln. Als würden die Sorgen schwerer, wenn sie lächelte.

»I'm Jule«, sagte Jule. »Is this your daughter?«

»Faní«, antwortete die Frau. »Yes. She name Faní. You see church? Agios Nikolaos? I show?«

Soll ich dir die Kirche zeigen?

»No, thanks«, sagte Jule. »Efcharistó.« *Danke.*

Sie hätte längere englische Sätze machen können, korrekte Sätze. Sie würde nach dem Abi ein Jahr als Au-pair-Mädchen nach Amerika gehen. Aber es nützte ja nichts, wenn Nikoletta das Englisch nicht verstand, das sie sprach. Sie schien erleichtert, dass sie Jule nichts zeigen musste, Jule war ebenfalls erleichtert, und so fand sie sich kurz darauf allein in der schattigen Kirche.

Der heilige Nikolaos sah mit abblätternden Augen auf sie herab. Er hielt ein Schiff in der Hand. Nikolaus, der Beschützer der Seefahrer. Jule warf einen Euro in die metallene Spendendose und zündete eine der dünnen Kerzen an.

»Sag mir, ob ich ihn gesehen habe«, flüsterte sie. »Den Jungen mit den Fischen. War er da? Oder hat Nikoletta ihn begraben? Wie kann es sein, dass ich jemanden gesehen habe, der tot ist?«

Der heilige Nikolaos schwieg. Nur der Wind fuhr stärker in die Segel des Schiffs, das er hielt. Nein, dachte Jule, unmöglich. Das Schiff war nur gemalt. Und in der Kirche war es vollkommen windstill. Doch die Kerzen flackerten jetzt, und die kleinen blechernen Votivtafeln, die unter dem heiligen Nikolaos hingen, klapperten leise gegeneinander: ein Baby für einen Kinderwunsch. Ein Arm, den der Heilige heilen sollte, ein Ohr, ein Fuß. Körperteile aus Blech, die wirkten wie abgehackt.

Als Jule sich umdrehte und hinausging, stand das Schaf zwischen den Kirchenbänken und starrte sie an.

Draußen kniete Nikoletta jetzt in der Erde des kleinen Gartens und zupfte Unkraut. Ihre sehnigen Hände arbeiteten rasch und effektiv, Fanís Augen folgten jeder Bewegung. Jule winkte kurz und machte sich auf den Rückweg. Nikoletta, dachte sie, war kräftig genug, einen Rollstuhl den Bergpfad hinaufzuschleifen, sie kümmerte sich um ihre behinderte Tochter und um den Garten. Nein, sie war keine extravagante Aussteigerin. Wenn Nikoletta sagte, sie hätte sechs Menschen begraben, dann hatte sie sechs Menschen begraben. Sechs Menschen, von denen niemand wusste bis auf sie selbst, Stavros – wer immer das war – und Jule.

Der Abstieg war schwieriger als der Aufstieg. Jule rutschte ein paarmal beinahe aus, kleine Steine glitten unter ihren Füßen weg.

Irgendwo auf halber Höhe machte sie eine Pause und schickte Evelyn das Bild, das sie von dem Schaf in der Kirche gemacht hatte. Sie musste dringend mit jemandem sprechen – über Nikoletta und die Toten. Doch Evelyn ging nicht ans Telefon. So stieg Jule ganz allein durch die Macchia und ritzte sich die Beine an den Dornen blutig. Ihr war heiß, das T-Shirt klebte ihr am Rücken.

Und dann sah sie von oben etwas, das ihr vorher nicht aufgefallen war – unten neben dem Berg leuchtete es blau und kühl zu ihr herauf. Wasser, umgeben von Felsen. Dort gab es eine Art Schlucht.

Das Wasser sah verlockend aus.

Es war nicht schwer, den Weg zu finden, es gab sogar ein Schild für Touristen. Das letzte Stück des steilen Pfades kürzte Jule ab; ließ sich von einem Felsen aus einen oder zwei Meter in die Tiefe fallen. Minuten später saß sie auf einem flachen Stein und ließ die bloßen Füße ins Wasser baumeln. Es war eiskalt. Die tiefen Stellen des Bachlaufs erstrahlten in einem ungewöhnlich intensiven Dunkelblau. Als wäre dort unten etwas Verborgenes.

Jule füllte die Plastikflasche und trank gierig. Danach legte sie sich auf den Rücken und sah in den Himmel. Der weiße Kondensstreifen eines Flugzeugs kreuzte das Bild. Wie frei man dort oben war!

Irgendwo fiel ein Stein in die Schlucht, und sie fuhr hoch und sah sich um. Doch es war niemand da. Ein Tier musste den Stein losgetreten haben. Wenn Evelyn hier gewesen wäre, dachte sie, hätte sie sich nicht wegen eines fallenden Steins erschreckt. Sie hätte Jule mit Wasser bespritzt und gelacht und dort drüben bei der Feige posiert, die am Wasser wuchs, mit zwei Blättern vor der Brust: *Guck, ich bin Eva! Machst du mal ein Foto?*

Jetzt war alles still, nur das dunkelblaue Wasser gluckerte leise vorüber. Das Wasser wusste alles, dachte Jule. Vielleicht hatte es sechs Gräber gesehen, als es durch einen Wald geflossen war …

Sie stand auf und balancierte ein Stück über die Steine, am Rand des Bachs entlang. Hinter einem Felsen fand sie einen umgekippten, hellblauen Klappstuhl, ein paar leere Flaschen, Kronkorken, Kohlen. Eine Grillstelle. Jule bückte sich und richtete den Stuhl auf. Daneben, auf einem flachen Felsen, lag etwas Glänzendes. Kein Kronkorken.

Sie hob es auf: Es war ein daumennagelgroßes Stück Perlmutt, annähernd rund, mit einem kleinen Loch in der Mitte. Es lag auf Jules Handfläche wie ein glänzender Käfer. Vielleicht war es von irgendeinem Schmuckstück abgefallen. Sie lächelte und fand ein Stück Silberdraht in ihrer Tasche.

Sie hatte meistens ein Stück Draht bei sich, nur für den Fall, dass sie etwas fand.

So setzte sie sich auf den hellblauen Klappstuhl, an dem ein Brett fehlte, und fädelte das Perlmuttstück auf den Draht, legte ihn um ihren Hals und bog ihn zusammen.

Und sie schloss die Augen und malte sich eine Szene in der Zukunft aus, in ihrem Amerika-Jahr:

Sie stand in der Schlange, in einer Tankstelle, irgendwo im Westen.

Da war eine Menge helles Licht, weites Land, der Geruch von angebranntem Gummi und heißem Fett in der Luft. Der Typ an der Kasse lächelte. Sein Haar war sonnengebleicht, fast weiß.

»Was is'n das an deiner Kette? Ein Stück von einer Muschel?«

Ihre Finger strichen über das Perlmuttstück. »Ich weiß nicht.

Ich habe es in einer Schlucht gefunden. In Griechenland. Auf einer sehr kleinen Insel, im Frühling … egal.«

»Nein, nicht egal. Das ist interessant. Hör mal, heute ist sowieso nichts los. Lust auf einen Kaffee? Erzähl mir von deiner Insel.«

Sie lächelte. So würde sie ihn kennenlernen. Nicht den Mann fürs Leben, aber einen Mann, mit dem sie ein paar wunderbare Wochen teilen konnte. Ihren ersten wirklichen Mann. Sie würde ihm alles erzählen, auch von Nikolettas Toten, und er würde sie in den Armen halten und ihr zuhören, irgendwo an einem Lagerfeuer. Irgendwo, wo sie nicht alleine war.

Als sie aufwachte, war der Himmel über ihr vom gleichen tiefdunklen Blau wie die tiefen Stellen des Bachlaufs. Sie fuhr hoch und sah sich um, sie war tatsächlich auf diesem Stuhl eingeschlafen. Die Schatten in der Schlucht hatten sich verdichtet. Der Feigenbaum rauschte mit seinen Ästen eine Melodie vom Abend.

Jule merkte, dass sie fror. Sie nahm ihren Rucksack und machte sich auf den Rückweg. Verdammt, sie hatte noch zur Chóra gehen und einkaufen wollen. Dann würde sie das eben lassen und ein Restaurant finden. Sie sehnte sich jetzt schon danach, zwischen hellem Licht und Menschen zu sitzen.

Sie suchte eine ganze Weile nach der Stelle, an der sie in die Schlucht hinabgestiegen war, doch die Stelle war verschwunden. Sie seufzte. Dann würde sie eben an einer anderen Stelle nach oben klettern. Es wurde nicht heller, es war besser, sich zu beeilen.

Schließlich entdeckte sie etwas wie einen kleinen Pfad und atmete auf. Sie folgte dem Pfad, und eine Weile ging es gut, doch dann war er nicht mehr als ein schmaler Absatz am Felsen. Sie presste sich an die Bergwand, kleine Steine rollten unter ihren

Füßen weg, und sie rutschte ab und klammerte sich gerade noch fest, während die Steine in die Schlucht rieselten, fielen, polterten.

Nein, das hier war kein Weg.

Ein Wechsel vielleicht, etwas, das den Tieren gehörte. Verdammt.

Aber jetzt war es sehr dunkel, und sie wagte nicht, zurückzuklettern.

Sie setzte einen Fuß vor den anderen, langsam, unendlich vorsichtig. Die Schlucht lag ungefähr vier Meter unter ihr, und dann klammerte sie sich an einen Baum, der in einer Felsritze wuchs, und zog sich weiter hinauf, krabbelte die Wand der Schlucht hinauf wie ein Käfer.

Und die Schlucht lag sechs, sieben, acht Meter unter ihr.

Da war ein Absatz im Fels, ein Ort, um Luft zu holen, aber danach ging es nicht weiter in die Höhe, nirgendwohin, es sei denn, man hatte Flügel. Jule holte ihr Handy heraus und leuchtete den Felsen ab, doch sie sah wenig. Und auf jeden Fall keinen Weg. Schließlich hockte sie sich hin, die Beine angezogen, den Rücken an die glatte Wand hinter ihr gelehnt, und biss sich auf die Unterlippe. Das hier war zu gefährlich. Sie hatte sich verirrt, definitiv.

Sie starrte das Handy an.

Sie kannte die Nummer der griechischen Feuerwehr nicht. Rettete die griechische Feuerwehr Katzen von Bäumen? Und dumme deutsche Mädchen aus Schluchten? Oder … sollte sie ihre Eltern anrufen?

Hey, Papa. Hier ist dein kleines Mädchen. Ja, ich bin groß und selbstständig und mache alleine Urlaub. Aber jetzt klebe ich in einer Felswand fest und brauche Hilfe … ich weiß, Marc wäre das nicht passiert.

Als sie den Fuß bewegte, rieselten noch mehr kleine Steine in die Schlucht hinunter und schlugen dort auf. Was, wenn sie fiel?

Wenn sie blöd aufkam und sich am Kopf verletzte, bewusstlos wurde? Niemanden mehr anrufen *konnte*?

Es war eine so dumme Art, verloren zu gehen. Ungefähr so dumm, wie in einem begehbaren Kühlschrank zu erfrieren.

Kostas, dachte sie dann, sie würde versuchen, Kostas anzurufen. Sie würde ihm sagen, dass sie seine Hilfe brauchte. Sie würde … Sie sah auf das Display. Sie würde gar nichts. Es gab keinen Empfang hier. Hinter ihren Augenlidern brannten Tränen. Es war so verdammt dunkel. Und sie hatte Angst. Plötzlich hatte sie wirklich, wirklich Angst.

Und da hörte sie den Pfiff. Jemand pfiff, von unten. Sie zuckte zusammen und dachte, sie würde tatsächlich fallen, aber sie fiel nicht.

Sie richtete sich langsam auf dem Felsabsatz auf. Der unten in der Schlucht pfiff noch einmal. Als würde er nach einem Hund pfeifen. Aber sie war sich ziemlich sicher, dass er keinen Hund meinte. Er meinte sie.

Sie drehte sich um und kletterte ein Stück zurück, abwärts, rutschte, fing sich wieder. Und jetzt sah sie den Menschen, der gepfiffen hatte. Er stand etwas weiter unten in der Felswand, hielt sich mit einer Hand fest und winkte mit der anderen: Komm her. Ich zeige dir den richtigen Weg.

Sein Körper war nichts als schwarze Schemen in der Nacht, sie erkannte nichts Genaues.

Er ist es, dachte sie. Er ist es. Er wusste, wohin ich gehe, ich habe es ihm heute Morgen gesagt. Er ist gekommen, um mich zu suchen.

Sie beeilte sich, weiter abwärts zu klettern, doch als sie dort war, wo der Schemen gestanden hatte, war auch er bereits weitergeklettert. Sie folgte ihm, parallel zur Schlucht und schließlich aufwärts, sie sah auch hier keinen Pfad, doch es gab überall Nischen und Vorsprünge für ihre Füße, junge Bäume und Büsche. Sie hatte immer noch Angst. Es war immer noch zu dunkel.

Aber sie war nicht mehr allein.

Und schließlich zogen die Wolken am Himmel beiseite, und das Licht des Mondes übergoss die Insel silberweiß. Da sah Jule den Menschen, der sie führte. Es war nicht Kostas. Die Gestalt vor ihr war magerer, hatte wilderes Haar. Um die linke Hand war ein schmuddeliger Lappen gewickelt.

Jule blieb stehen.

Genau in diesem Moment wandte sich der Mensch vor ihr um. Sie sah das Mondlicht auf sein Gesicht fallen, aber es beleuchtete nur die eine Hälfte, als wäre das Gesicht schwarz und weiß, dunkel und hell, Teil von Licht und Schatten zugleich.

Er war es. Kein Zweifel.

Dies war der Mann, der aus dem Gras zwischen den Olivenbäumen aufgetaucht war wie aus einem Meer. Sie biss sich auf die Unterlippe.

Er streckte die Hand ohne Verband in ihre Richtung, als wollte er sie berühren, doch sie war zu weit weg. Und er drehte sich um und kletterte weiter. Und Jule kletterte ihm nach.

Wir haben sie begraben, hörte sie Nikoletta sagen. *Sie waren so jung! Er hatte einen Verband an der Hand …*

Jetzt wurde der Weg wieder steiler, führte über glatte Felsen nach oben, und Jule fand keine Nischen und Absätze mehr darin, sie hörte ihren eigenen Atem, keuchend, mühsam; das Mondlicht lag weiß auf ihren Händen wie Schnee. »Ich kann nicht mehr!«, flüsterte sie, verzweifelt. »Ich …«

Da streckte sich ihr von oben eine Hand entgegen, packte ihre eigene Hand, schloss sich darum und zog. Jule half mit den Füßen nach, fand endlich Halt, krallte ihre Finger in die Finger des Mannes und war oben, auf einem ebenen Stück Weg.

Einen Moment lang standen sie sich dort gegenüber, ganz nah, dieser fremde Mensch und sie in der Nacht. Seine Hand war warm und lebendig.

Das Gesicht, in das sie blickte, war jünger, als sie gedacht hatte. Und es war seltsam verzerrt, so sehr, dass sie erschrak. Er zog seine Hand weg, und sie begriff, dass er sie mit der gesunden Hand gepackt und sich mit der verletzten im Felsen festgehalten hatte.

Was das Gesicht vor ihr verzerrte, war der Schmerz.

Er ebbte jetzt ab wie eine Woge, verließ das Gesicht, und an seine Stelle trat etwas wie der Versuch eines Lächelns. Dann drehte sich der Mann um und ging weiter, den Weg entlang. Ja, es war jetzt wirklich ein Weg. Und wenig später führte er zwischen Bäumen mit weit überhängenden Ästen aus der Schlucht hinaus.

Der Weg blieb eben, schlängelte sich sanft durch die Macchia, und als Jule den Blick hob, wuchs am Himmel nicht nur der Mond. Das Firmament war wolkenfrei und hing voller Sterne.

Jule sah den Großen Wagen und das Kreuz des Südens, das *W* der Kassiopeia und eine Menge anderer Sterne und Figuren, deren Namen sie nicht kannte. Hinter ihnen lag groß und massig und schwarz, wie ein Urtier, der Kalamos.

Ganz oben glühte ein Licht durch die Nacht, ein Stern abseits der eigentlichen Sterne.

Nikoletta hatte ein Licht dort angelassen, dachte Jule. Ein Licht für den heiligen Nikolaus, Patron der Kinder, der Reisenden und der Seefahrer.

Jule merkte, dass der Mann – eigentlich war er nicht mehr als ein Junge – ihr ein gutes Stück voraus war. »Warte!«, rief sie.

Und auf einmal schien es ihr unendlich wichtig, ihn einzuholen. Die Nacht war zu groß, um darin allein zu bleiben. Sie holte ihn ein, aber nicht ganz, es schien ihm wichtig zu sein, dass da ein paar Meter Abstand zwischen ihnen blieben.

So gingen sie zusammen durch das Schweigen der Inselnacht. Und Jule stellte keine der Fragen, die sie hätte stellen müssen: Wer bist du? Warum warst du in der Schlucht? Wusstest du, dass ich da war und Hilfe brauchte? Sie konnte keinen dieser Sätze auf Griechisch sagen.

Er summte jetzt, summte eine Melodie, und es war dieselbe, die sie in der letzten Nacht gehört hatte. Die Melodie, die den Dreiklang der Glöckchen im Olivenbaum enthielt.

Es war seltsam, mit dieser Melodie durch die Nacht zu wandern. Als hielte man jemandes Hand.

Schließlich brachen Geräusche in die Nacht ein: Jule hörte das weit entfernte Geknatter eines Mopeds, Fetzen von Musik. Jemand rief etwas. Jemand anders antwortete. Lachte.

Sie folgten dem Weg um eine Kurve, um ein paar Bäume herum, und dann sah Jule die Lichter der Chóra. Der Junge blieb nicht stehen. Und während sie der Realität näher kam, war ihr, als verlöre sein Umriss vor ihr an Dichte, als löste sich der Mensch, der sie bis hierher geführt hatte, langsam auf. Natürlich war das Einbildung …

Schließlich stieß der Pfad auf die Straße, und Jule stand auf Asphalt. Am Straßenrand wuchs ein »Vorsicht! Kurve!«-Schild. Ein Schild voller Löcher, als hätte jemand darauf geschossen.

Als sie den Blick von dem Schild abwandte, war der Junge mit dem Verband fort.

In dieser Nacht wanderst du noch lange über die Insel, ohne Ruhe zu finden. Du bist hundemüde, der Tag war lang. Du hast mit den anderen gearbeitet, zu viel vielleicht: Die Wunde ist wieder aufgegangen. Naime hat gesagt, du darfst dich nicht verausgaben, dich nicht völlig zerstören, sie hat Angst. Aber Naime hat vor allem Angst.

Sie schreit immer noch nachts. Wenn die Träume kommen. Du hältst sie fest und lässt sie schreien, bis es vorüber ist.

Sie hat gesagt: Gönn der Hand eine Weile Ruhe. Bitte, tu es für mich.

Und du bist über die Insel gewandert, um der Hand Ruhe zu gönnen, und du wusstest nicht, dass das Mädchen mit den glasperlengrünen Augen in der Schlucht war. Woher auch, du hast die ganze Zeit über versucht, *nicht* an sie zu denken.

Sie hat geschlafen, als du sie fandst.

An ihrem Hals glänzte ein Stück Perlmutt an einem Silberdraht, das Licht spiegelte sich darin.

Du hättest ihr sagen können, woher das Stück Perlmutt stammt und dass du schon häufiger hier gewesen bist. Dass du auf dem kaputten blauen Klappstuhl dort gesessen hast und immer allein warst. Dass du dich jetzt weniger allein fühlst.

Du bist gegangen, ehe sie aufgewacht ist. Aber von halber Höhe aus hast du gesehen, später, wie sie über die Felsen zurück nach oben geklettert ist, ohne Pfad, ohne Hilfe. Sie ist mutig. Sie ist keine schlechte Kletterin. Aber sie hat sich in eine Sackgasse manövriert.

Und es war zu dunkel. Du musstest ihr helfen. Wenn Hassan es je erfährt, wird er das einsehen müssen.

Wie vertrauensvoll sie ihre Hand in deine gelegt hat. Kein Moment des Zögerns.

Ein Kind.

Geh, geh endlich zu Naime, sicher liegt sie noch wach und wartet auf dich. Alles, alles teilst du mit ihr, die Kälte, den Hunger, die Erinnerungen. Die Furcht, entdeckt zu werden. Aber du wirst ihr nichts von dem Mädchen mit den glasperlengrünen Augen erzählen.

Deine Träume gehören dir allein.

3

Es war nicht schwer, das einzige offene Restaurant im Ort zu finden, Stimmen und Musik wiesen ihr den Weg. POSEIDON, verkündeten die schwarzen Lettern über der Tür. Ein altes Fischernetz hing dort, mit gläsernen grünen Kugeln als Schwimmer, in Erinnerung an die lange vergangenen Zeiten, in denen die Insel vom Fischfang gelebt hatte. Neben der Tür, im Dunkeln, hockten zwei Kinder auf dem Boden und schienen etwas zu verkaufen, das vor ihnen auf einem Tuch lag. Jule bückte sich. Armbänder, es waren Armbänder, geknüpft aus einfacher Schnur und Muscheln.

»Two Euro«, sagte eines der Kinder aus dem Schatten heraus.

Jule spürte ihre Blicke, ohne sie wirklich zu sehen, sie hatten sich die dunkelste Stelle ausgesucht, es war merkwürdig. Dann öffnete sich die Tür des Poseidon, ein paar Männer traten heraus, und die Kinder rafften ihre Sachen zusammen und verschwanden in einer Seitengasse. Es ging so schnell, dass Jule sich fragte, ob sie überhaupt da gewesen waren.

Sie betrat das Poseidon, tauchte in das Licht und den Duft nach heißem Fett und Gewürzen ein und fand einen freien Tisch. Erst als sie saß, merkte sie, dass ihre Hände zitterten.

Waren die Kinder da gewesen?

Sie waren ihr so unwirklich erschienen wie der Junge in der Schlucht. Die ganze Insel schien eine zweite Seite zu haben, eine Schattenseite; jenseits von Meeresblau und Frühlingsgrün lebte etwas anderes, das man nicht greifen konnte. Es war unheimlich.

»You okay?«, fragte die ausladende Frau, die bediente. »You look like seeing ghost.«

Sie sehen aus, als hätten Sie einen Geist gesehen.

Jule lächelte zu ihrem weltumspannenden Busen auf. »I'm okay. Efcharistó. *Danke.*«

Sie aß dankbar das lauwarme, ölige Gemüse und trank das Glas Rotwein in einem Zug aus. Sie wusste nicht, wie sie nach Hause kam. Irgendwie.

Auf der kleinen Terrasse fand sie den Hund.

Er schien auf sie gewartet zu haben.

Sie schlang die Arme um ihn und streichelte ihn und versprach, das nächste Mal etwas für ihn mitzubringen. Er drängte sich mit ihr in das kleine Zimmer, und legte sich neben ihr Bett, und dort schlief er ein. Doch als sie nachts einmal aufwachte, war da kein Atmen mehr neben ihr. Auch der Hund war verschwunden.

Die Nacht war voller Traumfetzen.

Als Jule erwachte, hing die Sonne noch blassrot und unreif über der Insel, doch sie konnte nicht mehr einschlafen. Sie kauerte sich im Wollpullover ihres Vaters auf den Stuhl draußen, die Füße unter den Pulloversaum gezogen, und sah über die Insel. Wie schön sie war. Schön und unerklärlich, grün im Blau der Endlosigkeit.

Vielleicht brachte das Meer Antworten. Sie würde hinuntergehen, gleich nach dem Frühstück, und hineinspringen. Egal, wie kalt es noch war.

Hey, Jule, schrieb Evelyn. *Was ist? Ich hör nichts mehr von dir?*

Begegnung der 3. Art gehabt in einer Schlucht, schrieb Jule. *Muss nachdenken.*

Dann warf sie das Handy in ihre grüne Umhängetasche, zu ihrem Handtuch, dem Schulordner und dem Badeanzug.

Zur ersten Bucht, in der man baden konnte, war es zu Fuß eine Dreiviertelstunde von der Chóra. Jule kaufte im Ort ein Brot, das noch warm war, und aß es auf dem Weg nach unten. Dieser Weg war kürzer als die Asphaltstraße mit ihren Serpentinen, ein Wanderweg, gut ausgeschildert für Touristen. In den Felsen, die ihn säumten, klebten die Häuser von Seeschnecken, Zeugen davon, dass dies alles einst unter Wasser gelegen hatte. Das Meer hatte das Land geboren und würde es irgendwann wieder verschlucken.

Am Ende wurde der Wanderweg zu einer Treppe zwischen grünen Baumschatten, und dann war Jule da. Am Strand. Er lag vollkommen leer vor ihr, unberührt, als wäre dies sein erster Tag auf Erden. Sie legte ihre Sachen auf einen zerklüfteten Felsen, der aus dem Sand ragte wie ein Urtier, schlüpfte in ihren Badeanzug und rannte ins Wasser.

Es war eiskalt.

Sie zwang sich, zu schwimmen, bis sie die Kälte nicht mehr spürte, weiter und weiter hinaus. Unter sich sah sie durch das klare Wasser die Felsen und das wogende Seegras. Und etwas Glitzerndes, in dem sich die Sonnenstrahlen fingen. Eine Muschel vielleicht. Als Kind hatte sie mit ihrem Vater Muscheln und Seeigelschalen heraufgetaucht …

Vielleicht konnte sie die Muschel für Evelyn holen.

Sie füllte ihre Lungen mit Luft und tauchte. Wenn ich es schaffe, diese Muschel heraufzuholen, dachte sie, sehe ich den Jungen wieder, der mir aus der Schlucht geholfen hat.

Jule ignorierte den Druck auf ihren Ohren, den Schmerz in der Lunge, streckte die Hand aus … und schloss sie um das Glitzern.

Aber es fühlte sich komisch an. Nicht wie eine geöffnete Muschel. Anders. Metallen. Der Schmerz trieb sie nach oben, ihre Lungen brauchten Luft, ihr war schwindelig … und sie brach durch die Oberfläche, geblendet vom plötzlichen Sonnenlicht, keuchte, atmete dankbar die Luft.

Trat Wasser.

Der Strand war unerwartet weit weg, zuvor war sie mit dem Wind und den Wellen geschwommen, aber jetzt musste sie dagegen ankämpfen. Das Meer zog an ihr, und sie schüttelte den Kopf und lachte: *Du kriegst mich nicht! Du spielst nur.*

Aber die Strömung war stark, fast wie die eines Flusses, und Jule fluchte lautlos. Sie dachte das Wort *undertow.* Ein Sog, der von unten kam, etwas Unsichtbares, Bedrohliches, wie die Schatten auf der Insel.

Evelyn, ich bin gerade dabei, bei einem blöden Badeversuch die Kontrolle zu verlieren … Evelyn, kann man im Mittelmeer ertrinken? Im April? Natürlich kann man, blöde Frage.

Sie sah zwischen den Bäumen am Hang über der Bucht ein weißes Gebäude, ein einzelnes Haus, aber war dort jemand? Jule dachte an die unzähligen Stunden ihres Lebens, die sie in harmlosen, sicheren Schwimmbädern verbracht hatte, sie zwang sich, ihre Arme und Beine ruhig und gleichmäßig zu bewegen, verbot sich, über Entfernungen nachzudenken. Und schließlich gewann sie die Oberhand, spürte, wie sie vorankam. Gegen den Strom.

Als sie sich erschöpft auf den Sand zog, merkte sie, dass sich ihre Hand um den Gegenstand gekrampft hatte, den sie vom Grund heraufgeholt hatte.

Nein, es war keine Muschel.

Es war ein Ring mit drei Schlüsseln, einer davon ein Autoschlüssel.

Jule schüttelte den Kopf, schälte sich aus ihrem Badeanzug und ließ sich auf ihr Handtuch fallen.

Es gab niemanden hier, der sie sehen konnte.

Und eine ganze Weile lag sie nur so auf dem Bauch, nackt, frierend. Sie schloss die Augen und bildete sich ein, die Erddrehung zu spüren; es war notwendig, sich an den Boden zu pressen, dachte sie, um nicht hinausgeschleudert zu werden ins All. Irgendetwas war im Umbruch auf dieser alten Erde, und man hielt sich besser fest.

Was bedeuteten die Schlüssel, die sie gefunden hatte?

Nach einer Weile kam sie sich beobachtet vor. Es war ein komisches Gefühl, ein wenig kribbelig, wie Sekt. Jule lag immerhin auf dem Bauch, wirklich viel konnte der, der sie beobachtete, nicht sehen. Sie zählte bis hundert, schnappte ihr T-Shirt und schlüpfte blitzschnell hinein. Dann zog sie die Unterhose an und sah sich endlich um. Es war überhaupt niemand da.

Sie stand auf und begann, am Strand entlangzugehen, sah sich nach ihren eigenen einsamen Spuren im feuchten Sand um. Wenn Evelyn da gewesen wäre, hätten sie endlos reden können beim Spazierengehen – über Jules Au-Pair-Jahr in Amerika, über Evelyns Plan für ein FÖJ, über Unis, über Städte, in die man ziehen, und Leben, die man leben konnte.

In einem Haus auf dem Land. Im zwanzigsten Stock eines Wolkenkratzers. In der Business-Class eines Fliegers, wo man jeden Tag zu einem enorm wichtigen Job pendelte.

In der russischen Steppe mit einem Rudel zahmer Wölfe. Jule lachte. Mit Evelyn konnte man gut Unsinn reden. Es wäre leicht gewesen, mit ihr zusammen hier zu sein.

Sie sah sich nach ihren eigenen Spuren um. Die letzte Welle hatte sie fortgewaschen.

Zwischen Sand und schwarzen Felsen fand sie Muscheln, während sie weiterwanderte: kleine rosa-weiße Herzmuscheln. Stücke von Jakobsmuscheln. Eine Auster. Mehrere Kronkorken, die man mit der Ahle durchbohren und ebenfalls zu Schmuck verarbeiten konnte. Einen alten Kunststoffslipper.

Dann entdeckte sie ein penetrant pinkes Stück Hartplastik, das zwischen den Felsen klemmte, und als sie näher kam, war es ein Koffer. Ein kleiner Spielkoffer für Kinder mit zerbrochenem Verschluss. Müll, vermutlich, aber der Koffer hatte dennoch etwas Rührendes.

Jule kniete sich hin und zog ihn aus der Felsspalte, und da klappte er auf. Vor ihr lagen eine ertrunkene Barbie mit einem roten Glitzerpaillettenkleid und vier kleine Soldaten, ebenfalls aus Plastik, nass, zerkratzt und in Begleitung eines Plastikpanzers.

Unter der Barbie und den Plastiksoldaten lag noch etwas: winzige Schuhe. Krabbelschuhe für ein Baby, blau mit einem kleinen aufgenähten Bär vorne. Vielleicht waren das Mädchen mit der Barbie und der Junge, der Plastiksoldaten sammelte, die Geschwister dieses Babys.

Aber wo waren sie jetzt? Sie hatten den Koffer nicht fortgeworfen, dachte Jule, sie hatten ihn verloren. Jemand musste ihn ihnen zurückbringen. Und so wanderte sie weiter die Bucht entlang, einen kaputten pinken Plastikkoffer in der Hand. Es sah vermutlich etwas seltsam aus.

Hohe Felsen begrenzten die Bucht, und Jule drehte um und ging zurück.

Auf halbem Weg zu der Treppe lagen jetzt zwei junge Frauen mit europäischem Kurzhaarschnitt am Strand und lasen. Das ältere englische Paar, das mit Jule auf der Fähre gewesen war, wanderte in kakifarbenen kurzen Hosen und passenden Sonnenhüten über den Sand und suchte ebenfalls Muscheln.

Der Mann sah auf, als Jule vorbeikam.

»You look cold«, sagte er. »Sie sehen aus, als wäre Ihnen kalt. Noch ganz schön frisch um diese Jahreszeit, was? Da oben ist ein Restaurant.« Er zeigte auf das weiße Gebäude zwischen den Bäumen, ein wenig oberhalb des Strandes. »Es ist seit heute offen. Die haben sicher einen warmen Tee für Sie. Gehen Sie … immer mit einem pinken Koffer spazieren?«

»Immer«, erwiderte Jule und nickte eifrig.

Das Restaurant, das über der Bucht lag, besaß hübsche, blaugestrichene Bänke auf einer Veranda, die von Wildem Wein überwuchert wurde. Jule setzte sich in die Ecke, die am windstillsten wirkte. Aus der Küche drang Musik, das Klappern von Geschirr, das Röhren einer sterbenden Kaffeemaschine. Schließlich erschien ein untersetzter Mann in Fleecejacke und Jeans, wischte sich die Hände an einem Lappen ab und sagte, er könnte ihr *vielleicht* einen Tee bringen. Er sah nicht aus, als hätte er viel Lust, die Saison zu beginnen.

Doch der Tee kam, und der Mann begann, ohne Elan die Bänke abzuwischen. Als wäre Jule schuld daran, dass er das tun musste. Sie wärmte ihre Hände an dem Glas, das nicht besonders warm war, und holte seufzend einen Schulhefter aus dem Rucksack. Zeit, endlich etwas fürs Abi zu tun.

Doch ehe sie beginnen konnte zu lesen, sagte jemand hinter ihr »Jassas! *Hallo!*«, und sie fuhr herum.

In der Tür zur Küche stand die Frau vom Kalamos. Nikoletta.

»This our place«, erklärte sie. »Das hier gehört uns.« Und sie zeigte auf den Mann mit dem Lappen. »This Stavros. Das ist Stavros. Mein Mann.«

Dann stellte sie einen Teller vor Jule. »I make, you try, very good«, sagte sie und zeigte auf das siruptriefende Stück Gebäck darauf. *Ich habe das gemacht, probieren Sie!*

Jule biss höflich hinein, und ihre Zähne fühlten sich an, als müssten sie sofort ausfallen.

»Weather cold, eat many sugar«, sagte Nikoletta. *Wenn es kalt ist, muss man viel Zucker essen.*

Dann sah sie den rosa Koffer an, der auf dem Stuhl neben Jule lag. »Is yours?«

»Nein«, sagte Jule auf Englisch. »Ich habe ihn nur gefunden. Am Strand.«

Sie öffnete ihn, und einen Moment lang betrachteten Nikoletta und sie gemeinsam die nasse Barbie, die Soldaten und die blauen Krabbelschuhe.

»Wissen Sie, wem der Koffer gehört?«

»Óchi. *Nein*«, murmelte Nikoletta. »Ich muss zurück in die Küche.«

Jule trank ihren Tee und ging zum Klo, wo die Spülung kaputt war, und als sie wieder zurückkam, stand ein Rollstuhl neben ihrem Tisch. Faní drehte sich zu ihr um, die ertrunkene Barbie in der Hand. Mit der anderen streichelte sie ihr Haar. Hustete, keuchte, streichelte. Dann drückte sie sie an ihre Brust und sah zu Jule auf, beinahe böse.

»Ist okay, du kannst sie behalten«, sagte Jule. »Also, falls wir die Besitzer nicht finden.«

Als sie sich wieder setzte, drängte sich etwas an ihre Beine. Es war der Hund.

»Sind also alle wieder da«, sagte sie nachdenklich. Sie bestellte ein Joghurt für den Hund, und Minuten später zerbrach die Stille auf der Veranda: Die Engländer kamen.

Der Mann begrüßte Jule, als wären sie alte Bekannte, dann rückte er den Hut über seinem roten Gesicht zurecht, sah aufs Meer hinaus und seufzte. »Ist das nicht eine hübsche Insel? Früher sind wir auf die Kykladen gefahren, aber da kann man ja nicht mehr hin. Hier ist es noch ruhig. Friedlich. Still.«

In diesem Moment röhrte drinnen wieder die Kaffeemaschine, der Hund erschrak und begann zu kläffen, und irgendwo in der Nähe startete knatternd ein Moped.

»Ja, sehr still«, sagte Jule und grinste.

»Pang«, sagte Faní und ließ den ersten Soldaten schießen. Die Barbie hatte sie zurückgelegt. »Pang, pang!«

Sie lachte laut, und Sekunden später war Nikoletta da, schimpfte auf Griechisch und versuchte, Faní die Soldaten wegzunehmen. Aber Faní wehrte sich, ein Gerangel entstand, und am Ende fielen alle Soldaten auf den Boden. Nikoletta schob die protestierende Faní nach drinnen, und Jule blieb allein zurück – mit einem Batallion zu Tode gestürzter Soldaten. Die Engländer waren in eine Wanderkarte vertieft. Der Panzer stand noch auf dem Tisch.

Die nasse Barbie sah aus dem Koffer und streckte ihre rosa Plastikarme Hilfe suchend ins Nichts.

Und Jule beschloss, seltsam aufgewühlt an diesem Tag, nichts mehr zu lernen. Sie nahm den Koffer und wanderte zurück.

In ihrem Zimmer schob sie den pinken Koffer unters Bett, wo sie ihn nicht mehr sah; nur die Babyschuhe legte sie zum Trocknen in die Sonne.

Dann setzte sie sich auf die Terrasse und machte nacheinander zwei Armbänder und eine Kette aus den Muscheln. Schmuckstücke voller winzig kleiner Schönheiten.

Erst danach fühlte sie sich ruhiger.

»Schön, endlich von dir zu hören!«, sagte Evelyn. »Ich sterbe vor Langeweile. Aber morgen kann ich nach Hause. Hast du schon einen Sonnenbrand? Und gibt es ein paar hübsche Jungs, die auf Surfbrettern durch die Gegend gurken?«

Jule lachte. Es tat gut, Evelyns Stimme zu hören. Sie saß auf ihrer Terrasse, auf der Mauer.

»Es ist April! Das Meer ist kalt. Niemand gurkt auf Surfbrettern durch die Gegend. Jetzt gerade, in der Sonne, geht es, aber abends wünscht man sich eigentlich einen Kamin.«

Und dann erzählte sie Evelyn alles, haarklein, alles, was man nicht in Kurznachrichten schreiben konnte. Von dem Dreiklang und der Schlucht und vom heiligen Nikolaos und dem pinken Koffer.

»Heute, auf dem Rückweg, bin ich die Asphaltstraße raufgegangen«, schloss sie. »Auf dem kleinen Pfad hätte ich nur wieder irgendetwas Komisches gefunden. Ich war direkt dankbar, dass mich jemand im Auto mitgenommen hat.«

»Wie *verboten*!«, rief Evelyn und kicherte. »Du bist per Anhalter gefahren? Du weißt doch, im Wagen sitzt immer der große böse Fremde und entführt einen.«

»Er hat mich nicht entführt«, sagte Jule. »Ich glaube, er ist Polizist. Der Chef von Kostas. Den Hund wollte er leider nicht mitnehmen. Er hat mich im Ort abgesetzt, weil ich was einkaufen wollte, und er sah sehr besorgt aus. Hat drei Mal gefragt, ob ich wirklich ganz allein hier bin. Ich habe jetzt seine Visitenkarte, für Notfälle. *Silas Onassis.* Beruf steht keiner drauf. Ich habe ihn gefragt, was er glaubt, wer den Koffer verloren hat. Er hat *Touristenkinder* gesagt. Aber irgendwie klang es nicht so, als würde er das glauben.«

»Außerirdische«, sagte Evelyn. »Klarer Fall. Die sind auf der

Insel gelandet und verstecken sich jetzt, um langsam die Herrschaft zu übernehmen. Der Junge von nachts ist auch einer.«

»Sie kommen mit kleinen rosa Spielkoffern?«

»Bei Außerirdischen weiß man nie.«

»Warte«, sagte Jule und hielt das Telefon von sich weg. »Hörst du das?«

»Diese … Melodie? Was ist es? Gitarre?«

»Ich weiß es nicht«, sagte Jule. »Ich sehe den nicht, der spielt. Die ersten Töne der Melodie … das ist der Dreiklang. Von den Glöckchen im Olivenbaum, das habe ich dir erzählt. Ich frage mich, ob die Kette noch da hängt.«

»Geh hin und guck nach.«

»Ich wünschte, du wärst da«, sagte Jule und seufzte. »Du hast immer weniger Angst als ich.«

»Was soll schon passieren?«, fragte Evelyn. »Du wirst an dem Olivenbaum die Außerirdischen treffen, und sie werden mit ihren rosa Köfferchen in den Ästen sitzen und versuchen, den Olivenbaum in ein Ufo umzubauen.«

Jule versuchte, zwischen dem hohen Gras und den Steinmäuerchen den zu finden, der spielte. Doch da war niemand.

»Jule? Bist du noch da?«, fragte Evelyn. »Oder schon irgendwo verloren gegangen?«

»Ich … bin mir nicht sicher«, sagte Jule.

Als sie nachsehen ging, hing die Kette unverändert im Baum.

Aber da war niemand, der Gitarre spielte. Nirgendwo.

Es geschah drei Tage später. Drei blaue Tage, in denen nichts geschah und Jule ständig lauschte, ohne den Klang des Instruments zu hören, das möglicherweise keine Gitarre war.

Sie fütterte morgens und abends den Hund, wanderte weite Strecken, versuchte, zu lernen und lauschte. Sie schrieb Postkarten nach Hause und machte noch mehr Schmuck und lauschte.

Sie fand heraus, dass es zwei Cafés im Ort gab, das Kafeníon Markos für die alten Männer und das Dolfin für die jungen Leute, die es nachts in eine Disco verwandelten. Vermutlich war Stavros abends dort, mit dem einen oder anderen Mädchen, dem er versprach, ihre Dusche zu reparieren. Evelyn, am Telefon, fand, sie sollte hingehen, doch Jule ging nicht. Sie lauschte.

Und dann saß sie auf einer der Feldsteinmauern und sah aufs Wasser hinunter, wo noch ein letzter Schimmer roten Abendlichts lag – und spürte, dass etwas anders war. Anders als sonst.

Sie nahm etwas wie eine Bewegung wahr. Nur im Augenwinkel. Sie drehte sich ganz langsam um.

Da saß noch jemand auf der Mauer. Ungefähr drei Meter entfernt.

Jule wusste sofort, wer es war.

Er sah das Meer an, genau wie sie zuvor. Er wirkte nicht eigentlich, als hätte er sich eben auf die Mauer gesetzt, er sah aus, als säße er schon lange dort, versunken in den Anblick des Horizonts wie in ein unlösbares Rätsel. Mit der gesunden Hand stützte er sich seitlich ab, die Hand mit dem Verband hatte er auf ein Knie gelegt wie einen fremden Gegenstand. Er trug noch immer das gleiche T-Shirt, schmuddelig braun, fleckig, ausgeblichen von der Sonne. Doch diesmal trug er eine Jacke darüber, irgendeinen billigen Abklatsch einer Jeansjacke. Sie befand sich in einem ähnlichen Zustand wie das T-Shirt. Ein seltsames Muster aus kurvigen weißen Linien war darauf zu sehen, und Jule begriff nach einer Weile, dass es die getrockneten Ränder von Salzwassernässe waren.

Er sagte nichts, sah sie nicht an. Und sie hatte Angst, dass er verschwand, wenn sie auch nur das geringste Geräusch machte. Sich in Luft auflöste. Nein, dachte sie, das nicht, eigentlich hatte sie eher Angst, dass er von der Mauer sprang und weglief. Wie ein Tier.

Sie blickte wieder aufs Wasser hinaus.

Die Mauer befand sich am Rand einer der Terrassenwiesen, vorne ging es weiter hinunter, und man konnte mit den Beinen baumeln wie ein Kind. Ja, dachte Jule, hier sitzen zwei Kinder und gucken sich das Meer an. Und das Meer war wie ein stummes Zwiegespräch. Die Tatsache, dass sie es beide ansahen, verband.

Sie fühlte sich diesem fremden Menschen neben ihr nah, näher, als sie es je für möglich gehalten hatte.

Etwas an ihm hatte sich verändert. Sie sah ihn noch einmal an. Er hatte sich rasiert. Nicht ganz erfolgreich, zwei frische Schnitte zierten seine Wange, aber immerhin. An seinem Hals gab es seitlich eine Narbe, einen schrägen Streifen wie von einer alten Verbrennung oder der Spur eines … Seils. Sie sah zurück zum Meer. Das Rot dort war zerflossen und untergegangen, und in einer halben Stunde wäre das letzte Licht fort. Das Meer glänzte in einer nicht existenten Farbe, etwas zwischen Violett, Blauschwarz und einer Erinnerung.

»Polí kalá«, sagte der Junge, und Jule zuckte zusammen.

Dann merkte sie, wie sie lächelte. »Ne, polí kalá.« *Ja, es ist sehr schön.*

Es schien jetzt ungefährlich, zu sprechen. Aber ihr fiel partout nichts Griechisches ein, was man noch sagen konnte. Schließlich sagte sie: »Kalispéra.« *Guten Abend.*

Das war unsinnig, aber der Junge nickte ernst. »Kalispéra«, erwiderte er.

Wieder Schweigen.

Sie brauchte so dringend Worte! Und dann fiel ihr ein, dass ihr Rucksack neben ihr auf der Mauer lag. Sie holte das Buch heraus und schlug das Verzeichnis der wichtigsten Sätze auf.

»Thélo …« *Ich möchte …* aber was wollte sie denn? Er sah sie an, er hatte den Kopf ein wenig zur Seite gelegt, konzentriert lauschend. Sie musste weiterreden, ihm zeigen, dass sie sich wirklich Mühe gab mit seiner Sprache! Und in ihrer Verzweiflung sagte sie den nächstbesten Satz, den sie fand: »Boró na do grammatóssimo?«

Sie las das Deutsche darunter erst hinterher: *Kann ich eine Briefmarke haben?*

Der Junge sah sie verwirrt an. Dann streckte er die Hand nach dem Buch aus, vorsichtig, bittend. Sie gab es ihm und sah zu, wie er mit dem Finger die Zeilen entlangfuhr.

Schließlich sagte er sehr deutlich: »To logariasmó parakaló.« *Die Rechnung, bitte.*

Jule starrte ihn an. Und auf einmal platzte das Lachen aus ihr heraus, sie wollte eigentlich nicht lachen; sie begriff nicht, warum er das gesagt hatte, doch sie konnte nicht anders. Der Junge neben ihr sah sie besorgt an. Sah wieder in den Reiseführer: »Thélo na nikásso aftokínito jia pénde méres«, sagte er. *Ich möchte für fünf Tage ein Auto mieten.*

Und dann lachte er auch. Sie lachten zusammen, sie saßen auf der Mauer und lachten und lachten, Jule wischte sich die Tränen aus den Augen.

»Warum … warum machen wir das?«, fragte sie. »Warum lesen wir uns gegenseitig Sätze aus einem Reiseführer vor?« Sie sagte es auf Deutsch, und natürlich verstand er nichts. Vielleicht hielt er dies alles für ein Spiel, vielleicht war er doch geistig ein wenig … merkwürdig. Aber er konnte lesen. Und er sah nicht aus wie jemand, der zurückgeblieben ist.

Er hob die Hand und deutete auf ihren Hals, zu dem Perlmuttstück an dem Silberdraht. Er sagte ein Wort auf Griechisch, das sie verstand. »Poú.« *Wo.* Danach kam er nicht weiter. Und er schüttelte den Kopf, zeigte auf sich und sagte: »Asman.«

Und Jule zeigte auf sich und sagte: »Jule.«

»Ju–le«, wiederholte er und nickte. »Jule. Okay.«

Da war etwas an dem Okay, das sie aufhorchen ließ. »Du sprichst nicht zufällig englisch?«, fragte sie. Auf Englisch.

»Zufällig doch«, sagte der Junge. »Es wäre viel einfacher auf Englisch.«

Einen Augenblick war es sehr still. Dann erreichte der zweite Lachanfall die beiden Kinder, die auf der Mauer mit den Beinen baumelten. Und in diesem Moment, bevor sie irgendetwas anderes wusste, war Jule glücklich.

Vielleicht am glücklichsten. Später dachte sie oft daran. Sie hätte den Moment einfrieren wollen und ihn behalten, für immer.

»Ich kann ungefähr zwanzig Worte Griechisch«, sagte Asman. »Aber ich versuche es zu lernen.«

»Ich eigentlich nicht«, sagte Jule. »*Ein Brot bitte* hat immer gereicht.«

Er sprach fließend Englisch. Nicht akzentfrei, aber fließend.

»Woher kommst du?«, fragte sie. »Was machst du hier?«

»Ich sitze auf einer Mauer und sehe das Meer an«, antwortete er. »Es ist wunderschön. Und es versteckt eine Menge Dinge. Die Zukunft.«

»Die verdammte Zukunft«, sagte Jule. »Ich habe keine Ahnung, was ich mit meiner machen soll. Mit meiner Zukunft. Ich will irgendetwas machen, was … sinnvoll ist. Was … willst du?«

»Ich? Ich will da raus.« Er zeigte auf den Horizont, er lächelte dabei, doch er war jetzt sehr ernst. »Irgendwann mache ich mein Kapitänspatent. Vielleicht dauert es Jahrzehnte, aber ich werde es machen. Wollte ich immer schon. Englisch zu lernen war der erste Schritt.«

»Was sprichst du denn sonst?«, fragte Jule.

Er sah sie an, seltsam prüfend. Zögernd. »Hebräisch.«

»Du bist … Israeli? Und du bist hier, weil …?«

»Warum bist du denn hier?«

Jule zuckte die Schultern. »Ich weiß nicht. Ich mache demnächst Abi. Also, den deutschen Schulabschluss. Ich dachte, ich könnte hier in Ruhe lernen und mir den Horizont angucken.«

»Ja«, sagte er. »Er ist auf dieser Insel so nah.«

»Nah?«

»Als könnte man hingehen. Du stehst auf und gehst los, da, über das glänzende Wasser. Und du bist schon da. In der Zukunft. Du brauchst keine Frage mehr zu stellen.«

Jule nickte langsam. Er war, was sie war, dachte sie. Ein Reisender auf der Suche nach Antworten. Ein Tourist. Aber warum lief er so abgerissen herum?

»Ich habe einen rosa Koffer gefunden«, sagte sie stattdessen. »Mit Kinderspielzeug. Am Strand.«

Asman nickte stumm und sah weg.

»Das Meer ist nicht schuld«, sagte er, und das war ein seltsamer Satz.

Dann schien er mit einem Mal zu lauschen, konzentriert. Jule lauschte mit ihm: Da waren die Glocken der Schafe in der Ferne, der Wind im hohen Gras, ein fernes Motorengeknatter. Und noch etwas. Schritte. Jemand kam den Hang herauf. Asman sprang nach vorne, wo es tiefer war, von der Mauer.

»Erzähl keinem, dass ich hier bin«, flüsterte er. »Du hast niemanden gesehen.«

»Ich … nein«, flüsterte Jule, perplex. »Suchen sie dich? Aus irgendeinem Grund?«

Er schüttelte nur den Kopf, fasste plötzlich mit der gesunden Hand nach ihrer und drückte sie so fest, dass es wehtat. »Sag es keinem«, wiederholte er. Murmelte etwas, das nicht englisch war. Ging ein paar Schritte rückwärts. Und dann drehte er sich um und rannte.

»Danke für die Sache mit der Schlucht«, sagte Jule leise. Aber natürlich hörte er das nicht mehr.

Er war fort, verschwunden, verschluckt vom hohen, hellen Gras.

Nein, dachte Jule, nichts war eigentlich noch hell, die Dunkelheit senkte sich über die Insel, und in der Dunkelheit saß sie auf dieser Mauer und war sehr allein. Viel mehr als zuvor.

Jule traf die Verursacher der Schritte kurze Zeit später auf einem der Wege durch die Macchia: zwei Gestalten mit Taschenlampen. Der eine war Silas Onassis. Den anderen, Jüngeren, kannte sie nicht. Sie waren beide uniformiert.

»Kalispéra«, sagte Silas. Und, seltsam schroff: »Was tust du so spät noch hier draußen? Allein?«

»Ich treffe mich mit Außerirdischen«, antwortete Jule.

Silas musterte sie prüfend. »Man verläuft sich leicht im Dunkeln. Komm besser mit zurück zu den Häusern. Es ist abends nicht sicher hier.«

In diesem Moment knallte ein Schuss durch den Abend, und sie zuckten alle drei zusammen. Die Felsen gaben das Echo mehrfach wieder, und ein paar der Schwalben, die in den Felsen nisteten, flogen erschrocken auf. Noch ein Schuss. Danach Stille.

Die Schüsse waren von dort gekommen, wo der Wald der Eichen und Kastanien sich nachts zu einem grünen Labyrinth verdichtete. Silas seufzte.

»Das ist nur der alte Nikopolidis, der versucht, auf die Hasen zu schießen«, sagte er. »Manchmal streift er mit seinen Freunden nachts bei Mondlicht durch die Gegend, und es kommt vor, dass er tatsächlich einen Hasen mitbringt. Mondlicht ist schlecht für Hasen.« Er schüttelte den Kopf. »Kein Sport für mich. Egal. Komm jetzt, wir bringen dich nach Hause.«

Und dann stehst du ganz vorne auf dem Felsen, zu dem du immer gehst, wenn du nicht weiterweißt, weil der Horizont hier näher ist als irgendwo sonst. Und du könntest dich ohrfeigen.

Du hättest nie mit ihr sprechen dürfen. Englisch schon gar nicht.

Warum hast du ihr das mit Israel erzählt? Das hast du ja gar nicht. Sie hat das gesagt. Du hast nur »hebräisch« gesagt. Warum gerade hebräisch? Gott.

Du bist jetzt also ein israelischer Tourist. Da stehst du auf dem Felsen, ganz außen, und lachst plötzlich über dich selbst. Du bist ein Israeli geworden, es hat nur Sekunden gedauert, du hast dich verwandelt, weil ein Mädchen mit glasgrünen Augen dich zu lange angesehen hat. Natürlich, du kannst ein paar Worte Hebräisch. Du hast mal erwogen, Hebräisch zu lernen und zurückzugehen, die Papiere sind ja immer noch da, zigfach gefaltet in der wasserdichten Tasche. Wie oft sie dir eingebläut haben, dass sie das Wichtigste sind, was du besitzt!

Unsinn, übrigens.

Aber immerhin kannst du hebräisch, du kannst ihr was erzählen auf Hebräisch. Bis zehn zählen und behaupten, es hieße sonst was, sie wird nichts merken.

Du stehst an der vordersten Kante des Felsens. Noch ein Schritt, und du fällst.

Verdammt, natürlich merkt sie was, sie ist nicht dumm.

Noch ein Schritt, und sie weiß, wer du bist. Was, wenn sie jemandem sagt, dass sie mit dir gesprochen hat? Wenn jemand die anderen findet?

Du darfst nie wieder mit ihr sprechen.

Sagt der Kopf.

Das Herz sagt etwas anderes.

4

Als sie aufwachte, lag das warme, atmende Gewicht des Hundes auf ihren Beinen. Sie konnte sich nicht erinnern, ihn hereingelassen zu haben. Sie streckte sich, und er hob den Kopf und blinzelte.

»Du weißt etwas«, flüsterte Jule, »was ich nicht weiß. Etwas über Asman.«

Der Hund gähnte, betont teilnahmslos.

»Israeli«, sagte Jule laut, und der Hund sprang vom Bett.

Sie dachte, dass es schön wäre, Asman zu treffen. Einfach so, zufällig.

»Die machen diesen Militärdienst«, sagte sie, kniete sich auf den Boden und streichelte die weichen Ohren des Hundes. »Danach ticken die alle aus, glaub ich. Wir haben mal ein paar in Berlin getroffen, die waren auf Weltreise, die holen alles nach, was sie vorher verpasst haben. Sie haben erzählt, sie müssen drei Jahre mit dem Gewehr neben sich im Bett schlafen … Vielleicht rennt er deshalb so rum. So abgerissen. Vielleicht zeltet er wild, und das ist der Grund, dass er nicht gesehen werden will. Wild zelten ist sicher verboten. Wild ist das richtige Wort für ihn, was meinst du?«

Sie stellte den Wasserkocher an, um Kaffee zu machen. Es wäre schön, dachte sie, nicht alleine Kaffee zu trinken. Konnte man jemanden, der wild zeltete, zu einer Tasse Nescafé überreden? Oder war Nescafé zu unwild? Mit einem Mal kam sie sich spießig vor.

Hier stand sie in ihrer übers Internet gemieteten Ferienwohnung, auf dem Tisch warteten die Bücher und der Ordner fürs Abi, sie telefonierte zweimal am Tag mit ihrer besten Freundin und schrieb in schöner Regelmäßigkeit Nachrichten an ihre Eltern.

Sie dachte beim Frühstück-mit-Hund darüber nach: In dem Land, aus dem Asman kam, gingen Bomben in Innenstadtvierteln hoch, immer wieder. Sie wusste peinlich wenig über Israel und die ganze Problematik, aber sie hatten eine Menge Kriege gehabt da, und wenn sie mit dem Gewehr neben sich schliefen, sagte das genug. Die Araber versuchten nach wie vor, die Israelis zu vertreiben, sich zu rächen dafür, dass sie sich dort angesiedelt und das Land urbar gemacht hatten. Blutrache war immer noch groß bei den Arabern, oder? Und quasi nebenan löste sich Syrien in seine Bestandteile auf.

Jule versuchte, sich den Jungen von der Mauer mit einem Gewehr vorzustellen, in Militärkleidung. Womöglich hatte er sich die Hand bei einer Übung verletzt.

Sie änderte das Bild; stellte ihn sich an einem festlich gedeckten Tisch am Sabbat vor, zwischen Silberbesteck und Kerzen, stellte sich seine Eltern vor, ernst und gut angezogen, Eltern, die über Pläne für den Sohn sprachen: Er würde studieren, etwas Wichtiges werden … Vielleicht war ihm das alles zuwider. Die Gewehre genauso wie das polierte Silber. Vielleicht lebte er deshalb für eine Weile auf einer kleinen griechischen Insel und wusch seine Sachen nicht.

Sie würde ihn fragen. Vieles.

Nur hatte sie das Gefühl, dass er nicht besonders gern antwortete.

Sie kam an diesem Morgen ganz zufällig an allen Häusern der Chóra vorbei, an denen ROOMS stand. Falls dort doch jemand wohnte, der abgerissen herumlief und eine verbundene Hand hatte. Falls er doch nicht zeltete. Die einzigen Nichtgriechen, die sie traf, waren die beiden Frauen vom Strand. Sie saßen in warmen Pullovern auf einer kleinen Terrasse direkt am Weg, der durch die Chóra abwärts führte, lasen und tranken ihren Kaffee.

»Kaliméra«, sagte Jule, und die beiden sahen auf, eine von einem Roman, die andere von einer Zeitung, und nickten und lächelten.

»Kaliméeera«. Sie bemühten sich, es so lang zu ziehen wie die schwarzen Krähenfrauen, und grinsten dabei ein wenig. »Are you from Germany?«, fragte Jule.

»Denmark«, sagte die Frau mit der Zeitung, und Jule sah etwas Blaues dort, ein Stück Mittelmeer war in die Zeitung gerutscht. Mittelmeer mit Booten. Neben der Zeitung stand eine Schale Joghurt mit einem goldenen Muster aus griechischem Honig.

Auf den Booten sind Flüchtlinge.

Der Krieg tobt gleich neben Israel.

Asman hat eine verletzte Hand.

»Kennen Sie zufällig den israelischen Jungen, der auch auf der Insel ist?«

»Israelischen Jungen?« Die beiden sahen sich an, schienen zu überlegen. Sie sprachen perfekt Englisch, was die Unterhaltung leichter machte – so leicht wie mit Asman.

»Nein«, sagte die mit dem Roman. Sie fuhr durch ihr kurzes rötliches Haar und schüttelte den Kopf. »Ich hab noch keinen Israeli gesehen.« Sie lächelte Jule zu. »Ich bin Kirsten.«

»Bente«, sagte die andere Frau, deren Haar genauso kurz, aber weniger rot war.

»Jule«, sagte Jule. »Sie machen auch Urlaub, ja?«

Bente nickte »Fühlt sich nicht nach Arbeit an, hier zu sitzen und aufs Meer zu schauen. Arbeiten tun wir nur zu Hause.«

Jule sah sich um. Man hatte von hier aus einen guten Blick über die Dächer der weiter unten liegenden Häuser ins unendliche Blau.

»Der Horizont ist hier so nah«, sagte sie. »Als wäre da die Zukunft, und man könnte einfach hineingehen.«

»Ja«, sagte Kirsten. »Genau so. Das ist eine gute Beschreibung.«

»Ich habe das nicht gesagt«, murmelte Jule. »Er hat es gesagt. Der Israeli.«

»Mir fällt gerade ein, es gibt noch ein englisches Pärchen auf der Insel«, sagte Bente plötzlich, »die wohnen unten am Hafen.«

Kirsten verdrehte die Augen. »Du kannst ihr nicht irgendwelche Touristen anbieten, was will sie von zwei ältlichen Engländern?«

»Ich will ja auch nichts von dem Israeli«, sagte Jule. »Es ist nur, ich … wir hatten uns unterhalten, und ich … habe mein Handy verloren, da, wo wir uns unterhalten haben, und ich dachte, er hat vielleicht … hat es vielleicht eingesteckt …«

»Ach so«, sagte Kirsten mit einem Augenzwinkern. »Ach so«, sagte Bente und zwinkerte auch.

Dann widmeten sie sich wieder ihrer Lektüre.

In diesem Moment klingelte es in Jules Tasche, und Bente sagte: »Das Handy, das du verloren hast!«

Jule zog es heraus und merkte, wie sie feuerrot wurde. »Ich … muss es wohl doch selbst eingesteckt haben, ohne es zu merken.«

Doch Bente und Kirsten lächelten nur und lasen weiter. »Evelyn?«, sagte Jule ins Handy.

»Nein«, sagte das Handy. »Mama. Ich dachte nur, ich melde mich mal. Alles in Ordnung bei dir?«

»Ja, doch«, sagte Jule, winkte Bente und Kirsten und ging langsam die Gasse hinunter. »Viel Zeit zum Lernen hier und so.«

»Lern nicht zu viel«, sagte ihre Mutter ernsthaft. »Genieß

deine Zeit ein bisschen. Ich soll dich grüßen. Von Papa und von Marc. Der stresst sich auch zu sehr mit dem Studieren.«

»Aber er ist verdammt erfolgreich, oder?« Jule seufzte. »Mama … hast du jemals über den Horizont nachgedacht? Darüber, wie man hinkommt?«

»*Hinkommt?*«

»Ja. Es wäre die Zukunft, wo man ankäme, oder? Es geht nicht, natürlich.«

»Was ist das, das du gerade lernst? Philosophie?« Jules Mutter lachte. »Als ich so alt war wie du, war ich viel weniger ernsthaft. Ich weiß noch, ich war zum ersten Mal wirklich verliebt, ich hatte nur Zuckergusswolken und Rosen im Kopf.«

»Kann man auch ohne Rosen verliebt sein?«, fragte Jule. »Ich meine, auf eine ganze andere Art?«

»Hm … natürlich«, sagte ihre Mutter vorsichtig. »Aber die tut mehr weh. Wer … ist er?«

»Das weiß ich nicht«, sagte Jule.

Als sie auflegte und sich noch einmal umdrehte, am unteren Ende der Gasse jetzt, waren die Däninnen oben auf der Terrasse verschwunden: Bente in ihrem Roman, Kirsten in ihrer Zeitung.

Sie sahen so friedlich aus, wie sie da saßen, zu zweit. Jule wollte sich vorstellen, wie es gewesen wäre, wenn sie mit Evelyn dort gesessen und gelesen hätte.

Aber als sie weiterging, die steiler werdende Gasse hinunter – da merkte sie, dass auf dem Bild in ihrem Kopf gar nicht sie und Evelyn auf den Klappstühlen saßen und Zeitung lasen. Es waren sie und Asman.

Sie verscheuchte das Bild aus ihrem Kopf, sie kannte ihn gar nicht. Vielleicht war er ein planlos durch die Gegend rennender Psychopath. *Erzähl niemandem, dass ich hier bin …*

Sie hatte den Dänen von ihm erzählt. Ach was, dachte Jule, die Dänen galten nicht.

Sie wanderte weit an diesem Tag, zum Strand hinunter und von dort aus weiter an der Küste entlang, sie zerriss sich die Hose in der Macchia – und fand kein Zelt in den kleineren Buchten hinter der ersten. Schließlich ging sie wieder hinauf zur Chóra und verbrachte den Rest des Tages über dem grünen Schulordner. Der Hund lag zu ihren Füßen und sah zu ihr auf, ein wenig Mitleid heischend und ein wenig hungrig.

»Du weißt es«, sagte sie, als es dämmerte und sie den Ordner zuschlug. »Du weißt, wo er ist.«

Der Hund sah sie nur weiter an.

Und dann wusste sie es auch. Ganz plötzlich. Sie wusste, warum der Hund nicht mit hinauf hatte gehen wollen. Er war einfach ein anderes Ziel gewohnt. Den Weg unten um den Berg herum. Auf der anderen Seite des Kalamos gab es, so der Reiseführer, nichts. Keine Siedlung. Keinen Badestrand. Nichts bis auf ein paar Schafe vielleicht.

Der ideale Ort für einen Wildcamper, der Ruhe vor der Zivilisation haben möchte. Der ideale Ort für jemanden, der Dreiklänge hört, die kein anderer wahrnimmt.

»Wir gehen wieder hin«, flüsterte sie. »Gleich morgen, ja? Diesmal nehme ich den richtigen Weg.«

Der Morgen war schon spät, als sie am nächsten Tag die Weggabelung erreichte. Sie hatte ein wenig Angst, dass das alles Unsinn war. Dass der Hund gar nichts wusste.

Doch er schlug ganz von selbst den linken Pfad ein, den kleineren, und Jule folgte ihm.

»Mein Reiseführer«, flüsterte sie.

Der Hund führte sie um den Fuß des Kalamos herum, sozusagen auf seine Außenseite, die die südöstliche Inselspitze bildete. Sie wanderten durch das gleiche hohe, helle Gras, das überall auf der Insel wuchs, unterbrochen von zerklüfteten Felsen. Blaue Glockenblumen neigten ihre Köpfe am Rand des Pfades, Margeriten winkten weiß und gelb aus dem Nichts. Sie hörte die Schafe weiter oben am Hang.

An einer Stelle fand sie ein kleines Holzschild mit der Aufschrift »Venetian Fountain«, *Venezianische Quelle*. Vielleicht kamen im Sommer Touristen diesen Weg entlang.

Der Hund lief jetzt schneller, als hätte er etwas gewittert. Eine Viertelstunde später tauchten sie von der trockenen Macchia ins feuchte, fruchtbare Schattengrün von Feigenbäumen und Steineichen, hier ganz in der Nähe musste es Süßwasser geben.

Und dann war der Hund weg, verschwand einfach, und Jule ging allein weiter. Sie kam sich seltsam beobachtet vor, und sie griff nach ihrer Kette und fuhr mit dem Finger über das Stückchen Perlmutt, um sich Mut zu machen.

Und dann fand sie die Quelle, zur Linken, unterhalb des Weges, und es war zugleich der schönste und der melancholischste, der einsamste und der geselligste Ort, den sie sich vorstellen konnte.

Sie blieb stehen, im Schutz eines uralten dicken Platanenstamms, und sah hinab:

Die Quelle war keine Quelle. Das Wasser drang hier aus dem Boden, doch Jule wusste, woher es kam – es kam aus der Schlucht. Ein Teil des Baches musste sich von dort aus durch den Berg gegraben haben, hier trat er wieder ans Licht, und die Venezianer, die früher die Inseln besetzt hatten, hatten diesen Wasseraustritt in weißen Marmor gefasst wie ein Kunstwerk; hatten ein rechteckiges, einen guten Meter tiefes Becken angelegt, in das das Wasser fließen sollte. Es floss aus dem breiten Maul eines Löwen.

Neben dem Becken saß der Hund und ließ sich streicheln, hechelnd, ab und zu leise japsend.

Und auf dem Rand des Marmorbeckens, eine Hand im Fell des Hundes, saß Asman.

Jule erkannte das braungraue T-Shirt, die mehrfach eingerissene und geflickte Hose, das sehr schwarze Haar, das so widerspenstig zu sein schien wie ihr eigenes …

Sie schwitzte. Sie fror. Ihre Hände waren feucht. Er durfte sie auf keinen Fall sehen, durfte nicht glauben, dass sie ihm nachspionierte! Vielleicht fand sie die richtigen Worte, wenn sie nur noch ein wenig darüber nachdenken konnte …

»Ich suche dich schon seit gestern«, war vielleicht der falsche Ansatz, wenn man wollte, das jemand glaubte, man habe ihn zufällig getroffen.

Asman hatte aufgehört, den Hund zu streicheln, und füllte die letzte von fünf großen blauen Plastikflaschen mit Wasser. Danach strich er mit den Fingern über ein paar Tücher, die offenbar zum Trocknen auf dem Rand des steinernen Beckens lagen, prüfte, ob sie trocken waren, und faltete sie, mühsam wegen der verbundenen Hand.

Und schließlich begann er, sehr, sehr vorsichtig, den Verband abzuwickeln. Der graue, schmuddelige Stoff war verklebt von Blut und Dreck, und Jule sah, wie Asman die Zähne zusammenbiss, wenn er daran riss. Sie stand noch immer reglos an den Platanenstamm gedrückt, sie sah gut von da aus, zu gut.

Die Hand war offenbar gequetscht worden, das Muskelfleisch der Handinnenfläche sichtbar, teils bedeckt mit Schorf, teils feucht glänzend. Es schien zwei Wunden zu geben, zwei Risse, die Ränder nach oben gewölbt, die Haut daneben bläulich verfärbt. Asman sammelte mit Daumen und Zeigefinger der anderen Hand Fussel und Sandkörner aus der Tiefe der Wunden, und Jule sah weg. Ihr war übel.

Als sie wieder hinsah, hielt er die Hand unter den Wasserstrahl, der aus dem uralten, steinernen Löwenmaul schoss. Vielleicht linderte die Kälte die Schmerzen. Betäubte die Nerven. In jedem Fall säuberte das Wasser die Wunde. Sie hörte ihn leise fluchen.

Die grünen Blätter eines Esskastanienbaumes wippten über ihm auf und ab, es war ein friedliches, beinahe kitschiges Bild: der helle, marmorgefasste Brunnen, die grünen saftigen Blätter, die Regenbögen, die das Sonnenlicht in die Wassertropfen malte.

Doch zwei Dinge störten dieses Bild empfindlich: erstens die Anwesenheit des Jungen, der jetzt die Binde wieder um seine Hand wickelte; die gleiche, dreckige, zu oft benutzte Binde.

Zweitens die Abwesenheit von jeglichen anderen Inhalten einer Reiseapotheke. Selbst in Jules Reiseapotheke gab es Pflaster und Desinfektionsspray. Und es gab eine Apotheke im Dorf. *Farmakío.* Diese Wunde musste richtig versorgt werden, die Ränder mussten ausgeschnitten werden, das Ganze wirkte entzündet. War der Junge dort unten verrückt genug, sein Leben zu riskieren, weil er eine Auszeit von der Menschheit brauchte?

Er steckte die Wasserflaschen in eine alte Plastiktüte, stand auf und verließ die Quelle.

Warte!, wollte Jule rufen, *du kannst nicht einfach so gehen! Jetzt, wo ich dich gerade gefunden habe! Und du bist völlig übergeschnappt. Jemand sollte dich zum Arzt schleifen.*

Sag mir … welche Farbe hat eigentlich der Horizont?

Und was ist mit deinem Horizont passiert? Was stimmt nicht damit?

Doch er war fort, irgendwo zwischen den wippenden Ästen der Feigen und Esskastanien verloren gegangen wie ein Gedanke. Der Hund war mit ihm verschwunden.

Sie wäre ihm nachgegangen. Doch etwas hielt sie ab.

Stimmen. Jemand kam den Pfad hinab.

Als sie sich umdrehte, waren es die beiden älteren Engländer, und Jule bemühte sich, nicht laut zu seufzen. Dann löste sie sich aus dem Schatten und beeilte sich, hinunter zur Quelle zu kommen. Sie war nur eine Touristin, die den venezianischen Marmor fotografierte … verdammt. Er hatte den Stapel mit den gewaschenen Tüchern vergessen. Sie nahm ihn und legte ihn über einen dicken Ast, sodass man ihn nicht sofort sah. Dann platzierte sie sich mit ihrem Handy vor dem Marmorbecken.

Gerade noch, ehe die Engländer da waren.

»Na, Sie auch hier?«, fragte der Mann. Er rückte seine tarnfarbenen Stoffhut ein wenig aus der Stirn und besah sich die Marmoreinfassung der Quelle und das alte Becken. »Hübsch«, sagte er. »Auf Kreta gibt es auch venezianische Überreste, aber das hier ist noch schöner.«

»Ich kenne mich auf Kreta nicht aus«, sagte Jule.

Sie tastete wieder nach dem Perlmuttstück an ihrem Hals, während er seinen Reiseführer aufschlug und daraus irgendetwas über die Quelle vorlas.

Seine Frau streckte eine Hand nach oben und berührte zaghaft die grünen Blätter der Esskastanie. »Ja, sehr schön«, sagte sie leise. Dann setzte sie sich auf den Rand des Beckens, so wie Asman es getan hatte, und hielt ihre Hand unter den Wasserstrahl. Aber ihre Hand war nicht verletzt, es war eine blasse, völlig intakte Hand mit einem schlichten Ehering. Die Frau tupfte sich etwas von dem kalten Wasser ins Gesicht und lächelte. Auch ihr Lächeln war zaghaft. Ängstlich. Ihr Mann machte Fotos mit einer kleinen Reisekamera, und Jule bot an, die beiden zusammen vor dem Marmorbecken zu knipsen. Wenn sie das tat, dachte sie, gab es keinen Grund mehr für das Paar, zu bleiben. Sie wollte, dass sie gingen. Vielleicht kam Asman wieder.

Die Frau sah auf dem Foto noch ängstlicher aus als in der Realität.

»Vielen, vielen Dank!«, sagte der Engländer, als sie die Kamera zurückgab. »Sonst sind Heather und ich nie zusammen auf Bildern. Wenn Sie erlauben, laden wir Sie oben im Ort auf einen Kaffee ein. Oder ein Eis?«

Heather nickte. Ihre Augen waren noch immer auf der Suche nach gefährlichen Dingen in der Umgebung, und Jule dachte, dass es vermutlich besser war, mitzugehen, ehe Heather die Tücher im Baum entdeckte und Fragen stellte.

»Kommen Sie«, sagte der Mann und bot Jule seinen Arm an. Jule schüttelte den Kopf, und er nahm die Hand seiner Frau, was sicherlich besser war. So wanderten sie zu dritt den Hang hinauf, und Heather sah sich manchmal nervös um, so lange, bis das schattige Grün der Bäume hinter ihnen lag und sie wieder durch niedrige, trockene Macchia wanderten.

Ihr Mann plauderte über dies und das, über die griechische Küche und die Venezianer und die griechischen Unabhängigkeitskriege und über seine Arbeit zu Hause, er war Lehrer …

Sie versuchte, trotz des Wortschwalls nachzudenken.

Wenn Asman die Quelle nutzte, um Wasser zu holen, befand sich sein Zelt nicht weit weg. Wenn …

Etwas ließ Jule aufhorchen, der Mann neben ihr sprach jetzt über Wildcamper.

Es ging irgendwie um die anderen griechischen Inseln.

»Da geht wirklich gar nichts mehr«, sagte er gerade. »Überall nur noch Bettler, man ist nirgends mehr sicher. Sie belagern die Innenstädte und lungern vor den Restaurants herum … Iss mal was, wenn dich fünfzehn Paar hungrige Augen anstarren! Da verlierst du den Appetit.«

»Bettler«, wiederholte Jule.

»Ich meine, manche von denen tun einem schon leid«, fuhr er fort. »Da sind Frauen und Kinder, ein paar sahen aus, als wären es echte Flüchtlinge. Nicht Leute, die auswandern, weil sie einen besseren Job haben wollen. Aber man kann ja nicht allen helfen.«

Da begriff Jule, wovon er sprach. Sie dachte an das Bild in der Zeitung, die die Dänin gelesen hatte. Das Mittelmeer. Das Schlauchboot.

»Wir haben hart gearbeitet für unseren Urlaub«, sagte der Mann, »wir haben uns die Erholung verdient. Und meine Frau braucht Ruhe, keinen zusätzlichen Stress. Die Bettler haben ihr Angst gemacht.« Die Frau nickte, schüchtern.

Jule sah sie von der Seite an, ihre unnatürlich blasse Haut, ihre rötlichen, leicht gelockten Haare, ihre gehetzten Augen. »Wir waren auf Kos«, flüsterte sie. »Nach vier Tagen sind wir weg. Haben es nicht ausgehalten.«

»Kreta war gut«, sagte der Mann, »aber hier ist es noch besser. Ein Paradies, unberührt und einfach wie vor zehn Jahren. Kos und Lesbos und Chios und die anderen Inseln vor der Türkei, die verlieren eine Menge Touristen. Wenn das Land das nicht irgendwie in den Griff kriegt mit diesem Zustrom … Macht ja auch niemand Urlaub in den Slums von Kalkutta. Auf Kreta haben wir ein paar Deutsche getroffen, die wollten auch nach Kos und haben dann umgebucht.«

»Einmal haben wir jemandem Geld gegeben«, flüsterte die Frau. »Einer Frau mit einem Baby. Ich habe ihr gesagt, sie soll Milchpulver kaufen. Das Kind braucht die Vitamine und das Calcium.

Früher war ich Hebamme. Aber ich weiß nicht, ob sie mich verstanden hat. Die Leute geben das Geld für sonst was aus, sie haben keine Schulbildung, sie wissen nicht, was ein Baby braucht.«

»Viele sind ja auch organisiert«, knurrte der Mann. »Die setzen sich da extra hin mit ihren Kindern, um auf die Tränendrüse zu drücken. Nachher müssen sie das Geld irgendeinem Boss geben. Schlimm. Sollte man nicht unterstützen.« Dann schüttelte er den Kopf, lachte und knipste ein Schaf, das mit panischem Blöken über den Pfad rannte, um seine Herde einzuholen.

»Wie gesagt, hier ist alles noch in Ordnung«, sagte er.

Jule öffnete den Mund – und schwieg. Sie war zu perplex, um etwas Kluges von sich zu geben. Sie erinnerte sich an die Kleidersammlung für Flüchtlinge, die die Schule gemacht hatte.

Und natürlich hatte sie die ganze Sache in der Zeitung und den Nachrichten mitbekommen, natürlich wusste sie, dass die Leute über die Türkei nach Griechenland kamen: Europa.

Sie hatten in Deutsch darüber diskutiert. Aber andere Dinge waren näher gewesen, wichtiger: Mathematik, Geschichte, Biologie, Englisch.

Sie hatte mehrere Hosen und ein rotes Kleid gespendet, das sie nie anzog, und Evelyn hatte gesagt, sie wüsste nicht, was eine muslimische Frau mit einem solchen Kleid anfangen sollte. Sicherlich wäre der Ausschnitt zu weit. Sie hatten gelacht und sich vorgestellt, wie stattdessen ein muslimischer Mann das Kleid anzog ... Es war alles immer sehr weit weg gewesen.

Jetzt verspürte sie den Wunsch, etwas zu sagen. Etwas richtigzustellen. Was diese beiden über die Flüchtlinge sagten, war auf seltsame Art verdreht – doch sie wusste nicht genau, warum. Sie merkte, dass sie überhaupt sehr wenig wusste. Sie wusste viel über Mathematik, Geschichte, Biologie, Englisch. Ansonsten? Nichts.

Die Welt war eine große Unbekannte. X.

Sie dachte, dass sie mit Asman über diese Sache reden könnte. Er wusste sicher mehr, gezwungenermaßen, wenn er aus Israel kam, dem Nachbarland des Syrienkrieges. Sie würden zusammen auf der Mauer sitzen, auf der Horizontlinie sitzen, und mit den Beinen baumeln.

Erklär mir die Welt.

»Träumen Sie ein bisschen?«, fragte der Mann.

»Ja«, sagte Jule. »Ja, kann sein.« Eines Tages, dachte sie, erkläre ich *Ihnen* die Welt, aber ich brauche noch etwas Zeit.

Sie schlug den Kaffee in der Chóra aus, höflich, aber bestimmt.

Sagte, sie bräuchte keinen Kaffee. Und machte einen Umweg durch den halben Ort, um wieder beim Kafeníon Markos herauszukommen, wo die Engländer zum Glück nicht oder nicht mehr saßen.

Sie brauchte dringend einen Kaffee.

In der Ecke lief ein Fernseher; darin sprachen griechische Politiker über griechische Schulden, aber keiner der Griechen sah hin. Am Tisch nebenan spielten zwei alte Männer Tavli. Jule holte ihr Handy heraus. *Wie gez dem geheimnisvollen Fremden?*, schrieb Evelyn.

Sie versuchte, es Evelyn zu erzählen. Ihr zu erklären, dass sie sich Sorgen um ihn machte. Sie begann dreimal – und am Ende löschte sie die Nachricht.

Als sie aufsah, entdeckte sie Nikoletta in der Ecke des Kafeníon Markos. Sie las in einem dicken Buch, ohne aufzusehen, ihre Lippen bewegten sich dabei, und ab und zu trank sie einen winzigen Schluck Tee.

Das Markos war beinahe voll, doch die Stühle neben Nikolettas Tisch waren leer. Als hielten die Leute Abstand. Niemand sah zu ihr hinüber.

»Hey«, sagte jemand hinter Jule, und sie drehte sich um. In der Tür des Cafés lehnte Kostas. Neben ihm stand ein schlaksiger Typ – der gleiche, den sie am Abend mit Silas zusammen in Uniform gesehen hatte. Er schien nervös, knetete seine Finger, sah überall hin außer zu Jule. Kostas legte einen Arm um das Mädchen, das bei ihm war. Es war dasselbe Mädchen, mit dem er Motorrad gefahren war, ein hübsches Mädchen mit welligem schwarzem Haar wie aus einer Shampooreklame und einem etwas zu engen Oberteil. Aber ihr Lächeln war freundlich.

»Falsche Café«, sagte Kostas zu Jule und grinste. »In Dolfin es gibt W-Lan.«

»Hier gibt es Kaffee«, sagte Jule.

Kostas sah in ihre Tasse, wo sich schwarzer Bodensatz gebildet hatte.

»Hm«, machte er, und die anderen lachten. »Dolfin hat Latte. Und New York Cheesecake. Wie in Amerika.«

Der andere Typ sagte etwas zu Kostas, und Kostas übersetzte. »Manoli sagt, drei Tage ist Party in Dolfin, Abend. Du kannst sein mit uns. Tanzen. Ist gute Musik.«

»Danke«, sagte Jule. »Ich … vielleicht. Das ist nett.« Sie lächelte Manoli an, der zu Boden sah, schüchtern, nervös. Dann nickte sie zu Nikoletta hin. »Was ist mit ihr? Warum sitzen alle so … weit weg von ihr?«

Kostas zuckte die Schultern. »Sie ist … anders. Sie ist geheiratet mit Mann von Insel, aber nie war sie wie Leute von Insel. Sie ist von Deutschland, weißt du, wie du.«

»Mögt ihr keine Fremden?«

»Doch … doch!«, sagte Kostas. »Natürlich wir mögen! Du bist Tourist, wir mögen, sonst wir nicht einladen für Party, oder?«

Jule nickte. »Und Nikoletta?«

»Sie gehört zu nichts keinem«, meinte Kostas und seufzte. »Aber sie ist auch nicht Tourist. Und sie … sie macht keine Mühe zu sein wie andere. Sie ist fremd, bleibt fremd, immer fremd. Sie ist verrückt, liest ganze Tag die Bibel. Und sie erzählt Sachen.« Er beugte sich noch etwas näher zu Jule hinunter, sprach leiser. »Sachen, die nicht sind Wahrheit. Und betet. Immer, immer hat sie gebetet: Agios Nikolaos, gib mir ein Kind, gib mir ein Kind.« Er lächelte mitleidig. »Dann, sie ist schon alt, sie bekommt Kind. Mädchen. Faní. Aber Faní ist …« Er wischte sich mit der Hand über Gesicht. *Nicht richtig im Kopf.* »Jetzt sie nimmt das Mädchen mit zu Beten, ganze Weg nach oben.« Er schüttelte den Kopf. »Du komm zu Party, du siehst, wir mögen Tourist.«

Das Mädchen nickte und lächelte Jule noch einmal an, ehe es Kostas sanft in Richtung Tür zog.

Nikoletta saß noch immer da und las. In der Bibel. Wenn es stimmte.

Sie erzählt Sachen.

Wir haben sie begraben. Im Wald. Da war ein Junge mit einer verbundenen Hand …

Vielleicht erzählte sie Dinge, die *noch* nicht passiert waren. Es war ein seltsamer Gedanke.

»Und ihr habt doch etwas gegen Fremde«, sagte sie leise. »Es ist ein Ökosystem. Jeder hat seine Aufgabe. Die Touristen bringen das Geld, die Einheimischen kümmern sich um die Touristen. Die Fremden passen nicht her, was? Es ist ein Ökosystem ohne Nischen.«

Im Licht der untergehenden Sonne warf das Marmorbecken bei der Quelle einen langen, klobigen Schatten. Das Wasser spiegelte rot den Abendhimmel.

Jule wünschte, sie hätte den Hund bei sich gehabt. Wenigstens hatte sie dieses Mal die Stirnlampe mitgenommen.

Der Wind strich so ruhelos durch die Äste, das Meer rauschte sein nahes Schlaflied in einer unbekannten Sprache, und hinter dem Rot des Abendhimmels warteten Wolken, die keine Sterne durchscheinen ließen. Die Welt war dabei, sich selbst zu verschlucken und in absolute Schwärze zu tauchen, der Horizont war verschwunden.

Jule verkroch sich tiefer in den alten Strickpullover ihres Vaters. Dann teilte sie die Zweige und fand den Pfad, den Asman am Nachmittag genommen hatte.

Er würde, dachte sie, noch nicht schlafen. Er würde vor dem Zelt sitzen, an einem verglimmenden Feuer; sie würde sich neben ihn setzen, und sie könnten einfach ein Gespräch über irgendetwas anfangen.

Die Dunkelheit. Das Licht. Den Horizont, der bei Nacht unsichtbar war.

Kastanien säumten den Weg wie grüne Wächter, der Weg war wie ein Tunnel. Als sie daraus auftauchte, lag wieder nur Macchia vor ihr. Und dann, plötzlich, kam der Mond hinter den Wolken hervor, und Jule sah die schwarzen Stellen am Berg. Klaffende Löcher.

Wunden.

Sie blieb stehen.

Es waren Höhlen. Höhlen wie die, die sie schon gesehen hatte. Jemand hatte sie mit Mauern aus losen Steinen erweitert, mit Vordächern aus dornigen Ästen versehen gegen Wetter und Wind. Auch diese Höhlen waren Schafställe. In der Zeit vor den Touristen hatte es mehr Schafe gegeben.

Jule ging bis zum ersten Stall und sah sich um. Nirgends stand das Zelt eines Wildcampers.

Wozu auch.

Sie bückte sich und betrat die erste niedrige Höhle.

Es war windstill hier. Wärmer. Das Licht ihrer Stirnlampe fiel auf festgetretene Erde, ein paar lose Strohhalme … Und da war noch etwas. Ein Geräusch. Jemand atmete in der Dunkelheit.

Sie krallte ihre Hände ineinander. Zwang sich, ruhig zu bleiben. Sie wusste ja, wer hier schlief.

Sie ließ sich auf alle viere nieder, kroch weiter ins Innere der Höhle und ließ das Licht tiefer ins Dunkel wandern.

Und dort lag er. So fand sie ihn.

Fest schlafend, auf einer dünnen Schicht von altem Stroh, unter einer löchrigen alten Wolldecke. Ja, dort lag er, der Verrückte, der über Horizonte sprach und Fische in der Sonne trocknete und sich so wenig um seine zerquetschte Hand kümmerte, dass jemand ihn wohl zu einem Arzt schleifen musste. Dort lag er, der das Meer liebte und viel mehr von seiner Zukunft wusste als Jule von ihrer, dort lag er und schlief den Schlaf der Erschöpften.

Neben ihm lagen zwei Plastiktüten, in die irgendwelche Sachen gestopft waren, und ein Instrument. Etwas wie eine Gitarre, nur mit einem runderen Körper, ohne Taille. Einlegearbeiten aus Perlmutt zierten das Holz; an einigen Stellen waren die Perlmuttstückchen abgefallen.

Jule griff an ihren Hals und spürte die Kühle des Perlmutts dort. Sie hatte die ganze Zeit über etwas um den Hals getragen, das ihm gehörte. Wie merkwürdig.

Sie streckte die Hand aus, um das strähnige schwarze Haar aus seiner Stirn zu streichen, doch dann hielt sie inne. Da waren mehr. Mehr Atemzüge. Nicht nur die einer einzigen Person. Sie nahm die Lampe ab, hielt sie in die Höhe und leuchtete in den hinteren Teil der Höhle.

Da lagen sie, dicht an dicht, neben sich Ansammlungen von Tüten, Taschen, Bündeln. Es waren zehn oder fünfzehn oder … mehr. Viel mehr. Die Höhle reichte weiter in den Berg hinein, als Jule gedacht hatte. Drei kleine Kinder schliefen eng aneinandergedrängt, zwei Jungen und ein Mädchen. Unter dem Kopftuch des Mädchens quoll dunkles Haar hervor.

Jule saß ganz still.

Und Asman lag vor ihr und schlief. Sie zog die Hand zurück, berührte ihn nicht. Sie zitterte, sie hatte Angst und schämte sich dafür. Das hier hatte nichts mit Wildcampen zu tun.

Wie dumm war sie gewesen?

Asman war überhaupt kein israelischer Name. Es war ein arabischer Name. Er hatte sie angelogen.

Hinter den Kindern lag etwas, das aussah, als wäre es einmal eine Schwimmweste gewesen.

Marc, dachte sie, hätte ihr erklären können, was sie sah. Obwohl sie es im Grunde wusste. Marc hätte ihr sagen können, was sie tun sollte.

Aber Marc war nicht da.

Sie drehte sich um. Kroch aus der Höhle. Und floh.

Und da kauerst du also wieder, unsichtbar zwischen Gras und Licht wie oft, und siehst sie an. Du kannst, wenn du sie ansiehst, die Schmerzen in der Hand vergessen. Nur dann.

Du kannst alles vergessen, die Erinnerung an die trockenen Tränen des Alten, wenn er von früher sprach. Die Wut, die Hoffnungen, die Tage in der Zelle, die alle Nächte waren. Die Bulldozer, die die Häuser beiseitegeschafft haben, als wären sie Unrat. Die Militärsperren. Das Brot, das sie euch nicht hereinbringen ließen. Die Grenze.

All das vergisst du, selbst den Mann, der den Fuß auf deinen Kopf gestellt hat, selbst sein Lachen. Du vergisst sogar Naime. Ihr Lächeln, das so selten geworden ist, und dieses Klammernde, Hilflose in ihren Augen. Du vergisst es gern.

Es ist später Morgen, du solltest drüben in der anderen Bucht sein, stattdessen bist du diesem Mädchen gefolgt. Vielleicht, weil du etwas Schönes brauchst. Etwas Helles. Du willst sie nur eine Weile ansehen.

Sie sitzt auf einem Felsen im Schneidersitz, den Kopf über das gebeugt, was ihre Hände tun – sitzt da mitten im Nichts der Natur und bastelt schon wieder irgendetwas. Erschafft etwas, biegt Drähte mit einer kleinen Zange, fädelt Glasperlen auf, die sie aus ihrer Tasche holt und prüfend gegen das Licht hält. Es ist schön, was sie erschafft, es ist immer schön.

Auch wenn sie ein Stück Holz benutzt, dass sie gefunden hat, einen Stein, eine Muschel. Heute sind alte Kronkorken zwischen den Perlen. Sie findet die Schönheit überall.

Aber heute sieht sie ernster aus, weniger wie ein Kind; ihr Haar fällt in Kringeln über das Gesicht mit den Sommersprossen, ihre Augen, perlengrün, sind dunkler als sonst.

Sie bewegt sich auch anders. Sie ist die gleiche Feldsteinmauer entlangbalanciert wie immer, doch ihre Schritte waren vorsichtiger. Als hätte sie eine ungeahnte Tiefe unter sich entdeckt, als hätte sie Angst, zu fallen.

Sie hält das Ergebnis ihrer Arbeit hoch, und die Sonne lässt das gelbe Glas funkeln zwischen den Kronkorken, als wären sie Juwelen. Ein Armband, nur aus Kronkorken und Glas. Dennoch sieht es aus wie ein Kunstwerk voller verborgener Bedeutungen. Ein Ersatz für die Sonne, falls sie eines Morgens nicht zurückkommt.

Für Ibrahim gibt es keine Sonne mehr.

Er liegt tief, tief unten, wo ihre Strahlen nicht hinreichen, liegt dort für immer. Du würdest ihn gerne so vieles fragen ... Hassan brauchst du nicht zu fragen, Hassan wird nur schnauben und sagen: *Vergiss sie. Komm arbeiten.* Oder, schlimmer: *Deutschland, ja? Nicht schlecht. Du lässt dich heiraten und kriegst eine Aufenthaltserlaubnis. Naime kannst du nachholen, sie muss ja jetzt nichts von ihr wissen. Aber unterschreib mir vorher, dass ich verwandt mit dir bin, damit du mich auch nachholen kannst! Ich adoptiere dich!*

Er hörte Hassan im Geiste lachen.

An was denkt sie, wenn sie so auf das Meer hinaussieht? An was – oder an wen? Ya Allah, es geht dich nichts an, an wen sie denkt!

Dieses Mädchen ist Jahrhunderte weit entfernt von der Welt, in der du lebst. In ihrer Welt gibt es keine Probleme. Ein Paradies, verschlossen mit einem Schloss, das nur ein roter Pass mit goldenem Adler aufschließt.

Aber weshalb sieht sie so besorgt aus heute Morgen? Du wünschst dir plötzlich, du könntest einfach hinübergehen und ihr eine Hand auf die Schultern legen. Tröstend.

Verdammt noch mal! Mach, dass du in die andere Bucht kommst.

Sie weiß nicht, was dort liegt.

Die Zukunft. Die Hoffnung. Vielleicht der Tod.

5

Sie ließ das Armband sinken und schloss für einen Moment die Augen.

Die Sonne malte helle Kreise auf ihre Lider. Sie war so müde.

Die Nacht war voller wirrer Träume gewesen, sie hatte wieder die schlafenden Menschen in der Höhle gesehen und war mehrfach hochgeschreckt.

Anfangs war sie gerannt, schließlich nur noch den Weg entlanggestolpert, erschöpft, gejagt von einer Erkenntnis, die sie nicht wahrhaben wollte. Sie war in Kleidern aufs Bett gefallen, allein. Der Hund musste bei der Höhle geblieben sein.

Und obwohl sie in ihren Kleidern unter der Wolldecke geschlafen hatte, hatte sie die ganze Nacht gefroren.

Die Wärme der Sonne, die sie jetzt einhüllte, war wie eine tröstende Hand auf ihrer Schulter. Es war gut, ihre Finger arbeiten zu sehen, sie etwas erschaffen zu sehen, auch wenn es nur ein dummes, glitzerndes Armband war.

»Evelyn«, flüsterte sie. »Erinnerst du dich an die Spendenaktion in der Schule? Und an all diese Bilder in den Nachrichten? Von den Kindern, den Frauen, den Männern, die sich auf Schlauchboote quetschen, um von der türkischen Küste aus auf die griechischen Inseln überzusetzen? Die Bilder von den ertrunkenen Flüchtlingen vor Lampedusa? Erinnerst du dich daran, wie wir im Geschichtskurs darüber geredet haben? Es war immer alles so … wie … ein Spielfilm. Jetzt … Evelyn, ich bin durch die

Leinwand gegangen. Ich habe sie gesehen. Sie sind hier. Aber … die türkische Küste ist weit weg von hier! Lampedusa ist doch auch ganz woanders! Ich begreife das nicht … Das Schlimmste ist: Ich habe sie einfach angestarrt. Wie Zootiere. Und ich wollte weg, nur weg. Ich bin gerannt. Sie … sie schlafen in einem alten Schafstall. Einer Höhle, die mal ein Schafstall war. Verstehst du, es ist ganz anders als auf Inseln wie Kos und Lesbos, wo sie zu Hunderten die Straßen entlangwandern, um weiterzureisen. Hier sind sie unsichtbar. Sie verstecken sich. Er … der Junge, von dem ich dir erzählt habe. Er ist kein Israeli. Kein Tourist. Er ist einer von ihnen. Er hat mich angelogen. Warum, Evelyn? Warum?«

Evelyn antwortete nicht. Sie hatte keine Chance zu antworten. Jule hatte sie gar nicht angerufen.

Sie musste mit sich selbst ins Reine kommen, ehe sie das tat.

Sie wanderte an diesem Tag lange am Strand entlang, und sie dachte an den rosa Plastikkoffer und an den Autoschlüssel. Irgendwann war hier ein Boot angekommen, ein Boot voller Menschen, und einer von ihnen hatte zu Hause ein Auto gehabt, es war eine erstaunliche Tatsache – wieso eigentlich erstaunlich? Alle die, die flohen, hatten ein Leben gehabt. Autos. Häuser. Kindheiten mit rosa Koffern. Sie dachte an die Menschen, die Nikoletta und Stavros begraben hatten.

Und auf einmal hatte sie Angst, zu genau auf den Boden zu sehen. Aber an diesem Tag fand sie nichts außer Muscheln. Sie zog Schuhe und Strümpfe aus und watete am Rand des Meeres entlang, aber sie ging nicht schwimmen. Erst, als sie zurückging, hörte sie Asmans Stimme in ihrem Inneren: *Das Meer ist nicht schuld.*

Es war trotz allem schön, er hatte recht.

Und überhaupt, sagte sie sich. Nikoletta hat vielleicht nur etwas erfunden. Die Menschen in der Höhle waren schließlich *da,* nicht wahr? Sie waren am Leben. Das Meer hatte sie heil hierhergebracht, woher auch immer. Der rosa Koffer gehörte einem der Kinder, das in der Höhle geschlafen hatte. Sie konnte ihn zurückbringen.

Als sie später in Stavros' und Nikolettas Restaurant über dem Strand saß, dachte sie nur daran: wie sie den Koffer zurückgeben würde. Die beiden Däninnen waren ebenfalls hier und lasen wieder, Faní saß in ihrem Rollstuhl und blickte das Meer an wie ein Bild. Es war alles so friedlich, selbst der Kartoffelauflauf, der in Öl schwamm, lauwarm, geschmacksneutral und tröstlich.

Evelyn hätte sich beim Anblick des Auflaufs geschüttelt; Evelyn achtete auf ihre Figur. Sie hätte den Auflauf trotzdem gegessen, sie aß eigentlich immer alles trotzdem. Jule stand auf und ging in die Küche, um nach Salz zu fragen. Nikoletta stand am einzigen Fenster und sah ebenfalls aufs Meer hinaus.

»Haben Sie … einen Salzstreuer?«, fragte Jule und merkte, dass sie es auf Deutsch getan hatte.

»Steht draußen keiner?«, fragte Nikoletta das Meer.

»Ich … ich glaube, nicht …«

»Schon wieder verschwunden«, murmelte Nikoletta leise. »Es verschwinden zu viele Dinge hier.« Sie sah Jule plötzlich an. »Sie sprechen deutsch. Ich dachte, sie wären auch aus England? Stavros hat sicher noch Salz in der Küche. All dieses Verschwinden … ob es je wieder aufhört? Im Schuppen auch. Eine ganze Rolle Tau. Und eine Kiste mit Schrauben. Nicht dass jemand sie gebraucht hätte … die meisten Dinge auf der Welt sind da, ohne dass jemand sie braucht. Gefühle auch. Wussten Sie das? Liebe. Vertrauen. Es ist da, aber die Leute benutzen es nicht.« Sie löste ihren Blick plötzlich vom Meer und fixierte Jule. Ihre Augen waren blau und von einer funkelnden Tiefe, die Jule überraschte. »Was rede ich?«, sagte Nikoletta und schüttelte den Kopf. »Das Salz. Ich werde es selbst irgendwo hingestellt haben. Was weiß ich.« Sie machte eine kleine, wegwerfende Bewegung mit der Hand. »Stavros!«, rief sie dann, lauter. »Salz!«

Stavros rief aus der Küche etwas zurück, auf Griechisch, ärgerlich, unmelodisch. Nikoletta antwortete, ebenfalls auf Griechisch, ein ungehaltener Wortwechsel entstand.

»Lassen Sie, so wichtig war es nicht«, sagte Jule.

»Dieser Mann«, murmelte Nikoletta und stapfte in die Küche.

Jule kehrte zurück zu ihrem lauwarmen oder inzwischen eher laukalten Auflauf, und da sah sie etwas. Beim Schuppen neben dem Restaurant, ein wenig den Hang hinunter. Es war nicht mehr als ein Schatten, ein Huschen, eine flüchtige Bewegung.

Sie kniff die Augen zusammen. Da war es wieder, drinnen, hinter dem Fenster. Jule legte einen Geldschein auf den Tisch und ging, an den Däninnen vorbei.

»Hast du den zeltenden Israeli gefunden?«, fragte Kirsten, ohne aufzusehen.

»Hatte er das Handy, das in deiner Tasche steckte?«, fragte Bente und faltete ihre Zeitung neu.

»Nein, ja«, sagte Jule. »Ich … Die Wahrheit ist, ich habe ihn gefunden, aber er ist … abgereist. Leider. Kein Israeli mehr auf dieser Insel.«

»So«, sagte Bente.

»Es gibt eine Menge netter junger Griechen«, meinte Kirsten.

»Schön für die Griechen«, sagte Jule. »Ich bin eigentlich hierhergekommen, um in Ruhe zu lernen. Ich gehe dann …«

»Zu dem Israeli, der abgereist ist«, sagte Kirsten und blätterte eine Seite in ihrem Roman um.

Sie brauchte nur fünf Minuten bis hinunter zu dem Schuppen, der offenbar zum Restaurant gehörte. Doch als sie dort ankam, war niemand da, und die Tür war verschlossen.

Vermutlich hatte sie sich den Schatten am Fenster nur eingebildet.

Sie hatte keine Lust, zurück zum Strand zu gehen.

Sie fand einen Pfad in der Macchia, der nirgendwohin führte, und genau das schien ihr das richtige Ziel. So wanderte sie parallel zur Küste, zwischen Disteln und Steinen, bis zu einem Felsen, der über das Meer sah wie ein einsamer Ausguck.

Dort setzte sie sich hin, ganz vorne. Man war dem Horizont hier näher als irgendwo sonst.

Ein gefährlicher Platz, hätte ihr Vater gesagt. Marc war nie auf zu hohe Mauern oder zu steile Felsen geklettert, aber um Jule hatte er ständig Angst gehabt.

Er hatte sie vielleicht immer zu sehr geliebt.

Sie spürte eine plötzliche Sehnsucht danach, wieder sein kleines Mädchen zu sein. Oder das kleine Mädchen ihrer Mutter, das Mädchen, das sich auf dem Spielplatz die Nase stieß und getröstet wurde. Ein kleines Mädchen, für das die Welt einfach war.

Stattdessen war sie siebzehn und saß auf einem dummen Felsen und hatte Tränen in den Augen, weil jemand nicht in einem Schuppen gewesen war. Lächerlich. Sie wischte die Tränen fort und starrte den Horizont an, als wäre er ein Feind.

»Behalt doch deine Philosophien über Horizonte!«, wisperte sie. »Du bist ein Lügner. Also bleib ruhig verschwunden.«

Sie hatte, dachte sie, nur ein einziges Mal mit ihm gesprochen. Sehr kurz. Die Hälfte der Zeit auf Griechisch, was weder er noch sie verstand.

Und doch hatte sie so oft über ihn nachgedacht, dass es ihr vorkam, als hätten sie ein Dutzend Unterhaltungen geführt. Als hätte er die Lüge über seine Herkunft mit voller Absicht immer weiter ausgeschmückt.

Zu ihrer Linken hatten zwei der dornigen Büsche winzige, weiß-gelbe Blüten geöffnet, unscheinbar zunächst, aber sehr filigran, wenn man genau hinsah. Ein Schmetterling mit pelzigem Körper stand dort in der Luft und trank ihren Nektar, wie der kolibrihafte Schmetterling oben im Garten des Agios Nikolaos.

Jule streckte einen Zeigefinger aus, hielt ganz still – und zu ihrer Überraschung landete der kleine, plumpe Schmetterling tatsächlich auf ihrer Fingerspitze. Er betastete ihren Finger vorsichtig mit dem am Ende eingerollten Rüssel.

»Wusstest du, dass sie wandern?«, sagte da jemand neben ihr, und sie fuhr herum, sodass der Schmetterling erschrak und fortflatterte.

Da saß er. Auf dem Felsen neben ihr, einfach so. Weit genug entfernt für einen Fremden, zwei Meter vielleicht.

»Wandern«, wiederholte sie verwirrt. Einen Moment lang dachte sie, sie hätte sein Englisch nicht verstanden, und er wiederholte: »They do. They migrate? Like birds.«

Sie wandern, wirklich. Wie Zugvögel.

»Die … Schmetterlinge?«

Jule versuchte, ihn nicht anzustarren, doch es war unmöglich. Er sah müder aus, als sie ihn in Erinnerung gehabt hatte, blasser, und sein linkes Auge tränte leicht, schien entzündet zu sein. Beim letzten Mal hatte sie das nicht bemerkt, oder es war noch nicht so gewesen.

»Sie wandern von Afrika bis nach Nordeuropa«, fuhr er fort, wischte sich über das Auge und lächelte. »Ich habe eine Menge über sie gelesen. Sie legen Eier in Europa, aber sie kommen nicht zurück, dazu leben sie nicht lange genug. Erst die zweite Generation fliegt wieder zurück nach Afrika.«

Jule nickte.

»Und sie sind schnell«, fuhr er fort, beinahe zärtlich. »Dreitausend Kilometer in weniger als vierzehn Tagen, stell dir das vor. Es gibt eine Menge Wanderfalter, aber diese gehören zu den schnellsten. In der Schule haben wir mal über sie geredet. Ewig her. Seitdem faszinieren sie mich. Der Horizont ist noch viel weiter weg für sie, verstehst du? Aber sie erreichen ihn trotzdem.«

»Wo … bist du denn zur Schule gegangen?«, fragte Jule vorsichtig.

»Ist das wichtig? In der Nähe von Tel Aviv.«

Jule sah weg. *Spiel mit.*

»Da … wollte ich immer schon mal hin. Ist es schön? Tel Aviv?«

»Nicht besonders.« Er zuckte die Schultern. »Eine Menge Hochhäuser. Straßen. Autos.«

»Was hast du eigentlich in Stavros' Schuppen gemacht?«

Er grinste, vorsichtig. Wie ein kleiner Junge. »Ein paar Schrauben geliehen. Ich glaube nicht, dass er was dagegen hat.« Er hatte eine Plastiktüte neben sich gestellt, und ganz offenbar war mehr darin als ein paar Schrauben. Ein altes Stück Tau kringelte sich oben aus der Tüte wie eine Schlange.

Jule wollte so vieles fragen.

Aber wenn sie das Spiel spielte, das Israeli-Spiel, dann war das unmöglich. Das Kleine-Jungen-Grinsen war auch gespielt. In Wirklichkeit war er nervös. In Wirklichkeit war er nahe daran, aufzuspringen und zu gehen, sie spürte es.

Sie musste etwas Unverfängliches sagen, etwas Belangloses …

Und dann begriff sie, dass sie gar nichts sagen musste. Sie schluckte alle Fragen hinunter und schwieg. Nach einer Weile wurde das Schweigen leichter, nach einer Weile wich die Anspannung. Sie sahen zusammen aufs Meer hinaus wie beim letzten Mal, und dort, dachte Jule, traf sich ihr Schweigen, ihres und seines: am Horizont.

Schließlich war Asman es, der etwas fragte.

»Warum«, fragte er, ganz leise, »hast du die Kette in den Baum gehängt? Ich habe die ganze Zeit darüber nachgedacht.«

Jule zuckte mit den Schultern, ohne den Blick von der blauen Linie weit draußen auf dem Wasser zu wenden. »Ich weiß nicht. Ich habe es einfach getan. Ich glaube, ich wollte wissen, was der Wind damit tut. Ich fürchte, die meiste Zeit über laufe ich herum und tue Dinge, nur um auszuprobieren, was passiert. Als Kind habe ich einmal Zucker in eine Limoflasche gekippt. Im Restaurant.«

Sie sah ihn jetzt doch an. Er blickte noch immer geradeaus. Seine Nase bildete eine leicht krumme Linie, die seinem Profil etwas Vogelhaftes verlieh. Ein Zugvogel mit zwei Schnitten vom Rasieren. Und jener dritten Narbe, unter seinem Ohr, diesem breiten roten Strich, der eine Verbrennung sein konnte oder etwas anderes.

»Und die Limonade ist nach oben gestiegen wie ein Springbrunnen«, sagte er. »Das … habe ich auch mal gemacht. Allerdings nicht im Restaurant.«

»Dann war es nicht so schlimm.«

»Doch«, sagte er ernst. »Die Limonade war hinterher weniger.«

Sie lachten zusammen, und Jule fühlte sich jetzt seltsam leicht, so leicht, als hätte sie Sekt getrunken. Ohne ihn vorher zu schütteln.

»Vielleicht ist das der Grund dafür, dass ich zur See gehen und hinter den Horizont fahren will«, sagte Asman.

»Du … bist auf der Suche nach der verlorenen Limonade?«

Er lachte wieder. Wandte dann den Kopf und sah sie an, ganz kurz, als wäre es gefährlich. »Nein. Um auszuprobieren, was passiert. Eine Menge Leute probieren nie etwas aus. Sie leben nur jeden Tag das gleiche Leben. Es ist gut, dass du rumläufst und Dinge einfach tust. Diese Kette … ich glaube, der Olivenbaum ist stolz. Er hält sich aufrechter, seitdem er klingt. Ehrlich, ich glaube, er gibt ein bisschen an, den anderen Bäumen gegenüber.«

Sie nickte.

»Du spielst ein Instrument«, sagte sie dann. »Irgendwas mit Saiten. Das bist doch du, oder?«

Er zögerte, aber schließlich nickte er.

»Die Oud. Ja. Unsere Version der Gitarre.«

Sie sah seinen Blick zu dem Perlmuttplättchen an ihrem Hals wandern.

»Die Töne sind anders als die von einer Gitarre. Ich weiß nicht. Melancholischer?«

Er schnaubte. »Na ja. Man kann furchtbar kitschige Sachen darauf spielen. Aber man muss nicht. Es gibt ein paar wirklich berühmte Jazzmusiker, die Oud spielen.« Er streckte ganz plötzlich den Arm aus und fasste nach ihrer Hand, und sie erschrak so sehr, dass sie sich zwingen musste, die Hand nicht wegzuziehen. Er berührte die Hand jedoch gar nicht, sondern legte nur den Zeigefinger auf eine der bunten Perlen an ihrem Armband, die von zwei eigentlich unscheinbaren Muscheln flankiert wurde.

»Ich mag es«, sagte er leise, »dass du diese Sachen sammelst. Du findest überall winzig kleine Stücke von Schönheit. Das macht es leichter.«

Damit stand er auf und nahm die Plastiktüte mit den Dingen aus Stavros' Schuppen.

»Macht *was* leichter?«

Er sah sie einen Moment lang an.

»Alles«, sagte er dann, drehte sich um und ging.

Die Sonne stand schon hoch im wolkendurchzogenen Blau, als Jule am nächsten Tag ihren täglichen Gang zur Bäckerei machte. Sie dachte seit achtzehn Stunden mit kleinen Pausen den Satz »Ich mag es, dass du diese Sachen sammelst«.

Es war eine andere Art, zu sagen, *Ich mag dich*, und ihr wurde warm, wenn sie daran dachte. Weshalb ihr seit ungefähr achtzehn Stunden – mit kleinen Pausen – sehr warm war.

Der Hund war wiederaufgetaucht, und sie fütterte ihn vor der Bäckerei mit einem Brötchen und flüsterte ihm ins Ohr: »Ich finde winzig kleine Stücke von Schönheit.«

Stimmte es? Fand sie wirklich die Schönheit, da draußen auf den staubigen Wegen, da unten am kalten Strand?

Evelyn, am Telefon, hatte gelacht. »Ich habe dein Horoskop gelesen, in der Fernsehzeitschrift«, hatte sie gesagt. »Da stand, du würdest einen geheimnisvollen Fremden kennenlernen.«

»Das steht in jedem Horoskop.«

»Natürlich«, hatte Evelyn gesagt. Jule hatte ihr nicht von der Höhle erzählt. Nur davon, dass sie noch einmal mit Asman gesprochen hatte. Sie spielte das Israeli-Spiel auch gegenüber Evelyn. Als wären sie und Asman ein Team, das dem Rest der Welt gemeinsam etwas vormachte.

Wenigstens dem Hund konnte sie alles erzählen.

»Du hast mich adoptiert, weil du alle Fremden auf der Insel adoptierst, oder?«, sagte sie jetzt leise in sein Ohr. »Aber bevor du mich adoptiert hast, hast du Asman und seine Leute adoptiert.« Sie seufzte. »Du irrst dich. Sie sind keine Touristen.«

Der Hund rieb seinen Kopf an ihrer Hand und wollte noch ein Brötchen.

Als sie aufsah, kam Kostas mit seinem nervösen Freund aus der Bäckerei, er hatte eine ganze Tüte voller großer Brote gekauft, acht oder zehn.

»Versorgst du ein Restaurant?«, fragte Jule.

Er lachte. »So ähnlich. Und du? Insel gut immer noch?«

»Alles wunderbar«, sagte Jule. »Ich …«

»Dann ist gut«, sagte Kostas und stieg auf sein Moped. Manoli blieb vor der Bäckerei stehen und sah ihm hinterher.

Und einen Moment langen standen Jule und der schüchterne, schlaksige junge Mann nebeneinander, nur so. Es war ein seltsamer Moment. Manoli holte Luft. Und sie dachte, er würde etwas sagen. Er wirkte so, als wollte er das, als wollte er etwas loswerden. An Jule oder irgendwen, aber Jule war gerade da. Schließlich zuckte er jedoch nur die Schultern, lächelte ein vages, flüchtiges Lächeln und ging die Gasse entlang, davon.

Später würde sie daran denken, an diese dunkle Figur zwischen den Mauern, an denen die Ranken auf den Sommer warteten, um zu blühen.

Doch in diesem Moment dachte sie nicht über Manoli nach, denn der Hund hatte den Kopf erhoben, die Ohren lauschend aufgestellt, und lief auf einmal los. Als hätte jemand, unhörbar für menschliche Ohren, nach ihm gepfiffen.

Jule folgte ihm durch die Gassen, er rannte jetzt, und sie rannte auch, und als sie über den Platz vor der Kirche rannten, schüttelten die Krähenfrauen die Köpfe. Hinter dem Platz, im Schatten einer Mauer, fand der Hund sein Ziel, sprang daran hoch und leckte es ab: Es waren drei Kinder, vielleicht fünf oder sechs Jahre alt, zwei Jungen und ein Mädchen, was man nicht an seiner mädchenhaften Kleidung erkannte, denn die gab es nicht, sondern am Kopftuch. Die Hosen und Pullover der Kinder waren so abgerissen wie Asmans Kleider.

Vor ihnen lag ein schmuddeliges Stück Stoff, auf dem sie Armbänder aus Muscheln und Steinen ausgebreitet hatten. Es waren die gleichen Kinder, die vor dem Poseidon herumgelungert hatten. Die gleichen Kinder, die in der Höhle geschlafen hatten.

Jule kramte ein paar Münzen hervor. Ein paar Münzen – was half das schon? Doch als sie zu den Kindern ging und die Münzen auf den schwarzen Stoff legte, sahen die drei kleinen Gesichter sie so ungläubig an, als wäre sie der Weihnachtsmann.

»Das sind wunderschöne Armbänder«, sagte sie. »Ich nehme das mit den gelben Muscheln.«

Der kleinere Junge nickte, überreichte ihr mit seinen dreckigen Fingern das Armband, sammelte die Münzen ein, ganz der kleine Geschäftsmann – und dann rafften sie ihre Sachen zusammen und rannten. Als könnte Jule plötzlich merken, dass sie ihnen echtes Geld gegeben hatte, und es sich anders überlegen.

Der Hund rannte mit ihnen, übermütig kläffend. Jule wartete eine Weile, dann folgte sie den Kindern, unbemerkt. *Führt mich zu ihm. Führt mich zu Asman.*

Das Dorf befand sich in der bleiernen Lethargie der Mittagsruhe, selbst die Krähenfrauen waren jetzt in ihre Häuser gegangen.

Die Kinder wandten sich landeinwärts, folgten einem schmalen Pfad zwischen Hügelkuppen entlang und tauchten dann in einen lichten Wald aus Steineichen, niedrigen Buchen und hohem Farn. Das Licht wurde vom Astwerk gefiltert und war hier grün, winzige weiße und violette Blumen blühten im hohen Gras, und eine verschwenderische Menge von Vögeln sang in den Zweigen.

Jule ließ ihre Finger über Baumrinde und Ranken gleiten, atmete ihren Duft und sah eine Weile einem Schmetterling zu, der vor ihr durch die Luft taumelte.

Did you know they migrate?

Und dann blieben die Kinder unter einem Esskastanienbaum stehen. Darunter lagen, wie Blumenbeete, dunkle Rechtecke aus frischer Erde, eins neben dem anderen.

Gräber.

Das kleine Mädchen pflückte eine Blume und legte sie auf eines der dunklen Vierecke, und sie sah sehr klein und einsam aus auf dem dunklen Erdbraun.

Da fingen die Kinder alle drei an, Blumen auszureißen, Blumen und Farn und junge Äste, alles, was sie fanden; sie häuften das Grün des Frühlings auf die Gräber, rascher und rascher, wie in einem Rausch – eine wilde Ansammlung an Leben. Und schließlich stoben sie durch den Wald davon wie Vögel: kleine, magere Vögel mit dreckigen Jacken und Gesichtern.

Jule trat ganz langsam näher, an die Gräber heran.

Der Wald war so schön. So grün. So lebendig.

Und was hier in der Erde lag, war endgültig tot. Begraben ohne Kreuz, ohne Namen. Mit dem Kopf nach Mekka.

Sie merkte, dass sie kniete und dass ihre Hände begonnen hatten, das Grün auf den Gräbern zu Mustern zusammenzulegen: Schnörkel aus Stilen und Blättern, Kreise aus Blüten. Es war wie mit den Muscheln und den Perlen, ihre Finger mussten etwas erschaffen, damit ihr Kopf frei genug werden konnte, um sie fliegen zu lassen.

Und sie flog.

Über die Insel, ins Blau, über die Wellen, die draußen höher und höher wurden, weiß gekrönt von Schaum. Und sie sah das Boot. Es war winzig, kaum zu sehen aus der Ferne, ein graues Schlauchboot. Von Nahem wurde es bunter, die Menschen darauf waren Farbflecken, dicht aneinandergedrängt. Sie versuchte, Asman zu entdecken, die Kinder zu finden, doch es war unmöglich. Jetzt verlor das Boot Luft, die Masse der Menschen geriet in Bewegung, panisch – das Boot war fort. Nur noch die Farbflecken schwammen auf den Wellen. Und dann schwammen auch die nicht mehr dort.

Wie hatten sie sie gefunden, Stavros und Nikoletta? Unterhalb des Restaurants?

Wenn wir es gemeldet hätten, hätten sie sie in Plastiksäcke gesteckt. Ich habe das mal in der Zeitung gesehen, Plastiksäcke in einem Kühlhaus, gestapelt. Wie Abfall.

Sie stand auf.

Im Herbst, würden die Leute von der Chóra kommen und hier Esskastanien sammeln. Bis dahin wären die Gräber eingewachsen. Unsichtbar. Und die Kinder? Wo wären die Kinder im Herbst? Würden sie noch immer in der Höhle schlafen, versteckt vor den Augen der Welt?

Sie ging in die gleiche Richtung, die die Kinder vor ihr eingeschlagen hatten.

Sie würde sich wieder verlaufen, dachte sie, wie in der Schlucht. Und? Irgendwann würde der Wald sie ausspucken. So lange ließ er ihr Zeit, um nachzudenken.

Es schmerzte hinter ihren Augen, da war ein seltsamer Druck, als müsste sie weinen. Aber sie konnte nicht weinen, und das war es, was wehtat.

Irgendwann lichtete sich der Wald. Unter Jule breitete sich das Meer aus, überraschend. Sie befand sich auf der anderen Seite des Kalamos, der sich jetzt zu ihrer Linken erhob. Ein Pfad führte durch Felsen hinab, ein verwittertes Schild stand dort, ein Wort, das man nicht mehr lesen konnte, zerschossen von irgendeinem der Verrückten, die auf der Insel mit Gewehren herumliefen und auf Hasen und Schilder zielten.

Man sah von oben nicht in die Bucht hinein, vielleicht lagen Häuser dort, ein zweiter Hafen, irgendetwas, das ein Schild verdient hatte. Ein zweiter Pfad bog nach links ab und führte oben an der Küste entlang. Sie setzte sich auf einen der Felsen und schloss einen Moment die Augen, und dann sagte jemand hinter ihr: »To the left.« *Links lang.*

Sie drehte sich um. Eigentlich hätte sie damit rechnen sollen.

Er lehnte an einem der letzten Bäume, einer niedrigen, knorrigen Krüppeleiche, eine Wasserflasche in der Hand, und grinste. Das Grinsen war freundlich, aber unpassend. Er wusste, was sie im Wald gesehen hatte, er wusste es bestimmt.

»Du folgst mir«, sagte sie.

Er zuckte die Schultern. »Irgendjemand muss das wohl tun. Irgendjemand muss aufpassen, dass du nicht verloren gehst, wenn du herumwanderst und träumst.« Er streckte die Hand mit der Wasserflasche aus. »Und du wanderst ohne Wasser.«

»Es ist nicht so heiß«, murmelte Jule.

Er hielt die Flasche noch immer ausgestreckt, aber er verließ den Baumstamm nicht, an dem er lehnte wie in der Tür einer Kneipe, betont lässig.

Sie ging hinüber, nahm die Flasche und trank, und er hatte recht, das Wasser tat gut. Doch als sie ihn ansah, stimmte etwas nicht mit seinen Augen. Sie sahen glasig aus. Ihr Blick fiel auf den Verband an seiner Hand, auf dem sich ein feuchter, roter Fleck ausbreitete.

»Du musst damit zum Arzt«, sagte sie. »Das weißt du.«

»Quatsch. Es war schon fast geheilt, aber dann ist es gestern wieder aufgegangen. Ich habe die Hand zum Arbeiten benutzt. War dumm.«

»Was hast du denn gemacht? Dein Zelt irgendwo anders aufgebaut?«

Er zögerte, nickte dann.

»Du brauchst einen neuen Verband. Das da ist kein Verband, es ist ein Stück Schmutz mit Fasern.«

Er lachte. »Wenn du meinst.«

Aber sie wollte nicht, dass er lachte. Sie spürte die nicht geweinten Tränen wieder in sich aufsteigen, und sie trat einen Schritt näher, überwand ihre Scheu und legte die Hand auf seine Stirn. »Du hast Fieber.«

»Ach das. Das geht vorbei«, sagte er.

Jule begriff jetzt, warum er an dem Baum lehnte. Er versuchte, lässig auszusehen, und es gelang ihm ganz gut, aber er lehnte dort, weil er nicht lange stehen konnte.

»Diese Wunde ist entzündet«, sagte Jule. »Da sind irgendwelche Bakterien drin. Du brauchst nicht nur einen neuen Verband, du brauchst Antibiotika. In der Chóra muss es einen Arzt geben.«

»Das glaube ich nicht«, sagte er und lachte wieder. »Ich wollte dir nur sagen, dass du links langgehen musst.«

»Es ist völlig egal, ob ich links oder geradeaus gehe!«, zischte sie, und auf einmal verwandelten sich die brennenden Tränen hinter ihren Augen in Ärger. Kindische Wut. »Es geht um diese Hand, die du dir irgendwo kaputt gemacht hast! Wenn *das* das Problem ist, *bezahl* ich den Scheißarzt!«

»Warum sollte das das Problem sein?«, fragte er sanft. »Ich glaube einfach nicht, dass es einen Arzt gibt. Die Insel ist zu klein. Und ich habe keine Lust, sie zu verlassen, nur damit jemand die blöde Wunde verbindet. Ich werd schon nicht krepieren.«

»Du hast keine Lust, die Insel zu verlassen, nein?«, fragte Jule. »Was hast du denn vor? Bis an dein Lebensende in einer Höhle zu hausen?« Auf einmal hatte sie keinen Nerv mehr für das Israeli-Spiel. »Man kann durchaus an einer Wundinfektion sterben. Willst du irgendwann so enden wie die im Wald? Und jetzt erzähl mir bloß nicht, dass du nichts weißt von den Gräbern. Ich habe Nikoletta darüber reden hören. Sie und ihr Mann haben die Leute begraben. Das war doch nett von ihnen, oder? Ich … ich weiß alles. Ich weiß, wer du bist. Bitte, Asman. Hör doch auf, die ganze Zeit zu lächeln!«

»Was erwartest du?«, fragte er. »Dass ich den ganzen Tag herumlaufe und heule? Dass ich nachts dasitze und auf der Oud melancholische Lieder spiele über den Tod? Ich habe dir gesagt, das ich das nicht tue. Ich mache Jazz. Man nimmt, was man hat, egal, wie kaputt es ist, und macht etwas draus. Etwas Helles. Das ist Jazz.«

»Und man lügt und tut so, als wäre alles wunderbar? Das ist nicht Jazz. Das ist bescheuert.«

Er schnaubte. »Ich dachte, ich könnte mit dir über ein paar … nette Sachen reden. Einfach so. Aber du bist wie die Reporter aus dem Westen. Ihr wühlt gerne im Unglück der anderen. Du weißt alles, ja? Ich sage dir was: Du weißt gar nichts. Am wenigsten, wer ich bin.«

»Ich … ich will bloß helfen!«, rief sie. »Alle wollen das! Warum versteckt ihr euch?«

»Wir haben Gründe«, sagte Asman leise. Und dann: »Es

stimmt, dass das Meer nicht schuld ist. An den Gräbern im Wald. Ich bin schuld.«

»*Du?*«

Er nickte. »Ich habe das Schiff gesteuert. Und deshalb habe ich die Verantwortung. Für alle, die übrig sind. Ich muss sie hier wegbringen.«

»Wenn du die Hand nicht behandeln lässt, kannst du niemanden irgendwo hinbringen«, sagte Jule. »Ich trage dich zu diesem Arzt, wenn du nicht …«

»Verdammt, warum musst du dich einmischen? Warum?« Er schrie sie jetzt an, und sie schrie zurück. »Weil ich ein menschliches Wesen bin!«

»O for God's sake! How pathetic! Go be human somewhere else!« *Geh und sei woanders menschlich!*

Und da ging sie. Sie ging, geradeaus und ohne nachzudenken, und fühlte sich Sekunden später hart an der Schulter gepackt.

»Der linke!«, fauchte Asman. »Der linke Weg führt zu deinem Haus! Hör auf, dich zu verlaufen!«

Sie sah nicht viel von dem Weg, der der richtige war; er verschwand unter einem Schleier aus Tränen. Sie fluchte, während sie ihn entlangging, auf die Blumen und das Meer und besonders auf den Horizont, sie stieg die Stufen der Ferienwohnung hinauf, fiel auf das Bett und hatte keine Flüche mehr übrig.

Lange, lange lag sie einfach da und starrte ins Nichts. Bis der Hund die Tür mit der Nase aufstieß, zu ihr getrottet kam und an ihrem Haar schnupperte. Da war es schon Abend.

Sie zog den Hund an sich und spürte seine Wärme. Er war so unkompliziert, er wollte nichts außer einem trockenen Schlafplatz, ein paar freundlichen Worten und einem Abendessen.

Später saß sie im Pullover ihres Vaters draußen und sah zu den Sternen empor, und sie bildete sich ein, dass da Töne waren – die Töne eines Saiteninstruments. Es war eine Lüge, dass er nichts Melancholisches spielte.

Aber vielleicht gab es die Töne nur in ihrem Kopf.

Sie kroch tief in den Pullover. Sie hätte gerne mit ihren Eltern gesprochen. Mit Evelyn. Sogar mit Marc. Aber sie fühlte sich nicht fit genug, mit irgendwem über diesen Tag zu sprechen. Oder über Asman.

Sie ließ einen ganzen Tag verstreichen. Er verstrich sehr langsam. Mindestens achtundvierzig Stunden.

Manche Tage sind so.

Dann wanderte sie mit dem Hund an ihrer Seite zur Höhle. Es war dämmerig, beinahe dunkel.

Sie hatte sich die Worte zurechtgelegt, die sie sagen würde.

Lass uns von vorne anfangen. Nicht streiten. Bitte. Ich weiß nichts, du hast recht …

Das Licht ihrer Taschenlampe fand nur Stroh. Als hätte nie jemand in dieser Höhle übernachtet.

Sie waren fort.

Sie hätte ihm nicht sagen sollen, dass sie wusste, wo sie schliefen.

Dann sah sie, dass etwas an der Wand lehnte. Die Oud. Er würde noch einmal zurückkommen, um sie zu holen. Sie fand einen Zettel und einen Kuli in ihrer Jackentasche, legte das Papier auf ihr Knie und schrieb.

Asman! Wenn du willst, sei ein zeltender Israeli. Wir reden nur noch über die Sonne. Nicht über Sachen, die passiert sind.

Du weißt, wo ich wohne. Das Zimmer mit der Terrasse. Komm

morgen um fünf Uhr, wenn du kannst. Nur so. Die anderen Häuser stehen leer, keiner wird dich sehen.

Jule

(das Mädchen, das nichts weiß)

Du liegst also da und hältst einen Zettel zwischen den Fingern, vier Mal gefaltet. Was wirst du tun?

Wenn du dich nicht so schlecht fühlen würdest. Sie hat natürlich recht. Das Fieber ist gestiegen. Naimes kühle Hand liegt auf deiner Stirn, sie sitzt neben dir und wacht über dich, und du siehst das ungeborene Leben in ihr, siehst, wie es gegen die Bauchdecke tritt. Ihr Gesicht sieht ganz anders aus als früher, so viel erwachsener. Alt, beinahe.

Du würdest sie so gerne lächeln sehen. Nicht nur sie, auch die anderen. *Jazz.* Wie soll man denn irgendetwas schaffen, wie soll man weiterleben, wenn man so viel über das nachdenkt, was gewesen ist? Wenn man sich so viele Sorgen macht wegen der Dinge, die noch kommen? Der Tag, heute ist in Ordnung. Die Sonne scheint. Hassan hat ein paar große Fische gefangen.

Die Kinder spielen das Fünf-Steinchen-Spiel, du hörst ihr Lachen. Sie können es noch.

Wenn du nur nicht krank wärst.

Komm morgen um fünf.

Morgen. Das ist heute.

Du hältst den Zettel so fest in der Hand, dass deine Finger schmerzen. Du schließt die Augen und siehst sie. Dunkelgrüne Augen, Sommersprossen, Locken, die ihr ins Gesicht fallen. Du schläfst schon, du träumst. Wisperst Worte im Schlaf:

»Warte. Warte auf mich. Lass mich nicht allein.«

Naime denkt, du meinst sie.

6

Sie buk Kekse. Es war völliger Unsinn, aber sie buk Kekse.

Sie war aufgewacht, hatte den winzigen Elektrobackofen angesehen und das Bedürfnis verspürt, Kekse zu backen. Als wäre, was sie plante, ein ganz normales Treffen, wie zu Hause, wenn man sagte: Komm zum Lernen vorbei, ich backe Kekse.

Als sie am Morgen zur Chóra hinaufwanderte, um Dinge wie Mehl und Eier zu kaufen, fühlte sie sich seltsam leicht. Er musste kommen. Er musste. Und sie würden über Kekse und Belanglosigkeiten reden. Sie musste ihm so viel Vertrauen einflößen, dass er die Sache mit dem Arzt zuließ.

Die Sonne schmiegte sich an den Asphalt wie ein freundliches, träges Tier. Neue Blumen blühten am Hang unterhalb der Straße, neue Knospen an Büschen waren dabei, aufzuplatzen, um das Leben hervorquellen zu lassen, übermütig und duftend. Doch jetzt wusste sie, was in den Schatten der Insel lauerte. Sie waren voll von angespülten Träumen.

Du bist wie die Reporter aus dem Westen. Ihr wühlt zu gerne im Unglück der anderen. »Das ist nicht wahr«, sagte sie zu dem Hund, der neben ihr die Straße entlanglief.

Der Hund blieb stehen und sah sie an.

»Nein?«, fragte sein Blick. »Du würdest ihn aber doch gerne fragen, oder? Du würdest gerne eine schöne, tragische Geschichte hören. Von einem Helden, den das Schicksal …«

»Ruhe«, knurrte Jule. Aber der Hund hatte ja gar nichts gesagt.

Als sie mit den Einkäufen zurückkehrte, merkte sie, dass der Hund sie oben bei der Chóra verlassen hatte und dass sie keine Schüssel hatte.

Sie sah sich um, seufzte schließlich und knetete den Teig im Waschbecken.

Vielleicht würde er stellenweise ein wenig nach Zahnpasta schmecken, aber sie konnte ja sagen, das wäre Pfefferminzaroma. Draußen wuchs tatsächlich Pfefferminze, bei der Feldsteinmauer. Jule ging hinunter und pflückte einen Strauß der zarten dunkelgrünen Blätter, während die Kekse auf zwei buchdeckelgroßen Blechen in dem winzigen Ofen buken.

Sie stellte die Stile Minze in den Zahnputzbecher und platzierte ihn mitten auf dem Tisch. Doch, es sah hübsch aus. Sie würde den Keksteller danebenstellen … sie musste über sich selbst lachen. Was plante sie hier? Ein Rentnerkaffeetrinken?

Sie buk acht Miniaturbleche voller Kekse und schaffte es, zwei Drittel nicht oder nur marginal verbrennen zu lassen. Schließlich setzte sie sich auf die winzige Terrasse und schlug ihre Bücher für die Schule auf. Bis fünf Uhr war noch eine Menge Zeit.

Der Tag zog sich. Jule sah mindestens alle fünf Minuten auf ihr Handy. Um fünf Minuten vor fünf machte sie den Wasserkocher an, setzte sich vor den Keksteller und ordnete die Pfefferminze im Zahnputzbecher neu. Um halb sechs saß sie immer noch alleine am Tisch. Und um halb sieben gab sie auf.

»Er ist nicht gekommen«, flüsterte sie. »Natürlich ist er nicht gekommen. Warum sollte er kommen, nur weil du es auf einen Zettel schreibst?«

Sie wartete bis acht. Dann ging sie mit dem Teller auf die Terrasse und hob ihn hoch, um die Kekse auf die Gasse hinunterzukippen. Aber im letzten Moment ließ sie es. Ihr Magen knurrte. Sie hatte vor lauter Aufregung den ganzen Tag noch nichts Richtiges gegessen.

Und so saß sie wenig später in der Dämmerung und aß zum Abendbrot deutsche Mürbekekse. *Mehl, Hälfte Butter, Hälfte Zucker und ein Ei.* Sie hörte im Kopf die Stimme ihrer Mutter und sehnte sich danach, mit ihr in der Küche zu sitzen und Muster in Kekse zu beißen.

Schau, jetzt ist es ein Schiff! Und jetzt ein Eisbär!

Es war besser, dachte sie, ein Kind zu sein. Kinder waren geborgen, behütet, umsorgt.

Doch als sie noch einmal hinaustrat, fand sie in den verlaufenden Farben des Sonnenuntergangs die Erinnerung an drei Kinder im Wald. Nein. Es war nicht unbedingt besser, ein Kind zu sein. Kinder waren hilflos, verletzlich, machtlos. Sie zündete ein Teelicht an, schlüpfte in ihr Schlaf-T-Shirt, kroch ins Bett und starrte die Flamme so lange an, bis sie verlosch.

Es war der Hund, der Jule weckte.

Er kratzte an der Tür. Sie fuhr hoch und tastete im Dunkeln nach dem Schalter der Nachttischlampe, verwirrt, erschöpft von der Enttäuschung, die noch in ihr lag, schwer wie Wein und Blei.

Der Hund winselte. Es war ein Geräusch, das eine prickelnde Kälte durch Jules Rückenmark schickte. War etwas mit dem Hund? Sie dachte an den alten Nikopolidis, der da draußen in den Wäldern Kaninchen schoss.

Es gab keine Nachttischlampe, natürlich.

Sie stand auf, fand auch an der Wand keinen Schalter, aber dafür die Kerze auf dem Tisch. Daneben ertastete sie den Teller mit den Keksen, nach denen der ganze Raum noch immer roch …

und hier waren die Streichhölzer. Sekunden später erhellte eine kleine gelbe Flamme die Nacht, und Jule sah die Schatten tanzen, als sie mit der Kerze in der Hand zur Tür ging.

Sie fragte sich, ob sie träumte. In Träumen fand man auch nie Lichtschalter.

Als sie die Tür öffnete, drängte sich der Hund herein und legte sich neben der Tür auf den Boden. Seine Aufgabe war erledigt. Und Jule begriff verspätet, dass noch jemand vor der Tür stand.

Sie hielt die Kerze hoch. Und einen Moment lang war sie sicher, dass es ein Traum war, es war absolut irreal, wie er da draußen auf ihrer Terrasse stand, das Haar vom Wind zerzaust, eine Hand am Türrahmen, hinter ihm die Insel, das Rauschen des fernen Meeres, die Nacht. »Asman«, flüsterte sie.

Seine Augen waren Teile der Nacht, Löcher in der Wirklichkeit, groß und glasig wie beim letzten Mal, als sie ihn gesehen hatte. Er hatte Augenringe, er sah aus, als hätte er zu wenig geschlafen und als schliefe er, während er wach war. Er zitterte.

Er sah, um es zusammenzufassen, furchtbar aus.

Sie zog ihn herein und schloss die Tür sorgfältig. Als sie sich umdrehte, saß er auf einem der beiden Stühle. Hing eigentlich eher, mit der gesunden Hand auf den Tisch gestützt. Und sah sie mit diesen schrecklichen, glasigen Augen an und lächelte.

»Etwas verspätet«, sagte er. »Aber ich bin hier.«

»Shit«, sagte Jule.

Sie setzte sich auf den Stuhl neben ihm und sah ihn an, nur in T-Shirt und Unterhose, und jetzt war sie ziemlich wach.

»Was ist der Plan?«, fragte sie vorsichtig. »Wir … reden jetzt über das Wetter? Ich meine, die Sonne scheint und …« Sie sah aus dem Fenster, gegen das die tintenschwarze Inselnacht schwappte. »Ist Israel schön um diese Jahreszeit?«

»Jule«, sagte er. »Ist das richtig: Jule?«

Sie nickte. Als ob es wichtig wäre, wie sie hieß, in dieser Nacht.

»Jule, ich habe … ein Problem. Ich …« Er hielt die verbundene Hand noch vorsichtiger als sonst; hörte, wie er die Luft scharf einsog, um den Schmerz wegzuschieben und weitersprechen zu können. »Ich schaffe das nicht alleine. Du hattest recht. Jule … kannst du … etwas tun? Hast du … Medikamente?«

»Ich?« Ein merkwürdig hysterisches Lachen drohte sich ihrer zu bemächtigen. »Das hast du gedacht? Ich schleppe keine Antibiotika mit mir herum. Ich meine, Schmerzmittel hätte ich …«

Er nickte. »Das ist gut.«

Aber es war nicht gut, sie wusste es, als sie aufstand, den Rucksack unter dem Bett hervorzog und in den Seitentaschen zu kramen begann. Schmerzmittel nützten ihm gar nichts. Er brauchte einen Arzt. Es war genau die Sorte Sache, die in Romanen über den Zweiten Weltkrieg stand. Nur, dass die Leute in den Romanen dann starben.

Sie drückte zwei Tabletten aus einem Blisterstreifen, stellte eine Wasserflasche daneben und sah zu, wie er die Tabletten schluckte.

»Danke«, sagte er leise und sah eine Weile durch sie hindurch. Vielleicht befand sich hinter ihr sein privater Horizont.

»Und jetzt?«, fragte sie schließlich. »Was passiert jetzt?«

Da legte er den gesunden Arm auf den Tisch und bettete den Kopf darauf.

»Ich weiß es nicht«, murmelte er. »Ich weiß es wirklich nicht.«

Jule ließ eine Weile verstreichen, aber er sagte nichts mehr.

»Heute Nacht kriegen wir sowieso nirgends ein Antibiotikum her«, sagte sie schließlich. »Wie wäre es, wenn … wir einfach schlafen gehen würden?« Er hob den Kopf, sah sie kurz an und nickte. Wortlos.

Aber es gab nur ein Bett.

»Brauchst du die Decken?«, fragte Asman.

»Die Wolldecken da am Fußende? Nein. Eigentlich nicht.«

Da stand er auf, schwerfällig, fiebrig, legte die eine Decke auf den Boden und zog die andere über sich. Das war sein Bett.

Sie stellte die Kerze auf den Boden und schlüpfte unter ihre eigene Decke, und so lagen sie beide da und sahen dem Schein des Lichts zu, das einen unsteten, windgepeinigten Fleck an die weiße Decke malte.

»Ist es nicht unbequem auf dem Fußboden?«, flüsterte Jule.

»In Israel, im Haus meiner Großeltern, ist es bequemer«, sagte Asman mit einem müden Lächeln in der Stimme. »Nur, dass ich nie dort war. Jule … morgen kriegen wir diese Antibiotika, ja? Damit ich … wieder arbeiten kann. Sie warten auf mich.«

»Ja«, flüsterte sie, obwohl sie sich nicht sicher war. »Asman? Ihr seid aus der Höhle ausgezogen, weil ich euch gefunden habe, oder?«

»Weil ich nicht sicher war, wem du davon erzählt hast.«

Ihre Antwort war eine ungläubige Frage. »Erzählt? Niemandem!«

»Dann«, sagte er.

»Dann könnt ihr zurück, oder?«

»Zurück kann man nie«, flüsterte Asman, aber seine Stimme verschwamm bereits mit der Nacht, und seine Antwort hatte vielleicht nichts mit ihrer Frage zu tun.

Sie hörte seinen gleichmäßigen Atem; er schlief.

»Träum was Schönes«, wisperte sie. »Träum vom Horizont, ja?«

Sie selbst träumte etwas anderes. Sie träumte vom Sommer auf der Insel. Das Meer war warm und voller lachender, badender Menschen. Sie selbst und Asman befanden sich mitten unter ihnen, sie schwammen zusammen hinaus, jagten sich durchs Wasser wie kleine Kinder, und dann, plötzlich, war Asman verschwunden. Sie tauchte nach ihm, hinab ins dunkle Blau, zwischen Riffe und Felsen. Sie suchte ihn überall. Doch sie fand ihn nicht mehr.

Der Wecker zeigte sechs Uhr, als Jule am nächsten Morgen endgültig aufwachte.

Sie zog sich leise an, und eine Weile stand sie neben der Tür und betrachtete Asmans schlafende Gestalt.

Seine Sachen waren wirklich unglaublich zerschlissen, er schien den Versuch gemacht haben, sie zu waschen, aber irgendwann half wohl auch das nicht mehr. Sie fragte sich, wie er früher ausgesehen hatte. Was für ein Leben hatte er gelebt? War er zur Schule gegangen? Hatte er gearbeitet? Hatte er morgens seinen Schrank geöffnet und unter zwanzig T-Shirts eines auswählen können – oder hatte es diese Zeit nie gegeben?

Er schlief ruhig, nur ab und zu lief ein Zucken durch seinen Körper. Sie bückte sich und legte eine Hand an seine Stirn. Und die Berührung hatte nichts Romantisches: Er war so heiß, dass sie erschrak. Fünf Minuten später befand sie sich auf der Straße hinauf zur Chóra. Der Hund, der neben Asman geschlafen hatte, begleitete sie.

Sie ging nicht in die Chóra, um Antibiotika zu besorgen, die man auch hier sicher nicht ohne Rezept bekam. Sie ging, um einen Arzt zu finden.

Oben im Dorf stand die Schlange der Brotkäufer bis auf die Straße, es war Stoßzeit in der Bäckerei, sie hörte die Leute lachen und sich unterhalten. Im Kafeníon Markos tranken die ersten Morgenmüden ihren Kaffee, das Dolfin schlief hinter dunklen Fenstern. Der Tag begann erst langsam, selbst vor der Kirche saßen noch keine schwarzen Krähen.

Jule schien die einzige Person auf der Welt zu sein, die sich um irgendetwas Sorgen machte.

Ihre gehetzten Schritte hallten in den engen Gassen und schienen die Morgenruhe zu stören.

Sie hatte gehofft, sie würde Nikoletta oder Kostas bei der Bäckerei treffen, um auf Englisch oder Deutsch nach einem Arzt zu fragen, aber der Zufall war nicht gnädig an diesem Morgen. Sie versuchte es bei dem freundlichen Mann, der hinter der Theke in der Bäckerei stand. Doctor verstand er, aber Jule verstand seine Antwort nicht, zwei Frauen aus der Schlange halfen ihm, gestikulierten: No, no doctor. Offenbar gab es keinen Arzt.

Sie kaufte ein Brot, das sie nicht haben wollte, hetzte weiter, zurück zum Markos … und diesmal hatte sie Glück, jetzt saßen die Däninnen dort. Sie holte Luft, um ihnen die ganze Geschichte zu erzählen, sie konnte sie nicht länger für sich behalten, sie wollte dieses Geheimnis nicht, es tat weh. Sie brauchte jemanden, der half, der Verantwortung übernahm, alleine würde sie alles verkehrt machen … Aber sie merkte, dass sie nicht wusste, wie sie anfangen sollte, und alles, was sie sagte, war: »Ich brauche einen Arzt« und »Guten Morgen«. In dieser Reihenfolge.

»Sie haben hier keinen«, sagte Kirsten und legte ihre Zeitung neben die weiße, dickwandige Kaffeetasse. »Alle vierzehn Tage kommt ein Arzt aus Kreta. In der Saison vielleicht häufiger.«

»Aber«, sagte Bente und ließ ihren Roman sinken.

Jule merkte, wie sie sie anstarrte, flehend, als könnte sie einen Arzt aus ihr herausstarren. Der Hund drückte sich an ihr Bein und winselte.

»Aber du könntest Glück haben«, sagte Bente, so beiläufig, wie sie alles sagte. »Da drüben *sitzt* ein Arzt. Die Fähre nach Kreta geht heute, die nimmt er, und von da will er aufs Festland. Wir haben uns vorhin mit ihm unterhalten. Er ist pensioniert. Seit zehn Jahren.«

»Du … siehst gar nicht krank aus«, sagte Kirsten und nahm ihren Roman wieder auf.

»Vielleicht ist es der zeltende Israeli«, sagte Bente und strich die Zeitung glatt.

»Es gibt keine zeltenden Israelis mehr auf der Insel«, sagte Jule irritiert. »Das habe ich doch erzählt. Er ist abgereist.«

»Ob dagegen ein Arzt hilft?«, murmelte Kirsten, bereits wieder in ihr Buch versunken.

Jule sah zu dem älteren Herrn hin, der neben der Theke saß, ein Herr mit weißem Haar und einem sehr korrekten altmodischen Jackett. Er war ebenfalls in die Zeitung vertieft.

Sie ging hinüber und räusperte sich. »Kaliméra. Ich … I'm looking for a doctor.«

Der weißhaarige Herr sah auf und betrachtete Jule einen Moment lang seltsam prüfend. Es war schwer, seinem durchdringenden Blick standzuhalten.

»Sie suchen einen Arzt«, wiederholte er, sein Englisch ein wenig steif und hölzern. »Warum?«

»Können Sie mitkommen? Bitte. Ich könnte Sie bezahlen.«

Sie brach ab, und er lachte leise, ein Lachen, das so hölzern klang wie seine Worte. Spröde. Als hätte er ein Leben lang gegen Dinge angelacht, die nicht zum Lachen waren; als wäre das Lachen eine Fassade, hinter der eigentlich ein Seufzen stand. »Ich glaube nicht«, sagte er, »dass Sie mich bezahlen können. Aber das ist nicht wichtig. Erklären Sie mir lieber, worum es geht.«

»Ich … ich kann Ihnen das nicht hier erklären.« Sie sprach jetzt leiser, und er lächelte.

»Ein … Frauenproblem?«

Jule nickte. Es schien besser so. Und es half, er stand auf.

»Ich muss die Fähre um zwei Uhr kriegen.« Dann streckte er die Hand aus. »Iordanis Marinakis.«

»Jule«, sagte Jule und schüttelte seine Hand.

»Gehen wir«, sagte Marinakis.

Sie sprachen nicht, während sie die Straße zu der kleinen Siedlung hinunterwanderten.

Marinakis war gut zu Fuß, trotz seines Alters.

Jule wagte nicht, ihm jetzt schon etwas zu erzählen, und zu ihrem Erstaunen fragte er nicht. Er schien ganz in sich selbst versunken, oder in das Blau des Meeres in der Ferne, den Duft von Oregano und Majoran. Als wäre dies nichts als ein Spaziergang.

Aber natürlich war es das für ihn.

Und dann stiegen sie die wenigen Stufen zu der winzigen Terrasse hinauf, und Jules Herz klopfte so sehr, dass sie glaubte, man müsste es durch die Jacke hindurch sehen. Auf einmal kam ihr der Gedanke, dass Asman vielleicht gar nicht mehr da war. Dass er aufgewacht und gegangen war, ahnend, dass sie ihn verraten hatte.

Sie drückte die Tür ganz langsam auf. Das Lager aus Decken auf dem Boden war unverändert, Asman hatte sich nicht gerührt, seitdem Jule gegangen war. Keinen Zentimeter. Sie kniete neben ihm, ehe sie wusste, dass sie sich hingekniet hatte, schlug die Decke zurück … Sein Brustkorb hob und senkte sich gleichmäßig, und sie atmete auf. Sah zu Doktor Marinakis auf und versuchte etwas wie ein entschuldigendes Lächeln zustande zu bringen.

»Ein … Freund von mir. Wir sind zusammen hergekommen.«

Marinakis kniete bereits bei ihr und hielt Asmans Handgelenk für Sekunden fest, sie hatte nicht gewusst, dass man so schnell den Puls zählen konnte. Er strich Asmans Haar aus seiner Stirn und legte ihm eine Hand an die Schläfe. Dann glitten seine Finger hinunter zu dem Verband.

»Was hat er mit der Hand angestellt?«

»Ich weiß nicht genau.«

»Ich dachte, Ihr seid zusammen hier?«

»Ja, er … Ich denke, er ist beim Wandern gestürzt. Er war alleine unterwegs.«

»Streit gehabt?«

»Was? Nein! Ich … also, es ist nicht so, dass wir zusammen sind oder … falls Sie das denken. Wir sind nur befreundet … Er wollte im Freien schlafen. Seine Ruhe haben …«

»Hm.«

Sie spürte, dass Marinakis ihr kein Wort glaubte. Er war nicht blind, er sah das dreckstarre T-Shirt, die zerzausten Haare, die nicht zu einem gewöhnlichen Touristen passten.

Seine Finger lösten den Verband vorsichtig, sie sah ihn den Kopf schütteln über den Zustand der Binde. »Er hat sich die Binde selbst da drumgewickelt«, murmelte Jule. »Er wollte nicht, dass ich …« Sie verstummte, sah zu, wie er den schmutzig braunen Stoff abwickelte, und biss die Zähne zusammen, als die Wunde ans Licht kam. Sie sah weit schlimmer aus als beim letzten Mal, das Fleisch verquollen und rot, die Ränder der beiden Risse weit auseinanderklaffend, weiße Eiterschlieren in der Tiefe. Asman regte sich, als Marinakis die letzten Fasern des verklebten Stoffs löste, schien sich im Schlaf kurz aufzubäumen, wachte aber nicht auf.

»Wie lange hat er diese Wunde schon?«

»Ich … ich weiß nicht …« Sie biss die Zähne zusammen, schloss die Augen und öffnete sie wieder. Sah den alten Arzt an. Er betrachtete sie ganz ruhig, ohne Vorwurf. Aufmerksam, geduldig.

»Er ist nicht mit mir hergekommen«, flüsterte sie, kaum hörbar. »Er ist … einfach aufgetaucht. Er hat in einer der Höhlen geschlafen, die früher Schafställe waren, aber das habe ich erst später rausgefunden. Sie sind mit dem Boot gekommen, er und … andere. Er spricht englisch, sehr gut. Wir haben geredet, nur so. Über den Horizont.« Und auf einmal brach es aus ihr heraus, alle Worte, die Asman zu ihr gesagt hatte. »Er hat gesagt, er will irgendwann zur See fahren … sein Kapitänspatent machen, das hat er gesagt, deshalb hat er Englisch gelernt, er will hinter den Horizont sehen … Er weiß ganz genau, was er will, viel genauer als ich und … Er spielt Oud … wie Gitarre … Jazz … man muss vorwärts leben … lachen …« Sie merkte, dass sie heulte, wischte die Tränen weg, sie benahm sich wie ein dummes Kind. »Das Meer ist nicht schuld«, flüsterte sie. »Das hat er auch gesagt. Das Meer ist nicht schuld.«

Marinakis legte ihr eine Hand auf die Schulter.

»Nein«, sagte er leise. »Das Meer ist nicht schuld. Es kommen so viele jetzt. Es werden immer mehr. Hier ist bisher noch nie ein Boot angekommen, nur auf Kreta ein paar. Die anderen kommen drüben an, bei der türkischen Grenze. Früher haben sie sie in Lager gesteckt.«

»Tun sie das nicht mehr?«

»Nein. Sie haben die Lager im Frühling geöffnet, mit dem Regierungswechsel. Es sind einfach zu viele Leute. Sie wollen sofort weiter, sie wollen sich nicht registrieren lassen, weil sie dann nirgendwo anders in der EU Asyl beantragen können. Aber niemand will Asyl in Griechenland, Griechenland hat diesen Leuten nichts zu bieten. Keine Arbeit, keine Zukunft, nichts.« Er stand auf, und sie blieb auf dem Boden sitzen und sah zu ihm hoch.

»Helfen Sie ihm. Bitte.«

Da sah er beinahe ärgerlich aus, die Falten auf seiner Stirn vertieften sich.

»Was denkst du, was ich tue? Ich hole meine Sachen. Die Wunde muss ausgeschnitten und anständig gesäubert werden. Das kann ich nicht mit einem Buttermesser machen. Aber mein Haus ist ein ganzes Stück weit weg. Ich brauche das Auto, um hinzukommen, und das steht in der Chóra. Er braucht Flüssigkeit, viel Flüssigkeit, über die Vene. Und eine anständige Antibiose. Wir können hier mit dem Ausschneiden der Wunde anfangen, aber für den Rest muss er in eine Klinik. Nach Kreta.«

»Aber dann … wird er registriert?«

»Ja.«

»Und die anderen, die hier sind … er sagt, er hat die Verantwortung. Wenn er in Kreta registriert ist, lassen sie ihn nicht hierher zurück, oder?«

»Nein.«

»Können Sie ihn nicht hier behandeln? Gibt es hier keine Antibiotika?«

»Doch«, sagte Marinakis. »Aber es ist nicht vernünftig, ihn hierzubehalten.« Er sah Jule eine Weile an, und diesmal hielt sie seinem Blick länger stand. »Bitte.«

»Es ist nicht der richtige Weg«, sagte Marinakis. »Aber es sieht so aus, als würde ich es tun.«

Als Marinakis fort war, saß Jule lange auf dem Boden neben Asman und sah ihn nur an.

Sie spürte die fiebrige Wärme seines Körpers, und sie dachte, dass sie seine Nase mochte und seine Augen, auch wenn sie geschlossen waren. Er träumte. Vom Meer, bestimmt, von der Unendlichkeit, die auf ihn wartete.

Vorwärts leben.

Vielleicht war sie ein dummes, verliebtes kleines Mädchen. Aber es fühlte sich gar nicht so an, es fühlte sich viel ernster an. Es war völlig unwichtig, ob sie diesen Menschen wiedersehen würde, wenn er gesund geworden und gegangen war, es war nur wichtig, *dass* er gesund wurde.

Sie setzte sich an den Tisch und schlug den Mathematikordner auf, um die Zeit sinnvoll zu nutzen. Aber das war natürlich Unsinn. Asmans schwere Atemzüge füllten die Luft in dem kleinen Raum und lösten das Konzept jedes Integrals auf, widerlegten jeden Logarithmus und jede Funktion. Sie gab auf, schloss die Augen und berührte die Kette, das kleine Stück Perlmutt.

Sie steht in der Schlange, und der Typ an der Kasse lächelt. Schöne Kette.

»Ist das 'ne Muschel?«

»Nein«, sagt sie. »Das ist ein Stück Perlmutt, das von einem Instrument abgefallen ist. Einer Oud. Ich kannte mal jemanden, der die Oud spielte. Keine melancholischen arabischen Liebeslieder. Jazz. Auf einer unbedeutenden griechischen Insel. Ich habe ihm geholfen, gesund zu werden. Ich weiß nicht, wo er jetzt ist.«

Und der Typ von der Tankstelle fährt sich durch das weißblonde Haar und sagt etwas über einen Kaffee, den man zusammen trinken könnte, und dass das eine interessante Geschichte wäre, und Jule nickt und dreht sich um. Sie will keinen Kaffee mit diesem Typen trinken.

Sie öffnete die Augen und quälte ihr Gehirn weiter mit mathematischen Formeln, aber keine davon beschrieb den Horizont, und dann kam Marinakis wieder, nicht mit einer dicken schwarzen Arzttasche, wie Ärzte in Filmen, sondern mit einem alten Wanderrucksack, und begann, Dinge herauszunehmen und auf dem Tisch zu sortieren. Sie räumte den Matheordner weg und sah ihm stumm zu. Desinfektionsspray, eine Spritze, sterile Handschuhe, eingeschweißte grüne Tücher wie aus einem Operationssaal. Auf einem davon breitete er Instrumente aus: glänzende Haken, etwas wie einen Löffel, mehrere Skalpelle, die sehr sauber und sehr scharf aussahen. Jule schluckte.

Das Erste, was Marinakis tat, war, in die Ellenbeuge des gesunden Arms einen Zugang zu legen, er hatte eine Flasche Infusionslösung mitgebracht und gab sie Jule.

»Halt das hoch, bis es durchgelaufen ist.«

Asman war auch beim Legen des Zugangs nicht aufgewacht.

Marinakis deckte den Arm um die verletzte Hand herum mit grünen Tüchern ab, wischte die Wunde sauber, desinfizierte sie mehrfach, und dann sagte er: »Wir müssen das anders machen, häng die Flasche an den Kleiderhaken da an der Wand. Du wirst ihn jetzt festhalten. Ich spritze ihm etwas, das die Hand betäubt, bevor ich schneide. Aber er wird trotzdem etwas merken.«

Jule schluckte wieder. Sie umfasste Asmans Unterarm mit beiden Händen, sodass auch ihre Hände unter dem grünen Abdecktuch verschwanden, und beschloss mit heftiger Plötzlichkeit, niemals Medizin zu studieren.

Ihr war übel.

Marinakis zog die Spritze mit dem Anästhetikum auf, versenkte die Nadel in der Haut neben der Wunde und änderte beim Spritzen mehrfach ihre Stellung, um alle Stellen zu erreichen. Er zog die Nadel wieder heraus, stach sie auf der anderen Seite noch einmal ein. Beim dritten Einstich schlug Asman die Augen auf. Sein Blick war glasig, und er murmelte ein Wort. *Naime.* Jule fragte sich, was es bedeutete.

»Halt ihn jetzt gut fest«, sagte Marinakis. »Wie heißt er?«

»Asman.«

»Asman. *Asman, kannst du mich verstehen?*« Er sprach lauter. »Wir kümmern uns um deine Wunde. Es tut jetzt einen Moment weh, aber du hältst das aus, ich weiß es.«

Dann setzte er das Skalpell an und begann, das tote und das entzündete Fleisch an den Rändern der beiden Risse zu entfernen. Beim ersten Schnitt geschah nichts. Beim zweiten bäumte der Körper unter Jule sich auf, Marinakis zog das Skalpell weg, die grünen Tücher verrutschten, und etwas wie ein Knurren kam aus Asmans Kehle. Der Arzt fluchte und warf sich halb über Asman, drückte ihn zu Boden, und Jule begriff, ließ mit der einen Hand den Arm los und drückte stattdessen Asmans Schulter herunter, damit er nicht hochkam. Sie hasste die Tatsache, dass sie das tun musste.

Und sie würde nicht stark genug sein.

»Asman«, flüsterte sie. »Bitte. Versuch, liegen zu bleiben. Wir helfen dir. Bitte …«

Und da fokussierten seine Augen, er sah sie an, schien sie zu erkennen und nickte, kaum merklich. Marinakis schnitt weiter, und diesmal blieb Asman liegen. Sie sah, dass er die gesunde Hand zur Faust geballt hatte.

Marinakis fluchte wieder und legte neue Tücher aus, desinfizierte die Wunde wieder, befreite ein neues Skalpell aus seiner Verpackung. Ein zweiter Versuch.

Aber diesmal war der Patient wach, und er hielt still. In seinem

Gesicht spiegelte sich der Schmerz, wie damals, als sie ihn den Verband hatte wechseln sehen, es wurde hässlich durch diesen Schmerz, doch Jule zwang sich, nicht wegzusehen. Denn seine Augen hielten sich an ihr fest.

Und dann war es vorbei, Marinakis legte Gaze in die Wunde, um die Flüssigkeit nach außen abzuleiten.

»Sieh genau zu, wie ich das verbinde«, knurrte er. »Ab heute musst du das tun. Zweimal am Tag. Ich werde ein paar Wochen weg sein.«

Sie nickte, und jetzt war ihr nicht mehr übel, ihr Kopf hatte zu viel damit zu tun, sich die richtigen Handgriffe zu merken.

»Ich lasse dir Verbandszeug da«, sagte Marinakis und legte eine Plastiktüte auf den Tisch, daneben eine Packung Tabletten. »Sieh zu, dass er das hier nimmt. Und das … gegen die Schmerzen.«

Jule wollte etwas sagen, doch ihr Mund war zu trocken. Sie nickte nur.

»Wenn die Infusion durch ist, sieh zu, dass er eine Menge trinkt, ja?« Marinakis auf seine altmodische Armbanduhr. »Ich muss los.«

Er war in der Tür, ehe Jule wirklich begriff, dass er ging, dass er sie tatsächlich mit dem, was hier auf dem Fußboden lag, alleine ließ. Und dann war er fort. Sie trat auf die Terrasse hinaus, sah ihm nach, wie er den Weg entlangging zu seinem Auto, das auf der Asphaltstraße stand. Wie er einstieg und wegfuhr.

Dann drehte sie sich um und schaute aufs Meer. Es war nie blauer gewesen. Und nie tiefer. Der Wind nie kälter.

Sie war ganz allein, sie war der einzige Mensch, der sich um Asman kümmern konnte. Der einzige Mensch, der eine Entscheidung treffen konnte. Natürlich konnte sie tausend Leute anrufen, aber die Entscheidung würde sie doch selbst treffen.

Ob sie zur Chóra ging, zu der kleinen Polizeistation in der Seitengasse bei der Bäckerei. Ob sie die Versteckten meldete, weil das besser für sie war. Weil Asman dann in eine Klinik auf Kreta kommen würde. Weil es zu kalt war, um ewig in einem Schafstall oder im Freien zu schlafen.

Sie ging wieder hinein, kniete sich neben ihn, sah zu, wie er die Tabletten schluckte, die sie ihm zusammen mit der Wasserflasche gab. Seine Hand, die die Flasche hielt, zitterte.

»Wird er es jemandem sagen?«, flüsterte er. »Der Arzt? Wird er jemandem sagen, dass wir hier sind?«

»Nein«, sagte Jule.

»Und du? Verrätst du uns?«

Sie schüttelte den Kopf. Und in diesem Moment wusste sie, dass es die Wahrheit war.

An diesem Tag sprachen sie wenig. Asman schlief die meiste Zeit über. Jule saß am Tisch über ihren Ordnern und Büchern, und draußen bog der Frühlingswind die hohen Grashalme. Mittags aß sie Brot und Tomaten und versuchte, Asman etwas davon anzubieten, als er zwischendurch aufwachte, aber er schüttelte nur den Kopf und glitt zurück in einen Traum.

Abends aß sie wieder Brot und Tomaten, weil das alles war, was sie hatte; sie wollte ihn nicht allein lassen, um einzukaufen.

Immerhin schluckte er die Tabletten. Sie wechselte einmal die Infusionsflasche, und als auch die zweite Flasche durchgelaufen war, zog sie die Flexüle aus seinem Arm und klebte ein Pflaster über die Stelle, ohne dass er aufwachte. Sie kam sich vor wie eine Krankenschwester. Sie rief niemanden an. Wenn sie mit jemandem gesprochen hätte, Evelyn, ihren Eltern, sonst wem, dann wäre sie vielleicht zusammengebrochen und hätte geweint. Und ihnen gesagt, dass sie keine Krankenschwester war und dass vielleicht alles verkehrt war und es noch schlimmer wurde mit der Wunde. Sie besaß kein Fieberthermometer, aber wenn sie die Hand auf Asmans Stirn legte, kam es ihr nie vor, als wäre das Fieber gesunken.

Sie kniete neben ihm und sah zu, wie die Schweißtropfen seinen Hals hinabrannen und das alte T-Shirt tränkten. In Büchern und Filmen waren verschwitzte Männerkörper anziehend. Es war nicht wahr. Das Einzige, was sie empfand, wenn sie ihn ansah, war eine große schwarze, bodenlose Angst. Dass sie alles falsch gemacht hatte.

Dass er es außerhalb der Klinik nicht schaffte.

Und dann kam die Nacht, und sie wusste, dass das Fieber weiter stieg und dass sie nicht schlafen würde. Aber sie war so erschöpft, als wäre sie den ganzen Tag über gewandert. Ihr Kopf berührte kaum die Matratze, da schlief sie schon.

»Willst du es wirklich wissen?«

Der Satz war sehr, sehr leise, er stand im Raum wie etwas Ungreifbares, vollkommen Unwirkliches. Jule schlug die Augen auf, und alles war dunkel.

»Willst du wirklich wissen, was war?«

»Ja«, sagte sie, genauso leise wie er.

»Wir sind in Ägypten losgefahren«, flüsterte er. Und sie dachte, als er das sagte, nicht: Ägypten, oder: Er erzählt die Geschichte doch noch. Sie dachte: Es geht ihm besser. Gut genug, um zu sprechen.

Es ist ein Wunder.

Und sie fühlte sich warm und glücklich und ahnte, dass es nicht zu dem passte, was sie hören würde, aber Glück ist kein Hund; man kann ihm nicht befehlen, wegzugehen.

»Ägypten war am Anfang gut, aber später nicht mehr«, sagte er. »Ich war ein Jahr in Ägypten. Ungefähr. Ich hatte einen Job. Aber am Ende waren zu viele da, sie wollten uns nicht mehr haben. Der Libanon auch nicht, da war ich ein halbes Jahr … Ich bin da bald weg. Über die Grenze reinzukommen war nicht schwer, davor war es schwieriger. Überhaupt zur Grenze zu kommen.«

Er schien zu lachen. Und sie begriff, verwirrt, dass er rückwärts erzählte. Ägypten, Libanon, die syrische Grenze …

»Woher bist du denn ursprünglich?«

»Was ist schon ursprünglich«, sagte er. Und, nach einer Weile: »Hast du den Namen Jarmuk mal gehört?«

»Ja. Nein. Gehört vielleicht.«

»Es ist ein Teil von Damaskus.«

»Syrien.«

»Hundert Punkte.«

Eine Weile schwiegen sie wieder, und sie dachte darüber nach, was sie über Syrien wusste und dass es zu wenig war. »Jarmuk ist gar nicht Syrien«, flüsterte er dann. »Obwohl es in Syrien liegt. Es war mal ein Lager. Am Ende war es eine Stadt. Wir hatten einen Laden da, mit einer Wohnung darüber. Obst, Gemüse, alles. Mein Bruder und ich, wir haben meinem Vater geholfen im Laden, die ganze Familie hat geholfen. Es war ein hübscher kleiner Laden. So viele Farben. Diese Kisten mit Früchten, Aprikosen, Tomaten, Zucchini … wie sie geleuchtet haben! Sie haben so sehr geleuchtet.«

Er machte eine Pause, schien erst wieder zu Atem kommen zu müssen.

»Als sie in Homs bei der Belagerung alle verhungert sind, weißt du das noch? Das ging um die Welt. Da war gerade diese Friedenskonferenz. Genf, glaube ich. Und sie haben die Leute aus Homs rausgelassen. In Jarmuk sind mehr Leute verhungert. Keine Aprikosen mehr in den Kisten vor dem Laden. Nichts, gar nichts. Sie haben uns so lange belagert, bis nichts mehr da war. Kein Strom, kein Netz, keine Müllabfuhr. Der Müll türmte sich in den Straßen. Irgendwann gab es auch kein Wasser mehr. Es waren viele in Jarmuk, die das Regime loswerden wollten. Die bei den Demos gegen Assad mitgegangen sind. Die Freie Armee hatte Stützpunkte bei uns, sie haben uns befreit, für eine kurze Zeit, wirklich, wir waren ein freier Ort: frei von Assad. Wir dachten, das ganze Land würde sich befreien. Wir waren dumm.«

»Du hast gesagt, Jarmuk war einmal ein … Lager«, flüsterte Jule. »Was bedeutet das?«

»Palästinenser«, sagte Asman. »Sie sind schon als Flüchtlinge nach Syrien gekommen. Es ging ihnen gut da.«

»Ihnen?«

»Uns.« Er lachte wieder, kurz und scharf. »Das ist es. Das ist die Wahrheit. Du sprichst mit einem aus dem Volk der ewigen Verlierer. Wir sind so oft vor etwas weggelaufen, dass wir nur noch das können: weglaufen. Wir sind Profis.«

»Aber …«

»Aber ich laufe nicht weg. Ich gehe auf etwas zu. Das ist das Gegenteil. Auf den Horizont zu.«

»Jarmuk«, wiederholte sie.

»Ja«, sagte er. »Du sprichst mit dem Erben eines Gemischtwarenladens. Und mit dem stolzen Besitzer von dreißig Hektar Land in Israel. Beides gibt es nicht mehr. Ich meine, das Land in Israel ist nicht mehr unseres. Ich habe sie nie gesehen, ich bin in Jarmuk geboren. Den Laden da haben Assads Bulldozer weggeräumt. Zusammen mit der ganzen Häuserzeile. Das war die Rache des Regimes. Dafür, dass wir die Rebellen bei uns hatten.«

»Sie haben die Häuser einfach …«

»Weggeräumt. Ja. Aufräumen ist wichtig.«

Jule lag ganz still und atmete die gleiche Nacht ein und aus wie Asman. Sie drehte sich auf die Seite und sah seinen dunklen Umriss auf dem Boden. Mehr nicht, nur einen verschwommenen Umriss.

»Und dann seid ihr gegangen«, sagte sie. »Deine Eltern und … du?«

»Meine Eltern sind noch dort«, sagte er, wieder sehr leise. »Und ich … ich bin erst später gegangen. Da war … ein Luftangriff. Bulldozer reichten ihnen nicht. Mein Freund ist verletzt worden, und ich habe versucht, ihn in dieses Krankenhaus zu bringen. Die Soldaten haben uns gestoppt, auf der Straße, sie haben gesagt, steigt aus dem Auto aus, ihr seid Rebellen, und wir haben gesagt, wir sind keine Rebellen. Sie haben uns mitgenommen. Danach saß ich drei Monate im Gefängnis. Dann war ich noch eine Weile in Jarmuk, und dann bin ich gegangen. Erst dann.«

»Aber … du hattest nichts gemacht. Warum haben sie dich eingesperrt?«

»Das ist so«, sagte er. Mehr nicht. Und, nach einer ganzen Weile: »Ich hab's überlebt. Mein Freund nicht.«

Sie wusste nicht, was sie daraufhin sagen sollte, und so sagte sie nichts.

»Libanon, Ägypten, Griechenland«, flüsterte er schließlich. »Das kam danach. Aber keiner von uns wollte nach Griechenland. Wir wollten nach Italien. Ich hab dir gesagt, ich renne nicht weg, ich renne auf etwas zu. Europa. Schweden. Da will ich hin. In Schweden nehmen sie die Leute auf. Wenn du vorher nicht registriert worden bist.«

»Asman … wie viele sind auf der Insel? Wie viele Flüchtlinge?«

Er zögerte. Aber nicht, weil er die Zahl nicht kannte. »Zweiunddreißig«, sagte er schließlich.

»Und sie sind alle mit dir gekommen? Von Ägypten aus?«

»Es waren hundertvier«, sagte er, seine Stimme jetzt kalt und sachlich.

»Was?«

»Hundertvier. Die See war rau, als wir hier ankamen. Und wir hatten ein Leck, wir …« Er brach ab. »Wir hatten sieben Schwarzafrikaner an Bord. Du wirst keine Afrikaner finden auf dieser Insel. Sie verstecken sich gut, besser als alle anderen. Sie verstecken sich unter den Wellen.« Er machte eine Pause. »Da … verstecken sich noch eine Menge mehr Menschen.«

Hundertvier minus zweiunddreißig. Einfache Mathematik.

»Das Meer ist nicht schuld«, sagte Jule leise, der Satz fiel aus ihrem Kopf in ihren Mund, und sie bereute es, ihn gesagt zu haben, sobald sie ihn hörte.

»Nein«, wisperte Asman. »Schuld ist nur der, der das Schiff gesteuert hat. Du sprichst mit einem Mörder. Das ist es, was die Palästinenser sind, wenn sie keine Flüchtlinge sind: Mörder. Es hat Tradition. Es gibt viele, die ihr Land zurückwollen, das die Israelis ihnen gestohlen haben. Also gehen sie zurück und werfen Bomben und werden Mörder, und ich wollte nie so werden und bin trotzdem ein Mörder. Wir sind die Verlierer auf dem Spielbrett, hat mein Vater immer gesagt, egal, was wir tun.«

»Und wir sind schuld.«

»Ihr?«

»Die Deutschen. Die haben sechs Millionen Juden umgebracht. Sonst hätten sie nie Israel gegründet. Oder?«

»*Du* bist schuld?«, fragte er. »Du siehst gar nicht aus wie jemand, der sechs Millionen Juden umgebracht hat. Du musst unglaublich tüchtig sein.« Er lachte, und sie fiel mit in das Lachen ein, es war eine seltsame Art von Lachen, darin schwang eine Mischung aus Verzweiflung und Albernheit mit.

»Wir sind die Verlierer auf dem Spielbrett«, wiederholte Asman. »Ja. Weißt du, was die Lösung ist?«

»Hm?«

Sie hörte das Lächeln in seiner Stimme. »Schmeiß das Spielbrett weg.«

»Wie?«

»Die, die unbedingt weiterspielen wollen, bleiben Verlierer. Die, die so sind wie meine Eltern. Früher haben sie darauf gewartet, dass sie in ihre Heimat zurückkehren können. Und dann, als der Laden zerstört wurde, haben sie angefangen, zu warten, dass sie ihn wiederaufbauen können. Soll ich dir sagen, was ihr Fehler ist? Sie leben nicht vorwärts. Sie versuchen, rückwärts zu leben. Dahin zurückzukommen, wo sie vor ihrer Vertreibung waren. Es geht nicht. Man kann nicht rückwärts leben, und sie sehen es nicht ein. Ich mache das anders. Keine traurigen Lieder über die verlorene Heimat. Jazz, verstehst du?«

Sie nickte, obwohl er das im Dunkeln nicht sah. »Die Scherben nehmen und improvisieren.«

»Genau. Aber es sind … nicht nur Scherben. Es sind die Menschen unter den Wellen. Ich träume von ihnen.«

»Ich glaube das nicht«, flüsterte sie. »Dass du schuld bist. Genauso wenig wie ich an der Ermordung der Juden.«

»Das ist etwas anderes«, murmelte er, seine Stimme jetzt verwaschen, erschöpft von all den Worten. »Leider. Ich war da. Ich habe das Falsche getan. Aber es nützt denen unter den Wellen nichts, wenn ich am Ufer sitze und um sie weine. Das Mittelmeer ist salzig genug ohne Tränen. Es sind die anderen, die …

die mich brauchen. Deshalb … muss ich gesund werden. Wir … bleiben nicht hier.«

»Aber wie wollt ihr von hier wegkommen?«, fragte Jule.

Sie bekam keine Antwort mehr.

Er schlief wieder, tief, tiefer als jedes Meer.

Und sie folgte ihm in den Schlaf. Vielleicht konnten sie sich darin treffen.

Sie erwachte spät und dachte kurz darüber nach, dass es zum Frühstück Brot und Tomaten geben würde. Dann setzte sie sich auf – und stellte fest, dass der Platz auf dem Boden neben ihr leer war. Eine Wolldecke lag ordentlich gefaltet auf dem Stuhl, die andere war nicht mehr da. Jule sah sich um. Panik stieg in ihr auf.

»Shit«, murmelte sie. »Von mir aus klau die Decke, aber du kannst nicht … du bist noch lange nicht gesund!« Auf dem Tisch lagen zwei Bücher und eine Rolle Silberdraht. Keine Tabletten. Sie wollte erleichtert darüber sein, dass er auch die Tabletten mitgenommen hatte. Aber sie war nicht erleichtert. Sie ballte die Fäuste. Verdammt, er war nicht fit genug, um da draußen herumzulaufen. Es würde alles wieder schlimmer werden. Hatte er bereut, dass er ihr diese Dinge erzählt hatte, letzte Nacht?

Oder hatte sie das geträumt?

Sie warf sich im Bad eine Handvoll Wasser ins Gesicht, kämmte sich nicht, weil niemand sie sah, und zog sich an, Jeans, T-Shirt, der Pullover ihres Vaters. Einen Moment lang stand sie mitten im Raum und legte die weichen Pulloverärmel an ihre Wangen. Der Geruch der Wolle war tröstlich. Als wäre sie wieder drei Jahre alt und hüpfte auf dem Schoß ihres Vaters auf und ab.

Vor dem Fenster bauschte sich das grüne Tuch mit den silbernen Mustern im Wind.

Sie öffnete die Tür.

Und da saß er, auf dem Plastikstuhl, und hatte die Arme auf die Begrenzungsmauer der Terrasse gestützt. Er saß mit dem Rücken zu ihr, mit dem Gesicht zum Meer. Auf der Mauer neben ihm lagen die beiden Tablettenpackungen. Die Decke hing um seine Schultern. Zu seinen Füßen lag der Hund.

Jule schluckte. »Guten Morgen«, sagte sie dann.

Er drehte sich um und grinste, und er sah wirklich alles andere als gesund aus. »Kaliméra.«

»Ich dachte, du wärst abgehauen«, sagte Jule. »Du weißt, dass du bleiben musst. Noch einen oder zwei Tage. Du kannst nicht gehen.«

»Das ... habe ich bemerkt«, sagte er. »Ich ...« Er brach ab. »Du hast was anderes zu tun, als angespülte Palästinenser zu pflegen.«

»Ja«, sagte Jule. »Sie zu füttern. Es gibt Brot mit Tomaten.«

Und als sie das sagte, war sie einen Moment lang so glücklich, dass sie hätte hüpfen können. Wie früher, als Kind, auf dem Schoß ihres Vaters. Sie sah an sich hinunter, an dem viel zu großen Wollpullover. Dann zog sie ihn aus, ignorierte die Kälte des Morgens und streckte ihn Asman entgegen. »Der passt dir. Er ist von meinem Vater. Ich hab noch eine Fleecejacke mit und so ein Softshellding, das mir sowieso besser passt.«

»Warum ...? Nein. Was soll ich damit?«

»Ihn aufessen«, sagte sie und verdrehte die Augen.

»Ich habe das T-Shirt. Ich habe durchaus was anzuziehen.«

»Ja, natürlich«, sagte Jule, »und du hast irgendwo in einem Schafstall einen ganzen Koffer voll Kleider. Gebügelte Hemden, Jacketts, Kaschmirpullover ... was man eben so mitnimmt auf eine Flucht. Aber du kannst diesen Pulli trotzdem nehmen. Nur, damit ich mich freue.«

Er zögerte einen Moment. Dann nahm er den Pullover und nickte zögernd und grinste wieder. »Ich denke … er passt ganz gut zu dem hellblauen Jackett.«

Es war merkwürdig, zu zweit an dem kleinen Tisch zu sitzen und Brot mit Tomaten zu essen und Nescafé zu trinken. Merkwürdig und wunderbar. Der Platz auf der Terrasse reichte gerade so für den Tisch und die beiden Stühle. Asman saß neben der Tür, wachsam. Wenn jemand kam, würde er verschwinden.

Er trug jetzt den braunen Wollpullover und hatte geduscht, was sicherlich nicht einfach gewesen war mit der verletzten und verbundenen Hand. Und er hatte tatsächlich versucht, sein Haar mit Wasser zu bändigen, als wäre es Haargel, und es nach hinten zu streichen. Der Versuch war nicht geglückt, das Haar war vor allem nass.

»Die Dusche da im Bad«, sagte Jule und legte die Hände um ihre Tasse, um sie zu wärmen, »teilt manchmal Stromschläge aus. Wenn man sie auf warm stellt. Ich habe vergessen, es dir zu sagen.«

Er sah sie eine Weile nachdenklich an. »Stromschläge sind was anderes«, sagte er dann.

»Wie?«

»Im Gefängnis haben sie Strom benutzt.«

»Benutzt.«

»Wenn sie wollen, dass du redest. Sie klemmen dir die Elektroden an die Finger oder stecken sie dir in den Mund oder sonst wohin. Dann lassen sie den Strom laufen, bis du das Bewusstsein verlierst. Ist noch Brot da?«

Sie starrte ihn einen Moment an. »Nein«, sagte sie dann langsam. »Ich … muss einkaufen. Aber vorher … wechseln wir den Verband.«

»Was? Jetzt?« Asman schüttelte den Kopf. »Nein. Bitte nicht. Morgen reicht.«

»Der Arzt hat gesagt, heute. Eigentlich zweimal am Tag.«

Er hielt die Hand von ihr weg, halb hinter seinen Rücken. Nicht im Spiel. Er hatte wirklich Angst davor, dass sie der Wunde zu nahe kam. »Okay«, murmelte er schließlich. »Shit. Okay.«

Und sie holte Verbandszeug und Desinfektionsspray und schob die Gedanken an irgendwelche Elektroden von sich. Als sie wieder auf die Terrasse kam, hatte er die Hand auf den Tisch gelegt.

Er biss die Zähne aufeinander, während Jule den Verband abwickelte, und sie spürte, dass er die Wunde genauso wenig ansehen wollte wie sie selbst. Ihre zögernden Blicke trafen sich im nachwachsenden Gewebe, auf dem rohen Fleisch, tasteten darüber und fanden die erste dünne Schicht Schorf. Keine Eiterherde mehr. Jule nickte erleichtert, schluckte ihre Übelkeit weg, desinfizierte die Wunde und wickelte eine neue Binde darum. Sie brauchte ewig, das Ende rutschte ihr dauernd weg. Als sie es geschafft hatte, waren sie beide schweißgebadet.

»Kann ich die Hand jetzt bis morgen zurückhaben?«, fragte er vorsichtig.

Jule nickte. »Was hast du damit gemacht?«

»Sie zwischen zwei Schiffen eingeklemmt.«

»Schlau. War das … in der Nacht, in der ihr hier angekommen seid?«

Er nickte. »Es war eine Katastrophennacht. All diese Menschen. Wen kümmert eine Hand?«

»Warte«, sagte Jule plötzlich. »Zwischen *zwei* Schiffen? Wo war das zweite Schiff?«

Asman drehte die Hand. »Das ist ein sehr schöner Verband. Vielleicht solltest du Krankenschwester werden.«

»*Wo* war das zweite Schiff?«

Er sah von der Hand auf, und seine Augen waren unendlich müde.

»Jule«, sagte er leise. Er sprach ihren Namen aus wie etwas sehr Schwieriges. »Ich habe dir ein paar Sachen erzählt. Nachts. Jetzt ist Tag. Schau. Die Sonne scheint. Der Satz vorhin war schon ein Fehler. Es gibt keine Gefängnisse. Nicht am Tag.« Er zerknüllte die dünne Plastiktüte, in der das Brot gewesen war, in der gesunden Hand. »Wie ist es da, wo du wohnst? Deutschland?«

»Kalt«, sagte Jule. »Aber es gibt besseres Brot.«

Und auf einmal fielen ihr die Kekse ein. »Warte«, sagte sie. »Wir haben ja doch noch was zu essen.«

Als sie mit dem Teller in der Tür stand, verspürte sie einen kindischen Stolz.

»Guck mal«, sagte sie. »Habe ich gebastelt.« Und lachte, über sich selbst. »Als ich dachte, du kämst nachmittags … für dich, sozusagen. Es ist ein bisschen bescheuert, aber mir war so nach Keksebacken. Der Ofen funktioniert … na ja … on and off.«

Sie streckte die Hand mit dem Teller aus, und Asman sah sie an. Stumm. Eine ganze Weile.

»Was … was ist los?«, fragte sie verunsichert und fuhr sich durchs Haar; sie hatte es immer noch nicht gekämmt. Die Korkenzieherlocken nahmen das Hindurchstreichen übel und fielen ihr prompt ins Gesicht. Vermutlich sah sie furchtbar aus.

»Du hast Kekse gebacken … für mich?«, fragte Asman.

»Hm.« Sie stellte den Teller auf den Tisch.

Er löste den Blick von ihr und sah die Kekse an. Es waren kleine, hässliche, annähernd viereckige Kekse, sie hatte den ausgerollten Teig mit einem Messer in Stückchen geschnitten. Asman nahm einen Keks und biss ein Stück ab.

Sah wieder Jule an.

Schluckte. Schluckte noch einmal, obwohl er das Stück Keks bereits heruntergeschluckt hatte. Dann merkte sie, dass er weinte.

Vor ihr saß ein ungefähr zwanzigjähriger Palästinenser mit einer verletzten Hand, der glaubte, zweiundsiebzig Menschen auf dem Gewissen zu haben, und der dennoch vorwärts lebte und Witze machte, und hielt einen Keks in der Hand und weinte. Lautlos.

»Was … was ist denn?«, flüsterte Jule. »Was ist denn verkehrt?«

Ihr war unbehaglich zumute, sie fühlte sich hilfloser als in ihrem Kampf gegen das Fieber.

Asman schüttelte den Kopf, in einem Anflug von Ärger über sich selbst, und legte den halben Keks auf den Tisch.

»Es ist nur«, sagte er, heiser. Räusperte sich. Lachte, angestrengt, ohne dass es etwas gegen die Tränen nutzte. »*Kekse.* Na ja. Wann hat jemand für mich etwas gebacken? Da war ich zehn. Glaube ich. Und meine Mutter hat Kanafa gemacht. Seit unser Freund Bashar die ersten Bomben auf Jarmuk geworfen hat, um ein bisschen Ordnung zu machen, hat keiner von uns so etwas gegessen wie …« Er sah zu dem kläglichen Halbkeks. »Entschuldigung. Das ist lächerlich. Ich … ich wünschte, ich könnte sie mitnehmen. Zu den anderen.«

»Ich backe neue«, sagte Jule, streckte die Hand aus und legte sie auf seine, die unverletzte. »Diese hier essen wir jetzt. Ich backe dir eine Tonne Kekse, wenn du willst.«

Und dann also: einkaufen.

Sie hatte Angst vor den Blicken der Leute in der Chóra, Angst, dass Marinákis doch etwas erzählt hatte, Angst, dass jemand ihr Fragen stellte.

Aber nichts dergleichen geschah.

Die Schlange im Laden war länger als gewöhnlich, es gab jetzt mehr Touristen. Sie mussten mit der Fähre gekommen sein, mit der Marinakis weggefahren war, und wirkten seltsam deplatziert mit ihren zu bunten Kleidern und ihren Feriengesichtern, ihrem Geruch nach Sonnencreme, ihren Fotoapparaten und Wanderstiefeln. Der Hund wartete draußen, und Jule fühlte sich wie eine Einheimische: Sie und der Hund gehörten auf die Insel, die anderen waren fremd.

Langsam, aber unaufhaltsam begann die Saison.

Würden die Häuser um Jules Haus herum sich nun mit Menschen füllen? War dies das Ende der kleinen, meeresblauen Einsamkeit auf der Terrasse?

Vor ein paar Tagen hätte sie sich darüber gefreut. Jetzt hatte sie Angst. Die Menschen, die dort einzogen, würden Augen haben und Ohren, würden gefährlich sein für Asman.

Auf dem Rückweg traf sie Kostas, nickte kurz und ging weiter – und spürte seinen Blick im Rücken. Es lag eine gewisse Nachdenklichkeit darin.

Noch waren die Häuser am Ende des unbefestigten Weges still und leer.

Jule atmete auf.

Asman schlief, als sie zurückkam, auf dem Boden. Der Hund legte sich draußen in die Sonne, bettete den Kopf auf die Pfoten und schlief ebenfalls ein. Und Jule setzte sich an den Tisch, den sie wieder hineingestellt hatte, und hatte die Welt für sich, war die einzig wache Person in einer Kleinfamilie aus Schläfern.

Sie beschäftigte sich mit Silberdraht, Zange und Perlen und wiederholte den Stoff des letzten Tages dabei lautlos, mit den

Lippen die Formeln und Worte bildend. Alles war in Ordnung, ruhig und still. Und langsam, ganz langsam glitt sie davon, ihre Augen fielen zu … Bilder schwammen vorüber. Ein Schiff voller Menschen, in einer stürmischen Nacht. Bulldozer, die eine Häuserzeile zusammenschoben wie ein Kartenhaus. Ein kleiner Gemischtwarenladen in einer engen Gasse, über der wilde Knoten von Strom- und Telefonleitungen hingen. Bellende Hunde.

Nein. Ein bellender Hund. Und ein Klopfen. Sie fuhr hoch, lauschte. Es klopfte noch einmal. Und der Hund, der bellte, war ihr Hund. Oder Asmans Hund, je nachdem.

Jemand war draußen. Auf der Terrasse.

»Hello? Mrs. Jule?«

Sie sprang auf und stand einen Moment unschlüssig im Raum. Die Stimme war tief, nicht mehr jung, ein wenig heiser. Eine Männerstimme. Nicht Kostas. Vielleicht war es einer von Asmans Freunden, aber sie war nicht sicher. Sie sah, dass er aufgewacht war, und sein Blick war erschrocken. Er schüttelte langsam den Kopf: Nein. Keiner von seinen Leuten.

»One moment! I'm coming!«

Jule streckte die Hand aus und zog Asman vom Fußboden hoch, riss die Badezimmertür auf, schob ihn hinein, raffte die Decken zusammen und warf sie aufs Bett.

Dann öffnete sie die Tür. Davor stand der alte Nikopolidis. Vater von Kostas-dem-Mopedhelden, Vermieter von Ferienwohnungen, Jäger von Hasen in der Dämmerung. Sie dachte an die Schüsse und daran, was Silas gesagt hatte. Der Mann vor der Tür, untersetzt, blinzelnd, würdig in seiner tadellosen dunklen Weste und seinem Hemdkragen, sah nicht aus, als würde er mit einem Gewehr durch den Wald ziehen, es war absurd und vermutlich gerade deshalb wahr.

»Sorry«, sagte Jule. »Ich war im Bad.«

»You everything okay?«, fragte Nikopolidis. »My son, he telling me, problem.«

»No, everything okay«, sagte Jule und bemühte sich, zu lächeln wie jemand, der nichts zu verbergen hat.

»Yes, yes, problem«, beharrte Nikopolidis. »He telling, problem with shower.«

»Oh, die Dusche … das ist nicht so wichtig«, sagte Jule.

»But me, I can send man for repair. I want have look«. *Ich möchte mir das mal ansehen.*

Bloß nicht. »I can come in?« *Kann ich reinkommen?*

»Es ist gerade schlecht«, sagte Jule. »Ich … habe Wäsche gewaschen, es sieht etwas … chaotisch aus im Bad und …«

Nikopolidis drängte sich an ihr vorbei in die Wohnung und sah sich um.

»No, no, you get problem, we repair. For me, thirtyfour rooms for rent. I care everything. Properly, understand? This island, everything okay. Everything fine. We no problems. We want you be happy, yes? Very happy.«

Vierunddreißig Ferienwohnungen besaß er? Das war vermutlich der Großteil aller Ferienwohnungen auf der Insel. Und er wollte also, dass seine Touristen glücklich waren.

»I'm perfectly happy«, sagte Jule und versuchte, sich zwischen ihn und die Badezimmertür zu schieben, was misslang. »Ich *bin* glücklich! Glücklicher, als ich je war!«

»Other islands people telling many problem«, sagte Nikopolidis. *Auf anderen Inseln gibt es viele Probleme.* »Too many people coming Turkey. Food, water, catastrophy. Begging all time. People saying Greece no good now. But here no problem. Greece is good.« *Zu viele Leute kommen aus der Türkei … auf die anderen*

Inseln … es heißt jetzt, Griechenland wäre nicht mehr so gut als Ferienziel … verdammt, dachte Jule, er sprach über die Flüchtlinge.

Dieser ehrbare Mann in seiner maßgeschneiderten Weste, dieser freundliche Vermieter, Landbesitzer, väterliche Freund, sprach über die Flüchtlinge. Und darüber, dass hier keine waren. Dass das ein Glück war.

Wenn er gewusst hätte …

»I look then I tell my man for repairing.« *Ich sehe mir das an und rufe jemanden zum Reparieren.* Er öffnete die Badezimmertür.

Jule dachte, dass es vermutlich so war, wenn einem das Herz stehen blieb. Nur, dass es nicht funktionierte. Das verfluchte Herz schlug immer weiter. Das Blut rauschte in ihren Ohren.

Was würde Nikopolidis tun, wenn er Asman begegnete? Sie konnte ihm weder weismachen, dass er ein zeltender israelischer Tourist war, noch, dass er mit ihr zusammen hergekommen war. Nikopolidis hatte sicher genaue Informationen darüber, wer mit der Fähre ankam.

Er betrat das Bad, und Jule folgte ihm, sie hatten kaum beide Platz darin.

Zu dritt hätten sie erst recht keinen Platz gehabt.

Aber es war niemand Drittes da.

Jule sah zu, wie Nikopolidis sich bückte, mühsam, er schien Probleme mit dem Rücken zu haben, beobachtete, wie er an den Armaturen herumklopfte. Er verstand vielleicht etwas vom Vermieten, aber ganz offenbar nichts von Elektrik. Sie zeigte auf den Boiler.

»Maybe here … there is a problem …«

Und er klopfte auch den Boiler ab. Es wäre lustig gewesen, wenn sie nicht solche Angst gehabt hatte. Wenn sie nicht so verwirrt gewesen wäre. Das Fenster war zu klein, um hinauszuklettern. Oder doch nicht? Es befand sich in der Außenwand über der Treppe, man würde, wenn man hinauskletterte, hinunterfallen bis auf die untersten Stufen.

Sie betete stumm, dass er das nicht getan hatte.

Nikopolidis war in ein griechisches Zwiegespräch mit der Dusche vertieft, stellte sie an, stellte sie wieder aus und wiegte nachdenklich den Kopf, dessen Haar an den Schläfen weiß war wie Schnee. Schließlich lächelte er.

»We can fix. I send someone. Maybe tomorrow.« *Ich schicke jemanden vorbei.*

Jule nickte. Ihr war schwindelig. »No hurry. Morgen oder übermorgen«, murmelte sie.

Und dann stand sie auf der Terrasse und sah Nikopolidis nach, wie er die Treppen hinunterging, langsam, vorsichtig. Ein alter, gutmütiger Mann. Ein Besitzer von vierunddreißig Wohnungen.

Einer, der der Meinung war, es bliebe auf der Insel besser so, wie es war. Er hatte seinen Wagen diesmal gleich beim Haus geparkt, auf dem unbefestigten Weg, das Gehen fiel ihm schwer. Als er zurücksetzte, drehten die Reifen für einen Moment durch, Staub und kleine Steine spritzten auf wie Wasser.

Jule wartete, bis er gewendet hatte und der Wagen hinter der ersten Serpentine der Straße verschwunden war. Dann bückte sie sich und streichelte den Hund.

»Wo ist er?«, flüsterte sie. »Wo ist Asman?«

Der Hund wedelte und lief zurück nach drinnen. Jule folgte ihm. Bis ins Bad. Die Badezimmertür, die nach innen aufging, bewegte sich. Und da stand er, in die Ecke des kleinen Raumes gequetscht, hinter der Tür, und grinste. Asman.

»Ich komme mir ein bisschen vor wie dein geheimer Liebhaber«, sagte er.

Am liebsten hätte sie ihn umarmt.

»Verdammt«, knurrte sie stattdessen. »Du bist wirklich gut darin, Verstecke zu finden.«

»Das macht die Übung«, sagte er. Dann ließ er sich an der Wand entlang zu Boden gleiten. »Kreislauf. Shit. Ich glaube, ich lege mich noch mal eine Weile hin.«

»Aber nicht hier in der Dusche«, knurrte Jule. »Weißt du, wo du dich jetzt hinlegst? Ins Bett. Ist weniger auffällig als der Fußboden, wenn jemand kommt.«

Asman nickte. »Falls einer fragt, sage ich, ich bin du«, flüsterte er. »Im Lügen habe ich auch ziemlich viel Übung. Das sind so die Dinge, die die Araber können.«

Du liegst da und hältst die Augen geschlossen, atmest nur leise.

Die Welt hat sich in letzter Zeit angewöhnt, sich dauernd zu drehen, vor allem, wenn man versucht, sich in ihr zu bewegen. Du liegst da, draußen summt der Nachmittag, du hörst ihn, das sind die ersten Zikaden, vor einer Woche waren noch keine da. Die Saison beginnt, nicht nur für die Zikaden, es werden jetzt mehr Touristen. Jule hat das gesagt.

Es wird schwieriger werden, unsichtbar zu sein. Irgendwann wird es unmöglich sein.

Bis dahin müsst ihr es geschafft haben.

Wie es sein wird, die Küste dieser Insel von Ferne zu sehen, verschwinden zu sehen? Du siehst vor dir, wie sie auf der winzigen Terrasse steht und zurückwinkt.

Jule. Könnte auch ein schwedischer Name sein.

Schweden …

Du liegst da, ganz still, und es ist, wie vieles andere, eine Lüge, dass deine Augen geschlossen sind. Du siehst durch den Spalt wie durch einen Türspalt, wie durch einen Spalt in den Holzplatten vor dem vernagelten Fenster einer Zelle. Da war nur Licht, damals, mehr war nicht zu sehen, aber du hast gewusst, das ist es, wohin du willst. Ins Licht. Du hast gewusst: Wenn du das hier überlebst, wirst du alles tun, um zum Licht zu kommen. Vorwärts leben.

Und jetzt siehst du durch den Spalt deiner Augenlider ein anderes Licht.

Du siehst dieses Mädchen am Tisch sitzen. Sie murmelt Worte, versucht, etwas auswendig zu lernen, doch ihre Hände sind mit etwas anderem beschäftigt: Sie biegen Draht und fädeln Perlen auf, fassen winzige Steine in Metall ein, einfache Steine von der Straße.

Sie denkt, dass du schläfst. Dann ist sie am schönsten. Wenn sie sich unbeobachtet glaubt. Das dicht gelockte braune Haar fällt lose auf die Tischplatte, die dunkelgrünen Augen sind voller Konzentration auf das Objekt zwischen ihren Fingern gerichtet, sie glänzen, ein Meer voller Ideen und Träume. Sie ist zu jung, um die Ideen kanalisieren zu können, von manchen weiß sie vielleicht nicht einmal, dass sie da sind.

Und dann erkennst du, was sie erschafft. Es ist ein kleines Tier aus Draht und Farben, ein Tier mit einem plumpen Körper und Flügeln. Ein Tagfalter. Der, den du ihr gezeigt hast. Jetzt, wenn die Saison beginnt und es wärmer wird, wandern die Falter nach Norden ab: Bulgarien, Kroatien, Österreich, Deutschland, Schweden.

Du spürst, wie du einschläfst. Wie lange wirst du hierbleiben? Wie lange erträgst du das Wissen, dass die anderen warten? *Eine Tonne Kekse … für alle.*

Als würden Kekse helfen.

Natürlich helfen Kekse.

Aber Hassan erwartet mehr von diesem Besuch als Kekse.

»Geh!«, hat er gesagt, »aber sei vorsichtig. Das ist die Gelegenheit, die wir brauchen. Der arme, leidende Flüchtling … Du musst nicht einmal lügen! Nur ein bisschen auf die Tränendrüse drücken.«

Du hast ihr zu viel erzählt. Aber zu wenig Tragisches vermutlich, Hassan hätte gewollt, dass du gewisse Dinge ausführlicher beschreibst. Die Zeit in der Zelle, in der Dunkelheit und mehr. Nein. Es ist okay, wenn Jule zwischendurch schluckt, aber nicht, wenn sie kotzt. Du magst sie zu sehr.

Hassan, der Hurensohn, hatte keine Ahnung, wie schlecht es dir wirklich ging.

Hassan hat keine Ahnung, wer du bist.

Aber hast du das denn selbst?

7

Nur zwei Tage.

Die schönsten und die schrecklichsten.

Das Fieber ging zurück, und alles wurde besser, langsam. Zu schnell, vielleicht. Sie wusste, dass sie ihn gehen lassen musste, sie konnte ihn nicht behalten, er war kein Tier, das ihr zugelaufen war.

Sie lag nachts im Bett, wenn er darauf bestand, auf dem Boden zu schlafen, und sah ihn an und wollte die Hand ausstrecken, um ihn zu berühren, und tat es nicht. Das Fieber, das nicht sinken wollte, hatte ihr einen Grund gegeben, die Hand auf seine Stirn zu legen, doch es gab diesen Grund nicht mehr. Da war eine unsichtbare Membran zwischen ihnen, eine durchsichtige Grenze, er war hier, weil es ihm noch nicht gut genug ging, er war höflich, er hielt seinen Abstand zu ihr. Er blieb, trotz aller Nähe, ein Fremder. Ein Mensch aus einer anderen Kultur, dessen Gedanken sie nicht erriet.

Wenn er ein Reisender gewesen wäre, ein zeltender Israeli vielleicht, hätte sie ihn berührt. Nur einfach so. Sie dachte an die Israelis, mit denen sie sich unterhalten hatte, als sie mit Evelyn in Berlin gewesen war. Typen, die an der Bar standen und tranken und lachten und sich gegenseitig mit dem Handy fotografierten, ein Pärchen, das herumknutschte, ein Junge mit Rastalocken. Israel war ein Teil der westlichen Welt.

Und die Araber lebten Tür an Tür mit den Israelis, wenn sie

nicht gerade Bomben aufeinander warfen. Wie konnten sie so unterschiedlich sein?

Der Mensch, der in der Dunkelheit dreier Nächte neben ihrem Bett auf dem Fußboden lag, war ihr fremd, egal, wie gut sein Englisch war. Sie tastete sich auch tagsüber vorwärts wie in dunkler Nacht.

Vielleicht hätte es zu viel bedeutet, ihn zu berühren, vielleicht würde er dann denken, sie heiratete ihn. Nein, er war nicht dumm. Aber vielleicht wäre es ihm auch einfach unangenehm gewesen. Was dachte er? Was fühlte er, jenseits dieser unsichtbaren Membran?

Tastete auch er sich durch die Nacht einer fremden Kultur, ihrer Kultur?

Und war es möglich, sich in der Dunkelheit dieser Nacht irgendwann irgendwo zu finden?

Später behielt sie Bilder im Kopf von diesen Tagen. Bilder wie Schnappschüsse:

Asman auf der winzigen Terrasse, den Blick aufs Meer gerichtet.

Asman in ihrem Bett, wo er schlief, wenn er tagsüber schlief, die verletzte Hand von sich gestreckt.

Asman am Tisch, wo sie den Verband wechselte; das Glänzen der Schweißperlen auf seinem Gesicht, seine Anstrengung, nicht wegzuzucken.

Asman in der Tür zum Bad, geduscht, im Wollpullover von Jules Vater, das nasse Haar mit beiden Händen zurückstreichend im Versuch, irgendwie gut auszusehen in den wenigen Momenten, in denen er auf den Beinen war – Eitelkeit, die fehl am Platz wirkte; er sah trotzdem schrecklich aus, Ringe unter den tief liegenden Augen, die Haut blass, an Kinn und Wangen von schwarzen Bartstoppeln bedeckt.

Sie mochte ihn allein dafür, dass er schrecklich aussah, und dafür, dass er dabei lächelte.

Sie erzählte ihm von ihrer Welt zu Hause, von ihren Eltern, von Evelyn, von Marc, dessen Leben so geradlinig und richtig war. Marc, der nicht verstand, warum sie stundenlang Perlen sortierte und Silberdraht zu Spiralen bog.

»Aber es ist notwendig«, sagte Asman erstaunt. »Man muss die Dinge sortieren. Dann findet man die Schönheit. Sie ist versteckt, man sieht sie nur, wenn man sie sucht.«

Er erzählte ein paarmal von dem Laden in Jarmuk. Vom Leuchten der Früchte in den Kisten vor der Tür, von den Kernen der Granatäpfel, die aus dem Inneren quollen wie Juwelen, wenn man sie zerbrach. Nie mehr von einer Zelle.

Und irgendwann kam der Morgen, an dem er draußen stand und im Blau ein heller Fleck vorbeiglitt: ein Schiff. Sie spürte die Sehnsucht in ihm, das Schiff war ein Symbol, und sie hasste es.

»Jule«, sagte er und drehte sich um. »Das Fieber ist nicht zurückgekommen. Ich … danke für alles.«

»Du gehst.«

Er nickte. »Und die Hand? Du kannst nicht … jemand muss weiter den Verband wechseln! Und … da, wo du hingehst, wird es nicht wahnsinnig hygienisch sein. Es wird kalt sein nachts. Es wird …«

»Ja«, sagte er. »Es ist kalt nachts, und es ist nicht wahnsinnig hygienisch. Und sie leben alle damit. Sie warten, weißt du.«

»Aber ich …« *Ich werde auch warten.* Sie sprach es nicht aus.

Er trat auf sie zu und legte die Hände auf ihre Schultern: die gesunde und, vorsichtig, die verletzte. Dann schien er es sich plötzlich anders zu überlegen. Nahm die Hände wieder weg.

Und umarmte Jule. Ganz kurz.

Sie fühlte seine Wärme, fühlte die kratzige Wolle des Pullovers, den sie ihm gegeben hatte, und sie dachte: *Nach Hause kommen. Es ist wie nach Hause kommen.*

»Ich muss wirklich gehen«, flüsterte Asman. »Es gibt … Dinge zu tun, bevor die Touristen alle kommen. Die Zeit rennt uns weg.«

»Was für Dinge?«, wisperte Jule.

»Ich habe dir erzählt, wie wir hergekommen sind … das zweite Schiff … es war von der Küstenwache. Da waren ein paar Leute, die dafür gesorgt haben, dass wir nicht hier landen. Es lag ihnen eine Menge daran. Sie haben … egal. Das Schiff, das ich hergesteuert habe, existiert nicht mehr, man kann es nicht mehr reparieren. Aber es gibt andere Dinge, die repariert werden können.«

Sie hörte ihn wieder lächeln, aber was er sagte, klang beunruhigend.

Leute, die dafür gesorgt haben, dass wir nicht hierherkommen.

Dinge, die repariert werden können.

Es klang nach … Rache. »Erklär mir das«, bat sie. »Was plant ihr denn?«

»Ich komme wieder«, sagte er leise. »Ich komme wieder, wenn ich kann, und du verbindest die Hand, ja? Wir sehen uns.«

Damit drehte er sich um und lief die Stufen hinunter.

»Warte!«, rief sie. »Du hast gar nicht gepackt. Das hellblaue Jackett … und die Schlipse …«

Er blieb auf der untersten Stufe stehen und lachte zu ihr hoch. Stützte sich einen Moment an der weißen Wand ab, um Kraft zu sammeln. Er war noch lange nicht gesund genug, um Stufen so rasch hinunterzulaufen. Schließlich stieg er auch die letzte Stufe hinab, und Jule sah ihm nach, wie er davonwanderte, den kleinen, tief eingeschnittenen Weg zwischen den Feldsteinmauern entlang.

Der Hund lief neben ihm her.

Und dann waren beide fort.

Alles, was es gab, waren die leise wippenden Zweige der Olivenbäume mit ihren grünen Frühlingsblättern. Vielleicht war der winzige plumpe Fleck dort auf der Mauer ein Schmetterling, der mit ausgebreiteten Flügeln rastete.

Ein Wanderfalter.

An diesem Nachmittag saß sie zum ersten Mal im Dolfin, um das Internet zu nutzen.

Der kleine Tisch vor ihr war ein Stillleben der Moderne: Kaffeetasse, Handy, Teller mit internationalem Kuchen: New York Cheesecake. An den anderen Tischen saßen ebenfalls junge Leute, zwei Touristen, die englisch sprachen, und mehrere junge Griechinnen. Eine davon war die, die sie mit Kostas zusammen gesehen hatte, oder vielleicht auch nicht, Jule konnte sie kaum unterscheiden, sie alle waren hübsch, die Lippen rot, schwarzlockig, schlank.

Sie rührte den Kuchen erst an, als sie sich bereits seit zwei Stunden durchs Netz gewühlt hatte. Sie wünschte, sie hätte ihren Laptop mitgenommen, es war umständlich, auf dem kleinen Bildschirm des Handys zu lesen.

… das Taubenschwänzchen, das als tagaktiver Schwärmer durch seinen kolibriartigen Flug auffällt, erreicht sogar sechzig Kilometer pro Stunde und mehr. Für die zweitausend bis dreitausend Kilometer lange Strecke von Nordafrika oder Südeuropa bis zu uns brauchen diese Falter etwa zwei Wochen.

Und da war er, auf den Fotos: der Schmetterling, den Asman ihr gezeigt hatte.

Einwanderungswelle im Frühjahr … gelangen bis nach Skandinavien … *Jeder zu lange Stopp führt zu einem Auskühlen der Flugmuskulatur.*[1]

Sie füllte die Leere in sich mit Bildern, Worten, Fakten aus dem Internet, die Leere, die Asman hinterlassen hatte. Es war eigentlich nie leer gewesen in Jules Leben, ehe sie hergekommen war, oder vielleicht war es immer leer gewesen, und sie hatte es nur nicht gemerkt.

Etwas hatte gefehlt: ein fiebernder, stoppelbärtiger Fremder auf dem Boden einer Ferienwohnung.

Sie gab neue Worte ein, klickte sich durch neue Seiten, tausend Bilder, tausend Artikel:

Als Nakba, deutsch Katastrophe oder Unglück, wird im arabischen Sprachgebrauch die Flucht und Vertreibung von etwa siebenhunderttausend arabischen Palästinensern aus dem früheren britischen Mandatsgebiet Palästina, das zu einem Teil am 14. Mai 1948 als Staat Israel seine Unabhängigkeit erlangte, bezeichnet …[2]
Siebenhunderttausend. Sie versuchte, sich die Zahl vorzustellen, aber keine Mathematikaufgabe auf Abiturniveau hilft einem, eine solche Zahl von Menschen vor sich zu sehen, die ihre Heimat verlieren. Sie schloss die Augen, und was sie sah, war eine Flutwelle, eine Welle aus Menschen, die sich in eine Richtung ergoss: fort, hinaus aus den brennenden Städten.

Aber das war es nicht, sagte sie sich, was Asman erlebt hat. Damals war er noch nicht geboren, das war, vielleicht, die Geschichte seiner Eltern oder Großeltern.

Der Exodus der arabischen Bevölkerung begann während des arabisch-jüdischen Bürgerkriegs, der der Annahme des UNO-Teilungsplans 1947 folgte. Er setzte sich im von den arabischen Staaten begonnenen arabisch-israelischen Krieg fort.[3]

Erst die Israelis gegen die Araber, dann die Araber gegen die

Israelis. Und immer so weiter. Sie fand seitenweise Informationen über das Hin und Her, Vertreibungskriege, Befreiungskriege, Bomben, die auf unschuldige Menschen fielen, Armeen von dieser und jener Seite. Israel schien seit seiner Gründung beinahe andauernd mit irgendjemandem Krieg geführt zu haben. Verteidigungskriege. Oder auch nicht.

Hatten sie das jemals in Geschichte behandelt? In Religion?

Alle Informationen im Internet widersprachen sich.

... Die Unterstützung des Iraks durch die Palästinenser während des Zweiten Golfkrieges hatte die Vertreibung der Palästinenser aus Kuwait 1991 zur Folge ...[4]

Ein Volk auf der Flucht. Wanderfalter ohne festes Ziel.

Die Mandatserklärung ... bestimmt, dass die jüdische Niederlassung im ganzen Land von der Mandatsmacht (Großbritannien) gefördert werden soll; sie soll intensiv und auf allem Land erfolgen.[5]

Du sprichst mit einem Großgrundbesitzer, hatte Asman gesagt. Aber er besaß nichts, noch nicht einmal einen eigenen Pullover. Ein anderer wohnte auf dem Land seiner Großeltern oder Urgroßeltern. Jemand, der dieses Land gekauft hatte, vermutlich vom israelischen Staat. Jemand Unschuldiges. Jemand, auf dessen Haus eines Tages eine Bombe fallen konnte.

Charta der PLO, Palestine Liberation Organization, ***Artikel 9:***

Der bewaffnete Kampf ist der einzige Weg zur Befreiung Palästinas.[6]

Sie atmete tief durch. Nein, das war nicht das, was Asman interessierte. Jazz. Vorwärts leben.

Er gehörte nicht zu denen, die zurückwollten, und das Erste, was er gesagt hatte, war, dass er aus Syrien kam. Er war in erster Linie Syrer, nicht Palästinenser. Und seine Flucht war eine zweite, eine andere gewesen.

Sie sah aus dem Fenster, man hatte einen schönen Blick über das ewige Türkisblau des Meers.

Eigentlich verspürte sie keine Lust mehr, weiter das Netz zu durchsuchen, aber als sie sich im Dolfin umsah, kam ihr die Realität nicht real vor, die ebenfalls auf Smartphones starrenden lachenden schönen griechischen Mädchen waren nicht wirklicher als Fernsehwerbung.

Sie musste weitermachen. Sie musste verstehen. Sie merkte, dass sie begonnen hatte, Zahlen auswendig zu lernen, ohne es zu merken, Daten. Als wäre dies der Stoff fürs Abitur.

Und sie fütterte die Suchmaschine ein letztes Mal auf dem winzigen Bildschirm des Handys: *Jarmuk, Assad.*

Die Bilder sprangen ihr als Erstes ins Auge, Bilder, bei deren Anblick sie dachte: Berlin, 1945. Diese Bilder kannte sie aus dem Unterricht, aus Ausstellungen, Museen: zerstörte Häuser, fehlende Vorderfronten, Schuttberge, Kleiderbündel, die vielleicht Menschen gewesen waren. Es war nicht Berlin. Wenn man genauer hinsah, konnte man den Unterschied erkennen. Die Frauen trugen Kopftücher. Und die Bilder waren beinahe siebzig Jahre jünger. In Jarmuk, hieß es, hatten die Aufständischen Fuß gefasst, das Regime hatte den Stadtteil von der Außenwelt abgeriegelt. Kein Wasser, kein Strom, keine Medikamente, keine Nahrungsmittel.

Da war ein älterer Zeitungsartikel.

... wurde den im palästinensischen Flüchtlingslager Jarmuk in Damaskus eingeschlossenen Menschen erlaubt, das Lager kurz zum Einkaufen zu verlassen. Ein jeder habe das Recht, so hieß es, zurückzukehren und eine Tüte Fladenbrot für die im Lager zurückgebliebene Familie mitzubringen. Bei ihrer Rückkehr wurden jedoch die Männer am Checkpoint des Militärs angehalten, und al-

len wurde das Brot abgenommen. Dann musste jeder, der sein Brot wiederbekommen und ins Lager hineinwollte, wie ein Hund vor den Soldaten kriechen und bellen … Auf eine Mauer neben dem Checkpoint hatten die Regierungssoldaten den Spruch geschrieben: »Hungern oder niederknien«.[7]

Jule legte das Handy mit dem Display nach unten auf die Tischplatte.

Das war es.

Alles andere war Vorgeschichte, jetzt, jetzt war sie am Beginn seiner Geschichte angekommen. Sie rechnete. Mitte 2013 hatte die Belagerung begonnen. Asman musste Syrien im späten Herbst 2013 verlassen haben.

Er hatte von den Bulldozern und den Bomben erzählt, aber nichts vom Hunger. Er hatte, eigentlich, sehr wenig erzählt. Sie dachte an die Kekse.

Und jetzt, jetzt lebten sie alle irgendwo im Freien und hungerten schon wieder.

Sie hatte ihm nicht einmal ein Brot mitgegeben, er war zu abrupt gegangen. Warum hatte er nicht gefragt, verdammt?

Der Kaffee war eiskalt. Sie hatte den New-York-sonst-was-Kuchen aufbewahrt und gedacht, er würde tröstlich sein, Zucker tröstet, sagte Evelyn immer. Aber der Kuchen schmeckte auf einmal eigenartig süß, wie Gift. Hier saß sie vor einem Teller voll Kuchen, und in Jarmuk gab es nichts für die Menschen als einen Teller voll Staub.

Sie wollte das nicht.

Sie wollte sich nicht in all das hineinziehen lassen, sie wusste, dass sie nicht helfen konnte, und sie wusste, dass es niemandem etwas nützte, wenn sie den Kuchen nicht aß.

Sie schob den Teller weg. Dann nahm sie die dünne weiße Papierserviette, wickelte den Kuchen hinein und stopfte das Paket in ihre Tasche. Der Kuchen war zu weich, eher Quark als Kuchen, das konnte nicht gut gehen.

Und sie fühlte sich merkwürdig. Als täte sie etwas Verbotenes.

Als dürfte sie nicht ertappt werden, genau wie an dem Tag, an dem sie Angst gehabt hatte, der alte Nikopolidis würde Asman finden. Und natürlich war es verboten, dachte sie, jemanden zu verstecken, der eigentlich vom Staat registriert werden musste.

Sie überlegte, ob sie vorher schon einmal etwas wirklich Verbotenes getan hatte.

Eigentlich nicht.

Auf einmal fühlte sie eine ungeahnte Wut gegen all diese Gesetze und Bestimmungen, die sie im Netz gefunden hatte. Gesetze, dachte sie, waren der Lebensinhalt ihres Bruders. Er benutzte sie wie andere Menschen Werkzeuge. Wie schaffte er es nur, sich die Paragrafen und Absätze untertan zu machen, statt sich von ihnen unterjochen zu lassen?

Jule nahm das Handy wieder auf, und sie wollte es ausschalten, aber irgendwie sprang sie versehentlich zur nächsten Information über Jarmuk.

UNO zum »Todeslager« Jarmuk: »Das schwärzeste Loch der Hölle«. Rund 16.000 Menschen sind in den Ruinen des Flüchtlingslagers Jarmuk gefangen und auf sich allein gestellt. Die Terrormiliz IS schneidet ihnen den Zugang nach Damaskus ab. [8]

Sie legte den Kopf auf die Tischplatte und tat einen Moment gar nichts.

Sie fragte sich, ob er es wusste. Ob Asman wusste, dass der Ort, an dem seine Familie vielleicht noch lebte, vom IS eingenommen worden war. Wahrscheinlich nicht.

Sie würde es ihm nicht sagen.

Was wollte der IS dort? Es gab nichts mehr zu holen. Den schönsten Gemischtwarenladen von Jarmuk hatte schon Assad zerstört.

Sie spürte, dass jemand sich über sie gebeugt hatte, und sah auf. Das Gesicht, in das sie blickte, war asymmetrisch, seltsam, mit einem leicht schräg stehenden Mund, umrahmt von strähnigem, kraftlosem Haar, jedoch mit wachen Augen.

Faní. Nikolettas Tochter.

Sie streckte den unnatürlich dünnen Arm aus und legte die Hand an Jules Wange. Betrachtete Jule eine Weile. Zog dann die Hand zurück und sah sie an. Sie war nass. Ich weine, dachte Jule, ich weine und habe es gar nicht gemerkt.

Am Ausgang stand Nikoletta, in ein Gespräch mit dem Besitzer des Dolfin vertieft. Sie schien erst in diesem Moment zu merken, dass Faní sich mit ihrem Rollstuhl wegbewegt hatte.

Jule schickte ein Lächeln in ihre Richtung. Es ist okay, hieß das Lächeln. Danke.

Sie wusste nicht, ob Nikoletta verstand. Sie verstand eigentlich selbst nicht, im Moment verstand sie gar nichts, die Welt hatte eine Dimension erreicht, die sie zuvor nie gehabt hatte, und rotierte mit unglaublicher Geschwindigkeit, warf mit zerstörtem Betongrau, toten Kindern und ausgebrannten Autos um sich. Die Einzige, die vielleicht irgendetwas verstand, war Faní.

»Ich weine nicht um die Menschen, die sterben«, sagte Jule ganz leise, auf Deutsch. »Ich weine wegen dem New York Cheesecake. Weil ich nicht weiß, wie ich ihn transportieren soll.«

Da schüttelte Faní den Kopf und gab ein Geräusch von sich, das einem blubbernden Lachen glich, ehe sie den Rollstuhl mühsam zurück in Richtung Ausgang schob. Als hätte sie über Jules Sätze gelacht.

Natürlich weinst du um die Menschen.

Oder um einen. Der lebt.

Man kann nicht ewig an einem Tisch sitzen und nachdenken und heulen.

Und wer glaubt schon an den Weltfrieden.

Jule wischte ihre Tränen weg, holte sich noch einen Kaffee und wählte Evelyns Nummer.

Aber Evelyn ging nicht dran, und schließlich schrieb sie ihr eine Nachricht. Sie hasste es, das zu tun, hasste es, eine Spur ihrer Worte im Netz zu hinterlassen. Es war wieder, als täte sie etwas Verbotenes und als wäre es gefährlich, Spuren zu hinterlassen.

Natürlich war das Unsinn. Der NSA würde kaum morgen auf der Insel auftauchen und an ihre Tür klopfen, um die Herausgabe eines Stücks Kuchen zu fordern.

Evelyn! Große Sch. Der Typ, von dem ich erzählt habe, ist jemand anderer. Kein Israeli. Araber. Aus Syrien. Die sind mit dem Boot gekommen, von Ägypten aus. Aber sag das keinem. Sie wollen nicht, dass jemand weiß, dass sie hier sind. Sie wollten nach Italien.

Ich habe die Gräber gesehen, im Wald. Das Boot ist gesunken. In der Nacht, als sie angekommen sind. Ein paar haben es geschafft, das Land zu erreichen.

Er heißt Asman. Ich habe seine Hand verbunden. Er hatte Fieber. Hat drei Tage auf dem Boden bei mir gepennt. Jetzt ist er wieder weg.

Sie schickte die Nachricht ab, schrieb ein Lebenszeichen an ihre Eltern und Marc und stand auf.

Sie fühlte sich ausgelaugt, k.o., als wäre sie die letzten Stunden über gerannt, statt auf einem Stuhl vor einem Handydisplay zu sitzen.

Die beiden jungen Leute, die englisch gesprochen hatten, hatten jetzt ein Tavli-Spiel zwischen sich liegen. Sie sahen auf, als Jule an ihrem Tisch vorbeiging. Das Mädchen strich sein langes, glattes blondes Haar hinters Ohr, ihr Freund rückte eine irgendwie unpassende Baskenmütze zurecht.

»Hey«, sagte das Mädchen. »Du hast Deutsch gesprochen, vorhin, oder? Ich bin auch aus Deutschland. Steven ist aus Australien. Wir … machen eine Art Weltreise zusammen. Wo wohnst du?«

»Ein Stück weit weg vom Ort.«

»Allein?«

Sie nickte. »Wir sind in der Chóra«, sagte das Mädchen. »Total schönes Zimmer, Tür zum Innenhof mit lauter Blumen. Wenn du willst, können wir ja mal zusammen … keine Ahnung. Was machen.«

»Danke«, sagte Jule. »Aber ich lerne eine Menge. Fürs Abi.«

»Ich dachte nur«, meinte das Mädchen. »Du hast so traurig ausgesehen. Hattest du 'ne schlechte Nachricht? Freund Schluss gemacht oder so?« Sie grinste und legte eine Hand auf die Hand des Australiers. »Männer. Vergiss sie.«

Der Australier grinste ebenfalls. »Ja, Männer«, sagte er, auf Deutsch, mit schwerem, rollendem Akzent. »Sie sind … uber… flussig.«

Jule lächelte. »Danke, ich … hatte eine schlechte Nachricht, ja«, sagte sie. »Der IS hat Jarmuk besetzt. Schon am ersten April.«

»What the f… ist Jarmuk?«, fragte der Australier und drückte die Hand des blonden Mädchens.

»Ach, der IS«, sagte das Mädchen. »Ich hab aufgehört, mir die News anzugucken. Als das mit Kobane war, da war ich mit einem zusammen, der war ziemlich politisch, wir haben uns alles angesehen, wirklich alles. Aber langsam kann ich's nicht mehr sehen. Die schießen sich einfach alle gegenseitig tot, da blickt doch keiner mehr durch. Und die ganzen alten Städte, die Moscheen und der historische Kram … Echt krass. Dabei gehört so was allen Menschen, UNESCO-Welterbe, hey?« Sie schüttelte den Kopf. »Aber die UNESCO-Leute machen ja auch nichts.«

Jule sah weg, schluckte. »Wen interessieren schon ein paar alte Säulen«, murmelte sie. »Ich dachte mehr … an die Menschen. Die alle fliehen. Es ist eine Flut.«

»Ja, die strömen jetzt alle nach Europa«, sagte das Mädchen. »Am liebsten nach Deutschland, was? Kann einem schon Angst machen. Die überschwemmen uns. Ich mein, sie tun mir echt leid, aber wir können die ja nicht alle aufnehmen.«

»Ich habe keine Angst vor Leuten, die nach Deutschland kommen«, sagte Jule. »Ich habe Angst vor Leichen, die an Stränden herumliegen.«

»Scheiße, hast du eine gefunden?« Das Mädchen beugte sich jetzt vor, die hellen Augen weit aufgerissen. Beinahe … gierig. Jule schüttelte den Kopf. Sah auf ihr Handgelenk, an dem es keine Armbanduhr gab. »Ich denke, ich gehe jetzt«, sagte sie.

»Wenn du willst, wir können wirklich treffen«, sagte der Australier.

»Lenken dich von den Schrecken der Welt ab«, sagte das Mädchen. »Wir haben noch ein paar Flaschen guten Rotwein bei uns … sag mal … wie ist der New York Cheesecake? Ist der okay?«

»Keine Ahnung«, sagte Jule. »Ich hab ihn eingepackt. Er ist jetzt to go.« Dann wandte sie sich ab und verließ endlich das Dolfin.

Am Eingang stand Kostas schüchterner Freund, Manoli, der

mit den beiden griechischen Mädchen sprach. Er nickte Jule zu, sagte aber nichts. Er sah so nervös aus wie immer. Eigentlich noch nervöser. Sie fragte sich, weshalb.

Evelyn meldete sich am Abend.

»Scheiße, Jule! Was machst du für Sachen?«

»Ich … habe eigentlich nichts *gemacht*«, sagte Jule vorsichtig.

»Doch. Du hast dich in den tragischsten Mann des Jahrhunderts verliebt.«

Jule hielt das Handy von sich weg, schüttelte es, als könnte sie Evelyn schütteln, und hielt es wieder ans Ohr. »Ich habe lediglich seine Hand verbunden, und er ist nicht *tragisch.* Er besteht darauf. Er macht Jazz.«

»Wie?«

»Ich habe einen Palästinenser kennengelernt, der Jazz macht und nicht tragisch ist, und ich bin nicht in ihn verliebt.«

»Ich dachte, Syrer?«

»Beides. Google Jarmuk. Nein, google es nicht. Zieht dich bloß runter.« Jule krallte ihre Hand um das Handy, und auf einmal wünschte sie, Evelyn wäre da und sie könnte sie umarmen. »Komm her«, sagte sie leise.

Evelyn lachte. »Es ist nur noch eine Woche. Dann bist du wieder hier. Dann können wir reden.«

Jule ließ das Handy beinahe fallen. *Nur noch eine Woche.*

»Evelyn«, sagte sie. »Was soll ich machen? Die sind illegal hier, und ich weiß es und soll es niemandem sagen, aber sie brauchen Hilfe und …«

»Frag deinen schlauen Bruder«, sagte Evelyn. »Der ist zuständig für illegale und legale Sachen.«

»Ha, ha.«

»Okay, wenn du wirklich *mich* fragst …«, sagte Evelyn. »Küss ihn.«

»*Was?*«

Doch Evelyn hatte aufgelegt.

Sie schlief schlecht.

Sie träumte davon, dass die Decken auf dem Boden sich bewegten und sich in eine Gestalt verwandelten, die aufstand und sich auf ihre Bettkante setzte, den Kopf in die Hände gestützt. Asman. Im Traum erzählte er ihr alles, alles, was er erlebt hatte; er redete die ganze Nacht. Aber sie verstand kein Wort, denn er sprach arabisch.

Am Morgen rollte sie die beiden Wolldecken zusammen, stopfte sie in ihren Trekkingrucksack, wanderte zur Chóra hinauf und warf im Laden wahllos Dinge in einen der Plastikeinkaufskörbe: Käse, Butter, griechisches Joghurt in Liter-Plastiktöpfen, Tomaten, Gurken, Schokolade, Müsliriegel. Milch.

Dann kaufte sie in der Bäckerei fünf große Brote.

»They is hard before eat«, sagte der Mann in der Bäckerei. *Sie werden hart werden, bevor jemand sie isst.*

»Ich glaube nicht«, sagte Jule mit einem Lächeln.

Sie brauchte zweieinhalb Stunden bis zu der Höhle, zweieinhalb Stunden Herzrasen. Wenn er da war … Er war nicht da. Niemand war da. Dennoch, es war der einzige Ort, an dem sie etwas für sie hinterlassen konnte. Sie leerte ihren Rucksack aus, wickelte die Nahrungsmittel in die Decken und wanderte dann langsam zurück. Waren Asman und die anderen überhaupt noch auf der Insel?

Natürlich, wo sonst sollten sie sein?

Bei der venezianischen Quelle machte sie Rast und trank aus

der hohlen Hand. Dann holte sie ein Buch aus ihrem Rucksack, lehnte sich mit dem Rücken an das alte Marmorbecken und versuchte, sich in die Daten deutscher Geschichte zu versenken. Doch wenn sie die Augen schloss, sah sie nur die Zahlen und Daten aus dem Internet vor sich.

Erster April 2015, *Besetzung Jarmuks durch den IS. Das Lager existiert seit 1947.*

2011 lebten dort achthunderttausend Palästinenser.

2015 sind es noch achtzehntausend.

Sie schüttelte den Kopf, sie hatte sich diese Zahlen nicht merken wollen. Sie griff in den Rucksack, um etwas zu essen zu suchen, aber das Einzige, was noch darin war, war neben einer Menge Verbandsmaterial ein aufgeweichtes Päckchen in einer Papierserviette. New York Cheesecake. To go. Um ehrlich zu sein: It had gone. Er war gegangen, vermutlich in die ewigen Jagdgründe.

Aber Jule hatte Hunger, sie hatte am Morgen kein Frühstück herunterbekommen, und so schälte sie die Serviette mühsam ab und aß den Kuchen und die nicht abzuschälenden Papierfussel, ehe sie in einen tiefen, zahlen- und faktenfreien Schlaf fiel.

Als sie aufwachte, war der Nachmittag weit fortgeschritten, das Licht hatte ein sattes Dunkelgelb. Sie blinzelte.

Da saß jemand, ein paar Meter entfernt, saß im Schneidersitz auf dem Boden und betrachtete sie. Er schien es schon eine ganze Weile zu tun. Jule war mit einem Ruck wach. Asman.

»Kaliméra«, sagte er und grinste. Als gäbe es hinter dem Sonnenschein nichts Dunkles und Kaltes.

Nur, wenn man Bescheid wusste, sah man die Anstrengung, die es ihn kostete, die dunklen und kalten Dinge nicht an die Oberfläche dringen zu lassen.

»Ziemlich spät für Kaliméra«, murmelte Jule und stand auf. »Wie lange guckst du mir schon beim Schlafen zu?«

Er antwortete nicht, kam zu ihr herüber, setzte sich auf den Beckenrand und streckte die Hand aus.

»Du hast gesagt, du könntest dich um das hier kümmern?«

Sie nickte, versuchte, ihr Strahlen zu verbergen, und holte Desinfektionsspray und Verbandsmaterial aus ihrem Rucksack. Setzte sich neben ihn auf die Marmorumrandung. »Halt still.«

Und dann wickelte sie die Binde ab wie so oft zuvor, säuberte, verband. Inzwischen war sie routiniert. Und sie dachte wieder, was sie gedacht hatte, als sie sich umarmt hatten: nach Hause kommen.

Sie wünschte, sie hätten für immer hier auf diesem alten Marmorbecken sitzen bleiben können. Sie wollte gar nicht reden, nichts fragen, nur so dasitzen. Der Moment zog sich in die Länge, dehnte sich … bis er riss. Auf einmal stand Asman auf, sah die Hand an und sagte: »Heilt es?«

»Ich denke«, sagte Jule.

Er versuchte, eine Faust zu machen, und zuckte zusammen. »Shit. Ich brauche diese Hand. Voll funktionsfähig. Wenn wir … wenn wir das zu Ende bringen wollen, was wir angefangen haben.«

»Was?«

Er schüttelte den Kopf. »Jule … du warst bei der Höhle.«

»Ich habe ein paar Sachen dagelassen. War das dumm?«

Er nickte, schüttelte dann den Kopf, hob hilflos die Arme. »Danke. Das war … sehr nett von dir. Aber tu es nicht mehr, bitte.«

»Verdammt, seid ihr zu stolz, um ein paar Sachen anzunehmen?«

Er schüttelte den Kopf. »Wir sind an einem Punkt, an dem

man keinen Stolz mehr hat. Jule.« Er stand jetzt direkt vor ihr, nahm ihre Hände in seine, vorsichtig auf der verletzten Seite, nur mit den Fingerspitzen. »Es fällt auf, begreifst du das nicht? Du kaufst den halben Laden leer und wanderst mit einem Rucksack voller Essen los zum Berg. Es ist zu gefährlich.«

»Verhungern ist auch nicht ganz ungefährlich«, knurrte sie.

Er hielt ihre Hände immer noch fest. Als würde er sie so lange weiter festhalten, bis sie versprach, nicht mehr zu kommen. »Bitte.«

»Nikoletta weiß sowieso, dass ihr da seid. Und Kostas. Sie haben die Leute im Wald begraben. Wovor versteckt ihr euch? Ist es nur die Registrierung?«

Der Ausdruck auf seinem Gesicht war gequält. »Hast du mal Bilder von den Flüchtlingscamps gesehen? Auf den griechischen Inseln nahe der Türkei?«

»Nein. Aber der Arzt hat davon erzählt. Sie …«

»… sind Gefängnisse. Internierungslager. Abschiebelager. Stacheldraht, Mauern. Ich … habe etwas dagegen, eingesperrt zu sein. Nicht nur ich.«

»Asman«, flüsterte Jule. »Diese Lager existieren nicht mehr! Sie haben sie im Frühjahr geöffnet! Der Arzt, der dir geholfen hat, hat das gesagt!«

»Ach, hat er das.«

»Ja, und es ergibt Sinn! Es sind jetzt zu viele Flüchtlinge da, die Griechen haben eine verdammte Finanzkrise, sie können es sich nicht *leisten*, Leute in Lager zu stecken. Selbst Gefängnisse kosten Geld! Die Griechen haben den Flüchtlingen nichts zu bieten, aber sie halten sie auch nicht mehr auf!«

»Vielleicht stimmt es« sagte Asman. »Aber es ist nichts, was ich riskieren möchte. Du warst nie eingesperrt. In keiner Zelle, in keiner Stadt, auf keinem Schiff. Ich glaube nicht, dass du dir vorstellen kannst, wie das ist.«

Sie schüttelte den Kopf. Aber vielleicht, dachte sie, war sie doch eingesperrt gewesen, die ganze Zeit: in eine winzige, heile Welt.

Sie wollte ihn fragen, wie sie hier wegkommen wollten. Aber dann fiel ihr Blick auf das Instrument, das an dem Baum neben der marmorgefassten Quelle lehnte. Die Oud. Er hatte sie mitgebracht. Und sie fragte etwas anderes. »Wie kannst du mit der verletzten Hand spielen?«

Sie hätte seine Antwort vorhersehen können. »Jazz«, sagte er.

Dann entspannten sich seine Gesichtszüge, er ging hinüber und setzte sich mit der Oud auf eine der Wurzeln. Der Baum war alt, ein Baum mit winzigen Blättern; Granatapfel, dachte Jule, sie hatte irgendwo im Reiseführer ein Bild gesehen. Sie setzte sich auf eine andere Wurzel. Und er begann zu spielen. Mit der verletzten Hand. Er benutzte nur die Fingerspitzen.

Jule hörte den Dreiklang der Glöckchen in seiner Melodie, es war eine Melodie, die er in diesem Moment erfand.

»Mach die Augen zu und stell dir vor, du bist in … dieser Kneipe«, sagte er. »Total verraucht. Hässliches Mobiliar. Der Klavierspieler ist ein übergewichtiger Afrikaner. Und daneben stehe ich mit der Oud. Du kannst ein Bier bestellen.«

Sie machte die Augen zu. »Okay. Aber das Bier ist warm.«

»Was dachtest du denn«, sagte Asman, während er weiterspielte. »Das ist eine fürchterliche Absteige. Da hinten rauchen sie Shisha. Wäre vielleicht besser als Bier.«

»Ich will nicht zu denen da hinten«, wisperte Jule. Sie sah es vor sich, die Kneipe, den Rauch, alles.

»Ich bleibe hier vorne an meinem Tisch …«

»… hässlichen Tisch …«

»… hässlichen Tisch sitzen und höre euch zu.« Sie hörte das Klaviergeklimper des übergewichtigen Afrikaners beinahe wirklich. »Wo sind wir?«, flüsterte sie. »New York? Chicago?«

»Stockholm«, sagte Asman. »Da will ich hin.«

»Warum? Kennst du da einen übergewichtigen Afrikaner, der Klavier spielt?«

»Noch nicht«, sagte Asman, und dann spielte er weiter.

Sie sah ihn neben dem Klavierspieler stehen, und nach einer Weile kam er zu ihrem Tisch und wisperte: »Das ist erst der Beginn. Irgendwann bin ich groß. Kapitän oder Musiker. Keine hässlichen Kneipen mehr.« Er legte einen Arm um sie, nur in der Fantasiewelt der Kneipe, und sie lehnte den Kopf ganz leicht an seine Schulter. Vor dem Fenster lagen dunkle, kalte Straßen, durch die der Wind Schneeflocken trieb.

»Aber das ist kein Jazz«, wisperte Jule. »Asman? Das ist Blues.«

»Wirklich«, sagte er, erstaunt.

Er spielte weiter, melancholische Tropfen in der Dunkelheit, und sie öffnete ganz vorsichtig die Augen und fand sich unter den grünen Schatten des Baumes wieder. Aber sie hatte tatsächlich ihren Kopf an seine Schulter gelegt. Er schien es nicht zu bemerken.

Über ihr flirrte das grüne Durcheinander der Blätter wie Wellen einer grünen See. Als befänden sie sich unter Wasser, und dies dort oben wäre die Oberfläche des Meeres. Sie sah auch das Glänzen des Wassers, das ständig über den Rand des Beckens lief. Für das Wasser gab es keine Grenzen, Wasser kam überall hin. Ähnlich wie die Schmetterlinge. Nur der Mensch war an Grenzen gebunden: der Mensch, der die Grenzen selbst schuf.

Und dann bemerkte sie, dass drei kleine Gestalten auf dem Rand des Marmorbeckens saßen.

Es waren die Kinder, denen sie durch den Wald gefolgt war. Zuerst hielt sie sie für ein Trugbild ihrer Sinne, Feenkinder an der Quelle. Aber sie zeigten auf Asman und Jule, wisperten und kicherten, und da begriff Jule, dass sie echt waren.

Sie stand auf, ertappt, und schüttelte sich.

Die Kinder kicherten wieder. Die Töne der Oud verklangen langsam, tropfenweise. Schließlich legte er die Oud neben sich.

»Da sind die Quälgeister wieder«, sagte er und rief ihnen etwas Arabisches zu, es klang, als würde er schimpfen, ärgerlich, rau. Aber als er sagte: »Sie verfolgen einen überall hin«, klang es anders. Liebevoll. Als spräche er über kleine Geschwister.

Die Feenkinder flatterten näher; Feenkinder in abgerissenen Kleidern, mit dreckigen Gesichtern und laufenden Nasen. Sie umringten Jule und Asman und stellten tausend Fragen, und Asman nahm den älteren Jungen in den Schwitzkasten und hob die Faust, doch sie grinsten beide, es war ein Spiel, keine wirkliche Drohung.

Jule konnte sich die Namen der Kinder nicht merken, lachte mit ihnen und ließ sie die Armbänder an ihren Handgelenken betasten. Nur, als das Mädchen die Hand nach der Kette mit dem Perlmuttstück streckte, zog Asman sie fort, seltsam peinlich berührt.

Sie wollte etwas sagen, doch da zerriss ein Knall die Stille.

Sie standen alle reglos, wie eingefroren, lauschend. Ein weiterer Knall.

»Der alte Hasenjäger«, murmelte Asman. »Oder seine Freunde. Du hast die Schilder gesehen, mit den Einschusslöchern. Mauern auch. Manchmal Bäume. Die Dämmerung ist keine gute Zeit.« Er sammelte die Kinder um sich, sammelte sie unter einem Schutzmantel arabischer Worte, hängte sich die Oud an ihrem durchgewetzten Band um und sah Jule einen Moment lang an.

»Besser, wir gehen.«

Jule musste beinahe rennen, um mit ihnen Schritt zu halten.

Dies war der Pfad, der in Richtung der Höhlen führte, und als die Bäume den Blick aufs Meer freigaben, blieb Asman stehen und wies nach links. »Da geht ein Weg zurück. In Richtung Chóra. Ein Umweg, aber übungsschusssicher. Nicht dass dich jemand für ein Verkehrsschild hält. Ich … oh nein.«

Jule folgte seinem Blick; vor ihnen auf dem Pfad waren drei Gestalten aufgetaucht, vielleicht hundert Meter entfernt: zwei Frauen mit Kopftüchern und ein Mann. Neben ihnen stand der Hund.

Die Kinder rannten auf sie zu, und für Sekunden waren Asman und Jule allein.

»Ich fürchte, jetzt muss ich dich vorstellen«, sagte er.

»Ich … hab kein Problem damit«, sagte Jule, aber sie hatte das Gefühl, dass er eines hatte.

Dann stand sie vor den dreien, und es fühlte sich wirklich seltsam an.

Dies waren Menschen, die auf einem Schiff neben denen gesessen hatten, die jetzt im Wald in der Erde lagen.

Menschen, die die grauen Bilder der Zerstörung aus dem Internet besser kannten.

Menschen, die auf der Reise waren, nirgendwo angekommen, während sie ihr Zimmer hatte, ihre private Terrasse, ihr Bett. Und ihr Zuhause, von dem nur ein kurzer Flug sie trennte.

Das Seltsamste war, dass all dies den Menschen nicht anzusehen war. Nur der Zustand ihrer Kleidung, dieses Nicht-ganz-Saubere, Abgerissene, sprach von ihrer Geschichte. Eine der Frauen hatte sehr helle Augen, eine merkwürdige Farbe zwischen Grün und Karamell, und Jule fragte sich, wie ihr Haar unter dem Tuch aussah. Sie hörte Asman ihren Namen sagen, lächelte, nickte, kam sich komisch vor. Die Frauen sahen zu Boden, lächelten, nickten ebenfalls, genauso unsicher wie Jule. Nur der Mann, selbstbewusster, streckte die Hand aus.

Er war älter als Asman, kräftiger, und alles in allem war es vermutlich der am besten aussehende Mann, dem Jule bisher begegnet war. Er hätte sich in einer Zigarettenreklame gut gemacht. Sie wusste nicht, ob sie ihn mochte.

»Du bist Jule«, sagte er auf Englisch und sah sie prüfend an, während er ihre Hand schüttelte. »Asman hat erzählt. Ich bin Hassan.«

»Hassan«, wiederholte Jule.

Der Hund kam an und wollte an ihr hochspringen, doch Hassan legte eine Hand auf den Kopf des Hundes, und er wurde ruhig und setzte sich hin. Es ging eine Autorität von diesem Mann aus, die man beinahe in der Luft spüren konnte.

»Du hast getroffen Asman«, sagte Hassan. »Verband. Sehr gut. Helfen sehr gut. Aber erzählen vieles gefährlich. Leute hier schlecht. Wir nichts reden mit Leute.«

»Die Griechen sind sehr nett«, sagte Jule steif.

»Manche sehr nett«, sagte Hassan. »Manche nicht nett. Besser ist nichts reden.« Er legte eine Hand an Jules Lippen, und sie spürte, wie Asmans Körper neben ihr sich anspannte.

»Ich rede mit niemandem über euch«, wisperte sie. Hassan nahm die Hand weg. Nickte. Und Asman sagte etwas auf Arabisch und zog Jule weg. »Ich bringe dich noch ein Stück in die richtige Richtung. Damit du dich nicht schon wieder verläufst.«

Sie gingen rasch jetzt, der Weg führte steil hinauf und wieder hinunter über Felsen, er war zu schmal, um nebeneinander zu gehen. Als sie stehen blieben, waren sie außer Sichtweite der anderen.

Jule sah zu Asman auf. Jetzt, dachte sie.

Jetzt passiert etwas. Irgendetwas, das alles klärt.

»Jule«, sagte Asman. »Ich … tut mir leid mit Hassan. Dass er dich angefasst hat.«

»Schon okay«, meinte sie. »Er wollte nur, dass ich es verstehe. Er schützt seine Leute. Er ist der eigentlich Verantwortliche, oder?«

Asman sah aufs Meer hinaus. »Ich habe das Schiff gesteuert. Sie haben uns das auf dem Wasser beigebracht, ehe sie von Bord gegangen sind.«

»Die Schleuser.«

»Ja. Wir waren zu dritt. Drei, die sich um das Schiff gekümmert haben. Ibrahim, Hassan und ich. Aber ich war der, der die Karten lesen konnte. Der mehr wusste als die anderen. Die Schuld liegt bei mir. Und Hassan … sein Weg ist nicht immer der richtige, verstehst du?«

»Nein«, sagte Jule.

Da nahm er ihr Gesicht zwischen seine Hände, und sie spürte den rauen Verband an ihrer Wange.

»Wir sehen uns, irgendwann«, flüsterte er. Und dann ließ er sie los und ging.

Sie wusste, dass sie ihm viel zu lange nachsah, so lange, bis das Licht im Wasser versank.

Erst, als sie sich schließlich in Bewegung setzte, merkte sie, dass der Hund bei ihr war. Er begleitete sie nach Hause wie ein Pfand.

Es ist früher Morgen, fast noch Nacht, als du wieder auf dem Felsen stehst. Ganz vorne. Hier kannst du mit ihm sprechen, und er weiß, dass du kommst: Ibrahim.

Es gab nie eine Leiche. Sei ehrlich, du bist froh darüber, du hättest ihn niemals um Rat fragen können, wenn du seine Überreste gesehen hättest, wie die von ein paar der anderen: aufgedunsene, blasse Körper, unkenntliche Gesichter, wie beunruhigende moderne Kunstwerke. Wie viele solcher Kunstwerke hat das Mittelmeer in den letzten Jahren geschaffen? Wenn es ein Museum gäbe. Ein Museum der Nicht-Angekommenen. Man bräuchte Hallen, riesige Hallen.

Ibrahim: Wirst du ihn immer so in Erinnerung behalten, wie er zuletzt war, ein Held auf verlorenem Posten, der Letzte, der auf dem Schiff geblieben ist?

»Sag mir, was ich tun soll«, flüsterst du und siehst das erste Licht übers Wasser greifen; in langen, dünnen, gelblichen Fingern. »Hassan war sauer. Was hast du mitgebracht?, hat er gefragt, und dann hat er mich nur angesehen. Einen Kopf voller Schmetterlinge hast du mitgebracht, weiter nichts. Hast dich drei Tage pflegen lassen, und jetzt kommst du mit leeren Händen. Er hat tatsächlich auf Bargeld gehofft. Wenn die Hand nicht heilen müsste, wir hätten uns geschlagen.«

Du setzt dich auf den Felsen, unter dir fliegen die Schwalben in der Wand ein und aus. Die Schwalben sind auch das halbe Jahr lang auf Reisen. Sie verstecken sich nicht.

Du spürst Ibrahims Gegenwart, ganz nah, es ist, als legte er dir eine Hand auf die Schulter.

Und dann?

»Dann hat er gesagt: Vielleicht ist es gut so. Du hast auch einen Kopf voller Schmetterlinge hinterlassen. Dieses Mädchen. Sie wird auf dich warten. Irgendwann wird sie uns von Nutzen sein. Ibrahim, ich will nicht, dass sie … ich meine, Hassan hat recht, aber … ich mag sie. Tatsächlich. Verstehst du das? Sie hat einen halben Lebensmittelladen zur Höhle geschleift. Dumm. Auffällig. Trotzdem.«

Du erinnerst dich, wie du auf dem Boden der Höhle gekniet und die beiden Decken an deine Wange gehalten hast, um ihren Geruch einzuatmen: den Geruch nach der Zeit, in der du krank in einem fremden Zimmer lagst, das sich am Ende kaum mehr fremd anfühlte.

»Und ich kann es nicht leiden, wenn Hassan davon redet, was wir *erledigen* müssen«, wisperst du. »Er versucht immer noch, die beiden zu finden, die nachts auf dem anderen Boot waren. Keiner von uns hat ihre Gesichter gesehen. Die Küstenwachleute von der Insel waren es nicht, sie wussten nichts von dem Boot, und der eine … aber du kennst ihn ja. Du siehst, wer Tüten trägt mit Brot und wer spricht und wer schweigt. Die uns begegnet sind, müssen von Kreta losgefahren sein … die machen mehr Einsätze. Hassan sagt, er will mit der Fähre nach Kreta und sie finden und zurückkommen. Erst danach werden wir gehen. Aber so viel Zeit haben wir nicht.«

Ich denke wie du, aber ihr seid eine Familie. Hassan wird deine Hilfe brauchen.

Du schüttelst den Kopf, du willst das nicht hören. Du willst hören, dass Hassan zum Teufel gehen soll. Warum sagt Ibrahim diese Dinge?

Er sagt ja gar nichts. Er ist nicht da, und was du hörst, sind nichts als deine eigenen Gedanken.

»Was soll ich tun?«, wisperst du. »Mit Jule? Und mit Naime? Es ist bald so weit, wir werden Hilfe brauchen, aber sie hat mich schwören lassen, dass ich niemanden hole.«

Jemand zerrt an deinen Eingeweiden, zerrt dich auseinander, Hassans Blick zurück, auf die Ungerechtigkeiten der Vergangenheit, und dein angestrengter Blick nach vorn in die Zukunft. Das Mädchen mit den dunkelgrünen Augen wie Glas und Naime.

»Was soll ich tun?« Diesmal ist es ein Schrei, viel zu laut.

Doch auch auf diese Frage gibt es nirgends eine Antwort.

Der Wind ist nur der Wind. Keine Stimmen darin.

8

Am nächsten Tag schlug das Wetter um.

Jule erwachte davon, dass sie fror. Sie tastete im Halbschlaf nach der Wolldecke, die zur Ferienwohnung gehörte, um sie über die andere, dünnere Decke zu breiten, aber sie fand die Wolldecke nicht. Keine der beiden Wolldecken. Und dann war sie wach. Die Wolldecken lagen in einer Höhle. Zusammen mit … was hatte er gesagt? Einem halben Lebensmittelladen. Sie merkte, dass sie lächelte. Und auf einmal war ihr warm, ganz ohne die Wolldecken, obwohl sie zitterte.

Sie zog sich an, dachte kurz darüber nach, dass auch der Pullover ihres Vaters nicht mehr hier war, und schüttelte den Kopf.

Wenn man alles weggibt, friert man irgendwann. Es war Marcs Stimme, die den Satz in ihrem Kopf sagte. Er hatte recht, wie immer.

Nein, hatte er nicht. Sie brauchte keinen Wollpullover, sie besaß sechs langärmelige Oberteile und eine wunderbare grüne Softshelljacke, die sie bisher nicht angezogen hatte, weil sie ihr unpassend erschienen war hier … zu plastikartig für die Natur. An diesem Morgen saß sie in der Softshelljacke auf der Terrasse, in einem leichten Sprühregen, als sie ihr Brot und ihre Tomaten aß.

Irgendwie war schon wieder nichts anderes zu essen da.

Sie wärmte ihre Hände an der Kaffeetasse und blickte aufs Meer hinaus, das dunkel unter dem grauen Himmel lag, übersät mit Windkämmen. Vielleicht hatte es so begonnen, in der Nacht, in der Asman und Hassan und die anderen gekommen waren.

Sie mussten die Lichter der Insel gesehen haben, als das Schiff gesunken war. Die Lichter des Hafens.

Sie dachte an all die schrecklichen Dinge, die sie jetzt wusste und die nur ein winziger Prozentsatz der Wahrheit waren, ein winziger Prozentsatz des wirklichen Schreckens. Dennoch sang es in ihr. Sie fühlte sich leicht, beinahe betrunken, als müsste sie aufspringen und unter dem Sprühregen über die schlammigen, steinigen Wege tanzen. Sie spürte immer noch Asmans Hände auf ihren Wangen, den rauen Verband und die glattere Fläche der anderen Hand, die ebenfalls nicht ganz glatt gewesen war. Er hatte Schwielen an dieser Hand, dachte sie. Wie jemand, der eine Menge mit den Händen arbeitete. Was tat er, wenn er nicht auf der Oud spielte?

Als sie sich nach drinnen zurückzog, sich aufs Bett setzte und versuchte zu lernen, wanderten ihre Gedanken immer wieder zurück, es war unmöglich, sich auf Integrale oder den Vertrag von Versailles zu konzentrieren, und es half auch nicht, beim Auswendiglernen Perlen aufzufädeln, denn die Perlen verwandelten sich sofort in Sätze.

Du findest überall winzig kleine Stücke von Schönheit.

Das Meer ist nicht schuld.

Mach die Augen zu und stell dir vor, du bist in dieser Kneipe. Total verraucht. Hässliches Mobiliar. Der Klavierspieler ist ein übergewichtiger Afrikaner.

Die Membran, dachte Jule. Die unsichtbare Membran zwischen ihnen. In der Kneipe in Stockholm war sie nicht mehr da gewesen. Sie merkte es erst jetzt.

Minuten später rannte sie die Stufen hinunter, mitten durch

den Regen, der stärker geworden war. Aber sie fror nicht mehr, sie reckte den Tropfen ihr Gesicht entgegen. Was konnte der Regen ihr schon anhaben?

Sie würde ihn finden.

Schau mal, es regnet! Das wollte ich dir bloß kurz mitteilen.

Und er würde sie, vielleicht, in seine Arme ziehen und für Sekunden festhalten. *Ja, sieht so aus, als ob es regnet*, würde er murmeln, und dann konnte sie wieder nach Hause gehen.

»Gott, bist du kindisch, Jule«, sagte sie zu sich selbst. »Gott, bist du verknallt.«

Und widersprach sich selbst: »Überhaupt nicht! Ich meine, ich muss ihm doch sagen, dass es regnet, sonst merkt er es am Ende gar nicht?«

Sie wusste später nicht, wie lange sie gegangen war, als sie den Weg zwischen den Felsen wiederfand, nahe beim Waldrand; die Stelle, an der sie sich gestritten hatten. Sie war inzwischen sehr nass. Sie hatte ein wenig die Orientierung verloren, das Wasser kam an einer undichten Stelle am Nacken durch die Jacke, und ihre bloßen Füße in den Wandersandalen waren eiskalt.

Der Pfad gabelte sich, führte rechts hinauf in den Wald, links hinunter zum Meer, zwischen den Felsen. Man sah von hier aus nicht, was dort war. Plötzlich erinnerte sie sich daran, wie er sie zurückgerissen hatte, sie auf den richtigen Weg gestoßen.

Warum hatte er nicht gewollt, dass sie den Pfad zum Meer hinabstieg?

Was war dort?

Sie sah sich um. Jetzt war niemand da, der sie davon abhalten konnte, hinunterzuklettern. Und nasser konnte sie eigentlich sowieso nicht mehr werden.

Der Weg führte in steilen Serpentinen hinab, ähnlich dem

Weg in die Schlucht. Ab und zu musste sie sich festhalten: an einem Felsvorsprung, einem Büschel Gras, einem Busch. Einmal griff sie in Dornen und spürte warmes Blut über ihre Handfläche rinnen. Der Schmerz war scharf, aber eigentlich lächerlich, es war nur ein Kratzer. Sie lächelte darüber. Sie würde auch *das* Asman zeigen. Schau, wenn das so weitergeht, kannst du demnächst mich verbinden …

Und dann stand sie auf halber Höhle über der Bucht.

Und sah die Zelte.

Nein, Zelte war der falsche Ausdruck; was sie sah, waren lose Planen, über die Äste der Tamarinden gebreitet, die die Felsen säumten. Die Planen waren notdürftig mit Wäscheleinen und Bindfaden festgezurrt, mit Stücken von Pappkartons und Sperrholz gegen den Wind abgedichtet.

Am rechten Ende der kleinen Bucht stand ein Haus, abblätternd weiß mit einem schadhaften roten Schindeldach. Die Rollläden waren heruntergelassen, die Klappstühle auf der Terrasse von toten Blättern bedeckt. Neben dem Haus, getrennt davon durch einen Steg, lag ein alter Kutter schräg im Wasser; aufgegeben, vor sich hin rottend, wie ein totes Tier. Niemand wohnte hier, niemand störte die Erbauer der Zelte.

Hier also waren sie, wenn sie nicht bei der Höhle waren.

Oder waren das gar nicht Asmans Leute? Waren dies tatsächlich Wildcamper?

Früher waren die Inseln voller zeltender Hippies gewesen, es stand im Reiseführer. Es gab Fotos von damals: sonnengebräunte junge Menschen vor einem Lagerfeuer, Muschelschmuck an den Armen, Trommeln im Sand, ein Pärchen in enger Umarmung, sie mit Blumen im Haar. Sie entdeckte zwei, die Arm in Arm über die nassen Felsen am Rand des Meeres balancierten.

Einen Mann und eine Frau. Vielleicht waren es die beiden, mit denen sie im Dolfin gesprochen hatte. Sie trug eine Tüte, vielleicht hatte sie Muscheln gesammelt. Regenmuscheln.

Sie trugen Regenjacken wie Jule, die Kapuzen über dem Haar. Sie stieg noch ein wenig weiter hinunter, und jetzt sah sie die beiden besser. Es waren nicht die beiden aus dem Dolfin, und sie balancierten dort unten auch nicht zum Spaß. Ihre Jacken waren alt und schadhaft, genau wie der Rest ihrer Kleidung.

Vielleicht waren in den Plastiktüten wirklich Muscheln. Muscheln, die man kochen konnte. Die beiden gehörten zu den Flüchtlingen, auf jeden Fall. Der Mann nahm der Frau jetzt die Tüte ab, er gestikulierte, schien zu schimpfen, und Jule sah, warum. Die Frau war hochschwanger, es war dumm und gefährlich, in diesem Zustand über nasse Felsen zu klettern, um Muscheln aus dem Meer zu pflücken.

Sie sah jetzt auf, und Jule blieb ganz still stehen. Nein, dies war keine Frau, es war ein Mädchen, sicher nicht älter als sie selbst. Sie war schön. Schön wie aus einem Film, dunkeläugig, zart, zerbrechlich.

Der Mann führte sie langsam zurück zum sicheren Strand, stützte sie, vorsichtig, besorgt. Würde jemand so besorgt um sie sein, falls sie irgendwann in ihrem Leben ein Kind erwartete?

Die beiden hatten jetzt den Sand erreicht, und er beugte sich zu ihr hinunter und küsste sie auf die Stirn, erleichtert. Was hatten diese beiden bereits durchgemacht? Was immer es war, dachte Jule, und was immer sie noch erleben würden auf ihrer Reise, sie würden es zusammen erleben.

Nichts und niemand konnte sie trennen.

Der Hund drückte sich an ihr Bein und hechelte. Sie hatte ihn beinahe vergessen.

Jetzt gingen der Mann und das Mädchen weiter, auf die Zelte zu, und ein Windstoß wehte dem Mann die Kapuze vom Kopf. Er strich sich mit einer Hand die Wassertropfen von der Stirn, und diese Hand war verbunden. Dann sah sie sein Gesicht, sie sah es jetzt deutlich.

Es war Asman.

Sie presste sich dicht gegen den Felsen. Aber er hatte sie gesehen. Er blickte ihr in die Augen.

Für eine sehr lange Sekunde. Dann legte er den Arm wieder um das Mädchen und hastete mit ihr davon, in den Schutz der Zelte, fort von Jules Blick.

Einen Moment lang konnte sie sich nicht rühren.

Die Erde blieb mit Jule stehen, gab ihre Drehung auf; alle Gravitationsfelder gerieten außer Kontrolle, der Magnetismus funktionierte nicht mehr, Ebbe und Flut wurden außer Kraft gesetzt. Das ganze System brach zusammen. Sie schloss die Augen.

Eine Kneipe in Stockholm. Ein übergewichtiger Afrikaner am Klavier.

Der Afrikaner spielte ganz allein.

Wenn es in Stockholm einen gab, der ihn auf der Oud begleiten konnte, dann saß er in diesem Moment in einem winzigen Zimmer, am Bett seiner Frau, und hielt ein Baby im Arm.

Als Jule die Augen wieder öffnete, war der Regen kälter als zuvor, der Wind schärfer. Und auf einmal merkte sie, wie sehr sie fror.

Unten bei den Zelten war niemand mehr zu sehen, sie waren alle in ihre Behausungen geflohen, vor dem Wetter – oder vor den Blicken der Fremden, die zu viel schnüffelte.

»Wie viel Überwindung hat es dich gekostet?«, flüsterte Jule.

»War es schwer, so zu tun, als würdest du mich … mögen? Was hast du gedacht, wie viel Geld kann man aus mir herausholen?«

Als sie begann, den Pfad wieder hinaufzuklettern, folgte der Hund ihr nicht. Er zögerte einen Moment und lief dann den Weg hinunter zu den Zelten.

Nicht einmal der Hund gehörte ihr.

Und so kletterte sie den Pfad wieder hinauf, fluchend; sie griff absichtlich in die Dornen jetzt, fühlte, wie das Blut über ihre Hände lief, und war auf seltsame Weise zufrieden darüber. Als könnte sie ihn damit bestrafen.

Erst, als sie oben angekommen war, drehte sie sich um. Doch von hier aus sah man nur das Meer. Die Bucht unter den Felsen blieb im Verborgenen, samt den ärmlichen Unterkünften aus Planen und Pappe, samt der Vertrautheit zweier Menschen, die in einem Zelt saßen und gemeinsam froren.

Jule fror ganz allein.

Sie stemmte sich gegen den Wind, der sich zu einem Sturm auszuwachsen begann, und schrie ihm die ganze Ungerechtigkeit des Lebens ins Gesicht, doch nichts und niemand antwortete.

Der Wind war nur der Wind. Keine Stimmen darin.

Und?, schrieb Evelyn. *Was ist mit deinem Typen? Mach's nicht so spannend! Ich hab gegoogelt, da gibt es echt den Aufruf von so einem ägyptischen Fernsehtypen, die Häuser der Syrer alle zu zerstören, wenn sie nicht in achtundvierzig Stunden aus der Muslimbruderschaft austreten. Aber die Syrer können nicht austreten, weil sie da gar nicht drin sind.*

– *Geht mich nichts mehr an*, schrieb Jule. *Er hat eine Freundin, ich habe sie zusammen gesehen. Sie ist schwanger. Achter oder neunter Monat.*

Evelyns Antwort kam sofort.

Was????? Oh fuck. Arme Jule. Aber du hast ja gesagt, du warst eigentlich nicht verliebt in ihn. Suchst dir einfach einen anderen hübschen Mann auf deiner romantischen Insel.

– *Scherzkeks.* Aber sie merkte, dass sie wirklich lächelte. *Die Sachen, die ich gegoogelt habe, stimmen ja trotzdem. Es gibt keine Romantik. Die Welt ist ein Massengrab. Eine einzige Ruine. Aber man könnte wenigstens zu zweit durch die Trümmer wandern. Na, tun sie wohl, die beiden.*

Klingt sehr lyrisch, schrieb Evelyn. *Doch verliebt gewesen?*

Jule antwortete nicht. Sie zog den Teller mit dem Kuchen heran, heute Brownies.

– *Die haben mich ausgenutzt. Die planen was, wofür sie Geld brauchen.*

Das Schlimme ist: Wenn er es mir gesagt hätte. Gleich am Anfang. Dass es SIE gibt. Ich hätte ihm trotzdem geholfen! Überall immerzu Lügen. Vielleicht ist er nicht mal Palästinenser.

– *Ja, vielleicht ist er doch ein zeltender Israeli. Und die ganze Geschichte mit der kaputten Hand war ein Kunstprojekt.*

Hör auf, sarkastisch zu sein, schrieb Jule. *Steht dir nicht.*

Und sie legte das Handy weg. Evelyn hatte es leicht, Evelyn war nicht hier, Evelyn hatte nicht gesehen, was sie gesehen hatte.

Das Elend. Die Wahrheiten. Die Gräber.

Und die beiden am Strand.

Sie waren so schön gewesen. Schön in ihren alten Regenjacken, mit ihrer Plastiktüte, schön zusammen, sie mit dem Babybauch, der zu groß für ihre schmale Statur wirkte … Jule spürte, wie die Tränen kamen, und sie legte den Kopf auf die Arme, als wäre sie müde, es musste wirklich niemand im Dolfin sehen, dass sie schon wieder heulte.

Was bin ich denn?, dachte sie. Ein Kind, das im Leben bisher nichts getan hat, als zur Schule zu gehen und ein bisschen Schmuck zu basteln. Ein Mensch ohne Eigenschaften. Warum sollte sich jemand in mich verlieben? Ich bin unter einer Käseglocke aus Sicherheiten aufgewachsen, und jetzt habe ich mir in den Kopf gesetzt, dass ich einen Typen brauche, der die Welt außerhalb der Käseglocke kennt. Haha.

Und die Membran, die uns trennte, war vermutlich immer noch da am Ende, ich wollte sie nur nicht spüren. Natürlich passt eine Frau aus seiner eigenen Kultur tausendmal besser zu ihm.

Als sie aufsah, kam das deutsch-australische Pärchen gerade herein, und kurze Zeit später balancierte das Mädchen ein Tablett in Richtung von Jules Tisch.

»Schon wieder schlechte Nachrichten?«, fragte sie.

Ganz offenbar hatte sie es sich zur Aufgabe gemacht, Jule zu retten. Jule war in diesem Moment tatsächlich ein bisschen nach Gerettet-Werden. Sie putzte sich die Nase.

»Ich … ich bin nur ein bisschen angelogen worden. Lügen ist doch scheiße. Mein …« Mach es einfach. Sodass sie es begreifen können. »Mein Freund … ich habe ihn gesehen. Mit einer anderen Frau.«

»Weißt du, Männer sind so was von überflüssig«, sagte das Mädchen und legte einen Arm um ihren Australier.

»Uber…flussig?«, fragte der Australier.

»Ja«, sagte sie und küsste ihn auf die Nasenspitze. Er küsste zurück und lachte.

»Ich glaube, ich gehe jetzt«, sagte Jule. »Spazieren oder so.«

»Es regnet«, meinte das Mädchen, das jetzt auf dem Schoß des Australiers saß.

»Wie gut, dass ich sowieso schon nass bin«, knurrte Jule.

Am Tisch am Eingang saßen Kostas und Manoli. Manoli trommelte mit den Fingern auf die Tischplatte, nervös wie immer, aber Kostas lächelte ihr zu. Unter seinem Stuhl stand eine Plastiktüte, aus der oben mehrere Brote herausragten. Er bemerkte Jules Blick.

»Für Hotel von meinen Vater«, erklärte er. »Unten bei Hafen. Jetzt immer mehr Tourist.«

Jule nickte. Sie dachte an ein Lager aus Pappe und Hoffnungen, in dem Menschen lebten, die die Brote besser hätten brauchen können. Aber sie würde sich nicht mehr ausnützen lassen.

Wer Brot von ihr haben wollte, sollte kommen und die Wahrheit mitbringen.

An diesem Abend war sie in ihrem Bett so allein wie nie.

Sie fror, die Wolldecke wäre praktisch gewesen. Sie versuchte, einen Roman zu lesen, aber er interessierte sie nicht, denn darin verliebten sich Menschen, die füreinander bestimmt waren. Es war vollkommen unrealistisch.

Schließlich schlief sie ein und träumte von Asman, der sie küsste. Aber als sie die Augen im Traum öffnete, war es gar nicht Asman, es war Hassan, und sie riss sich los und rannte weg. Er kam ihr nicht mal nach. Er lachte nur.

Die Dinge bekamen am nächsten Tag auf einmal andere Dimensionen. Sie versuchte, nicht an Asman zu denken, und er war überall, ohne dort zu sein: Der Wind trug den Dreiklang der Kette im Baum heran, als wäre er ganz nah, und er war in dem Dreiklang.

Sie wanderte am Strand entlang, und er war in ihrer Angst, zu genau hinzusehen und zwischen den flachen Felsen oder im Sand ein Kinderspielzeug zu finden.

Sie saß bei Stavros auf der Restaurantterrasse und aß Salat mit Schafskäse, und er war in jeder Scheibe Brot; er trug alle diese Scheiben von Damaskus nach Jarmuk, kniete mit den anderen vor den Soldaten Assads, um das bisschen Brot mitnehmen zu dürfen, auf das jemand wartete. Eine Mutter, ein Vater, ein Mädchen mit sprechenden, dunklen Augen. Sie waren zusammen geflohen, dachte Jule, sie und er.

Wie schwer es ihm gefallen sein musste, sie bei den anderen zurückzulassen und zu Jule zu gehen mit seiner Hand. Wie schwer es *ihr* gefallen sein musste, ihn gehen zu lassen. Sie hatte gewusst, dass er nur so gesund werden konnte.

Jule kam erst abends zurück zur Ferienwohnung, und auf den Stufen saß die Erinnerung und spielte Töne auf einer Oud. Nein, natürlich saß dort niemand. Nicht einmal der Hund.

Einen Moment stand sie vor dem Einbauschrank und fragte sich, ob sie das Bargeld nachzählen sollte, dass im Geldgürtel unter dem Kleiderstapel lag.

Doch sie ließ es bleiben. Sie wollte nicht wissen, was er mitgenommen hatte.

Am zweiten Morgen nach Asman wanderte sie noch einmal auf den Kalamos, bis ganz hinauf. Die niedrigen Büsche der Macchia schienen ihr schon jetzt trockener als vor einer Woche, das Gras bräunlicher, der Boden härter. Der Sommer drängte mit Macht heran.

Doch die Kirche oben war schattig und kühl, noch war April.

Der heilige Nikolaus sah gütig auf Jule herab, der Patron der Kinder und der Seefahrer. Und einmal schien er, ganz leicht, mit dem linken Auge zu blinzeln. Jule schüttelte verwirrt den Kopf.

Die Votivtäfelchen, die zu seinen Füßen hingen, klingelten leicht gegeneinander.

Jule zögerte einen Moment. Dann löste sie ihre schönste silberne Spange, die, auf der sie vor langer Zeit einen Ring aus kleinen gelben Perlen befestigt hatte, befestigte sie neben einer Tafel mit einem Fuß darauf und wisperte ganz leise: »Agios Nikolaos. Ich schenke dir die Spange, wenn du mir hilfst. Du bist der Patron der Seefahrer. Mach …«

Dass ich ihn vergesse, hatte sie sagen wollen. Aber sie kam nicht dazu, denn in diesem Moment trat jemand hinter sie, und sie fuhr herum. »Nikoletta!«

Nikoletta nickte. »Ich … wollte Sie nicht beim Beten stören …« Sie setzte sich in die vorderste Kirchenbank, und Jule setzte sich neben sie. »Ich war eigentlich schon fertig mit Beten«, murmelte sie.

Einen Moment lang saßen sie einfach nebeneinander und betrachteten die kleine Kirche, die vollgestopft war mit Bildern, Statuen, Erinnerungsgegenständen. Beinahe wie eine Kneipe.

»Nikoletta«, sagte Jule dann. »Ich habe die Gräber gesehen, im Wald. Ich habe es niemandem erzählt.«

Nikoletta betrachtete Jule eine Weile still von der Seite.

»Die Angespülten«, sagte sie schließlich. »Ja. Wir begraben sie, Stavros und ich. Ich wünschte, da wäre ein Ende. Aber die Strömungen sind hintertückisch. Das Meer spuckt immer wieder Tote aus. Ich sage ihm: Behalt sie. Behalt diese Körper, aber es hört nicht auf mich.« Sie lachte ein kleines, vergilbtes, staubiges Lachen, das sie vielleicht irgendwo zu Hause auf einem Regal aufbewahrte, um es nur ab und zu herunterzuholen.

»Warum darf niemand auf der Insel wissen, dass sie da sind?«

»Es ist besser so«, sagte Nikoletta nur. »Wenn in der Zeitung steht, dass die Fische, die wir in diesem April hier fischen, zwei Beine haben, werden weniger Touristen kommen.«

Sie stand auf, strich ihren altmodischen Rock glatt. »Frag nicht weiter.«

»Wie sind Sie hierhergekommen?«, fragte Jule. »Sie sind eine Fremde, wie ich.«

Nikoletta blieb zwischen den Kirchenbänken stehen. »Nein«, sagte sie sanft. »*Du* bist eine Touristin. Und ich bin nicht gekommen. Ich bin hier geboren.« Sie seufzte. »Meine Mutter ist kurz nach dem Krieg hierher ausgewandert. Es war eine sehr romantische Geschichte.«

»Aber sie ging schlecht aus.«

»Nein. Nein, sie ging gut aus«, sagte Nikoletta erstaunt. »Sie heiratete meinen Vater, sie bekamen spät ein Kind. Mich. Sie ist vor drei Jahren an einem Herzinfarkt gestorben, sie war alt.«

Und dennoch, wollte Jule sagen, sind Sie immer noch fremd.

Die Insel war ein eigenes Gebilde, eine Gesellschaft für sich; auch hier gab es eine unsichtbare Membran. Wie die Haut einer Seifenblase. Wenn ein sehr kleines Wesen wie ein Mensch versuchte, hineinzuschlüpfen, dehnte sich die Haut ein wenig nach innen, sodass man für Augenblicke glauben konnte, man wäre drinnen. Bis man feststellte, dass es nicht stimmte.

Als Jule ins Freie trat und die Tür für Nikoletta aufhielt, schüttelte Nikoletta den Kopf.

»Ich habe noch etwas zu tun hier«, sagte sie. »Ich bete auch. Wie du. Das ist alles, was man tun kann für die, die übers Meer kommen.«

Draußen hatte es wieder begonnen zu regnen, über Kreta lag ein hartnäckiges Tiefdruckgebiet.

Jule fragte sich, wie lange die notdürftigen Planen das Wasser abhielten.

Vielleicht schliefen sie jetzt doch wieder in der Höhle.

Vor der Kirche saß Faní zwischen den Tropfen auf einer Bank, rollstuhllos, dick eingepackt in Regenmantel, Schal und Mütze.

»Hallo, Faní«, sagte Jule, und Faní sah sie an und lächelte schräg.

Nikoletta musste sie auf dem Rücken getragen haben. Hatte sie Angst, sie unten allein zu lassen? Auch Faní war eine Fremde, dachte sie, sie lebte in einer völlig eigenen Welt.

Vielleicht war es schöner dort.

Jule streifte ihre Kapuze über die Locken, die bei Regen noch widerspenstiger waren, und ging hinüber zu dem kleinen Garten.

Ganz hinten in einer Ecke, unter einem jungen Baum mit weit herabhängenden Zweigen, standen zwei Menschen. Ein Mann und eine Frau, beide in Regenjacken.

Jules Herz setzte einen Schlag lang aus.

Dann drehten die beiden sich um, und sie lachte beinahe: Diese Menschen waren über sechzig. Es waren die beiden Engländer. Jule seufzte. Sie wäre gerne einen Moment allein im Garten des heiligen Nikolaos gewesen, allein mit dem Regen, der auf die Blätter und Blüten fiel, unter denen die Schmetterlinge irgendwo im Verborgenen warteten.

»So, how are you?«, fragte der Mann. Sie schienen sich beide zu freuen, Jule zu sehen. »Scheußliches Wetter, und da heißt es immer, in England würde es dauernd regnen! Zum Wandern gar nicht geeignet, auf Kos war das Wetter letztes Mal besser, als wir dort waren.«

»Das war im Sommer«, sagte seine Frau.

»Fahren Sie hin«, meinte der Mann und wischte sich die Tropfen aus dem Gesicht. »Wenn der ganze Wahnsinn dort vorbei ist. Kos wird ihnen gefallen.« Dann trat er etwas näher und senkte seine Stimme zu einem Flüstern. »Wissen Sie, was wir heute gesehen haben? Wir … haben eine Bucht gefunden, die nicht im Reiseführer erwähnt wird, und da *zelten Leute wild*. Wirklich, auf den ersten Blick hat mich das fast an Kos erinnert.«

»Es war sehr beunruhigend«, sagte seine Frau leise. »Wir haben es nur von oben gesehen, aber … sind diese komischen Zelte bewohnt? Wir wollen heute mal nachfragen, beim Abendessen. Manche von den Griechen sprechen ja englisch.«

Jule biss sich auf die Lippe. Ihr war heiß geworden.

»Oh, die Zelte«, sagte sie. »Ja, ich war auch schon in der Bucht, ich bin bis runter geklettert. Diese Zelte sind nicht bewohnt. Da haben wohl früher mal illegale Camper gewohnt, was man so hört. Jetzt nicht mehr.«

Die beiden Engländer nickten, erleichtert. »Das ist auch besser so«, sagte der Mann. »Man möchte doch die Natur erhalten. Wenn jeder überall seinen Müll hinschmeißt … In Kos hatten sie ein leer stehendes Hotel für die Flüchtlinge geöffnet, und da sah es aus! Wäscheleinen kreuz und quer, Feuerstellen auf dem Rasen, und der Gestank! Die Toiletten funktionierten wohl nicht, es waren viel zu viele Menschen …«

Die Frau nickte. »Richard, lass uns doch über etwas anderes reden«, bat sie leise.

Er drückte kurz ihren Arm, zärtlich, sprach aber weiter. »Das kann nicht gut sein für das ökologische Gleichgewicht der Inseln«, sagte er. »Die Pflanzen, die Tiere … hier soll es sogar Schildkröten geben. Und das ist die nächste Sache. Nämlich fast niemand spendet zur Zeit für bedrohte Tierarten. Alle spenden sie für die Einwanderer, es kümmert keinen mehr, dass der Amazonas abgeholzt wird.«

»Richard, bitte«, sagte seine Frau. »Wollten wir nicht noch die Kirche ansehen?«

»Na ja … die Flüchtlinge brauchen vielleicht auch Spendengelder«, murmelte Jule.

Richard schnaubte. »Manche. Aber ich will Ihnen was sagen, die meisten von denen lügen. Ab und zu fliegt so was auf, kann man in der Zeitung lesen. Die, die herkommen, haben alle nichts Schlimmes erlebt. Die wirklichen Kriegsopfer, die kommen nicht hierher. Wissen Sie, weshalb? Weil die tot sind. Und die anderen, die Tapferen, bleiben da und kämpfen. Die, die zu uns kommen, malen sich ein schönes, sicheres Leben aus. Die haben gehört, dass es in Europa Geld für Menschen gibt, die nicht arbeiten, dass die Gesundheitsversorgung umsonst ist. Natürlich kommen sie! Wir setzen die falschen Signale, wenn wir sie reinlassen.«

»Richard, die Kirche …«

»Gleich. Ich meine nur, Idealismus schön und gut, aber wir sind viel zu gutgläubig! Gerade die Deutschen, da, in Ihrem Land. Da erzählt Ihnen jemand, er käme direkt aus dem syrischen Bürgerkrieg und würde vor dem IS fliehen, und dann ist der nicht mal Syrer. Ich habe da gerade einen Artikel drüber gelesen. Die anderen Flüchtlinge lernen auf der Flucht Fakten über das Assad-Regime auswendig, um als Syrer durchzugehen, weil sie dann bessere Chancen haben. Und die echten Syrer, na ja. Die sind auch nicht ohne. Sie bringen Gewalt mit, Konflikte. Wir müssen uns schützen.«

»Schau«, sagte seine Frau und hielt ein Blatt hoch, dass sie gepflückt hatte. »Da sitzt einer von den Schmetterlingen drunter, über die wir im Reiseführer gelesen haben.«

Und Jule war einen Moment lang froh, dass das Gespräch sich von Flüchtlingen fortbewegte, aber dann sah sie den Schmetterling. Er saß reglos, stellte sich tot: ein kleiner Falter mit pelzigem Leib.

Die Frau pflückte ihn von dem Blatt und hielt ihn auf der Hand.

»Sie … sie müssen ihn zurücksetzen«, sagte Jule.

Aber die Frau schloss ihre Finger lächelnd um den Schmetterling. »Ich tue ihm doch nichts.«

Jule wandte sich ab. Der Schmetterling würde sterben, wenn die Frau ihn nicht freiließ. Es war ein Wanderfalter.

Und Jule stieg alleine den Berg hinunter, immer wieder rutschend auf der regennassen Erde.

Alle Flüchtlinge lügen. Quatsch.

»Aber du, du hast mich belogen«, flüsterte sie. »Warum?«

Es war eine dumme Frage.

Der Regen hielt an. Sie lernte, abends im Schein einer Kerze, weil der Strom ausfiel. So war es vielleicht auch bei den Zelten; auch dort hatten sie nur Kerzenlicht.

Nein, hoffentlich waren sie zurückgezogen in die Höhle. Denn was war, wenn die Engländer die Sache mit den Wildcampern herumerzählten?

Der Regen nahm zu.

Am nächsten Tag wanderte sie in Richtung Osten, quer über die Insel, entlang eines beinahe nicht benutzten Fahrwegs. Dort drüben gab es nur zerklüftete Felsen, keine Häuser. Vielleicht hatte jemand vor langer Zeit geplant, auf der anderen Seite der Insel doch noch zu bauen.

Jule erreichte die östliche Küste gegen Mittag. Gezackte Felsen ragten wild und malerisch vor dem Meer auf, Möwen kreischten in der Luft. Wenn man zu zweit gewesen wäre, hätte man Arm in Arm hier stehen und die Felsen romantisch finden können.

So waren sie nur kalt.

Neben der Straße, ein wenig erhöht, stand eine kleine weiße Kapelle, und darin fand Jule Schutz vor Wind und Regen. Sie setzte sich auf den Boden und aß ihr Brot und ihre Tomaten im Angesicht von drei beschädigten Heiligen in Goldrahmen. Auf einem wackeligen Tischchen stand ein Teller voller Sand, in dem ein Dutzend der dünnen weißen Kerzen steckte, lange verloschen.

In ihrem Rucksack fand Jule ein Feuerzeug, und sie zündete die Kerzen wieder an und wärmte ihre Hände an den flackernden Flammen. Schließlich ging sie zu dem Samtvorhang hinüber, hinter dem das Allerheiligste lag. Sie wusste selbst nicht genau, was sie erwartete. Sie zog ihn beiseite –

Und erschrak.

Dort, auf dem kalten Steinfußboden, lagen zwei Menschen. Reglose Menschen.

Kinder. Sie waren in ein schwarzes Wolltuch gehüllt, eines hatte den Arm um das andere gelegt, aber keines rührte sich.

Auf einmal war Jule heiß und schwindelig.

Sie kniete sich auf den Boden, und streckte die Hand aus. Vorsichtig. Doch die Schulter, auf die sie die Hand legte, bot keinen Widerstand, und als sie das Kind schüttelte, war es, als schüttelte man eine Puppe. Wie waren die Kinder hierhergekommen? Waren sie nach dem Bootsunglück auf dieser Seite der Insel auf den Strand gekrochen, durchnässt, eiskalt, weit entfernt vom Rest der Gruppe, und hatten in der Kapelle Schutz gesucht?

Tränen stiegen hinter ihren Augen auf, dann brach ihre Distanz wie Glas, und sie zog das kleinere Kind in ihre Arme und hielt es fest, ganz fest, und wiegte es, als könnte sie etwas retten. Das schwarze Tuch verrutschte, Jule sah das Gesicht des Kindes, es war ein Junge – und im gleichen Moment schlug er die Augen auf.

Sie kannte ihn.

Es war einer der beiden kleinen Jungen aus dem Wald, eines der dreckigen Feenkinder. Er war eiskalt, aber sehr lebendig. Der zweite wurde jetzt ebenfalls wach, blinzelte, verwirrt.

»Was macht ihr hier?«, flüsterte sie. »Seid ihr weggelaufen? Es ist zu weit! Ihr seid völlig unterkühlt!«

Sie stand auf, fand in ihrem Rucksack einen Rest Brot und brach es in zwei Hälften. Die Jungen aßen langsam, vernünftig, zu vernünftig für Kinder. Stritten sich dann aber wie ganz normale Kinder. Nur, dass ihr Streit sich um die letzten Brotkrümel drehte.

»Ich bringe euch zurück«, sagte Jule entschlossen. »Zu euren Leuten. Ihr könnt nicht alleine hierbleiben. Ihr müsst …« Der ältere Junge hielt den Finger an die Lippen.

Da waren Schritte vor der Kapelle.

Jule zog den roten Samtvorhang blitzschnell wieder vor.

Kurz darauf öffnete sich die Tür der Kapelle, und eine breitschultrige Gestalt schloss das Tageslicht aus: Silas Onassis. Kostas' Chef. Als er sie sah, lächelte er. Erstaunt.

»Kalt, was?«, fragt er auf Englisch und nickte zu ihren Händen hin, die sie wieder an den Kerzenflammen wärmte. »Zu viel Regen.«

»Ja«, sagte Jule. »Ich hoffe … es ist okay, wenn ich einen Moment hierbleibe? In der Kapelle?«

»Dazu ist sie da«, sagte Silas. »Nehme ich an.«

Er griff an Jule vorbei, legte eine Münze in die Spendenbox und nahm eine dünne weiße Kerze aus einer Pappschachtel, entzündete sie an einer bereits brennenden Kerze und steckte sie zu den übrigen. Und einen Moment lang stand er still neben Jule, in sich gekehrt, vielleicht versunken in ein privates Gebet. Es wirkte erstaunlich, dass dieser Mann betete.

Jule lauschte angespannt, doch hinter dem Vorhang war kein Laut zu hören.

Silas holte eine kleine, zerknautschte Blume aus der Jackentasche und befestigte sie im Rahmen eines Bildes, das den heiligen Georg zeigte: einen Mann, der gegen einen Drachen kämpfte. Doch der heilige Georg stand auf einem Boot, und der Drache entstieg dem Meer, sein schuppiger Rücken Teil einer Welle. Vielleicht war der Drache das Meer.

»Also dann«, sagte Silas, nickte noch einmal und verließ die Kapelle.

»Warten Sie!«, bat Jule.

Was machte er hier? Auf dieser Seite der Insel? Wusste er etwas von den Jungen hinter dem Vorhang?

Sein Auto stand ein Stück den Fahrweg hinunter. Als Jule ihn erreichte, war er am Ende des Weges stehen geblieben, neben dem Schild mit dem Wort »View Point«. *Aussichtspunkt.* Selbst hier gab es Einschlagstellen von Schrot.

Silas lehnte sich an das Schild, zündete eine Zigarette an und rauchte eine Weile schweigend, den Blick in die Ferne gerichtet. Er sieht den Horizont an, dachte Jule. Wie Asman.

Aber etwas zerbrach den Horizont hier, der Umriss einer Landmasse: Kreta.

»Sind Sie hergekommen, um da rüberzusehen?«, fragte sie leise.

Er nickte. »Vielleicht. Ich komme von da. Diese Insel ist zu klein. Man fühlt sich … wie in einem Gefängnis.« Er lachte. »Nein, sie ist hübsch. Natürlich.«

»Was genau … arbeiten Sie denn?«, fragte Jule vorsichtig. »Sind Sie … bei der Polizei?«

»So ähnlich.« Er sah eine Weile seine Zigarette an. »Küstenschutz«, sagte er schließlich. »Hier bauen sie jetzt erst einen auf. Ich bilde quasi von Kreta aus die Jungs aus, nehme immer einen von ihnen mit. Im Sommer sollen sie allein rausfahren. Bisher ist die Insel von uns mitbetreut worden.«

»Und … jetzt? Sind es … zu viele Flüchtlinge?«

»Hier? Nein.« Er lachte. »Wir tun auch andere Sachen. Schmuggler abfangen. Segler retten. Schwimmer. Vor allem Touristen. Es werden mehr. Deshalb.« Er seufzte. »Flüchtlinge retten ist nur eine Sache.«

»Haben Sie denn mal … ein Flüchtlingsboot gesehen?«

Silas trat die Zigarette aus. »Ich habe auf einer Menge Inseln gearbeitet. Auch vor der türkischen Küste. Ich habe genug Leute aus dem Wasser gezogen, dass es für ein Leben reicht.« Er kramte eine neue Zigarette aus der Packung. »Ich weiß, wir haben ziemlich schlechte Presse gehabt letzten Sommer. Illegale Pushbacks in die Türkei, Gewalt gegen Flüchtlinge und so weiter. Mag sein, dass solche Dinge vorgekommen sind, aber vielleicht ist das alles auch nur erfunden. Die Jungs, die ich kenne, arbeiten hart. Die meisten Flüchtlinge retten wir. Sie sind … nicht immer dankbar.« Er rauchte weiter, rauchte leise Wolken in den stetig fallenden Regen.

Jule holte tief Luft. »Was passiert mit denen, die kommen? Gibt es die Internierungscamps noch?«

Er schüttelte den Kopf. »Viele haben sie geöffnet. Den Leuten gesagt, sie müssen das Land in dreißig Tagen verlassen. Syrer haben sogar sechs Monate. Nur, wie sollen sie weiterkommen? Viele schaffen es nicht. Und Griechenland hat nichts für sie, keinen Cent. In den Lagern gab es wenigstens etwas zu essen. Wer draußen ist, bekommt nichts. Athen ist voller Flüchtlinge, die nicht weiterkommen und länger im Land sind als erlaubt. Leute, die in jeder Minute damit rechnen, wieder verhaftet zu werden. Sie sitzen an den Straßen und betteln. Kein schöner Anblick.«

Er sah wieder aufs Meer.

»Ich habe nicht nur genug Flüchtlinge rausgezogen«, sagte er dann leise. »Ich habe auch genug Leichen rausgezogen. Ich wollte nicht mehr. Hier ist es besser.«

»Aber hier … sind hier schon mal Flüchtlinge angekommen?«

»Hier auf der Insel? Nein. Die Jungs, die ich ausbilde, haben noch nie einen Flüchtling von Nahem gesehen. Was auf Kreta landet, sind nur Irrläufer, die nach Italien wollen. Die meisten schaffen es gar nicht so weit. Da draußen liegen Malta und Lampedusa, das sind die Anlaufstellen.«

Jule nickte. »Die Jungs … das sind Kostas und sein Freund?«

»Du kennst Kostas, was?« Silas lachte. »Er hat gesagt, er hätte versucht, dich zum Tanzen einzuladen. Zu irgendeiner Party im Dolfin.«

Die Party. Jule hatte sie vollkommen vergessen. Nichts war unwichtiger.

»Er heiratet in ein paar Tagen. Dann muss er damit aufhören, sich nach anderen Mädchen umzudrehen. Wird ein Riesenfest. Du weißt, dass der Familie quasi die halbe Insel gehört?«

»Warum arbeitet Kostas dann beim Küstenschutz? Findet er die Uniform schick, oder was?«

Silas lachte wieder. »Der Alte friert das Geld gerne mal ein. Manchmal haben die beiden Probleme. Aber irgendwann erbt Kostas die Wohnungen natürlich.«

»Und das Hotel am Hafen.«

»Hotel am Hafen?« Silas sah sie seltsam an. »Es gibt kein Hotel am Hafen. Ein paar Ferienwohnungen. Vielleicht meinst du die. Wenn er das alles erbt … ich denke, dann hört er mit der Küstenschutzsache auf. Kostas ist ein lieber Junge. Auf seine Art sehr … naiv. Ich wünsche ihm, dass er nie Tote aus dem Wasser ziehen muss. Ich wünsche dieser Insel, dass nie jemand hier ankommt.« Jule sah zu, wie er die zweite Zigarette rauchte.

»Manche lügen, oder?«, fragte sie dann. »Sie vernichten ihre Pässe. Sagen, sie wären Syrer, obwohl sie keine sind.«

»Natürlich.« Silas nickte. »Früher haben sich die Syrer als Irakis ausgegeben, weil sie dann mehr Chancen hatten, zu bleiben. Jetzt geben sich die Irakis als Syrer aus. Es gibt mehr Gründe, ein Land zu verlassen, als einen Krieg. Wenn du in einem Land leben würdest, in dem es keine Zukunft für dich gibt, und du wüsstest, wenn du lügst, schaffst du es, in Europa zu bleiben. Würdest du nicht lügen?«

Er wartete nicht auf ihre Antwort. Er trat die zweite Zigarette aus und ging zu seinem Wagen zurück.

Drei der Kerzen brannten noch.

Jule zog den Vorhang zum Allerheiligsten beiseite, und dort kauerten die beiden kleinen Jungen und blickten zu ihr hoch, mit weiten Pupillen in der Dunkelheit.

»Los«, sagte sie. »Kommt. Ich bringe euch zurück.«

Und sie kamen, obwohl sie ihre Worte nicht verstanden. Als Silas Onassis' Wagen längst nicht mehr zu sehen war, wanderte auf dem Weg über die Insel ein Mädchen aus Deutschland mit zwei kleinen Jungen hinter sich, die ihr so vertrauensselig folgten wie zugelaufene Hunde.

Man kann kein nasses Kind zu einem nassen Lager aus Planen und Pappe zurückbringen, ohne sich grausam vorzukommen. Schon gar nicht, wenn das Kind einen Namen hat.

Seit ihrer Wanderung zurück konnte sie sich die Namen der Jungen endlich merken, was daran lag, dass sie sie Jule ungefähr hundert Mal sagten: Rashid und Achmed, Rashid war der Kleinere, vielleicht fünf Jahre alt, Achmed war acht oder neun.

Sie blieb in einiger Entfernung von den Häusern stehen, die Dämmerung kroch bereits heran, und sie lauschte, doch alles war still.

Schließlich winkte sie den Jungen, ihr zu folgen. Sie kam sich vor, als bräche sie in ihre eigene Wohnung ein, es war merkwürdig. Sie half den beiden aus ihren nassen Kleidern, duschte sie und gab ihnen Oberteile von sich selbst, deren Ärmel sie unendlich oft aufkrempeln musste; sie lachten gemeinsam darüber. Hauptsache, trocken. Für die Beine nahm sie die beiden Handtücher, und dann saßen sie da mit ihren Schottenröcken aus Frottee, und Jule strich fettiges griechisches Joghurt auf Brotscheiben.

Sie hatte auch noch einen Rest Honig, genug, um zwei klebrige kleine Jungen strahlen zu sehen.

Während sie sie ansah, dachte sie wieder an Asmans Lügen.

Und plötzlich fragte sie sich, ob er überhaupt gelogen hatte. Er hatte nie gesagt: *Ich habe keine Freundin.* Er hatte nie gesagt: *Ich liebe dich.*

Sie hatte den Kopf an seine Schulter gelegt. Er hatte sie umarmt. Er hatte beim letzten Abschied ihr Gesicht zwischen seine Hände genommen, für Sekunden. Mehr nicht.

Es würde unendlich schwer sein, all das beiseitezuschieben, was sie gefühlt hatte.

Aber vielleicht konnte sie es versuchen.

Was sprach dagegen, zu helfen? Die Gesetze, die es illegal machten, zwei hungrige kleine Jungen mit Honigbroten zu füttern, waren nicht für Menschen gemacht, sondern lediglich für das Papier, auf dem sie standen. Diese Jungen – und ihre Familien – mussten weg von hier. Weiter in Länder, die sie aufnehmen konnten. Sie würde einen Weg suchen. Es musste einen geben.

Als sie Achmed und Rashid nach Hause brachte, trugen sie wieder ihre nassen Hosen, aber noch immer Jules Oberteile. In der Ferienwohnung hingen zwei nasse T-Shirts und ein schwarzes Wolltuch zum Trocknen. Jule trug Rashid das letzte Stück des Weges, und er schlief auf ihrem Arm ein, den Kopf an ihre Schulter gelehnt.

Als sie über der Bucht mit den Zelten standen, setzte sie ihn behutsam ab und gab ihm ihre Stirnlampe. »Ihr müsst alleine da runter gehen.«

Rashid nickte, und Achmed fragte etwas. Zeigte auf eines ihrer Armbänder, das nur aus Muscheln und kleinen Silberschlaufen bestand. Machte mit den Händen in der Luft vor, was er wollte:

Zeigst du uns, wie man das macht?

Jule nickte. »Irgendwann. Bald. Wir können Freunde sein. Friends?«

Da nickten sie ebenfalls. Und winkten noch einmal. Und rannten den Pfad hinunter: zwei kleine Schatten in der Dunkelheit. Es hatte aufgehört zu regnen.

Und dann geschah etwas, womit sie nicht gerechnet hatte.

Es begann mit dem Hund. Er saß am nächsten Morgen, sehr früh, wieder vor der Tür und jaulte, wie damals, als Asman draußen gestanden hatte.

Jules Wecker zeigte halb sechs. Sie stand auf, stieg zitternd in ihre Kleider und öffnete die Tür. Aber der Hund wollte nicht herein. Er wollte, dass sie hinausging. Dass sie ihm folgte.

Die Sonne hing unwirklich im frühen Dunst, die Blumen hatten ihre Blüten noch geschlossen. Die Welt war noch nicht ganz erschaffen, war noch vage wie Ton, der erst langsam aushärtet. Der Hund führte Jule den tief eingeschnittenen Weg zwischen den Feldsteinmauern hinunter, Tautropfen blinkten überall in Spinnennetzen wie Juwelen, kitschig wie auf Postkartenfotos. Auf den Wiesen hing Nebel wie kondensierte Gedanken.

Jule tastete nach ihrer Kette. Das Stück Perlmutt lag glatt und kühl zwischen ihren Fingern. Sie wusste, sie hätte dieses Stück Perlmutt längst durch etwas anderes ersetzen sollen, aber sie mochte seine beruhigende Oberfläche. Sie kamen an der Kette im Olivenbaum vorbei, und die Kette klang wie stets, zaghaft und leise. Auch der Wind, der sie bewegte, träumte noch.

Und schließlich bog der Hund nach rechts ab, führte sie einen schmaleren Pfad durch die Macchia entlang, den sie noch nie gegangen war. Es gab Tausende von Pfaden auf dieser Insel, Hasenpfade, Hundestraßen, Schafstritte.

»Wohin führst du mich?«, fragte sie, »ist es nicht langsam genug? Wir sind seit mehr als einer Stunde unterwegs.«

In genau diesem Moment machte der Pfad eine Biegung um einen Felsen, und dahinter, an eben diesen Felsen gelehnt, zwischen den Schlieren des weißen Frühnebels, kauerte eine Gestalt in einem dunklen Rock und dunkler Jacke. Jule blieb stehen. Nur zwei Meter trennten sie von der Gestalt.

Der Hund setzte sich hin und sah sie an.

»Hier sind wir«, sagte der Blick. »Tu etwas.«

Da hob die Gestalt den Kopf und sah Jule an. Ihre dunklen Augen brannten, und in ihrem Gesicht stand eine dumpfe Verzweiflung. Beinahe etwas wie Ärger, Ärger über sich selbst. Jule machte einen Schritt zurück.

Die junge Frau öffnete die Lippen, doch kein Laut kam heraus.

Jule hatte sie bisher nur von ferne gesehen, und sie hatte gedacht, dass sie schön war, aber jetzt dachte sie, dass diese Schönheit der Vergangenheit angehörte. Das Gesicht der Frau – des Mädchens – war seltsam aufgedunsen und rund, blass, ungesund. Sie war einmal schön gewesen, aber etwas stimmte nicht. Ein schwarzes Kopftuch umrahmte das Gesicht und unterstrich seine Blässe, beim letzten Mal hatte die Kapuze das Kopftuch verborgen.

Sie hatte eine Hand auf ihren Bauch gelegt, den grotesk großen Bauch, in dem sich unter ihrem Kleid, neben der Hand, etwas regte: das Kind trat. Das Mädchen versuchte zu lächeln, doch der Versuch missglückte. Und Jule begriff: Sie kam nicht hoch. Sie presste jetzt die zweite Hand an die Stirn, ihr war schwindelig, sie war einfach zu schwach, um aufzustehen.

Hoffentlich kommt dieses Kind nicht genau jetzt, dachte Jule, *bitte mach, dass das nicht passiert.*

»Warum bist du hier?«, flüsterte sie, unsinnigerweise auf Deutsch.

Und obwohl das Mädchen sie nicht verstehen konnte, zeigte sie auf sich, machte die Geste des Gehens mit zwei Fingern, zeigte auf Jule.

»Du warst … auf dem Weg zu mir? Was erwartest du? Ich kann dir nicht helfen. Ich …«

Das Mädchen streckte die Hand aus, und Jule zog sie hoch. Sie war winzig. Einen ganzen Kopf kleiner als Jule. Jetzt, da sie stand, schien sie erleichtert zu sein, schien sie besser Luft zu bekommen. Die Anstrengung auf ihrem Gesicht zerbrach zu einem Lächeln.

»Du … du solltest mich nicht anlächeln«, sagte Jule. »Ich bin die Böse! Ich bin die, die dein Freund … oder dein Mann? Die er beinahe geküsst hätte. Er hätte beinahe seine Seele verkauft, an einen Teufel ohne Kopftuch, und ich hätte sie gerne gekauft, doch, wirklich. Du solltest mich hassen.« Sie spürte etwas wie Tränen in sich aufsteigen. »*Ich* hasse *dich*«, wisperte sie. »Ich dachte, ich bin drüber weg, und ich helfe euch ... aber es ist nicht so leicht. Ich hätte gut damit leben können, dir nicht persönlich zu begegnen.«

Das Mädchen legte einen Arm um Jule, suchte Halt.

Eine Menge leiser arabischer Worte quollen aus ihr heraus, als wollte sie etwas erklären.

»Was machen wir jetzt?«, wisperte Jule, und ihre Stimme klang auf lächerliche Weise erstickt. »Was machen wir denn jetzt?«

Keine der beiden hat dich bemerkt.

Du stehst ganz still und siehst sie an, diese beiden, für die du so viel empfindest, dass es dich zerreißt. Und du bist so erleichtert, Naime gefunden zu haben, dass du einen Moment einfach gar nichts tust. Nur stehst und schaust.

Sie hat gesagt, sie geht zu Jule, gestern Abend schon, aber du hast es ihr nicht geglaubt.

Sie hat dich immer gebeten, keinem hier etwas zu erzählen von ihr und dem Kind. Sie hat gesehen, was mit anderen Frauen geschehen ist, die Kinder in ihrem Bauch hatten. Weißt du noch, eine, die sie aufgeschlitzt hatten, am Straßenrand, weggeworfen.

Dies hier ist Europa, hast du ihr gesagt, und sie hat gesagt: Aber wir verstecken uns trotzdem. Und nicht alles, das begreifst du, muss rational erklärbar sein. Es gibt zu viele Erinnerungen in Naime, zu viele Bilder.

Deshalb hast du es nicht geglaubt, als sie sagte, sie würde zu Jule gehen.

Es ist ohnehin zu weit, es geht ihr nicht gut …

Und heute Morgen lagst du alleine unter den Decken, und sie war fort. Nie bist du schneller den Weg zwischen den Felsen hinaufgeklettert. Du hast dein Herz schlagen hören, laut, wie Herzen nur in Büchern schlagen, bist gerannt, den ganzen Weg – und dann hast du sie da sitzen sehen, an den Felsen gelehnt, hast ihre ausgestreckte Hand gesehen und gewusst, ihr ist wieder schwindelig … Aber ehe du bei ihr warst, war jemand anderer dort.

Jule.

Wie auch immer sie dorthin gekommen ist.

Du siehst, wie sie zögert, wie sie Naime auf die Beine zieht.

Und jetzt, jetzt gehen die beiden nebeneinanderher, in die Richtung, aus der Jule gekommen ist. Sie nimmt Naime mit zu sich. Sie versucht zu helfen.

Du siehst die kleine Person neben der großen gehen, das Kopftuch neben den braunen Locken, eine Kultur neben der anderen. *Für Männer ist es leichter, die Seiten zu wechseln.* Ein Satz deines Vaters, den er damals gesagt hat, als du ihm erzählt hast, was du tun willst.

Auf einem Schiff anheuern. Die Welt sehen. In Europa bleiben und vielleicht studieren. Das war im Jahr vor dem Krieg.

Du siehst ihn noch, den alten Mann, alt vor der Zeit, du siehst ihn im Laden unter den Regalen liegen, er hat versucht, sie mit den Händen aufzuhalten, als die Häuser in der Straße alle fielen. Der Laden war ein Stück mitgebrachte Heimat, die Regale voller Nahrungsmittel von zu Hause. Sie haben ihm beide Arme gebrochen, aber du siehst noch das Lächeln auf seinem Gesicht, als er dort lag.

»Geht von hier weg«, hat er gesagt, von dort auf dem Fußboden aus. »Geht zurück. Vielleicht ändert sich jetzt alles, vielleicht müssen sie uns jetzt wieder aufnehmen. Es gibt doch eine internationale Meinung. Die Israelis müssen helfen. Kümmere dich, ja? Kümmere dich um Naime.«

Du hast ihm nicht gesagt, dass du dort nicht hinwillst, nie hinwolltest. Zurück ist kein Ort für dich.

Es waren nicht nur die Arme, die die stürzenden Regale gebrochen haben, es war mehr, und das war sein letzter Satz: *Kümmere dich um Naime.*

Du hast versucht, die Regale zur Seite zu ziehen, aber als du ihn befreit hattest, hat er nicht mehr geatmet.

Und dann rennst du, und dann bist du da, hast die beiden erreicht.

Siehst ihnen in die Augen. Dunkle Augen, grüne Augen.

Du nimmst Naime in die Arme. »Hier bist du«, sagst du. Und: »Was hast du dir dabei gedacht, bei Allah, du bist so unvernünftig« und »Ich liebe dich. Euch. Das Kind …«.

»Ich wollte ihr etwas erklären«, flüstert Naime.

»Geht es dem Kind gut?«

»Ich denke. Mir war nur schwindelig. Es kommt noch nicht, mach dir keine Sorgen. Es lässt sich noch ein paar Tage Zeit. Dieses Kind weiß schon, wann der richtige Tag gekommen ist, es ist ein kluges Kind. Es ist so klug wie du. Vielleicht sieht es auch so aus wie du, wer weiß.«

»Ich bin nicht klug«, knurrst du, und du weißt genau, das Naime das auch nicht glaubt.

Dann, endlich, siehst du Jule wieder an. Sie steht da, mit hängenden Armen, unschlüssig.

»Ich denke, ich bin hier überflüssig«, sagt sie leise, auf Englisch. »Der Hund hat mich geholt. Sonst hätte ich mich nicht eingemischt.«

Du siehst etwas hinter ihren Augen, das sich anfühlt wie das Mittelmeer, wenn man nachts darin auf ein Rettungsboot zuschwimmt und weiß, dass man es nicht erreichen kann.

»Jule«, sagst du. »Ich … ich hätte dir erzählen sollen …«

»Vielleicht hättest du das«, sagt Jule leise und sieht weg. Zum Horizont.

»Sie wollte es nicht. Sie hat gesagt, ich muss ihr versprechen, dass ich niemandem etwas von ihr erzähle. Es ist etwas spät für Vorstellungen, aber … das ist Naime.«

»Naime«, wiederholt Jule. Nickt. »Herzlichen Glückwunsch«, murmelt sie. »Dann bist du also bald Vater, ja.«

Und da bricht beinahe ein Lachen aus dir heraus, ein verzweifeltes und dummes Lachen.

Du siehst Naimes Blick auf dir, sie weiß, was Jule sagt, auch wenn sie kaum Englisch spricht. Sie wollte es nie lernen, wollte nie fortgehen.

Sag es. Sag es, damit es gesagt ist. »Jule … keiner von uns kennt den Vater.«

Jule starrt dich nur an, und ihre Augen sind ganz anders als sonst, das Grün ist … implodiert. Als wären es nur noch Scherben, die sich erst wieder ordnen müssten.

Es ist Naime, die zuerst etwas sagt, das Wort »Vater« hat sie verstanden, sie weiß, worum es geht. Sie ist hierhergekommen, um zu erklären, will dir helfen, als wärst du der Jüngere. Obwohl sie es ist. Sieben Jahre.

»Asman«, sagt sie, sieht Jule an und zeigt auf dich. »He my brother.«

9

Einen Moment lang wusste sie nicht, ob sie weinen oder lachen sollte.

Es war zu einfach. Zu dumm. Zu absurd.

Es war eine Wendung wie aus einer Vorabendserie. Und deshalb lachte sie schließlich.

Aber das Lachen verebbte, in Vorabendserien wohnen Leute nicht in Höhlen, und man trifft keine hochschwangeren Mädchen zwischen Felsen und Dornenbüschen. Oder wenn, dann sind es die Dornen der Rosen im Schlossgarten, und der Vater des Kindes ist der Graf, und die Hebamme geht zufällig gleich hinter der Buchsbaumhecke spazieren. Die schwangeren Mädchen aus den Serien sprechen auch nicht arabisch mit ihren Brüdern.

Asman übersetzte, langsam. »Naime sagt … sie wollte nicht, dass jemand etwas von ihr weiß. Auch du nicht. Sie wollte eigentlich gar nicht, dass ich mit dir rede. Sie war sauer auf mich, weil … weil es ihr zu gefährlich schien. Aber dann hat sie nachgedacht. Sie sagt, sie hat lange, lange nachgedacht. Und heute Morgen konnte sie nicht mehr schlafen und ist losgegangen.«

Er sprach wieder arabisch, schien mit seiner Schwester zu schimpfen, er hatte sich Sorgen gemacht. Jule lächelte.

»Was machen wir jetzt?«, fragte sie. »Was machen wir denn jetzt?«

Sie standen zu dritt im Morgen herum, und irgendwo mussten sie hingehen, sie konnten hier nicht ewig stehen bleiben.

»Wenn drei junge Leute sich treffen, in deinem Land«, sagte er. »Früh am Morgen. Und sie sind müde, und es ist kalt. Was machen sie dann?«

Jule sah die drei jungen Leute vor sich, die sich trafen, in der Stadt, nach einer Kneipennacht: sie und Asman und Naime, in einer anderen Welt, einem anderen Leben.

»Dann gehen sie wahrscheinlich zusammen frühstücken«, sagte sie.

»Gut«, sagte Asman. »Lass uns frühstücken gehen.«

»Ich … habe nichts mehr. Nicht mal Brot und Tomaten.«

»Du kommst mit uns. Zum Schafstall«, sagte Asman entschlossen, und beinahe klang es, absurderweise, wie der Name einer Kneipe, in der es Milchkaffee und Croissants gab.

Er hakte seine Schwester unter, um sie zu stützen, und sie machten sich zurück auf den Weg, den sie gekommen waren. »Hier lang geht es schneller«, sagte er mit einem kleinen Lächeln »Ich glaube, du bist bisher immer einen Umweg gegangen. Rauf zum Ort und dann zum Berg und hintenrum über die Quelle wieder runter.«

Und Jule nickte und dachte, dass sie vielleicht mit vielen Dingen einen Umweg gegangen war, sie hätte ihn auch einfach suchen und fragen können, wer Naime war. Aber eigentlich gingen sie beide ständig Umwege. Sie wusste immer noch nicht, ob sie ein gemeinsames Ziel hatten.

Der Weg war, trotz allem, zu weit. Irgendwann hob Asman Naime auf seinen Rücken. Als wöge sie gar nichts. Jule ging hinter ihm und seiner Last her, auf dem schmalen Weg, und es war eine merkwürdige und unwirkliche Wanderung: Ein junger Mann trägt seine Schwester einen Weg am Berg entlang, durch die Nebelschwaden eines frühen Morgens, zu einem Schafstall, in dem sie Unterschlupf gefunden haben. Es hätte vor zweitausend Jahren so sein können.

Die Nebel lösten sich langsam auf, die ersten Grillen erwachten, und vom Meer her drang das Rauschen der Brandung zu den drei Wanderern herauf. Die Farben kehrten zurück in den Tag, zusammen mit den Gerüchen nach Thymian und Majoran.

Und dort, dort war der dunkle Eingang der Höhle; dort saßen sie und sahen ihnen entgegen:

dreißig Menschen, die es nicht geben durfte. Manche lächelten. Manche machten ihre Gesichter zu. In manchen Augen stand Furcht, als sie Jule sahen, in manchen Hoffnung, in manchen Feindseligkeit.

Asman stellte Naime auf die Füße, und dann umringten die Kinder sie, als wären es nicht drei Kinder sondern dreihundert. Jule wehrte sie lachend ab. Die beiden kleinen Jungen trugen noch immer Jules Oberteile, der kleinere, Rashid, wedelte kichernd mit den zu langen Ärmeln wie mit Flügeln. Schließlich hob Asman ihn hoch, sehr hoch in die Luft, Rashid kreischte, und als er ihn wieder absetzte, trollte er sich mit einem vorwurfsvollen Blick.

»Setz dich«, sagte Asman. »Ich muss erklären. Vieles erklären.«

Er sagte etwas zu den Übrigen, zeigte auf Jule, auf seine Hand, und sie merkte, wie nervös sie war.

Als wäre dies eine Prüfung. Hier saß sie, zwischen Frauen mit Kopftüchern und Männern, vor allem Männern, es waren weit mehr Männer, hier saß sie und wurde angestarrt. So also fühlten sich Ausländer in Deutschland: in einem Bus, in der Bahn, auf der Straße.

Jule sah an sich herunter, sie trug enge Jeans und ein relativ enges Oberteil, die Softshelljacke darüber war offen. Manche Blicke wanderten durch den Stoff. Manche verfingen sich in ihrem offenen Haar, glitten ihren Hals hinab, und sie verspürte den absurden Wunsch, etwas um sich zu wickeln. Sich zu verstecken. Ein Kopftuch, dachte sie, sie hätte gerne ein Kopftuch gehabt. Tatsächlich.

Asman saß jetzt neben ihr auf dem Boden, und das beruhigte sie.

Er war kein Fremder mehr, er war der einzige Nichtfremde.

Sie sah zu Boden, während sie die Blicke der Menschen auf sich spürte, und dann sah sie auf. Sah in Gesichter, die lächelten. Und die tastenden Blicke waren nur eines. Neugierig.

Jule zog den Reißverschluss der Jacke zu und erwiderte das Lächeln.

»Erklär ihnen … bitte erklär ihnen, dass ich nicht vorhabe, sie an irgendwen zu verraten.«

»Das habe ich gerade erklärt«, sagte Asman und grinste.

Und dann entfachte jemand ein Feuer vor der Höhle, um das sie sich scharten, und die Frauen, es waren acht, begannen, hektische Vorbereitungen zu treffen: Dinge klein zu schneiden, Wasser aus Flaschen in einen Kessel zu füllen. Wie vor tausend Jahren, dachte Jule wieder.

»Tea«, sagte eine Frau mit einem blauen Kopftuch. »We making tea.«

Jule erschrak beinahe darüber, dass sie Englisch sprach.

Sie bot sich an, zu helfen, aber sie winkten ab, Helfen kam nicht infrage, Jule war jetzt ihr Gast. Asman sprach etwas abseits mit ein paar Männern, sie saß alleine bei den Frauen. Die Kinder spielten mit dem Hund, während das Wasser warm wurde, kugelten mit ihm über den Boden – auch das Mädchen, mit Rock und Kopftuch. Sie hörte ihr helles Lachen, ausgelassen.

Was erwartest du?, hatte Asman gesagt. *Dass ich den ganzen Tag herumlaufe und heule?*

»My home?«, sagte die Frau, die Englisch sprach. »Nobody making tea like that.« *Niemand bei uns zu Hause hätte auf diese Weise Tee gemacht.* »We have big house. Big garden. Nice car. Now everything gone.« Sie wedelte mit den Händen: das Haus, der Garten, das Auto; alles war fort, zerstreut im Wind wie Asche. Sie lachte, als sie das sagte, und die anderen lachten mit ihr. Was konnte man tun als lachen?

»You country?«

»Germany.«

Das Wort löste ein arabisches Gezwitscher aus wie von freigelassenen Käfigvögeln.

»Very good country«, sagte die Frau mit dem blauen Kopftuch. »We like.«

»Na ja«, sagte Jule.

Und während der Tee kochte, Tee aus Kräutern der Macchia, dachte sie darüber nach, ob Deutschland ein gutes Land war. Sie hatte es bisher immer langweilig gefunden. Kalt. Grau.

Aber es gab warme Duschen dort und Meinungsfreiheit und Cappuccino aus Automaten. Niemand riegelte Stadtviertel ab, um Menschen auszuhungern, weil sie die Meinung der Regierung nicht teilten. Es gab keine Männer in Uniformen, die jemanden einsperrten, der seinen Freund ins Krankenhaus bringen wollte. Die meisten Männer in Uniformen waren damit beschäftigt, Katzen von Bäumen zu retten und Temposünder zu fotografieren.

Es gab zehn Plastiktassen, sie tranken den Tee in Schichten.

Jule bekam die erste Tasse. Sie drehte sie in den Fingern, eine weiße Tasse mit billig aufgedrucktem Rosenmuster. Woher hatten sie die Tassen? Der Tee war bitter, aber warm. Sie merkte, wie sehr sie gefroren hatte, und erklärte auf Englisch, dies wäre der beste Tee, den sie je getrunken hatte. Woraufhin die Frauen in erneutes Gekicher ausbrachen. Naime lachte mit ihnen, doch sie war noch immer blass wie die Nebel am Morgen.

Jemand reichte Jule eine dünne Scheibe Weißbrot, und sie merkte, wie hungrig sie gewesen war, und dachte, das dies vermutlich das beste Brot war, das sie je gegessen hatte. Dann sah sie, dass ein Grüppchen von zwei Frauen und drei Männern ein wenig abseits saß. Diese Frauen trugen keine richtigen Kopftücher. Sie hatten ihr eigenes kleines Feuer. Der, der das Brot austeilte, ging am Ende auch zu ihnen, und als sie aufblickten, sah Jule auch dort eine unsichtbare Membran.

Die Frau mit dem blauen Kopftuch bemerkte ihren Blick.

»Das sind die Christen«, sagte sie.

In diesem Moment legte jemand ihr eine Hand auf die Schulter. Sie spürte ein Lächeln in sich und drehte sich um – doch es war nicht Asman.

Es war Hassan.

Sie hätte sie gerne abgeschüttelt, wagte es aber nicht. Und ihr wurde klar, dass er eben noch nicht bei der Gruppe gewesen war. »Er hat dich also doch noch gebracht«, sagte Hassan in seinem dunklen, langsamen Englisch. »Und dann lässt dich allein.«

»Ich bin nicht besonders allein, danke«, sagte Jule und wies auf die Teekocherinnen.

»Nein, ihr versteht gut, ich sehe«, sagte Hassan und nahm seine Hand weg. »Ju-le. Richtig?«

»Ja.«

»Jule, bist du gekommen, um für uns zu helfen?«

»Das kommt darauf an. Was braucht ihr am dringendsten?«

Hassan schien zu überlegen. »Decken. Fett für Kochen. Obst,

wenn du finden kannst. Dann wir brauchen Hoffnung. Viel Hoffnung. Große Paket.«

Jule nickte. Sie sah, wie Hassan sie musterte. Sein Blick glitt nicht unter den Stoff, er glitt tiefer: durch die Haut bis in ihr Herz. *Warum bist du hier?*, fragte sein Blick. *Was willst du wirklich? Helfen oder nur ein bisschen gucken? Wie im Zoo? Wenn du in der Chóra etwas sagst, wird es dir sehr, sehr leidtun.*

Er sah seine Hände an, schloss sie zu Fäusten und öffnete sie wieder, als wollte er ihr zeigen, was diese Hände anrichten konnten. Jule schluckte. Sie mochte ihn nicht. Er war der am besten aussehende Mann, dem sie je begegnet war, aber sie mochte ihn kein bisschen, und das lag daran, dass er recht hatte mit seinen Zweifeln.

Sie wollte hier sein, aber sie hatte Angst, zu sehr in alles hineingezogen zu werden. Sie war eine dumme, deutsche Touristin. Flüchtlingstourismus.

»Warum sitzen die Christen da drüben?«, flüsterte sie.

»Dinge sind so, wie sie sind«, sagte Hassan ruhig. »Wir haben Respekt für andere, aber gibt es Abstand. Kein Streit hier. Da hinten, siehst du.« Er zeigt auf ein paar bärtige Männer, die sehr eng zusammenhockten. »Dahinten, diese Männer gesagt: Christen muss weg. Kein Christen mit uns. Syrien, Christen sind mit Assad, sie helfen ihm. Ich sage: nicht Christen rauswerfen. Sind sie nicht meine Brüder, aber bleiben sie. Dahinten, diese Männer, sie sagen viel. Sie auch gesagt, Mädchen hier …« Er zeigte auf Jule. »Warum sie kommt? Sie soll nicht zeigen ihre Haare. Und ihren Körper. Nur es gibt Probleme.«

»Das haben sie gesagt?«, frage Jule. »Wann? Eben?«

Er nickte. »Aber ich sage: Mädchen lass sie in Ruhe, Dinge sind so, wie sie sind.«

Er holte tief Luft und sagte leise: »Ein Sache wir brauchen. Geld. Wir haben fast verloren alles. Es nicht reicht. Für Weiterkommen. Nach Italien.«

»Ich … ich bin nicht reich … nicht alle Deutschen sind reich. Überhaupt eigentlich sehr wenige«, stotterte Jule. »Ich bin Schülerin!«

»Kein Geld«, sagte Hassan.

»Kein Geld«, sagte Jule. »Ich kann euch Decken und Obst und sonst was besorgen. Kein Geld.«

Hassan holt tief Luft, als wollte er etwas sagen, doch dann schwieg er. Schüttelte den Kopf. »Gut«, sagte er. »Gut. Niemand man kann zwingen für helfen.«

Er stand auf, kehrte ihr den Rücken zu, und Jule sprang ebenfalls auf. »Ich helfe doch! Verdammt, ich habe die Kinder zurückgebracht! Ich meine, ich habe sie an die falsche Stelle gebracht, zu den Zelten, da wart ihr nicht mehr …«

»Sie haben nach Hause gefunden«, sagte Asman hinter ihr. »Du hast alles richtig gemacht. Hör nicht auf Hassan.«

Hassan zuckte die Schultern. »Hör nicht!«, wiederholte er und ging davon. Und Jule stand da, sah in die Gesichter der Frauen und merkte, dass sie zitterte. Sie wünschte, Asman hätte sie in die Arme genommen. Aber er berührte sie nicht.

»Ich bin kein Engel und kein Milliardär«, flüsterte Jule. »Verdammt, was glaubt er denn.«

»Möchtest du … noch … Tee?«, fragte Asman, hilflos.

Jule sah die Männer an, die abseits saßen und sie vielleicht doch nicht hier haben wollten. Sie sah Hassan an, der mit dem Rücken zu ihr auf der Erde hockte und jetzt Fische schuppte. Sah die Frauen an, die unter ihren Kopftüchern besorgt aussahen.

Zwei Kulturen, dachte Jule. Zwei Welten. Zwei Farben, die ineinanderschwappen und sich nicht mischen, sondern nur seltsame Kringel bilden.

»Danke«, flüsterte sie. »Tee wäre wunderbar.«

So tranken sie zusammen Tee aus Tassen mit hässlichen Rosen, und Jule dachte wieder an die Kneipe in Stockholm und wie er auf der Hässlichkeit der Stühle bestanden hatte. Sie sehnte sich danach, irgendwo mit Asman allein zu sein, einfach zuzuhören, wie er spielte, und sonst nichts.

»Was wollt ihr denn tun?«, fragte sie schließlich leise. »Ihr könnt nicht ewig hierbleiben. Wie kommt ihr weiter?«

»Es gibt zwei Möglichkeiten«, sagte Asman. »Die erste ist die Fähre nach Kreta. Von da aus nach Athen und dann weiter nach Norden, über Bulgarien oder Kroatien. Dazu braucht man für die Schleuser pro Person mindestens viertausend Euro. Aber es geht oft schief. Leute werden an den Grenzen erschossen, überleben die Fahrt in den Lkws nicht, in denen sie tagelang eingepfercht sind, werden gefasst und zurückgeschoben. Alles kann passieren.«

»Was ist … Möglichkeit zwei?«

Asman warf einen Blick zu Hassan. Straffte dann seine Schultern, ging hinüber und fragte etwas. Hassan nickte. »Zeig ihr«, sagte er, auf Englisch.

»Komm mit«, sagte Asman.

Der Hund lief neben ihnen den Weg entlang, und der Himmel war klar, an diesem Tag würde es keinen Regen geben. Jules Magen fühlte sich noch immer leer an. Später, dachte sie, später würde sie zur Chóra hinaufwandern und wirklich etwas essen.

Irgendein pervers süßes Blätterteigding aus der Bäckerei. Sie würde eine ganze Tüte davon kaufen, eines essen und den Rest den Kindern schenken. Und Naime. Das ungeborene Kind mochte vielleicht auch pervers süßen Blätterteig.

Asman führte sie zu der Bucht mit den Zelten. Doch die Zelte waren dabei, sich aufzulösen, waren durchweicht und zerrissen von Regen und Wind. Kein Wunder, dass sie wieder in die Höhle gezogen waren.

Asman betrat den kleinen Steg neben dem Haus. Jule folgte ihm zögernd.

Einmal drehte er sich um und winkte. *Komm mit.*

Die Bretter des Steges waren dunkel und morsch. Hier war lange nichts erneuert worden, auch das Haus sah von Nahem nicht so aus, als wäre es in den letzten Jahren bewohnt worden, nicht einmal im Sommer. Bougainvillea und Wilder Wein hatten begonnen, die Terrasse zu verschlingen. Ein kleiner toter Vogel lag auf dem Verandatisch.

Asman stand jetzt neben dem alten Kutter. Das Tau, mit dem er am Steg vertäut war, war alt, aber offenbar vor Kurzem gespleißt worden, die einzelnen Strähnen des Werks neu ineinandergedreht. Etwas, das man vielleicht auf See lernte.

Asman war mit einem Satz an Bord des Schiffs, und dann sah Jule ihn unter Deck verschwinden.

Der Kutter lag wirklich verdammt schräg. Sie sah, wie alt und schadhaft er war, aber sie sah auch, dass es ausgebesserte Stellen gab: ein Brett hier, ein paar Metallstreifen dort, die das Holz zusammenhielten. Und Jule begann zu begreifen.

»Asman?«

Er antwortete nicht. Er wartete auf sie, an Deck dieses … Schrottboots.

Sie nahm zwei Schritte Anlauf und sprang. Spürte das Schaukeln des Schiffs unter sich, krallte sich an der Reling fest. Dann fand sie eine schmale Treppe und kletterte vorsichtig hinunter.

Unter Deck roch es nach einer Mischung aus Schimmel, verwesenden Algen, Benzin, Teer und frischem Holz. Sie brauchte einen Moment, um sich an den Geruch und die plötzliche Dunkelheit zu gewöhnen. Und es war schwierig, sich hier unten zu bewegen, ohne an irgendetwas zu stoßen – Balken, Kisten, aufgehängtes Werkzeug … Jule dachte an die Werkstatt ihres Vaters, im Keller des Hauses, klein, ordentlich, aufgeräumt. Das Abenteuerlichste, was sie als Kind dort getan hatte, war, mit ihrem Vater zusammen eine Kokosnuss aufzusägen.

Sie tastete sich vorwärts, in Richtung Bug, auf gut Glück. Es war eigentlich gar nicht so dunkel, das Licht drang durch tausend kleine Ritzen und Spalten von oben herein, fiel in Tropfen herunter wie Gold auf schwarzen Samt, bildete schmale Balken, in denen Staubkörner tanzten.

Sie blieb stehen. Asman hatte gesagt, sie fände die Schönheit überall, und hier war sie.

Jule tastete nach dem kleinen Perlmuttstück an ihrer Kette, und als sie nach unten sah, merkte sie, dass sich auch auf dem Perlmuttstück ein Tropfen Licht spiegelte.

Sie dachte an die Tankstelle, irgendwo in Amerika. An den Typen hinter der Kasse.

Schöne Kette. Wo hast'n das Ding her? Ist das 'ne Muschel?

Nein, das ist ein abgefallenes Stück … Jazz.

Wie?

Ein Stück Vorwärts. Und ein Stück Licht aus der Dunkelheit unter einem schrottreifen Fischkutter. Damals war es wie ein Stück … Hoffnung.

Sie schlüpfte zwischen zwei Balken hindurch – und da stand er, gebückt, mit der gesunden Hand an die schräge Schiffswand gestützt, und sah durch eines der noch intakten Bullaugen hinaus.

»Asman«, flüsterte Jule.

»Schau«, sagte er. Und sie trat neben ihn, und sie sah durch das verschmierte Glas des winzigen runden Fensters. Es gab nur zwei dieser Fenster, vorne im Schiff. Draußen begann, direkt unter dem Bullauge, das Meer.

»Stell dir vor, du wärst auf See«, sagte Asman. »Weit, weit da draußen. Das Schiff pflügt durch die Wellen, und du stehst hier unten und siehst, wie sie unter seinem Bauch verschwinden. Wie irgendetwas in der Ferne auftaucht und näher kommt. Land. Erst ist es nur ein Streifen, dann siehst du, wie es ansteigt, siehst Häuser und Bäume …«

Jule sah ihn an. »Italien.«

»Sizilien. Ja.« Er fuhr mit der gesunden Hand einen der alten Balken entlang. »Ist sie nicht wunderschön? Sie hat hier auf uns gewartet. Ihre Besitzer kümmern sich nicht mehr um sie. Aber wir machen sie flott. Ich wünschte, wir hätten mehr Holz. Teer. Werkzeug. Mehr von allem. Du hast das Licht gesehen, das hier überall durchkommt? Immerhin kommt kein Wasser mehr von unten.«

»Aber das Licht … schadet doch nicht?«

»Überall, wo Licht durchkommt, kommt auf See auch Wasser durch«, sagte Asman. »Wasser von Wellen, die über die Reling rollen. Jedes dieser winzigen kleinen Löcher muss abgedichtet werden.«

»Dann … wird es hier unten komplett dunkel sein?«

»Und ganz trocken« sagte Asman und lachte.

»Aber ihr müsstet einen ganzen Wald fällen, um das Holz zusammenzubekommen für die Reparaturen.«

»Wir holen uns Äste«, sagte Asman. »Dicke Äste. Äste fallen weniger auf.«

»Und Bretter und Werkzeug und Teer aus Stavros' Schuppen. Nicht nur von da, oder? Ihr klaut euch das Material für die Reparatur dieses Schiffes zusammen.«

»Und wenn?«

Sie seufzte. Dann legte sie ihre Hand ebenfalls auf den Balken, nur Zentimeter entfernt von Asmans Hand.

»Sie heißt übrigens *Mariana*«, sagte er. »Sie ist ein braves Mädchen. Sie wird uns heil rüberbringen.«

Jule wollte etwas sagen, etwas Vernünftiges. *Du kannst nicht mit zweiunddreißig Menschen auf diesem schrottreifen Kutter nach Sizilien schippern. Ihr kriegt das Ding nie so flott, dass es sicher ist …*

Sie sagte es nicht.

Er war so … voller Hoffnung, so stolz, so glücklich. Nie hatte sie ihn so glücklich gesehen.

Man sah es daran, dass er nicht lächelte. Er brauchte, dachte sie, wenn er wirklich glücklich war, das bemühte Lächeln nicht.

Eine Weile standen sie einfach so da, an die schräge Wand der *Mariana* gelehnt, zwischen sich den Balken, auf dem ihre Hände lagen, um sich die Dunkelheit mit den Goldflecken. Gleich, gleich würden die anderen Männer kommen, und die *Mariana* würde eine Baustelle werden. Noch waren sie allein.

Und in der Dämmerung war es, als könnte man Dinge fragen und Wahrheiten sagen, die sonst unmöglich waren.

»Wenn es dunkel ist, denke ich immer an Evelyn«, sagte sie. »Meine Freundin. An Nachtwanderungen mit ihr. Sie hatte nie so viel Angst wie ich.«

»Hast du jetzt Angst?«

Ja, wollte Jule sagen. Ich habe eine verdammte Angst davor, dass ihr tatsächlich mit diesem Kahn hinausfahrt. »Nein«, sagte sie. »Woran denkst du, wenn es dunkel ist?«

»An die Sommernächte, in denen wir die Matratzen hochgeholt haben und auf dem Dach geschlafen«, flüsterte Asman. Und, nach einer Weile: »Nein. Das war gelogen.«

»Gelogen?«

»Ich denke nie an Sommernächte, wenn es dunkel ist. Ich … ich denke an die Zeit, nachdem ich versucht habe, meinen Freund ins Krankenhaus zu bringen. Als sie beschlossen hatten, dass wir zu den Rebellen gehören.«

»Was nicht stimmte?«

»Nein. Vielleicht. Ich meine, wir haben ihnen manchmal Wasser gegeben. Etwas zu essen. Sie versteckt. Aber wir waren nicht aktiv. Dunkel war es trotzdem.« Er lachte. »Ich weiß nicht, wie viele wir in der Zelle waren. Zwölf oder dreizehn glaube ich. Es war kein Platz für alle, um sich auszustrecken. Wenn sie einen geholt haben, war mehr Platz.«

»Ge…holt?«

»Ja. Um Fragen zu stellen. Bei was man mitgemacht hat. Welche Namen man nennen kann von Jungs, die bei den Rebellen sind. Von Familien, die ihnen helfen. Wenn du Namen nennst, lassen sie dich in Ruhe.«

»Und … wenn nicht?«

»Dann kriegen sie dich dazu, Namen zu erfinden. Das ist der Grund, aus dem wir über das Meer gehen, verstehst du? Weil es heißt, dort gäbe es diese Dunkelheit nicht. Keine Räume, in denen sie dich zum Reden bringen. Räume mit Haken an der Decke. Räume mit Kabeln. Räume, die du mit dem Schlauch ausspülen kannst. Schlachträume. Der Nächste, bitte.«

»Asman. Nicht lachen«, wisperte sie und tastete nach seiner Hand, um den Balken herum.

»Ich … ja. Ich sollte den Mund halten, oder? Es ging ja nur um … Dunkelheit. Wenn du nicht weißt, wann Tag und wann Nacht ist, das macht dich auch fertig, das ist eine ihrer Methoden. Später, in einer anderen Zelle, da war es so. In der Zelle waren nur ich und ein anderer. Es hat eine ganze Weile gedauert, bis ich begriffen hab, dass der andere tot war. Sie hatten es nicht gemerkt.«

Sie hielt jetzt seine Hand. Ganz fest.

»Und dann haben sie dich rausgelassen.«

»Ja. Sie lassen dich raus, damit du erzählst. Verstehst du? Abschreckung. Aber es ist egal, jetzt ich bin hier. Trotzdem lässt mich keiner über irgendeine Grenze.«

Doch. Ich.

Sie stieß sich von der Schräge ab und fand den Weg um den störenden Balken herum. Sie dachte, er würde sie zu sich heranziehen, doch das tat er nicht, er tat gar nichts, lehnte nur weiter dort mit dem Rücken an der Wand und sah sie an. »Entschuldigung«, sagte er dann. »Ich … wollte dir das eigentlich nicht erzählen. Ich weiß nicht, warum ich … Entschuldigung.«

»Bitte!«, flüsterte Jule verzweifelt. »Zwei Sachen, okay? Nicht lachen. Und nicht Entschuldigung sagen.«

»Ich kann mir so viele Regeln nicht merken«, sagte Asman.

Und da lachte sie auch, aber es war ein befreiendes Lachen, und auf einmal löste sich ein Knoten. Ein Knoten, der die ganze Zeit über da gewesen war, vom ersten Tag an. Sie fiel in einer ungeschickten Bewegung in seine Arme und hörte ihn die Luft scharf durch die Zähne einziehen vor Schmerz, der Hand wegen, und es roch noch immer nach Algen und Teer und Benzin. Und es war noch immer dunkel.

Jule spürte Lippen auf ihren, schloss die Augen, versuchte, nur noch zu fühlen. Sie hatte ein paarmal in ihrem Leben mit Jungs herumgeknutscht, nett und belanglos. Dies hier war kein Herumknutschen.

Es war langsamer und ernster und beinahe beunruhigend.

Er zögerte, seinen Mund zu öffnen, als könnte das etwas sein, was zu weit ging, aber schließlich tat er es doch, und sie schmeckte den Tee aus den Kräutern vom Straßenrand, aber sie schmeckte auch das Meer und alles, was dahinterlag. Sie hielten sich lange, lange fest, und sie waren nicht mehr unter Deck der *Mariana*.

Sie balancierten am Horizont entlang, in eine unbekannte Richtung, zwei Seiltänzer ohne Stange. Tief unten lag der Meeresgrund, und Jule sah die anderen dort stehen und zu ihnen emporsehen, all jene, die es nicht geschafft hatten. Dutzende, Hunderte, Tausende. Sie standen da, zwischen den bunten Fischen, und winkten.

Sie, die dort unten, waren schon angekommen. Sie kannten keine Unsicherheit mehr und keine Schmerzen, keine Angst und keine Scham. Auf dem Meeresgrund herrschte Frieden, es gab dort weder Kriege noch Regime, weder Hunger noch Kälte, weder Grenzen noch Papiere.

Aber es war noch nicht Zeit, hinunterzuspringen, sie hatten noch zu viel vor auf ihrem Horizont. So balancierten sie zu zweit, weiter und weiter, durch die Dunkelheit.

Keiner wusste, ob dort, wo sie hinbalancierten, Licht sein würde. Man konnte es nur hoffen.

Irgendwann endet jeder Kuss.

Irgendwann muss man etwas sagen.

Sie sagten nichts. Sie gingen zurück durch den dunklen Bauch der *Mariana*, zwischen Balken, Tauen und Kisten hindurch, und kletterten ans Tageslicht. Asman zeigte stumm. *Dorthin, dorthin werden wir fahren, dort liegt Italien.*

Sie konnte sich vorstellen, wie er hier an Deck stand, den Wind im Haar, und die *Mariana* steuerte. Aber das Bild war unecht, es war ein Bild aus einer Bierreklame. Unechte Bilder sind gefährlich.

»Was braucht ihr? Für … die Reparatur?«

»Was Hassan gesagt hat. Aber ich sage es nicht. Ich mag das Wort nicht.«

»Geld.«

»Geh«, sagte er. »Geh und lern oder was du tust, und wir treffen uns später. Und reden nicht mehr darüber, was wer braucht.«

»Doch«, sagte Jule fest. »Ich kann immerhin versuchen, etwas zu tun. Aber erklär mir … wenn ihr nicht alles klaut. Wem kauft ihr das Zeug ab?«

Er schüttelte den Kopf. »Keine Namen. Er ist jedenfalls der Einzige, der außer dir weiß, dass wir hier sind. Er ist ein guter Mann. Aber er will Geld. Niemand verschenkt Schrauben und Werkzeug.«

Jule seufzte. »Gut. Ich treibe was auf. Aber viel wird es nicht sein.«

Asman sah an ihr vorbei, zum Land hin, und Jule folgte seinem Blick. Eine Gruppe von Männern kam jetzt den Weg entlang, Männer aus der Höhle.

»Wir arbeiten weiter«, sagte Asman. »Mit dem, was wir haben. Geh jetzt.«

»Warte. Die Hand. Der Verband …«

»Heute Abend.« Er schob sie sanft in Richtung Reling. »Sehen wir uns denn?«, fragte sie.

»Wir sehen uns«, sagte er. Das war alles.

Und sie sprang.

Evelyn? Es sind tausend Dinge passiert. Das Leben ist unglaublich. Unglaublich wunderbar. Und unglaublich schrecklich. Wenn ich weiß, was jetzt wird, schreibe ich mehr.

Das Handy meldete sich zehn Minuten später. Jule saß im Dolfin oben, des Internets wegen, wo am Tresen wieder perfekt geschminkte junge Griechinnen mit hohen Absätzen lehnten und sich in Grüppchen über ihre Smartphones beugten.

Es schienen noch mehr geworden zu sein, griechische Urlauber vielleicht.

»Du hast ihn geküsst«, sagte Evelyn ohne Einleitung.

»Evelyn!« Jule hatte das Gefühl, die Hand übers Handy halten zu müssen, damit nicht das ganze Café mithörte, aber natürlich war das Unsinn. »Nein! Ich meine: Darum geht es nicht.«

»Nicht? Dann lass uns über Philosophie und griechische Muschelarten sprechen.«

Jule sagte einen Moment lang nichts. »Ich wünschte, du wärst hier«, murmelte sie schließlich. »Dann wäre es einfacher. Ich habe … wir sind … Evelyn, dieses Schiff … es besteht aus maroden Stellen … zweiunddreißig, daran muss man immer denken, es sind zweiunddreißig von hundertvier. Die anderen hat das Meer. Und ich bin trotzdem glücklich, ist das nicht verrückt? Sie sagen, sie brauchen Geld. Es gibt jemanden, der ihnen die Sachen besorgt, die sie zum Reparieren brauchen, aber er nimmt Geld dafür. Ich werde mein Konto leer räumen, ich kann nicht zusehen, wie sie auf diesem kaputten Schiff rausfahren. Und das Mädchen, das schwangere Mädchen, Naime. Sie ist seine Schwester.«

»Moment. Kannst du das noch mal … der Reihe nach?«

»Nein«, sagte Jule. »Telefonieren ist zu teuer. Ich brauche das Geld für Schrauben und Bretter.«

Sie lachte. »Jule!«, sagte Evelyn erschrocken. »Mach keinen Unsinn.«

»Ich glaube«, sagte Jule, »ich mache zum ersten Mal etwas, das Sinn ergibt.«

Sie trank ihren Kaffee, der mal wieder kalt geworden war. An der Theke stand jetzt Kostas, der mehr frei zu haben schien, als er arbeitete, und hatte einen Arm um eines der Mädchen gelegt.

Das Mädchen, das er heiraten würde, vermutlich. Sie lachten miteinander, all die Mädchen und er, und es sah so schön und so einfach aus. Dann klingelte Kostas' Handy, er sprach mit jemandem, der ihn offenbar wegbeorderte, vielleicht dem alten Nikopolidis. Und er zuckte die Schultern, küsste sein Mädchen noch einmal, stieg draußen aufs Moped und war fort.

Seine Verlobte sah ihm nach, in den Augen eine kleine und harmlose Sehnsucht: Sie würde ihn wiedersehen, vermutlich in ein paar Stunden.

Es ist einfacher, wenn zwei Exemplare der gleichen Spezies sich lieben.

Der Satz dachte sich ganz von selbst. Er war grausam.

Wenn es nur so hätte sein können, dachte Jule. Wenn sie mit Evelyn da an der Bar hätte stehen und lachen können, und Asman wäre vorbeigekommen und hätte sie einfach geküsst, vor aller Augen.

In seiner Kultur, dachte sie, wäre allein das schon nie, niemals möglich.

Sie starrte einen Moment auf das Display des Handys, die Seite mit den WhatsApp-Nachrichten und die anderen, noch offenen

Seiten dahinter, und klickte sie weg. Sie saß seit zwei Stunden im Dolfin, wieder verloren im Netz.

Ein Hilferuf der Flüchtlinge aus einem Lager auf Chios. Jahre alt.

Ein Bürgeraufruf an die neue Regierung, die Tore der Internierungslager zu öffnen.

Fotos von bettelnden Großfamilien in Athen. Die Smiths hätten sich sicher beschwert, dass es dort jetzt nicht mehr so angenehm war, die Akropolis zu besichtigen.

Jule zögerte lange, dann rief sie ihre Eltern an.

Und hörte die vertraute Stimme ihrer Mutter fragen, ob ihr Urlaub schön wäre, und sie wollte antworten: Ja, wunderschön. Aber sie sagte nur, ernster als geplant:

»Mama. Ich glaube, ich brauche Hilfe.«

Eine halbe Stunde später hatte sie alles erzählt, vom Trockenfisch bis zu den Goldfunken unter Deck eines morschen alten Kahns. Von der Höhle, von den Gräbern im Wald, von Naime und ihrem ungeborenen Kind. Am Ende schwieg ihre Mutter so lange, dass sie schon befürchtete, die Verbindung wäre unterbrochen worden.

»Mama?«

»Ja. Ich … oh, Jule. Das klingt alles sehr … schwierig. Ich wünschte, ich könnte da sein. Obwohl das vielleicht nicht viel nützen würde?«

»Ich weiß nicht. Wir könnten zusammen einen Laden finden, der Wolldecken verkauft.«

»Versuch's unten am Hafen. Touristenläden sind immer am Hafen. Mit Dingen wie Einkaufen kenne ich mich aus. Aber sonst … Jule. Es gibt nur eine Lösung. Du musst jemandem Bescheid sagen. Der Polizei. Die Leute können nicht in dieser Höhle bleiben. Die Griechen werden sie nach Kreta rüberbringen, dort kann man ihnen besser helfen. Das Mädchen braucht einen Arzt.«

»Ich weiß«, sagte Jule. *»Ich weiß!* Aber sie haben alle Angst davor, in ein Lager gesteckt zu werden. Es gibt ziemlich grauslige Berichte aus griechischen Auffanglagern. *Detention camps.* Das sagt eigentlich alles. Überlaufende Toiletten, Krankheiten, wenig Essen, willkürliche Gewalt. Sie halten sie da teilweise wirklich lange fest. Monate. Silas von der Küstenwache meinte, es gäbe die Lager nicht mehr, nur finde ich nirgends eine Bestätigung im Netz. Ich habe bloß Bilder von bulgarischen und ungarischen Lagern gefunden, die sehen auch ungefähr so aus. Da enden sie, wenn sie es über den Landweg versuchen. Es ist so verrückt! Wir haben ein Gästezimmer, wir haben ein zu großes Haus, und hier leben Menschen in einer feuchten, kalten Höhle: Ich wünschte, ich könnte sie einfach mitnehmen. Wenigstens Asman und seine Schwester.«

»Lad sie ein.«

»Mama. Sie haben kein Visum. Ich habe mir das im Netz angesehen, du musst einen Studienplatz in Deutschland nachweisen, oder einen Arbeitsplatz, und die Finanzierung für ein ganzes Jahr Leben. Dann bekommst du *vielleicht* ein Visum. Wenn du es in deinem Land beantragst. Nicht, wenn du schon anderswo illegal über die Grenze gegangen bist.« Ein längeres Schweigen.

»Aber irgendwie muss es gehen«, sagte Jules Mutter schließlich. »Auch über Griechenland. Im Gegensatz zu dir lese ich ab und zu Zeitung, und wir *haben* Syrer hier, die über Griechenland gekommen sind.«

»Ja. Manche schaffen es. Illegal. Glaub mir, ich bin seit Stunden im Netz. Ein paar Tausend Syrer hat Deutschland aus dem

Libanon geholt, das war's. Das Verrückte ist: Wenn sie es schaffen, illegal zu kommen, dann schieben wir sie nicht mehr ab. Es ist wie ein dummes Kinderspiel.«

»Ich weiß, Jule. Ich weiß.«

»Ja«, sagte sie verzweifelt. »Nur, ich … ich wusste bis vor einer Woche ziemlich gut Bescheid über Integralrechnung und deutsche Geschichte und englische Grammatik, und sonst habe ich mich nicht um so viel gekümmert. Jetzt habe ich das Gefühl, ich mache hier gerade einen verdammten Crashkurs Asylrecht und Nahostpolitik. Es ist ein … ein Sumpf aus Unmöglichkeiten!«

Jule merkte, dass sie zu laut sprach. »Eigentlich ist alles schön«, sagte sie, leiser. Sehr leise. »Ich hätte nicht ins Netz gucken sollen. Damit eins klar ist: Asman hat mich nicht gebeten, das alles nachzusehen. Er hat mich um überhaupt nichts gebeten, außer darum, sie nicht zu verraten. Er würde auch gerne ein bisschen glücklich sein, denke ich. Mama. Wenn ich auf die Art verliebt sein könnte, von der du erzählt hast, mit Rosen und Zuckergusswolken … dann wäre es einfacher. Haben sie eigentlich gehalten? Deine Zuckergusswolken?«

»Nein. Du weißt ja, Zucker ist wasserlöslich.« Jules Mutter lachte. »Den von damals, den mit den Rosen und dem Zuckerguss, habe ich aus den Augen verloren. Keine Ahnung, was er jetzt tut.«

»Und … Papa? Keine Rosen?«

»Nein«, sagte Jules Mutter. »Er hat mir immer Gänseblümchen geschenkt. Kleine staubige Gänseblümchen von der Wiese bei seiner Bushaltestelle. Ich habe dann sogar Gänseblümchen in meinem Brautstrauß gehabt, mehr so als Jux. Ich weiß noch, da war ich schon schwanger mit Marc …«

»So ein Ärger, dass es hier keine Bushaltestellen mit Gänseblümchen gibt«, murmelte Jule. »Sonst wären all unsere Probleme gelöst.«

»Jule, bitte. Versprich mir, dass du jemandem von der Sache erzählst. Versprich mir, dass du dir irgendwo Hilfe besorgst. Dieses Mädchen. Sie kann ihr Kind nicht alleine in einer Höhle bekommen …«

»Grüß Papa«, sagte Jule. »Und die Gänseblümchen.«

Es gab nur noch einen, den sie um Hilfe bitten konnte: den Menschen, der vor fünfundzwanzig Jahren in einem warmen, behaglichen Bauch gelebt hatte, über dem die Hände einer jungen Frau einen Brautstrauß voller Gänseblümchen festhielten.

Marc.

Sie erwischte ihn auf dem Rad, auf dem Weg von einer Vorlesung nach Hause, und er sagte: »Warte, ich muss das Rad abstellen«, weil er ein ordentlicher Mensch war, und dann: »So. Jetzt. Wo brennt's?«

»Wir haben hier weniger ein Problem mit Feuer als mit zu viel Wasser«, sagte Jule. Und erzählte alles noch einmal, knapper. Mark kannte sich höchstwahrscheinlich aus.

»Ach du Scheiße«, sagte er am Ende, und das war ein für Marc untypischer Satz. Hatte Jule bis jetzt gedacht. Die Sache war, sie kannte Marc vielleicht gar nicht wirklich. Acht Jahre sind, solange man ein Kind ist, ein großer Unterschied.

Zum ersten Mal fragte sie sich, wie alt Asman war. Vielleicht so alt wie Marc.

»Okay, ich kann das mit den Lagern für dich rausfinden«, sagte Marc. »Ansonsten hast du recht. Legal geht nichts. Verbrenn dir da nicht die Finger. Du hast ein Abi in der Pipeline, das solltest du nicht vergessen. Und in zwei Tagen fliegst du nach

Hause. Du kannst diesen Leuten nicht helfen, Jule. Du musst das andere machen lassen.«

»Aber sie wollen nicht, dass jemand von ihnen weiß.«

»Das Leben ist kein Wunschkonzert«, sagte Marc. »Sie sind aus ihren Heimatländern geflohen, weil da Krieg herrscht. Da fallen Bomben. Es kann nicht so schlimm sein, sich registrieren zu lassen. Und selbst ein Lager mit kaputten Toiletten wird sich wohl für eine Weile ertragen lassen, wenn man danach weiterkommt, sieh es mal so.«

»Und wenn man nicht weiterkommt? Ich kann nicht einfach hingehen und sie verraten, sie werden mich hassen, das wäre ...«

»Tu es, kurz bevor du fährst«, sagte er. »Kurz bevor du in drei Tagen auf die Fähre steigst.«

»Nein.«

»Jule, was willst du? Eine romantische Geschichte mit Küssen und Tränen und einem Schiff, das tragischerweise sinkt – oder dass diese Leute eine reale Chance haben?«

»Arschloch.« Sie war wieder fünf, und er war dreizehn. Genauso war es gewesen, er war der Vernünftige gewesen und sie die Träumerin. »Ich will ...«

»Warum hast du angerufen?«, fragte er, nicht einmal ärgerlich, nur sachlich.

»Das ist ziemlich einfach«, sagte Jule und holte tief Luft. »Ich brauche Geld.«

»Geld?«

»Ich werde ihnen helfen, Sachen für die Reparaturen zu besorgen. Aber mein Konto reicht nicht ewig. Und du arbeitest nebenbei, richtig? Ich würde es dir später zurückzahlen. Jeden Cent.«

»Jule. Vergiss es. Du tust niemandem einen Gefallen damit, wenn du diesen Leuten Geld gibst. Du ...«

Sie unterbrach die Verbindung. Starrte das Handy einen Moment lang an. Und sagte dann ganz leise: »Okay, eigentlich. Eigentlich wollte ich dir erklären, dass das mit den Reparaturen gar nicht das Ziel ist. Ich habe eine ganze Weile gegoogelt. Es gibt Menschen, die mit gefälschten Pässen in Flugzeuge steigen. Oder mit echten Pässen, echten gekauften Pässen anderer Leute. Wenn sie in Deutschland sind, stellen sie sich der Polizei. Bloß kosten die Pässe Geld. Für einen amerikanischen Pass zahlt man auf dem Schwarzmarkt zehntausend Euro. Man kann auch die Kontrolle am Flughafen umgehen, die Schleuser haben da Kontakte. Kostenpunkt sechstausend Euro, größeres Risiko.«

Sie steckte das Handy ein und rechnete. Sechstausend Euro mal zweiunddreißig.

Vielleicht, dachte sie, wäre es billiger, das Flugzeug zu kaufen.

Und sie ging zum einzigen Geldautomaten auf der Insel und hob Geld für Bretter und Schrauben ab.

Keine falschen Pässe.

Das Schiff war die einzige Möglichkeit.

Sie sah das Meer in der Ferne liegen und lauern. Das Meer ist nicht schuld, hatte Asman gesagt. Aber sie traute dem Meer nicht. Es wartete.

Entschuldigung. Englisch? Ich suche … Decken? Schafwolle? Ja, ein Mitbringsel. Blau … lila? Schafe von der Insel. Ja, habe ich gesehen. Und ihre Glöckchen gehört.

Käse? Natürlich, warum nicht. Schafskäse. Auch ein gutes Mitbringsel. Doch, ein sehr schöner kleiner Laden. Der Hafen ist auch sehr hübsch. Polí kalá. Jetzt kommen viele Urlauber her, die sonst auf den Inseln nahe der Türkei Urlaub gemacht haben? Ach?

Natürlich, hier ist es sehr friedlich. Dort nicht? Oh. Nein, Bettler habe ich hier keine gesehen. Keine Probleme.

Dieses Kissen ist auch sehr hübsch. Man könnte ein Baby darauf legen. Meine Freundin bekommt bald ein Baby.

Wem gehört eigentlich das Haus in der kleinen Bucht … diese Richtung … sehr einsam … da liegt ein alter Kutter, und das Haus scheint nicht bewohnt.

Nein? Die kommen nicht mehr her, die, denen das Haus gehört hat? Oh. Wie … schade. Erbstreit. Hm. Das ist ja … schrecklich.

Mein Gott, das ist der Preis für die Decken? Handgewobene Schafswolle. Vielleicht doch eine weniger dann.

Der Abend fand sie allein auf der Terrasse, neben einem braunen Packpapierpaket mit drei Wolldecken und einem großen, himmelblauen Kissen darin. Ein Tropfen auf den heißen Stein, ein winziger Rettungsring im Mittelmeer. Drei Decken waren drei mehr als keine.

Sie stellte sich vor, wie ein winziges Baby auf dem himmelblauen Kissen liegen würde, klein und noch zerknautscht, ein Baby mit dichtem schwarzem Haar und großen dunklen Augen. Ihr Kopf fiel auf das Geschichtsbuch, das aufgeschlagen vor ihr auf dem Tisch lag, und sie sah im Traum, wie Naime das Baby samt Kissen auf den Armen trug, zu einem Schiff, das alt und schadhaft war …

»Jule?« Jemand legte eine Hand auf ihren Rücken, und sie schreckte hoch.

Es war beinahe dunkel, auf dem Meer lag ein letzter violetter Streifen Licht, den das Wasser jetzt schluckte wie dicke schwarze Tinte. Als sie sich umdrehte, stand Asman hinter ihr. Zu seinen Füßen saß der Hund.

Asman setzte sich auf die Terrassenmauer und sah sie eine Weile nur an.

»Hier sitzt du und lernst«, sagte er schließlich.

»Hier sitze ich und schlafe«, sagte Jule.

»Schön, dass du hier sitzt«, sagte Asman.

Und dann sah er sie wieder eine Weile wortlos an. Als wäre sie der Horizont. Sie spürte, wie die Röte ihr ins Gesicht stieg, und steckte ein paar Korkenzieherlocken hinter ein Ohr. Er machte keine Anstalten, ihr auf irgendeine Weise näher zu kommen.

»Heute, auf dem Schiff«, sagte sie leise. »War das ernst gemeint? Ich meine … was bedeutet es?«

Asman presste die Handflächen an die Wangen und schien nachzudenken.

»Alles?«, sagte er. Beinahe entschuldigend. »Und für dich?«

Er sah sie aufmerksam an, sie spürte seinen Blick in der Dämmerung mehr, als dass sie ihn sah, und als sie nicht gleich antwortete, sagte er: »Es ist bei euch anders, ich weiß. Leute rennen auf der Straße rum und knutschen. Nur so.«

»Ich …«, begann Jule und stockte. »Ich meine … ja. Wenn man jemanden küsst, heißt das bei uns nicht, dass man ihn heiratet. Und ich weiß nicht, was passiert, wenn ich weg bin. Ich bleibe ja nicht ewig.«

Er nickte, holte wortlos den zweiten Plastikstuhl von drinnen und setzte sich ihr gegenüber. Legte die verletzte Hand zwischen sie auf den Tisch. Der Hund sah bei all dem zu und legte den Kopf schief: ein Kritiker menschlichen Benehmens.

Jule holte das Verbandsmaterial, und dann versorgte sie im Licht ihrer Stirnlampe die Wunde. »Es heilt.«

Er nickte. »Irgendwann muss ich nicht mehr herkommen. Zum Verbinden.«

Da legte sie ihre Hände auf seine Hände auf dem Tisch, ganz vorsichtig, und sah ihn an.

»Ich habe gesagt, ich bleibe nicht ewig«, flüsterte sie. »Aber jetzt bin ich hier. Ich … ich mag dich furchtbar gern und … auf dem Schiff … es war nicht *nur so.*« Der Hund gähnte.

»Wir sollten dringend ausführlich darüber diskutieren«, sagte Asman mit einem Lächeln. »Zwei Leute, die nicht zum Punkt kommen.« Und da lächelte sie auch und versuchte, sich über den Tisch zu beugen, aber der verfluchte Tisch war zu breit, und sie musste aufstehen und darum herumgehen. Dort fand sie auf dem Stuhl jemanden, dem ein Kuss alles bedeutete, und deshalb küsste sie ihn.

Sie saß auf seinem Schoß und küsste ihn, und es war überhaupt nicht so wie im Film, wenn Leute auf dem Schoß des anderen sitzen und sich küssen, es war schrecklich unbequem.

Irgendwann rutschten sie von dem Stuhl, sie rutschten bis auf den Boden hinunter und saßen nebeneinander auf dem Fußboden, die Rücken an die Mauer der kleinen Terrasse gelehnt, wie Kinder in einem Versteck.

So saßen sie lange, lange, lange.

Neben ihnen, den Kopf auf den Vorderpfoten, lag der Hund, beruhigt darüber, dass jetzt alles so war, wie es sein sollte. Für eine kleine, zerbrechliche Weile.

Sie redeten über alles, beim Schein von zwei Teelichtern: über Schiffe und Horizonte und Träume und Amerika und Muscheln an Silberdrähten und über Marc, der immer alles richtig machte, und über Naime, die auf das Kind wartete. Über ihnen redeten die Sterne in ihrer eigenen Sprache miteinander.

Irgendwann holte Jule einen Rest Brot und Tomaten und eine Flasche Wein, die sie ebenfalls aus dem kleinen Laden hatte. Asman nahm von dem Brot und den Tomaten, aber als sie den Wein öffnete und ihm einen Zahnputzbecher voll anbot, schüttelte er den Kopf.

»Kein Alkohol.« Er zuckte die Schulter. »Sorry. Ich bin trotz allem Moslem.«

»Jazz und Stockholm und … kein Alkohol?«

»Ja, gerade. Ich will die Welt nicht verzerren. Sie ist manchmal die Hölle, aber ich will sie ganz haben. Nichts abdämpfen.«

Sie stockte, fühlte sich seltsam, stellte den Becher weg.

»Du kannst ruhig trinken«, sagte er. »Es ist deine Sache.« Damit griff er neben sich, wo außer dem Hund noch etwas lag: die Oud. Und er nahm sie und begann zu spielen; leise Töne, die die Nacht zum Schwingen brachten wie eine riesige Trommelhaut.

Jule legte den Kopf wieder an seine Schulter und vergaß den unangetasteten Wein auf dem Tisch. »Wieder Stockholm?«, fragte sie.

»Nein. Sag du mir, wo wir sind.«

»Wir … wir sitzen an einem See«, sagte Jule. »Sehr weit im Norden. Das Licht ist hoch und klar, und auf dem See schwimmen Wildgänse. Da sind Berge. Und ich glaube, ich sehe Elche. Also wieder Schweden. Es ist sehr hell, obwohl es Nacht ist. Im Sommer geht die Sonne in Nordschweden nur für ein paar Minuten unter. Vielleicht ist dies hier die Mittsommernacht, in der es nicht dunkel wird. Der übergewichtige Afrikaner hat ein E-Piano mitgenommen. Wir werden im Auto schlafen … und morgen werden wir wandern gehen. Den Pianisten lassen wir hier.«

»Ja«, sagte Asman. Und diesmal war es kein Blues, was er spielte, diesmal war es wirklich Jazz, und die schwedische Mittsommersonne ging nicht unter.

Sie küssten sich noch drei Mal an diesem Abend, zwischen

Schweden und den Tönen, und Jule schluckte alle Fragen über Naime und den Vater des Kindes und das Schiff hinunter.

Am Ende nahm Asman das Paket mit den Decken und einen Umschlag mit Scheinen und sagte ihr, dass das mit den Scheinen dumm war. Dass sie es nicht hätte tun sollen. Und dann lag Jule im Bett, allein. Und wusste, dass sie ihn morgen wiedersehen würde.

Am Morgen wachte sie auf und spürte, dass sie glücklich war.

Vielleicht nicht für lange, aber jetzt.

Sie wanderte zur Bäckerei wie immer und nickte Kostas zu, der die Weißbrotlaibe für das Hotel seines Vaters kaufte, diesmal waren es zehn, und sie ging zum Strand hinunter und sang.

Auf Stavros' Terrasse saß Faní und baute aus lauter winzig kleinen Hölzern etwas, das man nicht erkennen konnte. Jule legte ihr eine Hand auf die Schultern und sagte »Polí kalá«.

Und dann aß sie lauwarme, öltriefende Moussaka und starrte eine Weile in ein Schulbuch, ohne zu lesen.

»Du strahlst ja«, sagte Kirsten, schüttelte ihre Zeitung glatt und setzte sich an den Nebentisch.

»Ist der zeltende Israeli wieder hier mit seinem Zelt?«, fragte Benke und legte einen Roman auf den Tisch.

»Der zeltende Israeli ist in Schweden«, sagte Jule. »In den Bergen. Er ist jetzt außerdem ein bootsbauender Palästinenser.«

»Na, solange er kein fliegender Holländer wird«, sagte Benke ungerührt und blätterte eine Seite um.

Und dann, als sie am Strand entlangwanderte, ein Schulbuch in der Hand – nur fürs Gewissen –, schob sich plötzlich eine Hand in ihre und hielt sie fest.

Sie zuckte zusammen und sah in Asmans Gesicht.

»Niemand hier«, sagte er und sah den Strand entlang. Und sie gingen, an diesem einsamen Stück Strand, ein Stück zusammen. Das Restaurant war zu weit weg, ein paar Felsen trennte sie von den Blicken der Menschen auf der Terrasse.

Schließlich blieb Asman stehen und nahm Jule in die Arme.

»Das Meer«, flüsterte er, »hat uns noch zwei von ihnen zurückgeschickt. Wir haben sie heute Morgen gefunden.«

»Zwei … von den Leuten, die mit euch hergekommen sind?«

Er nickte. »Ein Kind und eine Frau. Die Gesichter sind schwer zu erkennen, nach so langer Zeit. Aber wir sind ziemlich sicher, dass es das Kind der Frau ist, mit der du Englisch gesprochen hast.«

Jule nickte. »Ich … ich wusste nicht, dass sie ein Kind hat.«

»Sie hatte fünf. Drei sind noch in Ägypten. Wir … werden die beiden im Wald begraben, bei den anderen. Heute Abend. Diesmal tun wir es selbst.« Er fuhr mit den Fingern durch ihr Haar. »Jule? Kannst du mitkommen? Zu dieser … Beerdigung? Bitte?«

Sie schluckte. »Klar.«

»Danke«, flüsterte er. »Ich will nicht alleine sein. Und ich will, dass sie sehen, dass es jemanden kümmert, der nicht zu ihnen gehört.«

»Es kümmert eine Menge Leute! Warum haben Nikoletta und Stavros die Leute begraben? Wenn ihr euch nicht verstecken würdet … die Leute würden euch helfen. Alles wäre viel einfacher.«

Asman schüttelte entschlossen den Kopf. »Nein. Erzähl mir, was du willst, auf Kreta gibt es ein Lager. Ich habe Bilder gesehen.«

»Bilder?«

»Handybilder. Stacheldraht, hohe Mauern, Schmutz, strenge Kontrollen am Eingang, alles völlig überfüllt. Niemand sollte da hinmüssen. Vor allem keine Kinder und keine Frauen. Vor allem … Naime nicht. Sie hat genug Dreck erlebt.«

»Ich glaube das nicht. Diese Bilder sind alt.«

»Jule. Bitte. Ich habe die Bilder *jetzt* gesehen. Vor Kurzem. Ich habe eine sehr zuverlässige Quelle. Ich kenne jemanden, der da war.«

»Wen?«

»Jemanden, der uns hilft, hier wegzukommen. Eine Menge Griechen sind sicher nett. Aber in der Nacht, als wir hierherkamen … das waren andere Griechen. Das waren … Hurensöhne.«

Er schwieg eine Weile, und sie wartete. Sie hatte ihn nie zuvor ein solches Wort sagen hören.

»Da war ein zweites Boot«, fuhr er schließlich fort, leise. »Vom Küstenschutz. Aus Kreta. Sie haben uns angehalten. Wir hatten Probleme, keinen Treibstoff mehr, ein Leck. Sie haben uns geholfen, das Leck notdürftig zu flicken, und sie haben uns den Diesel verkauft, um weiterzufahren. Nach Italien. Die anderen an Bord haben ihnen geglaubt, dass es möglich ist, sie haben Geld gesammelt … eine Menge Geld. Ich habe ihnen gesagt, es geht nicht, wir schaffen es nicht. Die Küstenschutzleute … diese Hunde. Einer von ihnen hat mich getreten. Ins Gesicht. Sie hatten mich drüben auf ihrem Boot, ich lag auf dem Boden, sie haben mich gezwungen, nichts zu sagen gegen die Sache mit dem Dieselverkauf. Das Schiff weiter zu steuern, in Richtung Italien. Sie haben sehr klar und deutlich gesagt, dass wir auf den Inseln hier nicht willkommen sind. Dass sie uns loswerden müssen. Ich habe ihre Gesichter nicht richtig gesehen, aber ich weiß noch, dass der eine ein Feuermal an der linken Hand hatte. Hassan weiß es auch. Wenn er den Mann mit dem Feuermal an der linken Hand findet, dann … Der Typ muss irgendwo auf Kreta sein. Das ist es, was Hassan erledigen will. Diese beiden Männer. Ehe wir fahren. Es ist natürlich Unsinn, es kostet zu viel Zeit, und er würde sie nicht finden. Es ist nur eine von Hassans Ideen. Racheträume. Er hat eine Menge davon.«

Er strich wieder mit der Hand durch Jules Haar, und sie fühlte, wie ein Zittern durch ihren Körper lief, etwas wie ein elektrischer Schlag, nur ohne den dazugehörigen Schmerz.

»Hassan … mit Hassan musst du aufpassen. Sie haben ihn umgekrempelt, da, wo er herkommt. Er hatte eine Familie. Sechs Kinder. Es gibt das Dorf nicht mehr. Nicht ein einziges intaktes Haus. Die Armee hat sie alle zerstört. Er hat Glück gehabt, er war im Nachbarort, als es passiert ist, und als er zurückkam … Die Blauhelme waren in einem Lager neben dem Dorf stationiert. Sie haben nichts getan. Sie haben gesagt, sie hätten kein Mandat, um einzugreifen. Sie wären nur da, um Bericht zu erstatten.«

»Er ist vermutlich nicht gut auf Westerners zu sprechen«, murmelte Jule. »Dafür war er … sehr höflich zu mir.«

»Ja.«

»Warum flieht er zu denen, die er hasst? Wohin will er?«

Asman zuckte die Schultern. »Das ist Hassans Sache. Und deshalb … auch deshalb … möchte ich, dass du heute Abend mitkommst. Wenn es dämmert.«

»Ich werde da sein«, sagte Jule.

Fuck. Ich habe versucht, glücklich zu sein. Aber es ist schwierig, wenn plötzlich angespülte Kinder auftauchen. Und so viele Geschichten. Überall ist Hass. Ich versuche, griechischen New York Cheesecake zu essen und mehr Ketten zu machen, aber es hilft eigentlich nicht. Die Perlen an den Ketten sind klein und blau, andere habe ich nicht mehr, und sie sehen heute alle aus wie Tränen.

Erde an Jule! Warten auf dich mit mehr Kuchen. Nur noch zwei Tage.

Get the hell out of there! LOL, Evelyn.

Aber ich will nicht weg. Schwer zu erklären. Ich liebe ihn.

Erde an Jule. Bring ihn mit.

Erde an Evelyn. Falls Verbindung möglich. Planet scheint sehr weit weg zu sein: Bring ihn mit??? Wie denn???

Sie hatten die Leichen in Tücher gewickelt, Jule sah eine Hand herausragen, eine fast nicht zu erkennende, vom Wasser aufgedunsene Hand, und sie wandte den Blick ab.

Sie ging neben Asman und ein paar anderen her, Hassan führte den kleinen Trupp, er trug den Körper des Kindes. Zwei andere Männer trugen den Körper der Frau.

Die Frau mit dem blauen Kopftuch ging hinter ihnen. Sie ging wie eine Schlafwandlerin, teilnahmslos, beinahe kalt.

Es war gar nicht die gleiche Frau, mit der sie Englisch gesprochen hatte, nur die äußere Umrisslinie entsprach ungefähr der von damals. Vielleicht hatte sie die ganze Zeit über auf ein Wunder gehofft – gehofft, dass ihr Kind doch irgendwie dem Meer entkommen war und lebte.

Jule erinnerte sich später nicht genau an alle Einzelheiten der Beerdigung.

Die Männer hoben die beiden Gruben aus, sie legten die Körper hinein, Hassan sprach etwas wie ein Gebet, das die anderen wiederholten, die Männer und die Frauen standen auf seltsame Weise getrennt, obwohl es im Wald keine Trennwände und Trennlinien gab, und am Ende stimmte jemand ein Lied an, dessen Harmonie Jule völlig fremd war.

Sie hatte die schweren, seltsamen Töne des Liedes noch im

Ohr, als sie eine Stunde später mit Asman allein am Rand des Waldes stand.

»Ich glaube nicht, dass ich schlafen kann«, sagte sie.

»Ich auch nicht«, sagte er.

»Kann ich … können wir … etwas Verrücktes tun?« Sie holte tief Luft. »Ich wünsche mir … dass wir noch einmal in die Schlucht runtersteigen. Du kennst den Weg, oder? Ich habe die ganze Zeit an die Schlucht gedacht, und daran, wie du meine Hand genommen hast. Diesmal habe ich eine Taschenlampe mit.«

Asman sah zum Mond auf, der groß und weiß über der Insel stand und die hohen Frühsommerwiesen in ein unwirkliches, viel zu ästhetisches Licht tauchte.

»Ich denke, wir brauchen keine Lampe«, sagte Asman und nahm, da sie allein waren, ihre Hand. »Komm. Gehen wir ein paar verrückte und schöne Dinge tun gegen all den Dreck, der sonst so passiert.«

Sie rannten. Sie lachten und rannten durchs Mondlicht, es musste sein, sie verstand das Lachen jetzt, man musste gegen die Traurigkeit anlachen. Wie betrunken, dachte sie, aber nichts war gedämpft, alles war übermäßig klar. Sie sah die Schönheit der Nacht durch den Filter von allem Hässlichen und Schrecklichen, das sie jetzt kannte, und das machte sie noch schöner.

Der Hund begleitete sie als schlanker, dunkler Schatten.

Irgendwann stolperten sie, aber das war nicht schlimm, sie fielen übereinander und lachten wieder und standen auf, um langsamer weiterzugehen. Manchmal war der Weg nicht weit genug zwischen den Dornen, und sie mussten hintereinander wandern, aber sie ließen ihre Hände auch dann nicht los.

Alles Schlechte, dachte Jule, lag hinter ihnen. Die Menschen, die ertrunken waren, waren tot und blieben tot. Was Asman erzählt hatte über die Dunkelheit einer Zelle, war vorüber, was immer Naime passiert war, war Vergangenheit.

Und sie verstand zum ersten Mal das Prinzip »vorwärts«. Was vor ihnen lag, war nur hell und nur gut. Das Meer würde keinen von der kleinen Gruppe auf der Insel mehr in die Fänge bekommen. Und wo immer sie von hier aus hingingen, dort würden keine Dörfer zerstört werden, keine Menschen gefoltert.

Und dann waren sie bei der Schlucht.

Der Mond beleuchtete ihren Weg hinunter, der Hund lief voraus. Diesmal würden sie den Rückweg ohne Probleme finden.

»Beinah schade«, flüsterte Jule, »dass ich mich heute nicht verlaufe. Es hatte was, sich von dir über die Felsen nach oben ziehen zu lassen.«

Er lachte. »Was hast du damals gedacht?«

»Ich … war mir nicht sicher, ob du nur eine Einbildung von mir bist. Was hast *du* gedacht?«

»Dass du einen verdammt schlechten Orientierungssinn hast«, sagte er und lachte wieder. Und dann waren sie unten, neben dem Bach, der sich silbrig glänzend durch die Schlucht wand, und Asman zog sie in seine Arme. »Ich habe gedacht«, flüsterte er, »dass ich die ganze Nacht mit dir durch Felsen klettern könnte. Es war schön, du hast recht.«

Sie wanderten langsam zusammen am Bach entlang, und die Knospen des weißen Oleanders waren dicker geworden, waren beinahe Blüten. Der Hund saß vor ihnen und legte den Kopf schief, sah sie an, abwartend. Er wusste, was Jule dachte.

Es war der perfekte Ort.

Abgeschlossen, versteckt vor der Welt: der Ort, an dem sie sich zum ersten Mal berührt hatten, als er ihr über die Felsen hinaufgeholfen hatte. Sie waren stehen geblieben. Sie fror ein wenig.

Jule fragte sich, ob sie Angst hatte. Vielleicht.

Sie hatte noch nie mit jemandem geschlafen.

Dort, dort stand der alte Klappstuhl, er wirkte im weißen Mondlicht wie ein Gegenstand auf einer Bühne. Hinter ihm begann der Schlagschatten der Felswand, wo kein Licht mehr hinfiel.

»Hast du da gesessen und gespielt?«, flüsterte Jule. »Als du das Perlmuttstück verloren hast?«

»Ja«, sagte er. »Es war aber kein Klappstuhl in einer Schlucht. Es war ein Klappstuhl in einem Straßencafé in Schweden.«

Jule nickte. »Das … dachte ich mir.«

Und dann drifteten sie ganz von selbst auf den Stuhl zu, sie drückte ihn sanft darauf und setzte sich auf seine Knie, und so saßen sie und sahen dem Wasser zu, das vorbeifloss. Es floss, als hätte es eine eigene geheime Bestimmung, einen Ort, an dem es dringend ankommen musste. Natürlich: das Meer.

»Ich habe meiner Freundin in Deutschland geschrieben, was hier los ist«, sagte Jule. »Sie wird es niemandem sagen.« Und dann erzählte sie ihm flüsternd, was Evelyn geschrieben hatte. *Get the hell out of there.* Und was sie geantwortet hatte. Sie sah ihn nicht an, als sie das erzählte. Ich liebe ihn. Am Ende Evelyns Worte: *Bring ihn mit.* »Stell dir vor«, flüsterte Jule. »Wenn das möglich wäre. Es wäre nicht Schweden, sondern Deutschland. Ich träume manchmal davon. Nur ein Tagtraum, wie Stockholm, verstehst du? Das Gästezimmer ist nicht groß, aber man kann eine zweite Matratze hineinlegen. Ich stelle mir vor, wie ihr dort schlaft. Du und Naime. Und wie ihr mit uns am Tisch sitzt und esst. Meine Mutter würde versuchen, etwas Arabisches zu kochen, und es würde ihr vermutlich misslingen.« Sie lachte.

»Es ist eine schöne Vorstellung«, sagte Asman. »Aber es wird nie so sein.«

»Übermorgen«, wisperte Jule, kaum hörbar. »Übermorgen geht die Fähre. Und dann der Flug. Von Kreta.«

»*Übermorgen?*«

»Irgendwann muss ich zurück. Da sind noch ein paar Pflichtstunden vor dem Abi, da muss ich auftauchen.«

Er sagte einen Moment lang nichts, dann murmelte er: »Übermorgen.« Und dann schlang er seine Arme um sie und sagte: »Bis übermorgen sind es noch zwei Jahre.«

»Ja«, sagte Jule.

Sie beugte sich zu ihm hinunter, und es war wieder eine ausgesprochen unbequeme Haltung für einen Kuss, doch das schien unwichtig. *Jetzt*, dachte Jule. *Jetzt und hier.* Sie strich mit den Händen an seinen Wangen hinunter, bis zum Hals, ganz vorsichtig. Sie fror jetzt nicht mehr, ihr war heiß.

Und dann bellte der Hund.

Es war ein kurzes, plötzliches Kläffen, das sie beide zusammenzucken ließ.

Er stand ein Stück stromaufwärts, am Rand des Baches, und sah sie an. Bellte wieder.

»Schsch«, sagte Jule. »Schsch.« Doch der Hund ließ sich nicht beruhigen.

Da lag etwas zwischen seinen Pfoten. Etwas lag im Bach. Bis eben war der schwarze Schatten des Felsens daraufgefallen, aber der Mond war ein wenig gewandert, und nun lag es im Licht.

Sie standen von dem Stuhl auf und gingen langsam näher, und Jule tastete nach Asmans Hand.

»Was …?«, begann sie.

Sie waren fast da, sie sah, was das dort im Wasser war, sie sah es gut.

Nur noch zwei Meter trennten sie von dem Ding.

Es war ein Körper. Ein menschlicher Körper.

Asman hielt ihre Hand so fest, dass es schmerzte.

»Nein«, flüsterte er.

Dann knieten sie neben dem Körper, obwohl keiner von ihnen sich hinknien wollte. Aber jemand musste sich ansehen, was hier lag. Der Hund wich jetzt zurück, mit den Zähnen in die Luft schnappend wie nach einem unsichtbaren Feind.

Der Wind stand ungünstig, sonst hätte er den Körper sofort entdeckt. Er lag auf dem Bauch, ein Mann in Jeans und einer Windjacke. Schwarzes Haar. Asman tastete nach einem Puls, was Unsinn war.

»Ich ... verstehe das nicht«, flüsterte Jule. »Keiner von ihnen kann hier angespült worden sein. Die Schlucht hat gar keinen Zugang zum Meer. Das Wasser fließt nur durch Spalten ...«

Sie merkte, dass sie mit der Realität argumentierte, dass sie versuchte, zu beweisen, dass hier niemand liegen konnte. Lächerlich.

»Der hier lag nicht im Meer«, sagte Asman, seine Stimme flach und tonlos. »Er liegt noch nicht lange im Wasser. Tote, die aus dem Wasser kommen, sehen anders aus.«

»Aber ...«

»Du musst mir helfen, ihn umzudrehen«, sagte Asman. »Kannst du das?«

Sie nickte. Sie musste es können. Sie bemühte sich, nur den Ärmel des Toten zu berühren, packte eine Stofffalte an seinem Arm, und so hievten sie ihn herum, auf den Rücken. Seine Brust war ein Schlachtfeld aus Einschusswunden.

Schrot.

Jule stand auf, taumelte einen halben Schritt zurück, spürte, wie ihr Kreislauf sie verließ. Ihr war unerträglich heiß, heißer als zuvor und auf andere Art. Jetzt nicht umkippen, bitte nicht! Sie sah auf den Mann hinab, um den die kleinen silbrigen Wellen spielten, und gab sich Mühe, regelmäßig zu atmen. Der Mann war jung, nicht viel älter als Asman.

Es war Manoli. Kostas' nervöser, wortkarger Freund.

Sie hatte ihn vor zwei Tagen noch an der Bar des Dolfin stehen sehen, mit Kostas und den Mädchen. Sie wollte etwas darüber sagen, aber sie sagte es nicht, denn Asman sagte etwas. Er sagte: »Hier hat jemand nicht auf Hasen geschossen.« Und dann, plötzlich: »Warte.«

Er griff noch einmal nach dem linken Arm des Mannes. Hob die Hand ein wenig an. Streifte den Jackenärmel zurück. Auf Manolis Handgelenk prangte ein großes, dunkles Feuermal. Jule hatte ihn nie in einem kurzärmligen Hemd gesehen.

Asman stand auf, leise arabische Worte quollen aus seinem Mund, etwas wie ein Fluch oder ein Gebet oder beides zugleich.

»Das ist einer von ihnen«, flüsterte er. »Einer vom Küstenschutz. Die uns nachts weggeschickt haben. Scheiße, es hieß doch, sie wären von Kreta gekommen … Es ist nicht der, der mich getreten hat. Der andere. Ein Mitläufer. Ein Feigling.«

Und Jule verstand, dass das hier eine Art von Rache gewesen war. Ein Menschenleben für zweiundsiebzig andere. Die Rechnung ging nicht auf. Es würde mehr geben müssen. Sie wollte den Gedanken nicht weiterdenken. »Wer …?«, flüsterte sie heiser. »Hat irgendeiner von euch eine Waffe?«

Asman schüttelte den Kopf, gequält, verzweifelt.

Dann drehte er sich zu Jule und zog sie noch einmal an sich, hielt sie ganz fest.

»Übermorgen geht deine Fähre«, wisperte er. »Geht morgen keine? Kannst du nicht früher weg? Die Dinge geraten außer Kontrolle. Deine Freundin hat recht. *Get the hell out of here.*«

»Nein«, flüsterte Jule in sein T-Shirt. »Ich gehe nicht. Asman? Du brauchst Hilfe. Dringend.«

In dieser Nacht sprichst du wieder mit Ibrahim, obwohl er nicht antworten kann.

Du stehst auf dem Felsen, ganze vorne am Wasser, und schreist deine Worte in den Wind.

»Warum musste das passieren? Warum? War er es, Ibrahim? Woher hatte er die Waffe? Komm, verdammt noch mal, runter aus deinem Paradies und sag mir, was ich tun soll!«

Was sagt dir die Brandung dort unten? Sie fragt dich.

Du warst es nicht, der ihn erschossen hat?

»Womit denn?«, schreist du dem Meer entgegen. »Und wann?«

Gewehre kann man sich leihen, sagt die Brandung. *Niemand muss etwas davon merken. Du bist es doch, der im Schuppen bei Stavros' Restaurant Taue und Nägel leiht und andere Dinge, du kennst dich aus damit, wie man unbemerkt kommt und geht. Und du hast ihn gehasst. Oder nicht?*

»Natürlich«, flüsterst du. »Ibrahim. Hast du je einen Menschen getötet?«

Nein, sagt die Brandung für Ibrahim. *Ich habe sie nur immer fallen sehen. Als sie mich eingezogen haben, habe ich mir geschworen, nicht zu schießen.*

»Das ist eine Lüge.«

Gut, ich habe geschossen. Wenn ich nicht geschossen hätte, hätten sie mich erschossen. Aber ich bin abgehauen, das weißt du. Das Schlimme ist: Wenn du einen tötest, tötest du mehr. Es wird leichter. Wie alles auf der Welt.

Und die Stimme, die nie da war, versinkt in den Wellen, und du bist allein. Über dir, hinter dem Mondlicht, sitzt kein Gott. Allah ist eine Erfindung alter Männer. Aber verdammt, du glaubst an ihn, du kannst nicht anders, du bist so aufgewachsen. Er war immer da. Nur hast du ihn nie gemocht.

Vielleicht ist er mit Manoli, dem Griechen, endgültig gestorben.

Dein Mädchen mit den grünen Glasperlenaugen hat gesagt, es bleibt. Die Finderin von schönen Dingen, das Kind mit den Armbändern aus Kronkorken, Silber und Licht. Die Keksbäckerin, die Verbandswechslerin, die Hofferin auf bessere Zeiten.

Aber sie kann dir nicht helfen. Niemand kann dir helfen.

Du hast die Verantwortung für zweiunddreißig Menschen und ein ungeborenes Kind, du musst sie hier wegbringen. Bald. Und du weißt, dass einige von ihnen den Toten beklatschen würden. Dass da welche sind, die es nicht gern sehen, wenn du das Mädchen mit den Glasperlenaugen mitbringst.

Mag sein, sie glaubt, dass sie dich liebt.

Aber sie kennt dich nicht, wird dich niemals ganz kennen. Es ist immer das Gleiche, die alte Geschichte von Okzident und Orient, von Israelis und Arabern, von Christen und Muslimen. Von Küstenwachleuten und Flüchtlingen, Überlegenen und im Geheimen Hassenden.

Du wolltest nur ein wenig glücklich sein, ein paar Tage. Stockholm, und die schwedischen Berge, und ihre Hand in deiner. Verdammt.

10

Sie träumte vom Alltag.

Nescafé auf der Terrasse, Spaziergänge am Strand, ein misslungenes Omelett, das auf der Kochplatte der Ferienwohnung schwarz wurde. Sie träumte ihre Schulbücher in Asmans Hände, im Traum fragte er sie Fakten ab und lachte mit ihr über deren Unwichtigkeit, im Traum waren die Schulbücher englisch. Und Asman arbeitete an seinem Schiff und kam wieder und erzählte ihr jeden Tag davon, wie es seetüchtiger wurde. Er trug keinen Verband mehr an der Hand.

Manchmal ging Jule zur Höhle und spielte mit dem Hund und den Kindern. Sie träumte den Sommer heran, aber ohne Touristen. Sie träumte Telefonate mit zu Hause, träumte die Stimme ihrer Mutter und die ihres Vaters, und sie sprachen zu zweit mit ihnen.

Und wann kommt ihr nach Hause?

Bald, bald.

Im Traum lag kein Toter in der Schlucht.

Und sie wachte auf und wusste, dass dort einer lag, und das Zimmer war eiskalt. Jemand hatte Manoli erschossen, um sich zu rächen. Manoli, der fast nie gesprochen hatte – war er wirklich auf einem Boot der Küstenwache hinausgefahren und hatte geholfen, Menschen ihr letztes Geld abzunehmen und sie in den sicheren Tod zu schicken?

Es erklärte seine Nervosität.

Er hatte gewusst, was er getan hatte. Und dass es falsch gewesen war, auf furchtbare Weise falsch, nicht mehr rückgängig zu machen. Er musste durch die Hölle gegangen sein.

Mit wem war er hinausgefahren? Mit jemandem von der Insel oder jemandem von drüben, von Kreta? Wer war der Zweite, der Asman mit seinem Stiefel ins Gesicht getreten hatte?

Er würde irgendwann irgendwo auftauchen. Und sterben müssen, genau wie sein Freund. Zweiundsiebzig zu zwei.

Ich bilde die Jungs aus. Nehme immer einen von ihnen mit raus … Silas. Natürlich. Dieser ruhige, besonnene Mann, mit dem sie übers Meer nach Kreta geblickt hatte. Der gesagt hatte, die Lager wären geöffnet worden. War auch das eine Lüge gewesen?

Was noch, von all dem, was so vernünftig geklungen hatte?

»Asman«, flüsterte Jule, obwohl er nicht da war. »Hast du Manoli erschossen? Wirst du Silas erschießen?« Sie wälzte sich auf die andere Seite und konnte nicht wieder einschlafen. Und als sie doch einschlief, träumte sie das Meer. Es war groß und blau wie auf einem Bild und umgab sie ganz.

Es gab keinen Ausweg.

Am Morgen saß der Hund vor der Tür. Sie frühstückte mit ihm und begann, ein paar Kleider zu falten. Noch ein Tag, dann ging die Fähre, morgens um sieben.

Sie würde nicht auf diese Fähre steigen. Sie hörte auf, Kleider zu falten. Sah den Hund an, der sie aufmerksam beobachtete. Schließlich kniete sie sich auf den Boden und nahm seinen Kopf zwischen ihre Hände.

»Ich weiß nicht, was ich tun soll«, flüsterte sie. »Die Prüfungsvorbereitungsstunden sind erst in einer Woche. Theoretisch ginge es. Noch eine Woche blaumachen … Ich müsste den Flug umbuchen. Marc würde sagen, es ist verrückt. Ich bleibe auf einer Insel, auf der ein Mensch umgebracht wurde, vielleicht von jemandem, den ich kenne. Nicht Asman, es kann nicht Asman gewesen sein. Es kann …« Sie holte tief Luft. »Natürlich kann er es gewesen sein. Aber ich denke an jemand anderen.« Sie zog den Hund in ihre Arme wie ein Kind. »Marc würde sagen, du bist verliebt, aber in drei Wochen hast du das vergessen«, flüsterte sie in sein weiches goldbraunes Ohr. »Und Mama? Was würde Mama sagen? Ich könnte sie anrufen. Sie oder Evelyn.«

Der Hund schüttelte sich, und Jule stand auf, nahm das Handy vom Tisch, zögerte kurz … und wählte Kostas' Nummer.

»Ich bin es, Jule«, sagte Jule. »Die von dem Ferienhaus, das … etwas abseits liegt. Kann ich verlängern? Für eine Woche?«

Kostas sagte etwas auf Griechisch zu jemand anderem, da waren eine Menge Stimmen im Hintergrund. »Ja. Ich denke. Jule? Ich habe die Liste nicht hier. Jetzt … ist schlecht.« Wieder ein griechischer Satz. »Heute, du weißt?« Er lachte nervös. »Ich heirate, Jule. Ein Uhr in Kirche. Du kannst kommen für Fest danach. Jetzt wir haben Problem. Du kennst … mein Freund. Manoli. Hast du gesehen Manoli? Er ist nicht da. Er muss geben die Ringe.«

»Ja«, sagte Jule. »Keine Ahnung, wo Manoli ist.«

»Wir werden schon finden«, sagte Kostas. »Wir besser jetzt anfangen suchen.«

Jule starrte das verstummte Handy einen Moment lang an. »Es wird wenig nützen, Manoli zu finden«, flüsterte sie dann. »Der hält keine Ringe mehr fest.«

Und sie wusste auf einmal, was sie tun würde.

Sie würde mit Nikoletta sprechen.

Nikoletta konnte für sie zu dem kleinen Polizeigebäude gehen, das hinter einer Wand aus abblätternder Farbe stand und wirkte, als läge es in tiefem Schlaf. Nikoletta konnte ihnen von dem Toten erzählen, ohne dass Jule es tun musste.

Nikoletta konnte ihr vielleicht sagen, was sie tun sollte.

Nikoletta würde eine Lösung haben, und dann würde Jule mit dieser Lösung zu Asman gehen und ihm erzählen, dass sie wirklich blieb. Dass man alles lösen konnte. Dass sie noch eine Woche für sich hatten, eine Woche für Treffen im Geheimen. Verdammt, andere Leute feierten *Feste*, weil sie zusammen waren. Luden Menschen ein. Teilten ihre Freude mit einer ganzen Insel.

Und warteten auf einen Trauzeugen.

Die Chóra summte vor Vorbereitungen. Der Hund begleitete Jule, und sie war ihm dankbar. Er war ein Freund, ein Mitwisser unter Fremden.

Mit ihm an ihrer Seite ging sie durch die hübschen Gassen, in denen täglich mehr Geschäfte für die Touristen öffneten. Es war alles zu friedlich, zu idyllisch.

Nur die schwarzen Krähen vor der Kirche, deren Eingang mit Blumen geschmückt war, folgten Jule mit misstrauischen Augen.

Sie fragte in der Bäckerei nach Nikolettas Adresse, und es war nicht schwer zu finden. Wobei man von dem Haus an sich eigentlich nichts sah, es war über und über mit Bougainvillea überwuchert. Die Fensterläden im ersten Stock waren alle geschlossen, die Bougainvillea war durch die Ritzen gewachsen, und so ließen sie sich vermutlich nicht mehr öffnen.

Fanís Rollstuhl stand im kleinen Hof in einer Reihe von Blumenkübeln, Oleander, Trompetenblumen, Wandelröschen. Als wäre auch sie eine Pflanze. Sie sah ins Nichts und zerriss ein Blatt des giftigen Trompetenbaums in winzig kleine Stücke.

»Hallo, Faní«, begann Jule, »ich suche …«

Sie brach ab. Drinnen im Haus schrie jemand aufgebrachte Worte, eine zweite Stimme antwortete, und dann schrien beide Stimmen gleichzeitig. Eine Tür wurde zugeknallt. Sie stritten da drinnen. Stavros und Nikoletta, wie knurrende Hunde.

Jule wollte kehrtmachen, doch da wurde die Haustür aufgestoßen, und Nikoletta kam herausgestürzt, mit roten Flecken im Gesicht. Sie sah Jule und blieb stehen. »Was …?«

»Ich … Entschuldigung«, sagte Jule leise. »Ich wollte Ihnen etwas zeigen.«

»Etwas zeigen. Wo?«, fragte Nikoletta, leise jetzt, sanft. Sie ging hinüber zu Faní und begann, ihr dünnes braunes Haar zu streicheln. Fani sah nicht auf, zerriss nur das Blatt weiter.

»Sie müssen mitkommen«, sagte Jule. »Ich kann es schlecht beschreiben.«

Und ich will es nicht beschreiben. Ich weiß nicht, wer mithört.

»Es ist wichtig«, sagte Jule. »Bitte. Ich weiß, das ist ein ungünstiger Zeitpunkt, aber …«

»Es ist der günstigste Zeitpunkt, den man sich denken könnte«, sagte Nikoletta grimmig. »Gehen wir.«

Auf dem Kirchplatz war jetzt kein Durchkommen mehr.

Sie gingen durch andere Gassen, wichen dem Trubel aus und hatten das Dorf endlich verlassen. »Sie sind alle verrückt geworden«, sagte Nikoletta, während sie den Weg entlang in Richtung Kalamos gingen. »Es ist nur eine Hochzeit. Sie tun, als wäre es ein Staatsempfang. Überall Blumen, und der Umzug mit der Kapelle nachher … All dieser Frohsinn. Und morgen kommt der erste große Schwung Urlauber. Dreiundvierzig angemeldete Gäste. Noch mehr Grund zum Feiern.« Sie seufzte. »Stavros sagt, jemand muss ihnen erzählen, was hier wirklich passiert. Da draußen im Meer feiert keiner.«

Eine Weile wanderten sie schweigend weiter, und dann, ganz plötzlich, sagte Nikoletta:

»Ich habe die Beerdigung gesehen. Ich stand zwischen den Bäumen. Sie sind also hier. Nicht nur die Toten. Und du … du kennst sie. Die übers Meer gekommen sind.«

»Ist es das, was Stavros eigentlich melden will?«, flüsterte Jule. »Dass sie hier sind?«

»Nein. Ich habe es ihm nicht gesagt.« Jule drehte sich auf dem schmalen Pfad um und sah Nikoletta lächeln. »Stavros ist ein guter Mann, aber …« Sie zuckte die Schultern. »Der Junge«, sagte sie dann. »Du und dieser Junge …«

Und Jule spürte, wie ein Strahlen sich in ihr ausbreitete, das sie nicht unterdrücken konnte. Und dass sie ihr alles erzählen wollte, alles von Anfang an. Aber alles war zu viel.

»Asman, ja«, sagte sie nur. »Er spricht fließend Englisch, das macht es einfach. Die anderen … Es sind zweiunddreißig Menschen. Syrer vor allem. Sie leben in einer der Höhlen, die sonst Schafställe sind. Sie haben Angst, sie wollen weg von hier, nach Italien, sie wollten gar nicht hierherkommen … Asman ist … er will Kapitän werden. Er hat so viele Pläne.« Sie holte tief Luft. »Mein Flug geht übermorgen, von Kreta aus. Aber ich fliege nicht.«

»Nein«, sagte Nikoletta nur. Als wäre es ganz natürlich, dass sie nicht flog. Als verstünde sie alles – alles, was Jule gar nicht gesagt hatte.

»Was ich Ihnen zeigen will«, sagte Jule. »In der Schlucht. Es ist … nicht schön. In der Nacht, in der die Flüchtlinge hier angekommen sind, hat die Küstenwache sie gefunden. Es war klar, dass sie es mit dem Boot, das sie hatten, nicht weiter schaffen würden. Und Asman sagt, diese Typen haben sie quasi gezwungen, weiterzufahren, weil sie sie hier nicht haben wollten. Sie hätten sie retten können. Alle. Da ist eine Menge Hass im Spiel. Sie haben die Gesichter der Männer vom Küstenschutz nicht richtig gesehen, aber einer von ihnen hatte ein Feuermal auf der linken Hand.«

Nikolettas Augen wurden weit.

»Komm«, sagte Jule, und sie stiegen schweigend zwischen den Felsen hinunter, langsamer als vielleicht nötig.

In der Schlucht lagen die Schatten des Vormittags blau und kühl über dem Wasser. Der weiße Oleander war aufgeblüht.

Jule blieb bei dem blauen Klappstuhl stehen und legte die Hände auf seine Lehne. Das Holz war kalt, die Sonne kam um diese Zeit noch nicht bis hinunter in die Schlucht. Sie merkte, dass sie zitterte.

»Da, im Wasser«, sagte sie – und stockte.

Denn da war nichts. Kein Körper.

Nur der Bach gurgelte leise und friedlich über die flachen Kiesel. Eine Libelle schwebte über der Wasseroberfläche, türkisfarben schillernd. Jule ging bis zum Ufer des Baches. Nein. Auch im tieferen Wasser lag kein Toter. Sehr tief war der Bach nicht, man sah bis auf den Grund des klaren Wassers.

»Nikoletta«, flüsterte sie. »Er war da. Er … er lag da im Wasser und war tot. Manoli. Gestern Nacht.«

Nikoletta war neben sie getreten und betrachtete die unschuldigen Wellen zu ihren Füßen.

»Tot«, wiederholte sie.

»Ja«, sagte Jule, plötzlich panisch. »Jemand hatte auf ihn geschossen! Mit Schrot, wie auf die Verkehrsschilder! Asman und ich, wir sind nach der Beerdigung hierhergekommen, weil … wir wollten … nur ein bisschen glücklich sein. Und dann lag er hier. *Wirklich!*« Sie merkte, dass sie Nikoletta gepackt hatte und sie schüttelte. »Ich denke mir das nicht aus! Ich … ich bin doch nicht verrückt! Asman hat ihn auch gesehen.«

Nikoletta löste Jules Finger sanft vom Stoff ihrer braunen Strickjacke.

»Mein armes Mädchen«, murmelte sie. »Man muss nicht verrückt sein, um solche Dinge zu sehen.«

»Solche … *Dinge zu sehen*? Ich … habe diesen Körper nicht nur gesehen, er *war da*!«

Jules Stimme brach an den Wänden der Schlucht, und das Echo kam verzerrt und unkenntlich zurück. Beinahe wie Gelächter.

»Weißt du«, sagte Nikoletta leise, »sonst bin ich es immer, die Dinge sieht. Ich sehe viel, was andere nicht sehen. Ich habe aufgehört, es ihnen zu erzählen. Man sieht manchmal … eine Art Wahrheit, die noch nicht passiert ist. Verstehst du? Jemand könnte Manoli erschießen, und er könnte hier liegen. Es ist nicht passiert, aber es wird vielleicht passieren.«

»Nein«, murmelte Jule und schüttelte den Kopf. »Er war da. Er ist tot. Sie suchen ihn, oben in der Chóra. Er soll Trauzeuge sein. Aber sie werden ihn nicht finden.«

»Vielleicht doch«, sagte Nikoletta sanft. »Euer Spaziergang hierher, er war für dich wirklich, aber in der Welt der anderen Menschen, der meisten Menschen, gab es diesen Spaziergang vielleicht nicht.«

»Sie meinen, ich war nie mit Asman hier? Ich habe das alles … geträumt?«

»Nicht unbedingt geträumt«, sagte Nikoletta vage. »Es ist passiert, aber nur für dich. Bist du nicht froh, dass kein Toter hier liegt?«

»Doch«, flüsterte Jule. »Natürlich.« Sie war nie in ihrem Leben so verwirrt gewesen.

»Ich werde ihn suchen«, sagte sie. »Jetzt gleich. Ich meine, nicht Manoli. Asman. Ich muss ihn fragen. Tut mir leid, dass ich Sie hierhergeschleppt habe, für nichts.«

»Es ist gut, dass du *mich* geholt hast und niemand anderen«, sagte Nikoletta. »Es ist schwer, wenn man an der Grenze der Realität lebt. Es geschieht, wenn man sehr … viel fühlt. Wenn man sehr verzweifelt ist oder sehr liebt oder große Angst hat. Seit Faní da ist, habe ich das häufig. Ich sehe Dinge, die passieren könnten. Ich sehe den Rollstuhl über eine Klippe stürzen. Ich sehe Faní im Meer, ertrunken, und niemand am Strand kümmert sich darum. Als wäre es egal. Als wäre sie nichts wert, nicht mehr als ein Stück Treibgut. Das erste Mal bin ich hingerannt und habe die Leute angeschrien. Aber Faní war gar nicht im Meer.«

Sie rannte. Sie rannte den ganzen Weg zu den Höhlen.

Sie wusste, dass Nikoletta unrecht hatte. Dass Manoli dort gewesen war, völlig real. Dass sie nachts auf dem alten blauen Klappstuhl gesessen und sich geküsst hatten. Dass sie zu Asman gesagt hatte: »Ich gehe nicht.« Es war alles geschehen.

Der Hund, der oben an der Schlucht gewartet hatte, rannte mit ihr. Sie erinnerte sich genau daran, wie sein geschmeidiger schwarzer Schemen sie in der Nacht begleitet hatte, seehundgleich. Alle Erinnerungen waren da. Es konnte kein Traum gewesen sein.

Und wenn es ein Traum gewesen war, an welchem Punkt war sie dann eingeschlafen?

Vor dem Eingang der ersten Höhle stand sie eine Weile nur da, an die bröckelnde Mauer gestützt, nach Atem ringend. Dann machte sie einen Schritt in die Höhle hinein.

Die Höhle war leer. Genauso leer wir die andere Höhle dahinter. Bis auf das Stroh und ein paar ausgerupfte Dornenäste der Macchia war nichts darin. Keine Decken, keine Plastiktüten mit Kleidern, kein Zeichen, dass jemals Menschen hier geschlafen hatten. Der Hund schnupperte im Stroh herum, aber sie konnte in seinen braunen Augen nichts lesen.

Jule suchte die Feuerstelle draußen vor der Höhle. Auch die Feuerstelle war fort.

Sie schüttelte den Kopf. Hatte jemand Erde darüber verteilt und sie festgetreten? So sorgfältig?

Die Zelte.

Aus irgendeinem Grund waren sie zurück in die Zelte gezogen.

Sie rannte wieder.

Als sie in der anderen Bucht ankam, knatterten die Planen in den Tamarisken im Wind. Sie wirkten wie Wäsche auf einer überdimensionalen Wäscheleine, losgerissen, keineswegs mehr zeltähnlich. Die aufgeweichten Pappstücke lagen zerfetzt auf dem Boden.

Jule dachte daran, was sie zu den Engländern gesagt hatte: dass vor langer Zeit Wildcamper hier gewesen waren, jetzt aber keiner mehr die Bucht besuchte. Genauso sah es aus.

Sie folgte dem Hund auf den Steg hinaus und sprang auf das schief liegende Schiff.

»Asman?«, rief sie. »Hassan? Rashid? Achmed?«

Sie bekam keine Antwort. An einigen Stellen sah es aus, als wären Teile des Holzes ausgebessert worden, aber als sie unter Deck kletterte, lagen dort weder Werkzeug noch Holz.

Und so kletterte sie zurück auf den Steg, ging ganz nach vorn und setzte sich hin, plötzlich kraftlos. Der Horizont lag stumm und abweisend unter dem Himmel.

»Heißt das … die ganze Sache ist ein Traum?«, flüsterte Jule. »Wie lange träume ich schon? Seit dem Trockenfisch? Oder … schon viel länger?« Plötzlich erschien es ihr logisch. »Alles, was ich im Internet im Dolfin nachgesehen habe«, sagte sie laut. »Alles, was in der Zeitung stand in den letzten Monaten, die ganze Flüchtlingskrise ist ein Traum. Es ist viel zu groß, viel zu riesig, viel zu absurd, um wahr zu sein. Eine Völkerwanderung in diesem Ausmaß kann gar nicht stattfinden. Ich wache jetzt gleich auf und liege zu Hause in meinem Bett. Ich werde zur Schule gehen, zu den Prüfungsvorbereitungsstunden, und auf den Straßen wird es den ein oder anderen Ausländer geben, wie immer, ein paar Türken, ein paar Italiener. Sonst nichts. Und in der Bild-Zeitung am Kiosk wird stehen FUSSBALLER STELLT SEINE FRAU NACKT INS NETZ, das wird die beunruhigendste Nachricht sein.«

Sie schloss die Augen. Verwirrt, erschöpft. Sie fühlte sich fiebrig.

Und Asman?, dachte sie. Hatte es den Jungen, der am Horizont bis nach Stockholm balancierte, über einem Meer aus Jazz, nie gegeben?

Nach einer sehr langen Zeit öffnete Jule die Augen wieder und saß immer noch auf dem verrottenden Steg in einer einsamen Bucht, auf einer griechischen Insel.

Sie atmete auf.

Schüttelte dann den Kopf über sich selbst.

Doch, es war alles geschehen, nichts geträumt. Aber wo waren Asman und die anderen? Und wo war Manoli?

Sie musste zu dieser Hochzeit.

Sie musste wissen, ob der Trauzeuge kam.

Ein Pick-up nahm Jule an der Straße mit zur Chóra. Es war ein weißer Pick-up voller Plastikkisten, sie kletterte hinten auf die Ladefläche, und es war seltsam, dort zwischen den Kisten zu sitzen. Es waren immer Pick-ups gewesen auf den Bildern im Netz, Pick-ups voller Soldaten, Pick-ups des IS, Pick-ups voller Flüchtlinge, der ganze verdammte Nahe Osten war voller Pick-ups, lange Trecks von ihnen, die in Richtung Europa fuhren.

Sie schloss die Augen und stellte sich vor, sie wäre eine von ihnen. Sie saß hier, eingequetscht zwischen all den Menschen mit ihren Taschen und Bündeln und Hoffnungen, und drückte selbst eine Tüte an sich, in der nur das Notwendigste war: ein paar Kleider. Ihr Handy. Irgendwo hier, bei ihr, dachte sie, waren Asman und Naime …

Der Pick-up hielt, und Jule schrak hoch. Sie kletterte von der Ladefläche und bedankte sich in ihrem gebrochenen Drei-Worte-Griechisch, und der Fahrer sah sie einen Moment lang seltsam an. Vielleicht sah er, was sie gesehen hatte – vielleicht sah er einen Moment lang keine Touristin, sondern ein Mädchen mit lange nicht gewechselter Kleidung, das eine alte Plastiktüte an die Brust presste wie einen Schatz.

Eine halbe Stunde später drängte sich ein Mädchen ohne Plastiktüte, aber mit mehreren Armbändern aus Kronkorken, Muscheln und Perlen in die weihrauchschwere Luft der Kirche. Die schwarzen Krähen saßen nicht länger draußen, auch sie hielten jetzt irgendwo in der Kirche Wache, Jule spürte ihre scharfen Blicke, obwohl sie sie nicht sah.

Nie hatte sie eine so volle Kirche gesehen. Und eine so unglaublich geschmückte Kirche. Überall waren Blumen, der ganze Inselfrühling hatte Einzug in die Kirche gehalten, sie waren mit bombastischen, weiß glänzenden Schleifen an die Kirchenbänke gebunden, standen in großen Vasen auf dem Altar, umwanden das Taufbecken und die Kanzel, und im Gang bildeten junge Orangenzweige ein leichtes, luftiges grünes Spalier.

Durch dieses Spalier geleitete gerade jetzt ein älterer grauhaariger Herr eine junge Frau in Weiß. Baiser-Weiß, schmal tailliert, es war ein Kleid wie aus dem Hochzeitskatalog. Die Zeremonie hatte gerade begonnen. Die Orgel spielte, und die Braut schritt, aufrecht wie eine Prinzessin, auf den Altar zu. Auf Kostas zu, der in einem ungewohnt förmlichen silbergrauen Anzug dort stand und auf sie wartete. Sein dunkles Haar war ordentlich an den Kopf gelegt, und er trug einen makellosen, teuren, blau gemusterten Schlips zu einem ebenso makellos weißen Hemd. Er warf keinen einzigen Blick in die Bänke zu den anderen Mädchen, er sah nur ihr entgegen: der Frau, die er heiraten würde.

Es war wie in einem Disneyfilm, nur noch kitschiger.

Die Braut hatte die dunklen Haarwellen hochgesteckt zu einem komplizierten Kunstwerk, weiße Perlen glitzerten in der Frisur, und ein zarter Tüllschleier rann in Wellen und Falten über ihre Schultern hinab.

Jule lächelte über den griechischen Hang zum absoluten Kitsch, aber dann, als Kostas die behandschuhten Hände der Braut in die seinen nahm, als sie einander ansahen, musste sie auf einmal schlucken. Doch, sie waren schön, diese beiden. Trotz Schleifen, trotz Kunststoffperlen, trotz zu viel Make-up. Sie waren deshalb schön, weil sie strahlten. Mein Gott, dachte Jule, sie lieben sich wirklich.

Sie würden zusammen die halbe Insel erben, und sie würden sich anschreien und sich beschimpfen und Kinder haben und mit Töpfen und Worten nacheinander werfen – und sich wieder vertragen.

Bis dass der Tod euch scheidet.

Jule schluckte. Sie dachte an die Schlucht. An den Stuhl, auf dem sie zusammen gesessen hatten.

Sie war so allein. So allein, als wäre die Kirche leer, so allein wie ein Schiff auf dem Meer in der Nacht, wenn keiner sieht, wie es sinkt.

Als sie einen Blick auf den alten Nikopolidis erhaschte, sah sie, dass auch er allein war; es schien keine Frau zu geben, und jetzt wischte er sich mit einem Taschentuch über die Augen. Heute Nacht, wenn alle Gäste fort wären, würde er mit dem Gewehr hinausgehen und eine Ladung Schrot auf ein weiteres wehrloses Straßenschild abfeuern, um die Melancholie zu vertreiben.

Jule verstand die Worte des Priesters nicht, die Zeremonie war anders als zu Hause, viel länger und mit mehr Gesang und mehr Liturgie. Aber schließlich kamen sie doch zu dem Punkt, an dem die Ringe gewechselt wurden …

Und da, da standen die Trauzeugen: ein schlaksiger junger Mann in Beige bei Kostas, ein junges Mädchen in roter Seide auf der Seite der Braut.

Der junge Mann hielt eine offene Schmuckschatulle, auf deren schwarzem Samtpolster die Ringe lagen. Als er sie Kostas reichte, sah er auf. Manoli, dachte Jule. Er ist also hier.

Er lag nie tot in einem Bach. Nikoletta hatte recht.

Sie schwankte den Rest des Gottesdienstes über zwischen Erleichterung und Unglauben.

Und schließlich stand sie neben der Kirchentür und sah zu, wie das Brautpaar, die Brauteltern und die Trauzeugen durch das Spalier aus Zweigen hinausschritten, gemessen und würdevoll zur Musik der Orgel. Auf dem Platz standen lange Tische, jetzt konnte endlich gefeiert werden.

Jule wartete, bis auch die Trauzeugen an ihr vorübergingen.

Und da sah sie es.

Der schlaksige junge Mann in Beige, der die Ringe getragen hatte, hatte von Nahem ein verkehrtes Gesicht. Er sah Manoli ähnlich, er hatte die gleiche Nase, die gleiche Schlaksigkeit, sogar das gleiche nervöse Zucken um die Mundwinkel. Aber es war nicht Manoli.

Es war vermutlich ein jüngerer Bruder.

Jule schüttelte den Kopf und verließ die Kirche mit den übrigen Gästen. Draußen saßen die schwarzen Krähen bereits an einem der langen Tische. Und dann wurde gegessen, Musik gemacht und getanzt und noch mehr gegessen, ein Schaf drehte sich am Spieß, der Duft aller Kräuter der Insel füllte die Luft. Jemand drückte Jule ein Glas Wein in die Hand, obwohl es heller Nachmittag war, und sie zögerte einen Moment und dachte an Asmans Kopfschütteln.

Die Welt so erleben, wie sie ist. Nichts dämpfen.

Aber Asman war verschwunden, wieder einmal. Diesmal vielleicht, weil er etwas getan hatte, bei dem es besser war, zu verschwinden. Etwas, das mit einer Schrotflinte zu tun hatte.

Und sie trank. Man musste nicht alles so erleben, wie es war, nicht den Schmerz und nicht die Verwirrung. Dinge zu dämpfen konnte in Ordnung sein.

Irgendwie schaffte sie es nach dem zweiten Glas, sich zum Brautpaar durchzudrängen und ihnen zu gratulieren. Kostas nickte und lächelte. Aber Jule sah etwas Neues in seinen Augen: Es war die gleiche Art von Nervosität, die sie bei Manoli gesehen hatte. Sein Blick schweifte unstet zwischen den Gästen hin und her, als suchte er in der Menge jemanden.

Und als hätte er gleichzeitig Angst davor, diesen Jemand zu entdecken.

Jule fand sich zwischen tanzenden jungen Leuten wieder, in einer Reihe, hielt Menschen an den Händen, die sie nicht kannte. Sirtaki. Sie hatte immer gedacht, es wäre nur ein Klischee aus dem Turnunterricht der Grundschule. Es gab mehrere Kreise von Tanzenden, einen äußeren, einen mittleren, einen inneren, sie drehten sich gegeneinander, und ihr wurde schwindelig, der Wein tanzte in ihrem Kopf ebenfalls. Sie befand sich im äußeren Kreis, und im mittleren sah sie den Australier und das blonde deutsche Mädchen, sie lachten beide, das Haar flog ihnen um die geröteten Gesichter, sie sahen aus wie Kinder. Glücklich.

Wir wollten nur für eine kleine Weile glücklich sein …

Und dort, dort waren die Engländer, tatsächlich, auch die Engländer tanzten mit, und dort die beiden Däninnen, Benke und Kirsten, ein einziges Mal nicht lesend. Als der Tanz endete, sah Jule, wie die beiden einander lachend umarmten, und sie begriff, dass auch Benke und Kirsten ein Paar waren. Überall waren Paare, niemand hier war allein.

Auf einmal war ihr schlecht.

Sie drängte sich durch die Menge zum Dolfin, das direkt neben dem Platz lag, sie brauchte kaltes Wasser. Auch im Dolfin herrschte Chaos, Leute mit Getränketabletts versuchten, Zusammenstöße zu vermeiden, der Lärmpegel war erstaunlich, die Espressomaschine röhrte, Rufe und Unterhaltungen kollidierten in der Luft und zerplatzten wie Seifenblasen.

Um das Klo zu erreichen, musste man über den unübersichtlichen Hinterhof, und in diesem Hof, oder besser, in dem schmalen Durchgang vom Hof zur Gasse, stand Kostas. Er hatte offenbar gerade zwei große Plastikkisten dort abgestellt, solche wie die, in denen der frisch gefangene Fisch vom Hafen heraufgebracht wurde, und jetzt zerrte er an dem blauen Schlips, um ihn zu lockern.

Da lehnten ein paar Bretter an der Wand. Jule war in ihrem Schatten stehen geblieben. Er sah sie nicht, er schien tief durchzuatmen und zündete sich eine Zigarette an.

Wahrscheinlich brauchte er einfach einen Moment für sich.

Sie mochte ihn nicht. Diesen Blick, der sagte: Ich weiß, ich bin unwiderstehlich. Aber als er so dastand und rauchte und irgendwie besorgt wirkte, irgendwie fertig, da tat er ihr beinahe leid.

Vielleicht tat sie ihm unrecht.

Vielleicht war sie nur neidisch, weil sein Leben so einfach schien. Du wohnt auf einer wunderschönen Ferieninsel, du bist der Sohn des reichsten Mannes dort, du heiratest das Mädchen, das du heiraten willst, die Sonne scheint, Ende.

War es wirklich so? Vielleicht war es gar nicht so leicht, Nikopolidis' Sohn zu sein. Erwartungen zu erfüllen. Sie dachte daran, was Silas gesagt hatte. Dass der Alte den Geldhahn gerne mal zudrehte. Obwohl die Familie reich war, arbeitete Kostas nicht nur für seinen Vater in den Ferienwohnungen, sondern fuhr auch zwischendurch mit dem Küstenschutz hinaus … Was für ein Glück er gehabt hatte, dachte sie, dass nicht er es gewesen war, der Silas in jener Nacht begleitet hatte.

Er trat die Zigarette aus. Rückte seinen Schlips zurecht. Lächelte ins Nichts, eine Art Probelächeln, und fuhr sich mit beiden Händen durchs Haar. Es war eine Geste, die sie an Asman erinnerte – eine internationale Geste junger Männer, die glauben, sie würden dadurch besser aussehen.

Sie lächelte und spürte eine dumme Art von Sehnsucht.

Sie hätte nichts trinken sollen. Sie sehnte sich danach, mehr zu trinken.

Kostas breitete eine graue Wolldecke über die Kisten, schien sich zu vergewissern, dass niemand in der Nähe war, und schlüpfte hinaus.

Und Jule ging über den Hof, um einen Wasserhahn zu finden. Vor dem Klo hing ein kleines Waschbecken schief an der Wand, sie hielt ihr Gesicht unter den kalten Wasserstrahl und fühlte sich besser. Als sie zurückging, kamen drei hübsche, geschminkte Griechinnen mit hohen Absätzen über den Hof, kichernd, Arm in Arm, ebenfalls auf dem Weg zum Klo. Sie schenkten Jule ein kollegiales Lächeln: Frauen unter sich, und Jule erwiderte es. Aber sie dachte, dass es keine Gemeinsamkeiten gab.

Einen Moment lang zögerte sie. Dann ging sie hinüber zu dem Durchgang, schob die graue Decke zurück und hob den Deckel der oberen Plastikkiste. Sie war voller kleiner Dosen, und als sie eine öffnete, schlug ihr der Geruch nach Fett und Kräutern entgegen: Fleisch in großen Scheiben. Eine andere Dose enthielt gebratenes Gemüse, eine dritte Kartoffeln.

Teile des Festmahls. Abgezweigt für irgendwen.

Für wen? Wer würde diese Kisten abholen? Warum hatte Kostas sie persönlich hierhergebracht, und wozu die Decke? Sie strich sie glatt und kehrte zurück auf den Platz.

Die Menschen hatten jetzt einen Kreis gebildet; in ihrer Mitte standen nur noch die Musiker, Geige, Kontrabass, Gitarre. Und ein einziges Paar.

Der Walzer, es gab ihn also auch bei dieser Hochzeit.

Kostas fasste seine Braut um die Taille, und sie tanzten quer über die freie Fläche, tanzten zusammen in ein gemeinsames Leben. Wusste sie, dass er zwei Kisten mit abgezweigtem Essen in den Hinterhof des Dolfin gebracht hatte? Er schwang sie herum, und das weiße Kleid wirbelte wie reines Licht, er zog sie näher heran, küsste sie, beim Tanzen. Die Leute am Rand des Platzes klatschten und pfiffen. Andere Paare drängten jetzt auf den Platz, schoben sich zwischen Jule und das Hochzeitspaar – und da, auf einmal, begriff sie es. Sie begriff, warum er die Kisten vom Platz weggebracht hatte.

»Du weißt es«, wisperte sie. »Du weißt es schon die ganze Zeit. Du weißt, dass sie hier sind. Die Brote, die du geholt hast … für das Hotel am Hafen, das es nicht gibt …« Sie schüttelte den Kopf. Er war es. Er war der andere, der etwas wusste, außer ihr.

Keine Namen, hatte Asman gesagt.

»Du fütterst Flüchtlinge«, wisperte sie. »Kostas Nikopolidis. Du fütterst ja Flüchtlinge.«

Sie brauchte einen Ort, an dem sie allein über alles nachdenken konnte. Sie drängte sich durch die Menge. Sekunden später stand sie im kühlen, weihrauchschweren Dämmerlicht der Kirche.

Die Blumensträuße waren noch so schön wie zuvor.

Ein paar einsame Kerzen brannten vor einem Heiligenbild. Sie wusste nicht, welcher Heilige es war, ein weiterer Märtyrer, Blut an seinem Gewand und seiner Schläfe. Vielleicht hatte jemand ihn mit einem Stiefel ins Gesicht getreten, auf einem Boot.

»Wo sind sie?«, flüsterte sie. »Wo sind sie alle? Sie sind nicht mehr in der Höhle und nicht in der Bucht. Kostas hilft, sie durchzufüttern … weiß er, wo sind sie? Versteckt *er* sie?«

Der Heilige lächelte, stumm, mit blutigen Lippen. Die Folteropfer der Vergangenheit. Die ganze verfluchte biblische Geschichte hatte da stattgefunden, wo Asman herkam, Palästina, Syrien, die Gewalt war schon damals dieselbe gewesen.

Sie kreuzigten immer noch Menschen dort.

Was damals passiert war, war heute Teil der Kultur des Abendlandes, dachte sie. Verrückt, aber die, die heute dasselbe erlebten, wollte das Abendland nicht hereinlassen. Für die schuf es Grenzen, Zäune, die zwang es, in Gestalt von vernünftig argumentierenden Männern wie Silas, weiterzufahren. In einem Boot, das untergehen würde. Kein Jesus ging hier übers Wasser.

Jule kehrte zurück zu der jetzt geschlossenen doppelflügeligen Tür, holte tief Luft und wanderte dann durch den Mittelgang zum Altar, durch das Spalier der grünen Zweige. Nach ein paar Schritten schloss sie die Augen und streckte die Hand aus, als wäre da jemand neben ihr. Er.

Sie ging nicht allein durch die Zweige, sie gingen zu zweit.

Die Vorstellung war unendlich kitschig und wunderschön. Sie konnte ihn spüren, als wäre er wirklich, die Fingerspitzen und den rauen Verband, der noch immer den Rest der Hand bedeckte. Sie hörte seine Schritte neben ihren, die Schritte in den alten, auseinanderfallenden Turnschuhen, die eine Reise durch mehrere Länder und das Wasser des Mittelmeers überlebt hatten.

»Ich denke gerade«, sagte sie leise, »dass neue Schuhe gut wären.«

Er sagte nichts, natürlich, weil er nicht da war.

»Ich denke«, sagte Jule, »dass Evelyn recht hatte. Bring ihn mit. Irgendwie muss es gehen. Ihr alle, ihr müsst hier weg. Aber nicht mit diesem maroden Schiff. Die Leiche … sie ist nicht mehr da. Wir haben uns das eingebildet. Nikoletta sagt es auch. Nur, wenn es nicht passiert ist, warum seid ihr dann untergetaucht? Warum bist du schon wieder verschwunden?«

»Ich bin doch gar nicht verschwunden«, flüsterte er.

»Nein, nicht in meiner Phantasie«, wisperte Jule. »Hier in dieser Kirche bist du da, aber das reicht nicht. Ich werde da rausgehen und wieder allein sein, und alle anderen feiern und sind zu zweit. Ich hasse es.«

»Geh nicht weiter«, flüsterte er und hielt sie fest.

»Was? Wieso nicht?«

»Weil wir vor dem Altar stehen. Das ist das Ende des Weges.«

»Klingt symbolisch.«

»Es war aber ernst gemeint. Du rennst dagegen, wenn du weitergehst.« Er lachte, und in dem Moment, in dem er lachte, begriff sie, dass etwas nicht stimmte.

Sie öffnete die Augen und sah auf ihre Hand hinunter. Und ihre Hand hielt eine Hand mit einem weißen Verband fest, aus dem nur die Fingerspitzen ragten. Diese Hand war nicht geträumt. Sie sah hinauf und blickte in sein Gesicht. Er grinste.

Er sah übernächtigt aus, schlimmer als in den letzten Tagen, als hätte er eigentlich nicht geschlafen. Er hatte wirklich eine Begabung dafür, auf die eine oder andere Weise furchtbar auszusehen. Die Bartstoppeln, die sein Kinn bedeckten, wirkten beinahe grau, und sein Haar war ebenfalls grau, doch als er hindurchfuhr – da war sie wieder, die Geste, die nichts besser machte –, merkte sie, dass es Staub oder sehr feine Erde war. Sie verließ das Haar in Wolken, wie ein Schwarm winzig kleiner Vögel. Oder wie ein Schwarm pelziger Schmetterlinge.

»Bist du durch die Erde gekrochen? Hast du darin gegraben?«

Er antwortete nicht, fuhr sich nur noch einmal durchs Haar und schüttelte sich, um den Rest Staub loszuwerden.

»Jule.«

»Ja«, sagte sie und sah sich kurz um. Es war niemand in der Kirche als sie beide und eine Menge Heilige. Da umarmte sie ihn, und für eine Sekunde hatte sie Angst, er würde die Umarmung nicht erwidern, aber er hielt sie fest, und dann sagte er: »Ich habe gesehen, wie du hier reingegangen bist. Deshalb … ich wollte dir sagen, warum wir weg sind. Diese … Amerikaner? Ein älteres Ehepaar. Sie sind in der Nähe der Höhle aufgetaucht und haben angefangen herumzuschnüffeln. Wir sind nicht ganz sicher, ob sie uns gesehen haben. Wir sind abgehauen. Wie die Ratten.« Er schüttelte den Kopf. »Genau das. Wie Ungeziefer. Zuerst sind wir zur anderen Bucht gegangen, aber wir hatten das Gefühl, diese beiden folgen uns. Ich weiß nicht, ob sie das getan haben. Manche Menschen sind zu neugierig. Wir müssen hier weg. Bald.«

»Ja«, sagte Jule.

Und dann zog er sie weg vom Altar mit den Kerzen und Blumensträußen und der aufgeschlagenen Bibel mit dem langen, bestickten Stofflesezeichen, weg von all der Überfüllung, in eine dunklere Nische, und küsste sie und flüsterte Worte in den Kuss hinein: »Die Leiche. Sie ist weg, hast du gesagt. Ist das wahr?«

»Ja«, wisperte Jule. »Habt ihr sie … hast du sie … weggeschafft?«

»Nein«, sagte er.

»Wirklich nicht?«

Sie wollte sich von ihm losmachen, um ihn besser ansehen zu können, aber auf einmal hielt er sie zu fest, hielt sie an sich gedrückt und legte eine Hand auf ihren Mund.

»Was soll …«, begann sie, und da presste er die Hand mit mehr Kraft auf ihre Lippen, und sie wehrte sich, ärgerlich jetzt. Aber er war trotz der verletzten Hand stärker. Er drehte sie um, sodass sie ihm den Rücken zukehrte, und sie begriff nicht, warum.

Sie kämpfte plötzlich in der dunklen Nische einer Kirche gegen jemanden, gegen den sie keine Chance hatte. Sie versuchte zu treten –

Und dann hörte sie Schritte. Es war noch jemand hier.

Noch jemand war unbemerkt durch die Seitentür gekommen.

Alles schien sich auf einmal in ein absurdes Gegenteil zu verkehren, sie war doch mit Asman hier, dem sie vertraute und den sie liebte, den sie in einer Schlucht geküsst hatten, den sie kannte … kannte sie ihn? Sie dachte Unzusammenhängendes, dachte an Evelyn und ihre Eltern und an Marc, der alles von Anfang an vernünftiger angegangen wäre und dem sie niemals ähneln würde, sie dachte an Bilder im Internet und in der Zeitung und an den IS und Entführungen und – wurde weiter nach hinten gezogen, noch weiter ins Dunkel.

Es ging alles zu schnell. Sie war immer noch betrunken.

Sie biss in die Hand vor ihrem Mund.

Im gleichen Moment sah sie die Gestalt, die die Kirche betreten hatte.

Sie stand bei den Kerzen vor dem Heiligen, den Jule nicht kannte. Eine Frau, die einen Rollstuhl schob. Nikoletta mit Faní.

Jule wand sich, und diesmal schaffte sie es, diesmal trafen ihre Tritte, sie hörte einen unterdrückten Schmerzenslaut, er knickte in den Knien ein, und sie fand sich zusammen mit ihm auf dem kalten Boden wieder, schwer atmend. Die Hand lag nicht mehr vor ihrem Mund.

»Jule«, zischte er, kaum hörbar. »Bitte! Ich wollte nur, dass du still bist!«

»Was?«, flüsterte sie.

»Damit sie uns nicht sehen! Verdammt!«

Sie saß da und sah ihn an, obwohl sie kaum mehr als einen

Schatten sah im Dunkel. Und ganz langsam drang zu ihr durch, dass er die Wahrheit sagte. Er hatte sie umgedreht, damit sie sah, dass jemand in die Kirche gekommen war.

Er sah seine Hand an, die gesunde, in die sie gebissen hatte.

»Das ist Nikoletta«, wisperte Jule. »Sie kann dich ruhig sehen.« Er schüttelte den Kopf, hielt sie wieder fest, aber nicht sehr fest, der Druck seiner Hände auf ihren Schultern war nur sacht. Dennoch spürte sie, dass er zitterte.

Nikoletta drehte den Kopf, suchend, sie hatte sie wispern gehört.

Faní sagte etwas Unverständliches und schob ihren Rollstuhl, mühsam, mit beiden Händen auf die Nische zu, in der Jule und Asman auf dem Steinboden saßen.

Nikoletta kam ihr nach, nahm die Griffe des Rollstuhls.

»Nein«, sagte sie. »Hier ist niemand. Wenn jemand da wäre, der möchte, dass man mit ihm spricht, hätte er sich nicht versteckt. Hier sind nur wir und Gott. Er wird denen helfen, die Hilfe brauchen, Er kann sie führen. Er weiß genau, wo ich wohne.« Damit drehte sie Fanís Rollstuhl um und schob ihn zur Tür.

»Verdammt«, sagte Asman und stand auf. »Du hast gedacht, ich will dir etwas tun, ja?«

Er zitterte noch immer. Er zitterte, dachte sie, vor Wut.

»Ja, verdammt. Verdammt, verdammt, *verdammt*«, fauchte Jule. »Warum hältst du mich auch so fest? Du hättest doch einfach was sagen können, leise. Muss denn immer alles mit Gewalt gelöst werden? Ist das bei euch so? Rache und Gewalt. Und dann erschießt man mal eben so jemanden mit einer Schrotflinte. Auch, wenn er etwas getan hat, das … furchtbar ist …«

Er streckte die Hand aus, zog sie auf die Füße und schüttelte den Kopf. »Du bist betrunken«, sagte er kalt. »Das ist es, warum wir nichts trinken. Es gibt schon Gründe.«

»Würde dir vielleicht mal ganz guttun!«, zischte sie. »Wär mal entspannter! Ihr versteckt euch die ganze Zeit völlig ohne Grund, keiner hier würde euch etwas tun. Du denkst, du hast die Verantwortung für irgendwelche Leute, Frauen, Kinder, und das Einzige, was du tust, ist, sie zu zwingen, sich zu verstecken? Die Frauen haben sowieso nichts zu sagen, schon klar. Und ich weiß, dass Kostas euch hilft, der füttert euch doch auch durch, alle sind nett … vielleicht seid ihr einfach undankbar. Dass es die Lager noch gibt, stimmt nicht. Und …«

Ihre Worte waren mit einem Mal versiegt, ihr Mund trocken. Nicht mehr als zwanzig Zentimeter lagen zwischen ihren Gesichtern, doch die Membran, die unsichtbare Membran war wieder da. War immer da gewesen.

»Ihr wisst alles, ja?«, sagte Asman. »Ihr wisst alles besser. Du denkst, wir hätten diesen Mann erschossen, und gleichzeitig willst du, dass wir uns allen zeigen. Ist das logisch? Was sind wir für euch? Terroristen. Scheißmuslims. Das ist es, was ihr da in deinem Land an die Wände schreibt, ich habe Fotos gesehen.«

»Das hat niemand an eine Wand geschrieben.«

»Ach nein? Guck ins Netz. Und in deinem Kopf, da ist das doch auch. Der ganze Mist ist da drin. Du vertraust mir kein Stück, aber ich soll dir vertrauen. Es ist genau wie zu Beginn dieses Krieges, ich meine, der Scheißkrieg ist mir egal, aber es war doch so: Bei uns haben die Leute demonstriert und sind niedergeschossen worden, und bei euch haben die Leute gesagt, schön, dass ihr so friedlich demonstriert. Aber helfen tun wir euch nicht. Und jetzt sollen wir euch glauben, dass ihr uns doch helft? Dass die Lager nicht mehr existieren? Ja, natürlich.«

Jule wollte etwas sagen, aber sie konnte nicht mehr geradeaus denken, sie fror, sie war umgeben von Dunkelheit und Kerzenlicht und Heiligen, und ja, natürlich, sie war betrunken. Sie lehnte sich an die bemalte Wand; schon wieder irgendein unleidlicher Heiliger.

»Dieses ganze Christentum«, sagte Asman und sah sich um. »Scheiß auf die Nächstenliebe. Die liegt da unten bei den Fischen.«

Aber auf einmal war Jules Zorn verpufft. »Ich bin noch nicht mal getauft«, murmelte sie.

Eine Weile sagte niemand etwas. Dann streckte er die Hand aus, und sie zuckte zusammen. Asman schüttelte den Kopf, traurig.

»Was dachtest du?«, wisperte er. »Dass der böse, gewalttätige Terrorist dich schlägt?« Er nahm eine ihrer Locken und ließ sie durch seine Finger gleiten, das war es gewesen, dachte Jule, nur das, was er gewollt hatte. Und als er die Hand zurückzog, sah sie den roten Abdruck ihrer Zähne in seiner Handfläche.

»Du bist schön«, sagte er leise. »Deine Haare. Ich wollte das nur sagen.«

Damit drehte er sich um und ging, vor dem Altar vorbei, zu der schmalen Seitentür.

Als er bei den leise flackernden Kerzen war, drehte er sich noch einmal um. »Ich war eigentlich gekommen, um dir etwas anderes zu sagen. Aber es ist nicht mehr wichtig. Geh raus und trink weiter. Deine Leute warten. Lauter weiße Europäer. Prost.«

»Asman!« Sie machte einen Schritt in seine Richtung. »Ich …« Aber die Tür hatte sich schon hinter ihm geschlossen.

»… liebe dich«, sagte sie zu irgendeinem blutüberströmten Märtyrer auf einem schlecht gezeichneten Pferd. »Oh fuck.«

Als sie die Kirche wieder verließ, war das Fest noch immer in vollem Gange, aber sie trank nichts mehr. Sie ließ sich mitziehen, irgendwie tanzte sie plötzlich wieder mit Menschen zusammen einen Tanz, den sie nicht kannte; sie tanzte und heulte gleichzeitig, aber als sie die Hände zum Gesicht hob, merkte sie, dass ihr Gesicht trocken war. Sie heulte nur innen.

Er hatte ihr nicht einmal gesagt, wo sie jetzt schliefen. Vielleicht war er gekommen, um ihr genau das zu sagen. Sie hatte nicht vorgehabt, ihn anzufauchen.

Sie wusste jetzt schon nicht mehr, was sie eigentlich alles gesagt hatte, aber es war nicht nett gewesen. Das mit Manoli jedenfalls nicht. Man beschuldigte niemanden, einen Mord begangen zu haben. Aber er war auch schuld, oder? Man hielt auch niemandem die Hand vor den Mund.

»Hey, du siehst schon wieder zu ernst aus«, sagte das deutsche Mädchen, das mit dem Australier neben Jule auftauchte. Komisch, sie hatte sich nie für den Namen dieses Mädchens interessiert.

»Trink was«, sagte das namenlose Mädchen und hielt ihr ein Weinglas hin. »Auf das Wohl des Brautpaares!«

Sie tanzten nicht mehr, sie standen an einem der langen Tische, vor einem Nachtischbuffet: Bleche voll von zuckertriefendem Gebäck und Schalen mit dunkler Schokoladenmasse. Jule dachte an die Kinder. Hoffentlich war in Kostas' Plastikkisten auch Nachtisch gewesen. Deshalb war er hier, dachte sie dann. Asman. Er hatte die Kisten abgeholt. Er war nicht ihretwegen gekommen.

»Nimm schon. Du kannst das Glas austrinken.«

Sie bemühte sich zu lächeln. »Danke. Nein. Ich ... habe schon zu viel getrunken, glaube ich.«

»Wirkt aber nicht so. Du siehst ziemlich unlocker aus.«

»Ich ... das hat damit nichts zu tun«, sagte Jule. »Man kann auch locker sein, ohne sich zu betrinken. Mein Freund trinkt gar nicht.« Sie schluckte. »Er ist Muslim.«

»Na, die sind ja bekanntlich so locker, dass sie alle Leute einen

Kopf kürzer machen, die nicht ganz so locker sind.« Das Mädchen lachte. »Im Ernst, dein Freund ist Muslim?«

Jule musste nicht überlegen. »Ja«, sagte sie.

»Will er dann auch, dass du eines Tages eine Burka trägst?«

»Quatsch«, sagte Jule ärgerlich.

Das Mädchen legte einen Arm um sie, und der Australier nahm das Glas und trank es an Jules Stelle leer. »Ich finde ganz sexy«, sagte er mit seinem schweren Akzent. »Wenn du nur siehst Augen, es ist … so geheim.«

»Sonst kann ich dir nicht wenig genug anhaben«, sagte das Mädchen. »Ist er hier? Dein Freund?«

»Nein.«

»Feiert wohl nicht so gerne, wie? Oder ist er gar nicht auf der Insel, sondern zu Hause? Und arbeitet, der arme Kerl?«

»So ähnlich«, sagte Jule. Nein, dachte sie. Das Gegenteil. Allein die Definition des Wortes zu Hause würde ihm vermutlich Schwierigkeiten bereiten.

»Ihr habt Streit, oder?«, sagte das Mädchen. »Deshalb bist du allein hier und guckst immer so ernst.« Und sie hakte Jule unter und zog sie wieder ins Durcheinander der Tanzenden.

Jule wehrte sich nicht. Sie wollte nicht hier sein. Aber sie wusste nicht, wo sie sein wollte.

Vielleicht ging auch ihr der Begriff *zu Hause* zunehmend verloren.

Es war schon Abend, als sie zurück zur Ferienwohnung ging, sie war jetzt wieder vollkommen nüchtern. Müde, zerschlagen und nüchtern. Sie hatte es immerhin geschafft, Evelyn auf dem Klo des Dolfin zu texten.

Dummkopf, hatte Evelyn geschrieben. *Geh und vertrag dich.*

Und dann schreibe ich dir, was für eine Idee ich habe. Ich hab was angeleiert. Wirst staunen.

Wie sehr sie wünschte, Evelyn wäre einfach hier! Und sie könnte jetzt, genau jetzt, mit ihr auf der winzigen Terrasse sitzen und Wein … Moment: Tee … trinken, ach verflixt, oder eben doch Wein. Und reden. Endlos ewig lange reden.

Vielleicht kam Evelyn? Vielleicht war es das, was sie angeleiert hatte?

Erst, als Jule auf dem Weg zu der Gruppe der einsamen Häuser war, fiel ihr ein, dass die Fähre am nächsten Morgen um sechs Uhr ging. Und dass sie den Flug nicht storniert hatte. Sie konnte ihn noch immer nehmen. Es war das, was Marc getan hätte.

Die Bäume neben dem Haus rauschten in der Abendbrise; sie hatten schon viel mehr Blätter als noch vor zwei Wochen. Damals war sie eine andere gewesen, und egal, welchen Flug sie nahm, nichts würde je wieder so sein wie zuvor.

Als sie den Fuß auf die unterste Stufe setzte, erhob sich ein Schatten neben der Treppe. Der Hund. Sie bückte sich und streichelte ihn, kraulte seine Ohren, flüsterte freundliche, unsinnige Worte, froh, doch nicht ganz allein zu sein. Dann folgte sie dem Hund die Treppe hinauf.

Sie hörte schon auf halber Höhe den Dreiklang.

Den Dreiklang aus dem Olivenbaum.

Die Töne von Evelyns Glöckchen an der Kette.

Sie bog um die Ecke am Ende der Treppe. Und dort, auf der Terrasse, saß ein weiterer Schatten. Auf der Mauer.

»Jule«, sagte der Schatten leise. »Ich will eigentlich nicht hier sein. Aber … warum ich gekommen bin, heute … was ich dir sagen wollte. In der Kirche. Es ist zu wichtig.« Er klang gequält.

Sie war bei ihm, ehe er mehr sagen konnte, nahm ihm die Oud

weg und legte sie beiseite, nahm seine Hände. »Ich … es tut mir leid, ich … ich hätte nicht …«

Er schüttelte den Kopf. »Dazu ist keine Zeit. Es geht Naime nicht gut. Und seit heute, seit ich in der Kirche war, ist es schlimmer geworden. Bitte, Jule. Wir brauchen deine Hilfe.«

Kalt, kalt ist die Nacht, warum? Der Mai ist nicht mehr weit.

Hoch, hoch stehen die Sterne, tief, tief liegt das Meer, schwarz, schwarz und wartend.

Zum ersten Mal hast du Angst, wenn du es ansiehst.

Zum ersten Mal bist du dir nicht sicher, ob dies alles noch irgendwie gut werden kann.

Du gehst diesen Pfad, auf die Schmerzen einer anderen Person zu, und weißt nicht, ob du sie lindern kannst. Naime. Sie wartet nicht auf dich, sie hat dich weggeschickt, sie hat gesagt, sie will allein sein, aber sie konnte kaum aufrecht stehen, ihr Puls raste, du hast es gespürt, sie glühte am ganzen Körper, ihre Augen waren glasig, nichts war richtig. Die Frauen haben gesagt, dies wäre nicht der normale Ablauf einer Geburt, und eine von ihnen, die sich auskennt, sie hat selbst sieben Kinder geboren, eine hat getastet. Das Kind liegt verkehrt, hat sie gesagt, die Wehen sind stark, aber wenn es so liegt, wird das nichts. Du hättest sie am liebsten ins Gesicht geschlagen.

Weißt du noch, wie du deiner Mutter versprochen hast, auf Naime aufzupassen? Damals war sie vierzehn, und du? Lange erwachsen. Nie erwachsen geworden, noch immer ein Träumer, noch nach der Dunkelheit im Keller.

Und dennoch, dennoch hat deine Mutter alles auf dich gesetzt. Sie hat nur leise gelächelt, als du die Oud mitgenommen hast, du spürst dieses Lächeln noch in der letzten Berührung ihrer Hände auf deinem Gesicht.

Du siehst sie noch vor dir, wie sie da steht, an die Wand gelehnt, die von Einschusskratern übersät ist wie von Pockennarben. *Geht jetzt.*

Einmal hast du dich umgedreht, Naimes Hand in deiner. Und ihr Lächeln erwidert.

Wenn dieses Kind stirbt. Wenn nicht nur das Kind stirbt, sondern Naime mit ihm. Dann ist die Reise beendet, auch für dich. Danach kannst du nicht weitermachen, mit nichts.

Allah, Allah, hilf. Erinnere dich, dass es uns gibt, vergiss die heiligen Krieger, diese wahnsinnigen, und hilf denen, die noch Menschen sind.

Das Mädchen mit den Glasperlenaugen wird helfen, wenn sie kann, aber kann sie? Sie geht hinter dir her, durch die Nacht. Und was ist jetzt überhaupt, nach allem, was in dieser Kirche gesagt wurde? Die Worte taten weh. Deine und ihre.

Du würdest dich so gerne umdrehen und sie in die Arme nehmen.

Der Tote in der Schlucht hat alles gekippt. Komisch, die Toten im Wald nicht. Eins zu zweiundsiebzig. Ein Europäer ist mehr wert als zweiundsiebzig Araber. Es tut weh, das zu denken. In einer solchen Welt willst du in einer Kneipe sitzen und Jazz spielen? Durch eine solche Welt willst du eines Tages ein Schiff steuern? Sie werden dich nicht lassen. Und vielleicht hast du bis dahin zu viel Hass in dir gesammelt, um nicht das Schiff oder die Kneipe in die Luft zu jagen.

Nein, nein. Das sind nur seltene Phantasien.

Du bist nicht Hassan, vergiss nicht, du bist der, der vorwärts denkt.

11

Einmal drehte sich Asman auf dem steilen Abstieg durch die Felsen um.

Unter ihnen lag, dunkel und leer, die Bucht, in der das Schiff schlief. Er streckte eine Hand aus, nur halb.

»Ich komm schon klar«, sagte sie. »Du musst mir nicht helfen.«

Er nickte und ging weiter. Und sie krallte sich an den Felsen fest und hatte Angst zu fallen und wünschte, er hätte ihr doch geholfen. Aber ihre Worte in der Kirche hatten zu viel zerstört.

Der Wind ließ die losen Planen im Wind flattern und lärmen. Die Schatten der Tamarisken hockten hinter dem Strand wie geduckte Gestalten.

Asman ging nicht dorthin, er ging in Richtung Wasser. Vorbei am Steg. Und kletterte über ein paar umgekippte Blumenkübel auf die Terrasse des leer stehenden Hauses.

Als er an den Rahmen der Terrassentür klopfte, begriff Jule.

Hier also hatten sie sich versteckt. Sie waren einen Schritt weiter gegangen, als in einer Höhle zu leben oder Schrauben und Werkzeug aus einem Schuppen zu stehlen. Sie waren in dieses Haus *eingebrochen.* Sie schluckte. Höchstwahrscheinlich war es ihre eigene Schuld, sie hatte Asman erzählt, dass sie gehört hatte, es gäbe einen Erbstreit um das Grundstück.

Das Glas der Tür war vor Langem gesplittert, man hätte eigentlich nicht klopfen müssen.

Rashid öffnete ihnen die Tür, sah augenreibend zu Asman auf

und streichelte den Hund, der sich mit hineindrängte. Jule fuhr durch sein staubiges Haar. Hinter dem Jungen standen andere, schemenhafte Gestalten; es gab kein Licht. Auf dem Fußboden des Raums, in dem sie jetzt standen, schliefen noch mehr von ihnen, Jule sah Plastiktüten und Reisetaschen dort stehen, das Haus war zum Notquartier geworden, es hatte nie mit zweiunddreißig Bewohnern gerechnet.

Jule hörte, wie Asman mit den Schatten sprach, leise und hektisch. Rashid stand noch bei ihr. »Du musst wieder ins Bett gehen«, flüsterte sie. »Schlafen. Wo ist deine Mama?« Aber er verstand nicht, und vielleicht gab es ja auch gar keine Mama. Sie hatte nie nach den Eltern der Kinder gefragt. Sie kniete sich hin, und der kleine, dreckige Körper drückte sich an sie, vielleicht auf der Suche nach Wärme. Die Nacht war kühl.

Asmans Tonfall über ihr war jetzt scharf, mehrere beschwichtigende Stimmen redeten auf ihn ein – und dann zog er Jule am Arm hoch und sagte: »Sie ist weg. Komm.«

»Wohin?«, fragte Jule und löste Rashid von ihren Beinen.

»Ich weiß es nicht«, sagte er. »Aber Naime ist nicht mehr hier. Sie sagen, es ging ihr schlechter, und sie wollte … zu Allah. Gott.«

»*Was?*« Jule spürte seine Hand, die sich in ihren Arm krallte.

»Wo findet man Allah auf dieser Insel?«, flüsterte Asman. »Sie sagen, sie ist gegangen. Sie war so stur …«

»*Konnte* sie denn gehen?«

»Ich begreife es auch nicht. Ich weiß nur, dass wir sie finden müssen.«

Und dann standen sie wieder am Strand, und Asman drehte sich um die eigene Achse, den Blick zum Himmel erhoben. Suchte nach einer Richtung.

Naime ist zu Allah gegangen.

Sie lebt nicht mehr, dachte Jule. Sie hatte keine Kraft mehr, sie hat die Schmerzen nicht ausgehalten, und vielleicht wollte sie dieses Kind gar nicht haben. Wenn Asman sagt, sie kennen den Vater nicht … Sie sah mit ihm zum Nachthimmel auf, zu den Sternen und zur schwarzen Silhouette des Kalamos, der sich über der Insel erhob.

Und dann wusste sie es. Ganz plötzlich.

»Asman«, flüsterte sie. »Es gibt einen Ort, wo Gott ist! Die Kirche da oben. Sie hat nicht gesagt, dass sie sterben will. Sie hat gesagt, dass sie dorthin will. Auf den Berg. Es ist keine Moschee, aber es ist ein Ort, an dem Gott wohnt. Man … man kann es fühlen. Anders als in der Kirche unten. Wirklich.«

Sie sah das Licht dort oben, ein winziges Licht. Agios Nikolaos, der Heilige der Seefahrer und der Reisenden, wies seinen Schützlingen den Weg durch die Nacht.

»Das ist Wahnsinn«, wisperte Asman. »Es ging ihr wirklich schlecht. Sie hatte überall Wasser im Körper, sie war so … schwer geworden. Als hätte das Meer einen Weg in sie hineingefunden. Als wäre es gekommen, um sie von innen zu ertränken. Sie konnte kaum gehen.«

»War sie denn allein?«

»Ich glaube. Ich weiß nicht. Sie waren alle so aufgeregt, du hast es gehört. Manchmal hasse ich meine Leute. Diese Panik, dieses Durcheinander … sie haben nur gesagt: Naime ist weg. Sie ist gegangen. Aber sie kann nicht auf den Berg gegangen sein.«

»Manchmal«, sagte Jule leise, »gibt es Wunder.«

»Ich habe noch keins erlebt«, murmelte Asman, aber er folgte ihr; diesmal war sie es, die voranging, die vorankletterte, den steilen Weg wieder hinauf. Und weiter, weiter, zwischen den Dornbüschen und nächtlichen Bäumen hindurch, Feigen, Oliven, Eichen. Dort war der Pfad, der den Berg hinaufführte. Rascher, rascher! Jule spürte ihr Herz schlagen, schmerzhaft fast, ihre Lungen brannten.

Der Hund begleitete sie noch immer, sie wanderten still und verbissen durch die Nacht, keine Zeit für Worte. Noch nicht einmal für Gedanken. Man brauchte zwei oder drei Stunden auf den Kalamos. Sie durften nicht so lange brauchen. Die Dornen der Sträucher griffen nach Jules Hosenbeinen, irgendwo am Berg klang die leise Glocke eines Schafs. Die Nacht war endlos.

Manchmal trug der Wind vom Dorf ein Motorengeräusch herauf oder vereinzelte Fetzen von Stimmen. Es schlief noch immer nicht, dieses Dorf, manche feierten weiter bis in den Morgen.

Dann waren sie zu weit oben, um das Dorf zu hören, und dann waren sie beinahe da.

Über ihnen wartete das winzige, flackernde Licht.

Asman blieb stehen.

Vor ihnen, in der Stille, war noch etwas unterwegs, ein unförmiger Schatten, der sich seltsam schaukelnd voranbewegte, beinahe nicht menschlich. Jule brauchte einen Moment, bis sie begriff, dass es ein Mensch war, der einen anderen auf dem Rücken trug. Und sie dachte an Nikoletta, die Faní ab und zu hier heraufschleppte, um sie dem Agios Nikolaos näherzubringen.

Die beiden hatten eine Wegbiegung erreicht, und jetzt, da sie sich drehten, fiel das wolkenzerriebene Mondlicht auf ihre Gesichter: Auf dem Gesicht des Mannes standen Schweißperlen vor Anstrengung. Das Mädchen, das er trug, hatte die Augen geschlossen.

»Hassan«, flüsterte Asman. »Verdammt, warum …«

Hassan hatte sie nicht bemerkt, er konzentrierte sich ganz auf die Steigung des Weges.

Noch zwei Serpentinen – und sie standen vor der Kirche.

Das ehemalige Kloster dahinter lag leer und schwarz da wie eine Filmkulisse. Das Licht, das sie von unten gesehen hatten, brannte in einem Fenster der Kirche, eine Öllampe. Und Jule dachte: Der heilige Nikolaos ist noch wach. Er hat das Licht nicht ausgehen lassen, und er wartet auf uns. Nicht nur auf Naime. Auf uns alle.

Er weiß, dass er es ist, der die Sache in die Hand nehmen muss. Alle Streitigkeiten schlichten. Alle Verzweiflung auflösen.

Asman trat neben Hassan, und Jule spürte, dass er ihn gerne angeschrien hätte, doch in der Stille vor der Kirche, in der merkwürdigen Feierlichkeit hier oben wagte er es nicht. Er streichelte das Gesicht seiner Schwester, sagte leise Worte, erhielt keine Antwort. Sie atmete, Jule sah es, aber das war alles. Dann ging Hassan auf die Tür der kleinen Kirche zu und drückte sie auf.

»Das ist verrückt«, flüsterte Asman mit geballten Fäusten, »völlig verrückt. Hassan sagt, sie wollte unbedingt hierher.«

In der Kirche regierten Schatten. Vor dem Heiligenbild des Agios Nikolaos brannten sieben dünne weiße Kerzen, und Jule fragte sich, wer sie angezündet hatte. Das gemalte Gesicht des Heiligen unter der Bischofsmütze wirkte beinahe lebendig in ihrem flackernden Schein.

Hassan bettete Naime vor dem Bildnis des Heiligen auf seine Jacke und breitete die Decke über sie, die sie bis jetzt um die Schultern getragen hatte. Dann schob Asman ihn zur Seite und beugte sich über sie. Ihr Bauch wirkte grotesker denn je unter der dünnen Decke.

Jule sah im Kerzenlicht, wie sehr sie sich in den letzten beiden Tagen verändert hatte, Asman hatte recht: Das Meer war in ihren Körper eingedrungen. Es war schon vorher in ihrem Gesicht gewesen, jetzt war es überall, hatte diesen Körper anschwellen lassen und verzerrt. Am schlimmsten war es an den Beinen, Jule sah es, als die Decke verrutschte, die Haut wirkte glasig, die Knöchel waren nicht mehr zu erkennen.

Naime stöhnte jetzt, und es war ein furchtbares Stöhnen, das von tief unten zu kommen schien, von einem Ort jenseits der Seele. Jule wich unwillkürlich zurück. Aus diesem früher schönen Mädchen war ein hässliches, verqueres Wesen geworden, ein hilfloses Monstrum. Sie wusste, dass Asman es nicht sah. Er hielt ihre Hand und sah nur ihre Schönheit.

»Wir sind da«, flüsterte er. »Jetzt kommt es in Ordnung.« Er sprach englisch, vergessend, dass seine Schwester es nicht verstand. Sie bäumte sich auf, atmete hektisch und flach – und schlug die Augen auf. Sie sagte etwas, leise, auf Arabisch. Versuchte zu lächeln.

»Ihr ist schwindelig«, sagte Asman. »Und heiß, sagt sie.«

Jule kniete sich neben ihn, und er legte ihre Fingerspitzen an Naimes Handgelenk. »Fühlst du den Puls? Wie er rast? Das ist doch nicht normal, oder?«

»Asman … ich … weiß es nicht«, flüsterte sie. »Woher soll ich das wissen?«

»Du bist eine Frau! Du hast diese ganze Schulbildung! Du musst doch etwas wissen!«

»Ich bin keine Ärztin! Keine Krankenschwester! Ich bin gar nichts!« Sie schüttelte den Kopf, sie hätte gelacht, wenn er nicht so verzweifelt gewesen wäre. »Asman, ich war noch nie bei der Geburt eines Kindes dabei!«

»Was wolltest du hier?«, fragte Asman, auf Englisch, dann auf Arabisch, und Naime wisperte wieder etwas. Asman schüttelte den Kopf. »Die verfluchten Christen. Sie haben ihr erzählt, dass der da –« Er nickte zum Bild des Agios Nikolaos hin. »–dass er der Beschützer der Seefahrer und der Reisenden ist, der Kinder … und der Gebärenden. Und sie sagt, in dieser Nacht ist die Kirche eine Moschee. Allah wird helfen.« Er schüttelte den Kopf, wieder und wieder. »Hah.«

»Crazy, crazy girl« knurrte Hassan, und Jule sah auf. Er stand vor den Kerzen und wärmte seine Hände darüber. »Ich … hätte nie gedacht, dass ich so was mal tue. Eine verrückte Frau auf einen Berg schleppen, weil sie glaubt, sie wäre da näher an Allah. In einer christlichen Kirche. Der Gott der Christen ist ein anderer.«

Aber, dachte Jule, er *hatte* sie auf den Berg geschleppt, den ganzen Weg. Sie sah Naimes halbes Lächeln zu ihm emporsteigen, wie der Rauch der Kerzen.

»Hassan«, sagte sie. »Shukran. Danke.«

Hassan wandte sich ab, hilflos. Sie sah jetzt, wie nah er die Hände über die Flammen hielt. Zu nah. Er fügte sich absichtlich Schmerzen zu, um mit dem Wahnsinn der Nacht oder dem Wahnsinn im Allgemeinen leben zu können. Schließlich zog er die Hände weg, weil er es nicht mehr aushielt, und verließ wortlos die Kirche.

Er liebt sie, dachte Jule. Er liebt dieses Mädchen.

»Asman«, flüsterte Naime. Sie deutete auf das Heiligenbild und sagte noch etwas – dann rollten ihre Augen plötzlich seitwärts nach oben, und ihre eine Körperhälfte begann, unkontrolliert zu zucken. Sie hielten sie zu zweit fest, hockten dicht nebeneinander und kämpften gegen die Zuckungen, und es dauerte eine schreckliche Ewigkeit, bis ihr Körper wieder ruhig wurde. Jule sah, dass Asman Tränen übers Gesicht liefen, die er nicht einmal wegwischte.

»Okay, ich bin kein Fachmann, aber ich würde sagen, sie krampft«, sagte Jule. »Das war wie … wie ein epileptischer Anfall.

Ich hab mal einen gesehen, bei einem Typen in meiner Schule. Scheiße. Wir brauchen wirklich einen Arzt.«

Aber sie wussten beide, dass es auf der Insel keinen gab.

Naimes Augen waren jetzt wieder geschlossen, sie lag ganz still. Jule sah zu, wie Asman eine Hand auf ihren Bauch legte. »Man kann das Herz des Kindes spüren«, flüsterte er. »Es schlägt schneller als das der Mutter. Es schlägt.«

»Es geht dem Kind also gut«, wisperte Jule, nur, um irgendetwas Positives zu sagen. »Was … was hat sie zu dir gesagt? Eben?«

»Bete«, sagte Asman. »Bete für mich. Zu diesem Mann.« Er sah zum heiligen Nikolaos hoch. »Wie kann ich zu einem Bild beten?«

Jule lächelte. »Mach die Augen zu. Dann ist kein Bild da. Dann kannst du mit ihm sprechen.«

Und Asman gehorchte, schloss die Augen, begann, Worte zu murmeln. Arabische Worte.

Da faltete sie die Hände, wie sie es seit dem Kindergarten nicht mehr getan hatte, und sah zum heiligen Nikolaos empor. »Keiner von denen, die hier zu dir kommen, ist ein Christ«, flüsterte sie. »Hier stehen ein Muslim und eine Atheistin. Aber heute Nacht glauben wir an dich. Bitte … lass sie nicht sterben. Sie und das Kind. Es sind nur zwei Menschen. Es ist doch nicht zu viel verlangt, zwei Menschen zu retten? Tausende sterben jeden Tag. Sag mir, was ich tun soll. Sollen wir versuchen, sie wieder runterzukriegen vom Berg? Schick uns ein Zeichen. Eine Taube, eine Eule, ein Erdbeben. Mir egal.« Sie merkte, dass sie dabei war, mit dem Heiligen zu diskutieren, sie hörte, wie kindisch sie sich benahm. Aber sie konnte nicht anders. »Lass die beiden leben«, flüsterte sie. »Und mach, dass Asman und ich … dass alles irgendwie wieder gut wird.«

In diesem Moment quietschte die Tür, Jule blickte auf, und eine untersetzte Gestalt in Mantel und Mütze betrat die Kirche. Nikoletta. Nie hatte Jule sich so sehr gefreut, sie zu sehen.

Sie spürte die Anspannung in Asmans Körper; er war bereit zu rennen, und sie legte ihm eine Hand auf den Arm. »Bleib hier.«

Sekunden später kniete Nikoletta neben ihnen. Sie fragte nicht: »Wer ist dieses Mädchen?« Oder: »Wieso ist sie hier in der Kirche?«

Sie fragte, auf Englisch: »Wievielte Woche?«

Asman zuckte die Schultern. »Ich weiß nicht … neunter Monat … sie hatte Wehen …«

»Und so was wie einen Krampfanfall«, ergänzte Jule.

Nikoletta nickte. Tastete nach Naimes Puls. Drückte mit dem Zeigefinger auf die gespannte Haut an ihrer Hand, wo der Abdruck, im eingelagerten Wasser, noch Sekunden später zu sehen war.

»Dieses Kind muss raus«, sagte sie. »So bald wie möglich. Was sie hat … ich hatte das, als ich mit Faní schwanger war. Der Blutdruck ist viel zu hoch, die Nieren gehen kaputt. Die Ärzte auf Kreta haben mir das damals erklärt. Sie braucht irgendwas, was den Druck senkt. Und Flüssigkeit. Das ganze Wasser ist ja nicht mehr in den Gefäßen, es ist ins Gewebe gesickert. Sie müsste in eine Klinik. Eigentlich.« Sie beugte sich über Naime und streichelte vorsichtig ihre Wange. »Ich hatte das Gefühl, es wäre wichtig, heute Nacht hier oben zu schlafen«, flüsterte Nikoletta. »Ich mache das manchmal … einer der Klosterräume ist offen für Pilger. Agios Nikolaos weiß, wann er mich ruft. Im Klostergarten gibt es Kräuter, die gegen den Druck helfen. Es gibt keine Hebamme auf der Insel, sie fahren alle rüber, wenn die Kinder kommen. Wir brauchen …« Sie holte tief Luft. »Ein Wunder.«

Dann ging sie hinüber, dorthin, wo der Kerzenvorrat in einer Pappkiste lag, nahm die Kiste hoch und brachte sie zu Jule und Asman. »Hier«, sagte sie. »Zündet alle an. Alle. Dahinten vor dem Bild der Mutter Maria gibt es noch einen Ständer für Opferkerzen. Ich bin gleich wieder da.«

Damit drehte sie sich um und ging.

»Das ist verrückt«, flüsterte Asman.

»Ja«, flüsterte Jule.

Und dann begannen sie, Kerzen anzuzünden. Sie hielten sie an die bereits brennenden Kerzen, das Wachs lief ihnen heiß und schmerzhaft über die Finger, und sie steckten Kerze um Kerze in den Ständer, in langen Reihen, immer eine neben der anderen, sie arbeiteten rasch, immer rascher, wie besessen, Jule sah nichts als die Flammen der Kerzen und ihre Hände und Asmans Hände, sie hörte Naimes schweren Atem auf dem Boden, und mehr und mehr und mehr Kerzen brannten, bis keine mehr übrig war.

Die Helligkeit und die Wärme der Kerzen vereinigte sich und stieg an den Bildern der Heiligen empor, machte ihre Gesichter golden, ließ ihre Augen glänzen. Jule fühlte sich wieder wie betrunken. Ihr war, als bewegte sich der heilige Nikolaos auf seinem Bild, als wandte er den Kopf, kaum merklich, und Maria wandte den ihren. Sie waren erwacht.

Nikoletta war jetzt zurück, sie hielt einen Strauß Kräuter im Arm, der nach frischer Erde duftete und nach der Feuchtigkeit der Nacht, bitter und süß. Sie begann, die Blätter vor Naimes Nase zu zerreiben. Und Naime erwachte, mit einem weiteren Stöhnen, presste beide Hände auf ihren Bauch und starrte Nikoletta an. Sie sprach beruhigend auf sie ein, rollte eine kleine Kugel aus Blättern und schob sie Naime zwischen die Zähne. Vielleicht halfen die Kräuter gegen den zu hohen Blutdruck. Vielleicht nicht.

Naime kaute und schluckte gehorsam, schluckte Kugel um Kugel und trank das Wasser, das Nikoletta in einer Flasche geholt hatte.

»Jetzt können wir nur noch beten«, sagte Nikoletta schließlich.

Und sie beteten. Und Naime krümmte sich zusammen und schrie. Schweißperlen rannen ihr über die Stirn, die Schmerzen packten ihren Körper jetzt in regelmäßigen Abständen.

Jetzt, dachte Jule, jetzt kommt das Kind, und alles ist vorbei. Doch das Kind kam nicht.

Eine halbe Stunde später krümmte sich Naime noch immer. Die Heiligen auf ihren Bildern schüttelten hilflos die Köpfe.

»Dieses Kind ... es will aus ihrem Körper heraus, aber es kann nicht!«, flüsterte Asman.

Naime begann wieder zu zucken, und ihre Augen rutschten weg wie zuvor.

Asman hielt sie fest, und Jule dachte an den Epileptiker in ihrer Schule und schob ein Stück der Decke in Naimes Mund, damit sie sich nicht auf die Zunge biss.

»Wo ist das Wunder?«, schrie Asman. »Wo ist das verdammte Wunder? Sie stirbt uns doch hier weg!«

Er ließ seine Schwester los und packte Jule, schüttelte sie, verzweifelt –

Und da fiel es ihr ein.

Eine Hebamme.

Sie wusste, wo es eine Hebamme gab.

Die Engländerin, Mrs. Smith-Fortescue. Sie hatte gesagt, sie wäre Hebamme. Sie schlief irgendwo unten in der Chóra, drei Stunden Fußmarsch entfernt, und sie hatte ein Problem mit Flüchtlingen. Es war Wahnsinn. Es war unmöglich.

Es war die einzige Chance, die sie hatten.

Jule war mit ein paar Schritten bei Nikoletta. Erklärte leise, hektisch. Stavros musste die englische Frau holen. Nikoletta nickte. Sekunden später hielt sie ein Handy in der Hand. Sie brauchte drei Versuche, um ihren Mann wach zu klingeln, und eine Menge griechischer Worte. Sie schrie Stavros durchs Telefon an. Und schließlich legte sie auf.

»Sturkopf«, sagte sie. »Zwei Stunden. Dann sind sie hier. Er versucht es.«

Die Nacht war lang. Länger als jede Nacht zuvor.

In dem Klosterraum gab es einen Wasserkocher, Nikoletta machte Tee und holte Decken, Pilgerdecken, und polsterte den Boden um Naime herum damit aus. Die Kerzen brannten herunter, nur noch die Öllampe im Fenster spendete Licht. Naime schlief, erschöpft von den Krämpfen.

Und das Kind in ihrem Bauch war still, zu still.

Man konnte seinen Herzschlag noch spüren, sie tasteten abwechselnd: Da war es, das schwache Pochen des winzigen Herzens, das vielleicht niemals in der wirklichen Welt schlagen würde.

Und dann meldete sich Stavros, und Nikoletta sagte: »Sie sind auf dem Weg. Die englische Frau und er. Eine ordentliche Frau, sie geht nicht ohne Medikamente auf Reisen.«

Asman atmete hörbar aus, als hätte er die ganze Zeit die Luft angehalten.

»Was hast du dem heiligen Nikolaos gesagt?«, fragte Jule leise. »Damit er hilft?«

Asman sah weg, zuckte die Schultern. »Dieser heilige Nikolaos … er versteht doch sowieso kein Arabisch. Ich habe einfach sieben Mal bis hundert gezählt.«

Sie lächelte. Für Momente war alles besser. Beinahe gut.

Doch irgendwann stöhnte Naime wieder und bäumte sich auf, es war jedes Mal das Gleiche, sie krampfte am Ende und verlor das Bewusstsein. Die Zeit kroch durch die Nacht wie eine große Schnecke. Zwei Stunden Fußmarsch bis nach oben zur Kirche.

Jule fragte sich, ob das Kind zwei Stunden durchhalten würde. Ob Asman zwei Stunden durchhalten würde, ohne aus Angst um seine Schwester den Verstand zu verlieren.

»Geht eine Weile raus«, sagte Nikoletta. »Ihr braucht beide frische Luft.«

»Ich kann sie nicht allein lassen«, knurrte Asman.

»Es nützt ihr nichts, wenn er durchdreht«, sagte Nikoletta. »Nimm ihn mit da raus. Ich bin doch da.«

Die Wolken waren fortgezogen, und das Firmament breitete sich als helle Kuppe voller Sterne über den Kalamos. Beim Klostergarten lehnte Hassan an der Mauer, eine stille schwarze Figur wie eine Statue.

»Warum wartest du hier draußen?«, fragte Jule.

Er zuckte die Schultern. »Die Frau da drin. Sie muss mich nicht sehen. Und … ich bin kein Christ. Ich will nicht in dieser Kirche sein.«

»Was für ein Problem hast du mit den Christen?«, fragte Jule.

»Lass ihn«, sagte Asman.

»Die Christen«, sagte Hassan, »machen gemeinsame Sache mit Assad in Syrien. Er hat sie immer geschützt. Den Christen ging es gut, sie hatten die guten Jobs, die guten Schulen, das Geld. Und die Christen im Westen – Amerika, Europa. Sie haben immer nur bei allem zugesehen. Die Blauhelme, die neben unserem Dorf stationiert waren … im Zusehen waren sie gut. Schau dir doch die christliche Nächstenliebe an … weißt du, was sie am meisten lieben an den Arabern? Ihr Öl.«

Er sagte das alles ganz ruhig, und jetzt streckte er eine Hand aus und legte sie an Jules Wange. »Sei mir nicht böse, kleines Mädchen«, sagte er. »Du willst helfen. Das ist gut.« Und er zog sie an sich und umarmte sie, sie roch seinen Schweiß und etwas, dass sie an das Schiff erinnerte, vielleicht war es Öl oder Schmiere. »Aber ihr seid, was ihr seid«, flüsterte er. »Und wir sind, was wir sind. Die einen ertrinken, die anderen nicht. Die einen kriegen ihre Kinder im Krankenhaus, die anderen verrecken dabei. Die Welt gehört euch. Noch.

Eines Tages wird es vielleicht anders.« Dann ließ er sie los, ganz plötzlich, drehte sich um und verschwand in der Nacht.

Asman rief etwas – doch Hassan drehte sich nicht um.

Jule stellte sich gerader hin, versuchte, sich nicht anmerken zu lassen, wie sehr Hassans Berührung sie verstört hatte.

»Wollte er nicht bei uns warten?«, fragte sie.

Asman drehte sich zu ihr um.

»I didn't tell him to wait«, sagte er. »I told him to fuck off.«

Ich habe ihn nicht gebeten, zu warten. Ich habe ihm gesagt, er soll abhauen.

Er zog sich mit einem Klimmzug auf die Mauer des Klostergartens, streckte die gesunde Hand aus und half Jule hoch. Und dann saßen sie nebeneinander auf der Mauer.

Unter ihnen legte sich der Hund zurecht, um zu schlafen oder um über sie alle zu wachen. Das Meer lag schwarz in der Ferne. Man konnte von hier aus Kretas Lichter darin sehen, einen Haufen Sterne, die vom Himmel gefallen waren.

»Wenn sie stirbt«, sagte Asman nach einer Weile.

»Sie stirbt nicht.«

»Wenn sie stirbt«, wiederholte er, »will ich, dass du wenigstens weißt, was war. Warum sie dieses Kind bekommt.«

Jule nickte. Sie war sich nicht sicher, ob sie es wissen wollte.

»Vor neun Monaten waren wir im Libanon. Eins von den Lagern. Das ist es, was passiert, wenn du als Palästinenser in den Libanon fliehst, du kommst in eins der Lager. Palästinenserlager wie Jarmuk. Aber Jarmuk war ganz anders. Eine Stadt, eigentlich. Die Lager im Libanon sind abgegrenzt. Umzäunt. Arafat hat es damals geschafft, dass sie eigenständig wurden. Sie sind rechtlich gesehen Teile von Palästina. Das libanesische Militär hat dort keinen Zutritt, die Lager sind selbstverwaltet. Kleine eigene Welten.« Er zuckte die Schultern. »Nur macht das die Dinge nicht besser. Eigentlich schlimmer. Die Palästinenser regieren sich selbst, aber eigentlich regiert alles andere. Hass. Waffenschmuggel. Und die Lager sind für die Israelis Feindesland. Einmal haben sie eins von ihnen einfach plattgemacht. Terrorismusverdacht. Sicher gab es Terroristen dort. Aber die anderen? Es war ein Gemetzel. Lange her. Die Israelis sind erst abgezogen, als sie sicher waren, dass keiner mehr lebte innerhalb dieser Umzäunung. Nicht einmal die Kinder.«

»Aber …«

»Es hat nichts mit meiner Geschichte zu tun. Oder doch. Es ist ein Grund für noch mehr Hass. Die Lager sind immer der beste Ort, um Anschläge vorzubereiten. Es ist unübersichtlich dort und überfüllt. Jetzt noch mehr, es sind zu viele, die aus Syrien kommen. Manche vermieten Zelte am Rand ihres Gebiets, zu absoluten Wucherpreisen. Wo mehr Leute sind, ist mehr Gewalt. Und der IS rekrutiert in den Lagern. Sucht Leute. Junge Männer, die hassen. Sie haben mich und meinen Bruder gefragt. Wir wollten nicht.«

»Moment. Du hast einen Bruder?«

Asman sah weg. »Hamid. Zwei Jahre jünger. Wir sind zu dritt geflohen.«

Jule wollte weiterfragen, aber sie schwieg.

»Als wir uns geweigert haben, haben sie Naime in der Straße abgegriffen. Sie haben gesagt, wenigstens einer von uns dreien muss mit ihnen gehen, für die Sache Allahs. Die brauchen Frauen für die Kämpfer. Aber was sie machen, hat mit Allah nichts zu tun. Es ist wichtig, dass du das verstehst. Sie kennen Allah nicht. Ich meine, ich … ich mochte ihn nie besonders, er versäumt zu viel. Aber er ist nicht das, was diese Männer denken. Sie haben sich etwas ganz und gar Neues erfunden, einen Racheengel, den es nicht gibt. Viele im Westen denken, dass wir alle so sind. Es ist nicht wahr.«

»Keiner denkt das«, sagte Jule sanft.

»Oh doch. Die Kämpfer vom IS … sie hatten Naime schon auf ihren Wagen gezerrt, zusammen mit anderen. Ich meine, das war ein Lager im Libanon, nicht Syrien, nicht IS-Gebiet. Sie können nicht einfach machen, was sie wollen. Wir hatten keine Angst vor ihnen. Wir sind auf den Pick-up gesprungen, beide, und haben sie da runtergezogen, und die Leute vom IS haben herumgebrüllt, und ein paar Leute aus der Straße haben uns geholfen, vier oder fünf Frauen sind wieder runtergekommen von dem Pick-up. Und der Pick-up ist losgefahren, mit den übrigen. Hamid hat versucht, ihn aufzuhalten, er hat sich an die Ladefläche gehängt, hat sie angebrüllt.« Da war ein Lächeln in seiner Stimme. »Das ist nicht euer verdammtes Kalifat, das ist Palästina, unser Grund und Boden. *Fuck the Kalifat.* Er war immer so. Ein Hitzkopf. Einer von denen auf dem Pick-up hat ihn mit seinem Gewehrkolben auf die Finger geschlagen. Ihn runtergestoßen. Die hinteren Räder des Pick-ups haben ihn überrollt, und wir wollten hin, aber der Pick-up hat gewendet, ehe wir Hamid von der Straße zerren konnten. Du kannst dir vorstellen, warum er gewendet hat.«

»Jemand kam von der anderen Seite? Gibt es nicht eine Art … Polizei in den Lagern? Eine palästinensische?«

»Ja. Gibt es. Sie waren eine halbe Stunde später vor Ort. Der Pick-up hat gewendet, um noch einmal über den Jungen zu fahren, der da am Boden lag. Naime hat mich festgehalten, sonst wäre ich auch unter die Räder gekommen. Sie kann sehr stark sein, manchmal. Hamid … er ist eine Woche später auf einer dreckigen Liege im Health Post irgendeiner Hilfsorganisation gestorben. Aber er hatte Naime gerettet. Keiner von den wahnsinnigen Gotteskriegern, das hatten wir uns geschworen, keiner wird sie in die Finger kriegen. Ich meine, sie verkaufen Frauen wie Vieh. Christen. Jesiden. Liberale.«

»Ich weiß.«

»Ich dachte, wenn wir nach Ägypten gehen, ist alles besser. Ich dachte, ich habe es geschafft, meine kleine Schwester durch den Belagerungsring von Jarmuk zu bringen, und keiner der Soldaten hat sie bekommen. Und der IS hat es versucht, und keiner hat sie bekommen. Wir fangen in Ägypten neu an, dachte ich. Es ist nicht einfach, als Palästinenser hast du keinen Flüchtlingsstatus dort. Die UNO hat irgendeinen Sonderstatus für uns erfunden, der aber nichts nützt.

Du bekommst nichts, keine Hilfe. Du bist kein Syrer, sondern immer Palästinenser.

Dann fingen sie an, dort gegen die Syrer zu hetzen, und auf einmal waren wir Syrer.

Es gab eine Menge Übergriffe auf Flüchtlinge. Und keine Arbeit mehr. Also haben wir uns jemanden gesucht, der uns nach Europa bringt. Die Schleuser … sie arbeiten wie Reiseagenturen, es gibt billige Touren und teure, sie haben richtige Büros. Und sie konkurrieren. Spucken sich gegenseitig in die Suppe. Wir haben gezahlt, und sie haben uns abgeholt und in eine kleine Wohnung in Kairo gebracht, mit anderen zusammen. Wir sollten dort warten, am nächsten Tag sollte das Schiff gehen. Sie haben uns eingeschlossen. Damit uns nichts passiert, hieß es, aber wir waren von Anfang an misstrauisch.

Und dann wurde die Tür geöffnet, als wir schliefen. Zwei Leute hielten Wache, ich und noch jemand. Die, die kamen, waren vermummt. Sie sagten, sie hätten unser Geld noch einmal gezählt, es würde nicht für das Schiff reichen, wir müssten ihnen mehr geben. Wir sagten, das wäre alles abgesprochen, sie würden nicht mehr bekommen, wir versuchten, unseren Kontaktmann anzurufen, aber da wurden sie böse, sie nahmen dem, der anrufen wollte, das Handy weg und warfen es auf den Boden. Sie hatten Waffen, sie waren zu viert. Sie haben gesagt, wenn wir das Geld nicht hätten, müssten wir ihnen etwas anderes geben. Wir wollten verhandeln, aber sie haben nur gelacht und gesagt, sie wissen schon, wie wir bezahlen können. Ich weiß nicht, ich glaube, sie waren betrunken.

Sie sind ins Zimmer nebenan gegangen, wo die Frauen schliefen, einer hat uns mit dem Gewehr die ganze Zeit bedroht.

Drei von den Frauen haben sie herausgesucht, Naime und zwei andere. Als wir gesehen haben, was sie wollen, sind wir auf sie losgegangen. Obwohl sie Waffen hatten. Da haben sie die Waffen auf die Mädchen gerichtet und gesagt, wenn wir nicht ruhig sind, bringen sie sie um, aber nicht schnell, sondern so, dass wir alle kotzen.

Und sie haben gelacht. Wenn sie schießen, dachte ich, muss doch jemand die Schüsse hören. Vielleicht hatten sie eine Abmachung mit der Polizei. In Ägypten ist sowieso Chaos.«

Er schwieg eine Weile, sah Jule nicht an.

Schließlich sagte er, ganz leise, kaum hörbar: »Einer von ihnen ist der Vater von Naimes Kind.

Der, der uns in Schach gehalten hat, hat ein paarmal geschossen. Dem Vater von dem einen Mädchen ins Bein. Und es ist nichts passiert, niemand ist gekommen.

Als sie gegangen sind, haben wir den Kontaktmann angerufen. Da wurde klar, dass die, die uns überfallen hatten, die Konkurrenz waren. Die einen entführen die Kunden der anderen, es ist ein einziger Wahnsinn.

Unser Agent hat uns das Geld zurückgezahlt. Er hat es uns nicht persönlich ausgezahlt, sondern an einem Ort hinterlegt … er wusste, dass er sonst gelyncht worden wäre.

Ein halbes Jahr später war es in Ägypten so unerträglich geworden, dass wir es noch einmal versucht haben. Noch eine Agentur, noch ein Treffpunkt, noch eine Nacht in einer unmöblierten Wohnung mit anderen Syrern, die bezahlt hatten. Diesmal waren wir bewaffnet. Naime hat die ganze Nacht gezittert. Es ist nichts passiert. Wir sind am nächsten Morgen auf das Schiff gestiegen.«

»Warum«, flüsterte Jule, »wollte sie das Kind bekommen?«

»Naime fällt ihre eigenen Entscheidungen«, sagte Asman. »Wie die, heute Nacht hier raufzukommen.« Er zuckte die Schultern. »Weißt du, was ihr Name bedeutet? Naime? Es bedeutet: die Glückliche.«

Sie schwiegen eine Weile. Eine lange Weile. Jule tastete nach dem Perlmuttstück an ihrer Kette.

»Ich glaube, ich kann nichts Hilfreiches sagen«, wisperte sie. »Wenn ich sage: Es tut mir leid, dann wirkt das so … lächerlich.«

»Was du gesagt hast. In der Kirche unten.«

»Ja. Das tut mir auch leid.« Sie seufzte. »Aber es ist vorbei, oder? Hassan hat recht. Wie kann jemand wie ich … Ich meine, ich habe nichts erlebt, das dem ähnlich ist, was ihr erlebt habt …«

»Ach. Wie schade«, sagte Asman und schnaubte. »Ich meine: natürlich nicht. Willst du solche Dinge erlebt haben?« Er schüttelte den Kopf. »Was wir wollen, ist, sie vergessen. Deshalb habe ich das erzählt. Ich habe es ein Mal erzählt und erzähle es nie wieder.«

Sie rückte, vorsichtig, ein winziges Stück näher auf der Mauer. »In Stockholm«, sagte sie. »In Stockholm gibt es sicher ganz wunderhübsche Geschäfte für Kinderkleidung. Ich werde euch besuchen. Irgendwann. Ich werde mit Naime durch die Straßen gehen, mit einem Kinderwagen, und einkaufen. Lauter bunte Sachen mit Entchen und Autos und Blumen.«

»Ja«, sagte Asman.

Und dann legte er, ebenfalls ganz vorsichtig, einen Arm um ihre Schultern.

Und sie wollte mehr sagen, irgendetwas Gutes, Bedeutsames, doch in diesem Moment setzte sich der Hund auf und bellte. Jemand kam den Weg herauf zur Kirche. Zwei Menschen, ein Mann und eine Frau. Asman und Jule sprangen gleichzeitig von der Mauer.

»Sie sind da«, sagte Asman.

Und dann standen sie in der Kirche, und dann standen sie um das Lager aus Decken herum, wo Naime halb aufgerichtet in Nikolettas Schoß lag und die Augen weit aufgerissen hatte. Sie starrte die Neuankömmlinge an wie eine Erscheinung.

Die Engländerin starrte ebenfalls. Sie hatte bis jetzt kein Wort gesagt.

Stavros stellte die Umhängetasche, die er für sie getragen hatte, auf den Boden, eine rote, wetterfeste, abwischbare Outdoorplastiktasche, schon von außen wahrscheinlich keimfreier als das Deckenlager auf dem Fußboden.

»Wer … wer ist dieses Mädchen?«, fragte Mrs. Smith schließlich, an Jule gewandt. Die Angst stand ihr ins Gesicht geschrieben, die Angst vor dem Unbekannten, und Jule nahm ihre Hand und dankte ihr zuerst dafür, dass sie gekommen war.

»Natürlich komme ich, wenn ich gebraucht werde«, erwiderte Mrs. Smith ein wenig steif. »Mein Mann war eher nicht dafür. Das Schiff geht morgen um sechs.« Und Jule fragte sich, weshalb Mr. Smith seine Frau mitten in der Nacht allein mit einem Fremden auf einen Berg steigen ließ.

»Das ist Naime«, sagte Jule.

»Sie … spricht nur Griechisch, nehme ich an? Warum um alles in der Welt ist sie hier?« Aber Mrs. Smith wartete die Antwort nicht ab, sie kniete jetzt neben Naime, die von einer Wehe geschüttelt wurde und sich an Nikoletta festkrallte. »Wie lange geht das schon so?«

»Wehen hat sie seit ungefähr zwölf Stunden«, sagte Asman.

»Und sie krampft«, sagte Jule.

Mrs. Smith schüttelte den Kopf, krempelte die Ärmel hoch und schob sämtliche Decken beiseite, gemeinsam mit Naimes Jacke und dem Hemd darunter. Sie sagte nichts darüber, in welchem Zustand sich ihre Kleider befanden, ihre Hände tasteten, unbeeindruckt von den Schmerzen ihrer Patientin, sie blieb kalt und sachlich und effektiv. »Das Kind liegt mit dem Kopf nach oben«, sagte sie. »Beckenendlage. Das ist schwierig.« Sie zuckte die Schultern. »Und die Krämpfe … in England wäre das ein Notkaiserschnitt. Aber so schnell kriegen wir sie in kein Krankenhaus. Sie braucht Magnesiumsulfat. Gegen die Krämpfe. Und etwas gegen den zu hohen Druck. Die Niere ist ausgestiegen, ich weiß nicht, inwieweit wir da noch was retten können. Der Herzschlag des Kindes ist zu schwach. Bleiben wir realistisch.« Sie sah Jule an, dann Asman. »Beide kriegen wir nicht, Mutter und Kind.« Jule krallte sich reflexartig an Asmans Arm, damit er sich nicht auf die Frau stürzte, er zitterte vor Wut … »Ruhig«, flüsterte sie, »es nützt nichts. Bitte.«

»Ich brauche meine Tasche«, sagte Mrs. Smith. »Mein Mann sagt immer, es ist irre, dass ich das Zeug mitschleppe … Dieses Mädchen hat mehr Glück als Verstand. Wenn es Glück hat.«

Asman riss sich los, doch er drehte sich nur um, um die Tasche zu holen.

»Die Spritze, da – ja.« Sie zog die Spritze auf, hielt sie gegens Licht, murmelte etwas von einer Taschenlampe. Nikoletta ging, um eine zu holen, und als sie wiederkam, hielt Jule die Spritze mit dem Magnesiumsulfat in der Hand, die Nadel steckte in einer Vene in Naimes Arm. Kein Schlauch, kein Zugang, nichts, dieser Arm durfte sich nicht bewegen, sonst durchstach die Nadel die Vene. Asman hielt Naime fest, und Jule merkte, wie viel Mühe sie sich gab, still zu liegen. Mitzumachen. Zu helfen.

»Langsam drücken«, sagte Mrs. Smith zu Jule. »Immer wieder ein bisschen. So. Das Zeug gegen den Bluthochdruck kann sie schlucken … das sind die Tabletten hier …« Dann streifte sie einen Handschuh über, öffnete Naimes Beine weit und tastete, und Naime zuckte zusammen. Sie war so hilflos, wie sie da auf dem Boden lag, mit all diesen Leuten um sich herum, halb nackt, entblößt, verletzlich.

»Na, sieht doch gut aus«, sagte Mrs. Smith. »Der Muttermund ist fünf Finger breit offen. Auf zehn Finger muss er.«

Seltsam, dachte Jule, wie viel selbstbewusster diese Frau war, jetzt, wo sie das tat, was sie konnte. Wo sie es war, die allen anderen sagte, was sie zu tun hatten. Vor den bettelnden Flüchtlingen auf Kos hatte sie Angst gehabt. Und auf den Wanderungen über diese Insel hatte sie sich ständig umgesehen. Jetzt sah sie kein einziges Mal zur Kirchentür.

Naime schrie wieder, doch diesmal folgte kein Krampfanfall. Jule zog die leere Spritze aus ihrem Arm. »Später noch mal«, sagte Mrs. Smith. Sie strich mit der nicht behandschuhten Hand ihr Haar zurück, ungekämmtes, halblanges braun-graues Haar, verschwitzt vom Aufstieg, beinahe wild. In diesem Moment war sie schön im Taschenlampenlicht. Eine Heldin.

Die Wehen kamen jetzt in engeren Abständen, sie fluteten über Naime hinweg wie Wellen, Gischt bestand aus wild schäumenden Schmerzen. Asman hielt ihre eine Hand, Jule hielt die andere, Nikoletta betete wieder. Agios Nikolaos blickte ernst auf sie hinab, auf den Hirtenstab gestützt. Aber er schien die Finger enger um den Stab zu krallen als zuvor, als wäre auch er nervös.

Maria Muttergottes am anderen Ende der Kirche lächelte still, sie wusste es besser. Sie hatte in einem Stall ein Kind geboren. Weit, weit fort von hier – dort, wo dieses Mädchen eigentlich hingehörte, obgleich es nie dort gewesen war. Palästina.

Jule schloss die Augen. Sie war so müde.

Aber dann schrie Naime lauter als zuvor, jetzt nur noch mit kleinen Pausen, und Mrs. Smith tastete und sagte: »Jetzt«, aber nichts geschah, nichts außer den schrecklichen Schreien, die in Jules Ohren hallten, und Mrs. Smith sagte: »Pressen, sie soll pressen, sagt ihr das«, und Asman sprach auf Arabisch zu ihr, und Mrs. Smith sagte: »Das ist aber kein Griechisch«, und niemand antwortete, und ein Schwall Wasser ergoss sich über den Steinboden der Kirche. »Die Fruchtblase ist geplatzt«, sagte Mrs. Smith. An ihrem Handschuh war Blut, als sie die Finger zurückzog.

Naime schrie noch immer.

»Sie soll pressen, verdammt, nicht schreien!«, rief Mrs. Smith, aber Naime, mit weit aufgerissenen Augen, sah sie an wie den Teufel, entsetzt, voller Angst. Die Schmerzen zerrissen sie. Jule war übel.

Der Schweiß rann in kleinen Bächen über Naimes Gesicht und fing sich in dem stumpfen, staubigen schwarzen Haar. Mrs. Smith griff jetzt mit der ganzen Hand zu, Jule sah zwischen Blut und Schleim etwas zwischen ihren Fingern, die Füße des Kindes, aber es ging nicht weiter, das Kind steckte fest. »Sie muss mir schon helfen«, fauchte Mrs. Smith. »Wenn sie nicht hilft, kommen wir nirgendwo hin.«

Und dann holte sie aus und ohrfeigte Naime, und Naime hörte auf zu schreien vor lauter Schreck. Asman starrte die Hebamme an, als wollte er sie umbringen.

»Pressen. Von oben«, befahl sie. Asman legte sich auf den Bauch seiner Schwester und drückte, und die Hebamme zog, dann war das Becken des Kindes da, oder jedenfalls sagte Mrs. Smith das, aber Kopf und Schultern kamen nicht durch. Mrs. Smith versuchte, mit beiden Händen in dem Chaos aus Blut den Winkel zu ändern, den Kopf gefasst zu bekommen, alles war glitschig, alles war voller Schleim und Blut und Urin, sie fluchte.

Dann hörte sie ein dumpfes Stampfen, so als hätte jemand einen Hirtenstab auf den Boden gesetzt, und sie sah auf. Über ihnen wachte noch immer der heilige Nikolaos. Er hielt den Stab kaum merklich anders als vorher. Er war einen Schritt näher gekommen, sein Schatten fiel bereits aus dem Bild heraus in die Kirche.

Jule sah Nikoletta vor ihm stehen, ganz dicht vor der Wand, und ihre Hände nach ihm ausstrecken. Und für einen Moment sah es aus, als griffe Nikoletta tatsächlich *in* das Bild *hinein*. Als könnte sie den heiligen Mann am Ärmel packen. Da erklang ein zweiter dumpfer Ton wie vom Aufsetzen des Stocks, und gleichzeitig schrie Naime wieder. Aber es war gar nicht Naime gewesen. Es war die Hebamme gewesen. Sie zog den Kopf des Kindes hervor, mit einem weiteren Schwall Blut und Flüssigkeit, sie hob das Kind hoch. Das Kind war da.

Es war ganz still.

Still.

Es rührte sich nicht, es schrie nicht, hing schlaff zwischen den Einmalhandschuhen der Hebamme. Sie drehte es, gab ihm einen Klaps auf die winzigen Fußsohlen, noch einen.

Und da schrie es. Leise, quäkend, schwach. Aber es schrie. Seine kleinen Lungen hatten sich mit Luft gefüllt.

Mrs. Smith nickte zufrieden, sagte »Ein Tuch«, und Jule sah sich um und fand außer den blutgetränkten Decken nur ein einziges Tuch, das war das auf dem Altar. Ein schönes, besticktes grünes Tuch. Und sie riss es herunter und reichte es Mrs. Smith, die das Kind hineinwickelte.

Sie legte es auf den Oberkörper der Mutter, breitete ihre eigene Jacke über beide und nickte.

»Halt es warm, ja?«, befahl sie. »Halt es schön warm, mein Mädchen.«

Jule sah die Nabelschnur pulsen, die Mutter und Kind verband, sah, wie das Pulsen aufhörte. Aber offenbar musste das so sein. Es ging weiter, Mrs. Smith wartete auf die Plazenta – aber Jule sah nur das Baby auf Naimes Brust an.

Da war ein Kopf voll schwarzem Haar und winzige Hände und

Füße, Kunstwerke, Naturwunder, unerklärlich. Dann schlug es die Augen auf und sah sie alle einen kurzen Moment lang an, und diese Augen waren so groß und dunkel wie die seiner Mutter. Es schloss sie wieder, und Naime lächelte. Da spürte Jule eine Hand in ihrer. Asmans Hand.

Er sprach leise arabisch mit Naime, doch er hielt Jules Hand.

Der Hund drückte sich gegen Jules Beine und schlich leise heran, schnupperte an dem Kind, ohne es zu berühren, vorsichtig, respektvoll.

»Ein Wunder«, flüsterte Asman. »Es ist ein Wunder.«

Jule sah auf. Der heilige Nikolaos lächelte. Und Nikoletta stand vor seinem Bild und nickte nur.

»Die Nachgeburt ist vollständig, denke ich«, sagte Mrs. Smith eine Viertelstunde später. »Das ist gut. Aber ich muss nähen, sie ist gerissen. Na, das ist nicht mehr schlimm im Vergleich dazu, was du hinter dich gebracht hast, Mädchen. Herzlichen Glückwunsch. Und der Vater? Will der wissen, was es ist?«

Asman sah sie an, perplex. »Was es … ist? Es ist das schönste Kind der Welt. Es ist am Leben. Ich danke ihnen. Vielen, vielen Dank.« Und er ließ Jule los und versuchte, die Hand der Hebamme zu schütteln, doch sie zog sie weg. Sie trug noch immer die blutigen Handschuhe.

»Dank mir nicht zu früh. Wir wissen nicht, ob sie durchkommen.«

Doch sie lächelte. Stolz. Glücklich. Sie lächelte wie jemand, der lange, lange nicht mehr wirklich glücklich gewesen ist.

»Ihr kommt doch nicht aus Griechenland«, sagte sie, während sie nähte, tatsächlich hatte sie alles in ihrer Tasche, was sie benötigte. »Woher kommt ihr?«

»Syrien«, sagte Asman.

»Dann möchtest du mir vielleicht lieber nicht danken«, sagte Mrs. Smith. »Deine Frau hat dir eine Tochter geboren. Mädchen sind doch nichts wert bei euch.«

»Ein Mädchen«, sagte Asman. Und holte tief Luft. »Dann steht uns eine schwierige Zeit bevor.«

»Warum?«, fragte Jule, beinahe bissig. »Was ist falsch an einem Mädchen?«

»Nichts«, sagte Asman. »Aber wir werden sie schützen müssen. Vor allem, was kommt. Wenn ein Mann dieses Kind anfasst, bringe ich ihn um. Verstehst du? Das ist es, was schwierig wird. Man kann nicht immer überall sein.« Er seufzte.

Und Naime lächelte mit geschlossenen Augen, vollkommen erschöpft.

»Nahal«, wisperte sie.

Asman nickte. »Sie wird Nahal heißen. Wie unsere Mutter. Nahal, das Vögelchen.«

Mrs. Smith klemmte die Nabelschnur ab, schnitt sie durch und sah auf die Uhr. »Drei Uhr fünfzehn. Für die Dokumente. Das Vögelchen ist um drei Uhr fünfzehn geboren worden. Ich kann sie nicht wiegen, aber ich würde schätzen, das sind zwei Kilogramm. Zu wenig für ein gesundes Baby.« Sie legte vorsichtig ihre Hände auf das Kind, die auf einmal riesig wirkten, untersuchte es mit raschen, geübten Handgriffen, rieb es noch einmal mit dem Altartuch ab.

»Kleidung?«, fragte sie dann. »Babykleidung?«

Nahal sagte etwas, und Asman griff in die Tasche ihrer Jacke. Er fand ein kleines Stoffpaket und entrollte ein winziges weißes Rüschenhemd, eine Hose, eine Jacke. »Ich frage mich, wo sie das herhat«, murmelte er, und dann trug das Baby weiße Rüschen,

Vollplastik, ziemlich hässlich, aber mit dem Baby darin sahen sie besser aus. »Auf diese Weise erfriert es«, sagte Mrs. Smith kalt.

Sie hatten nicht einmal eine trockene Decke, alles hier war blutig und feucht, selbst das Tuch vom Altar. Und da zog Asman wortlos seine Jacke aus, streifte das T-Shirt ab und wickelte das Baby hinein, und Mrs. Smith starrte ihn an. Jule zog ebenfalls die Jacke aus, streifte das Oberteil ab, stand einen Moment nur in Hose und BH da und wickelte auch ihr Oberteil um das Kind.

Sie spürte Asmans Blick, aber der Blick der Hebamme brannte schärfer auf ihrer Haut.

»Das können Sie doch nicht machen, neben einem Moslem, als fremde Frau«, sagte sie leise.

»Sie ist nicht so fremd«, sagte Asman.

Er legte einen Arm um Jule, ganz kurz, drückte sie an sich und sah dabei die Engländerin an, sie war die Fremde, nicht Jule, nicht er; es war klar.

Und tief drinnen, unter all ihrer Erschöpfung, breitete sich ein warmes Gefühl in Jule aus.

Hatte er ihr verziehen, was sie in der Kirche gesagt hatte? Hatte sie ihm verziehen, dass er ihr die Hand auf den Mund gelegt hatte?

Mrs. Smith machte aus dem Verbandsmaterial in ihrer Tasche und einer der Decken einen notdürftigen Verband, um das Blut aufzufangen, das die nächsten Stunden über aus Naimes Körper herauslaufen würde. Dann half sie ihr, das Baby an die Brust zu legen, und sie sahen alle zu, wie es saugte. Schließlich sank sein Köpfchen zur Seite. Es schlief.

»Doch, es ist ein Wunder«, sagte Mrs. Smith. »Ein Wunder, dass sie das geschafft haben. Die Mutter braucht viel Flüssigkeit die nächste Zeit über. Und ich gebe ihr gleich noch mal das Magnesiumsulfat. Wenn es gut geht, geht es gut. Irgendjemand … scheint seine Hand über sie zu halten.« Sie sah zum Bild des heiligen Nikolaos auf, und ganz plötzlich wirkte sie wieder ängstlich.

Der Heilige sah milde auf sie herab, aber sie schien unter seinem Blick zusammenzuzucken und wandte sich ab. »Können wir sie irgendwo anders hinbringen?«

»Rüber ins Kloster«, sagte Nikoletta. »Da gibt es ein Bett. Und noch eine Decke.«

Da nahm Asman das schlafende Baby und legte es Jule in die Arme, und er selbst hob Naime auf, um sie aus der Kirche zu tragen. Sie ließ das Baby keine Sekunde aus den Augen, und Jule hatte schreckliche Angst, sie könnte es verkehrt halten oder es fallen lassen, sie drückte es vorsichtig an sich, um es zu wärmen; es war ein so seltsames Gefühl wie nichts sonst auf der Welt.

Draußen hing schon ein Streifen Helligkeit am Horizont, man sah es durch die Buntglasfenster.

Und irgendwo sang ein kleiner Vogel, ein Vögelchen. Nahal.

Der Hund wartete schon, sah sich um: *Kommst du?*

Und die heilige Maria sah still aus ihrem Bild herab. Als Jule das Kind an ihr vorbeitrug, kam es ihr vor, als hätte sie den Kopf kaum merklich gedreht, um es besser sehen zu können. Sie hat ein Kind geboren, mit dem sie ebenfalls geflohen ist, dachte Jule. Ein Kind, das die Herrscher schließlich gefoltert und getötet haben. Die Auferstehung eines solchen Kindes ist doch ein geringer Trost.

Heiliger Nikolaos, verlass dieses Kind nie. Mach, dass ihm Folter und Gewalt erspart bleiben, dass es niemals Bomben fallen und niemals Menschen ertrinken oder verhungern sieht.

Dieses Kind braucht nicht nur Wärme und Kleidung. Es braucht eine Eintrittskarte für Schweden. Oder Deutschland. Österreich. Sonst wo.

Eine Eintrittskarte für den reichen Teil Europas.

Mrs. Smith blieb noch eine Stunde, um Mutter und Kind zu überwachen. Um noch einmal Magnesium zu spritzen. Um an dem Bett der einzigen offenen Klosterzelle zu sitzen und Tee zu trinken und mit Nikoletta darüber zu diskutieren, was alles besorgt werden musste und was Nikoletta noch hatte. Auskochbare Windeln. Kleidung. Einen Babyschlafsack.

»Die Boote kommen doch hier gar nicht an«, murmelte sie schließlich. »Die Türkei ist weit weg.«

»Sie kommen aus Ägypten«, sagte Jule. »Oder aus dem Libanon.«

»Verrückt«, sagte Mrs. Smith. »Eine hochschwangere Frau auf so einem Boot. Warum bleiben die Leute nicht in Ägypten? Dort ist kein Krieg.«

»Für manche schon«, sagte Asman.

Mrs. Smith zuckte zusammen, sie schien vergessen zu haben, dass er Englisch verstand, sie hatte nur zu Jule gesprochen.

»Bitte«, sagte Asman. »Sagen Sie niemandem, was hier passiert ist. Wir werden den Leuten von der Insel nicht mehr lange auf die Nerven fallen, wir werden weiterfahren nach Italien. Bald.«

»Weiterfahren? Mit einem Neugeborenen?«

Er nickte, ohne zu zögern. »Irgendwann werden wir Ihnen danken können. Wirklich und richtig danken. Wenn wir wieder jemand sind. Menschen mit einem Job und einem Gehalt und einer Heimat. In Stockholm. Schweden. Das ist es, wohin wir unterwegs sind.«

Wieder schüttelte Mrs. Smith den Kopf, aber diesmal war es eine traurige Art des Kopfschüttelns. »Schweden«, wiederholte sie leise. »Da lässt euch doch keiner rein.«

Sie stand auf, stellte die leere Teetasse auf den kahlen Boden der ehemaligen Mönchszelle und beugte sich über das Bett, in dem Mutter und Kind fest schliefen. Sie waren schön jetzt, beide zusammen, die Schwellungen schienen schon zurückzugehen, obwohl das wahrscheinlich Einbildung war, dachte Jule. Naimes Haar fiel in Wellen offen um ihr Gesicht, nachtschwarz wie das Haar des Babys, das Kopftuch war zurückgerutscht, und Asman hatte keinen Versuch gemacht, es wieder zurechtzuziehen. Vielleicht war in Schweden die Zeit für Kopftücher vorüber.

»Viel Glück«, flüsterte Mrs. Smith. »Viel Glück, mein Vögelchen.«

Sie streichelte Naimes Wange, streichelte über den Kopf des Kindes, und wandte sich ab, um zu gehen. Vor der Tür schüttelte sie Nikoletta die Hand. Einen Moment hielt Nikoletta ihre Hand fest und sah ihr in die Augen, und Jule spürte, dass ein stummes Zwiegespräch zwischen diesen beiden Frauen stattfand: *Verraten Sie sie nicht.*

– Nein.

Sie haben etwas Neues erfahren, in dieser Nacht. Ein Wunder. Es ist Ihnen unheimlich.

– Vielleicht.

Das muss es nicht sein. Es ist übrigens überall der gleiche Gott. Das Mädchen wusste das. Deshalb ist sie hier heraufgekommen. Denken Sie manchmal an diese Nacht.

– Ich werde immer an diese Nacht denken. Immer.

Jule sah ihr nach, wie sie in das beginnende Licht wanderte, diese schmächtige, furchtsame Person, die so tatkräftig sein konnte, wenn es darauf ankam. Sie war wie viele Leute, die Angst hatten. Angst hat man nur, solange man hilflos ist. Sie dachte an die Demonstranten in Deutschland mit ihrer panischen Angst vor den Fremden, mit ihren Fackelzügen und ihren Kundgebungen.

Es gab nicht genug Wunder für alle.

Asman war hinter Jule getreten, er legte eine Hand auf ihre Schulter, und sie lehnte sich an ihn. Da schlang er beide Arme um sie, legte seinen Kopf auf ihren, er war genau so viel größer, dass das bequem möglich war, und sie spürte das Gewicht all seiner Sorgen und all seines Glücks.

»Jule«, sagte er.

»Hm.«

»Ich …« Aber er sprach nicht weiter. Es gab zu viel zu sagen und zu wenig Worte.

Sie drehte sich zu ihm um. Es war niemand außer ihnen da. Es war der privateste Moment im großen, einsamen Raum des frühen Morgens, zwischen dem fernen Meer und dem Nebel unter ihnen, der langsam zerrann. Sie küssten sich ganz leise und vorsichtig in diesem Raum, alles war erlaubt, wenn niemand zusah. »Irgendetwas«, wisperte Jule. »Irgendetwas … wird. Ich meine: aus uns. Ich weiß nur noch nicht, wie und was.«

Er nickte.

Und dann sahen sie, dass jemand bei der Mauer zum Kräutergarten stand. Zwei Männer, still wie Bilder. Der eine war untersetzt, stämmig: Stavros, er hatte die ganze Zeit über draußen gewartet.

Der andere war größer, schlanker. Ein Zurückgekehrter. Hassan.

Sie hatten den Kuss sehr genau gesehen, aber keiner von ihnen sagte etwas.

Asman nahm Jules Hand und zog sie zurück in Richtung des Klosters. »Kommt mit«, sagte er auf Englisch, als sie an der Mauer zum Garten vorübergingen. »Wollt ihr das Kind nicht sehen? Es ist das schönste Kind, das es gibt. Eine Prinzessin.«

»Ein Mädchen«, sagte Hassan. »Sie wird Mutter vieler Kinder werden, in einer besseren Zukunft.«

Asman kniff seine Augen für einen Moment zusammen. »Sie wird ein kluger Mensch werden, Musik machen und Bücher lesen«, sagte er.

»Sie wird vermutlich Bücher hassen, Micky Maus lieben und Pilotin werden«, sagte Jule und lachte. »Ihr habt dabei beide nichts zu sagen.«

Sie sahen die Fähre an- und wieder ablegen. Inmitten einer Schar weißer Möwen. Das Wasser war türkisblau an diesem Tag. Der Sommer kam. Am Kai wimmelte es von neuen Touristen.

Sie saßen in der Sonne und aßen das Brot, das Nikoletta ihnen dagelassen hatte.

Jetzt waren Stavros und Nikoletta wieder unten in der Chóra, bei ihrer eigenen Tochter. Sie würden niemandem etwas erzählen. Diesen Tag konnte Naime noch hier bleiben, hatte Nikoletta gesagt, dann wäre es besser, sie würden sie hinunterbringen.

»Du bist nicht gefahren«, sagte Asman. »Mit der Fähre, meine ich.«

»Nein, ich glaube nicht«, sagte Jule.

»Evelyn? Hörst du mich? Okay, pass auf … ich komme nicht nach Hause. Noch nicht. Ich bleibe eine Woche länger. Ich hab meinen Eltern eine SMS geschrieben … Ich trau mich nicht, sie anzurufen. Kannst du mit ihnen sprechen? Und sag in der Schule, ich wäre krank. Wegen der Prüfungsvorbereitungsstunden … die werden mich deshalb kaum rausschmeißen, oder? Evelyn, Naimes Baby ist da. Ein Mädchen. Es ist wunderschön. Auf einmal renne ich herum und kaufe Babykram … ich hab den Griechen gesagt, es wäre für eine Freundin zu Hause. Du bist quasi gerade Mama geworden. Herzlichen Glückwunsch.«

Evelyn lachte. »Oh. Danke. Aber –«

»Asman ist wieder unten beim Schiff, sie arbeiten alle wie die Besessenen. Noch eine Woche, sagt er, oder zwei, dann fahren sie. Mit dem Kind. Aber ich lasse diese drei nicht auf ein Schiff. Wir müssen eine andere Lösung finden. Ich dachte, du verstehst mich am ehesten. Du kannst mir vielleicht helfen, an Geld zu kommen. Du weißt schon. Schleuser. Es ist ein mieses Geschäft, aber anders geht es nicht.«

»Natürlich«, sagte Evelyn und holte tief Luft: »Ich glaube, ich habe eine Überraschung für dich.«

»Hm?«

»Ich habe doch gesagt, ich habe einen Plan. Tataaa – hier ist er. Ich habe eine Spendenaktion gestartet. Über das Netz. Die Seite heißt: *Rettet Jule und die Syrer.*«

»Das ist ein Witz.«

»Nein. Obwohl die meisten es für ein Kunstprojekt halten. Ist schon echt viel Geld zusammengekommen. Zweihundertfünfzehn Euro.« Sie klang so stolz, so strahlend.

»Evelyn«, sagte Jule. »Ich … danke.«

Dann legte sie auf und verbarg das Gesicht in den Händen. *Zehntausend Euro für einen Flug mit gefälschten Papieren.* Evelyn war ein guter Mensch.

Aber sie konnte Jule nicht helfen.

Du siehst deinen Händen zu, die arbeiten. Die Schrauben eindrehen, Löcher bohren, Bretter befestigen, Teer auf Planken streichen. Die kranke Hand ist beinahe gesund.

Natürlich, der Teer ist gestreckt mit Sand. Und es fehlen noch zu viele Dinge, Hassan ist auf der Jagd nach Teilen für den Motor, quer über die Insel.

Dein Schiff. Es wird dein Schiff sein.

Die *Mariana.*

Du wirst sie über dieses Wasser steuern, du versuchst, die Szene zu sehen, wie du sie immer gesehen hast: wie du dastehst mit dem Wind im Gesicht.

Aber alles, was du siehst, ist Naime mit dem Kind an der Brust: ihre zu großen Augen, die dunkler sind als früher, fast schwarz jetzt, ihr Gesicht, das wieder schmaler wird. Und Jules Gesicht daneben, grünäugig. Es steht die gleiche Frage in diesen Gesichtern: Wirst du das tun? Wirst du sie auf ein Schiff bringen, das nicht sicher ist?

Sie haben die Lager im Frühjahr alle geöffnet. There's no detention camps anymore.

Jules Worte.

Aber du hast die Bilder gesehen, auf dem Display des Handys … hat er dich angelogen? Der Besitzer dieses Handys? Waren das nicht die Bilder eines Camps auf Kreta?

Was, wenn man einfach aufgäbe? Sich nicht mehr versteckte? Eine Fähre nach Kreta, die Registrierung, eine weitere Fähre. Athen. Der Weg über Land.

Aber der Weg durch die Zäune? Bulgarien? Kroatien? Ist das besser? Stacheldraht statt Wasser, Wachtürme statt Küstenschutzboote. Grenzschützer mit Gewehren.

Und im Übrigen sind die Griechen vielleicht keine Feinde, aber auch keine Freunde. Irgendwo auf dieser Insel liegt ein Toter, und er hatte Grund genug zu sterben.

Da ist noch einer, noch ein Grieche, der sterben wird, du weißt es. Bald. Wie du dieses Wissen verabscheust.

Auge um Auge.

Es steht schon im Alten Testament. Und die Israelis sind ganz gut damit gefahren, besser als die Araber, die sich immer nur unter die Tische setzen und um Brotkrumen betteln. Den Israelis geht es gut: starke Wirtschaft, saubere Brunnen, überlegene Armee, Amerika im Rücken. Na also. Auge um Auge.

12

Sie war so aufgeregt, dass sie zitterte, als sie die Nummer wählte. Jene Nummer, die jahrelang auch ihre eigene gewesen war und es, für eine Zeit, wieder sein würde, wenn sie nach Hause käme.

Bis zum Abi. Bis sie ein eigenes, anderes Leben begann.

Sie dachte wieder an Amerika. Vielleicht würde sie gar nicht fliegen. Das Au-pair-Jahr vergessen. Gleich studieren, um in Deutschland zu sein, falls …

Sie sah das vor sich. Eine winzige Wohnung in einer großen Stadt, München, Frankfurt, Berlin. Ein Strauß mit zwei kleinen Blumen auf einem einfachen Sperrholztisch.

Am Küchentisch saßen Asman und Naime, und das Baby schlief in einer altmodischen hölzernen Wiege, vom Sperrmüll geholt und neu gestrichen. Weiß. Die ganze Vorstellung war irgendwie weiß, auch die Butter auf dem Brot. Deutsches Butterbrot auf deutschen Brotbrettern.

Warum isst man das? Asmans Grinsen, das nie ganz echt war, immer ein bisschen zu ernst. Ein aufgeschlagenes Buch auf dem Tisch: Deutsche Grammatik. Ein Schulheft mit noch weißen Seiten. Ein Vorlesungsplan, an den Kühlschrank geklebt, daneben der Zeitplan eines Sprachkurses. Das Gluckern der Heizung unter dem Fenster.

Und vor dem Fenster, unten in der Straße, Schnee.

Das Telefon klingelte nur zweimal, dann war da die Stimme ihres Vaters. »Jule?«

»Ja«, sagte Jule und schüttelte die Vorstellung ab. »Hey. Habt ihr meine SMS gekriegt? Seid ihr sauer?«

»Im ersten Moment ja«, sagte ihr Vater. »Im zweiten ... Wir machen uns vor allem Sorgen. Jule. Muss ich dich nach Hause *holen*?«

»Was? Nein. Quatsch. Hat Mama dir erzählt ...?«

»Die Sache mit diesem Jungen. Ja. Aber jetzt im Ernst Jule, wie stellst du dir das vor? Mit der Schule? Du hast da zwei Pflichttermine. Vorbereitungsstunden für die Prüfungen.«

»Evelyn sagt ihnen, ich bin krank.«

»Und Evelyn schreibt dir ein Attest? Wann hat sie ihren Doktor gemacht?« Er schnaubte. »Aber das ist es nicht, Jule. Das ist egal. Die Frage ist: Was passiert *nach* dieser Woche?«

»Ja«, sagte Jule. »Das ist die Frage.« Sie holte noch einmal tief Luft. »Papa ... irgendwann, in fünfzig Jahren oder was, werde ich doch etwas von euch erben. Ich habe lange darüber nachgedacht. Könnte ich das Erbe ... früher haben? Und dann später nichts? Ich weiß, es gibt irgendwo Geld auf der Bank. Eine Sicherheit.«

»Jule.« Ihr Vater lachte leise. »Stellst du dir vor, dass wir irgendwo Goldbarren gelagert haben? Ich bin Architekt in einem Großraumbüro, kein Millionär. Und deine Mutter spielt Geige, nicht Fußball in der Ersten Liga. Wir sind nicht reich.«

»Ihr habt Aktien. Ich weiß das. Okay, könnt ihr mir was *leihen*? Es geht gar nicht um mich, ich versuche, drei Menschen zu helfen. Einer davon ist drei Tage alt. Papa. Du kennst die Geschichten über die Schleuser. Ich brauche zwanzigtausend Euro. Ungefähr.«

»Jule. Wach auf.« Er lachte wieder. Und dann wurde er ernst, und das war schlimmer. »Mama hat mir das ja erzählt, es ist eine ganze Gruppe Leute, die du kennengelernt hast, ja? Was ist denn mit den Übrigen? Nimm mal an, ich schicke dir zwanzigtausend Euro, und du schaffst es, was unwahrscheinlich ist, drei Leute nach Deutschland zu schleusen. Die anderen lässt du da?«

»Schön«, sagte sie grimmig. »Ich brauche zwanzigtausend Euro. Ich meine, Papa, es geht nicht! Man kann nie allen helfen!«

»Das ist es, was ich sagen will. Es gibt Millionen von Flüchtlingen. Was wir brauchen, ist eine politische Lösung. Nicht Geld für Einzelne. Eines Tages wirst du es verstehen. Es ist nicht deine Aufgabe, diesen Leuten zu helfen, es ist die Aufgabe Europas. Deine Aufgabe ist es, dein Abi zu machen und zu studieren, und vielleicht kannst du später, auf anderer Ebene, etwas für solche Leute tun. Etwas, was ihnen mehr nützt. Wir ... wir brauchen auch nicht mehr Flüchtlingslager in Deutschland. Die Stimmung kippt irgendwann, es gibt jetzt schon Leute, die herumrennen und Heime anzünden. Wir brauchen ein Ende des Kriegs in Syrien. Der Taliban in Afghanistan. Des Regimes in Eritrea. Des ...«

»Papa?« Jetzt war sie es, die lachte, aber es kostete sie Mühe. »Ich wollte nicht mit dir über Weltpolitik diskutieren. Ich brauche Geld, Ende. Es gibt Millionen von Flüchtlingen, das ist mir durchaus klar. Aber es gibt auch Millionen von siebzehnjährigen Mädchen, die die Schule schmeißen und um die du dich nicht sorgst.«

»Ja. Aber nur eine davon ist meine Tochter. Und die werde ich nach Hause holen, wenn es sein muss.«

»Und nur einer von den Millionen Flüchtlingen ist ...« Sie schluckte. »Mein Freund.«

Eine Weile war es still in der Leitung.

»Verstehst du?«, flüsterte Jule dann. »Verstehst du es wenigstens ein bisschen?«

»Ich verstehe«, sagte ihr Vater. »Vielleicht besser, als du denkst.«

Und, nach einer weiteren Weile: »Aber ich habe keine zwanzigtausend Euro.«

»Bankanleihe?«

»Und wenn ihr erwischt werdet? Dann seid ihr alle dran. Willst du, dass eine Frau mit einem Baby in einem griechischen Gefängnis landet? Und dann abgeschoben wird? Und du? Bisher lief doch alles gut. Willst du anfangen, ein Vorstrafenregister anzulegen? Mit siebzehn?«

»Ich will anfangen zu leben«, sagte Jule. »Dinge selber zu entscheiden und es nicht irgendwelche … Scheißstaaten tun zu lassen. Mit siebzehn ist es höchste Zeit zum Leben, oder?«

Damit legte sie auf. Und eine Weile saß sie einfach da, auf der winzigen Terrasse, und starrte die Frühlingslandschaft an wie einen Feind. Die Olivenbäume waren so schön, der Gesang der kleinen Vögel in ihren Ästen so fein. Sie hatte das Bedürfnis, ihre Faust auf all das niedersausen zu lassen und es zu zerquetschen.

»Warum kapiert niemand irgendwas?«, wisperte sie. »Warum?«

Sie suchte auf dem Handy das Bild von Nahal, das sie gemacht hatte, dieses winzige Kind mit dem schwarzen Haar, in einem Strampelanzug, der einmal Faní gehört hatte. Nikoletta hatte einen ganzen Karton voller Babysachen gefunden, sie hatte auch Stoffwindeln besorgt, Nikoletta war unglaublich. Sie sprach noch immer vom Wunder des Agios Nikolaos.

Und es war ein Wunder. Naime ging es besser. Sie sah ganz anders aus, schon nach zwei Tagen. Auf dem Bild sah man ein Stück ihres Gesichtes und das der kleinen Nahal, die im Arm ihrer Mutter schlief. Friedlich.

Jule schickte das Bild an ihre Eltern. *Das hier,* schrieb sie, *stellt es euch vor, fünfzig Meter unter dem Meer.* Es war unfair, aber ihr war nicht nach Fairness zumute.

Sie besaß auch ein Foto von Asman, ein einziges, ein Bild, auf dem er Nahal hielt und aufsah und lächelte. Er sah aus wie meistens: unrasiert, müde, fertig. Sie sah das Bild einen Moment lang an – und schickte es nicht. Niemandem.

Sie wusste, nur sie selbst sah, dass es schön war.

Unten auf dem Weg war jetzt jemand unterwegs, mehrere Männer. Sie hörte ihre Stimmen bis hier herauf, sah sie den Weg entlanggehen zwischen den Feldsteinmauern und wusste, warum sie da waren. Sie suchten.

Seit zwei Tagen waren Nahal und Naime wieder unten in der Bucht, wo die anderen Frauen sich um sie kümmerten, und seit zwei Tagen suchten die Leute aus dem Ort Manoli.

Inzwischen wusste jeder auf der Insel, dass er verschwunden war. Die verschlafene Polizeistation war durch Manolis Verschwinden erwacht, und die Männer des Ortes halfen alle suchen, durchkämmten die ganze Insel.

Silas war ruhig, unnatürlich ruhig. Nur Kostas wirkte nervös. Hatte Manoli ihm von der Sache in der Nacht erzählt? Jule hätte ihn gerne gefragt, aber sie schaffte es nie, allein mit ihm zu reden.

Sie sah die Männer, die Suchenden, um eine Biegung des Weges verschwinden.

Sie würden Manoli dort nicht finden.

Jule selbst war den Weg gestern Abend heraufgewandert, auf dem Rückweg von der Bucht, wo sie Asman und die anderen besucht hatte. Er kam jetzt nicht mehr hier herauf. In zwei der Häuser waren Feriengäste eingezogen, ein paar Deutsche und ein japanisches Pärchen.

Was sahen sie? Sie sahen eine Insel im Mai, eine Insel in Blüte, ein Stück Griechenland auf dem Weg in den Sommer. Wanderwege zu einer romantischen Schlucht, einer alten Kirche, einer

Quelle, in Marmor gefasst von den Venezianern. Vielleicht hörten sie manchmal, wenn der Wind richtig stand, einen Dreiklang aus Glöckchen, die ein wenig melancholisch klangen.

Nikoletta stand im Hof und goss die Blumentöpfe.

»Ich gehe nachher wieder hinunter«, sagte Jule. »Kann ich noch was mitnehmen?«

Nikoletta nickte, sie nickte mit einem Strahlen, das in den letzten beiden Tagen auf ihrem Gesicht entstanden war. »Ich habe das alte Tragetuch gefunden, von dem ich dir erzählt hatte. Es ist in der Tüte hier … Ich hoffe, Naime findet heraus, wie man es bindet. Ich würde mitkommen, aber ich muss runter zum Café, es ist zu viel zu tun jetzt mit den Touristen. Da ist auch etwas Obst in der Tüte.«

Jule lächelte. »Obst habe ich schon«, sagte sie und deutete auf ihren Rucksack. »Ich frage mich … Wenn die Leute es wüssten. Meinst du nicht, sie würden alle helfen? Man könnte die Menschen hier einquartieren. Es gibt doch Zimmer. Irgendwo kämen sie unter, für eine Weile.«

»Der alte Nikopolidis würde das nicht gern sehen«, sagte Nikoletta leise. »Er hat Angst, dass solche Dinge die Touristen vertreiben. Sie würden ja fragen. Und die Menschen würden erzählen. Von den Gräbern. Und vielleicht … Stavros sagt, es kämen mehr Flüchtlinge, wenn sie hören, dass ihnen hier geholfen wird. Verstehst du, die Leute brauchen den Platz für die Touristen. Die Insel kann nicht leben ohne den Tourismus.«

»Aber das verlangt ja keiner! Es kommen doch nicht auf einen Schlag zweitausend Leute hierher!«

»Nimm jetzt die Tüte und geh zu ihnen«, sagte Nikoletta und schob Jule sanft aus dem Hof.

Noch fünf Tage.

Und Nachmittagssonne auf den Felsen, und Bücher im Gepäck. Noch eine halbe Stunde Wanderung bis zu Stavros' Restaurant über der Badebucht. Zu Jules rechter Seite lag das Meer, zu ihrer Linken die Insel, die mit den grünen Lungen ihrer Kiefern und Pinien und Steineichen die Mailuft atmete.

Der Plan war, sich den Kopf freizuwandern und dann wenigstens ein paar Stunden auf der Terrasse bei Stavros zu lernen.

Sie kam von der Bucht der Flüchtlinge, sie hatte das Tragetuch und das Obst abgegeben, Asman aber nicht gesprochen. Abends hätte er Zeit für sie, jetzt arbeitete er auf der *Mariana*.

Naime hatte noch nie ein Tragetuch gesehen. Jule hatte ihr gezeigt, wie man es benutzte, und die Frauen hatten alle gelacht, als Jule mit der kleinen Nahal vor dem Bauch am Strand auf und ab gewandert war wie Werbung für naturnahen Lebensstil. Nahal hatte es nicht gekümmert, sie hatte fest geschlafen, was sie beinahe immer tat, und es hatte sich seltsam angefühlt, dieses kleine warme Gewicht so nah an Jules Körper.

Der Weg führte um einen Felsen herum, und Jule blieb stehen. Da war jemand vor ihr. Jemand, der eine zweite Person auf dem Rücken trug. Sie schüttelte den Kopf – ein Mann, der ein Mädchen trug, sie kannte diese Szene. Dann sah sie, wer die beiden vor ihr waren.

Das Mädchen auf dem Rücken des Mannes hatte dünne, verkrüppelte Beine, und es hielt sich mit seinen blassen, mageren Armen kaum fest, der Mann musste es halten. Er war kräftig, untersetzt, muskulös; sein Haar an den Seiten bereits silberweiß. Und jetzt war er ebenfalls stehen geblieben, drehte sich halb um, dem Meer zu.

Silas.

Silas trug Faní auf dem Rücken diesen Pfad entlang, und Jule begriff nicht, wieso.

Faní streckte einen Arm aus. Zeigte. Und er verließ den Pfad und stieg mit ihr hinunter in Richtung Meer, auf einem der Hasenpfade. Jule ging ihnen nach, mit genügend Abstand, seltsam ängstlich. Wusste Nikoletta, dass Silas ihre Tochter hier durchs Nichts schleppte?

Was wollte der Mann von ihr, der in einer Nacht vor drei oder vier Wochen auf See zweiundsiebzig Menschen in den Tod geschickt hatte, um den Tourismus auf der Insel weiter blühen zu sehen? Der Mann, der von sich selbst sagte, dass er schon zu viel gesehen hatte an der türkischen Grenze, zu viele Flüchtlinge aus dem Wasser gezogen …?

Jule sah Silas seine Füße mit Bedacht setzen. Wenn er abrutschte, wenn Fanís ungelenker Körper fiel, hinunter über die Felsen, war das für sie das Ende. Vielleicht hatte Faní Silas gar nicht den Weg gezeigt, vielleicht hatte sie den Arm nur so ausgestreckt, im Spiel. *Schau mal, das Meer.*

Trug Silas sie auf diesem gefährlichen Weg, um sie loszuwerden? Weil Faní etwas wusste, das sie jemandem mitteilen konnte? Niemand, wahrscheinlich nicht einmal Nikoletta, konnte einschätzen, wie viel Faní verstand.

Jetzt setzte Silas sie auf einem der Felsen ab, richtete sich auf und massierte seine Schultern mit den Händen. Jule verschmolz mit dem Gestrüpp und dem Gestein. Doch Silas sah sich nicht um, er sah hinab zum Meer. Kniete sich jetzt hin.

Legte Faní eine große, starke Hand auf die Schulter.

Jule hörte Faní lachen, ein Kinderlachen, klar und hell.

Und Faní zeigte noch einmal, zeigte nach unten. Doch, ganz bestimmt, sie zeigte. Silas folgte ihrem Blick. Er griff in die Tasche und holte einen kleinen, schwarzen, schweren Gegenstand heraus.

Ein Fernglas.

Jule schalt sich selbst eine Idiotin, natürlich lief er nicht mit einer Waffe herum. Sie stieg vorsichtig ein wenig weiter hinunter. In der Ferne sah man von hier aus Stavros' Terrasse über dem Strand.

Vermutlich hatte Faní das, was da unten am Strand lag, von dieser Terrasse aus gesehen.

Jule sah es jetzt auch.

Es war ein Körper, halb begraben von Sand.

Sie kannte diese Jacke. Sie hatte sie in einer Schlucht gesehen, in einer Nacht vor nicht allzu langer Zeit. Es war Manolis Jacke.

Silas schüttelte den Kopf, dann machte er sich an den Abstieg.

Man konnte den Platz, wo die Jacke angespült worden war, viel leichter erreichen, wenn man vom Touristenstrand aus über ein paar Felsen kletterte. Aber Silas schien das, was er dort unten finden würde, nicht an den Inselgästen vorbeitragen zu wollen.

Jule beobachtete, wie Silas den Strand erreichte. Wie er den Körper aus dem Sand hob.

Nein.

Es war kein Körper. Es waren, verdammt noch mal, nur eine Jacke und ein Hemd. Manolis Kleider.

Aber sie sahen aus, als wären sie angespült worden, ausgespuckt vom Meer, wie die Körper der im Wald Begrabenen. Es war eine gruselige Parallele, eine Parallele der Rache.

Natürlich waren ein paar Kleider kein Beweis für den gewaltsamen Tod ihres Besitzers …

Silas band sich die Sachen um, damit er die Hände zum Klettern frei hatte. Dann machte er sich auf den Rückweg.

Eine halbe Stunde später beobachtete Jule, wie Silas Faní auf den breiteren Weg zurückschleppte, um sie dann in Richtung von Stavros' Restaurant zu tragen. Er hatte Faní nie etwas antun wollen, hatte nur ihre Information gebraucht. Was hatte sie ihm gesagt? Manolis Namen?

Aber wo war Manoli?

»Deine Jacke, Silas«, flüsterte Jule, »ist die nächste, die am Strand liegen wird. Leer.«

Es würde immer so weitergehen, Rache auf Rache. Sie hasste diesen ruhigen, besonnenen Mann, der von Kreta gekommen war, um die Küstenwache auszubilden. Aber sie musste verhindern, dass es ihm ging wie Manoli, damit sie sich nicht noch weiter schuldig machten.

Nur, was kann ein einzelner Mensch, siebzehn Jahre alt, tun? Was kann so ein Mensch gegen die Wut tun, die in dreißig Herzen kocht? Die Wut von Menschen, die jahrelang nichts gesehen haben als das Morden um sie herum?

Sie ging zur venezianischen Quelle, als es dämmerte.

Sie brauchte einen Moment allein mit der Erinnerung. Daran, wie sie zum ersten Mal ihren Kopf an Asmans Schulter gelehnt hatte, an die Kneipe in Stockholm. Merkwürdig, sie, eine Deutsche, ging auf einer griechischen Insel zu einer venezianischen Quelle, um mit einem syrischen Palästinenser, mit dem sie nur englisch sprach, in Schweden zusammen zu sein.

Danach, dachte sie. Danach würde sie Asman fragen. Wegen Manoli. Wegen der Kleider.

Sie würde ihm sagen, dass sie die Wahrheit wissen musste. Dass sie ihn liebte, egal, wie die Wahrheit lautete. Und dass sie Silas leben lassen mussten.

Sie sah das Marmorbecken jetzt, sah das dunkle Wasser durch grüne Zweige blitzen, hörte das Rauschen, mit dem es ins Becken und dann über die Kanten lief. Man konnte das Wasser nicht anhalten. So wenig wie die Welt.

Und dann hörte sie Stimmen und blieb stehen.

Einen Moment zögerte sie, trat zur Seite, unter den Schatten eines Granatapfelbaumes mit roten Blüten, sah nur zu – es war beinahe ein Reflex. Sie fing an, sich zu verstecken, dachte sie, genau wie Asman.

Sie zog sich hinauf in die Zweige des Granatapfels, und von hier oben sah sie besser, sah über rot und rosa blühende Oleanderbüsche hinweg.

An der Quelle spielten die Flüchtlingskinder. Das Kopftuch des Mädchens war verrutscht und zeigte gewagte Haaransätze. Sie hatten aus Blättern und Zweigen Schiffchen gemacht und versuchten, sie im Becken schwimmen zu lassen, sie mit langen Ästen zu steuern.

Neben den Kindern standen Plastikflaschen, alle gefüllt, doch noch hatte keiner Lust, das Wasser zur Bucht zu schleppen.

Naime stand bei ihnen, zusammen mit einer älteren Frau ohne Kopftuch, die sie stützte, eigentlich war sie nicht fit genug, um so weit zu gehen. Jule erkannte eine der Christinnen und lächelte wieder. Es gab also doch Grenzen, die sich auflösten.

Und dann brach die Szene. Da war ein Schuss in der Ferne. Die Kinder stoben fort, in die Schatten unter den Bäumen. Noch ein Schuss.

»Der alte Nikopolidis jagt Hasen«, wisperte Jule, um sich selbst zu beruhigen.

Dann hörte sie Schritte, und sie saß ganz still in ihrem Baum, doch es waren nicht die Schritte des Hasenjägers.

Drei junge Leute gingen jetzt unter Jules Baum vorbei, zwei Mädchen und ein Junge. Europäer. Sie machten neben dem Becken halt.

»Wird nichts mehr mit Fotos«, sagte der Junge. »Schon zu dunkel.«

»Aber total schön hier«, sagte ein Mädchen mit Jeans und blondem Pferdeschwanz. »Kommen wir einfach morgen wieder. Früher.«

»Diese Schüsse sind unheimlich«, sagte das andere Mädchen, rothaarig wie der Junge.

»Das sind bloß die verrückten Griechen«, sagte er. »Die schießen auf ihre eigenen Verkehrsschilder. Lass sie. Hey, guckt euch das an. Das Becken ist ein Hafen! Lauter Schiffchen!«

Er setzte sich auf den Beckenrand, öffnete seinen Rucksack und holte eine Tüte Gummibärchen heraus. Zwei davon setzte er auf ein Schiff.

Da tauchten drei kleine Gestalten aus den Schatten und schlichen vorsichtig näher. Als der Junge sich umdrehte, zuckten sie zusammen, blieben aber stehen.

»Hey«, sagte das blonde Mädchen. »Keine Angst, wir fressen keine einheimischen Kinder.«

Sie nahm dem Jungen die Gummibärchentüte weg und hielt sie den Kindern entgegen. »Wollt ihr?«

Fünf Minuten später saßen die Kinder zusammen mit den drei Deutschen auf dem Rand des steinernen Beckens und aßen Gummibärchen und probierten aus, wie viele davon auf eines der Blätterboote passten. Weitere fünf Minuten später verschenkte das rothaarige Mädchen die Stifte, die sie im Rucksack gehabt hatte, und durfte dafür ein Foto machen.

Naime und die andere standen noch immer im Schatten, zu

schüchtern, zu vorsichtig, um hervorzukommen. Noch. Wenn diese drei Touristen die Wahrheit wüssten, dachte Jule. Wenn sie wüssten, dass die Kinder ganz andere Dinge als Kugelschreiber und Gummibärchen brauchten! Dann würden auch sie versuchen zu helfen. Sie sah es in ihren Augen.

Als die drei gingen, winkten die Kinder lange. Dann erst machten sie sich auf den Heimweg, zusammen mit den Frauen, die schimpften, aber nicht ernsthaft böse waren. Sie spürten die Hoffnung genau wie sie selbst, dachte Jule. Sie spürten, dass Hassan und Asman unrecht hatten. Dass es Zeit wurde, aus dem Schatten ins Licht zu treten.

Sie hatte die Schüsse für den Moment vergessen.

Als sie sich dem Haus näherte, dem bewohnten unbewohnten, war es Nacht geworden. Durch die Dunkelheit klang ein Lied zu ihr hinauf, ein leises Lied voller melancholischer Worte, die sie nicht verstand. Es war eine Frauenstimme, die sang. Jule stieg ganz langsam weiter hinab. Sie sah die Kerzen durch eines der vom Wind zerbrochenen Fenster. Natürlich, es zog durch diese Fenster. Natürlich, Wasser und Strom waren abgestellt. Und es war zu wenig Platz in diesem Haus.

Dennoch nannte Asman es liebevoll ihr Fünfsternehotel.

Die leisen Klänge der Oud begleiteten das Lied. Es roch nach Fett und Gewürzen, irgendjemand kochte, und sie würden alle zusammen auf dem Fußboden essen, wie schon am Abend zuvor. Sie hatten darauf bestanden, dass Jule mit ihnen aß.

Sie zog Schuhe und Strümpfe aus; der Sand unter ihren Füßen war kühl und angenehm. Einen Augenblick stand sie so unter den Sternen, den Blick zum Firmament erhoben, lauschte dem Gesang der Frau und der Oud.

»Alles wird gut«, flüsterte sie in die Nacht. »Alles, alles wird gut.«

Aber dann verstummte die Oud, und jetzt waren da Männerstimmen, die stritten. Sie wurden lauter, die Männer waren auf die Terrasse getreten. Jule ging näher. Und erkannte die Stimmen.

Eine gehörte Asman.

Sie sah seinen schwarzen Umriss vor dem Sternenhimmel, sah den Umriss des anderen, unschwer zu erraten: Hassan. Asman brüllte ihn an, gestikulierte, und Hassan brüllte zurück. Asman packte ihn an der Schulter, Hassan riss sich los, und dann kochte die Wut über: Sie stürzten sich aufeinander wie kleine Jungen auf dem Schulhof, aber hier wurden ganz andere Kräfte freigesetzt. Jule hielt die Luft an. Sie sah zu, wie die beiden über die morschen Bretter der Terrasse rollten, hörte sie keuchen. Es dauerte eine furchtbare Ewigkeit, bis sie still lagen; Hassan drückte Asman mit seinem Gewicht zu Boden, er war stärker, schwerer. Er hob die Faust – schlug aber nicht zu. Schließlich stand er auf, stand über Asman, der immer noch auf dem Boden lag, und sagte etwas.

Dann spuckte er aus und ging ins Haus.

Jule löste sich aus ihrer Starre und kletterte auf die Terrasse. Kniete neben Asman.

»Alles okay?«

»Geht schon«, knurrte er. Er wollte nicht, dass sie hier war, nicht in diesem Moment, sie sah es deutlich. Er wollte nicht der Unterlegene sein.

Als Jule aufsah, stand Naime in der Tür, die kleine Nahal im Arm. Nahal war wach, ihre großen schwarzen Augen fixierten die beiden, die da auf dem Boden hockten, so ernst, als verstünde sie alles. Mehr als Jule. Naime sagte ein paar leise Worte, wandte sich ab und ging nach drinnen zurück.

»Was war denn?«, flüsterte Jule.

»Nichts.« Er kam auf die Beine und schüttelte sich.

»Hör mal, ich … ich habe dir nichts getan. Du musst mich nicht anfauchen.«

»Ich fauche nicht. Ich … muss ein Stück gehen.« Sie ließ sich von ihm hochziehen, und sie spürte, dass das wichtig war: Er musste der Starke bleiben.

Er nahm die Oud, die neben der Tür auf dem Boden lag, und hängte sich das abgewetzte Trageband um. Minuten später stieg Jule hinter ihm den Pfad zwischen den Felsen hinauf. Und weiter, weiter, getrieben, gehetzt; sie hielt kaum mit ihm Schritt. Als er schließlich stehen blieb, waren sie bei der Höhle angekommen.

Asman trat gegen einen der losen Steine vor dem Eingang, lehnte sich dann an die Felswand und sagte: »Er glaubt mir nicht. Keiner glaubt mir, Jule. Sie … haben Manolis Kleider gefunden.«

»Weißt du das von Kostas?«

»Nein. Er war schon länger nicht mehr bei uns. Hassan hat die Kleider gesehen. Sie hängen bei Stavros' Restaurant über der Mauer.«

»Ich weiß.«

»Ach ja? Weißt du auch, wer Manoli weggeschafft hat? Aus der Schlucht? Hassan. Er hat es mir gesagt. Ich habe ihn gefragt, und er hat gesagt: Natürlich. Natürlich habe ich das für dich getan. Für mich!« Er schüttelte den Kopf. »Ich habe ihm gesagt, dass ich nichts damit zu tun habe. Er hat gelacht. Du hast das Feuermal gesehen, hat er gesagt, oder? Ich habe es erst gesehen, als er tot war. Er war schwer, aber ich habe ihn auf dem Rücken aus der Schlucht rausgebracht. Wir müssen zusammenarbeiten.«

Er rutschte mit dem Rücken am Felsen hinunter, bis er auf dem Boden saß, und Jule setzte sich neben ihn.

»Ich weiß nicht«, sagte er leise, »wer diesen Jungen erschossen hat. Mehr war er doch nicht: ein Junge. Keine eigenen Gedanken im Kopf, der hat einfach nur mitgemacht. Jetzt macht er nirgendwo mehr mit.«

»Okay, Hassan hat gedacht, du hättest ihn erschossen. Und das war der ganze Streit? Das klingt nicht nach einem Grund, sich gegenseitig an die Kehle zu springen.«

Asman zuckte die Schultern. »Hassan wollte das Gewehr haben. Und ich weiß, wozu. Ich meine … vor der Sache mit Manoli dachten wir, das Schiff wäre von Kreta gekommen, aber jetzt … *Gib mir dieses Gewehr*, hat er gesagt. Ist doch erstaunlich, dass die Hasenjäger ihre Sachen einfach so herumliegen lassen.«

»Aber du … hast dich geweigert, es ihm zu geben.«

Er sah sie an, eine ganze Weile. »Jule?«

»Hm?«

»Weißt du, was du da gesagt hast? Du … du glaubst auch, dass ich es war. Du hast das in der Kirche nicht nur so gesagt, du glaubst es. Dass ich eine Waffe habe. Dass ich den Jungen erschossen habe.«

Damit stand er wieder auf und wanderte davon, und Jule sprang auf und rannte ihm nach. »Asman! Wohin willst du denn?«

»Ich weiß es nicht«, sagte Asman, ohne stehen zu bleiben. »Wenn sogar du glaubst, dass ich herumlaufe und Leute erschieße? Wohin soll ich dann noch gehen?«

Er schüttelte den Kopf, und dann fing er an zu rennen, rannte wie ein trotziges Kind in die Nacht hinein. Ohne Richtung. Jule wusste, wie müde er war nach der Arbeit auf dem Schiff, aber er rannte. Und verdammt, er war schnell.

Sie stolperte, fiel – verlor ihn. Sie hatte mit ihm über ganz andere Dinge sprechen wollen! Es war nicht fair. Oben am Hang glitzerten die Lichter der Chóra. Dort waren sie fröhlich, dort tranken sie Wein, dort würden sie ruhig in ihren Betten schlafen, einem neuen blauen Tag entgegen.

Aber in der unblauen Nacht frischte der Wind auf, und es begann zu regnen. Jule sah zum Himmel auf, wo die Wolken sich unbemerkt zusammengebraut hatten. Verdammt, natürlich musste es regnen, wenn schon alles andere schiefging. Sie stolperte weiter, die Haare klebten ihr im Gesicht, sie würde ihn niemals einholen, ihn in dieser Nacht niemals wiederfinden. Und dann, unerwartet, fand sie ihn.

Er war ausgerutscht wie sie zuvor, er saß auf dem regennassen Boden und tastete um sich, und zuerst dachte sie, er wäre umgeknickt, er würde nach einem verletzten Knöchel tasten. Doch worum er sich Sorgen machte, war die Oud. Er fand sie, und sie hörte ihn fluchen.

»Kaputt?«, keuchte Jule, außer Atem.

»Nein«, sagte er. »Zum Glück.« Und da zog sie ihn auf die Füße und umarmte ihn und hielt ihn fest. »Nichts ist kaputt«, flüsterte sie in den regenfeuchten Pullover, den er trug. Den Pullover ihres Vaters. »Gar nichts! Und ich glaube nicht, dass du … ich habe das mit dem Gewehr nur so dahingesagt, verdammt! Und ich bin nicht Hassan!«

Sie merkte, dass sie ihn schüttelte, und er lachte jetzt, leise. Wirklich, dachte sie, wie ein Kind, das bockt und in die Fremde geht und das man einfängt und umarmt. Wie sie, wenn sie früher ausgewandert war, bis nach Australien, oder jedenfalls bis hinter den Gartenzaun. Marc hatte sie nach Hause geholt. Sie hatte bis jetzt vergessen, dass es Marc gewesen war.

»Ich habe keine Ahnung, wie man mit einem Gewehr umgeht«, flüsterte Asman.

Sie legte eine Hand an seine nasse Wange.

»Das ist gut«, sagte sie. »Ich dachte … ich kann verstehen, wenn jemand wie ihr … wenn ihr hasst. Ich wünschte, es müsste keinen Hass geben. Keinen Krieg. Aber ich wollte dir eigentlich etwas sagen. Ich wollte dir sagen, dass ich telefoniert habe. Es hat nichts genützt, aber ich versuche es weiter. Ich gehe nicht ohne euch. Wenn ich diese Insel verlasse, nehme ich dich und Naime mit. Es gibt einen Weg, irgendwie.«

»Nein«, sagte er und küsste sie, sodass sie nicht widersprechen konnte. Irgendwann endete der Kuss, und sie gingen zusammen zurück, langsam, Arm in Arm, obwohl das eigentlich gar nicht möglich war zwischen Macchia und Felsen. Der Regen fiel noch immer, doch es war ein leiser und eigentlich freundlicher Sommerregen.

»Natürlich nehme ich euch mit«, wisperte Jule. »Du wirst sehen. Andere Leute machen solche Sachen auch, es gibt Geschichten im Internet. Es gibt auch auf Kreta Pässe zu kaufen.«

»Ich weiß. Aber das Geld hat keiner von uns.«

»Noch nicht«, murmelte Jule. »Noch nicht.«

Da wurde der Regen stärker, und sie ließen einander los und rannten zurück bis zur Höhle, die früher die Schafe und ihre Hirten vor dem Wetter geschützt hatte.

Und dann saßen sie gemeinsam im Trockenen, im Geruch nach Erde und altem Stroh, saßen ganz dicht beieinander und starrten durch den Vorhang aus kleinen Sturzbächen hinaus in die schwarze Nacht. Weit, weit in der Ferne tasteten sich die Positionslichter eines Schiffs übers Meer.

Dann hörte Jule das Geräusch eines Feuerzeugs, und gleich darauf sah sie Asmans Gesicht und seine Hände. Er zündete eine Kerze an, die offenbar in der Höhle gelegen hatte.

»Weißt du«, sagte er, »ich habe hier geschlafen. Die letzten Nächte. Im Haus bei den anderen … ist es zu eng. Manchmal muss man allein sein. Es gibt eine Decke und ein Betttuch hier. Ist fast ein Hotel.«

Jule nickte. Und sie sah in seine Augen und begann zu begreifen, was er meinte.

»Ich glaube, ich sollte nach Hause gehen«, sagte sie mit ganz kleiner Stimme.

Er nickte. »Wie du willst.«

»Aber es ist … sehr nass …« Sie wand sich. Sie wollte bleiben, und sie wagte nicht zu bleiben. Das Kerzenlicht malte Flecken und Figuren an die Wände der Höhle. Asman klebte die Kerze mit ein paar Tropfen Wachs auf einen flachen Stein.

Jule trug keine Regenjacke, nur einen dünnen Pullover, und der Pullover war nass. Sie zog ihn aus, saß nur im Tanktop da und zitterte, und er zog seinen nassen Pullover ebenfalls aus und legte die Decke um sie beide. Sie saßen wie in einem Zelt, drückten sich gegeneinander, wärmten sich gegenseitig. So ist es, dachte Jule, wenn man auf der Flucht ist und irgendwo ankommt, und es gibt nichts. Nichts bis auf eine Decke und die Wärme eines anderen Menschen.

»Stell dir vor, ich wäre mit dir auf dem Schiff gewesen«, flüsterte Jule.

»Dann wäre jetzt *alles* nass«, flüsterte er. »Und es dauert, bis es trocknet, vor allem bei Salzwasser. Du sitzt zwischen zu vielen Menschen, eingeklemmt, starr vor Kälte, das Deck ist glitschig von Erbrochenem … Nein. Stell dir lieber etwas anderes vor.« Er fuhr mit der Hand behutsam über ihr Gesicht und schloss ihre Augen. »Weißt du noch, der See mit den Wildgänsen? Der See, an dem die Sonne die ganze Nacht über nicht richtig untergeht?«

»Ja«, flüsterte sie. »Es war schön da.«

Sie spürte, wie er sich von ihr wegbewegte, sein warmer Körper war fort, war wieder da und hatte Töne mitgebracht, die mit dem Regen in die Nacht fielen. Er hatte die Oud geholt.

»Es regnet schon seit einer Weile in Schweden«, sagte er, während er spielte. »Wir haben ein Zelt mit, ein Glück. Da sitzen wir also und sehen, wie der Regen die Wildgänse weiß wäscht.«

»Wir haben einen Campingkocher, um Dosensuppen darauf aufzuwärmen«, wisperte Jule. »Und jede Menge trockene Ersatzklamotten. Und wir können uns Bücher vorlesen. Wir haben in Schweden massenweise englische Bücher gekauft.«

»Und es ist niemand da außer uns«, sagte Asman.

»Und den Wildgänsen.«

»Ja.«

»Und wir haben Zeit«, meinte Jule. »Alle Zeit der Welt. Wir haben Semesterferien. Du hast angefangen, in Schweden zu studieren, man kann das auf Englisch da. Dein Freund, der übergewichtige afrikanische Pianist, wollte nicht mitkommen zum Zelten. Leider.«

»Ja, leider«, sagte er, lachend.

Und dann verstummte die Oud, nur die Erinnerung an ihre Töne hing noch im Geräusch des stetig herabfallenden Regens. Und Jule spürte Asmans Hände, die das Tanktop hochschoben, ganz vorsichtig. Ihr wurde heiß trotz der Kälte. *Geh jetzt,* dachte sie, *noch kannst du gehen.* Aber sie blieb sitzen, reglos, mit angehaltenem Atem und noch immer geschlossenen Augen.

Er zog ihr das Tanktop über den Kopf, und sie spürte, dass er sie ansah.

»Ich bin«, sagte er bedächtig, »mit einer sehr schönen Frau in diesem Zelt in Schweden.«

»Ach was, ich …«

»Schsch.« Sie fühlte den rauen Verband der einen Hand auf der Haut und die unverbundenen Finger der anderen, die ihren Körper betasteten, sehr genau, als müsste er mit den Händen sehen, um sicherzugehen, dass dies die Realität war.

Sie sah das Licht hinter Asman, das sanfte blaue Mittsommernachtslicht, und das Glänzen des Sees, an dessen Ufer die Wildgänse jetzt ihre Köpfe unter die Flügel gesteckt hatten.

Nicht einmal die Wildgänse sahen zu.

Asman streifte sein T-Shirt ab, und es war ganz anders, sich so zu umarmen, Haut an Haut, es war etwas völlig Neues. »Willst du das überhaupt?«, wisperte er. »Sag mir …«

Sie nickte. Seine Hände lösten jetzt die Knöpfe ihrer Jeans, aber er schaffte es nicht ganz, sie musste ihm helfen, verdammte Knöpfe. Dann tastete die gesunde Hand tiefer, und Jule hielt sich an Asmans Schultern fest und wusste nicht, was von ihr erwartet wurde, was sie tun sollte, was sie fühlen sollte außer Angst, denn da war nichts.

Er merkte es, zog die Hand zurück und küsste sie stattdessen. Dann breitete er das Betttuch auf dem dünnen Stroh aus, und dort konnte man einfach zusammenliegen, lang ausgestreckt, und sich unter der Decke aneinanderschmiegen und musste eine Weile sonst nichts tun.

»Hast du … bist du … wie ist das bei euch?«, wisperte Jule. »Wer war … das letzte Mädchen? Mit dem du geschlafen hast? Hast du sie geliebt? Und wo ist sie jetzt?«

Sag nicht: tot. Bitte, bitte, sag das nicht.

»Bei uns tun Mädchen das hier erst, wenn sie verheiratet sind«, sagte er ernst. »Es gibt andere Möglichkeiten, Erfahrungen zu sammeln … für Männer. Verstehst du? Frauen, die Geld dafür nehmen. Das sind die Erfahrungen, die ich habe. Das ist es, was wir tun.« Er stützte sich neben ihr auf einen Ellenbogen und sah sie an. »Hundert Prozent bedeutungslose Begegnungen. Rein funktionell.«

»Kann ich … was Blödes fragen? Wie alt bist du überhaupt?«

»Allah! Ist das wichtig? Achtzig, aber gut erhalten.« Er schüttelte den Kopf, lachte. »Was Frauen fragen! Gut, zweiundzwanzig. Zufrieden?«

Und durch das Lachen wurde alles leichter. Es war vielleicht nicht notwendig, alles richtig zu machen. Und als sie die Hose auszog und die Decke zurückschlug, fiel das Kerzenlicht, das schwedische Mittsommerlicht, das Licht eines Traums, auf einen nicht perfekten Körper. Auch das war in Ordnung. Sie wandte den Kopf und sah den See an, lag ganz still, ließ ihn machen, aber lange tat er nichts weiter als zu tasten. Dann spürte sie seine Zunge zwischen ihren Beinen, zögernd erst, sachte, die Hitze kam zurück und sammelte sich dort, und sie hatte jetzt keine Angst mehr. Sie sah den See und die Wildgänse für die längste Zeit der Welt an. Sie dachte an Naime und die Männer in der kleinen Wohnung in Kairo. An alles Verkehrte, Gewalttätige. Doch das Bild löste sich auf. Das hier war richtig.

Dann überschlugen sich alle Gedanken und Gefühle in ihr, und die Wildgänse erwachten und flogen auf, und sie zog Asman zu sich nach oben und fühlte, wie er in sie eindrang. Es geschah ganz leicht und erstaunlich schmerzlos, sie hatte gedacht, es müsste wehtun. Der Himmel war voll von den Gänsen, sie schlossen das Licht aus. Der See lag in Schwärze.

Jule versuchte, die Bewegungen des Körpers auf ihrem mitzumachen, es war wie ein Tanz, es war alles sehr neu, und sie verstand, dass sie es nicht schaffen würde, noch einmal zu kommen, aber man musste nicht immer alles gleichzeitig tun im Leben. Sie hörte seinen Atem schneller werden, mühsam, da war etwas wie ein unterdrückter Schrei, der sie erschreckte. Und dann verlosch die Kerze, und sie lagen im Dunkeln, beide außer Atem.

Eine Weile schwebten sie zu zweit in einer Art Nichts zwischen dem schwedischen Mittsommer und dem griechischen Frühling. Zwischen einem Lager voller hungernder Menschen bei Damaskus und einer Wohnung in Deutschland, in der es ein leeres Gästezimmer gab. Sie besaßen in diesem Dazwischen keine Nationalität und keine Vergangenheit.

Es war, als schwebte man durchs All.

Doch irgendwann tropfte die Wirklichkeit wieder in das Nichts, erst kam das Geräusch des Regens, dann die Kälte, dann die Gerüche: Erde, alter Schafsdung, Schimmel auf Steinwänden. Dann verließ das Gewicht des anderen Körpers Jule.

Sie setzte sich auf und sah Asman vor den Eingang der Höhle treten.

»Du wirst ganz nass«, flüsterte sie.

»Aber es ist ein wunderbarer Regen«, sagte er. »Komm.«

Sie stand auf und stellte sich zu ihm unter den Sturzbach, der über den Eingang der Höhle hinunterfiel. Das Wasser war eiskalt. »Warum machen wir das?«, fragte sie. »Kann man nicht im Warmen bleiben und weiterträumen?«

»Später«, sagte er. »Jetzt will ich wach sein. Ich war zum ersten Mal mit einer Frau zusammen, die mir etwas bedeutet, und ich will wissen, dass das, was wir getan haben, wirklich ist. Wenn alles schiefgeht, alles zerbricht … dann will ich wenigstens am Ende sagen: Da war diese Höhle, und es hat sich gelohnt. Das ganze verdammte Leben.«

»Ja«, sagte sie. »Ja.«

Schließlich trockneten sie sich mit dem Betttuch ab, das irgendwo jetzt einen Blutfleck hatte.

Jule begann erst, sich Sorgen zu machen, als sie wieder zusammen auf dem Boden lagen, in die Decke eingerollt, sie mit dem Kopf auf seinem Arm.

»Ich habe vergessen zu rechnen. Ich weiß nicht …« Es kam ihr dumm vor, darüber zu reden. »Es wäre wahrscheinlich schlau gewesen, ein … Kondom zu benutzen. Ich hätte welche gehabt, in der Ferienwohnung. Evelyn hat sie mir in den Rucksack gesteckt, mehr als Witz.«

»Was für ein Glück, dass es schlaue Palästinenser gibt«, sagte Asman. »Nicht alle Araber sind dumm und rennen durch die Gegend und werfen Bomben auf Kamele. Wir hatten eins.«

»Ein Kamel?«

»Das nicht. Du weißt schon. Du hast nichts gemerkt vorhin … Ich bin den Dingern in diesem Bad begegnet. Und ich dachte, es wäre klug, eins mitzunehmen. Nur für den Fall.«

Sie fragte sich einen Moment lang, ob sie sauer sein sollte. Weil er schon vor Tagen an das hier gedacht hatte. Aber sie war lieber erleichtert als sauer.

»Irgendwann später, wenn ich eine Menge Dinge erlebt habe, will ich Kinder«, flüsterte sie. »Bloß nicht jetzt.«

»Jule«, wisperte Asman. »Später … später wirst du mit einem anderen Mann zusammen Kinder bekommen. Ihr werdet in einem hübschen Haus in Deutschland wohnen, mit einem Garten voller Blumen, und ich hoffe, ihr kommt mich mal besuchen. Wenn ich gerade in Stockholm bin. Weil ich sonst auf dem Meer sein werde. Ich will keine Familie. Ich werde fort und wieder da sein und wieder fort … immer am Horizont. Eine Familie zu haben, ist zu gefährlich. Ich hätte Angst, dass ihr etwas zustößt.« Er seufzte, und nach einer Weile sagte er: »Okay, bleiben wir realistisch. Ich werde in einem schwedischen Vorort in einem Schnellimbiss arbeiten. Oder in einer Fabrik. Egal. Hauptsache, wir sind sicher.«

»Wir? Ich auch?«

»Du warst immer schon sicher«, sagte er. »Und das ist gut so. Ich meinte Naime und Nahal.«

»Aber ich …« Sie biss sich auf die Unterlippe, schluckte etwas Schweres hinunter und drängte sich an ihn. »Warum kannst du nicht in einem verfluchten deutschen Schnellimbiss arbeiten? Hängst du so sehr an der scheißhalbjährigen Dunkelheit? Warum willst du mich unbedingt loswerden?«

Er strich durch ihr Haar, durch die unbezähmbaren Korkenzieherlocken. »Ich will dich nicht loswerden. Ich denke nur, es ist besser so. Du hast dein Leben, wir werden unseres haben. Es ist … wunderschön, dass wir uns getroffen haben, aber ich kann dir da nicht reinpfuschen. Du müsstest dich zu viel um mich kümmern. Um uns. Wir würden nichts verstehen, müssten alles lernen …«

»Das ist okay. Ich bin bereit dazu, euch alles zu zeigen.«

»Aber …«

»Ihr müsstet euch outen. Offiziell existieren. Aber du hast gesehen, dass die Griechen okay sind. Nikoletta hat so viel für Naime getan. Und ihr Mann, auch wenn er herumknurrt. Und der Arzt, der deine Hand gerettet hat. Es gibt eine Menge mehr, Asman. Wer hat dir die Bilder gezeigt, von dem Lager auf Kreta?«

Asman seufzte. »Der, der geheiratet hat? Seit der Hochzeit ist er nicht mehr aufgetaucht.«

»Vielleicht waren die Bilder alt, und er weiß es nicht«, sagte Jule. »Nach dem, was im Netz steht, gibt es die Lager nicht mehr. Wir können nach Kreta fahren, alle, und finden von da aus eine

Lösung. Irgendwie. Es gibt Verhandlungen zwischen den Ländern … dass sie Flüchtlinge umsiedeln. Auch nach Deutschland. Vor allem Syrer. Steht so im Netz. Noch tun sie es nicht, aber es wird passieren. Wir können es nur versuchen, wenn ihr euch nicht mehr versteckt.«

Sie spürte im Dunkeln seine Nachdenklichkeit. Er würde *Nein* sagen. Er würde sich nicht herumkriegen lassen, sich den Griechen zu stellen.

Sie schlief ein, den Kopf immer noch auf seinem Oberarm, und als sie aufwachte, wurde es am Rande der Nacht schon hell. Asman starrte mit wachen Augen an die Decke der Höhle.

»Vielleicht«, sagte er leise. »Vielleicht hast du recht.«

»Womit?«

»Damit, dass wir aufhören sollen, uns zu verstecken. Ich rede mit den anderen. Okay?«

»Wirklich? Du könntest einfach morgen raufkommen zur Chóra. Mich im Kafeníon Markos treffen.« Sie spürte, wie sich ein Strahlen auf ihrem Gesicht ausbreitete. »Und wir trinken zusammen Kaffee, und alle können es sehen. Ich werde ihnen erklären, wer du bist.«

Er grinste, ganz leicht. Zögerte noch. »Gut.«

»Das heißt, wir haben jetzt eine ganz normale Verabredung wie zwei normale Menschen?«

»Fünf Uhr«, sagte er.

Und dann liegst du da, zwischen altem Stroh und einer Decke, in einer Höhle, die nach Schafen stinkt, und in deinem Arm liegt das Mädchen, mit dem du diese Nacht verbracht hast.

Du bist unendlich müde, aber zugleich aufgeregt wie ein Kind, das Geburtstag hat.

Fünf Uhr, im Kafeníon Markos.

Nein, das geht nicht. Oder geht es doch?

Du weißt doch, dass viele von den anderen das Versteckspielen satthaben. Endlich nicht mehr vorsichtig sein! Stell dir vor: Alle in der Chóra werden Nahal sehen; werden sehen, wie das schönste Baby der Welt in den Armen seiner Mutter schläft. Babys sind die besten Vermittler zwischen Nationen.

Du schließt die Augen, spürst nur das leise Atmen des Körpers neben deinem. Sie ist nackt, nackt, wie nie eine Frau vorher neben dir war, die, die man kaufen kann, waren nie so nackt. Sie trägt nur die Kette und die Armbänder, diese klimpernden Reifen aus Silberdraht und Kronkorken und leeren Schneckenhäusern, aus kleinen Schönheiten, die niemand am Straßenrand gesehen hat außer ihr.

Du schläfst wieder ein und fühlst dich seit Langem das erste Mal vollkommen sicher.

Manoli ist gar nicht tot. Er ist einfach nur ohne sein Hemd und seine Jacke losgegangen.

Als du aufwachst, schläft sie noch immer, aber die Sonne steht schon hoch, sie warten auf dich in der Bucht. Du stehst auf, streichst ihr noch einmal die Korkenzieherlocken aus dem Gesicht.

Lässt sie schlafen.

Heute um fünf wird sie in diesem Café sitzen, und vor dem Fenster, unten, wird das Meer dich grüßen, weil das Meer überall bei dir ist. Der Hund wird neben Jules Tisch liegen und die Ohren aufstellen, wenn du hereinkommst.

Und du wirst auf sie zugehen wie in einem Film, und sie wird aufstehen und dich umarmen. Wie ein griechisches Pärchen, wie irgendein europäisches Pärchen, genauso wird es sein.

13

Es waren die Frauen, die kamen.

Jule sah sie, als sie am Morgen zur Bäckerei hinaufwanderte.

Der Morgen war spät. Sie war in der Höhle aufgewacht, allein und frierend, aber das hatte nichts ausgemacht. *Heute um fünf, im Kafeníon Markos.*

Sie hatte den ganzen Weg zur Ferienwohnung über leise gesungen. Sie hatte oben sehr lange versucht, Marc zu erreichen, und kein Glück gehabt. Sie würde zum Dolfin gehen und es übers Netz probieren. Sie würde sich dieses verdammte Geld leihen, und wenn sie ihr Leben lang daran abbezahlte. Aber Banken wollten Sicherheiten, sie brauchte also jemanden, der es *für sie* lieh.

Sie hatte über all das nachgedacht, und schließlich hatte sie sich auf den Weg zur Chóra gemacht, und dort sah sie sie.

Die Frauen.

Sie gingen ein ganzes Stück vor Jule am Rand der Straße, hintereinander, ein langer, langsamer Treck, eine Reihe von Gestalten mit Taschen, Tüten, Bündeln, das Haar verhüllt, die Köpfe gebeugt. Rashid und das kleine Mädchen waren bei ihnen. Die Maisonne beschien den Asphalt, auf der der Regen der Nacht längst getrocknet war.

Disteln waren am Straßenrand aufgeblüht, wo sich der Asphalt in Auflösung befand. Jule sah zwei kleine weiße Schmetterlinge auf einer der violetten Blüten landen. Keine Wanderfalter. Schmetterlinge, die hier auf der Insel Raupen gewesen waren und hier auf der Insel Eier legen würden.

Sie ging rascher, um den Treck der Frauen einzuholen, doch sie hatten zu viel Vorsprung, sie würden die Chóra vor ihr erreichen. Wo waren die Männer? Warum kamen sie nicht zusammen?

Die Frauen folgten Jules Ruf. Dem Ruf der Vernunft. Sie hatte getan, was ihre Eltern gesagt hatten, dachte Jule, was Marc gesagt hatte. Es war besser, den offiziellen, legalen Weg zu gehen.

Jetzt hatten die Frauen die letzte Serpentine der Straße erreicht, jetzt waren sie zwischen den Häusern, tauchten in das Gewirr der Gassen ein, verschwanden aus Jules Blickfeld. Sie lächelte.

Natürlich, sie brauchten sie nicht. Sie waren selbstständig.

Sie brauchten auch die Männer keineswegs. Die Frauen waren mutiger, und sie hatten sich durchgesetzt, waren allein aufgebrochen. Ein Weg in die Emanzipation.

Sie fand sie etwas später vor dem kleinen Polizeirevier, jemand hatte ihnen den Weg gezeigt.

Die Tür stand offen, sie standen dort in einer ordentlichen Schlange, die bis nach draußen reichte, die beiden Kinder spielten in der Gasse mit einer zusammengeknüllten Tüte Ball.

Ein paar der Frauen hockten in der Sonne vor der Wand, ihre Blicke tasteten nach allen Seiten, nahmen alles auf, und da waren die Griechen, natürlich, sie standen in der Gasse, in einigem Abstand, scheinbar in wichtige Gespräche vertieft, und sahen zu den Flüchtlingen hinüber. Alles, was geschah, geschah sehr ruhig und unaufgeregt.

Dann sahen die Kinder Jule, waren bei ihr wie ein Wirbelwind, hängten sich an ihre Hände, zogen sie mit sich. Und dann stand sie bei den Frauen, umarmte, klopfte auf Schultern, lächelte.

Und wusste, dass die Griechen sie beobachteten.

»Es ist gut, dass ihr gekommen seid«, sagte sie, auf Englisch. »Sehr gut.«

Und die Frau mit dem blauen Kopftuch nickte: »Leute hier, sie sind gut. Alle gut. Männer ...« Sie stieß die Luft durch die Nase aus. »Männer sagt Nein. Nicht kommt.«

»Sie haben Angst«, sagte Jule. »Aber sie werden sehen, dass die Leute gut sind. Was machen sie da drin?« Sie zeigte auf das Polizeirevier.

»Namen schreiben Papier. Viele, viele Papier«, sagte die Frau.

Jule drängte sich an der Schlange vorbei nach drinnen. Dort saß ein Beamter hinter einem Stapel von Papieren und schrieb. Zwei weitere Polizisten standen bei ihm; ratlos, nervös.

Naime war an der Reihe, als Jule den Raum betrat.

Sie wurde etwas gefragt, verstand nichts, schüttelte den Kopf, schrieb ihren Namen, zuckte die Schultern, wollte gehen. Einer der Beamten griff nach ihrer Hand, und sie zuckte zurück. Er sagte etwas, unnötig laut, schnappte sich die Hand, hielt sie sehr fest und drückte Naimes Finger auf das Stempelkissen, das auf dem Tisch lag. Da begriff Naime, nickte.

»Yes, yes«, sagte sie, aber der Beamte ließ sie nicht los. Nahal im Tragetuch begann zu weinen. Der Polizist presste Naimes Zeigefinger aufs Papier.

»Verdammt noch mal, seien Sie doch nicht so grob!«, rief Jule auf Englisch, und der Polizist sah sie verständnislos an. Dann schüttelte er den Kopf, zeigte auf seine Ohren. Er verstand kein Englisch. »Man muss kein Englisch verstehen, um ein bisschen Geduld zu haben!«, fauchte Jule.

Sie legte einen Arm um Naime, und der Mann brummte irgendetwas, aber von da an fasste er keine der Frauen mehr an.

Und schließlich hatten sie alle Fingerabdrücke. Einer der Beamten begann zu telefonieren. Einer brachte Wasserflaschen aus einem Nebenraum und begann, kleine Plastikbecher vollzugießen und zu verteilen. Jule dankte ihm auf Griechisch, und die Frauen wiederholten das Wort: *Efcharistó*. Der Polizist strich den Kindern durchs Haar. Ein Anfang war gemacht.

Schließlich war das Telefonat beendet, und ein anderer Polizist winkte den Frauen, ihm zu folgen. Er führte sie durch einen langen Korridor. Jule ging mit ihnen, Naime hielt ihre Hand fest.

Sie war schuld, sagte sie sich, dass die Frauen hier waren. Sie war verantwortlich für sie. Zum ersten Mal begriff sie, was Asman empfand, wenn er sagte, er wäre verantwortlich für die Menschen in der Bucht.

Der Korridor führte um die Ecke. Er war schlecht beleuchtet und schmal; es war genau die Art von Korridor, die man nicht gerne entlanggeht, die Art, an deren Ende ein Raum liegt, in dem jemand verhört wird.

Am Ende dieses Korridors lag ein Innenhof: drei Orangenbäume mit weißen Blüten. Ein kaputtes Fahrrad an der Wand. Zwei Stapel mit Plastikstühlen. Ein Polizist begann, sie zu entstapeln, stellte eine Reihe von Stühlen an die Wand des Hofes. Ein zweiter stellte die Wasserflaschen auf den Boden.

Hier könnt ihr bleiben, fürs Erste. Hier ist Schatten. Und Platz für die Kinder zum Spielen.

Er zeigte auf eine kleine Tür, hinter der das Ende eines Wasserschlauchs verschwand: eine Toilette. *Hier kann man sich waschen, hier ist ein Klo.*

Efcharistó.

Und dann war Nikoletta da, ganz plötzlich, und Jule wäre ihr fast um den Hals gefallen. Naime fiel ihr um den Hals. Sie hatte

Tränen in den Augen. Nikoletta war nicht allein gekommen, der Bäcker war bei ihr, Jule erkannte sein gutmütiges Gesicht, und er hatte eine Tüte mit Broten mitgebracht.

»Gut, dass du da bist«, sagte Jule und merkte, dass sie Nikoletta duzte, aber das schien egal. »Wir brauchen dringend einen Übersetzer! Nikoletta, was passiert jetzt?«

»Sie versuchen, die Polizei in Kreta zu erreichen«, sagte Nikoletta. »Sie müssen jemanden finden, der zuständig ist.« Sie lächelte. »Sie werden dorthin gebracht werden, mit der Fähre. Sie haben gesagt, in Kreta gibt es irgendetwas wie ein Auffanglager, da kann man ihnen weiterhelfen.«

»Ein Lager?«, fragte Jule, und ihr wurde kalt. »Ich dachte, sie würden die Flüchtlinge nicht mehr einsperren.«

»Niemand sperrt sie ein. Aber irgendwo müssen sie bleiben, oder? Ich denke, dass sie das Lager durchaus verlassen dürfen. Alles kommt in Ordnung. Mach dir keine Sorgen.« Nikoletta legte ihr eine Hand auf die Schulter, aber Jule spürte, dass Nikoletta sich selbst Sorgen machte.

»Wo sind die Männer?«, fragte sie leise. »Das ist es, was die Beamten wissen wollen.«

Jule zuckte mit den Schultern. »Die Männer haben Angst. Ich denke, sie wollen sehen, was passiert. Wenn ein paar der Frauen zu ihnen gehen und ihnen sagen, dass alles in Ordnung ist, können wir sie überzeugen.«

Nikoletta nickte. »Komm mit. Du kannst sie für einen Moment allein lassen.«

Aber als sie den Korridor betraten, schloss ein Beamter die Tür zum Innenhof und blieb dort stehen, und das gefiel Jule nicht.

Dann waren sie wieder in dem Raum mit dem Schreibtisch. Nikoletta sprach griechisch mit dem Beamten dort, gestikulierte, erklärte, schnauzte ihn an, wie sie Stavros anschnauzte. Der Beamte hob beschwichtigend die Hände. Und Nikoletta seufzte.

»Jule, hör zu«, sagte sie schließlich. »Er sagt, die Frauen sollen hierbleiben, bis alles geklärt ist, sie können sie nicht herumlaufen lassen, weil sie sich dann vielleicht wieder in alle Winde zerstreuen. Sie haben Angst, etwas falsch zu machen und später von Kreta aus Ärger zu bekommen. Er sagt, es geht ihnen hier gut, sie werden versorgt, sie organisieren etwas wegen Schlafplätzen für die Nacht. Aber sie lassen keine von ihnen gehen. *Du* sollst ihnen zeigen, wo die Männer sind.«

»Ich?«, sagte Jule. »Das kann ich nicht. Das geht doch schief! Wenn ich da jetzt mit der Polizei auftauche … nein. Sag ihnen, ich weiß nicht, wo die Männer sind. Du hast ihnen doch nicht gesagt, dass ich das weiß?«

»Natürlich nicht«, sagte Nikoletta sanft. Und übersetzte wieder.

Der andere Beamte mischte sich ein, am Ende schrien sie sich gegenseitig an, und Jule wich zurück zur Wand. Es sind nur Griechen, sagte sie sich. Es sind nur aufbrausende Menschen aus dem Mittelmeerraum. Es bedeutet nichts.

Am Ende winkten die Beamten Jule, ihnen zurück in den Hof zu folgen. Die Kinder saßen in einem Orangenbaum, sorglos.

»Du sollst ihnen sagen, dass die Männer herkommen müssen, damit alles seine Ordnung hat. Dass sie auf ein Schiff nach Kreta gehen werden, aber zusammen«, sagte Nikoletta. »Dass die Griechen sich um alles kümmern, damit sie weiterreisen können. Aber sie müssen ihnen zeigen, wo die Männer sind, damit sie sie holen können. Und sie wollen wissen, was genau passiert ist.«

Jule sah Nikoletta an, erstaunt. »Ich spreche kein Arabisch!«

Nikoletta nickte. »Aus irgendeinem Grund«, murmelte sie, »hatte ich die ganze Zeit das Gefühl, das würdest du tun.«

Jule lächelte, und ein Teil von ihr war glücklich, aber ein anderer Teil verzweifelt.

Sie waren erst am Anfang, und schon verwickelten sie sich im Labyrinth europäischer Bürokratie.

Sie versuchte, der Frau, die englisch sprach, etwas zu erklären.

»I go get the men?« *Soll ich gehen, die Männer holen?*

»Nein. Nicht du gehen«, sagte die Frau auf Englisch. »Wir gehen. Zwei Frauen oder drei. Nicht du. Keine Polizist. Wir gehen allein.«

»Aber sie lassen euch nicht …« Verdammt. Dies war eine Sackgasse. Sie brauchte Asman zum Übersetzen. Nicht erst um fünf Uhr. Jetzt.

Ehe sie sagen konnte, dass sie noch jemanden holen würde, geschah etwas anderes. Rashid kletterte vom Orangenbaum, flink wie ein Affe.

»You come me«, sagte er, tatsächlich, auf Englisch. »I show. I show place. Man. Yes? Show man, man. You give sweets? I go you place.« *Ich zeige Ihnen den Ort.*

»Ich fass es nicht«, flüsterte Jule. »Hier ist jemand, der die Männer für eine Handvoll Süßigkeiten verkauft.« Sie schnappte sich den Jungen, sie hatte keine Ahnung gehabt, dass er Englisch sprach, aber er entschlüpfte ihr, war bei der Tür zum Korridor und öffnete sie, und einer der Griechen begriff und folgte ihm. Die Tür schlug zu.

Mehrere Frauen versuchten, Rashid und dem Beamten zu folgen, doch der andere Beamte blockierte jetzt die Tür. Er stellte sich breitbeinig davor und verschränkte die Arme.

Niemand verlässt diesen Hof, bis die Männer hier sind.

Nikoletta redete auf ihn ein, die Frauen schrien, es war ein einziges Durcheinander. Jule stieß den Polizisten beiseite, er konnte sie nicht hindern, durch die verfluchte Korridortür zu gehen, und tatsächlich hinderte er sie nicht. Er hinderte nur Naime, die versuchte, hinter ihr herzuschlüpfen.

»Wait«, sagte Jule zu ihr, ehe die Tür sich schloss. »I go get Rashid.«

Ich hole Rashid zurück.

Dann rannte sie durch den dunklen Flur. Sie erreichte Rashid und den Beamten, als die beiden auf die Gasse traten, und sie packte den Jungen am Arm.

»You stay with the women«, sagte Jule und zeigte. *Bleib bei den Frauen.*

»I show place. Sweets«, sagte Rashid störrisch, riss sich los und tänzelte in ein paar Metern Entfernung auf und ab. Er war zu flink für Jule.

Minuten später saß Rashid auf dem Beifahrersitz eines Pick-ups, der in der Gasse stand und das Zeichen der griechischen Polizei auf den Türen trug. Zwei Männer ohne Uniform stiegen mit ein. Rashid thronte oben zwischen ihnen und strahlte, ein Päckchen Kaugummi in der Hand. Mein Gott, er war erst fünf Jahre alt.

Und vielleicht würde alles gut gehen.

Vielleicht würden die Beamten den Männern klarmachen können, dass sie nichts Böses wollten, dass sie nur helfen wollten … Jule kletterte ebenfalls in den Pick-up, es war kein Platz vorne für sie, aber das war egal, sie musste mitfahren. Puffer sein. Übersetzer sein, auch ohne Sprachen.

Sie zog Rashid auf ihren Schoß, einer der Männer warf die Tür zu; der Pick-up startete mit einem nervösen Satz. Doch auf dem Platz vor der Kirche kam er Sekunden später wieder zum Stehen, und der Fahrer sprang hinaus. Der andere Beamte folgte.

Zuerst begriff Jule nicht, warum sie gehalten hatten.

Doch dann sah sie es.

Mitten auf dem Platz stand ein anderer Pick-up: der weiße, der Lieferungen vom Hafen transportierte. Aber diesmal waren es weder Lebensmittel von der Fähre noch frischer Fisch, den er ins Dorf brachte. Eine Menge Menschen standen um die Ladefläche herum, sie hatten sich dort gesammelt wie Fliegen, und zwei Männer waren dabei, etwas abzuladen, das in eine Decke gewickelt war. Einer der Männer war Kostas, den anderen kannte Jule nicht.

Sie sah auch den alten Nikopolidis, er stand vorne in der Menge, tadellos angezogen wie immer. Rufe hallten über den Platz, Stimmen überschlugen sich. Die Männer legten das Ding in der Decke ab. Jule saß jetzt allein mit Rashid auf dem Beifahrersitz. Und von dort oben aus sah sie besser als viele in der Menge, was auf der Decke lag.

Es war ein Mensch. Es war einmal ein Mensch gewesen.

Jetzt wirkte er wie eine Puppe, aufgedunsen, die Haut glasig weiß. Bis auf ein rotes Unterhemd war er nackt, die Blutgefäße zeichneten sich blau auf der Haut ab. Jule erkannte sein Gesicht nicht, aber sie erkannte das Feuermal an der linken Hand. Es war jetzt nicht mehr rot, es war bräunlich, dunkler geworden, doch die Form war dieselbe.

Manoli.

Wie lange hatte er im Meer gelegen? Die Wellen hatten ihn nicht haben wollen, hatten ihn wieder ausgespuckt. Jule dachte an die Hand, die sie gesehen hatte, bei der Beerdigung im Wald, die Hand des ertrunkenen Kindes, ähnlich aufgedunsen.

Aber niemand würde glauben, dass Manoli ertrunken war.

Auf seiner Brust waren deutlich, blutleer jetzt, die Spuren des

Schrots zu sehen, der seine Lunge zerfetzt hatte. Die schwarzen Krähen standen jetzt in der Menge, und man ließ sie nach vorn, als wären sie keine menschlichen Geschöpfe sondern seltsame Götter, die Recht sprachen über den Toten. Und über die Lebenden.

Es wurde viel gesprochen dort auf dem Platz, recht und unrecht, und jetzt war es Kostas, der sprach. Die anderen wurden still, hörten zu. Rashid saß nicht mehr auf Jules Schoß, er war hinuntergeklettert, schlüpfte zwischen den Menschen durch. Was wollte er dort? Jule kletterte ihm nach, doch sie kam nicht durch die Menge.

Sie verstand nicht, was Kostas sagte, aber sie hörte deutlich, dass er stotterte. Er war fast so weiß wie die Leiche, und seine Hände zitterten, als er versuchte, zu gestikulieren. Das war nicht der selbstbewusste junge Mopedfahrer, der mit allen Mädchen auf der Insel flirtete.

Das hier war nichts als ein Bündel aus Angst und Entsetzen.

Jule schaffte es, sich doch noch nach vorne zu drängen, um Rashid einzufangen.

Und da stand er, ganz vorne, die Arme verschränkt, und starrte Manoli an. Aus seinen schwarzen Kinderaugen spritzte Gift. Und während Kostas weitersprach, spuckt Rashid neben der Leiche aus. Dann sagte er etwas, das alle hörten. »Murderer.« *Mörder.*

Und ehe Jule ihn zu fassen bekam, packte jemand anders ihn: der Polizist, der den Pick-up gefahren hatte. Er hielt Rashid sehr fest, stand einfach und hielt ihn fest, während alle ihn ansahen. Und es war einen Moment lang still auf dem Platz.

In dieser drückenden, angespannten Stille fanden Kostas' Augen Jule.

»Was hast du ihnen gesagt?«, fragte sie, auf Deutsch. »Was ist hier passiert?«

Niemand brauchte zu wissen, dass sie diesen Toten schon Tage vorher gesehen hatte.

»In der Nacht«, sagte Kostas. »Sie sind in Nacht gekommen. Ich weiß, wer hat Manoli erschossen. Ich habe nie erzählt von Nacht. Jetzt, jetzt erzähle.« Sein Deutsch war schlechter geworden, er war zu nervös. »Wir sind hinausgefahren, Nacht, wir haben gesehen ein Boot, und wir sind gefahren. Sie wollen nicht die Hilfe. Sie wollen Italien. Italien! Wir haben gegeben Benzin. Manoli, er helfen reparieren, ein Loch im Boot. Wir sagen, Italien nein. Es ist zu weit. Sie sagen, doch, sie schreien. Lasst uns! Wir lassen. Dann zwei Tage, ich finde sie hier, auf Insel. Nur wenig, viele sind tot. Wir haben gemacht Fehler, wir sollen nicht lassen sie weiterfahren in der Nacht. Ich geholfen ihnen verstecken hier, ich habe gebracht Essen, Brot, aber jetzt, sie töten Manoli. Es ist Rache. Sie hassen uns. Wir helfen, und sie hassen. Sie denken, wir sind Schuldige von die Nacht. Aber wir wollen nur helfen. Sie töten andere. Ich bin Nächste.«

Die Leute auf dem Platz hatten längst wieder begonnen, durcheinanderzureden, aber Jule hörte Kostas' Worte so klar, als wären die anderen Stimmen einfach ausgeblendet. *Du warst also mit da draußen in dieser Nacht.* Sie sagte es nicht, dachte es nur. Und was stimmte? Wessen Version? Sie wusste, dass Kostas den Flüchtlingen geholfen hatte. Heimlich, lange Zeit.

Hatte er nicht mitbekommen, was in der Nacht, auf dem Boot, wirklich geschehen war? Was Silas getan und gesagt hatte? Oder war die Wahrheit eine andere als die, die Jule kannte?

Wie viel war in jener Nacht in dem gefährlichen Raum zwischen Arabisch und Griechisch einfach verloren gegangen? Missverstanden worden? Wir müssen reden, dachte Jule, wir müssen alle viel mehr miteinander reden!

Aber für nichts war Zeit, zu nichts gab es Ruhe, die beiden Polizisten schleiften Rashid jetzt zurück zum Wagen, Jule folgte ihnen, und dann saßen sie wieder im Wagen. Sie sah noch, wie ein paar Männer Manolis Leiche wieder anhoben und sie in Richtung des Polizeireviers trugen.

Es lief alles schief.

Die Beamten an ihrer Seite verstanden kein Englisch, kein Deutsch.

»Nikoletta«, sagte sie. »Wir müssen Nikoletta mitnehmen.«

Der Mann, der den Wagen fuhr, warf ihr einen kurzen Blick zu. Dann schüttelte er den Kopf.

Und dann gab er Gas.

Sie waren auf der Asphaltstraße. Vor dem Fenster, auf einem Oleander an der Straße, saß ein pelziger Schmetterling mit ausgebreiteten Flügeln, ein Taubenschwänzchen, ein Nachtfalter, der am Tage flog.

Hätte er besser daran getan, in der Nacht zu bleiben?

Es gab also einen Fahrweg zur Bucht mit dem Haus. Und der Kleine kannte ihn.

Die Abbiegung befand sich kurz hinter dem Ort, Rashid zeigte und sagte etwas.

Und der Pick-up bog ab.

Jule fragte sich, was sie darüber dachten, dass er vor dem Toten ausgespuckt hatte.

Sie waren jetzt zu dritt im Pick-up, die Polizisten, nur zwei in Uniform. Aber alle drei trugen Waffen, Jule merkte es erst jetzt. Im Kopf legte sie sich einen Plan zurecht. Sie würde als Erste aus dem Auto springen und hinüber zum Haus laufen. Sie würde Asman suchen, sofort. Und sie würde sich vor die Männer stellen, würde den Griechen einfach im Weg sein, so gut sie konnte. Sie konnten nicht unfreundlich werden, wenn eine Frau im Weg stand.

Niemand, dachte sie, niemand konnte einer Gruppe von Leuten einen Mord anhängen, die gar kein Gewehr besaß. Die Griechen würden das nach dem ersten Herumschnauzen einsehen, sie konnten ja das Haus durchsuchen.

Der Pick-up hielt auf einem Sandparkplatz nahe am Wasser, den Jule nicht kannte. Natürlich, das Haus hatte eine Zufahrt gehabt, als es noch bewohnt gewesen war. Rashid lief voraus, einen Weg entlang – sie kamen von der Seite in die Bucht.

Dort, dort lag das Haus, still. Und für einen Moment hoffte Jule, es wäre einfach niemand mehr dort. Dann hörte sie Stimmen, sah zwei Männer am Strand herumstehen und reden, sie sahen nicht in ihre Richtung. Noch nicht.

Rashid streckte den Arm aus. »Here is man«, sagte er. »Sweets now?«

Aber die Polizisten beachteten ihn nicht weiter. Sie sprachen kurz miteinander, teilten sich dann auf, zwei gingen in einem Bogen am Strand zur anderen Seite, einer näherte sich langsam von dieser Seite aus.

Jule macht das Anschleichmanöver zunichte, es war lächerlich.

Sie rief, laut, gellend, durch die ganze Bucht. Winkte.

Die Männer sahen jetzt zu ihnen herüber. Registrierten die Uniformen und waren mit einem Satz auf der Veranda, dann im Haus. Der Grieche neben Jule packte sie hart am Arm und schrie sie an, und sie schrie zurück: dass es ihr leidtäte, sie aber überhaupt nichts verstünde und er sie gefälligst loslassen sollte. Eines der Armbänder riss, als sie sich seinem Griff entwand, die Perlen und Muschelstückchen und Kronkorken ergossen sich in einem bunten Regen in den Sand.

Der Polizist war jetzt in Laufschritt gefallen; Jule rannte neben ihm her, dicht hinter sich Rashid.

Und dann standen sie vor dem Haus.

Die kaputte Tür, die seit Langem gesplitterten Fenster gähnten ihnen entgegen. Jule sah die Zerstörung, sah, was die Polizisten sahen: Die Männer, die hinter diesen Fenstern waren, hatten das Glas zerschlagen. Wie sollte sie ihnen erklären, dass das nicht stimmte?

Achmed stand hinter der Terrassentür, neben ihm der Hund.

Hinter ihm waren mehr Menschen, Schemen im Schatten.

Der Polizist neben Jule hatte die Waffe gezückt. Die anderen folgten. Jule spürte es, roch ihre Angst beinahe; sie hatten keine Erfahrung mit Schießereien, auf dieser winzigen Insel geschah vermutlich nie etwas, und nun hatten sie Angst vor den Unbekannten, die sich dort befanden, jenseits des Lichts.

»Es sind Flüchtlinge!«, rief Jule. »Ganz normale Menschen! Niemand hat bewiesen, dass sie Manoli umgebracht haben! Nehmt doch die Scheißwaffen runter!«

Aber Achmed hatte begriffen, Achmed sah drei Männer mit Pistolen, zwei davon in Uniform. Er hatte vermutlich schlechte Erfahrungen mit Uniformen.

Achmed hob etwas hoch. Und Jule hielt den Atem an.

Es war eine Flinte. Eine Schrotflinte. Sie war zu schwer für den Jungen, doch er hielt sie, als würde er zielen. Er stand langsam auf, mit der Flinte in den Händen, und machte einen Schritt durch die zerstörte Tür.

Einer der Griechen brüllte etwas. Achmed blieb stehen und starrte. Und plötzlich stand jemand anderer hinter ihm, einer der bärtigen, älteren Männer, die es nicht mochten, dass Jule ohne Kopftuch herumlief. Er riss Achmed die Flinte aus der Hand.

Jule wollte die Augen schließen, doch es ging auch dafür zu schnell. Der Schuss hallte in ihren Ohren und machte sie für einen Moment taub.

Sie sah den Bärtigen die Waffe senken, mit der Mündung zum Boden. Und verstand, dass er gar nicht geschossen hatte, er hatte Achmed die Flinte einfach nur weggenommen. Geschossen hatte einer von den Griechen. Ein Loch klaffte in der Wand neben der Terrassentür.

Es war nichts passiert. Jule wollte aufatmen.

Doch dann, eine Schrecksekunde nach dem Schuss, brach das Chaos aus.

Die Männer zogen Achmed zu sich ins Haus, dies war für sie wieder eine Stadt im Krieg, war wieder Syrien. Jemand griff nach der Flinte, um sie zu entsichern, die Polizisten waren schon auf der Veranda, die eigenen Waffen erhoben wie in einem Agentenfilm, einer brüllte Befehle. Jule sah sie ins Haus eindringen, mehr Schüsse wurden abgefeuert, Worte hallten durch die Luft, arabische Worte, griechische Worte, das panische Kläffen des Hundes, und sie selbst stand die ganze Zeit über stocksteif da.

Ein Stück weiter den Strand entlang stand Rashid. Sie sah das Entsetzen in seinen Augen.

Sweets. Was hast du getan, was hast du nur getan? Wenn du sie nicht hergeführt hättest –

Dann rannte er zu ihr, und Jule drückte ihn an sich. Sie spürte das Zucken seiner Schulter, seine Schluchzer.

Einer der Männer brach jetzt aus, rannte über die Terrasse, sprang hinunter an den Strand. Noch ein Schuss. Der Mann fiel erst auf dem Sand, Jule sah, wie er sein Bein mit beiden Händen umklammert hielt, und jetzt war einer der Polizisten wieder auf der Veranda, war bei dem Mann. Schrie ihn an, sagte ihm vermutlich, dass er aufstehen sollte. Der Mann schaffte es nicht, kam nicht hoch, der Sand wurde rot von seinem Blut, und Jule wusste, sie musste hingehen, sie musste ihm helfen, aber sie konnte nicht. Sie konnte sich nicht rühren.

Minuten später war die Terrasse voller Menschen, voller Männer mit über den Kopf erhobenen Händen, die Polizisten trieben sie mit ihren Waffen an den Strand wie eine Herde Schafe. Hießen sie stehen bleiben, dem Gefallenen aufhelfen. Sie hatten jetzt auch die Flinte, einer der Polizisten hielt sie. Jule sah weder Hassan noch Asman bei den Männern, sie sah Achmed, sah seine großen, ängstlichen Augen, sah, dass er seinen Arm seltsam hielt, und begriff, das auch Achmed verletzt war, aber Hassan und Asman waren nicht dabei.

Jule zählte. Fünf oder sechs Männer fehlten. Sie sah zum Schiff hinüber, und vielleicht bemerkten die Griechen ihren Blick. Zwei der Polizisten verließen die Gruppe, waren schon im Laufschritt über den Steg unterwegs, waren auf dem Schiff.

Sie brauchten nur wenige Augenblicke, dann tauchten sie wieder auf, mit fünf weiteren Männern, die sie mit sich führten. Der Letzte in der Reihe war Hassan.

Er blieb einen Moment auf dem Steg stehen, sah sich um und fand Jule. Sah in ihre Augen. Dann trieb der Beamte ihn weiter, stieß ihn mit der Mündung seiner Waffe voran, und er hob beschwichtigend die Hände und ging voran. Ein Gefangener.

Asman war nicht bei ihnen.

Als die Männer vom Schiff bei den anderen ankamen, setzten die Griechen sich wieder in Bewegung, trieben die Herde den Strand entlang, in Richtung des Pick-ups. Rashid lief zu ihnen, tauchte in der Gruppe unter, und auch Jule ging jetzt neben ihnen her.

»Hassan!«, rief sie. »We need you to translate! Du musst übersetzen! Sie haben Manolis Leiche gefunden, sie ist oben in der Chóra. Hassan … Alles kommt in Ordnung, wenn du übersetzt!«

Aber er sah sie nicht an, er sah zu Boden, während er mit den anderen ging.

»Es ist nicht, wie du denkst«, begann sie. »Ich habe euch nicht verraten. Ich habe …«

Aber jetzt waren sie beim Pick-up. Die Griechen trieben sie auf die Ladefläche, die zu eng war, die Männer drängten sich aneinander wie Vieh. Zwei Polizisten kletterten mit ihnen hinauf, um mit ihren Waffen für Ordnung zu sorgen, und Jule wollte ihnen folgen, doch jemand stieß sie zurück. Einer der Flüchtlinge.

Hassan.

»Du gehörst in Wagen vorne«, sagte er bitter, einen Arm um Achmed gelegt, dessen Blut unaufhörlich weiter in den Ärmel seiner Jacke sickerte.

»Wo ist Asman?«, fragte Jule. Sie schrie es beinahe, verzweifelt. Da sah Hassan sie doch noch an, und sein Blick war eisig.

»Du denkst, ich sage dir? Damit du kannst auch ihn verraten den griechische Polizei?«

Und dann saß Jule vorne im Pick-up.

»Sie brauchen einen Arzt«, sagte sie auf Englisch. »Doctor?«

Der Fahrer murmelte irgendetwas, nervös, und der Pick-up machte einen Satz. Der Fahrer hatte, dachte Jule, ein schlechtes Gewissen. Alle. Und daraus resultierte ihr Ärger. Sie hatten nicht geplant, dass dies hier in eine Schießerei ausartete, doch nun war es passiert, und sie konnten es nicht rückgängig machen. Sie hatten Angst vor den Konsequenzen, die gleiche Angst, die Manoli gehabt hatte und die Kostas hatte.

Angst vor den Träumen der nächsten Nacht.

Vor dem eigenen Gewissen.

Das Letzte, was Jule sah, war der Hund, der allein auf dem Parkplatz zurückblieb und dem Pick-up nachsah.

Ihr fiel erst im Befragungsraum der Polizei ein, dass sie nicht gefrühstückt hatte.

Sie fühlte sich auf einmal schwach und schwindelig.

Der Befragungsraum lag weiter hinten im Polizeirevier, und Jule kam sich vor wie jemand, der in die inneren Folterkammern eines Regimes geführt wird. Aber natürlich war es nur ein ganz normaler kleiner Raum, sie boten ihr einen Stuhl an und sogar Kaffee, sie waren jetzt wieder freundlich.

Einer ging hinter der offenen Tür im Nebenzimmer auf und ab und sprach in sein Handy, und irgendwann steckte er sich eine Zigarette an und rauchte beim Telefonieren, der Rauch zog durch die Tür. Jule sagte nichts darüber; die Höflichkeit der Polizei konnte jeden Moment in etwas ganz anderes umschlagen.

Sie musste ein Formular ausfüllen, dessen griechische Schrift sie nicht lesen konnte, aber sie verstand, dass sie ihren Namen und ihre Adresse schreiben sollte. Und dann brachten sie Kostas herein. Eine Welle der Erleichterung überschwemmte Jule. Sie wünschte, es wäre Nikoletta gewesen, aber auch Kostas sprach deutsch. Er nickte ihr zu, ernst, setzte sich auf den Stuhl neben sie, und dann kamen die tausend Fragen, und sie versuchte, bei der Wahrheit zu bleiben. Wahrscheinlich war das am einfachsten.

Sie erzählte ihnen von der Schafshöhle und den notdürftigen Zelten und davon, dass das Haus schon vor dem Einzug der Flüchtlinge eingeschlagene Fenster gehabt hatte. Davon, dass die Leute Angst hatten, in Lager gesperrt zu werden. Dass sie weiterwollten.

Sie erzählte ihnen nichts von Asman. Nichts von der *Mariana*.

Kostas übersetzte, langsam und sorgfältig, und der Polizeibeamte nickte und schrieb.

»Wo sind sie?«, fragte Jule am Ende. »Wo sind sie jetzt?«

Die Antwort des Polizisten war ruhig und kühl.

»Er sagt, sie sind hier«, erklärte Kostas. »Es gibt Räume, zwei, einen für Männer und einen für Frauen. Sie werden bleiben hier, bis er hat Anweisung von Kreta. Sie werden die Sache geben an Polizei von Kreta. Alle Personen hier, sie sind gestellt unter Mordverdacht.«

»Das ist lächerlich«, sagte Jule. »Die Frauen? Die Kinder?«

Kostas zuckte die Schultern. »Ich bin nicht Polizist.«

Jule fragte sich, ob er es ihnen gesagt hatte, dass ein Flüchtling fehlte. Er musste es gemerkt haben, er kannte Asman.

»Er sagt, du kannst gehen jetzt. Aber du sollst bereit sein. Bereit…halten.«

Jule stand auf. Als sie sich umdrehte, führte ein Polizist Hassan herein.

»Warte«, sagte sie. »Wer übersetzt? Englisch – griechisch? Kostas? Du kannst nicht genug Englisch. Ich bleibe hier, ich kann englisch-deutsch übersetzen und du deutsch-griechisch.«

»Du kannst gehen wirklich«, sagte Kostas sanft. »Wir können Silas holen, der spricht Englisch gut.« Doch der Beamte schüttelte den Kopf. Eine kurze Diskussion entstand, dann sagte Kostas: »Doch, du kannst gehen.«

»Was ist denn mit Silas?«

»Er erreicht nicht ihn. Trotzdem. Ruh dich aus.«

Er nahm sie sanft am Arm und schob sie durch die Tür. Sie blieb stehen, ehe die Tür sich schloss. Sah zurück. Sah Hassan an, der auf dem Stuhl vor dem Polizisten saß, in seiner abgewetzten Jacke und seinen kaputten Hosen. Die Hände, die in seinem Schoß lagen, waren zu Fäusten geballt. Hassan war immer noch der am besten aussehende Mann auf der Insel, und sie mochte ihn, gerade deswegen, immer noch nicht. Sie dachte an seine Abfälligkeit ihr gegenüber, sein ganzes Alphatier-Gehabe, seinen Streit mit Asman. Aber in diesem Moment wirkte er ... ausgeliefert.

Der zweite Polizist hatte aufgehört zu telefonieren und war herübergekommen.

Drei Griechen und Hassan. Und Jule hatte das Gefühl, dass diese Befragung weniger höflich ausfallen würde als ihre eigene.

Sie holte tief Luft.

»Ich gehe nicht. Ihr müsst mich schon wegtragen. Ich bleibe hier und übersetze.«

Sie stellte sich neben Hassan, und da war sein Blick nicht mehr kalt. Er klammerte sich an sie mit diesem Blick.

»Ich habe diesen Mann nicht erschossen«, sagte er auf Englisch. »Sag das für mich, Jule.« Er zögerte. »Bitte.«

Der Polizist hieb mit der flachen Hand auf den Tisch und sagte etwas auf Griechisch, sehr laut. Zeigte auf das Formular auf dem Tisch.

»Gut«, sagte Kostas. »Er soll das hier ausfüllen. Namen, Alter, Adresse. Zeig ihm, wo.«

Hassan schrieb. Auf Arabisch. Wurde angeschnauzt und schrieb in lateinischen Buchstaben. Und dann begann die Befragung und das Hin-und-her-Übersetzen zwischen dem Polizisten, Hassan, Jule und Kostas, aber die Fragen waren kurz und knapp. Sie waren völlig anders, als Jule gedacht hatte.

»Von wo ist das Schiff losgefahren?«

»Ägypten.«

»Wie viele Menschen waren an Bord?«

»Hundertvier. Ein paar Männer aus Somalia, sonst nur Syrer.«

»Wer ist der Schleuser an Bord?«

»Es waren drei. Sie haben uns gezeigt, wie man das Schiff steuert, und sind dann von Bord gegangen.«

»Das ist die alte Geschichte. Wer hat das Schiff gesteuert?«

»Wir waren zu dritt, wir haben uns abgewechselt. Ibrahim, Asman und ich. Wir waren die Mannschaft.«

»Wie viel Geld haben die anderen euch bezahlt?«

»Kein Geld. Wir *sind* keine Schleuser. Wir haben selbst auch bezahlt für die Überfahrt!«

»Wie viel Geld haben sie euch bezahlt?«

»Verdammt noch mal!«

»Sag ihm, er soll sich setzen. Wer war für das Schiff verantwortlich, als es gesunken ist?«

»Wir. Drei Männer. Die Leute von der Küstenwache haben uns gefunden. Sie haben uns gezwungen, weiterzufahren und ihnen Diesel abzukaufen.«

Kostas übersetzte, der Polizist schrieb.

»Er sagt, sie werden die anderen fragen, wer die Schleuser waren«, sagte Kostas nach einer kurzen Pause, und Jule fragte sich, warum er nicht auf die Sache mit der Küstenwache einging.

»Glaubt er ihm denn?«, fragte sie Kostas.

»Ja«, sagte Kostas. Seine Stimme war flach und seltsam. Er erinnerte sich, dachte Jule, an die Nacht. Die Schuld wog schwer auf seinen Schultern. Er würde hier selbst noch einige Aussagen zu machen haben.

»Wo ist Silas?«, fragte Jule. »Würde mich interessieren, was er zu der Nacht zu sagen hat. Er war doch dabei.«

»Nein«, sagte Kostas.

»*Was?*«

»Wir wollten ihn nicht wecken. Wir sind alleine rausgefahren. Wir …« Der Polizist sagte wieder etwas. »Er will wissen, woher sie die Flinte hatten.«

»Wir hatten keine Flinte«, sagte Hassan zu Jule.

»Das ist Unsinn.« Kostas lachte beinahe, hysterisch vor Panik. »Dieser Junge stand mit eine Flinte in Haus, sagt er. Er hat auf Beamten gezielt!«

»Ich weiß nicht, woher er die Flinte hatte. Er hat mir gesagt, sie lag dort. Lag einfach dort, bei der Tür. Er weiß nicht, wie sie da hingekommen ist.«

Der Polizist schnaubte. Schrieb. »Wie viele Flüchtlinge haben das Schiffsunglück überlebt?«

»Das war kein Unglück. Das war Mord. Wir haben den Küstenschutz noch einmal zu erreichen versucht, aber sie sind nicht gekommen … zweiundsiebzig Menschen sind ertrunken.«

Der Polizist nickte. »Ehe wir wissen, wer die Schleuser waren, lassen wir hier niemanden gehen, sagt ihm das. Wir sind uns ziemlich sicher, dass dieser Mann dazugehört. Wo sind die anderen beiden?«

»Ibrahim ist tot«, sagte Hassan, und in diesem Moment kam ein vierter Polizist in den Raum und redete mit weiten Gesten auf die anderen ein, Jule verstand etwas von Telefon und Silas. Sie sah, wie Kostas blass wurde.

»Sie haben sein Auto gefunden«, sagte er leise zu Jule. »Einer von den Fischern hat eben angerufen, die sind manchmal auf der anderen Seite der Insel. Man kann bis fast zum Ende fahren. Da sind Klippen. Richtung Kreta.«

»Klippen und eine kleine Kapelle«, murmelte Jule.

»Ja«, sagte Kostas. »Du kennst die Straße, ja? Da steht das Auto. Oben, auf der Straße. Offen. Der Fischer hat sich gewundert und das Revier angerufen. Es ist nicht ganz klar, wann Silas zuletzt gesehen wurde. Wahrscheinlich gestern.«

»Er kann doch einfach … spazieren gegangen sein?«

Kostas nickte. Seine Hand, die sich auf der Lehne eines Stuhls abstützte, zitterte.

»Ja. Er ist nur spazieren gegangen. Ich möchte das glauben.«

»Die Flinte«, sagte Jule, »ist bei der Polizei. Niemand kann damit mehr jemanden erschießen.«

»Man braucht nicht zu schießen«, sagte Kostas. »Die Klippen reichen völlig aus.«

Und dann wandte sich der Beamte, der die Fragen stellte, wieder an Hassan. Die Luft im Raum war ein paar Grad kälter geworden.

»Was war mit dem dritten Mann von der Besatzung?«

»Asman«, sagte Jule und biss sich auf die Lippe.

»Er ist nicht hier.«

»Wo ist er?«

Sie überlegte, ob sie »auch tot« sagen sollte, aber Kostas sagte bereits etwas, Kostas wusste, dass Asman irgendwo auf der Insel herumlief.

»Sie werden ihn finden«, sagte Kostas schließlich zu Jule. »Bald. Ich habe ihnen gesagt, er spricht auch englisch, das ist richtig, ja?«

Jule nickte. »Er kann übersetzen. Für die anderen.«

»Die Schleuser sind meist die, die sprechen englisch, er sagt.« Kostas deutete auf den Beamten. »Menschenschmuggel und Mord an zweiundsiebzig Menschen. Griechenland ist hart zu Menschenschmuggler. Wir unterstützen das nicht, es ist … unmenschlich. So viele Menschen auf einem Boot, ohne Wasser und Nahrung, alles für Geld, viel Geld. Wenn sie beweisen, sie kriegen Haft für lebenslang.«

Jule sprang auf. »Aber sie *sind* keine Schleuser!«

»Weißt du das genau?«, fragte Kostas ruhig. Dann legte er ihr eine Hand auf die Schulter. »Sie werden prüfen. Genau prüfen. Niemand wird geurteilt ohne faires Prozess. Sie müssen noch untersuchen vieles. Auch wegen …« Er stockte. »Manoli. Und Silas.«

»Silas«, flüsterte Jule. »Geht doch nur spazieren.«

Sie ließ sich wortlos hinausführen. Sie spürte die Sonne, die draußen schien, nicht auf ihrer Haut.

Als sie in der Gasse vor dem Polizeirevier stand, dachte sie: *Hassan.* Er ist immer noch da drin. Diese Befragung ist nicht vorbei.

Aber sie wusste, dass sie sie nicht wieder hereinlassen würden.

Und sie ging ins Dolfin, auf direktem Weg. Sie brauchte eine gute Handyverbindung. Sie brauchte das Netz. Sie brauchte Hilfe, dringender als je zuvor.

Jules Hände arbeiteten unaufhörlich, während sie darauf wartete, dass Marc ans Telefon ging. Sie musste etwas tun, um nicht wahnsinnig zu werden, und so machte sie Dinge aus dem Draht, trank Kaffee, bog weiter Draht. Fädelte Tamarindenzapfen auf, die sie in ihrer Tasche fand; kleine, runde Kunstwerke der Natur mit seltsamen Lochmustern.

»Du bist fast Anwalt«, sagte sie, als Marc schließlich abhob.

»Äh – nein?«, sagte Marc.

»Doch«, sagte Jule. »Hör zu. Du hältst mich für verrückt, aber das hier ist ernst.« Und sie erzählte, und Marc sagte: »Halt« und »Ich muss das mitschreiben«, er stellte Fragen wie die Polizei, aber niemand musste übersetzen, und seine Fragen waren anders. »Jule«, sagte er am Ende. »Das … sieht ziemlich schlecht aus.«

»Hm.«

»Du brauchst einen griechischen Anwalt, der sich auskennt. Ich kann versuchen, übers Netz jemanden zu finden. Die andere Sache habe ich versucht rauszufinden. Mit den Lagern. Ich denke, sie sind wirklich offen. Deine Leute hatten doch Angst davor, in ein Lager gesperrt zu werden.«

Meine Leute. Jule wollte darüber lächeln, doch es fühlte sich eher nach Tränen an.

»Nützt ihnen jetzt wohl nichts mehr, dass die Lager offen sind«, sagte Jule leise. »Sie sind ohnehin eingesperrt. Sie stehen alle unter Mordverdacht.«

»Jule. Du läufst auf einer Insel herum, auf der ein Mensch erschossen wurde. Komm nach Hause. Wenn du nicht kommst, hole ich dich.«

»Oh, schön«, sagte sie. »Dann triffst du Papa. Ihr könnt euch auf Kreta ein Zimmer teilen.«

»Jule. Das ist nicht lustig.«

»Nein! Ist es nicht!« Sie schrie jetzt beinahe ins Handy, sah, dass alle sie anstarrten, und zuckte mit den Schultern. Sie starrten sowieso, sie war das Mädchen, das die Flüchtlinge kannte, sie war das Mädchen, das die Polizei wegen des Mordes befragt hatte.

»Ich versuche immer noch, das Geld zu beschaffen, Marc. Sie haben Asman nicht. Wenn sie die Frauen freilassen … es ist egoistisch. Aber ich könnte immer noch versuchen, Asman zu finden und Naime und ihn mitzunehmen. Und dann von Deutschland aus den Rest erledigen. Mit Anwalt.«

»Das … wäre eine Möglichkeit.«

»Hilf mir, Papa zu überreden wegen dem Geld! Ihm leiht die Bank etwas. Mir nicht.«

»Hm«, sagte Marc nur. Und dann musste er los, zu irgendeinem Seminar, weil Marc zu allen Veranstaltungen pünktlich war und alles richtig machte und nie bei der Polizei enden würde, nie etwas verschweigen, nie darüber nachdenken, zwei Menschen illegal mitzunehmen.

Jule fluchte und schrieb eine Flut von Nachrichten an Evelyn, die nicht ans Telefon ging. Dann schrieb sie eine SMS an ihre Eltern und sprach ihnen mehrfach auf den AB.

Warum, verdammt, war gerade jetzt niemand zu Hause?

Eine sanfte Hand auf ihrer Schulter ließ sie aufsehen, und sie blickte in das Gesicht des blonden deutschen Mädchens. Hinter ihr stand der Australier, und hinter dem Australier standen Benke und Kirsten. »Ich weiß nicht, was los ist«, sagte das deutsche Mädchen. »Alle reden, und wir verstehen nicht so viel … irgendwelche Flüchtlinge sitzen bei der Polizei fest, oder wie? Na, wir wollten nur sagen, wenn das geht … helfen wir dir.«

Jule versuchte zu lächeln. »Das ist nett. Irgendwie hatte ich in Erinnerung, dass du eine Flüchtlingsschwemme in Deutschland nicht so toll findest?«

»Na ja«, sagte das Mädchen. »Ich meine, ich hab nichts gegen die Leute.« Sie zuckte die Schultern. Dann streckte sie die Hand aus. »Katrin. Und wie heißt du?«

»Das habe ich gerade vergessen«, murmelte Jule erschöpft. »Aber du kannst auf dem Polizeiformular nachgucken.«

Plötzlich war auch Nikoletta da, Jule sah sich umringt von Menschen, die tatsächlich helfen wollten. »Wir sollten hingehen und fragen«, sagte Nikoletta. »Immer wieder fragen, was los ist. Wenn wir fragen, wissen die von der Polizei, dass sich jemand kümmert. Dass jemand ihnen auf die Finger guckt.«

»Ich habe einen Presseausweis«, sagte Kirsten und nahm ein Stück Papier aus dem Roman, den sie in der Hand hielt. »Vielleicht kann ich auch ein paar unbequeme Fragen stellen.«

»Sie sind … von der Presse?«, fragte Jule verwirrt, an Kirsten gewandt.

»Nein«, sagte Kirsten. »Aber das müssen die Griechen doch nicht wissen.« Und hielt den Ausweis hoch. Er bescheinigte die Mitgliedschaft in einem deutschen Fitnesscenter.

»Sitzt der zeltende Israeli auch bei der Polizei?«, fragte Benke.

Jule schüttelte den Kopf. »Ich weiß nicht, wo er steckt.« Sie sah auf die Uhr. Drei durch.

Und auf einmal fiel ihr Silas ein. Silas und sein Auto, das ganz allein über den Klippen stand.

»Silas war gar nicht dabei«, flüsterte sie. »In der Nacht. Wenn Asman denkt, *er* wäre dabei gewesen … er läuft da draußen irgendwo herum, und wenn er Silas trifft …«

Sie sah Nikoletta an. Und auf einmal hatte sie Angst.

»Ich sollte ihn finden«, sagte sie. »Jetzt. Ich … brauche einen Wagen.«

»Stavros ist zu Hause«, sagte Nikoletta. »Heute ist das Restaurant zu. Er kann dich fahren.«

Sie rannte.

Auf dem Platz vor der Kirche standen noch immer eine Menge Leute herum, auch Kostas stand dort. Sein Blick irrte in der Gegend umher. Er erinnerte sie zu sehr an Manolis Blick.

Neben Kostas standen seine Frau und der alte Nikopolidis. Hasenjäger, dachte Jule wieder. Ob eine Flinte aus seinem Arsenal fehlte?

Sie verließ den Platz, rannte weiter – erreichte die richtige Gasse, das richtige Haus.

Faní saß wieder in ihrem Rollstuhl zwischen den Blumentöpfen wie die letzten Male.

Jule nahm ihre Hände und drückte sie. »Wünsch mir Glück«, flüsterte sie auf Deutsch.

»Glück«, sagte Faní. Auf Deutsch.

»Was willst du?«, fragte Stavros, ungehalten, in der Tür. Er stand im Unterhemd da, ein Geschirrtuch in der Hand.

»Ich brauche jemanden, der mich zum anderen Ende der Insel fährt. Bitte. Silas' Auto steht dort, aber Silas ist … nicht da, und Asman ist auch verschwunden. Wenn er denkt, dass Silas in der Nacht dabei war, als das Flüchtlingsboot gesunken ist … Ich habe Angst, dass er …«

»Silas von der Klippe schubst?« Stavros lachte. Aber Jule fand die Vorstellung nicht lustig.

»Bitte. Fahren Sie mich. Ich … ich kann das Benzin bezahlen.«

»Darum geht es nicht«, sagte Stavros. »Komm.«

Sekunden später saß sie in einem weiteren Lieferwagen, und dann fuhren Stavros und sie den Weg entlang, auf dem Jule vor einer Woche mit zwei kleinen Jungen gewandert war.

Silas' Wagen stand ganz am Ende der Straße.

Daneben stand ein weiterer Wagen, ein schwarzer, und Stavros parkte dahinter, stieg aus und steckte sich eine Zigarette an.

Jule ging bis ganz vorn, bis dorthin, wo der Felsen steil zum Meer hin abfiel. Von dort aus sah sie die Männer. Sie kletterten weiter unten durch die Felsen und suchten. Es gab nicht genug Polizisten im Ort: Die Männer nahmen die Dinge selbst in die Hand. Eine ganze Weile kletterte Jule durch die Felsen, doch natürlich war es sinnlos: Wenn Silas oder Asman hier gewesen wären, hätten die Männer sie längst gefunden.

Ihr Blick fiel auf die kleine Kapelle, und Sekunden später zerrte sie den tiefroten Vorhang zum Allerheiligsten beiseite. Es war niemand dort.

Erst, als Stavros Jule wieder auf dem Marktplatz absetzte, sah sie auf die kleine Autouhr.

Zehn Minuten vor fünf.

Um fünf Uhr, hatte sie zu Asman gesagt. *Um fünf Uhr im Kafeníon Markos.* Sie sprang aus dem Auto und rannte, und von irgendwo her tauchte der Hund auf und rannte mit ihr.

Sie erreichte das Markos wie ein Rettungsboot und hechtete hinein. Das Licht war schummerig hier, auf einem großen Flachbildschirm lief ein Fußballspiel. Jules Augen mussten sich erst an das Flimmern gewöhnen. Ein paar ältere Männer saßen an Tischen und tranken Kaffee.

Die Uhr neben dem Flachbildschirm zeigte eine Minute nach fünf.

Jule ließ sich auf einen Stuhl fallen und rang nach Atem.

An der Bar lehnten zwei Männer in Uniform. Verdammt, was tat die Polizei hier? Nur Fußball gucken? Sie drehte sich um. Nein, die Polizisten sahen sich nicht das Fußballspiel an, sie sahen *sie* an, sie spürte es.

Aber in diesem Moment kam jemand durch die gläserne Eingangstür.

Er stieß sie auf und stand einen Moment nur da und sah Jule an.

Asman.

Er strahlte.

Und sie begriff, in einer schrecklichen Sekunde, dass er von nichts wusste. Dass er, wo immer er gewesen war, nichts von dem Polizeieinsatz mitbekommen hatte.

Jule machte eine verzweifelte Geste der Abwehr, schüttelte den Kopf, stand auf. Machte einen Schritt in den Raum hinein. Asman strahlte noch immer.

Er hatte ein Wort auf den Lippen, einen Namen. »Jule.«

Und sie rannte jetzt, rannte auf ihn zu. Es war wie die Choreografie eines Films, er kam von der einen Seite und sie von der anderen, sie würden sich in der Mitte treffen und sich umarmen. *Die Griechen sind doch nett,* hörte Jule sich selbst sagen. *Ihr müsst euch nicht mehr verstecken.*

Ein Sonnenstrahl fiel durch eines der Fenster, fiel mitten auf den Boden. Und zerbrach.

Und mit dem Sonnenstrahl zerbrach die Filmchoreografie. Die beiden Beamten waren jetzt ebenfalls aufgesprungen, waren vor Jule in der Mitte des Raumes; es ging wahnsinnig schnell.

Sie packten Asman, ehe Jule bei ihm war, und drehten ihm die Arme auf den Rücken.

Sagten etwas auf Griechisch.

Und dann sprach der eine englisch, vermutlich die einzigen englischen Sätze, die er kannte.

»You are arrested«, sagte er. »You are under suspect for murder and trafficking.«

Sie sind festgenommen. Wegen des Verdachts auf Mord und Schleuserei.

»Come with us. Now.«

Du wehrst dich nicht.

Es ist sinnlos, du weißt es in dem Moment, in dem sie dich packen.

Es ist niemals sinnvoll, sich gegen bewaffnete Männer in Uniformen zu wehren.

Einen Moment lang geschieht nichts, wahrscheinlich ist es nur eine Sekunde, und du siehst in dieser Sekunde in die grünen Glasperlenaugen.

Es war eine Falle.

Das Mädchen war nie auf deiner Seite.

Aber letzte Nacht, im Regen, in der Höhle ... du bist ewig über die Insel gelaufen heute, um deine Gedanken zu ordnen. Am Ende warst du sicher, dass alles in Ordnung käme. Dass der Streit unsinnig gewesen war, als die Männer sagten, sie würden nicht gehen, und die Frauen sagten, sie gingen allein. Du hast Naime versprochen, am Nachmittag bei den Frauen zu sein ...

Wo ist sie jetzt? Wo sind die anderen?

In den Glasperlenaugen steht ein seltsamer Schmerz, und Jule streckt die Hand aus, wie um dich zu berühren, aber sie zerren dich weg, zerren dich aus dem Café.

»*Nein!*« Das ist sie, hinter euch, sie schreit. Sie wütet. Sie rennt euch nach, beschimpft die Polizisten, auf Englisch und auf Deutsch. Und als sie dich in das Gebäude zerren, schaffst du es, dich noch einmal umzudrehen. Da steht sie, die Fäuste geballt. Tränen laufen über ihr Gesicht. Tränen der Wut.

Und sie ruft deinen Namen. Endlich.

»Asman!«, ruft sie. »Sag ihnen nichts! Sie verstehen sowieso alles falsch! Sie verstehen es so, wie sie es verstehen wollen! Ich habe versucht zu helfen ...« Und dann fällt die Tür zu.

Vor dir liegt ein dunkler Korridor, die Sorte, die man nicht entlanggehen möchte, weil am Ende ein Raum liegt, in dem jemand unangenehme Fragen stellt. *Verdacht auf Schleuserei.*

Was haben sie damit gemeint? Glauben sie im Ernst, du hättest ...? Das ist lächerlich.

Du siehst Jules wütendes Gesicht noch, die Locken, die blitzenden Augen.

Sie hat dich nicht verraten. Sie versucht, dich zu retten.

Der Gedanke ist tröstlicher als alles andere. Sie versucht, dich zu retten – auch wenn du weißt, dass es ihr nicht gelingen wird.

14

An diesem Abend ließen sie Jule nicht mehr mit den Menschen im Polizeigebäude sprechen.

Sie sagten, sie hätten alles, was sie brauchten. Decken, etwas zu essen, Wasser. Man würde sich schließlich kümmern.

Jule fragte sich, wo Naime jetzt Windeln wusch.

Sie stellte sich vor, wie die Wäscheleine zwischen den blühenden Orangenbäumen im Hof gespannt war, und dass die Matratzen drinnen hinter offenen Türen lagen, durch die ein leichter Wind vom Hof her wehte, und dass sie friedlich schliefen, die Menschen dort, in jener Nacht.

Sie konnte sich nichts anderes vorstellen, denn sonst wäre sie zu traurig geworden.

Benke und Kirsten hatten Jule nach Hause begleitet. Sie alle hatten lange vor dem Revier gewartet, sie und die Deutsche mit dem Australier, aber selbst der angebliche Presseausweis hatte nichts genützt.

»Diese Menschen sind Gefangene«, sagte der Polizeibeamte, der ein paar englische Floskeln beherrschte. »In keinem Land der Welt darf die Presse mit Gefangenen sprechen.«

Jetzt saß Jule mit dem Hund auf der Terrasse und sah über das Meer.

Nikoletta hatte ihr eine Plastikdose mit kaltem Spinatauflauf mitgegeben, und sie trank Wein dazu, aus der Flasche. Und träumte sich Asman auf den zweiten Plastikstuhl.

»Ich trinke doch keinen Wein«, sagte er.

»Heute schon«, sagte Jule.

»So viele Dinge ändern sich«, sagte Asman. »Vielleicht gehe ich nach Stockholm und werde zum Weinkenner.«

»Und ich fange an, ein Kopftuch zu tragen.« Jule lachte. »Im Ernst. Würdest du das wollen?«

Er griff nach ihren Korkenzieherlocken und wickelte sich eine davon um den Finger. »Das hier«, sagte er, »passt sowieso nicht unter ein Kopftuch. Du kannst von mir aus ein Huhn auf dem Kopf tragen, das ist deine Entscheidung. Hängt Liebe von der Kopfbedeckung ab?«

»Nein … Glauben vielleicht. Du glaubst. An Allah.«

»Ja, aber ich kann ihn meistens nicht leiden«, sagte er. »Er ist ein Versager. Hat er es geschafft, irgendwo ein bisschen Frieden herzustellen? Nein. Stattdessen lässt er hier diesen alten Koran herumliegen, in dem vor tausend Jahren jemand zum Kampf aufgerufen hat. Und dann gibt es Leute, die das immer noch glauben. Gib mir noch mal die Weinflasche.«

Sie krochen zusammen unter die zu leichte Bettdecke und wärmten sich gegenseitig.

Jule spürte Asmans Herzschlag, spürte seinen Atem, spürte alle seine Ängste und Hoffnungen durch die Haut. All seine Erinnerungen. Sie spürte die Farben der Früchte in dem Laden in Jarmuk, die Hände seiner Mutter. Das Gesicht seines Bruders.

Aber sie wusste, dass sie ihn nur träumte. Sie wusste es genau.

Einmal wachte sie davon auf, dass auf der nahen Straße ein Lastwagen vorbeiholperte. Sie lag einen Moment wach und fragte sich, warum nachts auf der Insel Lastwagen fuhren.

Dann schlief sie wieder ein.

Am nächsten Morgen wachte sie davon auf, dass das Handy klingelte.

»Jule«, sagte die Stimme ihrer Mutter. »Was genau ist passiert? Marc hat uns angerufen.«

»Es … ist eine lange Geschichte.«

»Ich warte«, sagte ihre Mutter.

Und so erzählte sie noch einmal alles, von Anfang an. Ihre Mutter unterbrach Jule kein einziges Mal, und am Ende sagte sie: »Du hast recht. Du brauchst einen Anwalt.«

»Warte«, sagte Jule. »Das ist die falsche Antwort. Du musst sagen: *Komm zurück. Sofort.*«

»Wie kannst du zurückkommen«, sagte ihre Mutter, und es klang nicht sentimental, sondern vernünftig, »wenn dein Freund in einem griechischen Gefängnis sitzt und Hilfe braucht?«

Sie schwiegen beide eine Weile.

»Ich habe übermorgen ein Konzert«, sagte Jules Mutter dann. »Das kann ich nicht absagen. Sonst … würde ich hinfliegen.«

»Das ist nett, aber … es würde nichts nützen. Was wir brauchen, ist wirklich ein Anwalt. Ich habe im Netz nachgesehen, gestern. Es gibt einen ähnlichen Fall. Da haben die Griechen versucht, ein Boot in türkische Gewässer zurückzuschleppen. Fünfundvierzig Menschen sind bei dem Manöver ertrunken. Sie haben einen der Überlebenden verurteilt, wegen mehrfachen Mordes oder so, zu lebenslanger Haft. Die Griechen, die das Boot illegal zurückgeschleppt haben, waren nicht schuld …«

»Okay«, sagte ihre Mutter. »Wir zahlen den Anwalt, aber mehr können wir nicht tun. Marc findet jemanden, Marc findet eigentlich immer alles, was man braucht.«

»Ja, Marc«, sagte Jule bitter. »Marc kriegt Dinge auf die Reihe. Ich nicht. Ich werde nie sein wie Marc.«

»Jule«, sagte ihre Mutter sanft. »Warum willst du sein wie ein fünfundzwanzig Jahre alter Mann?«

Jule lachte. »Du weißt, was ich meine. Marc würde nie etwas gegen das Gesetz tun. Und ich … ich werde versuchen, Leute nach Deutschland zu schmuggeln. Völlig illegal.«

»Was du zu Papa gesagt hast … zwanzigtausend Euro. Hast du eine Ahnung, wie viel Geld das ist?«

»Ihr müsstet es leihen. Ich würde es später zurückzahlen! Und vielleicht brauchen wir ja gar nicht so viel. Wir …«

»Jule? Warum müssen diese Leute nach Deutschland? Man kann auch in Griechenland Asyl beantragen. Man kann in diesem Land leben. Die Griechen leben da.«

»Ja«, sagte Jule, »aber fast keiner kriegt Asyl. Es gibt keine Arbeit und nichts. Die Flüchtlinge sitzen in Athen auf der Straße und betteln, schau ins Netz! Nahal ist fünf Tage alt! Wie soll sie den Winter hier überleben, verdammt? *Wie?*«

Als sie auflegte, hatte sie einen schalen Geschmack im Mund. Sie hatte nicht geplant, ihre Mutter anzuschreien. Ihre Mutter konnte nichts dafür. Sie sehnte sich mehr denn je nach Asman. Nach einer Umarmung, in die sie fallen konnte.

Evelyn! Kannst du an dein gesammeltes Geld zwei oder drei Nullen dranhängen? Und herkommen und mit mir in ein griechisches Gefängnis einbrechen? Bring James Bond mit. Ich warte.

Bin auf dem Weg, schrieb Evelyn. Mit sieben Smileys. *James Bond ist schon an Bord.*

Sie meinte es nicht ernst, es war alles ein Spiel.

Es war still in der Gasse vor dem Polizeigebäude. Jule klopfte. Niemand öffnete.

Schließlich ging sie zum Dolfin, und das Dolfin war voller als je zuvor. In einer Ecke saßen die Touristen, der Rest war belegt von Griechen. Ihr Zentrum bildete eine schöne, nicht mehr ganz junge Frau mit langem schwarzem Haar und verweinten Augen.

Jule hörte mehrfach den Namen Manoli, und endlich begriff sie. Die Frau war Manolis Mutter. Und hinter ihren Tränen stand mehr. Der Gedanke der Rache schwebte im Raum, beinahe greifbar; die Worte schäumten bis unter die Decke. Die Gesten waren raumgreifend, die Gesichter erhitzt, Fäuste hoben sich in die Luft. Noch hatte niemand Jule entdeckt.

Und sie floh.

Die Anspannung in den Gassen ließ die Luft zittern; wenn sich diese Spannung entlud, würde etwas Schreckliches geschehen. Minuten später klopfte Jule an Nikolettas Tür, und Nikoletta öffnete und zog Jule ins Haus.

»Was ist los?«, fragte Jule. »Was planen die Leute?«

»Ich weiß es nicht genau«, sagte Nikoletta. »Die Polizei ist sicher, dass Silas tot ist. Wenn sie ihn finden …« Sie ließ den Satz in der Luft hängen, und Stavros tauchte hinter ihr im dunklen Flur auf. »Dann stürmen sie das Polizeirevier«, sagte er knapp. »Der alte Nikopolidis läuft seit heute Morgen mit seiner Flinte herum.« Er lachte, unfroh. »Sie werden die Herausgabe der Mörder fordern.«

»Es … es ist überhaupt nicht bewiesen, dass einer von den Flüchtlingen Manoli umgebracht hat!«, rief Jule. »Und die Flinte … keiner weiß, wie die Flinte in das Haus gekommen ist!«

»Sie *war da*«, sagte Stavros. »Das reicht.«

»Aber …« Jule hob die Hände, hilflos, und verstummte. In diesem Moment kam Faní mit ihrem Rollstuhl in den Flur gerollt. »Glück«, sagte sie und strahlte Jule an. »Viel Glück.«

Kurz darauf hämmerte Jule wieder an die Tür. Diesmal kam ein älterer Mann durch die Gasse. Er sagte etwas auf Griechisch, zeigte auf das Polizeigebäude und machte Bewegungen mit den Händen. *Nein, nein.*

»Mein Freund ist da drin!«, rief Julia. »Verstehen Sie? Nein, Sie verstehen das nicht, keiner versteht es, ich ...«

»I understand«, sagte der alte Mann. Und er streichelte mit einer zitternden Hand Jules Arm und lächelte traurig. Dann machte er wieder die Bewegung mit der Hand, die *nein* oder *fort* bedeutete.

»Sie sind nicht mehr da?«, fragte Jule auf Englisch. »Da drin? Niemand mehr da? Nobody?«

»Nobody«, sagte der Alte. Seine Hand wurde ein Vogel, der davonflog, ins Ungewisse.

»Ship?«, fragte sie. »Kreta?« Er zuckte die Schultern. Vielleicht. Vielleicht hatte ein Schiff die Flüchtlinge abgeholt, vielleicht waren sie längst nicht mehr auf der Insel.

Verschwunden, fort, unauffindbar.

Keiner der Touristen wusste etwas. Dass das Polizeirevier leer war, war nur ein Gerücht.

»Ich denke, die waren genervt von unseren Fragen«, sagte Katrin.

»Sie haben sie weggebracht, um sie zu schützen«, sagte der Australier. »Schau dir diesen Mob an. Wie hieß dieser Film mit der griechischen Insel, auf der am Ende die Frau gesteinigt wird?«

»*Alexis Sorbas*«, sagte Kirsten und sah von ihrem Buch auf.

»Gehört dir dieser Hund, der da angerannt kommt?«, fragte Benke und faltete ihre Zeitung neu.

»Nein«, sagte Jule und ging in die Knie, um den Hund zu begrüßen. Er war nachts verschwunden, und jetzt war er wieder da. Und er wollte, dass sie mit ihm ging, sie sah es deutlich. »Der gehört sich selbst«, sagte sie.

Sie folgte dem Hund die Straße hinunter, in Richtung Hafen.

Die anderen hatten angeboten, mitzukommen, aber sie hatte den Kopf geschüttelt.

War da ein Schiff gewesen? Waren die Flüchtlinge fort?

Die Macchia duftete, alle Kräuter wuchsen dem Sommer entgegen. Wenn er erst da war, der Sommer, würden die Strände hier voll sein von Sonnenanbetern, die sich sicher fühlten, weit weg von Kos und Lesbos, auf einer Insel ohne Bettler und Probleme.

Und irgendwo auf Kreta säßen Menschen hinter Mauern, weggesperrt vor der Welt. Nicht, weil jemand ihnen beweisen konnte, dass sie Mörder oder Schleuser waren. Nur, weil sie von der Freiheit geträumt hatten und von der Reise in ein besseres Leben.

Von einer Kneipe in Stockholm. Von der Arbeit in einem Schnellimbiss.

Vom Frieden.

Der Hund führte sie nicht zum betonierten Fähranleger, er führte sie an den wenigen Häusern des Hafens vorbei, einem Kiosk, einem *Office*, das *Cheap Internet* und Fährtickets anbot – bis zu einer Halle, auf der neben der griechischen Schrift ein stilisierter Fisch aufgemalt war.

Dort blieb er sitzen und kratzte an der Tür.

Eine Kühlhalle für Frischfisch oder, nach dem Verfall des Gebäudes zu urteilen, eine ehemalige Kühlhalle. Die winzigen Fenster befanden sich weit oben unter dem Wellblechdach, die Ventilatoren zur Belüftung, die die Wand durchbrachen, standen still.

Aber von drinnen hörte man Stimmen.

Und Jules Herz machte einen Satz. Sie waren noch da. Auf der Insel. Ihr war schlecht vor Erleichterung. Die Polizei hatte sie einfach hierhergebracht, um sie vor dem Mob zu schützen, es stimmte.

Die Eingangstür der Halle war verschlossen. Direkt dahinter gab es, an die Lagerhalle angebaut wie ein kleiner Würfel, einen niedrigeren Büroraum mit einem ganz normalen Fenster. Ein sonnengebleichter blauer Vorhang versperrte den Blick ins Innere.

Und dann fand Jule an der Rückseite der Halle eine Spalte: eine Spalte zwischen den Platten, die die Wände bildeten. Sie kletterte über die alten Holzpaletten und Plastikkisten, die hier herumlagen, und legte ihre Wange an den Spalt. Der Hund zu ihren Füßen winselte.

Und so sah Jule die Menschen aus der Höhle wieder: die Menschen, deren Heim ein Schafstall gewesen war, Planen in den Tamarinden, ein leeres Haus, ein Polizeirevier. Jetzt war ihr Heim eine Lagerhalle, fünf oder sechs Meter hoch, der Boden aus Beton. Sie sah sie dort an den Seiten der Halle auf Decken sitzen; es gab ein paar dünne Schaumstoffmatratzen, aber sie reichten nicht für alle. Quer durch die Halle spannte sich eine Wäscheleine, wo das Weiß gewaschener Stoffwindeln trocknete, daneben ein Kinderpullover mit bräunlichen Flecken am Ärmel, ein paar Unterhosen. In einer Ecke lag Achmed, der jetzt einen Verband am Arm trug. Auf einer anderen Matratze saß ein Mann, dessen Bein ebenfalls verbunden war. Die Polizisten hatten sich immerhin um die Wunden gekümmert.

Eine Frau saß bei Achmed und streichelte sein Haar, er schien zu schlafen.

Jule atmete langsam ein und aus.

Sie hatten Platz hier. Mehr Platz als im Polizeirevier in der Chora.

Sie entdeckte seitlich eine Tür, die schief in den Angeln hing, und dahinter ein Waschbecken sowie ein Loch im Boden: die Toilette.

Wo war Asman? Sie sah weder ihn noch Hassan in der Halle.

Naime wanderte mit Nahal im Arm auf und ab. Die Augen des Kindes lagen tief in den Höhlen, doch sie hielt sie offen. Als kostete es sie übermenschliche Anstrengung, wach zu bleiben, dürfte aber nicht schlafen.

Naime sah so müde aus wie das Kind. Jule rief ihren Namen, ganz leise, und sie blickte sich suchend um – dann entdeckte sie die Spalte in der Wand und kam herüber. Vorsichtig, ängstlich.

Sie wird nicht mit mir reden, dachte Jule. Sie hasst mich. Ich habe gesagt, sie sollen ihr Versteckspiel aufgeben, und jetzt? Jetzt sind sie eingesperrt.

Naime war jetzt ganz nah, und dann erkannte sie Jule.

»Jule?«, sagte sie. »Jule!« Und mehr, auf Arabisch.

Jule streckte ihre Hand durch den Spalt, fasste Naimes Hand und drückte sie.

»Ich bin so froh, dass ihr da seid«, sagte Jule, obwohl Naime es natürlich nicht verstand. »Es tut mir so leid, was passiert ist …«

Jetzt kamen auch die anderen zu dem Spalt, und sie sahen alle erleichtert aus, als Naime ihnen erklärte, wer draußen war. Ich bin ihre einzige Hoffnung, dachte Jule. Mehr Hoffnung als Verräterin. Ich bin ihre einzige Chance.

»Food?«, fragte sie. »They give you food?« *Geben Sie euch zu essen? Und Wasser?*

Nicken. Ja, das Lebensnotwendigste gab es hier. Aber niemand schien zu wissen, wie es weiterging.

Die Kinder streckten ihre Hände unten durch den Spalt. Sie wünschte, sie hätte etwas für sie mitgebracht.

»Wo ist Asman? Und Hassan?«

Da verstummten die Fragen, die Rufe, eine seltsame Stille trat ein. Naime zeigte auf eine Tür neben der Toilette. Sie führte vermutlich in den Büroraum, den Jule von außen gesehen hatte.

Und die Frau, die englisch sprach, sagte: »They go office. They say: You tell who is trafficker?«

Sie haben uns gefragt: Wer sind die Schleuser?

»They say, if you no say, we do bad things. And we no give water.« *Wenn ihr uns nicht sagt, wer eure Schleuser waren, werden wir etwas Schlimmes mit euch anstellen. Und wir geben euch kein Wasser.*

»They say, you murder Greek.« *Sie haben gesagt, einer von euch hat den Griechen umgebracht.* »You tell who. Then you can go. We not know. So they shouting. They say, give boys speaking English. We will ask again. Yesterday no say. Today they say. Now they in office.« Sie zeigte wieder.

Sie wollten wissen, wer den Griechen umgebracht hat. Wir wissen es nicht. Also haben sie herumgeschrien. Sie haben gesagt, sie wollen noch mal mit den Jungs reden, die englisch sprechen. Gestern haben sie nichts gesagt. Heute werden sie reden. Sie sind jetzt bei ihnen, in diesem Büro.

Heute werden sie reden?, dachte Jule. Warum?

»They long time office«, sagte die Frau. »You go there! You ask for them!«

Sie sind schon lange in dem Büro. Geh hin! Frag nach ihnen!

Jule nickte. Sie spürte, wie der Hund sich gegen ihre Beine drückte, und war dankbar dafür, nicht ganz allein hier draußen zu sein. »Ich gehe«, sagte sie. Das Letzte, was sie durch die Spalte hörte, war Nahal, die jetzt doch anfing zu weinen. Sie ruft, dachte Jule. Natürlich nicht, natürlich ist sie zu klein … aber sie ruft. Sie ruft nach Asman.

Sie hob die Hand, um an die Tür zu klopfen, aber dann sah sie, dass der verblichene blaue Vorhang sich regte. Jemand sah aus dem Fenster und ließ den Vorhang danach nicht wieder ganz zurückfallen. Jule ging hinüber, presste sich seitlich des Fensters an die Wand und sah hinein.

Da waren vier Männer, drei in den Uniformen der griechischen Polizei. Der vierte Mann trug die Uniform der Küstenwache. Kostas.

Er lehnte an der Wand neben einem alten Schreibtisch, noch aus der Zeit, in der hier Fisch verladen worden war. Auf dem Stuhl hinter dem Tisch saß ein Beamter mit einem schönen, dichten grauen Schnurrbart. Die anderen Polizisten lehnten ebenfalls an der Wand, hinter ihrem Kameraden. Einen hatte sie noch nie gesehen, einen jungen.

Und auf dem Stuhl vor dem Tisch saß Asman. Er saß nicht eigentlich, hing mehr dort, den Kopf auf die Arme gelegt, die Arme auf dem Tisch, als schliefe er halb.

Der hinter dem Tisch stellte offenbar eine Frage, sie hörte die Stimme nur gedämpft durch das Fensterglas. Er wartete auf eine Antwort, trommelte mit den Fingern auf die Tischplatte. Vor ihm lagen mehrere Formulare und ein Kugelschreiber.

Asman rührte sich nicht.

Da trat einer der anderen vor, packte ihn im Nacken, zog seinen Kopf hoch und schlug ihn ins Gesicht.

Jule zuckte zurück. Sie sah sein Gesicht jetzt, und ihr Magen krampfte sich zusammen. Dies war nicht der erste Schlag. Mehrere Blutergüsse erstreckten sich quer über seine Wange, als hätte jemand nicht mit der Faust, sondern mit einem härteren Gegenstand zugeschlagen, an einer Stelle war die Haut unter dem Auge aufgeplatzt. Und er sah müde aus, unendlich müde, er konnte die Augen kaum offen halten. Sie fragte sich, ob sie ihn die ganze Nacht nicht hatten schlafen lassen.

Er hob die eine Hand, abwehrend, schüttelte den Kopf. *Nein. No.* Sagte noch etwas, das Jule nicht hörte. Der Polizist mit dem Schnurrbart zuckte die Schultern, schob das Papier auf dem Tisch hin und her, goss Wasser in einen Plastikbecher und stellte ihn vor Asman.

Er trank, dankbar, gierig.

Der ganz junge Polizist ging jetzt hinüber und kippte das Fenster, um Luft hereinzulassen. Jule wich ein wenig zurück, erstarrte. Er sah sie nicht, nahm seinen Platz wieder ein, warf einen Blick auf sein Handy. Vielleicht auf die Uhrzeit.

Kostas nahm den Kugelschreiber vom Tisch und hielt ihn Asman hin, sicherlich geschah auch das nicht zum ersten Mal.

»All you need to do is sign here.« Es war der junge Polizist, der übersetzte. *Du musst nur hier unterschreiben.*

Er sprach also englisch, wenigstens einer von ihnen. Jule wollte aufatmen, aber dann fragte sie sich, was es nützte. Asman schüttelte wieder den Kopf. »I'm not signing anything.«

Ich unterschreibe gar nichts.

»You want to sleep, you tell us the truth.« *Wenn du schlafen willst, sag uns die Wahrheit.*

»Ich sage die Wahrheit«, flüsterte er, heiser. »Ich habe keinen umgebracht. Und ich habe von keinem auf dem Schiff Geld bekommen. Ich sage die ganze Zeit über die verdammte Scheißwahrheit.« Was ihm wieder eine Ohrfeige einhandelte.

»Don't swear. *Fluch nicht*«, knurrte der ältere Polizist mit dem Schnurrbart, übersetzt von dem Jungen. »Wir achten Gott auf dieser Insel.«

»I don't care about your stupid fucking God«, wisperte Asman. »I don't care about *any* stupid fucking God no more.«

Und das brauchte nicht übersetzt zu werden, um einen weiteren Schlag nach sich zu ziehen. Jule sah weg. Warum tat er das? Warum verärgerte er sie noch mehr?

»Then tell us who of these people killed the man.« Dann sag uns, wer von den Leuten da drin den Griechen umgebracht hat.

»No one«, sagte Asman. *Keiner.* Er bemühte sich, sich gerader hinzusetzen, holte tief Luft. »Die Kinder haben es gesehen. Ich habe das schon drei Mal gesagt. Die Kinder haben an dem Abend in der Schlucht gespielt. Sie haben den gesehen, der geschossen hat. Es war ein Grieche.«

Etwas wie ein trockenes Lachen breitete sich unter den Männern aus.

Dann hieb der älteste mit der Faust auf den Tisch. »Wo ist Silas Onassis?«

»Ich weiß es nicht«, sagte Asman. »Ich wusste es gestern Abend nicht, und ich weiß es jetzt nicht.«

»Natürlich weißt du es.« Es war Kostas, der jetzt sprach, übersetzt durch seinen Kollegen. »Und dein Freund hier weiß es auch.« Er trat zur Seite, und da sah Jule Hassan. Er saß auf dem Boden, den Rücken an die Wand gelehnt, die Augen geschlossen. Wobei eines der Augen eher zugeschwollen zu sein schien.

Sie ballte die Fäuste.

Sie wollten ein Geständnis, das war klar. Sie waren aus irgendeinem Grund unter Zeitdruck, sie wollten den Fall abgeschlossen an Kreta übergeben.

Sie sah, wie sie Hassan auf die Füße zogen, er stand nur unsicher. »War *er* es? Hat er geschossen?«

Asman schüttelte nur den Kopf.

»You from Syria? Da sind sie es doch gewohnt, das Morden.« Der ältere Polizist hatte sich über den Tisch gebeugt und sprach leise und eindringlich. »Euch macht es nichts mehr aus. Ihr seid abgestumpft, und ihr kommt hierher und bringt die Gewalt mit.«

»I'm not Syrian. I'm from Palestine.«

»Palästinenser?« Der Schnurrbärtige murmelte etwas, das wie »Terroristen« klang.

»Ich bin kein Terrorist!«, sagte Asman und stand auf. Wurde zurück auf seinen Stuhl gedrückt.

Und zeigte plötzlich auf Kostas. »Ich habe euch gesagt: Fragt ihn. Ihr habt nicht gefragt, oder? Fragt ihn, was in der Nacht passiert ist, als das Boot sank.« Dieser Satz wurde nicht übersetzt, der junge Polizist sah zu Kostas, und Kostas sagte etwas auf Griechisch und zuckte die Schultern. »Fragt ihn, für wie viel Geld er uns den Diesel verkauft hat und dann auf der Insel alles anderes. Selbst das Brot. Wucherpreise.« Er sah Kostas jetzt an, obwohl Kostas wegsah. »Ich weiß jetzt, dass du das warst, nachts.« Er lachte, oder vielleicht war es ein Husten. »Die Stiefel. Die hast du lange nicht mehr angehabt, was? Warum hast du sie heute an? Weil es egal ist, oder? Weil wir sowieso verloren haben.«

In diesem Moment klingelte das Handy des Beamten hinter dem Tisch. Er hörte eine Weile zu, nickte dann, sagte etwas auf Griechisch.

»Sie haben Silas gefunden«, sagte der junge Polizist auf Englisch. Jule hielt die Luft an.

Und auf einmal ging alles sehr schnell.

Kostas packte Asman und riss ihn vom Stuhl hoch. Die Worte,

die er schrie, waren leicht verständlich, auch für Nichtgriechen. *Barbaren. Mörder.*

»Wer hat ihn umgebracht? Ihn und Manoli? Wer?«

Er drückte ihn auf die Knie, und der andere, der hinter dem Tisch gestanden hatte, half ihm. Da war ein Wassereimer, offenbar vorher schon benutzt, sie tauchten Asman mit dem Kopf unter Wasser, ließen ihn hochkommen und nach Luft ringen, tauchten ihn wieder hinein. Länger diesmal. Zu lange.

Jule merkte, dass sie mit beiden Fäusten ans Fenster hämmerte. Sie hätte es viel früher tun sollen. Aber es nützte gar nichts, sie ignorierten das Geräusch. Hassan versuchte, vom Boden aus den Wassereimer umzutreten, wurde zurückgestoßen, und schließlich zogen sie Asman hoch. Diesmal dauerte es eine ganze Weile, bis er aufgehört hatte, zu husten und zu würgen, Kostas und der andere hielten ihn immer noch fest. »Wer?«, fragte Kostas.

Es war klar, dass sie ihn wieder in den Eimer tauchen würden, wenn er nicht redete. Und er sagte etwas, ganz leise.

»Okay«, sagte er. »Ich. Ich hab ihn umgebracht. Aber ich war nie ein Schleuser.«

Er nahm den Kugelschreiber in die Hand, und die Hand zitterte.

Aber jetzt hatte der jüngste Polizist Jule bemerkt oder beschlossen, sie zu bemerken, und zog den blauen Vorhang zurück. »Macht die Tür auf!«, schrie sie und hielt ihr Handy hoch. »Ich habe das alles, alles gefilmt!«

Das war eine Lüge, aber es wirkte. Die Tür wurde von innen aufgeschlossen, und im nächsten Moment packte einer der Beamten sie, zog sie herein – und griff nach dem Handy. Er entwand es ihr und steckte es ein. Beinahe gleichzeitig sagte der junge Polizist, er würde sich dafür entschuldigen, aber es sei verboten, in einer Polizeidienststelle zu filmen.

»Das hier ist keine verdammte Polizeidienststelle!«, schrie Jule. »Das ist eine Kühlhalle!«

Der Hund sprang jetzt an dem Beamten hoch, der das Handy in der Hand hielt, und der gab ihm einen Tritt, sodass er sich jaulend trollte.

Jule sah Asman an, durch das Chaos aus Menschen hindurch. Der Polizist hielt sie immer noch fest, und zwei andere hielten Asman fest, aber niemand konnte ihnen verbieten, sich anzusehen.

Wasser lief ihm übers Gesicht, sein Haar klebte am Kopf, und er sah schlimmer aus als je zuvor.

»Jule«, sagte er, ganz leise.

»Wir holen euch hier raus«, sagte sie.

Dann wurde sie hinausgezerrt, und die Tür schloss sich. Es war der junge Polizist, der sie bis zu einem Wagen begleitete, ohne sie loszulassen. Er öffnete die Beifahrertür, bat sie, sehr höflich, einzusteigen. »Ich bringe Sie rauf zum Ort. Bitte kommen Sie nicht mehr hierher. Dies ist eine polizeiliche Untersuchung.«

Sie stieg nicht ein. »Ich gehe zu Fuß.«

»Ich muss Sie hochfahren.«

»Ich möchte aber laufen.«

Schließlich gab er auf. Er holte ihr Handy wieder heraus, und sie sah zu, wie er alle Fotodateien löschte. Sämtliche Urlaubsbilder. Und die Bilder von früher, von zu Hause, von Evelyn und ihr, von ihren Eltern … Was waren schon Bilder. Schließlich gab er ihr das Handy zurück.

Und sagte, ganz plötzlich: »I'm sorry. Das hier ist alles nicht schön. Es ist leider nötig, den Mörder zu finden. Ich würde … die Dinge lieber auf eine andere Art regeln.«

Jule wollte ihn anschreien, ihn beschimpfen, aber auf einmal konnte sie nicht mehr.

»Wie alt bist du?«, fragte sie.

»Ich? Zweiundzwanzig.«

»Er auch«, sagte Jule. »Asman auch.«

»Ich weiß nicht, warum alles so ist«, sagte er. »Der Mann, der die Sache leitet. Er ist sonst nicht so. Nikopolidis hat gestern Nacht lange mit ihm gesprochen. Seitdem ist er … ich weiß nicht.«

»Moment. Seit er mit *Nikopolidis* geredet hat?«

»Ja. Ich meine, er hat … wie heißt das … Erfolgsdruck? Nikopolidis ist daran gelegen, dass die Insel für die Touristen attraktiv bleibt. Deshalb, glaube ich, soll alles schnell gehen.« Er holte tief Luft. Sah sich um. Sah sie wieder an. »Ich hätte dir das Handy nicht zurückgeben dürfen. Obwohl die Dateien gelöscht sind.«

Sie schluckte. »Danke. Was … ist mit Silas? Sie haben ihn … gefunden?«

»Ja. Das ist alles, was er vorhin am Telefon gesagt hat. Dass sie ihn gefunden haben.«

»Asman hat ihn nicht umgebracht. Ich bin mir sicher.«

Er sah weg, zuckte die Schultern. »Es tut mir leid. Wirklich. Ich … ich werde versuchen, aufzupassen. Dass nichts Schlimmeres passiert in diesem Büro. Verstehst du, ich … kann nicht viel tun. Aber ich versuche.«

Dann zeigte er auf die Straße, wo der Hund schon wieder wartete. »Geh jetzt.«

Er sah ihnen nach, Jule und dem Hund, wie sie davonwanderten. Drei Serpentinen lang wanderten sie aufwärts, drei Serpentinen lang beobachtete er sie. Als sie in der vierten Serpentine hinuntersah, war er fort. Sie wartete eine halbe Stunde. Wartete und dachte daran, was sie gesehen hatte, dachte an Asmans Blick und sein Gesicht und die Blutergüsse und ballte die Fäuste.

Nie zuvor war sie so wütend gewesen, nie zuvor hatte sie jemanden so sehr geliebt.

Schließlich rief sie den Hund und ging quer durch die Macchia, auf einem Weg, der den Schafen gehörte, zurück.

Ein Schmetterling taumelte heran, unstet, vielleicht verletzt, landete auf dem Weg. Ein Wanderfalter, ein Taubenschwänzchen. Dann sah Jule ihn nicht mehr, und als sie sich nach zwei Schritten umdrehte, war da ein Fleck auf dem Weg, ein dunkler Fleck, mehr nicht. Sie war auf den Schmetterling getreten, ohne es zu merken, sie hatte ihn zerquetscht.

Vor der Lagerhalle stand jetzt ein Polizist, um Wache zu halten. Nervös.

Das deutsche Mädchen hätte vermutlich niemals sehen dürfen, was es gesehen hatte.

Jule umrundete den Wachposten in einem weiten Bogen, stieg wieder über Abfall und Unrat, stand neben der Spalte in der Wand. Ließ sich auf die Knie nieder und legte den Finger an die Schnauze des Hundes. *Still, ja?*

Dann rief sie Asmans Namen, ganz leise. Hatten sie ihn endlich zu den anderen gelassen?

Doch es war Achmed, der zu ihr kam. »He coming«, sagte er. »You wait.« Er sah sehr ernst aus, wie der Sekretär eines wichtigen Mannes, der seine Besucher in einen Warteraum lotst.

Und einen Augenblick später war er da, zehn Zentimeter entfernt von ihr.

Sie streckte ihre Hand durch den Spalt; Asman nahm sie in seine, und seine Hand war dreckig, klebrig. Er roch nach Schweiß, Schmutz, Blut. »Jule«, sagte er.

Dann ließ er sich an der Wand entlang auf den Boden rutschen, zusammen mit ihr, bis jeder auf einer Seite der dünnen Wand kniete. Sie taten lange nichts, als einander an den Händen zu halten. »Ich habe telefoniert«, flüsterte sie schließlich. »Mein Bruder kümmert sich darum, einen Anwalt zu finden. Ich … solche Arschlöcher! Ich hätte nie gedacht, dass sie so was tun.«

»Ich schon«, sagte er. »Da, wo wir herkommen, ist das normal.«

»Oh. Super. In Europa ist es verboten, Leute … fertigzumachen, um ein Geständnis aus ihnen rauszukriegen.« Sie merkte, dass sie Tränen der Wut in den Augen hatte. »Der junge Polizist, er … hat mir das Handy wiedergegeben. Wir machen morgen ein paar Beweisfotos.«

Asman lachte »Du glaubst, *das* nützt etwas?«

»Möglich.« Sie hielt das Handy hoch und knipste durch den Spalt. Asmans Lippe war an zwei Stellen aufgeplatzt und geschwollen, Blut verkrustete die Wunde unter dem einen Auge.

»Wie geht's Hassan?«

»Schläft. Wenn er aufwacht, wird er toben. Er tut im Moment nur diese beiden Dinge, wüten und schlafen. Es ist ein bisschen anstrengend.«

»Und was ist mit den Kindern? Stimmt es, dass sie gesehen haben, wie Manoli erschossen wurde?«

Er lächelte, und seine Lippe platzte wieder auf. »Nein. Notlüge. Lass sie irgendeinen Griechen beschreiben, ist doch egal, wen.« Er sah sich um. »Ich muss hier raus. Sie werden uns wieder in das Büro holen. Bis wir alles gestehen, was sie wollen. Ich …« Er flüsterte jetzt. »Naime und das Baby sind hier. Wenn sie ihnen etwas tun, damit ich unterschreibe … ich werde unterschreiben, weißt du. Alles.«

Sie nickte. »Mein Bruder kümmert sich wegen des Anwalts. Ihr müsst noch ein wenig Geduld haben.«

»Jule! Bis er einen Anwalt gefunden hat, kann es dauern! Tage. *Wochen.*«

Er packte sie am T-Shirt und zog sie näher heran, und dann presste er seine Lippen auf ihre und küsste sie, durch den Spalt in der Wand, und es war ein irgendwie aggressiver Kuss. Als er sie losließ, schmeckte sie das Blut seiner Lippe.

Und begriff, dass es genau das war, was er ihr hatte zeigen wollen. *Geduld? Nein.*

»Keiner von uns hat ein Handy«, sagte Asman. »Können wir einen Hilferuf schicken? Über dich?«

»An wen?«

»An die Welt. An Europa. Kann ich das Handy haben?«

Jule gab es ihm, durch die Ritze, und dann sah sie zu, wie er mit dem Handy durch die Kühlhalle wanderte und knipste. Die Menschen, die auf dem Boden schliefen, Nahal im Arm ihrer Mutter. Hassan, der sich im Schlaf seltsam zusammenkrümmte. Schließlich gab er Jule das Handy zurück.

Und auf einmal hatte sie eine Idee.

Ein Hilferuf.

»Sag du, wer du bist und was du willst.« Sie hielt Asman ihr Telefon hin. »Das ist am … direktesten.«

Er schüttelte den Kopf. »Was … soll ich denn sagen?« Er strich sich wieder mit beiden Händen durchs Haar – als würde das etwas ändern für eine Tonaufnahme.

»Fang mit deinem Namen an. Los. Wenn Leute dich hören, verstehen sie eher. Es ist … näher dran.«

Er sah sie an, verunsichert, lächelte. Räusperte sich endlich.

»Hey. My name is … Asman. I don't know what to say … maybe … you can help us get out of here« *Vielleicht kann jemand uns helfen, hier rauszukommen.*

»Tell them who you are.« *Sag ihnen, wer du bist. Von wo.*

»Okay, Syria.«

»Palestine«, sagte Jule.

»Ist doch egal«, sagte er. Und holte tief Luft. »I am Asman and I want to just live somewhere and be left in peace, that's all.«

Ich bin Asman, und ich möchte einfach irgendwo leben und in Ruhe gelassen werden, das ist alles.

Ich bin kein Schleuser. Ich bin kein Mörder. Ich bin kein Terrorist.

Aber ICH bin sowieso egal. Wenn Sie jemandem helfen wollen, helfen Sie meiner Schwester. Sie ist sechzehn. Sie ist mit ihrem Baby hier.

Jule stoppte die Aufnahme. »Perfekt«, murmelte sie. »Drückt auf die Tränendrüse.« Aber sie sah, dass Ironie fehl am Platze war. Er hatte tatsächlich Tränen in den Augen. Plötzlich packte ein Gedanke sie, sie streifte ihre Armbänder ab und gab sie ihm.

»Das ist eine Menge Draht. Wahrscheinlich ist er zu weich … Frag rum, ob jemand Schlösser mit einem Draht knacken kann. Nur falls unser Hilferuf nach draußen nicht funktioniert.«

Er hielt die Armbänder in beiden Händen wie eine seltsame Sorte von Ernte; wie Weinreben, an denen Perlen und Kronkorken wuchsen statt Trauben.

»Wenn es dunkel wird, versuchen wir es«, sagte er ernst. »Danke, Jule. Für alles.«

Es klang nach Abschied. Sie sagte sich, dass das Einbildung war.

»Sie haben jetzt Wachen vor der Halle stehen«, wisperte sie. »Vielleicht solltet ihr das tun, wenn der junge Polizist Wache steht. Seid nett zu ihm, ja? Er ist so alt wie du.«

Asman nickte. »Jule … kannst du die Oud holen? Sie ist noch in der Höhle. Ich habe Angst, dass ihr etwas passiert. Bewahr sie für mich auf, bis … ich sie wieder spielen kann.«

Oben in der Chóra brodelte die Stimmung noch immer.

Sie hörte die Spannung in den Gesprächen der Leute, an denen sie vorüberkam, spürte sie in der Luft. Der Hund lief an ihrer Seite, als müsste er sie schützen.

Vor dem Polizeirevier stand jetzt eine größere Gruppe von Menschen. Sie hatten eine lange Leiter an das Haus gelehnt, auf der ein junger Mann bis zum Flachdach des Hauses geklettert war. Jule sah den Kletterer über das Dach laufen und sich irgendwo weiter hinten niederkauern. Er hatte etwas getragen. Ein Seil. Er würde hinunter in den Innenhof der Polizei klettern.

Sie suchten die Flüchtlinge; sie suchten sie wirklich, wie die Treiber auf der Jagd das Wild.

Jule wich zurück und atmete tief durch. Wenn die Leute erfuhren, wo die Flüchtlinge wirklich waren – was würde geschehen? Zu was waren diese Menschen fähig, um Manoli und Silas zu rächen?

Im Dolfin war der Netzempfang schlecht, und es waren noch immer zu viele Menschen da, die Spannung in der Luft war die gleiche wie am Morgen. Sie spürte die Blicke der Leute auf ihrer Haut wie ein Brennen. Weder Benke noch Kirsten, noch das deutsche Mädchen waren da.

Jule blieb nur kurz, schickte die Bilder und die Sounddatei an Evelyn und machte, dass sie wegkam.

Sie machte einen Umweg, um das Dorf zu verlassen, wählte die stilleren Gassen, in denen sie niemandem begegnen würde.

Und dort, in der Stille, im Schatten einer Platane, stand ein Rollstuhl. Faní. Aber sie saß nicht alleine dort, neben ihr auf einer kleinen Mauer saß ein Mann. Sie schienen in ein stummes Zwiegespräch vertieft, den Blick zu den Blättern der Platane erhoben. Vielleicht waren auch diese beiden der Anspannung entflohen.

Der Mann hatte einen bandagierten Knöchel; neben ihm lehnte eine Krücke an der Mauer.

Es war Silas.

Einen Moment lang stand Jule einfach da und starrte ihn an. Dann ging sie langsam näher, vorsichtig, als könnte er sich in Luft auflösen, wenn sie sich zu rasch bewegte. Der Hund lief voraus, schnupperte an Silas' Hosenbein und ließ sich streicheln. Und jetzt sah Silas auf. Er wirkte blass, übernächtigt, aber sehr lebendig.

»So you're … not dead«, sagte Jule. »*Sie sind nicht tot.* Es hieß bei der Polizei, sie hätten Sie gefunden. Ich dachte, Sie wären tot.«

»Nein«, sagte Silas wieder. »Aber dass sie mich gefunden haben, stimmt. Warum setzt du dich nicht?« Er zeigte auf die Bank neben sich, und Jule setzte sich. Sie fühlte sich schwindelig und verwirrt. »Aber das Auto … stand ganz alleine über den Klippen.«

»Ja«, sagte Silas, und Faní sagte auch etwas, auf Griechisch, und legte ihre blasse Hand auf Silas' Knie. Hier sind zwei, dachte Jule, die sich wirklich mögen. Sie dachte daran, wie er Faní auf dem Rücken getragen hatte. Wie sie gedacht hatte, er hätte Faní gegen ihren Willen mitgenommen. Und sie schämte sich. Missverständnisse entstanden zu schnell.

»Ich bin gefallen«, sagte Silas. »Ich habe das Auto stehen gelassen und bin am Ufer entlanggegangen, nur so. Und dann über die Felsen hinuntergeklettert, ich wollte etwas holen, das ich von oben aus gesehen hatte.«

Spazieren. Er war nur spazieren.

»Und ich bin gefallen. Ziemlich tief. Der Knöchel ist kaputt.« Er nickte zu der Bandage hin. »Ich habe die Männer rufen gehört, und ich habe versucht zu antworten, aber gestern waren sie alle zu weit weg. Ich habe auch versucht, ein Stück raufzuklettern, aber es ging nicht.« Er schüttelte den Kopf. »Ich dachte schon, sie lassen mich da verrecken. Aber sie sind wiedergekommen. Heute. Und haben weiter von der Straße entfernt gesucht, und da haben sie mich gefunden.« Er zeigte auf den Verband. »Fanís Mutter hat mich notdürftig wieder zusammengeflickt. Die Männer im Dorf … die mich raufgezogen haben … es sind gute Männer. Aber im Moment drehen sie alle durch.«

Er sagte etwas zu Faní, die immer noch den Hund streichelte.

»Was ich dir eben erzählt habe«, sagte er dann, »habe ich inzwischen drei oder vier Mal erzählt. Sie glauben, jemand hätte mich die Felsen runtergestoßen und ich würde mich nicht erinnern. Durch den Schreck.«

»Einer der Flüchtlinge«, wisperte Jule. »Sie wollen, dass einer von den Flüchtlingen schuld ist.«

Silas nickte. »Das Dorf kocht«, sagte er und strich dem Hund über den Kopf. »Sie brauchen einen Schuldigen. Es gibt gute Menschen hier, viele gute Menschen. Und andere. Wie überall.« Er seufzte. »Sie sind unten am Hafen, oder? Kostas sagt, sie haben sie runtergebracht, um sie vor dem Mob hier oben zu schützen.«

»Kostas«, wiederholte Jule, und der Name schmeckte bitter in ihrem Mund. Sie sah ihn wieder vor sich, in dem kleinen Büroraum, sah, wie er Asman packte und auf die Knie drückte.

»Was war es, das Sie holen wollten? Bei den Klippen? Als Sie gestürzt sind?«

»Einen Koffer«, antwortete Silas. »Er liegt immer noch da unten.«

»Er kann dort liegen bleiben«, sagte Jule. »Niemand wird seinen Inhalt mehr benutzen.« Sie holte tief Luft. »Wissen Sie, was sie tun, da unten am Hafen? Um ein Geständnis aus den Flüchtlingen herauszupressen?«

Silas sah sie nur an, abwartend. Und sie erzählte. Erzählte alles, verhedderte sich in ihrem eigenen Englisch, erzählte von den Schlägen, dem Wassereimer, der verschlossenen Tür.

Und dann von den Booten und von der Nacht, vom Stiefel in einem Gesicht, vom Wucherpreis für Diesel.

Am Ende nickte Silas. Ganz langsam.

Sein Blick hing am Horizont.

»Diese Jungs«, sagte er am Ende. Und er benutzte das gleiche Wort wie der junge Polizist im Hafen. *Erfolgsdruck.* »Sie stehen unter Erfolgsdruck. Sie wollen das Richtige tun. Versuch, sie zu verstehen. Sie arbeiten nicht nur für den Staat, sie arbeiten, hier, auch für Nikopolidis. Er bestimmt den ganzen Tourismus. Und Kostas ist nicht mehr als ein guter Sohn.«

Aber dann angelte er die Krücke, die neben ihm lehnte, und hievte sich in den Stand.

»Ich muss runter zum Hafen«, sagte er. »Stavros kann mich fahren. Ich versuche, dem Ganzen ein Ende zu machen. Aber ich kann dir nicht versprechen, dass sie auf mich hören.«

»Glück!«, sagte Faní und lächelte Silas an, ehe sie ihm mit dem Rollstuhl folgte. Jule sah ihnen lange nach.

Sie lag auf dem Bett und starrte an die Decke.

Sie dachte an Nikopolidis, dem sie das Geld für die dritte Woche Miete noch zahlen musste. Daran, wie er sie von der Fähre abgeholt hatte, am allerersten Tag.

Wusste der alte Nikopolidis, wie die Polizei seinen Wunsch nach einer raschen Lösung der Sache umsetzte? Seinen Wunsch nach einer heilen Welt für die Touristen?

Sie drehte sich um und verbarg ihr Gesicht im Kissenbezug, der nach zu Hause roch.

Schließlich rollte sie sich auf die Seite und holte das Handy aus der Tasche. Marc hatte nicht geschrieben, wegen des Anwalts.

Jetzt sah sie sich die Bilder noch einmal an, am Ende das Bild von Asmans Gesicht. Sie besaß nur dieses einzige Bild von ihm, alle anderen hatte der Polizist gelöscht.

Sie zwang sich, dieses Gesicht mit den Spuren der Misshandlung so lange anzusehen, bis sie nichts mehr spürte. Bis sie innen ganz gefühllos war. Bis sie nicht mehr weinen konnte und nichts mehr empfand, keine Wut, keine Liebe, keine Sehnsucht, keine Verzweiflung. Bis ihre Augen brannten.

Und dann konnte sie sie nicht mehr offen halten und schlief ein, obwohl es Nachmittag war.

Als Jule erwachte, war es draußen dunkel. Sie sah auf ihr Handy. 23:19. Sie setzte sich auf und auf einmal fiel ihr ein, dass sie die Oud vergessen hatte. Sie war jetzt wach, sie konnte ebenso gut gehen und sie holen.

So schlüpfte sie in Schuhe und Jacke und trat hinaus.

Der Himmel hing voller Sternbilder. Navigationshilfen für die Seefahrer. Würde Asman jemals wirklich zur See fahren?

Die Höhle wartete still am Ende der Nacht, die Oud lag auf der Decke, in die sie sich zu zweit gewickelt hatten. Jule strich mit den Fingern über das Holz des Instruments, zupfte ein paar der Saiten und lauschte den Tönen nach. Der Hund, der sie begleitet hatte, legte den Kopf schief und lauschte ebenfalls.

»Es war hier«, flüsterte sie. »Hier, als wir …« Aber es wäre irgendwie billig gewesen, es auszusprechen. Sie hängte sich die Oud an dem alten Band um die Schulter. Sie war zu wach, um wieder schlafen zu gehen.

Eine Stunde später sah sie unter sich die Lichter des Hafens.

Die Flutlichter des Hafens ließen den Schatten der Halle schwarz und klotzig auf die Erde fallen. Jule war oberhalb der Halle stehen geblieben, am Hang. Von hier aus konnte sie die Vorderseite der Halle nicht sehen, aber irgendwo dort standen Wachen.

Sie dachte an die Silberdrahtarmbänder. Natürlich nützten sie nichts, es war eine lächerliche Idee gewesen.

Wie still es war. Nichts zu hören als das Meer und der Wind.

Sie hockte sich auf die Erde und legte einen Arm um den Hund. »Sie schlafen«, flüsterte sie. »Ich hoffe, sie schlafen. Ich hoffe, Silas hat etwas erreicht.« Und auf einmal kam ihr ein beunruhigender Gedanke. Eigentlich war es zu still. Unnatürlich still. Was, wenn die Kühlhalle *leer* war? Wenn die Polizei die Flüchtlinge weggebracht hatte? Wenn ein Schiff da gewesen war?

Sie ging langsam den Hügel hinunter, und die Stille kam ihr immer dichter und zäher vor.

»Agios Nikolaos«, flüsterte sie, »mach, dass sie noch hier sind. Lass nicht zu, dass ich ihre Spur verliere.«

Und dann war da plötzlich ein Licht in der Nacht, nah und blendend, gleißend, und für einen Moment kam es ihr vor wie eine Antwort des Heiligen. Aber es war der Strahl einer Taschenlampe. Sie blieb stehen, geblendet.

»Was machst du hier?«, fragte jemand. Im ersten Moment erkannte sie die Stimme nicht.

»*Wo sind sie?*«, fragte Jule.

»Schsch, ganz ruhig«, sagte die Stimme hinter dem Licht. »Nirgendwohin. Morgen das Schiff kommt. Alles ist geregelt. Dein Freund, er hat unterschrieben. Er wollte schon das tun, als du hast gestört. Später er hat es getan. Geh nach Hause.«

Kostas. Es war Kostas, der das Licht hielt.

»*Was?*« Jule schrie es fast. »Aber das ist nicht wahr! Keiner von ihnen hat … es war ein Grieche. Die Kinder haben das auch gesagt.«

»Zu dir?«

»Ja.« Wann hatte sie damit angefangen, Küstenwachleute oder Polizisten zu belügen? Sie wusste nicht einmal, warum sie glaubte, dass es half. Vielleicht wollte sie ihm Angst machen.

Es war dumm.

Sie begriff es zu spät.

Sie begriff es, als er sie im Nacken packte und sie zu Boden drückte, auf die duftende Erde.

Oregano, Thymian, Majoran. Es war wieder dunkel, Kostas hatte die Lampe ausgemacht. Er presste sie mit seinem ganzen Gewicht zu Boden, und sie hörte seinen Atem, angestrengt, keuchend. Panisch.

Was stimmte nicht mit Kostas? War er dabei, völlig durchzudrehen?

Sie war eine Touristin. Sie war eine Deutsche. Er würde es nicht wagen, ihr etwas zu tun.

Aber irgendwie fühlte es sich gar nicht so an, als würde er das nicht.

»Was haben Kinder gesagt?«, fragte er.

»Nichts«, sagte sie. »Lass mich los. Scheiße, was soll das?«

Sie schaffte es, sich seinem Griff für Sekunden zu entwinden, aber er drückte sie wieder hinunter. Er war sehr viel stärker als sie. »Sag mir, was du weißt über Manoli.«

»Bestimmt nicht«, fauchte Jule. »Ich spreche mit dem Anwalt, den wir besorgt haben. Und mit der Polizei in Kreta. Ich weiß auch etwas über die Nacht und über das Schiff. Darüber, was ihr wirklich getan habt. Ich …«

Aber sie kam nicht weiter. Er ließ sie für eine Sekunde los, und sie bäumte sich auf, versuchte hochzukommen. Dann presste sich etwas Kaltes an ihren Hals. Es war die Mündung seiner Dienstwaffe.

»Du bist ja verrückt«, flüsterte sie.

»Nein. Ich bin sehr vernünftig«, sagte Kostas leise, das Wort und seine Aussprache wirkten lustig, aber ihr war nicht nach Lachen zumute.

»Manoli war ein Feigling«, sagte er. »Er hat gesagt, wir müssen erzählen, was gewesen ist mit dem Boot. So viele Tote! Er konnte nicht mehr hat schlafen gut. Ich habe ihm gesagt, ja, wir haben gemacht eine Fehler, aber jetzt wir können nicht ändern. Und wir wollten nur schützen unsere Insel. Deshalb wir haben gesagt in der Nacht, das Boot soll besser fahren nach Italien. Ich dachte, sie schaffen es.«

»Nein«, keuchte Jule. »Das dachtest du nicht.«

Er zuckte die Schultern. »Chance war da.« Die Waffe war sehr kalt an Jules Hals.

»Manoli wollte alles erzählen, und dann?«, sagte Kostas. »Zeitung kommt, Berichte, alles. Sie werden sagen, wir sind schuld für dass Menschen sterben. Aber wir sind nicht schuld. Wir haben repariert den Loch in Schiff. Wir haben geholfen mit den Motor. Nur immer geholfen. Dann eine Nacht, Manoli und ich, wir reden, wir gehen und wir reden. So war es. Nicht geplant. Ich habe nie geplant das, nie geplant, jemand schaden oder …« Er stockte. »Wir hatten ein Streit. Manoli sagt, morgen, morgen ich sage allen. Sage die Wahrheit. Ich habe gesagt, nein, du sagst nicht. Diese Leute, ich ihnen helfe, gebe Brot, gebe Hilfe für Reparieren von dem Schiff. Sie werden kommen nach Italien, es wird gut für sie. Aber Manoli hat gesagt: Du nimmst von ihnen das Geld, es ist nicht richtig. Und so war der Streit. Die Flinte war nur da für die Hasen, es ist wahr. Es war ein Unfall. Aber niemand wird glauben mir.«

»Ein Unfall«, wisperte Jule.

Und endlich, endlich verstand sie. Verstand, wie Manoli gestorben war. Und ihr wurde eiskalt. Kostas hatte einen Hasen geschossen, der zu viel hatte verraten wollen.

Er hatte geglaubt, Jule wüsste es schon – von den Kindern.

»*Du* hast die Flinte auch zu dem alten Haus gebracht«, sagte sie leise. »Du hast sie einfach vor die Terrassentür gelegt. Nicht dumm.«

Er lächelte schmerzlich. »Ich bin nicht dumm.«

Und dann sagte er, lauter: »*Warum* du bist mit diesen Leuten? *Warum* du bist Freund mit ihnen? Sie kommen und machen alles kaputt. Europa, sie machen es kaputt. Sie kommen, so viele, mehr und mehr, wie Heuschrecken. Wir müssen füttern, ja? Warum? Wir haben nicht gemacht ihren Krieg.«

»Doch«, sagte Jule. »Mehr oder weniger. Aber das ist kompliziert. Es hat mit dem Öl und einer Menge Macht zu tun, und irgendwie kriege ich es zusammen, wenn ich lange, lange darüber nachdenke …«

Rede. Rede mit ihm. Bis es hell wird. Bis er Vernunft annimmt. Oder bis jemand kommt, der euch findet. Rede.

»Sei still«, sagte Kostas. Und er ließ die Waffe fallen, er ließ sie einfach fallen.

Jule atmete auf.

Dann lagen seine Hände an ihrem Hals. Er trug Handschuhe, sie hatte es bisher nicht gemerkt, sie schienen zur Dienstuniform der Küstenwache zu gehören. Keine Fingerabdrücke.

»Tut mir leid«, sagte er. »Es tut mir wirklich, wirklich leid. Dein Freund. Er wird einen Weg finden durch Tür, ausbrechen. Und noch jemand umbringen. Dich. Es tut mir so leid.« Tatsächlich, in seinen Augen standen Tränen. Gott. »Ich mag dich«, sagte Kostas. »Aber du hast zu viel Träume. Zu viel du willst gut für diese Leute. Aber nicht für uns. Ich schütze uns. Die Insel. Mach die Augen zu. Es geht schnell.«

Dann drückte er zu.

Jule versuchte zu treten, zu kämpfen, um sich zu schlagen. Es nützte nichts. Sie konnte nicht atmen, die Kräfte verließen sie, und er drückte noch immer mit all seiner Kraft zu. Sie spürte, wie der Sauerstoff in ihrem Gehirn nicht mehr ausreichte, um zu denken. Der Schmerz in ihrem Kopf, Sauerstoffmangel vielleicht, schwoll an und wurde unerträglich.

So ist es, wenn sie dich in einen Eimer tauchen und du keine Luft mehr bekommst.

Sie hörte den Hund bellen, ganz zuletzt. Wie von Ferne.

Asman, dachte sie.

Und dann nichts mehr.

Du hörst den Hund. *Wach auf, wach auf, irgendetwas stimmt nicht.*

Der Hund kratzt an der Tür, winselt, jault. Und du kommst mühsam auf die Beine. Es gibt zu viele Stellen an deinem Körper, die weh tun. Du bist unsicher, was alles kaputt ist. Der Mann, der hereinkam, Silas, er hat versucht, sie zu stoppen. Sie haben ihn hinausgeschickt. Er hat nicht gesehen, was sie getan haben. Am Ende hast du doch unterschrieben. Der Hund winselt wieder.

»Asman?« Das ist Rashid. »Was will er? Der Hund? Es ist gruselig. Er winselt, als wenn ihm was schrecklich wehtut.«

Du greifst unter die Decke, auf der du gelegen hast, holst etwas hervor: sechs Armbänder aus Draht. Du musst es versuchen, obwohl du weißt, dass es nicht geht.

Du brichst den Silberdraht des ersten Armbands durch. Ein Streifen Licht kommt durch eines der unerreichbar hohen Fenster herein, fällt auf ein paar grüne Perlen, grün wie Jules Augen. Der Hund winselt. Die Nacht sieht zu, wie mehr und mehr Menschen in der Halle aufwachen.

Du gehst zur Tür, steckst den Silberdraht ins Schloss, tastest, drehst … natürlich geht es nicht.

Hassan nimmt dir den Draht aus der Hand, versucht es selbst, flucht: unmöglich.

Aber der Hund jault, als litte er Todesqualen.

Jule. Der Hund war bei Jule. Dies kann nur bedeuten, dass etwas mit Jule nicht stimmt.

Und auf einmal packt dich die Panik, du wirfst dich gegen die Tür, alles tut weh, aber das ist egal, du musst hier raus, die verdammte Tür gibt nicht nach –

Und jetzt sind Schritte.

Und die Tür –

Die Tür öffnet sich. Das Licht einer Taschenlampe blendet dich.

Jemand will wissen, was los ist. Ob einer stirbt oder was? Hassans Faust landet in einem Gesicht, die Lampe fällt zu Boden und zerbricht. Der Polizist setzt sich mühsam auf, eine Hand vor dem Mund, Blut quillt zwischen seinen Fingern hervor. Es ist der ganz junge, der übersetzt hat.

Er ist so alt wie du, hat Jule gesagt.

Hassan steht über ihm, um noch einmal zuzuschlagen, hinter ihm die anderen, sie sind viele, der Polizist ist nur einer. Du hältst Hassans Arm fest.

»Nein«, sagst du. »Zerstör das Telefon im Büro. Sonst nichts.«

Dieser junge Polizist hat gewusst, was er tut, als er die Tür geöffnet hat. Der heilige Nikolaos hat viele Gesichter. Nikolaos, der Patron der Liebenden, der Gefangenen und Gefängniswärter. Heute ist er ein junger Polizist.

Und du rennst. Dem Hund nach in die Nacht.

Da ist etwas hinter der Lagerhalle, auf dem Hang, in der Nacht: eine menschliche Stimme, leise und weit weg, die mit jemandem spricht. Aber niemand antwortet.

Und jetzt ist es still. *Allah. Mein Gott. Lauf!* Was immer dort ist, vielleicht kommst du zu spät.

15

Ganz plötzlich bekam sie wieder Luft.

Sie atmete, gierig, atmete die Nacht ein. Roch darin das Meer.

Dann kehrten ihre Sinne zurück, sie hörte wieder. Sie hörte jemanden keuchen. Sie sah nur unscharf, verschwommen, da waren zwei Gestalten. Dunkle Gestalten zwischen den niedrigen Dornbüschen. Das Bild wurde schärfer. Die Gestalten rangen miteinander, stumm, verbissen, ab und zu hörte sie etwas wie einen Schmerzenslaut. Der Hund sprang um die beiden herum und kläffte.

Sie setzte sich auf.

Und fragte sich, ob sie träumte.

Es waren Kostas und Asman, und egal, ob sie träumte, Kostas war schwerer und kräftiger. Er lag jetzt oben, drückte Asman zu Boden. Neben Jule lag noch immer Kostas' Dienstwaffe. Sie hatte keine Ahnung, wie man damit umging, dachte auch nicht darüber nach, sie hob sie auf, hielt sie in beiden Händen – und schlug zu.

Sie erwischte Kostas am Kopf. Sie hasste das Geräusch des Aufpralls.

Er bäumte sich auf, Jule biss die Zähne zusammen und schlug noch einmal zu, und da sackte er in sich zusammen. Sie ließ die Waffe fallen. Ihre Hände zitterten.

Asman schob den reglosen Körper beiseite und kam auf die Knie, und eine Weile saßen sie einfach da und starrten ihn an, diesen Körper, der sich nicht mehr regte. Der Hund saß still neben ihnen.

»Er ist nicht tot, oder?«, wisperte Jule schließlich.

Asman tastete, suchte einen Puls. »Nein. So stark bist du nicht.«

Da umarmte sie ihn, mitten in Erde und Dreck, und irgendwo war Blut in seinem Gesicht. Er drückte sie an sich, stumm und nur kurz, dann sagte er: »Wir müssen etwas mit ihm machen.«

»Er war es«, sagte Jule. »Er hat Manoli erschossen. Er hat es mir gesagt. Er wollte nicht, dass Manoli redet. Über die Nacht.«

Asman nickte. »Makes sense.« *Ergibt Sinn.*

Dann waren sie nicht länger allein, eine ganze Menge Leute kamen den Hang hinauf. Hassan und Rashid erreichten sie als Erste. Asman erklärte irgendetwas auf Arabisch, und Hassan nickte. Dann bückte er sich und hob die Waffe auf. Stellte sich etwas gerader hin und richtete sie auf Kostas.

Entsicherte.

»Nein!«, rief Jule. »Nicht!«

»Halt dich raus«, sagte Hassan auf Englisch. »Das hier, denke ich, ist unsere Geschichte.«

»Das ist nicht wahr«, sagte Asman. »Es ist auch ihre. Gib das Ding her. Du machst alles schlimmer.«

Hassan knurrte. Aber er gab Asman die Pistole. Zum ersten Mal hörte er auf Asman, obwohl er der Ältere war.

Asman riss sein T-Shirt in Streifen, was nicht schwer war, der Stoff war brüchig und alt, und es war fraglich, ob dieser Stoff lange halten würde. Doch sie hatten nichts anderes, um Kostas damit die Hände und Füße zusammenzubinden.

»Sie werden ihn bald finden«, meinte Asman. »Morgen früh. Dann können sie ihn abholen. Verschnürt wie eine Ziege.« Er lachte nicht. »Er muss irgendwo ein Handy haben. Und die Nummer von dem anderen Mann von der Küstenwache. Den sollten wir anrufen.«

»Silas.« Hassan griff in Kostas' Taschen, fand ein Handy und reichte es Jule.

»Er ... er hat versucht zu helfen«, sagte Asman. »Ihnen zu sagen, sie sollen uns in Ruhe lassen. Es hat nichts genutzt, aber er hat es versucht.«

Jule schluckte. Sie hatte geschlafen, und unten im Hafen, im alten Büroraum einer Kühlhalle, waren andere Dinge geschehen.

Sie riet sich durch die griechischen Buchstaben in Kostas' Handy, entdeckte schließlich Silas' Nummer. Er ging nicht ans Telefon, sie sprach ihm auf die Mailbox. Stotternd, unzusammenhängend. Sie erzählte von Manolis Tod, der ein Unfall und kein Unfall gewesen war, von Kostas' Geständnis, von seinem Versuch, sie loszuwerden, und zuletzt davon, wo sie Kostas finden würden. Dann schob sie das Handy zurück in Kostas' Tasche, obwohl sie sah, dass Hassan nicht einverstanden damit war.

Auch die anderen waren jetzt bei ihnen angekommen, eine kleine Gruppe von Verlorenen auf dem Hang hinter dem Hafen. Jule spürte Naime neben sich, sie hatte die Kleine wieder im Tuch umgebunden, und sie lächelte. Berührte Jule kurz an der Schulter. »Now«, sagte sie. *Jetzt.*

»Was – jetzt?«, fragte Jule.

»Jetzt ist es Zeit«, sagte Asman und legte seine Hände auf ihre Schultern, »die *Mariana* zum Leben zu erwecken.«

»Haben wir Treibstoff bis Sizilien?«, fragte Hassan.

Asman schüttelte den Kopf. »Nein. Aber bis in die Nähe. Wir lassen uns retten, wenn wir vor der italienischen Küste sind.«

Seine Hände lagen immer noch auf Jules Schultern. Sie wogen schwer. Und sie begann zu verstehen, was die Geste sollte.

»Zeit«, sagte Asman, »sich zu verabschieden.« *Time to say goodbye.*

»Das ist ein altes englisches Lied.«

»Auch.« Er sah sie an, sehr genau, wie um sich später auch genau zu erinnern.

Schließlich nahm er die Hände von ihren Schultern, bückte sich nach der Oud, die zwischen den Dornen lag, und schlang sich den Riemen um die Schulter.

»Okay, das klingt alles sehr nach Filmende und Romantik und so«, sagte Jule. »Aber du weißt schon, dass du gerade durchdrehst? Hier geht niemand auf ein Schiff. Ein Schiff, das nicht fertig repariert ist! Ihr seid … *so* weit entfernt davon, mit den Reparaturen durch zu sein!«

»Ja«, sagte Hassan. »Nur es geht nicht anders. Wir müssen los. Jetzt.«

»Jetzt«, murmelte Naime und streichelte über Nahals schwarzhaariges Köpfchen, das oben ein wenig aus dem bunten Tragetuch von Nikoletta sah.

Jule sah von einem zum anderen, sie standen alle da und erwiderten ihre Blicke, alle, die ganze Gruppe, Männer und Frauen, Christen und Muslime, Erwachsene und Kinder, und sie sahen alle sehr ernst und entschlossen aus.

»Ihr habt alle diese Menschen ertrinken sehen!«, rief sie. »Wollt ihr unbedingt so wie sie unter den Wellen liegen, ja? Ihr kommt nie nach Italien! Und ihr müsst hierbleiben, um die Sache mit dem Mord an Manoli zu klären. Ihr müsst ihnen sagen, dass die Unterschrift nichts gilt. Kostas hat gesagt, du hättest unterschrieben, dass du Manoli erschossen hast …«

Asman nickte. Er fragte einen der Männer etwas, und der antwortete auf Arabisch.

»Sie haben das Büro eben durchsucht«, sagte Asman. »Sie haben das Papier mit der Unterschrift nicht gefunden.« Er lächelte plötzlich. »Aber sie haben etwas anderes gefunden. Etwas Wichtigeres. Den Ordner mit den Fingerabdrücken. Falls das noch nicht im Computer ist, was ich nicht glaube …«

»Fingerabdrücke?«

»Das ist es, was sie machen. Sie nehmen die Fingerabdrücke von jedem Flüchtling. Sie kommen in eine Kartei. Eurodac. Wenn sie die haben, kannst du in keinem anderen europäischen Land mehr Asyl beantragen. Er sagt, sie haben die Papiere mit den Fingerabdrücken ins Hafenbecken geworfen. Das ist das Wichtigste.«

»Wichtiger als deine Unterschrift unter einem Geständnis wegen Mord?«

»Ja«, sagte Asman. »Ja.«

Und er zog sie kurz an sich und küsste sie, ganz leicht, auf die Stirn. »Komm mit bis zur anderen Bucht, ja?«

Dann ging er einfach los, den Hang hinauf, quer durch die Macchia. Auch die anderen setzten sich in Bewegung, Achmed und Rashid liefen voraus, wie kleine Jungen es tun.

Übermütig.

»Ihr müsst bleiben«, sagte Jule. »Wir sagen ihnen, dass Kostas ihn erschossen hat. Was in der Nacht auf dem Boot passiert ist. Kostas hat es mir erzählt! Er hat diesen Mord gestanden!«

»Ja«, sagte Asman. »Und wer hat es gehört außer dir? Der Hund.« Er lachte.

Sie hatten jetzt den Weg erreicht, der oben an der Küste entlangführte.

Hinter ihnen kamen die anderen, ein Treck aus schwarzen Schatten am Berg.

»Dann fahre ich mit«, sagte Jule.

Asman schüttelte den Kopf. »Nein, Unsinn. Du fährst in ein paar Tagen mit der Fähre nach Kreta und fliegst zurück nach Hause. Jule, bitte, ich … du bist die Person, die mir auf dieser Scheißwelt am meisten bedeutet! Ich lasse dich nicht auf dieses Schiff steigen!«

Das war der Moment, in dem sie ihn anschrie, sie blieb einfach stehen und schrie, und der ganze Treck kam zum Stillstand. Sie schrie alle Schimpfwörter, die ihr einfielen.

Sie schrie den dummen Satz Ich-liebe-dich. Auf Englisch und auf Deutsch. Sie packte Asman und schüttelte ihn.

»*Wake up, idiot, this is not the way!* Natürlich komme ich mit! Mich lässt du nicht auf das Schiff steigen, und Naime lässt du? Mit dem Baby?«

»Ja«, antwortete er, gequält. »Für uns gibt es keinen anderen Weg. Hör auf, herumzubrüllen. Bitte.«

»Wenn du mir sagst, dass ihr die Sache mit dem Schiff vergesst. Oder dass ihr mich mitnehmt.«

»Jule.«

»Sag ihnen, dass du mit mir geschlafen hast. Sag es laut! In deiner Kultur musst du mich wahrscheinlich heiraten, nicht nur mit mir auf ein Schiff steigen!«

»Jule. Du hast einen Pass, der mehr wert ist als die meisten Dokumente auf der Welt. Du kannst in ein Flugzeug steigen und nach Deutschland zurückfliegen.«

»Aber ich fliege nicht! Ich fliege nicht ohne dich! Ohne euch!«

»Jule«, sagte Naime leise. »Let him go.« *Lass ihn gehen.* Es war der längste englische Satz, den sie bisher gesagt hatte.

»Okay«, sagte Jule kalt. »Asman? Ich lasse dich gehen. Wenn du mir hier und jetzt sagst, dass ich dir nichts bedeute. Dass es eine Lüge war.«

Sie stand vor ihm und starrte zu ihm hoch, in dieses Gesicht, das vom Erfolgsdruck der griechischen Polizei gezeichnet war, vielleicht für immer.

»Sag, dass ich dir egal bin.«

Er sah weg. Die anderen waren, bis auf Naime, an ihnen vorbeigewandert, die Reihe der dunklen Schemen war jetzt vor ihnen am Berg unterwegs. Eine Kette aus schwarzen Perlen. Der Mond kam heraus, wie immer in unpassenden Momenten, und Jule sah mehr von Asmans Gesicht. Zu viel. *Sieh hin, bis du nichts mehr spürst.*

»Jule. Bitte.«

»Sag es, und ich lasse euch gehen.«

Er holt tief Luft. Machte diese rührend schreckliche Geste, dieses Durch-die-Haare-Fahren, um irgendwie besser auszusehen. Für sie.

»Du bist …« Er stockte. Holte noch einmal Luft. »Du bist mir egal.«

Dann wandte er sich ab und ging den anderen nach.

»Gut«, flüsterte sie. »Gut.«

Aber sie folgte dem Treck weiter, sie wusste nicht, was sie sonst tun sollte.

Sie fühlte sich taub, sie spürte nichts, empfand nichts, gar nichts außer einer großen, lähmenden Kälte.

Der Weg führte jetzt durch ein Stückchen Wald, sie befanden sich ungefähr unterhalb der Chóra. Und dann raschelte es vor ihnen, oberhalb des Pfades, als bräche am Hang ein Tier durchs Geäst. Sekunden später hallte ein Schuss über den Berg.

Die Menschen im Treck duckten sich, alle gleichzeitig, verschmolzen mit Büschen und Steinen, ohne zu wissen, was geschah. Ein zweiter Schuss. Jule sah Hassan als Einzigen vorwärtsrennen.

Dann rannte auch Asman. Sie folgte ihm, ohne nachzudenken, lief an den Kauernden vorbei, dann hangaufwärts, durch die Bäume – und erreichte den Rand einer Lichtung.

Sie sah Hassan und Asman im Schatten eines Baumes stehen. Es war sehr still.

Auf der Lichtung stand noch jemand. Ein alter Herr mit einem Gewehr, im Mondschein. Nikopolidis. Der Hasenjäger. Und sie erinnerte sich, was Silas vor einer Ewigkeit zu ihr gesagt hatte. *Mondschein ist schlecht für Hasen.*

Sie atmete auf. Es waren nur Hasen, die er jagte, er hatte den Treck der Flüchtlinge nicht gesehen.

Aber er ging nicht, stand da und blinzelte in die Nacht, seltsam verunsichert.

Jetzt raschelte es wieder, neben ihnen, und es war eindeutig etwas Größeres als ein Hase. Nikopolidis zuckte zusammen, ging zwei Schritte auf das Geräusch zu, blieb stehen. Hielt jetzt eine Taschenlampe in der Hand. Das Licht glitt unstet durchs hohe Gras, der alte Herr folgte ihm durch die Nacht, teilte das Gestrüpp, schien nichts zu finden. Es dauerte eine Ewigkeit, bis er sich endlich umdrehte und über die Lichtung davonging.

Was blieb, war die Stille und das seltsame Gefühl, dass etwas nicht in Ordnung war.

Nur Sekunden später raschelte es wieder. Etwas hatte gewartet, bis Nikopolidis fort war, regte sich erst jetzt. Und dann war da eine Stimme, Worte. Arabisch. Sehr leise. Die Stimme eines Kindes.

Hassan tauchte ins Gebüsch, dort, wo Nikopolidis nicht mehr nachgesehen hatte, Asman folgte ihm, und Jule schluckte und folgte ebenfalls.

Das Mondlicht reichte aus, um das zu sehen, was da im Gestrüpp lag.

Etwas, das übermütig vorausgelaufen war, neben dem Weg, zwischen den Bäumen.

Es war Rashid.

Er lag auf der Seite, und als Hassan ihn auf den Rücken drehte, gab er ein merkwürdig ersticktes Geräusch von sich, das Jule nie mehr vergessen würde.

Mondschein ist schlecht für Hasen.

Hassan kniete jetzt bei dem Jungen, riss an seinem T-Shirt, fluchte. Jule sah seine Schultern zucken. Er weinte. Rashids Augen waren auf ihn gerichtet, aber er gab keinen Ton mehr von sich. Asman kniete neben ihnen.

Aber Jule konnte nicht näher herangehen, sie konnte einfach nicht.

Das T-Shirt des Jungen war nass und dunkel. Die beiden Ladungen Schrot hatten den Hasen getroffen. Was hatte Nikopolidis gesehen? Eine Bewegung zwischen den Bäumen?

Sie merkte, dass jemand neben sie trat, es war Achmed, und sie legte einen Arm um ihn und presste ihn an sich. Es erinnerte sie an den Moment mit Rashid am Strand, Rashid, der seine Leute für eine Handvoll Bonbons verkauft und doch gedacht hatte, es wäre eigentlich gut, was er tat.

»His mother?«, flüsterte sie.

»No mother«, flüsterte Achmed.

Hassan hob Rashid hoch, der Junge hing reglos in seinen Armen. Das Mondlicht traf die beiden wie ein gnadenloser Theaterscheinwerfer.

Geht doch jetzt und zieht euch um, schminkt euch ab, weg mit all dem Kunstblut. Sagt dem Jungen, er kann aufstehen und sich verbeugen.

Auch in Hassans Gesicht zeigte das Licht Spuren, die Jule nicht sehen wollte, und es fiel auf die Eintrittsstellen der tausend kleinen Kugeln: Rashids Brust war zerfetzt, genau wie die eine Hälfte seines Kiefers und der Wange. Seine Augen waren noch immer auf Hassan gerichtet, den Großen, Starken, den Beschützer, der ihn trug.

Aber die Augen waren zu starr.

Er sah nichts mehr.

Asman trat neben die beiden und streichelte Rashids Kopf.

»Little idiot«, flüsterte er. »Warum musstest du unbedingt vorausrennen? Warum hast du den Weg verlassen?« Seine Stimme war tränenleer.

Wohin? Wohin mit einem kleinen Körper, für dessen Beerdigung keine Zeit bleibt?

Es hat auch niemand einen Spaten. Und niemand darf hier laut klagen, jedes Geräusch verrät die Übrigen. Wohin?

Die *Mariana* wartet.

Sie trugen ihn ein Stück mit sich, bis der Weg um eine Kurve führte, und es gab einen flachen Felsen dort, auf den sie ihn betteten.

Ein letztes Bett aus Stein.

Dort standen sie eine lange Zeit, eine zu lange Zeit, ganz still.

Dann nahm Asman die Oud von der Schulter, und ein paar vereinzelte Töne fielen in die Nacht.

Er sagte etwas, das klang wie »Jazz«, aber was er spielte, war kein Jazz, nicht einmal Blues. Es war gar nichts, die Töne zusammenhanglos und unmelodisch.

Naime trat zu ihm. »Hör auf«, sagte sie sanft, oder vielleicht sagte sie etwas ganz anderes. Sie nahm ihm die Oud aus den Händen, und diese Hände, die er hilflos hob, waren zu Fäusten geballt.

Etwas glitzerte im Mondlicht in Asmans Tasche, und Naime griff hinein und fand die Überreste von ein paar Armbändern aus Perlen, Kronkorken und Muscheln, winzige Teile von Schönheit, gefunden auf einer Insel im Frühling. Es musste wohl eine ganze andere, viel hellere Insel gewesen sein.

Sie legte die Reste neben den kleinen Schläfer auf dem Felsen.

Die Perlen fingen das Mondlicht ein und glitzerten wie Edelsteine. Wie Tränen. Wie wertvolle Tropfen von Trinkwasser. Nein, oh nein, wie etwas, das wertvoller war: wie Bonbons.

Sweets?

Als sich der Treck wieder in Bewegung setzte, sah Asman sich um. Er sah sich nach einem Mädchen in Jeans und Regenjacke um, einem Mädchen mit einem Stück Perlmutt an ihrer Kette, einem Mädchen mit einem deutschen Pass. Doch da war kein solches Mädchen.

Sie hatte die Gruppe verlassen, ohne dass er es gemerkt hatte.

Als der Morgen über die Insel zog, wussten sie in der Chóra endlich von den Flüchtlingen am Hafen. Es war Kostas' Frau, die es ihnen sagte. Er hatte angerufen und halb zusammenhanglos erzählt, dass ein paar von ihnen ihn überfallen und niedergeschlagen hätten.

Sie weinte am Telefon, sie weinte noch, als sie auf dem Platz vor der Kirche stand und es ihnen allen sagte, zum zweiten, dritten, vierten Mal.

Und der Platz vor der Kirche füllte sich mit Menschen, mehr und mehr strömten dort zusammen. Es war Sonntag, aber diese Menschen gingen nicht in die Kirche. Sie machten sich gemeinsam auf den Weg hinunter zum Fähranleger.

In Autos, auf Mopeds, Lieferwagen, Pick-ups.

»Sie sind irgendwo dort«, sagten sie zueinander. »Weit sind sie nicht gekommen. Dies ist der Morgen der Abrechnung.«

Die Touristen auf der Insel schliefen alle noch.

Doch da war ein Hindernis auf der Asphaltstraße, gerade außerhalb des Ortes, ein seltsames Hindernis.

Es bestand aus einem Rollstuhl und einer schmalen, blassen Person, die die Hände hob wie ein Verkehrspolizist auf einer Kreuzung. Sie schien ihnen etwas sagen zu wollen, ihre Worte waren gestammelt, schwer verständlich, es war nicht einmal auszumachen, in welche Sprache sie gehörten. Dann gab sie auf und hustete. Es war ein Husten, der sie oft quälte, wenn der Schleim sich in ihrer Lunge sammelte, weil auch ihre Atemmuskulatur langsam zu schwach wurde.

Irgendjemand stieß den Rollstuhl ungeduldig beiseite, und er setzte sich in Bewegung, die Straße hinunter, auf die erste Serpentine zu. Es gab keine Leitplanke dort, nur ein sinnloses Vorsicht-Kurve-Schild voller Einschusslöcher. Dahinter ging es steil in die Tiefe.

Niemand kümmerte sich darum, dass der Rollstuhl auf diesen Abgrund zurollte.

Doch im letzten Moment hielt jemand die Griffe fest.

»Faní, verflucht!«, keuchte Stavros, und Nikoletta war jetzt hinter ihm, sie umarmte ihre Tochter und weinte, während hinter ihr die Autos und Mopeds und Pick-ups vorüberfuhren.

Faní sah sich um, suchend. »Sila«, sagte sie. »Sila.« Und hustete wieder.

»Sie gehört ins Bett«, sagte Nikoletta und streichelte ihr Haar. »Ich werde wieder hochgehen und beten. Agios Nikolaos wartet auf mich. Sie war drei Wochen mehr oder weniger gesund, ist dir das aufgefallen?«

Stravros knurrte nur und begann, den Rollstuhl nach Hause zu schieben.

»Wenn sie die Leute da unten finden, bete gleich für sie mit«, murmelte er. »Oder bete nicht. Es wird nichts mehr nützen. Das gibt ein Blutbad.«

»Sila«, sagte Faní.

Aber Silas war nicht da. Er öffnete auch nicht, als Nikoletta später an der Tür der kleinen Wohnung klingelte, die er von Nikopolidis gemietet hatte.

Und sein Auto stand nicht mehr in der Chóra.

Nikoletta und Stavros erfuhren es ein paar Stunden später.

Die Lagerhalle unten war leer. Sie hatten keinen einzigen Flüchtling gefunden – dort oder irgendwo anders.

Nikoletta erzählte es um die Mittagszeit Kirsten und Benke, erzählte es in ein paar Brocken Englisch bei einer Tasse Kaffee im Kafeníon Markos.

»Schau an«, sagte Kirsten und machte ein Eselsohr in ihren Roman.

Benke faltete die Zeitung, so akkurat wie immer, und sah auf. »Gute Reise dann«, sagte sie. »Und wo ist dieses Mädchen? Jule?«

»Zeltet in Israel, nehme ich an«, sagte Kirsten und strich das Eselsohr wieder glatt.

Du bist der Herr dieses Schiffs.

Du bist der Herr der Nacht.

Wenn es Segel gäbe, die du setzen könntest! Da ist er, der Horizont, da, wo das Mondlicht ihn hinzeichnet, er ist schöner als je zuvor. Und das Steuerrad der *Mariana* gleitet durch deine Hände wie ein Versprechen.

Die meisten Menschen an Bord schlafen unter Deck, erschöpft von allem, was in den letzten achtundvierzig Stunden geschehen ist. Du wirst sie bis in die italienischen Hoheitsgewässer bringen, dort muss man euch helfen. Es gibt keinen Radar auf dem Schiff. Immerhin, Leuchtmunition. Wenn man bedenkt, wie viel ihr dafür gezahlt habt. An Kostas.

Es gab eigentlich nichts, das er nicht zu Geld gemacht hat.

Wenn Jule nicht neben dir gestanden hätte, du hättest ihn anders zugerichtet, red dir das nicht schön, es war nur ihretwegen. Du hättest ihn vielleicht nicht totgeschlagen, aber zumindest so, dass er nahe daran gewesen wäre, so, dass die Nacht und die Kälte den Rest erledigt hätten, oder das Wasser, es war eine Möglichkeit, die dir durchaus durch den Kopf gegangen ist. Das Hafenbecken ist nicht nur für zerrissene Akten gut.

Und Manoli hat das Mittelmeer bekommen, warum also nicht Kostas? Manoli hatte wenigstens ein Gewissen.

Wir sind keine Terroristen, hast du gesagt, für Jule, die dich aufgenommen hat. Du hast es gesagt, damit jemand dich hört, da draußen, damit jemand hilft. Aber wer soll denn helfen? Das ist vorbei. Man hilft sich am Ende immer selbst.

Und es ist eine Lüge. Irgendwann ist man bereit, ein Terrorist zu sein. Wenn der Schmerz groß genug ist. Hassan sowieso. Und du? Du bist nicht friedfertiger geworden in deiner Zeit auf dieser Insel. Du hast nicht aufgehört zu hassen, du hast begonnen, andere Menschen zu hassen.

Die Europäer.

Irgendwann, das ist möglich, wirst du bereit sein, mehr zu tun als zu hassen. Irgendwann wirst du vielleicht eine Flasche durch ein Fenster werfen, die explodiert.

Du fängst an, rückwärts zu leben.

Du merkst es.

Die Nacht ist schön, die Sternbilder sind alle da, alle, die du brauchst, um zu navigieren. Neben dir steht Achmed, du legst einen Arm auf seine schmalen Schultern. Er hat Glück, bisher, kein Fieber, jedenfalls um die Wunde haben sich die Griechen gut gekümmert. Doch. Es gibt nette Griechen. Hunderte. Tausende wahrscheinlich. Millionen.

Nette Griechen, nette Europäer, genauso, wie es nette Israelis gibt.

Aber du bist auf der Seite der Verlierer, und die netten Menschen sind nur aus Mitleid nett.

Rashid hätte dich gefragt, ob er das Steuer halten darf. Achmed fragt nicht. Er ist zu ernsthaft. Er geht, als du ihn schlafen schickst, ohne zu murren.

Der Motor stottert ab und zu, macht aber eigentlich wenig Schwierigkeiten, Hassan kümmert sich um die Maschine, die schwarzen Wellen gleiten vorüber, weich wie Samt. Das Auf und Ab des Schiffs macht dir seit Langem keine Schwierigkeiten mehr.

Der Wind frischt auf.

Hassan ist jetzt da, übernimmt das Steuer.

Und du kriechst unter Deck, suchst dir eine Ecke, ziehst die Beine an, schlingst die Arme darum. Es ist kalt.

Du spürst, wie sich jemand an dich schmiegt, bist dankbar für die Wärme, schläfst schon halb. »Naime«, wisperst du und streckst deinen Arm aus, um ihre Nähe zu spüren.

»Nein«, flüstert jemand in der Dunkelheit. »Aber Naime geht es auch gut. Sie schläft da hinten, bei den anderen Frauen.«

Du willst etwas fragen, doch du bist zu müde. Du weißt, dass du träumst.

Du bist wieder in der Höhle, und der Körper, der sich zitternd an deinen presst, gehört dem einzigen Mädchen, das dir je etwas bedeutet hat außer Naime. Dem Mädchen mit dem deutschen Pass. Rot, rot ist der Pass mit goldenem aufgeprägtem Adler, du siehst ihn im Schlaf vor dir, siehst, wie sie ihn an der Kontrolle beim Flughafen auf den Schalter legt. Der deutsche Adler glänzt im künstlichen Licht der Abflughalle.

»Asman?« Ihr Atem ist warm in deinem Nacken. Sie presst sich zu nah an dich, an deiner Flanke gibt es die Abdrücke von Stiefeln, du nimmst ihre Hand behutsam von dort weg. »Vorsicht.«

»Wie lange brauchen wir bis Italien?«, flüstert sie.

Und in diesem Moment begreifst du, dass du nicht träumst.

Du drehst dich um, doch es ist zu dunkel. »Jule?«

»Hm.«

Nein, du träumst nicht. Sieh es ein. Dies ist die Realität.

»Du bist … verrückt!«, hörst du dich sagen. »Du darfst nicht hier sein! *Verdammt!* Ich habe dir gesagt, dass … du mir egal bist. Scheiße. *Scheiße!*« Und du weißt nicht, ob du weinst oder lachst. »Lüge ich so schlecht?«

»Ja«, wispert sie.

16

Mondlicht auf dem Wasser.

»Damit beginnt es«, flüsterte er.

Mondlicht und die See, Mondlicht und tausend Sterne und in der Ferne ein Streifen Land hinter den silbrigen Wellen: *Griechenland. Die Frühlingsinsel.*

Weiter und weiter entfernt.

»Was beginnt?«

»Ich weiß nicht«, sagte er. »Alles. Es fühlt sich so an, als würde alles noch einmal beginnen. Aber anders. Besser.«

Sie standen an Deck, er hatte den einen Arm um sie gelegt, mit der anderen Hand hielt er sich an der Reling fest, genau wie sie, man musste sich festhalten, die Dünung rollte das Schiff gnadenlos hin und her. Manchmal schlugen Brecher über das Deck, das Wasser hinterließ glitschige, salzige Spuren, gefährlich; man durfte hier nicht ausrutschen.

Sie hatten tatsächlich eine Weile geschlafen, eng aneinandergedrängt, der Mond war weitergewandert am Himmel. Irgendwo in der Ferne gab es einen Streifen Licht, aber noch war er weit entfernt.

Seltsam, alles war auf einmal in Ordnung. Rashid lag immer noch auf einem Felsen, Europas Grenzen waren so tödlich wie immer. Auf der Insel glaubten die Menschen, die Flüchtlinge wären Mörder und man müsste sich vor ihnen schützen. Aber hier, in dieser winzigen Welt, die nur aus ihr und Asman bestand, war alles zu einem Halt gekommen. Es war die Stelle im Film, an der der Film aufhört. An der, über das schwarze, wogende Meer gelegt, der Abspann durchläuft.

Und jetzt standen sie also an der Reling, mitten in dieser endlosen Nacht.

»Du weißt, dass ich dich eigentlich anschreien sollte«, sagte Asman. »Dir sagen, wie dumm es ist, dass du hier bist.«

»Das hast du gesagt.« Jule lächelte. »Ungefähr zwanzig Mal.« Sie lehnte sich an ihn, sah zum Himmel empor. »Erzähl mir was über die Sternbilder.«

Und er flüsterte, leise, ganz dicht an ihrem Ohr, Dinge über das Kreuz des Südens und die Plejaden und den Großen Wagen und andere Bilder. »Ich dachte früher immer, es gibt keine Grenzen da oben«, sagte er. »Ich dachte, dass man von überall die gleichen Bilder sieht. Aber es ist gar nicht so. Wenn ich nach Schweden komme, werde ich das Kreuz des Südens verlieren.«

»Du wirst es wiederfinden«, sagte sie und drehte sich zu ihm um. Das Meer spiegelte sich in seinen Augen. Die Ferne. Der Horizont. Hier, dachte sie, gehörte er her. Nicht nach Syrien, nicht nach Palästina, nicht nach Schweden oder nach Deutschland, sondern genau hierher, aufs Meer, in den Zwischenraum zwischen allen Horizonten.

»Du wirst zur See fahren, pass auf. Irgendwann. Vielleicht hast du tatsächlich eine Weile diesen Job in einem Schnellimbiss, aber danach … danach findest du die Sterne wieder. Sie warten, glaube ich.« Und auf einmal sagte sie, unvermittelt: »Was ist eigentlich mit deiner Mutter? Du hast gesagt, sie ist tot. Aber woher weißt du das?«

»Ich weiß es nicht«, flüsterte er. »Ich nehme es an.«

»Vielleicht stimmt es nicht. Vielleicht wartet sie auch. Wie die

Sterne. Vielleicht kannst du sie eines Tages anrufen und sagen: Ich bin in Schweden. Und du kannst mit ihr über die Sterne reden, oder über den Mond. Man sieht von überall den gleichen Mond.«

»Nein«, sage er. »In Syrien ist der Mond schwarz, und es steht in Weiß der erste Satz des Glaubensbekenntnisses drauf. Der IS hat ihn besetzt, wusstest du das nicht?« Er seufzte. »Jarmuk anrufen? Vergiss es. Wenn alles vorüber ist, irgendwann, dann kann ich versuchen, jemanden zu finden, der jemanden findet, der hingeht. Aber ich nehme an, er wird eine Menge Steine zur Seite räumen müssen. Und bis dahin ... Wie lange gibst du dem Krieg in Syrien?«

»Zwei Jahre?«

»Zwanzig, Jule. Zwanzig. Vielleicht zweihundert. Es muss erst noch eine ganze Weile schlimmer werden, bevor es wieder besser wird. Vielleicht gibt es in ein paar Jahren eine Teilung, zwei oder drei Diktaturen nebeneinander, Assad, der IS, was weiß ich. Eure Politiker werden mit denen verhandeln. Wirtschaftsabkommen schließen. Öl kaufen. Wart's ab. Und dann, dann kann langsam wieder etwas geschehen.«

Sie ließ die Reling los und hielt sich nur an ihm fest, spürte den Stoff der uralten Jacke, die er über dem Pullover ihres Vaters trug.

»Lass uns über etwas Gutes sprechen«, flüsterte sie. »Wie wird es, wenn wir nach Italien kommen?«

»Oh, es wird ... italienisch«, sagte er. »Kannst du Italienisch?«

»Pizza? Spaghetti? Dolce vita?«

»Perfekt«, sagte er. »Du kannst für uns übersetzen.« Und dann flüsterte er: »Danke, dass du dich auf dieses Schiff geschlichen hast. Ich sollte dich dafür ohrfeigen, aber ... danke.«

Am östlichen Horizont wurde der Streifen Licht größer, rötlich. Und sie küssten sich trotz des Aufs und Abs des Schiffs, ein misslungener Kuss, über den sie lachen mussten.

Und das war der Moment, in dem die Dinge schiefgingen.

Das Erste war, dass Hassan auftauchte und erklärte, er müsste sich um den Motor kümmern, der Mann, der dort war, sagte, etwas stimmte nicht. Asman nickte und übernahm das Steuer wieder. Jule folgte ihm. Und als er dort am Steuer stand und sie ihn das Steuerrad hin und her drehen sah, den Blick auf dem Kompass, spürte sie zum ersten Mal die Dünung im Magen. Vermutlich, weil sie stärker wurde. Sie versuchte, zum Horizont mit dem roten Lichtstreifen zu sehen, weil es angeblich half, an den Horizont zu sehen. Es half nicht.

Sie wusste nicht, wie viel Zeit verging, es fühlte sich an wie eine Ewigkeit, in der sie mit ihrer Übelkeit und die Männer mit dem Motor kämpften, der jetzt ab und zu aussetzte, und dann setzte er vollkommen aus. Die *Mariana* drehte sich, antriebslos, mit dem Wind, und nun wurde sie noch höher gehoben, noch tief in die Wellentäler fallen gelassen.

Sie war winzig, winzig und unbedeutend in der endlosen See.

Jule verlor das Gleichgewicht, kniete auf den Planken, und jetzt spuckte sie, spuckte ihren gesamten Mageninhalt aus, spuckte irgendwann nur noch Galle. Sie hatte sich noch nie so elend gefühlt. Sie sah, dass sie nicht die Einzige war. Und eine Menge Leute waren an Deck. Fragen flogen durch die Luft, Rufe. Was ist mit dem Motor?

Sie verstand die gebrüllten Antworten nicht. Asman übergab das Steuer an jemand anderen und verschwand unter Deck, sie versuchte hochzukommen und rutschte aus, das Deck war nass und glitschig, sie sah absichtlich nicht so genau hin.

Vor einer Stunde noch war alles in Ordnung gewesen. Sie redete sich ein, dass es wieder in Ordnung kommen würde, dass der Motor wieder anspringen würde – und nach einer Ewigkeit sprang er tatsächlich an. Asman war jetzt bei ihr, sagte irgendetwas von Luft oder Wasser, das ins System gekommen wäre, aber die Wellen überspülten das kleine Schiff schon zu lange, und unter Deck sammelte sich das Wasser, auch wenn die Luke geschlossen war – nichts hier war dicht, das Deck war voller Stellen, die sie nicht mehr hatten abdichten können.

Jule kletterte hinter Asman hinunter, er sagte irgendetwas von einer Pumpe, und sie folgte ihm einfach, obwohl es vielleicht dumm war. Aber sie hatte jetzt Angst.

Sie wollte nicht allein sein, nicht ohne ihn sein.

Es ging ihrem Magen ein wenig besser, vermutlich deshalb, weil nichts mehr darin war, und dann beleuchtete eine Taschenlampe das Chaos unter Deck, und sie wünschte, sie wäre nicht mit hinuntergekommen. Die Menschen übergaben sich auch hier, sie kauerten im Dunkel, kauerten im Erbrochenen, kauerten im Wasser. Es bedeckte den Boden, vielleicht zwanzig Zentimeter hoch, schwappte bei jeder Bewegung des Schiffs durch den Raum zwischen den Balken. Die Decken, Taschen, Kleider, alles war durchnässt.

»Pumpen«, sagte Asman. »Wir haben zwei Pumpen an Bord. Wir müssen das Wasser hier rauskriegen.« Er nahm Jules Hände, legt sie auf die eine der Pumpen, zeigte ihr, welchen Hebel sie herunterdrücken musste, und sie nickte. »Abwechselnd«, sagte Asman, oder eigentlich formte er all diese Worte nur mit seinen Lippen. Das Dröhnen des Motors war zu laut hier unten.

Asman stand an der zweiten Pumpe, arbeitete verbissen, und Jule gab sich Mühe, so schnell zu sein wie er. Es war gut, abgelenkt zu sein von der Angst. Ihre Arme wurden lahm, aber sie zwang sich, weiterzumachen.

Naime hockte in einer Ecke und hielt Nahal fest, hielt sie hoch, damit sie nicht nass wurde. Nahal schien zu schreien, aber Jule hörte sie nicht über den Lärm der Maschine hinweg. Sie war zuvor leiser gewesen, irgendetwas stimmte definitiv nicht.

Dann sah Jule, dass das Pumpen nichts nützte. Das Wasser stieg noch immer. Sie sah zu Asman hinüber, und er nickte. Übergab die Pumpe an jemand anderen, war mit der Taschenlampe unterwegs ins Dunkel.

Dieses Wasser kam nicht nur von oben durch Spalten zwischen den Decksplanken. Es kam von unten. Es gab ein Leck, eine nicht abgedichtete Ritze. Oder mehrere. Vor Anker hatte die *Mariana* dicht gewirkt, aber jetzt, durch die Bewegungen, das Arbeiten des alten Holzes, war irgendeine nicht gut genug geteerte Stelle aufgerissen. Und Jule dachte, dass sie recht gehabt hatte, dass es Wahnsinn war, mit diesem Schiff hinauszufahren.

Sie hatte das seltsame Gefühl, dass sie jetzt, genau jetzt aus der Situation aussteigen musste, die ganze Sache zurückspulen, alles anders machen. Es war eine erstaunliche Erkenntnis, dass es nicht ging. Das hier war die Realität. Sie war auf dieses Schiff gestiegen, und sie *konnte nicht weg*.

Einer der Männer tippte ihr auf die Schulter, lächelte, übernahm die Pumpe. Sie machte sich auf die Suche nach Asman, schwindelig vor Angst und Adrenalin, und fand ihn im Bug der *Mariana*, dort, wo man nicht mehr aufrecht sitzen konnte. Er lag auf dem Bauch im Wasser, hatte die Taschenlampe zwischen den Zähnen und stopfte Teile von altem Tauwerk in Ritzen; er arbeitete rasch, konzentriert, getrieben von der vagen Hoffnung, dass das, was er tat, nützte.

Jule nahm die Lampe und hielt sie für ihn, sie lagen nebeneinander im kalten Wasser, und über ihnen schien die Welt unterzugehen. Für einen Moment sah er sie an, während seine Hände weiterarbeiteten. »Wenn wir das hier schaffen«, sagte er, »stifte ich dem heiligen Nikoloas einen ganzen Sack voller Kerzen.«

»Wenn wir das hier schaffen«, sagte Jule, »heirate mich. Dann müssen sie dich reinlassen. Ich meine, ich müsste achtzehn sein. Das sind noch drei Monate. Es ist eine brillante Idee, ich weiß nicht, warum ich nicht früher drauf gekommen bin.«

Er schüttelte den Kopf, arbeitete verbissen weiter. »Nein.«

»Du könntest Naime nachholen. Es heißt ja nicht, dass du dein Leben lang bei mir bleiben musst. Wir können uns später wieder trennen. Aber die Aufenthaltserlaubnis hättest du.«

Doch er schüttelte noch einmal den Kopf. »Mach deine Zukunft nicht kaputt.«

»Du bist so dumm«, sagte Jule ärgerlich.

»Ich bin fünf Jahre älter als du. Fünf Jahre weniger naiv.«

»Nein«, sagte sie, »nur fünf Jahre blöder.«

Er hörte auf, Ritzen abzudichten, ließ die Hände sinken und schloss einen Moment die Augen, sie sah es im Taschenlampenlicht. Ihr war wieder schlecht. Es war sehr still.

Es war eben noch nicht still gewesen.

»Der Motor«, sagte Asman. Dann kroch er rückwärts aus dem schmalen Raum. Jule war langsamer, das Schiff bewegte sich auf seltsame Art, stärker noch als zuvor. Sie erbrach sich wieder, obwohl sie doch gar nichts mehr erbrechen konnte. Doch. Sie erbrach die Sonne auf der Insel, sie erbrach den Frühling mit den violetten Blumen, die unter den Olivenbäumen blühten. Die ganze Postkartenidylle. Sie erbrach zwei Worte. *Heirate mich.*

Nein, das hier war eine Geschichte ohne Rosen.

Als Jule wieder in der Wirklichkeit ankam, kniete Asman neben ihr, und er sagte ein Wort, das sie zunächst nicht verstand, denn der Raum unter Deck war voll von anderen Geräuschen: Rufen, Stöhnen, dem Knarren der Planken, vereinzeltem Weinen, Klagen, Fluchen. »Life jackets.« Das war das Wort. *Schwimmwesten.*

Minuten später war Jule an Deck, stand dort, sich festklammernd, zusammen mit Naime, und sie begriff das Wort. Der Morgen goss sein Licht über das Mittelmeer, gelb und golden und wunderschön, vor ihnen tauchte die Sonne als Glutball aus dem Meer. Am Himmel, sehr weit weg, hinterließ ein Flugzeug einen weißen Kondensstreifen darin.

Und das Schiff, die *Mariana*, sank.

Sie war dabei, sich schräg zu legen, gebeutelt von den Wogen. Der Motor hatte sie endgültig verlassen.

Die Sonne war immer auf der Seite der Insel aufgegangen, auf der Kreta lag. Osten.

Italien lag auf der anderen Seite. Im Westen.

Jule glaubte, in der Ferne etwas wie einen breiten Streifen zu sehen.

»Asman!«, rief sie gegen die Wellen und den Wind an. »Wir sind … zurückgefahren.«

»Die letzte Stunde lang ja«, antwortete er.

Er wusste schon seit einer Stunde, dass das Schiff es nicht schaffen konnte. Dass sie nur Land erreichen mussten, nahes Land.

Tränen standen in Jules Augen, Tränen der Wut: Der Tag war so wunderschön, ein sonniger, stürmischer Tag auf dem Mittelmeer Anfang Mai, und die Menschen dort oben in dem Flugzeug sahen nur das makellose Blau. Die *Mariana* war zu klein, um von irgendjemandem gesehen zu werden, die Flüchtlinge waren nur

Staubkörner. Es war nicht die Schuld der Menschen dort oben, dass sie sie nicht sahen. Es war ein rein optisches Problem.

Die *Mariana* legte sich jetzt immer stärker auf die Seite, stöhnend und ächzend wie ein krankes Tier. Es ging quälend langsam. Der Raum unter Deck lief voll, es nützte nichts mehr, zu pumpen. Die Menschen krochen aus der Luke, während Wasser hinunterschwappte, hielten sich gegenseitig fest, um nicht von den Brechern über Bord gespült zu werden. Jule sah einen Teil der Reling unter dem Angriff einer weiteren Woge bersten.

Sie klammerte sich an einem Teil der Aufbauten fest. Naime war noch neben ihr, sie hielt sich nur mit einer Hand fest, mit der zweiten presste sie krampfhaft die kleine Nahal an sich, die wieder weinte.

Jule holte ihr Handy aus der Tasche, es war vielleicht das einzige Handy an Bord.

Küstenschutz. Kreta.

Aber sie bekam kein Netz. Und es gab kein Funkgerät an Bord.

Agios Nikolaos, Beschützer der Seefahrer, der Reisenden, der Liebenden. Der Prostituierten, der Schlächter. Der Kinder. Agios Nikolaos, hilf.

Bete, Nikoletta, bete für uns.

Zünde noch einmal alle Kerzen an in der Kirche auf dem Kalamos. Wir brauchen ein Wunder.

Asman und Hassan und ein paar andere kletterten über das schräge Deck, verteilten die wenigen Schwimmwesten. Sieben Schwimmwesten für dreißig Menschen.

»Are there lifeboats?« *Gibt es Rettungsboote?*

»No.«

Jemand gab Jule eine Weste. Sie lachte, beinahe hysterisch. »Ich? Ich kann schwimmen.« Dann half sie Naime, die Weste überzustreifen und Nahal gleichzeitig festzuhalten, deren winzige Fäuste sich sinnlos öffneten und schlossen, als wollte sie nach dem Land in der Ferne greifen. Nach der Sicherheit. Nach dem Leben.

Jule sah, wie Asman und Hassan versuchten, die Leuchtmunition abzuschießen. Vergeblich. Sie sah die Flüche auf ihren Lippen und wusste, wen sie verfluchten. Kostas hatte ihnen zu einem Wucherpreis Leuchtpistolen verkauft, die nicht mehr funktionierten.

Die *Mariana* sank, und niemand würde es wissen.

Sie rutschten jetzt. Es gab kein Halten mehr auf dem steilen Deck.

Die Wellen spülten die Ersten mit sich, Jule sah sie über die Reling verschwinden.

Dann riss der nächste Brecher auch sie mit.

Das Mittelmeer begrüßte sie mit seinem kalten blauen Atem.

Holzteile. Es gibt Holzteile, an die man sich klammern kann, Holz schwimmt.

Dort, dort ist ein Stück der Reling.

Und das Wasser, brodelnd, voller Köpfe.

Naime war neben Jule, sie ging unter, kam wieder hoch – Da war nur ein Wort auf ihren Lippen.

Nahal.

Jule riss ihr das Baby aus den Armen und hielt seinen Kopf über Wasser. Es hustete, brüllte, panisch. Aber wie dankbar war sie, dass es brüllte. Dieses Kind war voller Leben.

Aber jetzt begriff Jule, dass es falsch gewesen war, was sie gesagt hatte. Sie konnte *nicht* schwimmen, nicht in diesen Wogen, nicht auf Dauer. Schon nach Minuten spürte sie, wie sie all ihre Kraft verbrauchte, sie konnte den einen Arm nicht benutzen, weil sie Nahal hielt, sie sah die Menschen um sich herum kämpfen, sah die Wellen über ihnen zusammenschlagen, sah sie versinken.

Es gab keine Chance.

So war es also gewesen, in jener Nacht, als der rosa Spielkoffer herrenlos geworden war, die Barbie und die Plastiksoldaten.

Holzteile.

Da war eines, zu weit weg allerdings, ein großes Holzteil, und kurz darauf begriff Jule, dass es das Schiff selbst war, das jetzt auf der Seite lag. Sie schwamm darauf zu oder versuchte es, schubste Naime vorwärts, das Orange der Schwimmweste war ihre einzige Hoffnung, Naime kämpfte selbst, aber sie hatte nie schwimmen gelernt.

Das Schiff trieb zu weit weg. Jule sah die Aufbauten deutlich. Sah, dass einige Menschen sich daranklammerten.

Eine Ewigkeit. Zwei. Drei. Die Hölle, eine eiskalte dunkelblaue Hölle aus Wasser. Die Augen eines Babys, weit aufgerissen, nah.

Und dann war sie da, sie wusste selbst nicht, wie es geschah, sie hatte es geschafft, sie stieß Naime das letzte Stück vorwärts. Arme zogen Naime hinauf, sie kroch auf die Planken, und jemand hatte auch Nahal hochgezogen. Eine andere Hand hielt Jule fest, und sie legte den Kopf einen Moment lang auf die hölzerne Schräge, atmete eine Weile ruhig, zog sich aber nicht hoch. Sie musste nur ausruhen.

Sie fror nicht, sie spürte auch die körperliche Erschöpfung nicht mehr, da war zu viel Adrenalin in ihrem Blut. Und das Glück, Naime und das Kind in Sicherheit gebracht zu haben, strahlte in ihr wie ein Stern. Wie die tausend hellen Kerzen, die Nikoletta auf dem Berg angezündet hatte. Sie musste es getan haben, sonst hätte Jule das hier nicht geschafft.

Sie hob den Kopf. Suchte im brodelnden Wasser nach Asman.

Und fand ihn.

Er war dabei, das kleine Mädchen abzuschleppen, dessen Namen Jule sich nie hatte merken können.

Jule sah die Oud auf den Wellen treiben. Dann entdeckte sie einen weiteren Kopf im Wasser, nahe beim Heck. Hassan. Sie sah seinen Blick, wild vor Angst. Er hatte es bis jetzt geschafft, sich über Wasser zu halten, aber auch Hassan konnte nicht wirklich schwimmen.

Jule stieß sich vom Schiff ab, streckte den Arm nach ihm aus – doch er ging unter, ehe sie ihn erreichte, und kam nicht wieder hoch. Sie holte Luft und tauchte. Fand ihn auch unter Wasser nicht. Kam nach oben, um Luft zu schnappen.

Und sah, wie das Heck der *Mariana* von einer weiteren riesigen Woge aus dem Meer gehoben wurde. Sah die Schiffsschraube, glänzendes Metall zwischen den Rostflecken, sah sie über das Wasser ragen – und dann ließ die Welle sie los, ließ das Heck des Schiffs fallen, und die Blätter der Schraube rasten auf Jule zu.

Sie versuchte auszuweichen, aber es ging zu schnell.

Sie spürte das Krachen in ihrem Schädel, den Aufprall, fühlte, wie sie unter Wasser gedrückt wurde, und das war das Letzte.

Das Letzte, was sie fühlte, sah, hörte.

Ein Teil ihres Gehirns begriff, dass sie das Bewusstsein verlor.

Und dass man nicht schwimmen kann, wenn man bewusstlos ist. Ein anderer Teil ihres Gehirns füllte sich mit Bildern, wunderbaren Bildern, die an ihr vorbeischwebten wie Luftblasen unter Wasser. Bilder, die man mitnehmen konnte, wenn man fortging.

Eine winzige Terrasse, weiß gestrichen, mit zwei Plastikstühlen.

Nachrichtenfotos einer zerstörten Straße, graue Betonwände mit Einschusslöchern.

Die weichen Ohren eines Hundes.

Das friedlich schlafende Gesicht eines Babys.

Ein junger Mann, der in der Tür zum Bad steht und mit beiden Händen, verlegen, sein Haar zurückstreicht.

Ein Mittsommernachtssee in Schweden, auf dem Wildgänse schwimmen. Und jetzt fliegen sie auf … Ganz kurz sah Jule die Gesichter ihrer Eltern. Sie hätte ihnen gerne noch etwas gesagt.

Ich habe euch lieb. Verzeiht mir. Sagt Evelyn … und Marc …

Aber die Wildgänse fliegen, steigen auf in den blauen Himmel, sind nur noch Punkte.

Punkte am Horizont.

Du siehst sie beide versinken, erst Hassan, dann Jule, sie hat die Schiffsschraube zu spät gesehen, es geht alles so verdammt schnell.

Keine Zeit zum Denken.

Du schwimmst hin, gegen die Wellen, du tauchst. Da sind nur Blasen unter Wasser. Und es ist, als wären da Bilder, die mit den Blasen an dir vorüberschweben:

Stühle auf einer Terrasse.

Der Hund.

Die Höhle.

Und in der Dunkelheit, jenseits der Bilder, ein Satz. *Heirate mich.*

Und mehr, mehr Worte, ernsthafte Worte, über die sie wirklich nachgedacht hat: *Wir können uns später wieder trennen. Du kannst Naime nachholen.*

Sie hatte Naime und Nahal rausgezogen, du hast es gesehen.

Es dauert eine Ewigkeit, bis du den Körper unter Wasser findest. Zwei. Drei.

Hassan ist nicht da, nur sie. Und du tauchst mit ihr auf, verdammt, du musst weg von der verfluchten Schraube, die die Wogen immer wieder aus dem Wasser heben und mit dem Schiffsheck wieder zurückfallen lassen. Irgendwann wird das ganze Schiff durch dieses Heben und Fallenlassen auseinanderbrechen.

Es macht also wahrscheinlich keinen Unterschied, ob man dort oben einen Platz gefunden hat oder nicht … du hältst dich mit einer Hand irgendwo fest, mit dem anderen Arm hältst du noch immer das Mädchen. Das Mädchen mit den Glasperlenaugen, die es jetzt geschlossen hat, dein Mädchen.

Heul nicht, es nützt nichts.

Du hast schon so viele Menschen gehen sehen. Aus irgendeinem Grund siehst du Hamid vor dir, im Staub einer Straße im Lager, und den Wagen des IS, wie er dreht.

Dann siehst du etwas anderes.

Ein Boot.

Du siehst ein Boot, das auf das Wrack der *Mariana* zuhält, es ist klein, aber sehr schnell. Und du erkennst den Anstrich, die Aufbauten, du erkennst all das: ein Schiff der griechischen Küstenwache. Nein, nicht irgendein Schiff der Küstenwache, es ist *das* Schiff.

Das gleiche, das euch in einer Nacht vor vier oder fünf Wochen nicht geholfen hat.

Und jetzt ist es da, ganz nah. Es ist nur ein einziger Mann an Bord, er schreit etwas, das du nicht verstehst, doch du erkennst ihn. Er war damals, in jener Nacht, nicht dabei, du kennst ihn nur von der Insel …

Silas.

Er muss es gewusst haben. Er ist euch nachgefahren. Allah, Gott, Agios Nikolaos, an alle wirst du glauben. Von dir aus auch an Jahwe.

Ein Rettungsring wird geworfen, noch einer. Da ist eine Strickleiter, um an Bord zu klettern.

Das Wrack der *Mariana* leert sich. Es ist ein gefährliches Manöver, hinüber aufs Küstenschutzboot zu klettern, es dauert, doch es gelingt. Und dann ist da noch ein Schiff, das von Kreta kommt. Er ist überflüssig, so viele Menschen gibt es hier nicht mehr zu retten, du zählst zwölf – aber es ist da.

Nie hast du so viele helfende Menschen gesehen. Griechen. Europäer. Keiner hier stellt Bedingungen.

Da sind Wärmedecken. Heißer Tee. Freundliche Worte, die du nicht verstehst. Ein Sanitäter.

Sie legen das Mädchen auf eine der Decken. »Jule. *Jule.*«

Du siehst ihr Gesicht an, weiß und still, kniest neben ihr, zitterst. Nein, du willst deine nassen Kleider nicht ausziehen, keine Decke, sie sollen dich in Ruhe lassen!

Naime berührt dich an der Schulter, du siehst sie lächeln. Nahal geht es gut, sie stillt sie, zwischen den Menschen, die da auf dem Boden hocken. Und dann schläft Nahal, du siehst ihre winzigen, raschen Atemzüge, sie ist jetzt trocken, warm eingepackt.

Du hältst Jule wieder in den Armen. Silas klopft dir auf die Schulter, versucht, mit dir zu reden, auf Englisch, immer wieder, geduldig, aber du verstehst in diesem Moment kein Englisch.

Du beugst dich über sie, und du küsst sie, auf den Mund, vor allen diesen Leuten. In ihrer Kultur wäre das normal gewesen, du bist jetzt vielleicht dort angekommen. Doch sie ist nicht Dornröschen, und sie erwacht nicht.

Und da ist die Küste. Da ist Kreta.

Eine riesige Landmasse, fast wie das Festland.

Der Tag ist warm, der Wind hat sich gelegt.

Du gehst als Letzter von Bord.

Du trägst den Körper deines Mädchens in den Armen, wie Naime das Kind trägt. Dann stehst du da, auf festem Boden, an Land.

Es ist nicht ihr Land.

Der rote Pass mit dem goldenen Adler in ihrer Tasche hätte sie, sicher und gefahrlos, in ein anderes Land geführt, aber sie wollte auf dieses Schiff, sie wollte bei dir sein. Obwohl sie dich vielleicht nicht kennt, sie weiß nicht, wozu du fähig sein wirst, wenn die Wut und die Verzweiflung eines Tages zu groß werden. Glasflaschen, Fensterscheiben, Explosionen. Alle Palästinenser sind Terroristen. Oder doch? Hat sie dich besser gekannt als du selbst?

Gewusst, dass du, irgendwann, weiter vorwärts leben wirst?

Nahal wacht auf, du siehst es, und blickt sich mit großen Augen um.

Das also ist Kreta. Und für einen Moment sieht es aus, als würde sie lächeln, obwohl sie noch viel zu klein dazu ist.

17

Da war Licht, sanftes weißes Licht.

Licht, das durch ihre Lider fiel. Sie öffnete die Augen, blinzelte, vorsichtig.

Das Licht kam durch ein Rollo mit schräg gestellten Plastiklamellen.

Sie bewegte sich sehr vorsichtig.

Ihr Kopf schmerzte.

Langsam, langsam drehte sie sich seitwärts – und sah in ein Gesicht. Zuerst war es verschwommen, sie sah es doppelt. »Asman?«, flüsterte sie. Dann schoben sich die beiden Umrisse zu einem zusammen, und auf dem einen Gesicht lächelte jemand.

»Jule«, flüsterten die Lippen in dem Gesicht.

»Mama«, flüsterte Jule.

Sie setzte sich auf, mühsam. Ihr war schwindelig, und irgendwie schlecht. Obwohl sie sich ganz offensichtlich nicht mehr an Bord eines Schiffs befand.

Sie befand sich, nach der Umgebung zu urteilen, in einem Krankenhaus. Aber nicht in einem deutschen, da waren griechische Buchstaben auf einem Schild neben der Tür. Ihre Mutter stand auf und umarmte sie, und es fühlte sich gut an, umarmt zu werden. Jule war sich nicht sicher, was passiert war, da waren nur Bruchstücke von Erinnerung.

»Rashid«, flüsterte sie. »Rashid ist tot.«

»Wer?«

»Er war erst fünf. Er war kein Hase. Sie haben ihn auf einen Felsen gelegt … und dann war etwas mit dem Schiffsmotor nicht in Ordnung … ich weiß nicht mehr … da ist eine Lücke …«

»Jule«, flüsterte ihre Mutter, »was machst du für Sachen.« Als wäre sie ein kleines Kind, das vom Fahrrad gefallen war. Aber sie war sich ziemlich sicher, dass in dem, was geschehen war, kein Fahrrad vorgekommen war. Ihre Mutter streichelte ihr Haar, wie sie es früher getan hatte, strich die Korkenzieherlocken zurück.

»Ich bin sofort hergekommen, als sie mich angerufen haben«, sagte sie. »Papa wäre auch … aber er konnte sich nicht so schnell freimachen. Es hat natürlich gedauert, der nächste Flug nach Heraklion geht nicht immer sofort dann, wenn man ihn braucht. Ich bin seit zwanzig Minuten hier.«

»Und dann wache ich auf, wenn du kommst. Das ist … wow. Timing.«

Ihre Mutter ließ sie los und lächelte. »Du bist wohl schon zwei Mal wach gewesen. Aber du erinnerst dich nicht, oder? Du hast irgendwelche zusammenhanglosen Dinge von dir gegeben. Hat der Arzt gesagt. Er spricht Englisch.«

Jule ließ sich sehr vorsichtig zurück in das weiße Kissen sinken. Und dann dachte sie eine Weile ausführlich über alles nach, während sie die Hand ihrer Mutter hielt. Mit der anderen Hand tastete sie nach ihrer Stirn. Ein großes Pflaster klebte dort. In ihrem Haar war getrocknetes Blut.

»Du hast die Schiffsschraube an den Kopf bekommen«, sagte ihre Mutter. »Falls du das nicht mehr weißt.«

»Ich … ich glaube, es kommt langsam wieder«, flüsterte Jule. »Wir waren alle im Wasser …« Und auf einmal wurde ihr eiskalt vor Sorge. »Was ist dann passiert?«, wisperte sie. »Wie komme ich hierher? Warum bin ich nicht ertrunken? Wo … Mama? *Wo sind die anderen?*« Ihre Stimme klang ganz klein, und ihre Mutter streichelte wieder ihr Haar, dort, wo kein Blut darin war.

»Der Küstenschutz hat sie rausgefischt. Euch. Aber ihr wolltet nicht nach Kreta, oder?«

»Nein«, sagte Jule und lächelte. »Sizilien. Oder jedenfalls italienische Hoheitsgewässer.«

Ihre Mutter wischte sich über die Augen, schien zu schlucken, man sah ohnehin, dass sie geweint hatte. »Das ist … das ist so …«

»Verrückt«, sagte Jule. »Ich weiß. Es ist verrückt, es auf einem solchen Schiff zu versuchen. Aber das tun sie. Alle. Ständig. Die meisten gehen dabei drauf.«

»Und du …«

»Ich hatte nichts auf dem Schiff zu suchen, ich weiß. Ich habe einen deutschen Pass. Weißt du, dass ich angefangen habe, diesen Pass zu hassen? Asman wollte mich nicht mitnehmen, ich bin heimlich an Bord gegangen. Nur, damit du nicht denkst, es wäre seine Schuld.«

Ihre Mutter schüttelte den Kopf. »Er hat dich gerettet, wenn ich es richtig verstanden habe. Du hast eine Gehirnerschütterung, haben sie gesagt. Sie behalten dich ein paar Tage da, zur Beobachtung. Sie hätten dich in ein deutsches Krankenhaus … überführt, aber das wäre furchtbar kompliziert gewesen.«

»Gott!«, sagte Jule. Sie stellte sich vor, sie wäre in einem deutschen Krankenhaus aufgewacht. Meilen, Tage, Grenzen weit weg von den Menschen, mit denen sie gekommen war. Doch ehe sie etwas darüber sagen oder noch etwas fragen konnte, beugte ihre Mutter sich ganz nahe zu ihr, drückte Jules Hand mit ihren beiden Händen und sagte: »Evelyn hat uns die Bilder weitergeschickt. Und diese … wie heißt so was? Voicemail. Diese Tonaufnahme. Was Asman … was er gesagt hat. Es ist … wie soll ich das sagen? Berührend. Wir haben noch mal lange geredet, Papa und ich. Und Marc. Marc hat angerufen, und wir haben … und Evelyn meinte …« Sie schluckte. »Es ist nicht in Ordnung, Schleuser zu bezahlen. Es ist nicht in Ordnung, Leute darin zu bestärken, Geld mit dem Elend anderer zu verdienen. Aber. Jule. Wenn du die Kontakte kriegst. Hier irgendwo.« Sie sprach jetzt ganz leise; sie sah sich um, als könnte jemand sie hören. Aber Jules Bett war das einzige im Zimmer. »Du kannst das Geld haben.«

»*Was?*«

»Das Geld, das du brauchst, um einen von ihnen mitzunehmen. Nicht alle. Nur einen. Deinen Freund oder seine Schwester. Der andere kann später kommen, Marc sagt, das geht. Familiennachzug. Wenn einer Asyl hat. Das muss man natürlich erst bekommen, es dauert … und es ist kompliziert. Wir haben eine Menge nachgelesen in den letzten achtundvierzig Stunden. Ich meine, das Geld wäre erst mal nur geliehen, aber … irgendwann hättest du vielleicht Geld für ein eigenes Auto gebraucht oder … mein Gott, was kann man Besseres davon kaufen als ein Leben.« Sie lächelte, und da setzte sich Jule noch einmal auf, und es war egal, dass ihr Kopf platzte, wenn sie sich zu schnell bewegte. Sie drückte ihre Mutter so fest an sich, wie es ging.

»Danke«, flüsterte sie. »Danke, danke, danke. Wo sind sie? Wo sind sie alle? Wo ist Asman? Hast du ihn getroffen?«

»Nein. Der Arzt hat mir erklärt, dass die Flüchtlinge, die sie vom Schiff geholt haben, in einem leer stehenden Hotel untergebracht sind. Am Stadtrand von Heraklion. Es geht ihnen gut. In dem Hotel leben schon andere Flüchtlinge, sie haben immerhin ein Dach über dem Kopf. Von da aus kann man weitersehen. Sie werden polizeilich registriert und haben sechs Monate Zeit, das Land zu verlassen. Das ist doch was.«

»Aber wie sollen sie weiterkommen? Ohne Geld? Ohne … alles? Sie werden aufs Festland gehen und betteln … und was ist, wenn der Winter kommt?«

»Du kannst sie nicht alle mitnehmen. Sie müssen es ohne dich schaffen.«

»Ja«, sagte Jule. »Ja. Ich weiß.« Und dann schwiegen sie, lange, zusammen.

»Wie kann ich Asman denn erreichen?«, fragte sie schließlich. »Wie lange muss ich hierbleiben?«

»Wahrscheinlich noch vierundzwanzig Stunden, zur Überwachung. Ich muss morgen früh fliegen, ich habe morgen Abend ein Konzert. Aber Papa hat das mit deinem Flugticket geregelt, du hast jetzt einen Flug in drei Tagen.« Sie sagte noch mehr, sagte Dinge über Organisation und über Jules Vater und darüber, dass das Geld im Moment auf dem Konto lag, von dem Jule auch hier abheben konnte, aber sie hörte nur noch mit halbem Ohr zu, sie war auf einmal sehr müde.

Und schließlich schlief sie ein.

Als sie aufwachte, saß Silas an ihrem Bett.

Vor den Fenstern war Abend.

»Kalispéra«, sagte Silas ernst.

Jules Kopf ging es ein wenig besser. »Was tun Sie hier?«, murmelte sie.

»Ich war derjenige, der euch an Bord genommen hat«, sagte er auf Englisch. »Die Küstenwache von Kreta hat auch geholfen. Es war klar, dass ihr es mit dem alten Kutter nicht schafft.«

»Ich … habe versucht, sie zu stoppen.«

Er nickte. »Und dann bist du stattdessen mit aufs Schiff gegangen.«

»Ja.«

»Ich meine, ich kann verstehen, dass sie ausgebrochen sind. Die Sache mit Kostas. Hat er das wirklich zu dir gesagt? Dass er Manoli erschossen hat?«

Sie nickte. »Weil Manoli von der Nacht erzählen wollte. Reicht meine Aussage, um irgendetwas zu bewirken?«

Silas zuckte die Schultern. »Man wird sehen. Deine Mutter hat dir gesagt, dass es den anderen gut geht, ja?«

Jule nickte. Und Silas griff nach ihrer Hand und hielt sie kurz fest. »Es sind nur zwölf«, sagte er leise. »Zwölf haben wir gefunden. Den Rest nicht.«

Sie sah weg, sah aus dem Fenster, vor dem man nichts sah als den Himmel, das Zimmer lag irgendwo in einem höheren Stockwerk. »Nahal«, flüsterte sie. »Das Baby. Waren bei den zwölf eine Mutter und ihr Baby?«

»Ja«, sagte Silas. »Ja. Und zwei Kinder. Diese ganze Sache …« Er zuckte die Schultern. »Eine Verkettung unglücklicher Umstände.«

»Nicht nur«, sagte Jule und versuchte zu lächeln. »Dass Sie da waren, das ist ein glücklicher Umstand. Dass Sie nicht wie die anderen sind.«

»Die wenigsten Menschen sind böse. Sie versuchen nur, ihre eigenen kleinen Welten zu schützen.«

»Hm.«

»Ist Naime … hat sie alles, was sie braucht in diesem Hotel? Sie sind alle registriert worden, ja? Fingerabdrücke und alles?«

»Nein«, sagte Silas. »Nicht alle. Zwei von ihnen, Jule, sind verschwunden. Zwei sind nicht in dem Flüchtlingshotel. Hotel ist auch zu viel gesagt. Es ist ein leeres, ausgeweidetes Haus. Keine Türen, wenig Fenster. Na ja. Aber sie können frei wählen, ob sie dort bleiben oder nicht. Und zwei sind nicht dabei. Oder … eigentlich drei.«

Jule wartete still darauf, dass er weitersprach.

»Naime und … dein Freund.«

»Wo sind sie?«

Silas zuckte die Schultern. »An der Fingerabdrucksache vorbeigekommen. Untergetaucht, könnte man sagen. Jule, als wir hier angekommen sind … er hat dich vom Schiff getragen, er wollte dich nicht loslassen. Er war verwirrt, unterkühlt, nicht ganz bei sich. Er dachte, du wärst tot, es war schrecklich. Erst, als wir ihm klargemacht haben, dass du nur nicht bei Bewusstsein bist, hat er dich losgelassen. Er … war hier. Gestern, als ich auch hier war. Du hast geschlafen. Er hat lange hier gesessen und dich angesehen, und dann ist er gegangen. Er hat das hier für dich dagelassen.«

Silas griff in die Innentasche seiner Jacke und holte einen zusammengefalteten Zettel heraus, Papier, das vielleicht die Schwestern Asman gegeben hatten. Sie entfaltete ihn. Winzige, ordentliche Druckbuchstaben lagen vor ihr auf dem Papier.

Jule!

Wenn du das hier liest, geht es dir besser.

Vielleicht erinnerst du dich an ein paar Dinge nicht, haben sie gesagt.

Deshalb will ich sie dir erzählen.

Du hast Naime und Nahal aus dem Wasser gezogen. Sie wären ohne dich nicht mehr da.

Du hast auch versucht, Hassan rauszuziehen. Wir haben ihn nicht mehr gefunden. Trotzdem glaube ich, dass er dir Danke sagen würde. Für den Versuch und für vieles andere.

Ich werde immer an die kleinen Dinge denken, diese kleinen Teile von Schönheit, die du findest. Die Kronkorken. Ich wusste vor-

her nicht, dass Kronkorken schön sein können. Dass man Schmuck daraus machen kann. Es ist wichtig, glaube ich.

Ich weiß, du wolltest uns mitnehmen, nach Deutschland. Aber ich denke, Naime und ich sollten unseren eigenen Weg gehen. Du bist sehr jung, und du hast viele Entscheidungen zu fällen im Leben, viele Sachen zu machen und zu lernen. Dafür brauchst du Freiheit.

Wenn ich dich nicht so gern hätte, wäre es mir vielleicht egal.

Jule, du wolltest mit auf das Schiff, du wolltest so sein wie wir. Wie ich. Niemand will so sein wie wir, Palästinenser ist keine Nationalität, es ist ein Fluch. Entweder bist du Terrorist oder Opfer, das ist es, worauf es letztlich hinausläuft. Und Gerechtigkeit für uns wird es niemals geben.

Sei froh, dass du Deutsche bist. Sei dankbar. Es ist ein großes Glück. Da ist dieser Adler auf deinem Pass an, der dich in jedes Flugzeug steigen lässt, über alle Grenzen. Sieh dir den Adler an und danke ihm. Oder deinem Gott, wenn du einen hast.

Wenn ich etwas vom heiligen Nikolaos höre, werde ich immer an dich denken.

Und dann folgte doch arabische Schrift: أنا أحبك Sie würde jemanden fragen müssen, was der Satz bedeutete. Darunter gab es nur seine Unterschrift, auch die in kleinen Druckbuchstaben.

Asman.

Sie ließ den Brief sinken, knüllte ihn dann zu einer winzigen Kugel zusammen und sah Silas an.

»Don't. Tu das nicht«, sagte Silas. »Es ist das Einzige, was dir bleibt.«

Da nickte Jule und glättete das Papier wieder. Sie wollte die Worte noch einmal lesen, doch sie verschwammen vor ihren Augen.

»Er hat recht«, sagte Silas leise.

»Ich … ich hätte das Geld für die Schleuser zusammengehabt«, wisperte Jule. »Ich weiß, ich darf das nicht sagen, aber es ist jetzt egal. Ende des Spiels.« Sie sah Silas an und blinzelte das Verschwommene weg, aber es floss sofort nach, es war wie mit dem Wasser im Rumpf der *Mariana*. Das Mittelmeer war in ihre Augen geraten, salzig, brennend. »Ich hätte Geld gehabt, um jemanden zu bezahlen, der ihn ins Flugzeug bringt. Geld für einen falschen Pass. Ich habe lange mit meinen Eltern darum gekämpft, und ich hatte sie jetzt so weit. Sie wissen, wie es in den Lagern in Bulgarien und Rumänien aussieht, wo die Leute landen, wenn sie den Landweg gehen.«

»Schleuser«, sagte Silas. »Nicht der beste Weg.« Natürlich, er war von der Küstenwache, es war sein Beruf, die Schleuser zu stellen.

»Asman war nie einer von ihnen«, sagte Jule. »Sie haben das gesagt, aber das war Unsinn.«

Silas nickte. »Ich weiß. Die Schleuser auf Kreta … es gibt nur sehr wenige. In anderen Städten, nimm Athen, ist das Geschäft größer. Noch größer natürlich in der Türkei. Es ist nicht der beste Weg, aber … manchmal geht es nicht anders.«

»*Wie?*«

»Ich …« Er betrachtete eine Weile seine Fingernägel, als beschäftigte er sich ernsthaft mit der Frage, ob er sie bald schneiden müsste. »Ich habe Kontakte. Wenn du welche brauchen solltest.«

»*Sie?* Ich dachte, Sie arbeiten gegen diese Leute.«

»Ja. Auf die Weise bekommt man manchmal auch Kontakte.« Er sah sie noch immer nicht an. »Ich bin nicht Kostas. Ich mache kein Geld aus solchen Sachen, falls du das denkst. Aber ich habe eine Nummer. Von jemandem, der eine Nummer hat.«

Jule nickte. »Wenn ich Asman nicht mitnehmen kann, nehme

ich vielleicht einfach jemand von den anderen mit«, murmelte sie. »Ich könnte das tun. Oder?« Sie wischte sich das Gesicht mit dem Ärmel des Kliniknachthemdes ab. »Mein Gott, er hätte mich ja in Deutschland verlassen können!«, wisperte sie. »Vielleicht wollte er auf Dauer nicht mit mir zusammen sein. Aber es hätte doch gereicht, sich später zu trennen! In Sicherheit!«

Silas nahm ihr sanft den Brief aus der Hand. »Das da unten, in Arabisch«, sagte er. »Weißt du, was das heißt?«

»Nein.«

»Ich kann ein paar Sachen auf Arabisch lesen, seit ich in der Nähe der türkischen Grenze gearbeitet habe. Es gibt Graffiti an den Wänden dort, von den Flüchtlingen. Und ich habe mit einer Menge von ihnen gesprochen. Das da ... dieser Satz ... es ist einer, den man ab und zu sieht. Ein Satz für Grußkarten und Briefe nach Hause.«

»Und? Was heißt es?«, fragte Jule.

»Ich liebe dich.«

Jules Hand knüllte den Brief zum zweiten Mal zusammen. »Der Idiot«, murmelte sie, »der Idiot.«

Und dann verkroch sie sich unter die Klinikbettdecke. Sie hörte, wie Silas' Schritte sich entfernten.

Irgendwann wachte sie auf, und ihre Mutter saß wieder an ihrem Bett, und sie aß das pappige, gut gemeinte Toastbrot der Klinik und versicherte dem Arzt, dass er sie am nächsten Tag entlassen konnte. Als er fort war, fand sie unter dem Bett den zusammengeknüllten Brief und gab ihn ihrer Mutter, die ihn zum zweiten Mal entfaltete und las.

»So ist das«, sagte sie schließlich und seufzte. »So ist das mit der ersten Liebe. Irgendwann ist sie zu Ende.«

»Nein«, sagte Jule trotzig. Und dann: »Vielleicht kaufe ich doch ein Auto. Man sollte häufiger einen Freund haben, der mit einem Schluss macht. Ich meine, stell dir vor, man spart theoretisch pro Freund sechs- bis zehntausend Euro … davon könnte man auf die Dauer leben.«

Sie lachten zusammen, weil man manchmal lachen muss, wenn Dinge traurig sind.

»Morgen früh fliege ich«, sagte Jules Mutter. »Du musst noch mal zur Polizei, haben sie mir gesagt, irgendeine Aussage machen. Und dann hast du noch zwei Tage. Papa hat ein Hotel besorgt, ich lasse dir die Adresse hier.«

»Vielleicht schlafe ich in dem Hotel, in dem die Flüchtlinge sind«, sagte Jule. »Angeblich ist es schön frisch da, ohne Türen und Fenster. Sparen wir gleich noch mehr Geld.«

Am nächsten Morgen entließen sie Jule. Der Arzt schüttelte ihr die Hand und wünschte ihr viel Glück. Er hatte freundliche Augen.

Das Taxi brachte Jule direkt zur Polizei, wo sie zu Protokoll gab, was sie über den Mord an Manoli und über die beiden Schiffsunglücke wusste. Die Polizisten waren nett und geduldig, sie sprachen englisch mit ihr, und der Raum war sehr modern und hell und freundlich.

Es war völlig unvorstellbar, dass in einem Hinterzimmer Menschen mit dem Kopf in einen Eimer getaucht wurden, bis sie Geständnisse ablegten.

Sie erwog kurzzeitig, den Polizisten die Fotos auf ihrem Handy zu zeigen.

Sie tat es nicht.

Als sie draußen stand, schien die Sonne. Eine warme Maisonne. Die Straßen der Stadt waren voller Touristen. Bei einer

Mülltonne entdeckte sie zwei herrenlose Hunde, die irgendwelche Abfälle fraßen, und sie dachte an ihren eigenen Hund, der nicht ihrer gewesen war. Sie würde ihn nie wiedersehen.

Aber es war gut, dass er auf der Insel geblieben war. Denn irgendjemand, dachte sie, musste wohl bleiben, um nach dem Rechten zu sehen, falls eines Tages wieder ein Boot vor der Insel unterging.

Sie rief Evelyn an. Und diesmal ging Evelyn sofort dran. Als hätte sie gewartet.

»Gott!«, sagte sie.

»Nein, nur Jule«, sagte Jule. »Ich glaube, Gott ist ertrunken. Den heiligen Nikolaos kann ich allerdings als Schutzpatron empfehlen.«

Sie bückte sich nach einem kleinen, glitzernden Stein, ehe sie weiterging.

»Ich meine, Gott, du bist am Telefon!« Evelyn lachte. »Alle hier haben sich unglaubliche Sorgen gemacht! Du wirst das nicht glauben, aber ich habe in letzter Zeit erstaunlich oft mit deinen Eltern telefoniert. Und mit deinem Bruder.«

»Du hast sie rumgekriegt. Das warst doch du.«

»Ja.«

»Es nützt nichts mehr, Evelyn. Er ist weg. Asman. Er hat mir einen Brief dagelassen, im Krankenhaus, und ist mit Naime untergetaucht.«

»Na, komm«, sagte Evelyn, beinahe ungeduldig. »Du hast doch jetzt Übung darin, Leute wieder hochzutauchen.«

Es war seltsam, ohne richtiges Gepäck in ein Hotel einzuchecken. Sie besaß nichts als ihr Portemonnaie, ihren Pass und eine Stofftasche mit einer Garnitur Kleidung, die ihre Mutter mitgebracht hatte. Ich bin beinahe wie sie, dachte sie. Nur, dass es keine Plastiktüte ist. Flüchtlinge haben immer Plastiktüten.

Eine Weile lag sie auf dem Hotelbett und betrachtete die gerahmten Fotos von Kreta im Frühling: Olivenbäume, Felsen, Blüten. Zum Kotzen.

Schließlich schaltete sie den Fernseher mit dem großen Flachbildschirm an: Da waren Bilder von Menschen mit Plastiktüten, die versuchten, in einem Hafen auf Lastwagen zu springen, um auf eine Fähre zu kommen. Sie schaltete um. Ein hoher Zaun, Stacheldraht, Uniformen.

Sie machte den Fernseher aus. *Der Sommer der Flüchtlinge.* Er fing erst an. Das Meer wurde täglich wärmer, vermutlich kamen jetzt mehr. Mehr und mehr, ein unaufhaltsamer Strom … Sie dachte daran, was die Engländer gesagt hatten. Oder war das die blonde Deutsche gewesen? *Die überschwemmen uns … Sie bringen Gewalt mit, Konflikte. Wir müssen uns schützen.*

Sie floh aus dem Hotelzimmer und wanderte durch die Stadt. Kaufte ein paar Postkarten von Babykatzen und nackten Männern, um Evelyn zu ärgern, nur aus Jux.

Und wanderte schließlich zum Hafen; es war weit, aber sie war froh, zu wandern, am besten bis zu Erschöpfung. Sie tastete nach dem Perlmuttstück an ihrem Hals, aus alter Gewohnheit, und dachte an den Amerikaner mit dem weißblonden Haar.

Schöne Kette. Ist das 'ne Muschel?

Keine Muschel. Das ist ein Stück einer Oud. Es war in Griechenland. Eine Insel im Frühling. Die Oud ist im Meer geblieben. Zusammen mit zwanzig Menschen.

Das klingt … krass. Hör mal, hast du Lust auf einen Kaffee? Erzähl mir von dieser Insel.

Aber sie würde den Kopf schütteln und gehen, sie würde den Typen von der Tanke niemals kennenlernen, denn sie hatte den Mann fürs Leben bereits gefunden. Und ihn verloren. Für immer.

Und dann war sie am Hafen. Eine große, betonierte Fläche, mehrere Kioske, ein Ticket-Office, geparkte Lastwagen, Touristen mit Kindern, die Eis kauften. Eine Fähre.

Jule setzte sich auf eine der Bänke und sah aufs Meer, und der Horizont war komplett verheddert. Sie saß lange so, so lange, bis sie im Wind fror, obwohl es doch Mai war.

Schließlich stand sie auf und wanderte am Wasser entlang, an der Betonkante, an den Pollern. Die Touristen mit den Kindern waren gegangen, die Fähre würde wohl in den nächsten Stunden nicht ablegen, es war einsam am Hafen, da waren nur ein paar streunende Katzen und der Wind.

Auf der letzten Bank saß jemand und sah das Meer an, wie Jule zuvor. Er trug einen braunen Wollpullover. Sehr deutsch.

Jule blieb stehen.

Sie kannte diesen Pullover. Es war der Pullover ihres Vaters. Gewesen. Vor langer Zeit. Ehe sie ihn auf einer Insel an jemanden verschenkt hatte …

Sie flüsterte seinen Namen. Das hier war nicht wahr. Es war einer dieser Träume. Vielleicht war es gar nicht der Hafen von Heraklion, sondern Stockholm. Sie sah sich um. Die Umgebung wirkte nicht besonders schwedisch.

Keine Elche.

»Asman?«, fragte sie noch einmal, lauter.

Und diesmal drehte er sich um. Die Blutergüsse in seinem Gesicht hatten sich von Rot nach Grün-Braun verfärbt. Er machte die Bewegung, die so sinnlos war – fuhr sich mit beiden Händen durchs Haar, wie um es an den Kopf zu legen, dann stand er auf. Stand da, einfach so, neben der Bank, irgendwie hilflos. Sie ging ganz langsam näher. Blieb einen halben Meter von ihm entfernt stehen. Ihr Puls raste.

»Ich sollte nicht hier sein, oder?«, sagte sie. »Oder du. Einer von uns beiden sollte nicht hier sein.«

Er sagte nichts, sah sie nur an.

»Ich … ich kann wieder gehen«, sagte sie. »Danke für den Brief.«

Er nickte, noch immer schweigend.

Aber ehe sie noch mehr sagen konnte, stand er auf, zog sie näher und hielt sie so fest, dass es wehtat.

»Hatte ich dir gesagt, dass du blöd bist?«, flüsterte sie in den Wollpullover.

»Ich glaube«, sagte er. Seine Stimme klang seltsam, irgendwie erstickt.

»Meine Mutter war hier. Und ich habe das Geld zusammen. Und Silas hat Kontakte. Zu einem Schleuser. Ich sage das nur so, ich weiß, du willst es nicht, du ziehst es vor, an irgendeiner Grenze erschossen zu werden, aber du hast diesen verdammten arabischen Satz unter den Brief geschrieben, und dummerweise hat jemand ihn mir übersetzt, und … ich wollte nur sagen, du mich auch. Ich meine, ich dich auch.«

Sie machte sich von ihm los und sah ihn an. »Du heulst ja. Ist irgendwas? Mit Naime? Oder der Kleinen? Ist irgendwas passiert?«

»Nein«, sagte er. »Nur mit dem Mädchen mit den Glasperlenaugen. Sie ist hier. Sie sollte nicht hier sein. Und ich … ich habe so gehofft, dass sie kommt.«

»Glasperlenaugen«, sagte Jule. »Hm. Das klingt … blind.«

»Ja«, sagte er und wischte sich die Tränen ab. Männer, die weinen, dachte sie, waren wirklich beunruhigend. Vor allem Männer wie Asman.

»Du *bist* blind, Jule. Du siehst nicht, dass das alles nicht geht.«

»Aber es ging doch ganz gut, hier zu sitzen und zu hoffen, dass ich zufällig vorbeikomme?«

»Ich …«

»Guck mal«, sagte sie. »Ein Elch.«

Und als er sich umdrehte und, reflexartig, dorthin sah, wohin sie gezeigt hatte, zog sie ihn zu sich herab und küsste ihn einfach, und er küsste zurück, als wäre der vernünftige Asman von dem Elch tatsächlich abgelenkt worden, sodass der unvernünftige der beiden sie küssen konnte.

Der Kuss dauerte sehr lange und war völlig öffentlich, und möglicherweise sahen irgendwelche Touristen zu, die am Hafen Postkarten von Kätzchen kauften.

Schließlich setzten sie sich wieder auf den Poller, auf dem sehr wenig Platz war, sodass sie dicht beieinandersaßen. Und Asman fragte: »Silas hat Kontakte? Gerade Silas?«

»Gerade Silas«, sagte Jule. »Meine Mutter hat gesagt … also, das mit dem Text, den wir aufgenommen haben. Das hast du wirklich gut gemacht. Absolut Tränendrüse.«

»Mach dich nicht lustig.« Aber er lachte.

»Doch«, sagte Jule. »Ich habe genug davon, traurig zu sein, weißt du? Ich habe das gerade in diesem Moment beschlossen. Man kann immer traurig sein, nur nützt es auf die Dauer gar nichts. Vorwärts leben. Hat jemand gesagt, den ich kenne. Jazz.«

»Jazz.« Er nickte.

»Ich kaufe also doch kein Auto«, sagte sie. »Meine Mutter meinte, das Geld könnte man ja später für ein Auto … irgendwie so. Es war Spaß.«

»Kein Auto?«

»Asman«, sagte Jule und legte ihren Kopf an seine Schulter und wusste, dass sie es geschafft hatte. Dass er sich noch ein wenig sträuben musste, aber nur noch ein wenig. Und sie fühlte sich rundherum warm und nach Mai und wie jemand, der nach langer Zeit dort ankommt, wo er schon immer hinwollte, obwohl es nicht Stockholm ist. »Asman, Autos sind unheimlich unpraktisch in Flugzeugen. Und im Bett? Glaub mir. Katastrophal.«

Sie sah Naime noch einmal, später.

Sie trafen sich in der Stadt, in einem Café. Untergetaucht zu sein, bedeutete wenig. Die Polizei interessierte sich nicht aktiv für die Flüchtlinge.

Nahal war jetzt für längere Zeiten wach, und sie war gewachsen, selbst in den paar Tagen. »Sie wird mal so schön wie ihre Mutter«, sagte Jule.

Silas kam zu ihnen in das Café, blieb aber nicht lange.

Er hatte eine Menge Dinge arrangiert, es ging schnell, schneller als gewöhnlich. Sie hatten Glück. Und Pech. Es gab keine Möglichkeit, ein Neugeborenes mit falschen Papieren mit nach Deutschland zu nehmen. Naime hatte Tränen in den Augen, als Asman diese Information übersetzte, und Asman ballte die Fäuste.

»I'm sorry«, sagte Silas. »I'm really sorry. Ihr müsst versuchen, sie nachzuholen. Bis dahin … es gibt einen Ort für die beiden, der besser ist als ein altes Hotel ohne Türen und Fenster.«

»Wo?«, fragte Jule und drückte Naimes Hand.

»Wir haben ein Gästezimmer«, sagte Silas. »Meine Frau sagt, es hat lange genug leer gestanden.«

»Das … das können wir nicht annehmen«, sagte Asman, doch da trat Jule ihn, und er hielt den Mund.

Auf dem roten Oleander, der vor dem Café in einem Topf wuchs, saß ein pelziger Schmetterling. Ein Wanderfalter, der noch nicht losgeflogen war oder etwas länger bleiben würde. Womöglich bildete Jule ihn sich auch nur ein. Sie löste die Kette mit dem Perlmuttstück und legte sie Naime um den Hals.

»Ich will sie wiederhaben«, sagte sie, »übersetzt du ihr das? Ich will sie wiederhaben, wenn wir uns sehen. Bald.«

In dieser Nacht, im Hotelzimmer, in dem sie nicht allein schlief, träumte Jule. Sie stand im Traum an einer Tankstelle, und langsam, dachte sie, war es Zeit, diesen Traum loszuwerden.

»Schöne Kette …«

»Ja. Ein Stück einer Oud. Das ist das Letzte, was davon geblieben ist.«

»Das klingt … ein bisschen traurig?«

»Ja und nein. Sie wurde ersetzt. Man kann natürlich nicht alles ersetzen, das kann man nie.« Sie lächelte den Tankstellen-Typen im Traum an, weil er nichts verstand und weil er nichts dafür konnte. Wie die meisten Menschen. »Ich würde es dir erklären, aber es geht jetzt nicht. Da draußen im Auto wartet jemand. Wir haben uns noch eine ziemliche Strecke vorgenommen heute. Amerika in ein paar Wochen zu sehen, ist gar nicht so einfach.«

»Wir?«

Und sie nickte. »Er, die Oud und ich.«

Du gehst also diesen Gang entlang.

Einen Schlauch von einem Gang, der um eine Ecke führt und dich an den Flur der Polizei in Griechenland erinnert, aber er ist viel breiter. Und die Menschen darin sehen ganz anders aus. Sie haben ein Lächeln bei sich und manche zu viel Handgepäck.

Du bist nicht allein, sie geht neben dir.

Sie lässt deine Hand keine Sekunde los.

Nur bei der Passkontrolle, vorhin, da musste sie dich loslassen. Du warst dir sicher, sie sehen dein Zittern, aber niemand hat etwas gesehen. Und das Zeichen, das leichte Heben der Linken, diese Bewegung, als wolltest du dich am Ohr kratzen, ist registriert worden. Der Mensch in der Kontrolle hat dich durchgewinkt, wusste Bescheid, ist geschmiert, Silas' Kontakt hat sich um alles gekümmert.

Die beiden Stewardessen im Flugzeug, an denen jeder vorüber muss, lächeln synchron. Ihre Uniformen sind makellos und sauber. So sauber wie die vollkommen neue Kleidung, die du trägst.

Deine Hände lassen dich fast im Stich, als du versuchst, dich anzuschnallen. Jule muss dir helfen. Du fühlst dich wie ein Kind, du warst immer der Starke, der, der die Dinge entscheidet und regelt, jetzt musst du lernen, schwach zu sein.

Warum dauert es so lange, bis die Maschine abhebt?

Dann eine Durchsage. Ein Passagier möge sich bitte beim Flugpersonal melden, es gäbe ein Problem. Du willst dich wieder abschnallen, aufstehen. Jule drückt dich in den Sitz zurück.

Schüttelt kaum merklich den Kopf.

»Bist du Robin Wagner?« Nein, bist du nicht. Du trägst im Moment einen griechischen Namen. Es ist ein ganz anderer Passagier, mit dem es ein Problem gibt.

Und endlich rollt die Maschine an. Langsam, dann schneller. Und dann hebt sie ab.

»Schau«, sagt Jule. »Da ist es. Dein Meer. Von oben.«

Und es ist seltsam: Von oben gibt es keinen Horizont. Nur Wolken, und die verschwommene Erdkrümmung in der Ferne, wattiert, aufgelöst.

Wer am Horizont ist, sieht ihn nicht mehr. Du bist da.

»Und wenn wir ankommen?«

»Mal sehen«, sagte sie, grinsend. »Improvisieren. Jazz.«

Das. Das ist die deutsche Polizei. Nette Leute, eigentlich.

Und eine Menge Topfpflanzen in diesem Büro. Ein Kinderbild an der Wand: ein sorgfältig hingekrakelter gelber Hund.

Der Wagen von Jules Eltern wartet draußen, wird dich nachher wieder mitnehmen, dich und sie. Und ihren Bruder, der beinahe Anwalt ist und tatsächlich blond. Wie diese Freundin von ihr, deren Namen du gleich wieder vergessen hast, es hageln zu viele neue Informationen auf dich ein, du wirst eine Weile brauchen, um das alles zu begreifen, zu verdauen, zu prozessieren.

Input overload.

Aber sie haben Geduld, sie haben alle Geduld, und sie haben dir versichert, dass das erst der Anfang der Geduld ist, die sie haben werden. Und dass die Menschen in diesem Land, die sich vor solchen wie dir fürchten, die hassen und demonstrieren, nicht in der Mehrheit sind.

Sag sie jetzt, sag die Sätze, die du gelernt hast, mühsam, auf Deutsch. Noch auf dem Flug hast du sie wiederholt, immer wieder.

Sag die Sätze! Sie hält wieder deine Hand. Drückt sie, ganz fest.

Mein Name ist Asman. Ich bin Flüchtling aus Syrien. Eingereist mit einem falschen Pass. Ich habe ihn weggeworfen. Ich habe keine Papiere. Ich möchte Asyl in Deutschland beantragen.

ZITATNACHWEISE

1 NABU: https://nrw.nabu.de/tiere-und-pflanzen/insekten-und-spinnen/insekten/taubenschwaenzchen/
(zuletzt abgerufen: 21.03.2016)

2 Wikipedia: https://de.wikipedia.org/wiki/Nakba
(zuletzt abgerufen: 21.03.2016)

3 Wikipedia: https://de.wikipedia.org/wiki/Nakba
(zuletzt abgerufen: 21.03.2016)

4 Wikipedia: https://de.wikipedia.org/wiki/Zweiter_Golfkrieg
(zuletzt abgerufen: 21.03.2016)

5 DIG München: http://old.dig-muenchen.de/index-13.html
(zuletzt abgerufen: 21.03.2016)

6 http://www.theologische-links.de/downloads/israel/plo_charta.html
(zuletzt abgerufen: 21.03.2016)

7 Süddeutsche Zeitung: http://www.sueddeutsche.de/politik/syrien-unter-baschar-al-assad-fuer-assad-sind-wir-tiere-1.1841831
(zuletzt abgerufen: 21.03.2016)

8 Spiegel Online: http://www.spiegel.de/politik/ausland/is-in-syrien-ban-ki-moon-fordert-intervention-in-jarmuk-a-1027823.html
(zuletzt abgerufen: 21.03.2016)